RITUS

MARKUS HEITZ

RITUS

Roman

Weltbild

Besuchen Sie uns im Internet:
www.weltbild.de

Genehmigte Lizenzausgabe für Verlagsgruppe Weltbild GmbH,
Steinerne Furt, 86167 Augsburg

Ein Unternehmen der Droemerschen Verlagsanstalt
Th. Knaur Nachf. GmbH & Co. KG, München
Umschlaggestaltung: ZERO Werbeagentur, München
Umschlagmotiv: FinePic, München
Gesamtherstellung: Bagel Roto-Offset GmbH & Co.KG, Schleinitz
Printed in the EU

ISBN 978-3-8289-9261-0

2011 2010 2009 2008
Die letzte Jahreszahl gibt die aktuelle Lizenzausgabe an.

I.
KAPITEL

**18. April 1764, nordöstlich von Langogne,
westliche Ausläufer des Vivarais-Gebirges, Südfrankreich**

Mit einer monotonen Melodie gluckerte der Bach über die runden Steine. Die Abendsonne fiel durch die wenigen lichten Stellen des dichten Blätterwerks der Bäume und erzeugte goldenrote Flecken auf dem schattigen Waldboden. Insekten waren auf der Suche nach Nahrung und summten durch die warme Luft. Der verführerische Duft leitete sie. Es roch nach Frühling, nach neuem Leben. Und nach Verwesung.

Die Fliegen schwirrten aufgeregt zu dem dicken unteren Ast einer mächtigen Buche, an dem ein stinkender Schafskadaver zwei Schritte über der Erde an einer Kette hing. Unmittelbar darunter baumelte eine höchst seltsame, tote Kreatur.

»So etwas ... habe ich noch niemals gesehen.« Jean Chastel, ein Mann Mitte fünfzig und von Kindesbeinen an Wildhüter, trat vorsichtig näher und stieß den Fang mit der Mündung seiner doppelläufigen Muskete an. In seinem glatt rasierten, kantigen Gesicht standen Entsetzen, Unglaube und höchste Aufmerksamkeit. Das merkwürdige Tier, das an der Wolfsangel gefangen hing, kannte er nur aus Erzählungen und von den Flugblättern fahrender Schauspielertruppen. Diese Erzählungen und die dazugehörigen Zeichnungen waren alles andere als beruhigend.

Das wolfsartige Tier rührte sich nicht.

Jean meinte, einen schwarzen Streifen auf dem Rücken zu erkennen, der sich vom Kopf bis zum dünnen Schwanz zog. Das Fell selbst war dunkel und ging ins Rötliche über. Die Klauen, doppelt so groß wie eine Frauenhand, beeindruckten ihn fast am meisten. Wenn da nicht die Reißzähne gewesen wären ...

Es hatte sich den Köder durch einen beherzten Sprung holen wollen. Der im verrottenden Schaf verborgene Fleischerhaken war ihm zum Verhängnis geworden: Das spitze Metallende ragte aus der blutverkrusteten Schnauze heraus und bog den großen Kopf nach oben. Dadurch hatten sich die gewaltigen Kiefer, die einen Oberschenkelknochen durchbeißen würden, geöffnet und die Fangzähne von der Länge eines Mittelfingers preisgegeben.

Es raschelte, als sein jüngerer Sohn Antoine neben ihn trat. »Ein Männchen«, sagte er, als sähe er eine derartige Kreatur jeden Tag. Trotz seiner zwanzig Jahre wirkte er noch sehr jung, und sein kurzer, dunkler Bart änderte daran nichts. Im Gegensatz zu seinem Vater zeigte er sich von der Entdeckung unbeeindruckt. Er hatte nicht einmal Angst. Sein Geschäftssinn erkannte sogleich die Vorzüge. Er zückte grinsend seinen Jagddolch und deutete auf die Geschlechtsteile des nun sachte hin und her pendelnden Wesens. »Seine Eier werden uns beim Arzneihändler einen Haufen Geld bringen.«

Jean, dem die Sache noch immer nicht geheuer schien, packte ihn am Arm und hielt ihn zurück. Der kurze, weiße Zopf hüpfte auf dem Rücken. »Bleib zurück!« Er wartete auf ein Zucken des Kadavers, das auf Leben hindeutete. Als es ausblieb, öffnete er die Hand und gab Antoine frei. »Lass sie ihm. Das sollen sich Gelehrte anschauen, bevor wir es auseinander schneiden.«

Das Knistern von trockenem Laub verriet das Nahen eines weiteren Mannes. Die Jäger der Familie Chastel waren vollständig versammelt. »Beim Allmächtigen!«, entfuhr es dem älteren Sohn Pierre. Er glich seinem Vater sehr, nicht nur äußerlich. Verstört betrachtete er das Tier und bekreuzigte sich. »Dieses Vieh ... stinkt infernalisch und ist ... hässlich.« Er betrachtete die starken Klauen, den großen Kopf, die gewaltigen Kiefer, das buschige Schwanzende und die kleinen, spitzen Ohren eingehend. Sein sonst so freundliches Gesicht verzog sich voller Abscheu. »Was soll das sein? Ein Wolf aus der Hölle?«

Jeans braune Augen glitten über das, was sie seit vier Tagen auf Bitten des befreundeten Wildhüters DeBeaufort im Vivarais gejagt hatten. Eigentlich stammten er und seine Söhne aus dem benachbarten Gévaudan-Gebiet. Nach einundzwanzig getöteten Schafen, zwei gerissenen Kühen und einem toten Hirten hatten die Bauern gedroht, den guten Bekannten aus seinem Amt zu werfen. Die Chastels waren daraufhin ins östliche Südfrankreich gereist, um ihm beizustehen.

Nicht zuletzt verstand Jean es auch als Vorsorge. Fand der gewiss tollwütige Wolf hier nichts mehr, käme er ins Gévaudan. Nur ein toter Wolf war ein guter Wolf. Wenn es sich überhaupt um einen handelte. Was er gerade betrachtete, hatte nichts mit einem der Graupelze gemein, die er kannte.

»Loup-Garou«, gab Antoine leise lachend die Antwort auf Pierres Frage. Er drehte sich grinsend zu seinem Vater um. »Wir haben einen leibhaftigen Werwolf gefangen!«

»Aber ich dachte, es gibt sie nur in Geschichten.« Pierre nahm den Dreispitz vom Kopf, wischte sich den Schweiß von der Stirn und setzte den Hut wieder auf die kurzen schwarzen Haare; dabei fiel sein Blick auf den dicken Ast, über den die

Kette lief. Die Rinde und das Holz darunter waren regelrecht abgehobelt worden. »Er hat lange gekämpft«, sagte er und machte die anderen auf die Scheuermale aufmerksam. »Ich danke Gott, dass wir der Bestie nicht bei der Jagd gegenüberstanden. Sie wird mehr als eine Kugel vertragen. Die Zähne ...« Er schüttelte sich.

Jean entdeckte tatsächlich vier verheilte Einschusslöcher am Leib der Bestie. »Du hast Recht. Das erklärt, weshalb De-Beauforts Treffer keine Wirkung zeigten. Ein gewöhnlicher Wolf wäre nach einem Schuss schon tot gewesen.« Jean hatte sich bereits gewundert, weshalb ihn sein in der Jagd erfahrener Freund um Beistand bat. »Ich hielt seinen Bericht zuerst für eine Übertreibung.«

Antoine ging zum Stamm der Buche und machte sich daran, die Bolzen zu lösen, mit denen die Fangkette gesichert war, um das Wesen zur Erde zu lassen. »Sie werden uns feiern wie Helden«, freute er sich. »Wir können eine stattliche Belohnung fordern. Wenn wir das Biest in seine Einzelteile zerlegen und verkaufen, machen wir ein kleines Vermögen.«

»Die Mädchen werden dich anhimmeln, das meinst du doch.« Pierre spie aus. »Ich habe gesehen, dass du wieder einmal deine Finger nicht von einer Kleinen lassen konntest. Du hast sie auf deinem Schoß reiten lassen.«

Sein jüngerer Bruder hielt inne und schaute rasch zum Vater, dessen Miene sich verfinsterte. »Nein, ich habe nichts getan!«, wehrte er ab. »Pierre hasst mich, das weißt du, Vater. Er will mich bei dir ...«

Jean kam auf ihn zu. »Pierre lügt nicht.« Er baute sich vor ihm auf. »Im Gegensatz zu dir. Was hast du dieses Mal getan? Wie alt war sie?«

»Sechzehn«, erwiderte Antoine und wollte sich der Kette widmen, aber sein Vater packte ihn bei der Schulter und drehte ihn mit Gewalt herum, so dass er ihm ins Gesicht blickte.

Die grünen Augen hielten dem wütenden Braun nicht lange stand. »Zwölf«, brach es gequält aus ihm heraus, und er senkte den Kopf. »Vater, ich kann nichts dafür! Es ist ...«

»Schwein!« Jean schlug ihm die Faust gegen die Lippen, Antoine verlor den Dreispitz und prallte mit dem Rücken gegen den Kadaver der Bestie, der daraufhin wie eine Marionette grotesk zu zappeln und zu tanzen begann; die Kette klirrte und spielte die Melodie dazu. »Ich habe es dir bereits zu oft gesagt: Lass die Kinder in Ruhe«, warnte er ihn mühsam beherrscht. »Kauf dir so viele Huren, wie du möchtest, aber fass die Unschuldigen nicht an! Wenn sie dich festnehmen, werde ich dich nicht schützen.« Abrupt drehte er sich um. »Und jetzt lass das Vieh runter, ehe die Maden es auffressen.«

Antoine fuhr sich mit dem Rockaufschlag über den geschundenen Mund, wischte das Blut von den aufgeplatzten Lippen und stierte seinen Bruder an. Lautlos formte er das Wort *Verräter.* Er griff nach seinem Hut, stülpte ihn auf die langen, ungepflegten schwarzen Haare und lockerte die Bolzen so weit, bis sich die Kette abwickelte.

Der Körper des seltsamen Tiers prallte unsanft auf den Boden, die Mücken stoben in Schwärmen davon, umkreisten den übel riechenden Schafköder aber bald wieder in kleinen, schwarzen Wolken. Larven krochen über das Fleisch, bohrten sich ihren Weg hinein und verzehrten es langsam, aber beständig.

Die Chastels betrachteten den Loup-Garou schweigend. Der nüchterne Verstand von Jean und Pierre fand sich mehr und mehr damit ab, dass es dieses Wesen wirklich gab. Antoine hatte seine Existenz bereits mit dem ersten Blick hingenommen. Nun hob er den Kopf und lauschte in den Wald. »Surtout!«, rief er nach seinem Jagdhund, einem großen muskulösen Mastiff, der ihn überallhin begleitete. »Wo ist dieser Bastard?«, murmelte er und starrte ins dichte Unterholz. »Surtout!«

Jeans Entsetzen schwand endgültig und wich der Neugier des Wildhüters, der eine neue Spezies entdeckt hatte. Er zog die Augenbrauen zusammen, kniete sich neben den Rücken des Tiers und strich mit den Fingern über das dichte Fell. Sein weißer Haarzopf rutschte nach vorne. »Das Vieh ist dürr. Es muss lange nichts mehr zu fressen bekommen haben.«

Pierre stand einen Schritt weit entfernt und hatte die Muskete locker auf das Tier angelegt. »Gib Acht, Vater.«

»Traust du dem Frieden nicht?« Antoine näherte sich ihm, seine Haltung drückte Verachtung gegenüber dem Bruder aus. »Hasenfuß! Der Loup-Garou ist tot.« Er trat dem Tier in die Flanke. »Verhungert oder erstickt.«

Plötzlich knackte es im Gebüsch. Pierre wirbelte herum, der Lauf zeigte auf das dichte Unterholz.

Antoine griente abfällig. »Hat der Verräter Angst? Keine Sorge, Surtout tut dir nichts. Der frisst nur kleine Kinder.« Er nahm seine Muskete und pirschte auf das Unterholz zu. »Mal sehen, was er aufgestöbert hat. Vielleicht eine junge Magd, die sich am Bach waschen will?«

»Komm zurück«, verlangte Pierre, doch sein Bruder war nach wenigen Schritten mit dem dunklen Grün verschmolzen. Lediglich das leiser werdende Rascheln der Zweige zeigte, wo er sich befand.

»Was sechs Jahre Altersunterschied ausmachen«, murmelte Jean kopfschüttelnd und vermied es, sich einmal mehr Sorgen um seinen Jüngeren zu machen, den er nur mit auf die Jagd nahm, weil er ein begnadeter Schütze war. Antoine hauste ansonsten mit seinen Hunden wie ein Wilder im Wald von Ténazeyre. Was ihm an Ernsthaftigkeit und Aufrichtigkeit fehlte, hatte Pierre zweifach erhalten, der bereits einen guten Ruf als Wildhüter besaß.

Doch nun gab es Wichtigeres als Antoines Tollheiten. Jeans

Wissensdurst war noch lange nicht gestillt. Seine Aufgabe als Wildhüter brachte es mit sich, dass er sich mit Tieren auskannte. Nun wollte er dieses unbekannte Exemplar genauer betrachten und seine Geheimnisse enthüllen, ehe es von Gelehrten in Beschlag genommen würde. Er berührte die Pranken des Biestes, drückte eine davon auseinander und rief Pierre voller Erstaunen zu sich. Er wies auf die gespreizte Pfote. »Komm her und lerne. Was fällt dir auf?«

Pierre näherte sich nur widerstrebend. »Die Maden kriechen nicht in sein verfluchtes Fleisch?«

»Das meine ich nicht. Sieh genauer hin.«

Pierre stemmte den Musketenkolben als Stütze auf den Boden und ging neben seinem Vater in die Hocke. Mit ihm an der Seite fühlte er sich sicher. »Mein Gott, es hat Krallen wie eine Katze!«, entfuhr es ihm aufgeregt.

Jean warf den Zopf zurück auf den Rücken und erhob sich, Pierre tat es ihm nach. »Wir müssen DeBeaufort benachrichtigen. Das hier ist ein Fall für die Behörden. Der König muss davon erfahren.« Er holte tief Luft. »Antoine, schaff dich und deinen Köter her! Wir wollen aufbrechen.«

Als sich sein Sohn nicht blicken ließ, rief er noch einmal nach ihm. Und noch einmal.

Sie lauschten aufmerksam, doch hörten nicht das geringste Geräusch. Dann raschelte es; leise Schritte bewegten sich auf sie zu.

»Antoine, hör auf mit deinen Scherzen«, versuchte es Pierre. »Es wird dunkel, und unser Weg nach Langogne ist nicht einfach. Ich ...« Er verstummte, weil sein Vater die Hand gehoben hatte.

Wieder horchten sie in den schweigenden Wald hinein, während die Sonne nur noch hier und da durch die Baumkronen schien. Die Schatten wurden düsterer, bedrohlicher. Das Summen der Mücken war das einzige Geräusch.

»Was ist, Vater?«, wisperte Pierre und hielt die Muskete so, dass er sie jederzeit abfeuern konnte.

Jean zog langsam zuerst den rechten, dann den linken Hahn seiner Waffe zurück. Leise klackend arretierten sie. »Es ist still wie auf einem Friedhof«, raunte er zurück. »Keine Vögel, keine anderen Tiere. Ein Räuber ist unterwegs.«

Pierre schluckte, aber die aufsteigende Angst schnürte ihm die Kehle zu. Er wagte nicht, sich zu räuspern; stattdessen hob er die Muskete und zielte dorthin, wo er das Knistern von Laub vernommen hatte.

Ein dicht gewachsener Strauch zitterte, seine Zweige raschelten merkwürdig laut in der Stille des Waldes. Beinahe hätte Pierre abgedrückt, ungeachtet der Tatsache, dass sich Antoine irgendwo in dem Dickicht verbarg, um einen seiner zweifelhaften Späße zu treiben. Die Furcht überlagerte den Verstand.

»Wagt es nicht, auf mich anzulegen«, sagte eine weibliche Stimme gestreng aus dem Unterholz, »denn ich bin gewiss kein Räuber.« Eine Frau in schwarzem Ordensgewand trat zwischen den Bäumen hervor; in ihrer linken Armbeuge baumelte ein Korb mit Waldbeeren und Kräutern. Die dunkle Kleidung gab nur den Blick auf ihr ansprechendes Gesicht von etwa vierzig Jahren und auf die Hände frei, der Rest war sorgsam verhüllt. Ihre graubraunen Augen waren auf die Gewehre der Männer gerichtet. »Senkt eure Waffen, Messieurs! Es gibt keinen Grund, mir zu drohen.«

Pierre deutete schnell eine Verbeugung an, schwenkte mit einem entschuldigenden Gesichtsausdruck die Mündung seiner Waffe zur Seite und stellte sich vor. Sie nannte daraufhin ihren Namen: »Ich bin Äbtissin Gregoria vom Kloster des heiligen Gregorius von Tours.«

»Kein Räuber, aber ein Seelenfänger.« Jean betrachtete die schlanke Nonne verächtlich. »Seid Ihr nicht ein wenig weit von Eurem Kloster entfernt? Das Vivarais ist derzeit keine Gegend für Unbewaffnete.«

»Ich besitze Beistand, der besser als jede Muskete ist. Der Herr ist mein Hirte, er beschützt mich auf meinen Wegen«, gab sie lächelnd zurück – und erschrak, als sie an dem Jäger vorbei auf die Kreatur am Boden blickte. Die Farbe wich aus ihrem Gesicht, und sie bekreuzigte sich.

»Ja, schaut nur. Der Teufel sendet neue Wölfe, um die Schafe des Herrn zu verschlingen«, sagte Jean. »Meint Ihr, dass Gott Euch vor den Zähnen dieses hungrigen Tiers bewahrt hätte?«

Pierre räusperte sich. »Verzeiht meinem Vater seine Worte und habt keine Furcht, ehrwürdige Äbtissin. Dieser Wolf tut Euch nichts mehr.«

»Weil *wir* ihn gefangen haben. Nicht Gott«, fügte Jean hinzu.

»Aber mit Gottes Hilfe, guter Mann.« Gregoria trat zur Verwunderung der beiden Männer näher an den Kadaver heran, besah ihn von allen Seiten, bekreuzigte sich erneut und küsste das Kreuz des silbernen, sehr aufwändig gearbeiteten Rosenkranzes, der um ihren Hals über der Ordenstracht hing. »Ein seltsames Tier«, meinte sie dann leise. »Es ist gut, dass Ihr es gefangen habt. Es hat viel Leid über die Menschen in der Umgebung gebracht, wie ich hörte.«

»Wie manche Priester.« Jean kümmerte sich nicht weiter um die Äbtissin, die in ihrem schwarzen Habit wie ein Fremdkörper in dem grünen, lebendigen Wald wirkte. Er fand es zwar merkwürdig, dass sie sich so weit von den Mauern ihres Klosters entfernt hatte, um nach Kräutern und Erdbeeren zu suchen – aber er hatte Wichtigeres zu tun.

»Was auch immer man Euch angetan hat, *ich* war es nicht. Es gibt keinen Grund, mich feindselig zu behandeln.«

Jean wollte etwas darauf erwidern, aber Gregoria sprach einfach weiter. »Ich werde Euch nicht weiter mit meiner

Anwesenheit belästigen. Da Ihr Euch offensichtlich von Gott und seiner heiligen Kirche abgewandt habt, werde ich für Euer Seelenheil beten, auf dass Ihr auf den Pfad des Herrn zurückkehrt.«

»Gut bemerkt! Ich habe nichts mit der Kirche und Gott zu schaffen. Um mein Seelenheil kümmere ich mich selbst und überlasse es keinesfalls scheinheiligen Priestern und gierigen Pfaffen!« Auch wenn das kleine Benediktinerinnen-Kloster bei den einfachen Menschen einen guten Ruf hatte und sich, wie man hörte, um Arme und Verwirrte kümmerte, gab es für ihn keinen Grund, die Äbtissin anders als alle anderen Klerikalen zu behandeln. Ihre überhebliche und selbstgefällige Art verärgerte ihn.

Sie lächelte Pierre freundlich an, der sich wiederum verbeugte. »Der Segen des Herrn sei allezeit mit Euch. Gebt dennoch gut auf Euch Acht, junger Mann, damit die Wölfe Euch nicht holen. Solltet Ihr beten wollen, die Kapelle von Saint-Grégoire steht Euch jederzeit offen.« Sie nickte ihm zu und ging. »Guten Tag, Messieurs.«

»Zum Teufel mit den Nonnen«, fluchte Jean leise und wandte sich dem Kadaver zu. »Zum Teufel mit dem ganzen Pfaffenpack.«

»Mutter würde nicht wollen, dass ...«, begann Pierre vorsichtig, sah aber an der abweisenden Haltung des Vaters, dass er nicht weitersprechen musste. Seit dem Tod der Mutter gab sein Vater nichts mehr auf die Gnade Gottes, der seiner Ansicht nach nur diejenigen beschützte, die genügend Geld besaßen, um sich das Wohlwollen im Opferstock der Kirche zu erkaufen.

Er wollte gerade zu seinem Vater gehen, als er glaubte, aus den Augenwinkeln einen gedrungenen Schatten zwischen den Stämmen gesehen zu haben.

»Da ist etwas!« Er sandte ein stilles Gebet an Gott, dass er sie,

Antoine und die Äbtissin vor dem beschützen möge, was da unter den Buchen umherstreifte.

»Es wird Surtout sein«, meinte sein Vater.

Die Angst packte Pierre erneut. »Und wenn diese Bestie, die wir gefangen haben, nicht allein war?«, flüsterte er.

»Töten wir die andere auch noch«, gab Jean zurück und legte die Muskete an. Pierre folgte seinem Beispiel. »Vergiss nicht, dass Antoine irgendwo ...«

Ein breiter Schatten flog aus dem Gebüsch zu ihrer Linken. Er brüllte laut und warf sich gegen die beiden Männer, riss sie von den Beinen und schleuderte sie auf den Waldboden. Donnernd entlud sich Pierres Muskete, und sofort stank es nach verbranntem Schwarzpulver. Über die erschrockenen und wütenden Rufe der Männer hinweg –

– ertönte ausgelassenes Gelächter. Antoine wälzte sich im Laub und schüttete sich aus vor Lachen, die Heiterkeitstränen rannen ihm aus den Augenwinkeln und liefen über die Wangen in seinen kurzen Vollbart. »Bonsoir, ihr tapferen Waidmänner«, röhrte er. »Habt ihr euch in die Hosen gepisst?«

Jean sprang in die Höhe und verpasste seinem Jüngeren eine schallende Ohrfeige. »Du bist ein Idiot, Antoine! Wir hätten dich um ein Haar erschossen!«

»Ich wundere mich, dass ihr es nicht getan habt. Dann wärt ihr mich endlich los gewesen«, murmelte er glucksend, stand auf und klopfte sich mit dem Dreispitz die braunen Blätter von seinem Rock. Die Lippe war durch den Hieb wieder aufgeplatzt. »Ihr und die anderen. Die Leute wären doch froh, wenn mich eine Kugel treffen würde. Ich kenne das Gerede. Seit ich von ... von meiner Reise zurückgekommen bin, haben sie Angst vor mir. Und manchmal glaube ich, das geht auch meiner Familie so.«

»Hast du deinen Köter gefunden?« Jean ging über Antoines Worte hinweg.

»Nein. Er wird irgendein Wild verfolgen.«

Pierre hielt sich zurück und schwieg. Er lud seine Waffe nach und versuchte trotz der zitternden Hände, die Prozedur so schnell wie immer zu absolvieren. Ihr Vater legte großen Wert darauf, dass sie innerhalb einer Minute dreimal feuern konnten, was angesichts eines heranstürmenden verletzten Keilers überlebenswichtig war. Oder einer angriffslustigen Bestie.

Wie viele Kugeln mochte eine solche Kreatur aushalten, ehe sie ihr Leben verlor? Er gab neues Pulver aus dem Horn auf die Zündpfanne und drückte schnell den Deckel herab, als er etwas Seltsames bemerkte. »Vater, hatte das Vieh die Lider geschlossen oder geöffnet, als wir es vom Baum nahmen?«, fragte er heiser und ließ den breiten Kopf des Biests nicht aus den Augen. Das Schwarz in der blutroten Iris schien ihn direkt anzustarren. Die Pupille war voller Wut, voller Hass – voller Leben!

Dann hörten sie das grollende Knurren.

»Der Loup-Garou lebt noch!« Antoine robbte flink über den Boden und griff nach seiner Muskete, die er bei seinem Sprung aus dem Gebüsch verloren hatte. »Ich brenne ihm eins zwischen die Augen!«

Durch seine Bewegungen verursachte er so viele Geräusche, dass das Laubrascheln beinahe untergegangen wäre. Doch einer der Chastels besaß genügend Aufmerksamkeit.

Pierre schaute zu seinem Vater, der sich plötzlich schreckensbleich nach rechts gewandt und den Kolben der Muskete gegen seine Schulter gepresst hatte. Der Lauf schnellte in die Höhe und zielte scheinbar aufs Geratewohl ins Unterholz.

»Was ist?« Pierre fuhr herum – und erstarrte. Der Schatten zwischen den Bäumen war nicht Surtout gewesen! Er sah eine zweite Bestie, die auf allen vieren und lautlos hinter seinem Rücken auf ihn zugelaufen war. Ohne die Wachsamkeit seines Vaters hätte sie ihn vollends überrumpelt.

Krachend spuckte Jeans Waffe eine Bleikugel nach dem unheimlichen Angreifer, der im gleichen Moment einen riesigen Satz machte und spielend leicht sechs Schritte Distanz überwand. Er sprang gegen einen Baum, stieß sich ab, schnellte gegen den vor Entsetzen schreienden Pierre und riss ihn fauchend zu Boden. Die Krallen schlitzten den Rock in Höhe der Brust auf; Blut quoll aus fünf langen Schnitten hervor.

»Antoine!«, schrie Jean und zwang sich zur Ruhe, damit sein nächster Schuss saß. Angst durfte er sich nicht erlauben. Er sah die Bestie genau vor sich, erkannte die Ähnlichkeit zu dem Wesen, das sie an der Wolfsangel gefunden hatten. Aber dieses Exemplar besaß einen kräftigeren Körperbau und stand gut im Futter. Er dachte an die vier Einschusslöcher, und sein Mut sank. Der Zeigefinger wanderte weiter nach hinten, um den zweiten Abzug zu bedienen.

»Allez, Loup-Garou!« Antoine zog die Aufmerksamkeit auf sich. Er saß vor dem gefangenen Werwolf und drückte ihm die Muskete gegen das linke Auge. »Willst du deinen Freund zurück? Dann lass meinen Bruder gehen, oder ich verteile das Gehirn dieser Bestie im Wald!«

Langsam wandte sich der schauderhafte Kopf in seine Richtung. Das Biest ... schien ihn zu verstehen! Die glutroten Augen hefteten sich auf Antoine, die Lefzen zogen sich zurück, und es zeigte den Männern sein einschüchterndes Raubtiergebiss. Eine Klaue umschloss Pierres Kehle, dann erhob es sich zur Bestürzung der Wildhüter auf seine langen Hinterbeine und war plötzlich so groß wie ein Mensch! Es hielt sein Opfer vor sich in die Luft, als wöge es nicht mehr als ein Sack Federn.

»Lass ihn los!«, verlangte Antoine, zog seine Pistole und richtete sie ebenfalls auf den Kopf seiner Geisel. Er grinste dabei unentwegt. Es schien für ihn kaum mehr als ein Spiel zu sein. »Ihr vertragt bestimmt viel Blei in euren hässlichen Leibern, aber ohne Kopf müsst auch ihr sterben. Habe ich Recht?«

Grollend schleuderte der zweite Werwolf Pierre von sich, der sich mehrmals überschlug und vor den Füßen seines Vaters ohnmächtig liegen blieb. Sein Blut sickerte auf den Waldboden. Jean wagte nicht, sich zu bücken und nach dem Verletzten zu sehen. Die Gefahr war noch lange nicht gebannt.

Antoine fühlte sich dagegen sehr sicher. »Braver Loup-Garou«, höhnte er. »Ich werde dich als mein Haustier halten.« Er leckte sich über die Lippen, seine Augen wurden schmal. »Aber das würde meinem Vater nicht gefallen.«

»Nein! Tu es nicht«, raunte Jean vorahnungsvoll. »Reize ihn nicht.«

»Du bist doch der Meinung, dass nur ein toter Wolf ein guter Wolf ist.« Ohne mit der Wimper zu zucken, schoss Antoine dem liegenden Werwolf die Ladungen beider Läufe in den Kopf. Der breite Schädel zerbarst in einer Wolke aus Blut. Allein der Druck der Treibladungen hätte ausgereicht, den Kopf zu zerfetzen, die Kugeln taten ihr Übriges dazu. Es blieb nichts außer Resten des Unterkiefers und der hinteren Schädelpartie zurück. Dennoch tobte der Kadaver wie lebendig, schlug um sich, bäumte sich auf, rollte in seinem Blut umher, die Klauen rissen die Erde auf, schlugen nach dem Feind. Dreck und Blätter stoben herum. Lachend sprang Antoine von dem sterbenden Wesen weg und hob seine Pistole.

Jean verfluchte die unberechenbare Art seines jüngeren Sohns. Er ahnte, wie der betrogene Werwolf handeln würde. Er drückte ab, spürte den Rückstoß gegen seine Schulter und sah die weiße Pulverwolke aufsteigen, die ihm wegen eines ungünstigen Windes die Sicht raubte.

Die aufgellenden Schreie Antoines sagten ihm, dass die Bestie bereits Rache nahm. Ohne zu zögern, hob er Pierres geladene Muskete auf und rannte dorthin, wo sich Mensch und Kreatur auf der Erde wälzten.

Sein Sohn rang mit den Kräften eines Giganten und schaffte

es trotzdem nicht, den Angreifer von sich zu stoßen; auch die tiefen Stiche des Dolchs, den Antoine zur Verteidigung benutzte, beeindruckten die Bestie nicht. Ihre Fänge bissen tief ins Fleisch des Unterarms und drängten dann nach der Kehle des jungen Mannes.

Jean handelte instinktiv. Die Angst um seinen Sohn, missraten oder nicht, überwand den Schock und alle lähmenden Gefühle. Er drosch den Kolben der Waffe mehrmals hart in den Nacken des Werwolfs und brachte ihn dazu, von Antoine abzulassen. Die roten Augen wandten sich ihm zu, die weit geöffnete Schnauze flog heran.

Jean lief rückwärts und schoss auf die Bestie. Sie kreischte und stürmte als Schrecken erregende Silhouette weiter auf ihn zu. Als sie den Pulverdampf durchbrach, erkannte Jean deutlich die beiden Einschusslöcher auf Höhe des Herzens. Doch die Wunden schlossen sich bereits!

»Verschwinde!«, schrie er voller Verzweiflung und rammte den Lauf in den zahnbewehrten Schlund. Das Metall traf auf Widerstand und durchstieß etwas, das Wesen gab einen gurgelnden Laut von sich – und wich tatsächlich zurück.

Unschlüssig stand der Werwolf in seiner ganzen Scheußlichkeit auf den langen Hinterbeinen. Er knurrte und fauchte gleichzeitig, die kurzen Ohren waren steil nach oben gerichtet, der Schwanz peitschte.

Da krachte ein Schuss durch den Wald.

Die Kugel fuhr der Bestie seitlich durch die Schnauze, eine rote Fontäne sprühte augenblicklich los, bespritzte den Wolf und Jean. Schrill heulend stieß sich das Wesen vom Boden ab – und sprang sieben Schritte weit in den Schutz der Baumstämme, zwischen denen bereits die Dunkelheit regierte.

»Fahr zur Hölle, Loup-Garou!«

Antoine, die Kleidung in blutigen Fetzen am Körper, hatte sich am Stamm der Buche aufgesetzt, sein linker Arm senkte sich zitternd, die rauchende Pistole sackte nach unten. »Fahr zur Hölle«, wiederholte er leise. Seine Augenlider flatterten und schlossen sich. Er hatte das Bewusstsein verloren.

Die unheimliche Stille, die vor dem Angriff der Bestie Einzug gehalten hatte, dauerte an. Noch immer waren die Tiere des Waldes wie gelähmt. Das Lärmen, Fauchen und Schießen hatte ihre Stimmen erstickt.

Jean wusste nicht, ob der Werwolf zurückkehren würde, um sein Werk zu beenden. Der Wildhüter lud mit zitternden Fingern alle Waffen nach, wartete einige Momente, die ihm wie qualvolle Stunden erschienen. Als sich nichts rührte, wandte er sich besorgt seinem schwer verletzten Sohn zu. Er vernähte die schweren Blessuren an Antoines Armen mit grobem Garn und wickelte Stofftücher darum, die er hastig aus seinem Rock schnitt. Dann kümmerte er sich um Pierres Wunden. Beide Söhne erwachten nicht aus ihrer Ohnmacht. Vielleicht weigerte sich ihr Verstand solange es ging, die Bestie noch einmal sehen zu müssen. Liebevoll streichelte Jean die Gesichter seiner Kinder und fragte sich, was er tun konnte, außer abzuwarten.

Lange Zeit verharrte er zwischen ihnen, die Waffen griffbereit um sich verteilt, und lauschte in die gespenstische Ruhe.

Es blieb still.

Erst als er den erlösenden Ruf einer Eule hörte, entspannte sich Jean allmählich. Er entzündete ein kleines Lagerfeuer, das die Nacht zwischen den Bäumen vertrieb. Dann wandte er sich zu der Stelle um, wo der Kadaver des ersten Werwolfs darauf wartete, untersucht zu werden.

Jean erstarrte. In einem See aus Blut lag dort –

– der Torso eines Menschen! Der Schein des Feuers beleuchtete die klaffenden, feuchten Wundränder; Chastel sah das Weiß des Schädelrestes schimmern. Die Bestie war nach dem

Tod aus ihm gefahren und hatte einen ausgemergelten Mann von gewiss sechzig Jahren zurückgelassen.

Der Wildhüter schauderte. Es widerstrebte ihm, sich dem Leichnam zu nähern. Doch konnte er es wagen, ihn hier liegen zu lassen? Wer würde ihm glauben, dass dieser schwache, alte Mann zu Lebzeiten eine reißende Bestie gewesen war? Er nahm seinen Mut zusammen und schleifte den Toten zum Bach, übergab ihn dem dunklen Wasser und sah zu, wie ihn die Strömung davontrug. Irgendwo würde er angespült werden, weit weg vom Vivarais und noch weiter weg vom Gévaudan. Sollte er dort seinen Frieden finden.

Er kehrte zu seinen bewusstlosen Söhnen zurück, hielt sein Jagdmesser in die Flammen, öffnete die Wundnähte und brannte Pierre und Antoine die Verletzungen mit der glühenden Schneide aus. Der Keim des Wolfs, oder was immer sie angefallen hatte, sollte in der Hitze vergehen.

Niemand durfte von den wahren Geschehnissen dieses Nachmittags erfahren. Die Wunden seiner Söhne stammten von einem großen Wolf, das würde er DeBeaufort und allen anderen erzählen. Ein passendes Tier zu seiner Geschichte konnte er auf der Rückreise ins Gévaudan erlegen. Wichtig war nur eins: so schnell wie möglich diese verfluchte Gegend zu verlassen, in der eine Kreatur ihr Unwesen trieb, die offensichtlich aus der Hölle gesandt worden war. Die Vulkane des Vivarais mussten geradewegs ins Reich des Teufels führen.

II. KAPITEL

München, 1. November 2004, 23:23 Uhr

Er beobachtete die Unbekannte aus dem Schatten einer monströsen, modernen Installation heraus. Wie es sich für alte Ölfässer gehörte, stanken sie. Kunst mit einer unangenehmen Begleiterscheinung.

Sie stand vor dem düsteren Gemälde, den Kopf mit den langen, blonden Haaren etwas nach rechts geneigt. Ein langer, dunkelbrauner Mantel lag um ihre Schultern, der Saum eines schwarzen Rocks und Bikerstiefel schauten darunter hervor.

Er war auf sie aufmerksam geworden, weil sie sich, im Gegensatz zu den hektischen Besuchern in der Galerie, nicht bewegte. Sie nahm sich die Zeit, das Gemälde wirken zu lassen: einsame Versunkenheit.

Die Welt um sie herum befand sich auf Häppchen-Jagd, stieß Gläser aneinander, beglückwünschte den strahlenden Ausstellungsleiter zur gelungenen Vernissage und lud sich die Teller mit Canapés voll. Allenthalben Trunkenheit.

In Zeitlupe richtete sie den Kopf auf, machte einen Schritt zurück und senkte den Schopf nach links. Sie verharrte, er verharrte, und beide betrachteten das Objekt ihres Interesses auf eigene Art.

Schließlich hielt er den Gestank nach Öl nicht mehr aus; außerdem war ihm danach, die Jagd zu eröffnen. Er näherte sich ihr und gab sich Mühe, nicht leise zu sein, damit er sie keinesfalls erschreckte. Erschrockenes Wild flüchtete.

Ihm fiel sofort auf, wie gut sie roch. Der Duft ihres Shampoos war dezent, Parfüm benutzte sie nicht, und so war es ihr eigener Geruch, der pur und unverfälscht in seine empfindliche Nase stieg.

Endlich stand er neben ihr und tat scheinheilig so, als interessiere er sich für das Kunstwerk und nicht für sie.

Die Frau schaute ihn an und zeigte ihm so ihr schlankes Gesicht, in dem eine unmodisch modische Brille ihre kornblumenblauen Augen betonte. Sie trug eine dunkelrote, dünne Seidenbluse und nichts darunter; ihre Brüste zeichneten sich mit allen verlockenden Details unter dem Stoff ab. Sie war nicht mehr als dreiundzwanzig Jahre alt. Ein gutes Alter.

Sie hatte sich schon wieder abgewandt, ihre kurze Musterung war negativ für ihn ausgefallen.

»Schön, dass Sie keine Häppchen in sich hineinstopfen«, sprach er nach vorne, als redete er mit dem Bild. »Wenigstens eine, die sich die Ausstellung anschaut.«

»Ich brauche meine gute Figur«, erwiderte sie offenkundig genervt, »sonst bekomme ich keine Freier mehr. Und fragen Sie mich jetzt bitte nicht, ob ich öfter hier bin. Ich wärme mich bloß auf. Meine Tuberkulose ist noch nicht ganz weg, und da ist das Scheißwetter draußen Gift für meine Lungen.« Sie hustete, nahm ein Tuch aus der Manteltasche, presste es gegen den Mund und hielt es ihm entgegen. Ein großer, roter Fleck.

»Offene TB?« Er grinste. »Wissen Sie, nach dem ersten Satz hätte ich Ihnen die Prostituierte abgenommen. Aber danach haben Sie ein bisschen dick aufgetragen. Und der Fleck war schon vorher drin. Rotwein? Kirschsaft?«

»Lassen Sie es mich etwas einfacher ausdrücken: Ich habe kein Interesse an einer Unterhaltung. Gehen Sie einfach Häppchen essen«, empfahl sie ihm kühl und stopfte das Tuch in die Manteltasche zurück.

»Geht nicht. Ich brauche meine gute Figur, sonst bekomme ich keine Frauen mehr ab.«

Die Blonde lachte, drehte sich nun doch zu ihm und musterte ihn ausführlicher. Seine selbstsichere Bemerkung hatte sie neugierig gemacht. Er wusste, was sie sah: einen Mann Ende zwanzig, groß und durchtrainiert, mit schwarzen Haaren, die bis auf die Schultern reichten. Er trug schwarze Lederhosen, ein schwarzes Feinrippunterhemd und einen langen, weißen Lackledermantel; die Füße steckten in weißen Schnürstiefeln, an den Spitzen saßen Metallkappen. Trotz seiner Rasur vor vier Stunden standen ihm schon wieder erste Stoppeln im Gesicht, sein Kinnbart und die Koteletten lenkten jedoch davon ab und unterstrichen sein markantes, männliches Gesicht. Er rückte seine Brille zurecht, lächelte sie an und fragte: »Kurzsichtig oder weitsichtig?«

»Ich oder Sie?«

»Sie.«

»Kurzsichtig. Eins Komma vier und eins Komma neun Dioptrien, plus Hornhautverkrümmung. Können Sie das toppen?«

»Kurzsichtig, zwei Komma eins und zwei Komma drei Dioptrien. Aber keine Hornhautverkrümmung.« Bedauernd verzog er das Gesicht. »Dafür bin ich leicht farbenblind.«

»Sie Ärmster. Dann haben Sie gar nichts von meiner schreiend gelben Bluse, meinem blauen Mantel und dem grünen Rock.«

»Ich bin leicht farbenblind, nicht total farbenblöd.«

Jetzt lachte sie schallend. »Sie haben mir tatsächlich meine schlechte Laune verdorben. Dabei hat mich das Bild gerade so herrlich depressiv gemacht.« Sie hielt ihm ihre gepflegte, weiche Hand hin. »Ich bin Severina.«

»Ihr Künstlername, nehme ich an?« Er ergriff ihre Hand und schüttelte sie. »Eric.«

»Ich bin keine Künstlerin.«

»Ich meinte als Prostituierte.«

Severina zwinkerte fröhlich. »Wir sind alle Huren, Eric. Jeder, der einen Job macht und Geld dafür bekommt, ist eine Hure.«

»Welchen Beruf haben Sie?«

»Keinen richtigen. Ich studiere Moderne Kunst und habe eine Hiwi-Stelle.« Sie ließ seine Hand los und deutete auf das Bild, das viel Schwarz, einige weiße und einen roten Streifen zeigte, die in wildem Muster vor dem dunklen Hintergrund lagen. »Schon erschütternd, was die modernen Künstler mitunter auf die Leinwand bringen.«

»Wirklich?« Eric nickte und ging dicht an das Bild heran. Prüfend legte er die Hand darauf. »Um genau zu sein, das ist keine Leinwand.« Er pochte dagegen, das Material gab nach und wogte. Die ersten Gäste schauten zu ihm herüber und tuschelten; der Ausstellungsleiter wurde auf den Störenfried aufmerksam gemacht und erbleichte. »Sieht aus wie Plastikplane.«

Severina beobachtete ihn neugierig.

»Wollen Sie sich als Bilderstürmerin der Moderne versuchen?«

Seine hellbraunen, fast schon bernsteinfarbenen Augen mit dem schwarzen Ring fixierten sie. Severina schien es, als habe der dunkle Rand der Iris Mühe, das wilde Gelb in Schach zu halten. Sobald es eine Lücke fand, würde es das Augenweiß fluten.

»Sagen Sie mir, Severina, warum Ihnen das Bild nicht gefällt. Warum Sie es scheiße finden.«

Sie trat näher. »Es sieht nicht echt aus. Es steckt nichts dahinter. Schimpansen malen besser.«

Eric kratzte an der Farbe. Schwarze Bröckchen lösten sich und rieselten auf den geputzten Boden der Halle. »Und wenn es dem Maler nicht um das Bild, sondern um den Akt des Schöpfens ging? Es ist einfach das Resultat der Begegnung von Maler und Plane, schätze ich. So ist er, der abstrakte Expressionismus.« Er tätschelte die Plane. »Aber Sie haben Recht: Das Bild *ist* scheiße.«

Unvermittelt packte Eric den Rahmen und hievte ihn aus der Verankerung an der Wand, schleuderte ihn zu Boden und sprang mit beiden Füßen mitten auf das Werk. Er streckte die Hand aus. »Kommen Sie, Severina. Wir schaffen neue Kunst.«

Zögernd, aber mit vor Aufregung gerötetem Gesicht nahm sie seine Hand und vollführte mit ihm zusammen einen wilden Tanz. Sie lachten, ramponierten die Plane vor den Augen der fassungslosen Vernissagengäste. Severina malte mit ihrem dunkelroten Lippenstift zusätzliche Linien, Eric spuckte darauf. Dann schob er sie vom Bild hinunter und hängte die zerfetzten Überreste wieder in die Halterung.

»So.«

Eric nahm Severinas Hand und zog sie ein paar Schritte zurück, um das Produkt ihrer spontanen Zerstörungswut aus einem gebührenden Abstand zu betrachten und die Wirkung zu testen. »Es sieht eindeutig besser aus«, lautete sein Urteil. Er schaute zu ihr. Severina strich sich die blonden Haare aus dem Gesicht; sie atmete schnell. Auf ihrer Bluse zeichneten sich unter den Brüsten und am Bauch Schweißflecken ab. Ihr ursprünglicher, unverfälschter Frauenduft erregte ihn.

»Viel besser«, keuchte sie grinsend. »Wie nennen wir es?«

»Sie sind die Fachfrau. Prägen Sie einen neuen Kunststil.« Eric entdeckte den Galeriebesitzer, der seine Häppchen abgestellt hatte und zusammen mit zwei Sicherheitsleuten auf sie zuging. »Machen Sie schnell!«

Sie kniete sich vor das Bild, zückte erneut den Lippenstift und schrieb *Abstract axpression by S & E* auf die geschundene Plane, dann zog er sie in die Höhe und rannte mit ihr Hand in Hand zum Hinterausgang. Eine Sirene heulte los, als er die gesicherte Tür auftrat. Sie stürmten hinaus in die Seitenstraße und wurden von eiskaltem Novemberregen empfangen. Es machte ihnen nichts aus, sie rannten und rannten, bis er sie in den Schutz eines großen Torbogens zog.

»Gut, wir haben sie abgehängt. Axpression?«, fragte er amüsiert.

»Kommt von Action und Expressionismus«, erklärte sie ihren Einfall und kicherte wie ein übermütiges Kind, das sich etwas Verbotenes getraut hatte. »Meine Güte, Eric! Wie teuer war das Bild wohl?«

»Fragen Sie lieber, was es *jetzt* wert ist.« Er schaute die menschenleere Straße hoch und runter, dann packte er ihren Kopf und drückte einen wilden, verlangenden Kuss auf ihre Lippen. Warm quoll ihr Geruch unter dem Mantel hervor.

Severina stöhnte auf, schob ihre Zunge in seinen Mund, umfasste ihn und drückte ihn hart an sich. Es war ein surrealer Moment. Sie ließ sich von dem vollkommen Unbekannten verführen, der ihr jetzt den Rock in die Höhe schob und sie zwischen den Beinen berührte. Erregung durchströmte ihren Körper; sie wollte Eric in sich spüren und zeigte es ihm, indem sie seinen Reißverschluss öffnete.

Sie liebten sich unter dem Torbogen. Eric hatte sie angehoben, Severina schwebte auf seinen Oberschenkeln wie auf einer Schaukel, und jeder Stoß seines Beckens katapultierte sie dem Feuerwerk entgegen. Die Art, wie er sich bewegte und wie er sie berührte, zeigte, dass er ein erfahrener Liebhaber war. Als er ihre Bluse öffnete und leicht in ihre harte linke

Brustwarze biss, kam sie zum ersten Mal und schrie unterdrückt gegen seine Schulter. Ihre Sinne befanden sich auf einem Freiflug, sie hörte sogar Melodien.

Um genau zu sein, war es die Melodie des *A-Teams*.

Eric fluchte und glitt aus ihr heraus.

»Hey!«, beschwerte sie sich keuchend und lehnte sich gegen die Mauer.

Er lächelte entschuldigend, wühlte in seiner Hosentasche und zog ein Handy hervor. »Ja?« Lauschend zog er sich mit einer Hand das Kondom ab und schloss den Reißverschluss. Severina hatte in ihrer Erregung gar nicht mitbekommen, dass er sich einen Gummi übergestreift hatte. »Gut. – Aber warte auf mich. – Ja, ich bin gleich da.« Er klappte den Deckel zu und verstaute das Telefon. »Entschuldigen Sie. Es ist wichtig.« Eric lächelte sie an, spielte mit einer feuchten blonden Strähne, die ihr ins Gesicht hing, dann gab er ihr einen Kuss und rannte auf die Straße zurück. »Passen Sie auf sich auf«, rief er und verschwand um die Ecke. Severina lachte ungläubig auf, während sie sich die Bluse zuknöpfte. So etwas war ihr noch nie passiert!

Und sie fürchtete, dass es ihr auch nie wieder passieren würde.

Eric hetzte fluchend durch die regennassen Straßen und suchte sein Auto. Seine Jagd hatte ihn die Pflicht vergessen lassen, und das geschah leider viel zu oft. Aber Frauen zogen ihn einfach magisch an; er mochte es, sie zu jagen, sie zu lieben und sie danach gleich wieder zu verlassen. Er mochte die intimen Momente ohne das Gefühlsgeplänkel danach mit dem »Sehen wir uns wieder?« oder dem »Gibst du mir deine Nummer?«. Deshalb siezte er sie alle, egal was sie vorher zusammen getan hatten.

»Shit! Wo ist ...« Er drückte unentwegt auf den Knopf des

elektronischen Türöffners, und endlich sah er in zehn Metern Entfernung Blinker aufleuchten. Dort stand der dunkelgrüne Porsche Cayenne in seinem ewig verdreckten Zustand. Eric wusch sein Auto nie. Was der Regen nicht wegspülte, durfte bleiben, wo es war; auch die Dellen und Kratzer im Lack scherten ihn nicht. Das Einzige, was regelmäßig gewartet wurde, waren der Turbomotor und die Bremsen.

Eric sprang auf den Fahrersitz und startete den Porsche. Rücksichtslos setzte er auf die Fahrbahn und schoss mit quietschenden Reifen davon. Wer glaubte, dass Geländewagen in einer Großstadt unnötig waren, kannte ihn nicht. Seine Aufgabe verlangte Schnelligkeit, und die kürzeste Strecke zwischen A und B blieb – sogar in Großstädten – eine gerade Linie. Stadtparks eigneten sich hervorragend als Abkürzung. Eric hatte sein GPS-Verkehrssystem entsprechend modifiziert. München, London, New York, Moskau: Seine Cayennes und er gelangten immer auf der schnellsten Route ans Ziel, seine mörderischen Fahrten durch die Metropolen wären ideale Werbespots für Hersteller von Geländewagen.

Der Anrufer hatte ihm eine Adresse und einen Namen genannt: Upuaut. Ein größenwahnsinniges Wandelwesen, das sich sein eigenes Lykopolis errichten wollte. Vor einigen Wochen war es Eric im ägyptischen Sohag knapp entkommen, ohne sein menschliches Gesicht zu zeigen. Hier in München bot sich nun eine zweite Gelegenheit.

Der Turbolader pfiff, vierhundertfünfzig PS machten das Auto zu einer Rakete, die durch die Münchner Innenstadt zischte, mit einer Neunzig-Grad-Drehung über die Kreuzung schlitterte und mit einhundertsechzig Stundenkilometern auf den Eingang des Englischen Gartens zuhielt.

Wieder klingelte das Handy. Da es im Augenblick tödlich gewesen wäre, die Hände vom Lenkrad zu nehmen, ertrug Eric das *A-Team,* ehe das Polyphonkonzert nach zehn Sekunden endete. Zu der Zeit befand sich der Cayenne schon neben dem Chinesischen Turm und rauschte über den Fußweg. Die Xenon-Scheinwerfer rissen einen erschrockenen Spaziergänger aus der Dunkelheit, der seinen kackenden Hund gerade noch an der Leine zur Seite reißen konnte.

»Pass auf!«, schrie Eric hinter der Scheibe. »Und mach gefälligst den Scheißhaufen weg!« Wütend trat er das Gaspedal bis zum Boden durch, der Motor röhrte auf, und die Profilräder bissen tief in den Rasen.

Endlich, endlich erreichte er die andere Seite des Parks, schoss auf die asphaltierte Straße, fuhr noch einige Meter weiter und hielt mit einigem Abstand vor dem Haus. Eric streifte die weißen Lackhandschuhe über, stellte das Handy auf Vibrationsruf um, klappte den Beifahrersitz nach vorne und nahm den kleinen schwarzen Koffer hervor. Er öffnete ihn und packte die Sig-Sauer-P9-Pistole samt Gürtelholster aus, überprüfte das Magazin mit der Glaser-Munition und befestigte sie am Hosenbund. Die Glock-Halbautomatikpistole in seinem Stiefelschaft genügte wahrscheinlich nicht. Sicher war sicher. Eric entschied sich, auch die Bernadelli B4, ein kompaktes, halbautomatisches Schrotgewehr, aus ihrem Versteck hinter der Verkleidung der Seitentür zu befreien. Er schob sie unter seinen Mantel und hielt sie mit dem linken Arm an den Körper gepresst, als er ausstieg und sich auf den Eingang zubewegte. Die rechte Hand schwenkte den zur Hälfte aufgeklappten Stadtplan Münchens.

Die beiden Männer in schwarzen Anzügen vor dem Haus musterten ihn. Beide trugen, was man einen »Knopf im Ohr« nannte, und kamen sich offensichtlich richtig wichtig vor. Manchen Security-Leuten sprang die Einfalt aus dem Gesicht.

»'n Abend, Herrschaften. Ich habe mich verfahren«, sagte Eric. »Das dämliche Navigationsprogramm zickt. Wahrscheinlich führen die Amerikaner wieder irgendwo Krieg und stören das GPS.« Er näherte sich ihnen und lächelte. »Sie kennen sich in München aus?«

Der dickere der beiden Security-Männer blieb gelassen, sein Partner aber bekam schmale Lippen und einen starren Blick. Den musste er zuerst ausschalten.

»Wohin wollen Sie denn?« Der Dicke streckte den Arm nach der Karte aus.

»Lerchenfeldstraße zweiundvierzig, glaube ich. Einen Moment. Ich habe eine Notiz eingesteckt ...« Eric beugte sich nach vorne, ließ den Mann die Karte allein halten und tastete mit einer Hand seinen Mantel ab, als suche er den Zettel mit der Adresse. »Ich finde sie nicht.« Dann zog er die Bernadelli und hielt sie dem Dicken hin, dessen Augen vor Unglauben riesig wurden. »Halten Sie die auch noch, bitte? Dann kann ich besser suchen.«

Bevor einer der beiden reagierte, stieß Erics Ellbogen unvermittelt schräg nach hinten. Er traf den längeren Sicherheitsmann präzise auf die Nase; der Überrumpelte prallte gegen die Tür und rutschte benommen zu Boden, während Erics rechter Arm bereits in einer blitzschnellen Vorwärtsbewegung auf die Schläfe des Dicken niederzuckte; der Schlag ließ den Kopf herumschnappen, der Mann knickte zusammen.

Lächelnd schaute Eric auf die Hausnummer neben dem Eingang. »Ach, Sie können mir nicht weiterhelfen? Ich frage wohl besser mal drinnen nach.« Er grinste und durchsuchte die Jackentaschen der Bewusstlosen; in einer fand er die elektronische Schlüsselkarte. »Danke sehr.«

Rasch trat er ein und schlich im Dunkeln die Treppe in den ersten Stock hinauf. Die Bernadelli hielt er mit beiden Händen einsatzbereit.

Irgendwo aus einem der Zimmer vor ihm erklangen laute Trommeln und rhythmisches Klatschen, darunter mischten sich das gelegentliche Lachen von Männern und leises Klimpern. Eric sog die Luft ein. Es roch nach orientalischem Essen – und Wolf. Er würde die Feier abrupt beenden müssen, und es tat ihm nicht einmal Leid.

Sein gutes Gehör lotste ihn den halbdunklen Flur entlang bis zu der Tür, hinter der die Geräusche am leisesten waren. Zufällig fiel sein Blick auf seinen eigenen Schatten, und er erschauderte. Der Anblick erinnerte ihn an Robert Motherwells Gemälde *Monster:* ein diffuses, Furcht einflößendes Gebilde voller dunkler Bedrohung, dem man entkommen wollte. Aber seinem eigenen Schatten konnte man nicht entkommen.

Erics Hand legte sich auf die Klinke, behutsam drückte er sie herab und öffnete die Tür. Er fand sich im hinteren, dunkleren Teil eines Raumes wieder, unmittelbar neben einem geplünderten Büfett. Sofort duckte er sich und verschwand unter dem Tisch. Er rutschte unter ihm einige Meter vorwärts und schob dann vorsichtig die weiße Tischdecke zur Seite, um sich einen Überblick zu verschaffen.

Eine Männergesellschaft lag auf weichen Kissen um einen runden Tisch, auf dem kleine, dampfende Teetässchen und mehrere Wasserpfeifen standen; über ihnen spannte sich ein Baldachin aus dunkler Seide mit bunten Stickereien. Die Männer verschiedenen Alters trugen allesamt Geschäftsanzüge, sahen orientalisch und aufgrund des Goldschmucks und der schweren Uhren wohlhabend aus. Vor ihnen tanzte eine dunkelhaarige, tiefbraune Schönheit in einem knapp geschnittenen Kostüm mit Schleiern; das Klirren stammte von einem Münzgürtel, den sie um die Hüfte trug. Die bewundernden Blicke der Männer waren ihr sicher.

Erics Handy vibrierte in der Hose. Er ließ das Tischtuch in seine alte Position gleiten und nahm das Telefon heraus. »Ja?«, flüsterte er.

»Komm nicht her, Eric!« Die atemlose Stimme seines Vaters. »Du ...« Die Verbindung riss ab.

Erics Puls beschleunigte sich. Er schob das Tischtuch erneut zur Seite und musterte die Männer aufmerksam. Es stank drückend nach Wolf; Eric konnte die Ausdünstungen wegen des starken Geruchs der Umgebung nicht einzeln zuordnen. Aber es musste doch einen Hinweis geben, irgendetwas, an dem er Upuaut erkannte. War er der ältere Mann mit dem dichten Bart? Oder der Nordafrikaner mit der Narbe unter dem Auge? Jeder von dem Dutzend konnte Upuaut sein. Er wusste nichts über dessen menschliches Leben, außer dass er sehr wohlhabend und kriminell war. So wie etwa siebzig Prozent der Lykanthropen, die ihm vor die Mündung gelaufen waren. Ihre durch das Tier veränderte Mentalität sorgte dafür, dass sie kein Mitgefühl kannten, keine Skrupel, kein menschliches Gespür für Gut und Böse. Dass sich Upuaut überlegen fühlte, drückte schon sein Name aus: Es zeugte definitiv von Megalomanie, sich nach einem altägyptischen Toten- und Kriegsgott zu benennen und sein eigenes Reich gründen zu wollen.

Eric wusste, dass er sich beeilen musste, bevor sie ihn witterten. Zeit für radikale Maßnahmen. Er nahm das Magazin der Bernadelli aus dem Lauf, tauschte das erste Vollgeschoss gegen eine Silberschrotpatrone aus und lud durch. Vorsichtig hielt er den Lauf hinaus, achtete darauf, dass er die Tänzerin nach Möglichkeit nicht erwischte – und drückte ab.

Die Silberkügelchen schossen los. Sie zerfetzten die Brokatkissen, pulverisierten etliche Gläser und bohrten sich an den unterschiedlichsten Stellen in die Körper der Männer.

Nach dem Knall kam das Geschrei. Die Verletzten sprangen auf, schrien durcheinander, vier von ihnen zogen Pistolen und schwenkten sie umher, ohne den Angreifer zu sehen. Bei dreien hatte der Beschuss mit der ganz besonderen Munition den gewünschten Effekt: Voller Wut und Schmerz verwandelten sie sich.

Fast so schnell, wie der Cayenne benötigte, um von null auf

hundert zu beschleunigen, verformten sich die Körper, wurden sehniger, bekamen einen dichten, gelbbraunen Pelz, ohne aber ihre menschliche Statur zu verlieren. Sie heulten und knurrten dabei, die Verwandlung bereitete ihnen zusätzlich zum Silber Qual. Die Köpfe mit den spitzen Schnauzen ließen sie fuchsähnlich erscheinen, doch Eric wusste, dass er Schakalwesen vor sich hatte. Typisch für das alte ägyptische Lykanthropengeschlecht.

In der neuen Gestalt witterten sie sofort, wo sich der Schütze befand. Sie teilten sich auf und liefen geduckt aus verschiedenen Richtungen auf das Büfett zu, unter dem Eric immer noch kauerte. Es wurde Zeit, die Deckung zu verlassen, die ihn bei einem Nahkampf mehr behinderte als schützte.

Eric sprang in die Höhe und donnerte die zu langsam reagierenden Bewaffneten mit konventionellen Geschossen von den Füßen, ehe er dem ersten Werschakal eine Silberkugel aus der Bernadelli zwischen die Augen setzte. Der Schädel zerstob, dem Edelmetall blieb wegen der zerstörerischen Wirkung des Projektils fast keine Gelegenheit, seine Wirkung zu entfalten. Es zischte leise, als das Blut damit in Berührung kam, und es roch verbrannt. Der Torso flog an Eric vorbei und krachte auf den Tisch, schlitterte darüber und fiel auf der anderen Seite zu Boden. Laut scheppernd folgten ihm die Mehrzahl der restlichen Platten, das Geschirr und die Dekoration. Doch das nahm Eric gar nicht wahr, denn er musste sich bereits um den zweiten Schakal kümmern. Heiser bellend kam er auf Eric zu, stieß sich zum Sprung ab und zeigte ihm so leichtsinnigerweise den verwundbaren Bauch.

Die Bernadelli klemmte und weigerte sich, ihren Dienst zu tun. Geistesgegenwärtig langte Eric neben sich, ging dabei in die Knie, packte den Griff eines Tabletts – und schlug waagerecht nach dem Angreifer. Es entbehrte nicht einer gewissen Ironie, dass dem Wandelwesen jenes silberne Servierbrett, von dem es vorhin die Häppchen gereicht bekommen hatte, nun in den Rippen steckte.

Der Werschakal segelte über Eric hinweg und stieß ein schmerzverzerrtes Kläffen aus. Das Silber zersetzte sein Fleisch, seine Knochen, sein Blut und bereitete ihm unermessliche Qualen. Krachend schlug er gegen die Wand. Eric wirbelte herum, zog dabei die P9 und erschoss ihn, noch während er an der Vertäfelung herabsank.

Das dritte Wandelwesen verharrte. Schakale waren keine besonders mutigen Tiere; die Überzahl hatte sich ausgeglichen, und von den Männern in seinem Rücken erwartete er offenbar keine Hilfe. Die spitzen Ohren legten sich an den Kopf, und er wich zurück.

»Wo ist mein Vater?« Eric zielte mit der Pistole auf die Brust des Wesens. »Ich benutze Glaser-Munition. Eine Patrone besteht aus winzigen Kügelchen, die in einer Metallkapsel mit einer Plastikkappe eingeschlossen sind. Glaub mir, damit willst du keine Bekanntschaft machen!«

»Keine Ahnung«, krächzte der Schakal mit der schrillen, unmodulierten Stimme seiner Art; bei einem Menschen hätte man nicht gewusst, ob sie einem Mann oder einer Frau gehörte. Er sah sich lauernd um. »Ich ...«

»Beim Aufprall reißt die Kappe, die Kügelchen schießen wie eine Minischrotladung in dein Fleisch und geben die Aufprallgeschwindigkeit von fünfhundertfünfzig Metern pro Sekunde achtmal schneller an den Körper ab als ein solides Projektil.«

»Ich weiß es nicht!«

»Man sagt, dass siebenundachtzig Prozent der Leute, die von herkömmlichen Kugeln getroffen werden, überleben. Aber über neunzig Prozent von denen, die Glaser-Munition abbekommen, sterben am Schock. Egal, wo sie was abbekommen.« Er zielte jetzt auf den Fuß seines Gegners. »Schauen wir mal.«

Es knallte. Der teure Lederschuh bekam ein Loch, die Sohle wurde nach oben gedrückt, Blut und Gewebe platzten rechts und links heraus. Der Werschakal jaulte auf, machte zwei linkische Hopser rückwärts und fiel auf den Teppich, keuchte, hechelte und krümmte sich. Seine Regenerationsfähigkeit mochte jede Wunde heilen können, doch sie fing die Wirkung der Glaser-Munition nicht ab; das Wandelwesen starb vor den Augen der fünf verbliebenen entsetzten Männer. Mit dem Tod kehrte die menschliche Form zurück.

»Wenn die Kügelchen aus Silber sind, wirkt die Munition noch besser. Habe ich vergessen zu erwähnen.« Eric stand auf. »Welches von den Arschlöchern war Upuaut? Und wo ist mein Vater?« Er zog den Hahn der P9 zurück. »Ich habe noch sechs Schuss und wenig Geduld. Also?«

Das Handy vibrierte los. Mit der freien Hand fischte Eric es aus der Tasche und hielt es sich ans Ohr. »Ja?«

»Sie wurden gewarnt«, raunte eine Frauenstimme. »Warum sind Sie trotzdem hierher gekommen, Herr von Kastell?«

»Wo ist er?«

»Was bieten Sie für sein Leben?«

»Dein Leben.«

Die Stimme lachte. »Machen wir ein Spiel. Ich habe mich nach einem Gott benannt, weil ich tatsächlich über Leben und Tod herrsche. Ich werde Sie noch einmal anrufen, und wenn Sie nicht abheben, wird Ihr Vater sterben. Nehmen Sie das Gespräch an, und ich lasse ihn auf der Stelle frei. Deaktivieren Sie besser Ihre Mailbox.« Das Gespräch wurde mit einem Klicken beendet.

»Was ist das für eine Kacke?« Eric fluchte, stellte den Klingelton wieder an und feuerte dem Mann, der am weitesten von ihm weg stand, in die Brust. Ächzend fiel er rücklings auf die Kissen und starb mit aufgerissenen Augen. »Fünf Schuss, keine Geduld.« Der Lauf ruckte auf den Nächsten.

Er hörte ein leises Klimpern, und aus den Augenwinkeln sah er den Schatten heranhuschen. Dem nur erahnten Angriff gegen seinen Kopf wich er mit einer Körperdrehung zur Seite aus, konnte aber nicht verhindern, dass er einen Schlag auf den rechten Arm erhielt. Die Hand öffnete sich, das Telefon fiel klappernd auf den Boden und schlitterte davon.

Vor ihm stand die Bauchtänzerin. Die Hände hielten zwei Schlagstöcke vor dem trainierten Körper, die braunen Augen blickten ihn geringschätzig an. Ihre Haltung drückte Stolz aus – und eiskalte Überlegenheit. Sie glich einer Pharaonin, die vom Thron gestiegen war, um den anmaßenden Eindringling in ihrem Palast eigenhändig zu töten. Und Eric fand sie in dem knappen Outfit auch noch verdammt attraktiv.

»Sie stören meinen Tanz.« Ihr Stock zuckte wie ein Blitz vorwärts, schnell, elegant und brachial; es gab keine Chance, in irgendeiner Weise auf den explosiven Angriff zu reagieren. Sie schlug ihm die Sig Sauer aus den Fingern, trat ihm synchron dazu gegen die Brust und schleuderte ihn gegen den Beistelltisch. Er krachte, zusammen mit intakten und kaputten Wasserpfeifen sowie den Teetassen, in den Kissenberg; heißer Tabak brannte in seinem Gesicht und versengte seinen Kinnbart.

Eric rollte sich ab, so gut es bei dem weichen Untergrund ging, schnappte sich das Tischchen als improvisierten Schild und erwartete seine Angreiferin.

Sie attackierte mit der Eleganz einer Tänzerin und der Wucht eines Sandsturms. Die harten Hiebe prasselten gegen das Blech, das sich mit jedem Treffer verbog. Das Ägyptische an ihr, der überhebliche Ausdruck, der unerwartete Mut, die Schlagstöcke, die an die Keulen jenes altägyptischen Gottes erinnerten, brachten ihn auf einen unerhörten Gedanken. War *sie* Upuaut?

Gerade als die Tänzerin zu einem Doppelschlag ausholte,

trat Eric unter seinem Schild nach ihrem vorderen Fuß und fegte sie von den Beinen. Er hob das Tischchen hoch und schleuderte es nach ihr. Sie rollte sich blitzschnell zur Seite, wollte aufspringen – und schaute in die Mündung der Glock.

»Bleiben Sie bitte so, Schönheit.« Eric stand über ihr. Er hatte den Augenblick der Ablenkung genutzt, um die Zweitwaffe aus dem Stiefel zu ziehen. Die Tänzerin lag still, eine Hand hinter dem Rücken, die andere hielt einen Schlagstock. Der Tod war ihr nah, und trotzdem zeigte sie keine Anzeichen von Furcht.

Irgendwo im Hintergrund dudelte das *A-Team* los.

Die Frau grinste gefährlich und zeigte ihm ein Raubtiergebiss; die kräftigen Zähne glichen einer Wand aus spitzen Messern.

Die Sorge um seinen Vater machte ihm Angst, die er niederkämpfen musste, um die Kontrolle zu behalten. »Hey, Schnurrbart!«, schrie Eric einen der zu Statisten degradierten Männer an, die wie gelähmt herumstanden und nur abwarten konnten, wie der Kampf endete. »Geh ran.«

Der Mann wagte nicht, sich zu bewegen.

»Geh an das verfluchte Handy, oder ich schwöre ...«

Dann geschahen zwei Dinge gleichzeitig: Einer der Männer bückte sich nach der P9, die zu seinen Füßen lag, und die Tänzerin nutzte seine Ablenkung. Der Schlagstock zuckte derart schnell vorwärts, dass ihm keine Zeit blieb. Er knallte gegen sein Gesicht und küsste ihn schmerzhaft; Eric strauchelte benommen gegen die Baldachinstütze und riss die Konstruktion ein. Die Welt um ihn herum verschwand in schwarzer Seide. Er sah die grünen Stoffblätter einer gestickten Palme vor sich und roch die Düfte von Essen und von Weihrauch, die sich darin gefangen hatten; neben sich hörte er das Keuchen eines Mannes. Er war also nicht allein unter dem Stoff begraben worden.

Immer noch rief das *A-Team* nach ihm, gleich darauf wurde die Melodie vom Dröhnen seiner eigenen Sig Sauer übertönt, mit der einer der Ägypter auf ihn schoss. Die Glaser-Geschosse sirrten um ihn herum durch den Baldachin, verfehlten ihn aber. Blind, wie er war, hechtete Eric ungefähr in die Richtung, in der er den Kissenstapel vermutete; der musste als Deckung dienen, bis er sich aus dem Seidennetz befreit hatte.

Das Schießen endete, das Magazin war leer.

Upuaut hatte einen Mordsspaß, ihn zu quälen, denn das Handy bimmelte ohne Unterlass, lockte ihn, rief ihn zu sich und drohte trotz der heiteren Melodie mit dem Tod seines Vaters.

Aus Erics Angst wurde Panik. Mit roher Gewalt riss er sich aus der Stoffbahn frei – gerade noch rechtzeitig, um den Mann, der noch die leer geschossene P9 in Händen hielt, mit einem Treffer in die Brust auf den Boden zu zwingen. Von den anderen Männern und der Tänzerin fehlte jede Spur.

»Scheiße, verdammte!« Eric lief geduckt auf die andere Seite des Kissenstapels, wo er das Handy vermutete, hob unterwegs die P9 auf und lud ein neues Magazin nach.

Plötzlich griff ihn die Tänzerin wie aus dem Nichts an. Sie hatte sich verwandelt, war halb Frau, halb Tier geworden, bewegte sich auf zwei Beinen und sah dabei aus wie eine überdimensionale Chimäre mit glänzendem Fell. Nur noch der Gurt aus den dünnen Metallplättchen lag um ihre Hüfte, die restliche Kleidung war abgefallen. Ihre Kurzstöcke zischten nieder.

Eric benutzte seinen weißen Lackmantel zur Abwehr, wirbelte ihn herum und fing so die Schläge ab, nahm ihnen einen Teil ihrer mörderischen Wucht. Gleichzeitig trat er ihr in den Unterleib. Sie kläffte überrascht auf; die Kappen aus gehärtetem Silber verursachten ihr Schmerzen und brachten sie aus dem Angriffsrhythmus. Das nutzte er, um seine Waffe durchzuladen.

»Flieg bis zu den Pyramiden, Dreckvieh!« Eric setzte ihr die Mündung der P9 genau in Herzhöhe aufs Fell und drückte in schneller Folge ab. Der Erfinder der Glaser-Munition hätte seine wahre Freude an dem gehabt, was die Kügelchen mit dem Leib der Tänzerin anrichteten. Nichts, was sich im unmittelbaren Eintrittsbereich befand, blieb zurück. Die Rippen und das Herz wurden zerrissen, das Wandelwesen bäumte sich jaulend auf – und fiel gleich darauf tot auf das Parkett. In wenigen Augenblicken verwandelte sie sich zurück. Vor ihm lag nun wieder eine nackte, schöne Frau von fünfundzwanzig Jahren mit einem Münzgurt um den Bauch und einem klaffenden Loch in der Brust. Nichts deutete darauf hin, dass sie Reißzähne und Klauen besessen hatte. Kein normaler Mensch würde ihm glauben, wenn er von einem Kampf mit einem Wandelwesen berichtete.

Das Handy klingelte noch immer. Eric hechtete in seine Richtung.

Unter den Resten des Baldachins bewegte sich etwas. Eine spitze Schnauze mit hellem Fell zerschnitt den Stoff und erweiterte den vorhandenen Riss, durch den sich ein weiterer Schakal hinauszwängte. Er sprang an Eric vorbei, schnappte sich das Handy und spurtete los.

»Du Wichsding!« Eric kniete sich hin, um mit der Glock ruhiger zielen zu können. Dreimal drückte er rasch hintereinander ab. Das Tier winselte schrill auf, als es in den Leib und den rechten Hinterlauf getroffen wurde. Dummerweise hatte die Glock keine Glaser-Munition geladen. »Gib das Handy her!« Eric nahm die Verfolgung des verletzten Wesens auf, während der Tod seines Vaters immer drohender Gestalt annahm.

Der Schakal hinkte zur Tür hinaus, sein Jäger hetzte hinterher.

Auf dem Flur sah er sich einem Mann gegenüber; er stand zehn Meter vor ihm an einer offenen Tür und gestikulierte. Ohne zu zögern, feuerte Eric im Laufen und traf gut genug, dass der Feind sterbend auf den Boden fiel. Die Tür wurde ruckartig geschlossen, und ein Schloss klackte laut.

Das *A-Team* säuselte unaufhörlich und unerbittlich.

Eric blieb stehen und schoss die restlichen sechs Projektile nach dem Wandelwesen, ungeachtet des Handys, das er dabei beschädigen könnte.

Der Schakal brach zusammen, lag verkrampfend da und bäumte sich gegen den Tod auf. Das Silber, das in seinem Körper wütete, verbrannte ihn von innen heraus.

Eric steckte die Glock unter den Gürtel, zerrte das zerkratzte Handy aus der Schnauze und drückte atemlos den grünen Knopf. Sein Arm schmerzte vom Treffer des Schlagstocks höllisch.

»Ich habe abgenommen, Upuaut«, keuchte er, wechselte mit einer Hand das Magazin der Sig Sauer und bewegte sich auf die Tür zu, hinter der sich noch jemand befand. »Lass meinen Vater in Ruhe, und ich gebe dir einen Vorsprung.«

»Sie leben noch immer?« Die Stimme klang erstaunt. »Ich dachte, meine Tochter hätte sie erledigt.«

»Die Tänzerin?«

»Ja.« Die Frau schwieg, als fürchtete sie sich vor der Antwort auf die Frage, die sie nun unweigerlich stellen musste. »Was ...?«

»Was glaubst du?«

Eric meinte, ein scharfes Einatmen zu hören; für einen quälend langen Moment herrschte unergründliches Schweigen.

»Upuaut? Gib mir meinen Vater ...«

»Ich habe es mir anders überlegt«, raunte die Stimme. Eric hörte eine Reihe von dumpfen Schlägen. »Ihr werdet beide ...«

Achtlos ließ er das Telefon fallen, zog die Glock und warf

sich mit Schwung gegen die Tür. Krachend riss das Schloss heraus, er taumelte in das dahinter liegende Arbeitszimmer und schoss auf alles Lebendige, was nicht das Gesicht seines Vaters besaß.

Im Kugelhagel starben die letzten Gäste; ihre Innereien verteilten sich an der Wand hinter ihnen und beschmutzten die orientalischen Mustertapete, die Statuetten auf dem Sideboard und die Bücher.

Die einzige Frau im Raum ließ ihr Handy fallen und war schlau genug, Erics auf einen Stuhl gefesselten Vater als Deckung zu benutzen. Aus dessen geschundenem Kopf sickerte ein Strom aus Blut, rann unter und über die Kleidung, tropfte über die gefesselten Hände auf den dunklen Holzboden. »Weg mit den Waffen«, rief sie. »Oder ich schlage ihn tot.«

Er hatte Upuaut gefunden, die wie ein älteres Abbild der Tänzerin aussah, die erschossen im Zimmer nebenan lag. Sie trug einen dunkelgelben Hosenanzug mit ägyptischen Ornamenten. »Seit wann ist ein Gott feige?«, reizte Eric sie und ging in die Hocke. Er zielte unter dem Stuhl hindurch an den Beinen seines Vaters vorbei auf ihre Knie, die er deutlich sah.

»Nur wenn sein Gegner im Vorteil ist«, gab sie zurück. »Sie haben sich zu sehr in Sicherheit geglaubt, Herr von Kastell. Doch nun ist der Krieg, den Sie meinem Volk erklärt haben, zu Ihnen gekommen!«

Sein Zeigefinger bewegte sich langsam nach hinten, suchte den Druckpunkt der P9. »Dein Volk führt schon lange Krieg. Aber es gibt jemanden, der ihn beenden kann.«

»Und Sie fühlen sich dazu auserwählt?«

»Nenn es Familientradition.« Er atmete tief ein und konzentrierte sich auf den riskanten Schuss.

»Sie und Ihr ach so schlauer Vater haben mich herausgefordert – mich, Upuaut, eine der Großen unter den Mächtigen! Das ist selbst für die Kastells zu viel. Sie halten sich für unheimlich klug und gut informiert.« Sie knurrte. »Dabei wussten Sie nicht einmal, dass ich eine Frau bin!«

»Ich wusste auch nicht, dass du eine Tochter hast. Oder sollte ich besser sagen: hattest? Schade. Unter anderen Umständen wäre ich gerne mit ihr essen gegangen.« Eric drückte ab, das Glaser-Geschoss flog dem Ziel entgegen –

– aber es kam anders als erwartet. Upuaut federte in die Höhe und warf dabei den Stuhl um, die Kugel bohrte sich in die Schulter von Erics Vater – und begann ihr Vernichtungswerk.

Die Frau sprang ihn an, die vom Blut seines Vaters rot gefärbten Hände zielten auf seinen Hals. Eric schoss nach ihr, verfehlte sie und wurde von der Wucht ihres Aufpralls nach hinten geschleudert. Sie brachen durch zwei Glasvitrinen, Splitter und altägyptischer Schmuck regneten um sie herum. Upuaut kauerte auf ihm, eine Hand hielt seine Kehle gepackt, die andere wühlte in dem Durcheinander nach einem Zierdolch – und rammte ihn durch Erics Schulter.

Aufschreiend hielt er die P9 mitten in das Gesicht der Frau. Im gleichen Moment sah er, dass der Schlitten der Waffe unbeweglich in seiner hinteren Position verharrte und neue Munition verlangte: Das Magazin war leer!

Knurrend stach sie ein weiteres Mal zu und traf ihn knapp neben dem Herzen. »Du hast mir meine Tochter genommen«, schrie sie und versuchte, nach seiner Kehle zu schnappen.

Eric ließ die wertlose P9 fallen. Panisch tastete er umher, bekam eine lange Glasscherbe zu fassen und rammte sie Upuaut in den geöffneten Mund. Die Frau zuckte aufheulend und mit zerschnittenen Wangen zurück. Dieser Moment genügte Eric, um den Arm mit der Glock zu heben und die Mündung auf ihren Kopf zu richten. Er drückte ab – und die Silberkugel brachte Upuaut den Tod. Merkwürdig steif kippte sie nach links von ihm herab und blieb liegen. Kein Aufbäumen, kein Zucken.

Tot.

Eric kümmerte sich nicht um seine Verletzungen, sondern richtete sich auf, Splitter klimperten zu Boden. Er rutschte auf Knien zu seinem Vater, obwohl er nicht die mindeste Hoffnung hegte, dass er noch lebte. Glaser-Munition arbeitete gründlich.

Es gab keine Wunder, keine Ausnahmen. Nach zweiundfünfzig Jahren starb Johann von Kastell ohne Lohn und Anerkennung für seine Taten und ohne Worte des Abschieds an seinen Sohn.

Eine Träne rann über Erics stoppelige Wange. Scheu berührte er das blutverschmierte Gesicht des Toten. Sie hatten immer darüber gesprochen, dass es eines Tages einen von ihnen erwischen konnte. Aber nicht so. Nicht so! Das Wesen hatte ihn dazu gebracht, seinen eigenen Vater zu erschießen.

»Scheiße, Papa. Verdammte Scheiße«, flüsterte er geschockt. Sein Vater war tot, sein Mentor; der langjährige Ausbilder in Kampfkunst und Wissen war dem eigenen Schüler zum Opfer gefallen.

Eric wischte sich mit dem Ärmel den Rotz unter der Nase weg. Seine feuchten, hellbraunen Augen wanderten zu Upuaut, die aussah wie eine ganz normale Tote. Ebenso wie die anderen Leichen. Für neunundneunzig Prozent der Welt gab es keine Wandelwesen. Auch nicht für die Polizei. Und das war der Grund, weshalb er sich zusammenriss. Von nun an lief Plan B, musste anlaufen, so schwer es ihm auch fiel, seinen Vater zurückzulassen. Sie hatten genau besprochen, was zu tun sei, wenn einer von ihnen auf der Jagd starb. Genau so musste er handeln. Trauern konnte er später in der Sicherheit seines Zuhauses.

Eric stemmte sich auf die Füße, fuhr seinem Vater noch einmal über die Wange – und ging.

In der ersten Toilette, die er fand, wusch er sich die Handschuhe ab. Lack war exzellentes Material. Danach ging er die Treppe hinunter, zog die beiden Bodyguards ins Haus und erledigte sie mit schlecht gezielten Schüssen. Dem einen zwang er seine Bernadelli, dem anderen seine Glock und die nachgeladene P9 in die Hände, drückte zweimal ab, damit die Spurensicherung passende Schmauchspuren fand, und verließ das Haus. Wahrscheinlich würde sich die Polizei über die Beschaffenheit der Kugeln wundern. Aber das war nicht sein Problem.

Eric fuhr los, atmete tief und gleichmäßig ein und aus. Dann rief er bei der Polizei an und gab ihnen, sehr überzeugend den besorgten Sohn spielend, den Hinweis, dass Johann von Kastell in der Hand von Entführern sei und die Lösegeldübergabe gescheitert war.

Der Polizist leitete seinen Anruf unmittelbar weiter. Es war, als hätte man ihn erwartet. »Mein Name ist Breitwangler, LKA Bayern. Es tut mir sehr Leid, Herr von Kastell ... wir haben noch eine schlechte Nachricht für Sie«, sagte ein Kriminalbeamter. Seiner Stimme hörte man an, dass es ihm unangenehm war, diese Unterhaltung zu führen.

»Noch schlechter?«, fragte Eric bitter; er hörte Tuscheln im Hintergrund.

»Kommen Sie bitte vorbei. Wir möchten es Ihnen persönlich sagen und mit Ihnen sprechen.«

»Reden Sie, Herr Breitwangler.«

Kurze Stille. »Herr von Kastell, was tun Sie im Moment? Sitzen Sie am Steuer eines Fahrzeugs? Falls ja, dann ...«

»Ich kann damit umgehen. Hören Sie, mein Vater wurde entführt, und ich fürchte um sein Leben. Was kann schlimmer sein? Also sagen Sie mir, was Sache ist!«

»Herr von Kastell, wir haben hier einen sehr guten psychologischen Betreuer, der ...«

»Verdammt, was?«, rief er. Seine Finger spannten sich um das Lenkrad des Cayenne.

»Das Haus Ihrer Familie ... Es haben sich laut Nachbarschaft mehrere Explosionen ereignet. Unsere Experten gehen der Sache nach, aber es spricht schon jetzt alles dafür, dass es sich nicht um einen Unfall gehandelt hat.«

»Bomben?«

»Dazu kann ich noch nichts sagen.« Der Mann räusperte sich bedrückt. »Sagen Sie, hatte Ihr Vater Feinde?«

»Keine Ahnung. Ich ... ich melde mich später bei Ihnen.« Eric unterbrach die Verbindung.

Hätte er *hunderte* sagen sollen?

III. KAPITEL

24. Dezember 1764, das Dorf Chaulhac, Südfrankreich

Die Gipfel der drei Berge, des Montmouchet, des Montgrand und des Montchauvet, zierten eisige Kronen. Schnee hatte sich über die einsamen, bergigen Grasebenen des Gévaudan gelegt. Auch die dichten Birken- und Buchenwälder wurden von dem Weiß bedeckt, das nach einem kurzen Herbst unerbittlich aus den Wolken fiel. Brutale Stürme peitschten die Flocken mit solcher Wucht umher, dass es wehtat, wenn sie ins Gesicht trafen. Die Bewohner der Region wurden in den Schutz ihrer Häuser getrieben. Die robusten Gebäude aus grauen Granitsteinen ertrugen die schwere Last und gewährten Schutz in doppeltem Sinne. Denn auch ohne Schnee hätte sich kaum einer weit aus dem Dorf gewagt. Der Tod ging um. Er schlich auf vier Pfoten durch das Gévaudan, nahm sich auf bestialische Weise Frauen und Kinder. Niemand hatte ihm bislang Einhalt bieten können. Nur die Gemeinschaft vieler oder eine stabile Tür hielten ihn auf.

Jean Chastel saß in der Nähe der Tür des kleinen Gasthofs. Vor ihm stand eine Holzschüssel mit heißer Suppe, die so dünn war, dass er an den zähen Hammelstücken vorbei auf den Grund des Gefäßes schauen konnte. Dazu trank er einen heißen Gewürzwein, um sich die Kälte aus dem Leib zu treiben, die ihm nach einem Marsch von vier Stunden in den Knochen steckte. Seinen dicken Kutschermantel, den Schal und den Dreispitz hatte er neben die Feuerstelle gehängt, damit sie trockneten.

Obwohl die Stube fast bis auf den letzten Platz besetzt war, gesellte sich keiner zu dem Wildhüter, an dessen Tisch die beiden letzten freien Stühle standen. Er war ein Chastel, der Älteste der Familie, die einst einen guten Ruf besessen hatte. Das war schon lange nicht mehr so. Er galt als Sonderling, weil er zurückgezogen im Dorf La Besseyre-Saint-Mary lebte und keinen Hehl daraus machte, dass er mit anderen wenig zu schaffen haben wollte.

Über Antoine, der sich tief im Wald in seiner Hütte verkroch, grassierten schlimme Gerüchte. Jean konnte nicht verleugnen, dass sich sein jüngerer Sohn seit seinem Aufenthalt in Tunesien verändert hatte. Er sprach nicht darüber, weder über die Erlebnisse noch über die Umstände seiner Rückkehr. Jean hatte vom Moment des ersten Wiedersehens an gespürt, dass sich sein Sohn verändert hatte. Er war ein verschlossener, geheimnisvoller Mann geworden, der bei den Dorfbewohnern im Ruf stand, mit Tieren sprechen zu können.

Pierre hatte im Vergleich dazu Glück. Er lebte in Besset, von wo aus er mit Antoine das Amt des Wildhüters teilte, und galt als umgänglich. Wenigstens einer aus der Familie.

Die Tür wurde aufgestoßen. Der eisige Wind zwang zwei Dragoner in das Wirtshaus, die unter der dicken Schneeschicht kaum als Soldaten zu erkennen waren. Sofort wurde es leiser in der Schankstube.

Den Winter verfluchend, kamen sie direkt zu Jeans Tisch und warfen dem herbeieilenden Wirt ihre Umhänge zu. Darunter kamen die blauen, aufwändig gearbeiteten Uniformröcke zum Vorschein, deren Verzierungen, Abzeichen und Knöpfe schimmerten. Sie trugen jeder einen Säbel, ihre Pistolen steckten im Gürtel; die sperrigen Musketen trugen sie in der Hand. Auf den einfachen Bauern oder das ein oder andere Mädchen machten sie gewiss Eindruck.

Sie setzten sich unaufgefordert, zogen die Hüte ab, lehnten die Musketen an die Wand und verlangten laut nach einem Mahl. Es waren derbe, kräftige Kerle, gerade mal zwanzig Jahre auf dem Buckel, unrasiert, und sie rochen nach Branntwein, obwohl sie in dem Gasthof noch keinen Schluck getrunken hatten.

»Frohe Weihnachten. Ihr könnt gerne Platz nehmen«, sagte der Wildhüter, ohne sie genauer zu betrachten. »Doch sobald meine beiden Söhne erscheinen, darf ich euch bitten, einen anderen Tisch zu suchen.«

Die Dragoner wechselten einen amüsierten Blick. »Wir unterstehen Capitaine Duhamel. Wenn *er* uns befiehlt aufzustehen, tun wir das«, antwortete ihm einer herablassend. »Sonst nicht.«

»Hat euch der König nicht den Befehl gegeben, den Wolf zu erlegen?«, erwiderte Jean unbeeindruckt und löffelte weiter seine Suppe. »Da ihr hier seelenruhig sitzt, scheint ihr ihn gefunden und getötet zu haben.«

Der Soldat zu seiner Rechten lehnte sich vor und blickte sich verschwörerisch um. »Das ist kein Wolf. Selbst der Capitaine denkt inzwischen ...« Ein Stoß seines Kameraden in die Rippen brachte ihn zum Verstummen.

»Was soll es sonst sein? Glaubt ihr die Geschichten von einer Bestie?«, erkundigte sich Jean. Nun fiel es ihm schwer, ruhig zu bleiben.

»Ich schon, Monsieur Chastel!« Ein Mann am Nachbartisch mischte sich ein; seiner ungewöhnlich bunten Kleidung nach gehörte er zur Entourage eines hiesigen Adligen. »Sie hat seit dem Sommer elf Menschen und zahlloses Vieh gerissen. Und ich kenne keinen Wolf, welcher dem Äußeren der Bestie auch nur annähernd ähnelt. Ich stand ihr im Oktober gegenüber, knappe zehn Schritte entfernt tauchte sie vor mir und meinem Freund auf. Groß wie ein Kalb, ein rötliches Fell, Klauen und Fänge, dass es einem Bären bange würde. Wir trugen unsere Gewehre mit uns und wollten für den Marquis d'Apcher jagen. Wir legten auf sie an, die Bestie fiel nach dem Schuss, stand aber wieder auf! Wir feuerten ein zweites Mal, und wieder erhob sie sich und rannte in den Wald.«

»Dann werdet Ihr sie nicht richtig getroffen haben«, meinte Jean und nahm einen Schluck vom Gewürzwein. Es passte ihm nicht, dass so viel über die Bestie gesprochen wurde.

»Ich bin Jäger und ein guter Schütze! Wir haben ihr alles in allem sechs Kugeln verpasst, Monsieur Chastel. Sechs!« Der Mann war gekränkt. »Die Blutspur war kaum zu übersehen. Und dennoch, als wir die Verfolgung aufnahmen, war die Bestie schneller als wir.« Er holte Luft und schaute in die gebannten Gesichter seiner Nachbarn. »Sie hat überlebt.«

»Ein verwundeter Wolf ist schlimm«, lautete Jeans Erklärung. »Er reißt alles ...«

Der Mann schlug mit der Faust auf den Tisch, die Augen funkelten zornig. »Es war *kein* Wolf!«

»Habt ihr das von dem kleinen Mädchen in Rieutort gehört, Messieurs?«, fragte der Wirt, als er den Dragonern das Essen brachte. »Es kam allein von den Viehweiden, und seine Mutter sah es schon vom Dorfrand aus. Keine zweihundert Schritte hätte es mehr gebraucht, doch dann schlug die Bestie zu. Vor den Augen der Mutter und zwei Brüdern wurde es zerfleischt. Seine Reste waren kaum noch erkennbar.« Er deutete auf seinen Bauch. »Aufgeschlitzt, von oben bis unten. Die Kopfhaut war abgerissen und über das Gesicht gezogen. Schrecklich, schrecklich! Kein Wunder, dass dreitausendachthundert Livres Belohnung ausgesetzt wurden.«

»Still jetzt! Solch ein Geschwätz ist der wahre Grund für die Macht des Tiers«, herrschte ihn Jean an. »Die Leute haben vor diesem Wolf schon Angst genug. Bring mir lieber noch einen Gewürzwein.«

Nun stieg dem Wirt ein triumphierendes Lächeln ins Gesicht. »Ein Wolf? Nein, Chastel. Du als Wildhüter, sag mir: Man fand die Spuren der Bestie am Ufer eines nahen Bachs. Die Spuren *erinnerten* an die eines Wolfs, und doch waren sie anders. Die Ferse war eigentümlich hervorstehend und flach. Und man sah eindeutige Spuren von Krallen. Wie passt das zusammen?«

Jean schaute in seinen Suppenrest. »Du hast vergessen, Geschmack hineinzugeben. Dein Essen ist nicht besser als heißes Wasser.«

»Du kannst mich nicht ablenken.« Der Wirt blieb stehen. »Was für eine Kreatur ist das, Chastel?« Er lächelte herausfordernd. »Du weißt die Antwort nicht? Also glaubst auch du nicht an den Wolf! Wir haben vierundsiebzig von den Graupelzen erlegt, und dennoch tötet die Bestie immer noch.« Er senkte die Stimme. »Du bist das Kind einer Hexe, sagt man. Hat dir deine Mutter beigebracht, welche Dämonen es gibt, die aussehen wie die Bestie?«

»Ich sage dir, was ich denke: Die Spurenleser haben sich getäuscht, und ihr habt den richtigen Wolf noch immer nicht gefunden. Er ist ein Einzelgänger, der von den Rudeln gemieden wird. Wahrscheinlich ist er ein ehemaliger Leitwolf, der sich dem neuen Herrn der Sippe nicht unterwerfen wollte. Er wurde ausgestoßen, und seine Wut darüber lässt er an uns aus«, antwortete Jean und wandte sich dann an die beiden Dragoner. »Seid ihr zuvor jemals auf Wolfsjagd gegangen?« Sie schüttelten die Köpfe. »Capitaine Duhamel ist mit siebzehn Reitern und vierzig Fußsoldaten hier, und damit will er unsere Wälder, Ebenen und Berge absuchen? Das ist ein Gebiet von hunderten Quadratmeilen. Das Gévaudan wird ihn auslachen! Es wird ihn mit seinen Nebeln verwirren, in den Wäldern mit falschen Wegen narren, in Sumpflöcher führen, zwischen den Ginsterbüschen und Gestrüppen im Kreis gehen lassen, aber niemals wird es euch gelingen, diesen Wolf zu fangen. Nicht auf diese Weise.« Aufgebracht erhob er sich, ging zum Kamin und warf sich seine Sachen über. »Ihr mögt Kriege führen, aber das hier ist keine Aufgabe für eine Hand voll Branntwein saufender Soldaten. Ihr und eure Treiber, die ihr aus dem Umland zusammentrommelt, werdet die Felder zertrampeln und die dürftige Ernte der Menschen in Gefahr bringen, mehr nicht.« Er warf ein paar Münzen auf den Tisch.

»Dann fang du die Bestie, Chastel«, rief der Wirt höhnisch. »Oder frag deinen Sohn. Der lebt doch wie ein Wilder. Er wird sie sicherlich verstehen. Vielleicht hat sie was zu ihm oder seinen verdammten Hunden gesagt?«

»Halt dein Maul«, erwiderte Jean drohend und hilflos zugleich.

Die Gäste steckten die Köpfe zusammen und tuschelten. Unvermittelt war ein neues Gerücht geboren worden. »Oder hast *du* etwas mit ihr zu schaffen?«, rief einer. »Du reist in letzter Zeit viel durch die Gegend, erzählt man sich, Chastel.«

»Erzählt euch, was ihr wollt.« Jean hängte sich die Muskete um, schritt zur Tür und öffnete sie. »Wir werden sehen, wer sie erlegt.« Er wickelte sich den Schal um und zog ihn hoch ins Gesicht, stellte den Lederkragen seines Mantels hoch und stülpte den Dreispitz auf den weißen Schopf, dann ging er hinaus. Der Disput hatte eine zu gefährliche Wendung genommen.

Der Schneesturm hatte nachgelassen, aber die nächtliche Straße Chaulhacs blieb wie ausgestorben. Jean überquerte sie und lehnte sich gegen die raue Granitmauer eines Hauses, um auf seine Söhne zu warten. Zweifel nagten an ihm, und sein Gewissen machte ihm das Leben seit Juni zur Hölle. Denn im Juni war die Bestie in seiner Heimat aufgetaucht.

In der Nähe von Langogne war eine junge Kuhhirtin von diesem Wesen angefallen worden, aber die Bullen der Herde stellten sich schützend vor sie; die langen Hörner bewahrten die Frau vor einer zweiten, tödlichen Attacke der Bestie, und sie konnte entkommen. Ihre Kleidung war zerrissen, und sie trug einige Kratzer davon, aber sie behielt ihr Leben.

Nach ihrer Beschreibung der Bestie war Jean fest davon überzeugt, dass er und seine Söhne die Kreatur ins Gévaudan gelockt hatten. Es war ein Weibchen, so viel stand fest. Als sie sich – mit Pierre in ihrer Klaue – vor ihm aufgerichtet hatte, gab es nichts zu sehen, was auf ein Männchen schließen ließ. Für Jean war klar: Sie rächte den Tod ihres Gefährten, indem sie die Region heimsuchte, in der die Mörder lebten. Und sie rächte sich fürchterlich.

Er hatte Angst, dass die Wahrheit durch einen Zufall ans Licht käme: Er und seine Söhne trugen die Schuld an den Toten. Einen ersten Vorgeschmack hatte er eben im Gasthof bekommen. Um Schlimmeres zu verhindern und vor allem nicht den Hass der Menschen auf sich und seine unbeliebten Söhne zu ziehen, blieb ihm nur eins: Jean leugnete den Leuten gegenüber die Existenz des Biests und beeilte sich zugleich insgeheim, es zur Strecke zu bringen. Deshalb reisten er und seine Söhne umher, immer auf der fieberhaften Suche nach dem Wesen. Sicherlich, er mied die Menschen, doch er wünschte ihnen, bis auf einige Ausnahmen, nicht den Tod. Nicht diesen grausamen Tod.

An diesem Tag hatte er die Wolfsangeln in der Nähe des

Dorfs kontrolliert und darin nichts weiter als einen zappelnden Fuchs gefunden, dem er mit seinem Jagddolch die Kehle aufschlitzte und das Fell abzog. Das Fleisch, die Innereien, das Blut hatte er rund um den Köder verteilt, um die Bestie anzulocken. Antoine und Pierre überprüften die weiteren Fallen in der Umgebung und sollten in Chaulhac zu ihm stoßen.

Zwei Gestalten kamen im Licht des Mondes die Straße herab auf ihn zugelaufen. Die größere der beiden trug ein Bündel auf den Armen; ihre Musketen hatten sie auf den Rücken geschnallt.

»Pierre, Antoine? Seid ihr das?« Er erkannte die Gesichter hinter den aufgestellten Kragen erst, als sie vor ihm standen. Dafür sah er das Blut, das als schwarze Flecken und Spritzer an ihren Kleidern haftete, sofort. Das Bündel, das der nach Atem ringende Pierre trug, ließ Jean die Suppe in der Kehle hinaufsteigen.

»Die Bestie hat Chaulhac ein Weihnachtsgeschenk gemacht«, sagte Antoine kaum berührt und drehte die Überreste des Knaben so, dass sein Vater sie besser sah. Die Bauchdecke war aufgerissen, es dampfte warm und feucht daraus hervor. Die Organe waren angefressen, von der Kehle fehlte ein großes Stück, und das Gesicht des Jungen bestand nur noch aus blutigen Fetzen. Arme und Beine wiesen dagegen keine Bissspuren auf. Offenbar hatte die Bestie den Knaben so gründlich überrascht, dass er keine Gegenwehr mehr leisten konnte.

Jean übergab sich, sein Mahl ergoss sich auf die verschneite Straße.

»Wir kamen zu spät«, berichtete Antoine mit ruhiger Stimme. »Ich habe ihn keine halbe Meile von hier auf offenem Feld gefunden. Um ihn herum lag Reisig, das er wohl gesammelt hatte. Bald darauf kam Pierre, und wir sind zurück ins Dorf, um dich zu holen und ihn seinen Eltern zu bringen.«

»Habt ihr den Verstand verloren?« Jean schaute sich eilends

um; die Andeutungen aus dem Gespräch von eben hafteten noch zu gut in seinem Gedächtnis. Noch war niemand auf die drei Chastels aufmerksam geworden. »Was denkt ihr, was die Chaulhaciens sagen, wenn sie uns so auf der Straße sehen? Mit dem toten Jungen?«

»Was wohl? Dass die Bestie zugeschlagen hat.« Antoine blieb immer noch ruhig, die grünen Augen schauten fasziniert auf die Leiche.

Jean packte Pierre am Arm und zerrte ihn um die Ecke ins Dunkel. »Vielleicht. Aber vielleicht werden sie in ihrer Verzweiflung *mir* die Schuld geben. Da drin sitzen ein paar Idioten und zwei Dragoner Duhamels, denen es gefallen würde, ihrem Capitaine einen mutmaßlichen Mörder vorzuführen.« Er dachte angestrengt nach. »Wir bringen den Jungen wieder dorthin, wo ihr ihn gefunden habt«, entschied er. Es war besser, weit von Chaulhac entfernt zu sein, wenn sie den Knaben fanden. »Und dann folgen wir den Spuren der Bestie. Sie kann noch nicht allzu weit sein.«

Plötzlich gaben Pierres Knie nach; er sank gegen die Mauer und rutschte in den Schnee. Erst jetzt schien ihn der Schock des abscheulichen Anblicks zu treffen. Immer wieder starrte er den zerfleischten Leib des Jungen an – und seine blutigen Handschuhe und den Ledermantel, an dem die miteinander vermischten Körperflüssigkeiten herabliefen und in den reinen Schnee tröpfelten.

Sein Bruder Antoine zeigte nach wie vor keinerlei Regung. »Steh auf, Weiberherz.« Als Pierre nicht reagierte, riss er ihm die Leiche aus den Händen. »Hoch mit dir. Du hast gehört, was Vater sagte.«

Jean half Pierre auf die Beine und rieb ihm das blasse Gesicht mit eiskaltem Schnee ab, damit sein Verstand sich vom Schrecken losriss. »Du schaffst es«, sagte er eindringlich zu ihm. »Reiß dich zusammen.« Seine braunen Augen wanderten zu seinem Jüngeren, den er dabei ertappte, wie er an dem verstümmelten Körper schnupperte.

Antoine lächelte entschuldigend. »Dass ein Mensch kaum anders riecht wie ein geschlachtetes Schwein, hätte ich nicht gedacht«, versuchte er sein Verhalten zu erklären und drehte sich rasch zur Seite. »Seht nach, ob die Luft rein ist.«

Der Wildhüter ging voran und fragte sich beunruhigt, wo das abnorme Interesse seines Sohnes an der Leiche herrührte. Sicher, Antoine legte seit dem Aufenthalt in der Fremde ein seltsames Benehmen an den Tag. Aber das Schnüffeln an Leichen gehörte bislang nicht dazu.

Jean wusste, dass Antoine Kinder mehr mochte, als es erlaubt war. Er stellte den Mädchen nach, manchmal sogar den Jungen, und beobachtete sie heimlich; auch junge Frauen mussten sich seiner Zudringlichkeiten erwehren. Die kleine Marie Denty, ein junges Mädchen aus Septsol, das Jean wegen ihrer freundlichen Art ins Herz geschlossen hatte, fürchtete sich vor Antoine. Sie kam gerne zu Jean, in sein Haus in Besseyre, und schaute ihm beim Schnitzen zu oder begleitete ihn auf seinen Rundgängen durch den Wald. Er genoss das Zusammensein mit dem Mädchen, das ihn als Großvater betrachtete, und freute sich über das Vertrauen, das ihm Maries Eltern entgegenbrachten. Ein Lichtblick. Doch wenn sie Antoine begegneten, versteckte sich das Mädchen stets vor ihm und seinen Hunden.

Was hatte seinen Sohn werden lassen, wie er war? Der Dorfpfarrer hatte Jean auf die Frage nach dem *Warum* geantwortet, dass es eine Prüfung Gottes sei, aus der er und seine Familie gestärkt hervorgehen würden. Seitdem wollte Jean nichts mehr von einem Gott wissen, der ihn immer wieder ohne Grund leiden ließ. Seine Abkehr vom Kreuz machte ihn bei den Menschen nicht beliebter, was ihm im Gasthof erneut vor Augen geführt worden war.

Er verdrängte die Gedanken. »Kommt«, sagte er leise und eilte die Straße hinab, die sie aus Chaulhac hinausführte, während es erneut zu schneien begann.

Sie rannten, so schnell es eben ging. Erst als sie die wenigen Lichter des Dorfs hinter sich gelassen hatten, atmete Jean auf. Nun konnte nicht mehr allzu viel geschehen. Niemand hatte sie zusammen mit dem toten Knaben gesehen.

»Wir müssen hier entlang.« Antoine überholte seinen Vater und führte ihn zu der Stelle auf dem Feld, wo er und Pierre den grausigen Fund gemacht hatten. Er schaute unterwegs nicht ein einziges Mal auf den Boden, um nach den Spuren zu suchen. Anscheinend hatte er sich den Weg genau eingeprägt.

Als sie dort anlangten, legte er die Leiche des Jungen in die Kuhle und betrachtete versonnen, wie die Flocken auf dem inzwischen abgekühlten Körper liegen blieben und ihn mit einer feinen Decke versahen. In weniger als einer Stunde würde er nicht mehr als ein kleiner Hügel auf dem Feld sein. Glücklicherweise wären auch ihre eigenen Fußspuren und das Blut bald nicht mehr zu erkennen.

»Kommt. Wir haben keine Zeit zu verlieren.« Der Schnee zwang die Jäger zur Eile. Jean erkannte die Abdrücke der Bestie gerade noch gut genug, um ihnen in den nahe liegenden Wald zu folgen. Seine Söhne flankierten ihn mit gespannten Musketenhähnen und hielten sich bereit, auf die Bestie zu feuern. Doch es wurde dem erfahrenen Wildhüter alsbald klar, dass er sich die Suche sparen konnte. Die Flocken fielen viel zu dicht und verwischten die Fährte.

»Kehren wir nach Chaulhac zurück?«, fragte Antoine gähnend. »Es ist sehr spät, ich friere erbärmlich, und die Bestie bekommen wir nicht zu Gesicht. Ich kann ihre Spuren nicht mehr sehen. Wir hätten Surtout mitnehmen sollen. Er könnte sie aufspüren.«

»Der Hund bleibt in Ténazeyre, bei der übrigen Meute«, erwiderte Jean schroff. »Die Menschen reden schon genügend über uns.«

Pierre wirkte nicht weniger erschöpft, aber seine braunen Augen blickten entschlossen hinter dem eisüberzogenen Schal hervor. »Wir sind ihr dicht auf den Fersen«, wandte er sich an seinen Vater. »Lass nicht zu, dass wir morgen oder übermorgen von neuen Opfern hören. Es ist der Tag der Geburt des Herrn. Wir können ihn mit dem Tod eines Teufels feiern!«

Jean klopfte ihm auf die Schulter. »Lass es gut sein, Pierre. Dein Bruder hat Recht, es bringt nichts. Und wer weiß, wohin uns die Morde der Kreatur morgen führen.« Er ging auf den Waldrand zu, um sich nach Lichtern umzusehen, die durch das fallende Weiß schimmerten; sie würden ihnen den Weg zu einem Gehöft weisen, in dem man ihnen bei diesem Wetter sicher zu übernachten erlauben sollte. Zurück in das kleine Dorf wollte er nicht mehr.

Pierre stapfte eilends durch den Schnee und stellte sich ihm in den Weg. »Vater, es ist unsere Pflicht!«, rief er energisch und riss den Schal herab. »*Wir* tragen die Verantwortung dafür, dass sie unter den Menschen wütet. Der Heiland wird uns am Tag des Jüngsten Gerichts noch härter strafen, wenn wir nicht alles tun, um unsere Schuld zu tilgen.«

Jean entgegnete nichts. Stattdessen deutete er auf ein helles Leuchten zwischen dem rieselnden Schnee und setzte sich an die Spitze des Zuges. Es würde keine weitere Diskussion geben. Antoine seufzte erleichtert, entspannte vorsichtig den Hahn seiner Muskete, schritt an seinem Bruder vorbei und folgte dem Vater.

Wütend trat Pierre in den Schnee. »Frohe Weihnachten, Bestie«, murmelte er, den Kopf in Richtung des dichten Unterholzes gewandt. »Mein Vater hat dir soeben das Leben geschenkt.« Er trottete hinter den beiden Männern her und glaubte zu fühlen, wie sich die leuchtend roten Augen ihres Feindes aus dem Schutz des Gebüschs in seinen Rücken bohrten. Pierre schauderte und sah sich ein letztes Mal um, konnte aber im Schneegestöber nichts erkennen.

IV. KAPITEL

München, 11. November 2004, 10:59 Uhr

Eric betrachtete das Bild an der Wand neben der mit schwerem Stoff bespannten Tür. Es war ein Kunstdruck von Caravaggios *Falschspielern:* Drei Gecken spielten Karten, zwei betrogen, um den dritten auszunehmen. Er fand es merkwürdig, dass ein Nachlassverwalter ausgerechnet dieses Werk eines der einflussreichsten Maler des italienischen Barocks in seinem Büro aufhängte. Sollte es eine Mahnung an die Erben sein?

Er versank tiefer in dem Sessel, den er mit dem Rücken zu einem großen Bücherregal geschoben hatte. Auf diese Weise behielt er beide Türen und das Fenster im Auge. Den weißen Lackledermantel hatte er trauergerecht gegen einen schwarzen Gehrock ausgetauscht. Lederhose, Stiefel und schwarzer Pulli machten ihn auf dem dunklen Polster beinahe unsichtbar.

In den gleichen Sachen hatte er vor einer Woche am Grab gestanden. Johann von Kastell war seit sieben Tagen unter der Erde. Seine Asche ruhte auf dem Münchner Waldfriedhof, die Beisetzung hatte im kleinsten Kreis stattgefunden. Im Grunde hatte Eric nicht ausgereicht, einen Kreis zu bilden, aber so lautete nun mal die Umschreibung für einsames Leben und einsames Begrabenwerden.

Sicher, einige Menschen wären gekommen. Er hatte aber darauf verzichtet, eine Todesanzeige zu schalten oder Einladungen zu verschicken. Infolgedessen kamen weder die entfernten Bekannten, die man nie vermeiden konnte, noch die Verwandtschaft mütterlicherseits, um an der Familiengruft pro forma um einen Menschen zu weinen, den sie niemals richtig gekannt hatte. Johann von Kastell hatte sie gelegentlich mit Geld unterstützt und an Feiertagen Päckchen geschickt. Mehr nicht. Er hatte seine Frau geliebt, nicht aber deren Eltern, Tanten, Onkel und Cousinen.

Aus der Familie von Kastell gab es niemanden mehr. Eric war seit der Nacht nach Allerheiligen der Letzte im gefährlichen Geschäft, das akut von der Auflösung bedroht war. Seinem *Erbe*. Oder zumindest dem bedeutenderen Teil davon. Um über den Rest informiert zu werden, saß er jetzt im Büro des Nachlassverwalters.

Am liebsten wäre er wieder gegangen, denn das Warten war nicht gut. Es erlaubte zu vielen Gedanken, durch die Mauer zu dringen, die er um sich errichtet hatte. Der Schmerz über den Verlust seines Vaters, die Ungewissheit, wer das Anwesen gesprengt hatte, die Frage, wie es nun weitergehen sollte.

Alles lag in Trümmern: das Haus, das Labor, sein Leben. Für ihn bestand kein Zweifel, dass die Beute zum ersten Mal den Spieß umgedreht und ihn tief in die Eingeweide der Jäger gerammt hatte. Noch fühlte sich Eric wie gelähmt, aber er wusste, dass die Jagd bald von Neuem beginnen musste.

Er fragte sich immer wieder, weswegen sein Vater allein zu Upuaut gegangen war. Seine Zeit als Kämpfer hatte er schon lange hinter sich gelassen, er war zum Denker des Teams geworden und konzentrierte sich auf die Nachforschungen –

und die Wissenschaft. Der Gedanke an ein Heilmittel für die Seuche begann immer stärker, sein Leben zu beherrschen. Eric hingegen übernahm die weltweiten Einsätze. Er teilte die Begeisterung für Reagenzgläser und Medizin nicht, hatte sich aber dennoch damit beschäftigen müssen. So lautete die Forderung seines Vaters. Leider hatte er sich nicht genug damit beschäftigt – und stand nun hilflos da.

Er beugte sich nach vorne und drückte auf den Knopf der Gegensprechanlage, die auf dem Schreibtisch des Nachlassverwalters stand. »Wären Sie so nett und bringen mir einen Kaffee, bitte?« – »Sehr gerne, Herr von Kastell«, meldete sich die Vorzimmerdame. Sie erinnerte ihn an Severina, auch wenn sie sicherlich zwanzig Jahre älter war. Doch das sollte bei Frauen nichts heißen, wie er schon festgestellt hatte. Sie blieben Frauen und hatten das gleiche Liebesverlangen wie Achtzehnjährige. Meistens wussten sie im Vergleich zu den jungen Dingern besser, was sie wollten. Eric grinste. Sicherlich hatte Severina inzwischen herausgefunden, dass niemand Geringeres als er selbst der Schöpfer jenes Bildes gewesen war, das sie gemeinschaftlich ramponiert hatten. Deswegen hatte der Galeriebesitzer auch so zurückhaltend reagiert. In den Zeitungen stand am nächsten Tag zu lesen, dass der Künstler das Bild während der Vernissage einer Überarbeitung unterzogen hätte. Es wurde tatsächlich als neue Kunstform propagiert: *abstract axpression*. Was für eine Scheiße.

Die Vorzimmerdame trat nach einem kurzen Klopfen ein. Der Stoff ihres grauen Kleides raschelte leise. Sie warf Eric einen freundlichen Blick zu und stellte den dampfenden Kaffee ab. »Herr Laurentis kommt sofort. Es kann nicht mehr lange dauern«, vertröstete sie ihn routiniert. »Möchten Sie etwas Gebäck dazu? Oder einen Cognac?«

Er fand ihr Parfüm viel zu aufdringlich, um sich näher mit ihr zu beschäftigen, und hoffte, dass sie rasch wieder ging. Es gab beinahe nichts Schlimmeres als blumige, süße Düfte, die in der Nase klebten und die krampfhaft versuchten, ein Gefühl von Sommer zu verbreiten, obwohl sie mehr in Richtung erhitztes Gummibärchen tendierten.

»Nein, danke«, lehnte er lächelnd ab. Sie hatte sich Mühe gegeben und Freundlichkeit verdient. Als sie hinausraschelte, bemerkte Eric ihren letzten, eindeutig zu langen Blick. *Das gleiche Verlangen.* Er musste grinsen.

Der Kaffee schmeckte ausgezeichnet. Er trank ihn mit wenig Milch und einem halben Teelöffel Zucker, um den Geschmack vollständig zu öffnen. Mitten im Genuss, der die Ungeduld besiegt hatte, schwang die Tür auf, und Laurentis trat ein. Ein Mittfünfziger, schlank, gut sitzender Anzug in gedeckter Farbe, soweit Eric das beurteilen konnte, Businesshaarschnitt und grelles Aftershave. Für normale Nasen mochte es ein teurer Designerduft sein – Eric empfand ihn einfach nur als schrill, laut, aufdringlich.

»Guten Tag, Herr von Kastell. Mein aufrichtiges Mitgefühl.« Laurentis hielt ihm die Hand hin.

Eric betrachtete sie abschätzend. Würde er sie schütteln, nähme er den Geruch an. Das musste nicht sein, und entschuldigend hob er die Tasse an. »Danke, Herr Laurentis.«

Der Mann setzte sich an seinen Schreibtisch und verzichtete auf den Handschlag. »Verzeihen Sie die Verzögerung. Die andere Testamentseröffnung gestaltete sich schwieriger.« Er lächelte verschmitzt. »Frau und Geliebte trafen aufeinander. Muss ich erwähnen, dass die hintergangene Gemahlin nichts von der zweiten Frau im Leben meines Klienten wusste?« Er bestellte sich ebenfalls einen Kaffee. »Fangen wir an, oder warten wir ein paar Minuten?« Seine Hände zogen die Schublade des Schreibtischs auf und nahmen einen in dunklen Filz eingebundenen Ordner heraus.

»Bis Ihr Kaffee da ist?«

Laurentis lachte leise, unaufdringlich und pietätvoll. Zu viel gute Laune war bei Testamentseröffnungen nicht angebracht. »Nein, Herr von Kastell. Bis Ihre Schwester eintrifft. Der Flug aus Avignon hatte anscheinend Verspätung.«

Erics Augenbrauen hoben sich. »Meine *was?*«

»Ihre *Schwester,* Herr von Kastell.« Die Vorzimmerdame raschelte herein und servierte Laurentis den Kaffee.

Eric nieste, denn ihr Gummibärengeruch schlich sich erneut in seine Nase und folterte seinen Geruchsnerv. »Schwester«, sagte er leise. »Aus Avion.« Auch das Wiederholen half nicht dabei, das Erstaunen leichter zu verarbeiten.

»A-vig-non«, verbesserte Laurentis hilfsbereit. »Wussten Sie denn nicht ... Es tut mir Leid, Herr von Kastell. Heute scheint ein Tag voller Überraschungen zu sein.« Dann sah er auf. »So, wie ich sehe, sind wir nun vollständig.« Eric fuhr herum. Durch die offene Eingangstür trat eine Frau mit nackenlangen blonden Haaren. Sie trug einen sportlichen schwarzen Hosenanzug, flache Turnschuhe und eine Handtasche, in die der Mount Everest quer gepasst hätte. Eric schätzte sie auf vierundzwanzig Jahre.

»Bonjour, messieurs«, grüßte sie leicht außer Atem und ließ sich in den Sessel neben Eric fallen. *»Mon dieu, excusez-moi, je suis en retard, je sais. Malheureusement ... Merde!«* Sie schlug sich an den Kopf. *»Alors, je suis en Allemagne, n'est-ce pas?«* Sie räusperte sich. »Verzeihen Sie die Verspätung, meine Herren. Aber ich hatte eine Autopanne. Verdammter Mietwagen.« Sie sprach mit starkem französischem Akzent und zündete sich eine Zigarette an, deren beißender Qualm die Blümchen aus Erics Nase drosch. »Kein Franzose natürlich. Mit einem alten Peugeot zwonullfünf wäre das nicht passiert. Den hätte ich noch selbst repariert.« Sie blies den Rauch gegen die Decke, legte ihre Beine übereinander und schaute frech in die Runde. *»Alors, allez-y, je vous écoute.«*

Eric lehnte sich langsam nach vorne und betrachtete sie unverhohlen, als befände er sich bei einer polizeilichen Gegenüberstellung. Er bemerkte in ihrem adretten Gesicht voller Schrecken tatsächlich eine Ähnlichkeit mit seinem Vater. Und mit sich, was nicht nur an der nahezu identischen Frisur lag. »Sie sind ...?«, stellte er die Frage in den Raum.

»Oh. Verzeihen Sie mir.« Sie kramte in ihrer riesigen Handtasche, bis sie ihren Ausweis gefunden hatte und dem Testamentsvollstrecker vorlegte. »Justine Marie Jeanne Chassart, die Tochter des Monsieur von Kastell. Mein Vater schrieb meiner Mutter, dass er alles geregelt hat – Ihnen müssten entsprechende Unterlagen vorliegen?«

»Natürlich.« Laurentis nahm den Ausweis und notierte sich die Daten und Nummern.

»Was heißt hier *natürlich?* Das geht mir alles ein wenig schnell«, meldete sich Eric zu Wort. Die Verwunderung war wütender Hilflosigkeit gewichen. »Wenn Sie meine Schwester sind, weshalb weiß ich nichts von Ihnen?« Er funkelte sie böse an – und konnte es einfach nicht glauben. Sein Vater sollte die geliebte Mutter betrogen haben, mit irgendeiner Französin? Das relativierte sein Bild, das er von ihm hatte, dem bewunderten Vorbild, dem unerreichbaren Beispiel für Treue. Offenbar hatte sein Alter Herr in der Vergangenheit ebenso gerne gevögelt, wie er es heute tat.

Ihre braunen Augen schauten belustigt. »*Mon frère,* das liegt daran, dass ich eine Liaisonette bin.« Sie zog an der Zigarette und blies ihm den Rauch entgegen. »Vater wollte nicht, dass es bekannt wird ... aus verschiedenen Gründen. Und so hat er ein kleines Geheimnis daraus gemacht.« Die Zigarette zwischen Zeige- und Mittelfinger, deutete sie auf Laurentis. »Aber es ist alles korrekt, nicht wahr?«

»Ja«, sagte der Anwalt. »Ihr Anspruch ist notariell beglaubigt.« Er wandte sich Eric zu. »Herr von Kastell, ich sehe ein, dass es ein Schock für Sie ist, auf diese Weise von Ihrer Schwester ...«

»Halbschwester«, unterbrach er sofort.

»Mon dieu, quelle différence«, murmelte sie ungnädig. *»Sale arrogant.«*

»... Halbschwester zu erfahren. Tatsache ist, dass sie die Tochter Ihres Vaters ist.« Er öffnete den Ordner und nahm ein Blatt Papier heraus, auf dem Eric die Handschrift seines Vaters erkannte. »Und er hat sie in seinem Testament bedacht.« Laurentis trank einen Schluck Kaffee, bevor er den letzten Willen von Erics Vater verlas. »Lieber Eric, liebe Justine. Ihr habt euch niemals kennen gelernt, dennoch teilt ihr das Schicksal, meine Kinder zu sein. Wie auch immer mein Tod eintritt, er soll euch nicht davon abhalten, mit dem fortzufahren, was ihr gerade verfolgt. Mein Wohlstand wird euch dabei zugute kommen.« Laurentis neigte den Kopf nach links zu Justine. »Ich vermache meiner geliebten Tochter Justine eine Million Euro, die sie in jährlichen Raten von zweihunderttausend Euro auf ein Schweizer Konto überwiesen bekommt. Justine, nutze das Geld weise.« Laurentis schaute zu Eric. »Lieber Eric, ich möchte, dass du weißt, dass ich deine Mutter immer liebte. Du kennst«, er räusperte sich, »du kennst die Lust, die Macht der Triebe, und so bitte ich dich nach meinem Tod um Vergebung. Deiner Mutter konnte ich es nie gestehen. Es hätte sie umgebracht – aber ich weiß, dass du damit leben kannst. Ich vermache dir mein restliches Vermögen in Höhe von fünf Millionen Euro, die Aktienanteile, die Häuser in Irland, Südfrankreich, Spanien und Sankt Petersburg, die Appartements in Tokio, New York und Sydney und natürlich die Villa in Deutschland.«

»Natürlich.« Eric verzog das Gesicht, weil er die schwarze Ruine vor sich stehen sah.

Justine starrte ihn an. *»Sacre merde!* Ich bin die Tochter,

Monsieur. Mir steht die Hälfte zu, *pas seulement* diese eine Million Euro in Raten!«

»Sagen Sie ihr, dass sie einen Scheißdreck bekommt«, presste Eric mühsam beherrscht hervor und schaute zu dem Bild an der Wand. Die *Falschspieler* waren tatsächlich als Warnung für die Erben gedacht, wie er nun verstand.

Laurentis herrschte in seinem Büro wie ein souveräner König. Auseinandersetzungen wie diese kannte er nur zu gut, und er hasste sie. Aber es galt, sie mit Würde zu Ende zu bringen. »Es steht Ihnen frei, Madame Chassart, das Testament anzufechten.«

Sie fummelte sich eine Zigarette in den Mund. *»Mais oui«*, erklang es undeutlich.

»Ich auch«, sagte Eric sofort. »Ich bezweifle außerdem, dass sie meine Schwester ist, und verlange eine DNA-Analyse, um jeden Zweifel auszuräumen. Sie ist eine Schwindlerin.« *Wenigstens,* fügte er in Gedanken dazu, *benutzte sie kein Parfüm.*

»Das dachte ich mir«, seufzte Laurentis. »Bis zur Klärung der Zuteilung des Vermögens und jeglicher Besitztümer von Herrn Johann Christian Hans von Kastell gehört keinem von Ihnen etwas davon. Bis die Gerichtsurteile erwirkt sind oder doch noch eine außergerichtliche Einigung zu Stande kommt, verwalte ich den Nachlass.« Er stand auf und verzichtete darauf, ihnen die Hände zu schütteln. »Ihnen gehen Schreiben über den Stand der Dinge zu. Selbstverständlich können Sie mich jederzeit anrufen. Einen guten Tag.« Er klappte den Ordner zu, packte ihn in die Schublade unter seinem Schreibtisch und forderte sie damit stumm, aber unmissverständlich auf, das Büro zu verlassen.

Eric ging als Erster, er stürmte regelrecht hinaus, hatte keinen Blick für die wie zufällig über den Schreibtisch gebeugt stehende Vorzimmerdame und den Rand ihrer halterlosen

Strümpfe, sondern lief direkt hinaus auf den Bürgersteig. Am liebsten hätte er sich mit jemandem geprügelt.

»Eric, warte«, hörte er die Akzentstimme hinter sich, die er jetzt schon hasste. Und sie duzte ihn auch noch! Er ging weiter. Sie bedachte ihn mit einem weiteren ihrer französischen Flüche, die dreckig und elegant zugleich klangen, und stand plötzlich neben ihm. *Sie ist schnell,* schoss es Eric durch den Kopf.

Justine war beinahe so groß wie er, schlank und vom Gesicht her ungewöhnlich genug, um ein Model zu sein. »Ich wollte erklären, warum ich ...«

»Geldgeiles Miststück.«

So schnell ihm die Beleidigung über die Lippen rutschte und gegen sie prallte, so schnell erhielt er die Ohrfeige als Erwiderung. Seine Kämpferinstinkte wurden vollkommen überrumpelt, er bekam nicht einmal einen Arm als Abwehr nach oben. Seine linke Wange fühlte sich an, als habe sie nicht mit der flachen Hand, sondern mit einem eisernen Tischtennisschläger zugeschlagen. Sein Kopf wurde zur Seite geschmettert, dass die Wirbel knirschten, und die schwarzen Haare flogen ihm in die Augen. Er musste einen Ausfallschritt machen, um die Wucht abzufangen.

Eric holte sofort aus, doch seine Rechte wurde von Justine geblockt. Dann aber zuckte seine Linke schallschnell voran und versetzte ihr eine Ohrfeige; die Härte entsprach ungefähr der ihren. Die Zigarette flog Funken sprühend davon; Justine musste sich an seinem Gehrock festkrallen, um nicht zu stürzen.

»Touché.« Sie bleckte die Zähne und betupfte die Lippe. Kein Blut. Mit einem schiefen Lächeln richtete sie sich wieder auf, zündete sich eine neue Zigarette an und rauchte ungerührt weiter. »Kann ich es dir jetzt erklären? Eric, ich brauche das Geld, um ...«

Er ließ sie stehen und ging zu seinem Porsche. Als er die Tür öffnete, trat Justine von hinten dagegen, dass sie hart zurück ins Schloss fiel.

»*Merde, écoute-moi!* Ich kenne dein Geheimnis, Eric«, sagte sie in seinem Rücken. »Ich bin seine Tochter, es gibt keinen Zweifel.« Es klirrte leise.

Eric holte tief Luft und drehte sich langsam um. Justine stand vor ihm, eine Hand hielt eine blinkende Goldkette mit einem Reißzahn daran, der viel zu groß für den eines normalen Raubtiers gewesen wäre. Es war eine Kunst, ein unverwandeltes Körperteil eines Lykanthropen zu erbeuten. Das bedeutete, dass der Besitzer entweder noch lebte oder ein besonderes Ritual angewandt worden war, um es davor zu bewahren, nach dem Tod des Wandelwesens wieder zu einem menschlichen Eckzahn zu werden.

»Es stammt von ihr«, sagte sie leise.

Er nahm sich den schimmernden, makellosen Zahn und betrachtete ihn von allen Seiten. Der Wind trug ihm ihren Geruch in die Nase, und er meinte, eine Spur des Geruchs seines Vaters darin zu erkennen, was natürlich absolut unmöglich war. Eric rieb über den Zahn und schaute sie an.

»Woher hast du ihn?«

»Ausgeschlagen.« Justine bedachte ihn mit einem wilden Grinsen. »Aus ihrer hässlichen Fresse.« Sie legte die Kette wieder um ihren Hals und ließ den Anhänger unter ihre Bluse gleiten.

»Du?« Er lachte ungläubig. »Und du lebst noch?«

»Ich bin ihr vor zwei Jahren begegnet. Es kam zum Kampf, den sie vorzeitig abbrach, weil eine dritte Partei ins Spiel kam. Eine Partei mit großen Gewehren und einer Feuerkraft, die es mit der *légion étrangère* aufnehmen konnte.«

»Ich glaube dir nicht.«

»Es war so.«

»Und *wo* war das?«

»In Südfrankreich, in der Nähe von Auvers. Wo alles begann.« Sie schnippte die Kippe weg. »Johann hat mich vorgewarnt, dass du wütend sein würdest, aber ...«

»Du bekommst eine Million Euro, mehr nicht. Finde dich damit ab.«

Sie gab einen knurrenden Laut von sich. *»Merde,* Eric! Ich bin pleite! Unser Leben ist teuer, immer das Reisen, die Munition, Informationen kaufen und Leute bestechen.«

»Dann geh sparsamer vor. Nimm einen Billigflieger.«

Sie schaute ihn bittend an. »Wir können uns das Gericht sparen, Bruder.«

Seine rechte Hand schnellte nach oben, umfasste ihren Hals und drückte zu. »Ich bin *nicht* dein Bruder, Justine. Du bist ein Bastard, mehr nicht«, grollte er, und seine Augen wurden schmal, böser und gelber.

»Ich kann nichts dafür, dass er meine Mutter nicht geheiratet hat«, keuchte sie mit hochrotem Kopf. »Eric, ich trete dir in die Eier, wenn du nicht gleich aufhörst!«

Er stieß sie zurück, sie prallte gegen eine Mülltonne und musste sich erneut festhalten, um den Sturz zu verhindern. *»Trou du cul!«,* spie sie aus. »Einer allein ist einfache Beute für sie!«

»Du vielleicht.« Eric stieg in den Porsche, startete den Motor und ließ ihn aufheulen. »Ich nicht.«

Sie kam ans Fenster. »Wo finde ich dich, falls ich etwas über sie erfahre?«

»Lass es. Ich werde herausfinden, wo man deine zerfetzte Leiche gefunden hat, und wissen, wohin ich reisen muss.« Er fuhr los, hörte, dass sie dem Cayenne einen Tritt verpasste, und sah sie im Rückspiegel kleiner werden. Sie reckte zum Abschied den Mittelfinger nach oben.

Für Eric gab es keinen Zweifel, dass Justine gelogen hatte.

Das bisschen Wissen konnte sie sich aus Erzählungen des Vaters zusammengereimt haben. Gut, sie war schnell und stark, aber das bedeutete gar nichts. Sie konnte vom Schicksal verschont worden sein, redete er sich ein.

Eric wählte die Nummer des Ermittlungsbeamten und berichtete ihm von der Testamentseröffnung sowie von der unbekannten Schwester. Breitwangler setzte sie sofort auf die Liste der Verdächtigen, die verantwortlich für den Tod seines Vaters sein konnten. Justine wusste offenkundig seit langem von dem Testament zu ihren Gunsten, und was lag da näher, als dem Reichtum ein wenig auf die Sprünge zu helfen?

Eric musste grinsen. »Unternehmen Sie alles, was in Ihrer Macht steht«, bat er den Ermittlungsbeamten. Sollten sich die Bullen um Justine kümmern. Er benötigte keine Begleitung bei dem, was er vorhatte.

V.
KAPITEL

2. Januar 1765, in der Nähe von Mazel-d-Grèzes, Südfrankreich

Schneller, Camille. Es kommt ein Schneesturm.« Jean Chateauneuf sprang an der blökenden Schafherde vorbei, die auf die geschützte Flanke des Berges zuhielt, und scheuchte das eigensinnige Schaf Camille zurück, das ausbrechen und in einem nahen Buchenwäldchen Schutz vor dem eisigen Wind suchen wollte.

Er versetzte dem Tier einen leichten Schlag mit dem Ende seines Stabes. Camille schaute ihn mit tumben Augen an und hopste zurück zur Herde.

»Na also. Wir haben keine Zeit für deinen Sturkopf.« Er atmete erleichtert auf, weil er sich schon hinter dem Schaf her durch den Schnee in den Wald hatte rennen sehen. Und Wälder waren derzeit Orte, in die man sich als vierzehnjähriger Junge nicht allein begab.

Er fürchtete sich nicht vor dem Wolf – er hatte seinen Stab am Ende zugespitzt und würde sich damit gegen ihn verteidigen können. Dennoch sorgte die Ansammlung dunkler Bäume nicht gerade für Freude. Auch ohne die Geschichten über den reißenden Wolf hätte er den Ort gemieden.

Camille schien es sich indes anders überlegt zu haben. Der windarme Wald lockte sie, blökend bog sie ein weiteres Mal ab, und diesmal folgten ihr sogar einige Tiere aus der Herde.

Fluchend nahm Chateauneuf die Verfolgung auf und versuchte vergebens, die Schafe davon abzuhalten, in den Wald zu laufen. Er ärgerte sich, dass er auf den treuen Gaston, den Hirtenhund seiner Familie, verzichten musste. Er hatte sein Leben vor einem Monat verloren, und der neue Hund war noch nicht so weit. Also musste er selbst rennen.

Erst als die Schafe zwischen den Buchen ankamen, wurden sie langsamer.

Jean Chateauneuf betrachtete die Bäume mit Unbehagen. Laublos reckten sich die Äste dem dunkelnden Himmel entgegen, die kahlen Baumkronen schwankten im auffrischenden Wind, ein anhaltendes Pfeifen ging durch den Wald, das vom gelegentlichen Knacken eines brechenden Zweigs begleitet wurde. Ausgerechnet jetzt fielen ihm die vielen Einzelheiten aus den Zwischenfällen mit der Bestie ein, die sich die Menschen erzählten. Ein solch düsterer Ort war wie geschaffen für einen ihrer Überfälle.

»Los, Mesdames«, sagte er zu den Schafen, die sich anscheinend sehr wohl fühlten, während er sie umrundete, um sie hinaus zu den anderen zu treiben. »Ich möchte bei unserer Hütte sein, ehe der Sturm losbricht. Euch ist der Stall doch auch lieber als der zugige Wald.«

Irgendwo tief zwischen den Stämmen krachte es laut: Etwas Schweres war auf einen Ast getreten.

Ein Reh. Es kann ein Reh gewesen sein, dachte Chateauneuf und tat so, als habe er es nicht gehört. Nach dem zweiten Geräusch wurde ihm mulmig. »Verdammt, Camille!«, herrschte er das Schaf an und zog ihm den Stab so fest über, dass es erschrocken einen Satz machte, vor dem Jungen davonlief –

und in einem schneebekränzten Gebüsch verschwand. Das war nun wirklich das Schlimmste, was einem Hirten passieren konnte: Ein Teil seiner Herde stand vor dem Wald, der andere im Wald, und ein Schaf hatte sich abgesetzt. Camille würde die Nacht im Freien nicht überleben. Der Schneesturm oder hungrige Raubtiere würden ihrem Leben ein Ende bereiten. Er seufzte. So ungern er es tat, es gab keine Wahl, das Tier war wertvoll, und sein Vater würde ihn mit Vorwürfen, Beschimpfungen und Schlägen überhäufen, wenn er es nicht sicher in den Stall brachte.

»Wartet hier«, sagte Chateauneuf zu den übrigen Tieren, als könnten sie seine Worte verstehen, folgte den Spuren, die Camille hinterlassen hatte, und bahnte sich mit dem Stab eine Gasse durchs verschneite Dickicht. Immer wieder hörte er ihr Glöckchen und ein leises Blöken, doch sosehr er sie lockte, sie wollte nicht zurückkehren. Schafe waren keine besonders intelligenten Tiere, aber den Schlag hatte Camille offensichtlich nicht sofort wieder vergessen.

Das Unterholz lichtete sich, und endlich sah der Junge das Schaf durch die Zweige hindurch. Er nahm Anlauf und hechtete, um sich den Hinterlauf des Tiers zu greifen. Seine Hände packten im Fallen zu, gruben sich in die kühle Wolle und hielten Camille fest, die erschrocken blökte und zappelte.

»Hab ich dich«, keuchte Chateauneuf erleichtert, rappelte sich auf und legte sich die Ausreißerin mit einiger Mühe über die Schultern. »Du haust nicht noch einmal ab.«

Wieder knackte es, dieses Mal links neben ihm – und dann vernahm Jean das Knurren eines Wolfs. Wie aus dem Nichts stand er vor Chateauneuf, ein großes, kräftiges Tier, das sich durchaus auf einen Kampf mit einem Mann und erst recht mit einem Jungen einlassen durfte. An seinen Lefzen sickerte dickflüssiges, schleimiges Sekret herab. Tollwut.

Der Wolf und der Junge starrten einander an, bis Chateauneuf nach seinem Stab schielte, der halb aus dem Gebüsch ragte. Er hatte seine einzige Waffe losgelassen, als er nach Camille gesprungen war.

Der Wolf knurrte nun lauter. Die Zähne waren vollkommen entblößt, und er duckte sich zum Sprung.

Chateauneuf stand wie gelähmt, wagte nicht, sich zu bewegen, wusste aber gleichzeitig auch nicht, was er tun sollte, um dem Angriff zu entgehen. Das Schaf roch die Gefahr, es bäumte sich auf, blökte aufgeregt und brachte das Glöckchen zum lauten Klingeln. Damit reizte es den kranken Wolf noch mehr. Er schien sich kurz zu ducken, doch dann sprang er los, das geöffnete Maul zielte auf die Kehle des Jungen.

Schräg neben dem Hirten erklang ein ohrenbetäubendes Krachen – eine Muskete hatte sich entladen! Chateauneuf schrie vor Schreck und Überraschung. Er sah, wie das graue Fell des heranfliegenden Wolfes auf Höhe der Brust zuckte, dann spritzte eine Blutfontäne aus dem Rücken.

Aufjaulend prallte der Wolf gegen ihn und warf ihn durch seinen Schwung um, aber der Schuss hatte das Tier auf der Stelle getötet, so dass der Hirte nicht Opfer der Reißzähne wurde. Er hielt Camille weiterhin tapfer fest.

»Alles in Ordnung mit dir, mein Junge?« Eine Gestalt in einem langen Kutschermantel stand neben ihm. Chateauneuf erkannte die Züge hinter dem Kragen und im Schatten des Dreispitzes nicht. Es hätte ebenso gut der Fleisch gewordene, freundliche Geist eines toten Jägers sein können, dem er sein Leben verdankte.

»Danke, Monsieur«, stammelte er rasch und kämpfte sich umständlich aus dem Schnee auf die Beine, ohne das zappelnde Schaf entkommen zu lassen. In seinen Ohren klingelte es noch von dem Dröhnen der Muskete, sein Herz raste.

Der Mann nickte, ging an ihm vorbei und begutachtete das erlegte Tier. Enttäuscht stieß er die Luft aus. »Nur ein tollwütiger Wolf.« Er lud den abgefeuerten Lauf seiner Muskete nach und wandte sich wieder dem Jungen zu. Dieser konnte nun freundliche braune Augen und Teile eines jungen Gesichts erkennen. »Ich hatte gehofft, es sei die Bestie. Ich bin Pierre Chastel. Mein Bruder, mein Vater und ich jagen sie«, erklärte er rasch. »Ich verfolgte eine Spur, als ich dein Schaf hörte.«

»Euch schickte der Himmel! Ich bin Jean, Jean Chateauneuf.« Langsam beruhigte er sich, und er gab sich Mühe, vor seinem Retter nicht wie ein Feigling zu wirken. »Ihr kamt rechtzeitig, Monsieur. Wollt Ihr mitkommen? Es wird bald einen fürchterlichen Schneesturm geben. Ihr solltet besser nicht im Freien sein. Wenn es die Spur der Bestie war, die Ihr gesehen habt, seid getrost, dass auch sie Unterschlupf suchen wird. Jagt sie nach dem Sturm.«

Pierre überlegte kurz und willigte dann ein. Er nahm sein Jagdhorn vom Gürtel und blies laut hinein, um Bruder und Vater nach seinem Schuss zu übermitteln, dass es ihm gut ging und er die Bestie nicht erlegt hatte. Trotz des heulenden Windes vernahmen sie die schwachen Erwiderungen des Signals. »Gehen wir.«

Chateauneuf schritt voran, Pierre folgte ihm. Gemeinsam trieben sie die Schafe auf den Weg zur Herde zurück und machten sich weiter an den Abstieg, während der Winter ihnen bewies, dass er nicht mit sich spaßen ließ.

»Es wird zu gefährlich«, schrie der Junge gegen das Brüllen des Sturms und deutete mit dem Stab auf einen Stall. »Es ist nicht unsere Hütte, aber sie wird uns als Unterstand dienen, bis sich das Wetter beruhigt hat.«

Pierre half ihm, die Tiere in den dunklen Raum zu treiben. Es roch nach altem Kuhmist und Schafen; die gefrorenen Fladen am Boden waren hart wie Stein, und es lag ein wenig Heu auf der gestampften Erde. Der Hirte entzündete eine Laterne, die an der Steinwand an einem langen Haken hing. Sofort hatten beide das Gefühl, es würde mit dem Lichtschimmer etwas wärmer im Stall.

Das vier Schritt breite und fünf Schritt lange Gebäude war aus Granitblöcken hochgezogen worden, als Dach diente eine einfache Konstruktion aus Balken und Schieferschindeln. Ein zweites Stockwerk war in der hinteren Hälfte mit groben Bohlen und Brettern eingezogen worden; dort lagerten kleine Vorräte an Heu und Stroh.

Die Schafe drängten sich dicht zusammen, um sich gegenseitig zu wärmen, und blökten leise. Auch sie waren froh, dem eiskalten Wind entkommen zu sein, der durch die Ritzen der Tür pfiff und sein frostklirrendes Lied sang.

»Ihr jagt die Bestie, Monsieur?«, fragte Chateauneuf, dessen Atem als weiße Wolke aus dem Mund drang. In der jungen Stimme schwang Anerkennung mit.

Pierre stellte die Muskete in die Ecke und lächelte über die Bewunderung, die ihm zuteil wurde. »Manche würden es töricht nennen«, gab er grinsend zurück. Er klappte den Kragen nach unten und entfernte den Schal. »Aber wir wissen genau, was wir tun. Die Bestie kann uns nicht überraschen.« Er setzte sich auf ein Bündel Heu und streckte die Beine aus.

»Und wie wollt Ihr sie töten?« Chateauneuf blickte zum Gewehr. »Ich habe die Leute sagen hören, dass die Bestie unverwundbar ist. Sie sei mehr als ein Dutzend Mal getroffen worden und würde ihren Häschern immer wieder entkommen. Ist Euer Gewehr etwas Besonderes, Monsieur?«

»Nein. Aber ich kann im Gegensatz zu den anderen gut schießen«, erwiderte er und lachte leise. Er suchte in seinem Proviantbeutel etwas Brot und Schinken heraus, erwärmte das halb gefrorene Fleisch über der Lampe und bot dem Jungen einen Bissen an.

Dankbar nahm Chateauneuf den Schinken. »Ihr habt Euch den Dragonern nicht angeschlossen, Monsieur. Warum?«, wollte er kauend wissen.

Pierre schob sich den Hut in den Nacken. »Sie haben keine Ahnung von der Jagd. Ihre Fallen bringen nicht viel. Sie mögen auf ihren Pferden schick aussehen, aber zu mehr taugen sie in diesem Gelände nicht. Ihre Fußsoldaten sind nicht viel besser.«

Der Junge nickte. »Das sagt mein Vater auch. Sie verkleideten sich schon als Frauen, um die Bestie in einen Hinterhalt zu locken, aber es brachte nichts.«

»Wäre ich die Bestie, würde ich auch keine Frau fressen wollen, die Stoppeln im Gesicht hat, nach Schnaps stinkt und furzt wie ein Dachs.« Er schnitt sich noch ein Stück vom geräucherten Fleisch herunter. »Das Schlimme ist, dass sich fremde Jäger im Gévaudan herumtreiben, die ebenso unvermögend sind wie Duhamel und seine Männer. Die Bestie weicht ihnen aus und wird bald in anderen Gebieten zuschlagen, Vivarais oder Margeride. Man muss sie in Sicherheit wiegen, damit sie einen Fehler begeht.«

Chateauneuf betrachtete den Jäger aufmerksamer als vorher. »Habt Ihr der Bestie etwa schon einmal gegenübergestanden, Monsieur? Ihr klingt so ...« Er horchte kurz, weil er ein leises Rascheln vom Heuboden gehört hatte. Wahrscheinlich suchten dort Mäuse ihr karges Futter.

Pierre lehnte sich mit dem Rücken gegen die Wand, lockerte den Kragen und öffnete die Kleidung. »Ja, wir haben sie schon einmal gestellt, aber sie entkam, ehe wir einen Schuss abgeben konnten. Ihr Fell macht sie im Unterholz so gut wie unsichtbar.« Die Körperwärme strömte dampfend in den eisigen, windstillen Stall.

»Monsieur, wollt Ihr Euch den Tod holen?«, meinte Chateauneuf bestürzt und vergaß seine Fragen zur Bestie. »Was ist mit Euch?«

Pierre nahm ein Tuch aus der Tasche und wischte sich die perlenden Schweißtropfen von der Stirn. »Fieber«, gab er zur Antwort und holte seine Trinkflasche unter dem Mantel hervor. Bei diesen Temperaturen musste man sie dicht am Leib tragen, damit das Wasser nicht gefror. »Es sucht mich regelmäßig heim, seitdem mich ...« Er brach ab. »Seitdem mich ein Wolf gebissen hat.« Gierig trank er.

Chateauneuf wich vor ihm zurück.

»Nein, Junge, es ist nicht die Tollwut«, beruhigte Pierre ihn. »Es ist Dreck von seinen Zähnen, der sich in meinem Blut festgesetzt hat und es entzündet. Es brennt dann wie Feuer in meinen Adern und peinigt mich mit Hitze, aber es vergeht auch ebenso rasch wieder.« Er schloss die Augen.

Die Schafe wurden unvermittelt unruhig. Sie drängten sich in die hinterste Ecke des Stalls, blökten leise und schauten immer wieder zu Pierre, dessen Körper sich verkrampfte. Er zitterte unkontrolliert, die Hände krallten sich ins Heu.

Furcht stieg in Chateauneuf auf. Man erzählte sich, dass die Bestie ein Loup-Garou war, ein Werwolf, der in seiner menschlichen Form friedlich unter den anderen Bewohnern des Gévaudan lebte. Konnte es ... konnte es dieser Jäger sein? Verwandelte er sich gerade, um über ihn herzufallen?

»Heilige Mutter Gottes, steh mir bei!« Der Junge zwang sich, an dem zuckenden Mann vorbeizugehen und die Muskete zu nehmen, auch wenn er keine Ahnung hatte, wie man damit richtig schoss. Es genügte wohl, die Hähne zurückzuziehen, mit dem Lauf zu zielen und abzudrücken.

Chateauneuf stand zwei Schritte vom keuchenden Pierre entfernt, die Mündung war auf dessen Kopf gerichtet. »Monsieur, was ist mit Euch?«, sagte er eindringlich zu ihm. »Ihr macht mir Angst.«

Der Atem des Jägers ging stoßweise; er ächzte und stöhnte tierhaft, es klang kaum noch nach einem Menschen. Chateauneuf hob die schwere Waffe und hielt sich bereit, sein Leben und das seiner Schafe zu verteidigen.

Dann hörte er das Rascheln wieder. Es kam immer noch von der zweiten Ebene des Stalls, aber dieses Mal war es deutlich lauter, und es stammte ganz sicher nicht von einer Maus! »Wir sind nicht allein hier«, sagte er leise. Der junge Hirte schwenkte die Muskete ruckartig zur Empore –

– und blickte geradewegs in die Fratze der Bestie. Sie stand lauernd neben der einfachen Holzleiter und zeigte sich dem Jungen ohne Scheu, wissend, dass sie ihm überlegen war. Sie war groß wie ein Kalb, der Kopf breit und hässlich, und die kurzen Ohren unterstrichen ihre Missgestalt. Die furchtbaren, entblößten Fänge im schwarzen Maul versprachen den Tod.

»Herr im Himmel«, stammelte Chateauneuf. Ein Schuss löste sich aus der Muskete und schlug in einen Holzbalken. »Monsieur Chastel, kommt zu Euch, sonst ...« Aber da befand sich der schwere, muskulöse Körper bereits in der Luft und flog auf ihn zu. Der Zusammenprall riss ihm die Muskete aus den Fingern und schleuderte ihn zu Boden.

Er roch den furchtbaren Gestank, versuchte, Widerstand zu leisten, und griff in das kurze Fell, sah eine breite Brust mit einem weißen Streifen vor sich. Dann schaute er in ein Paar rot funkelnde, grausame Augen, ehe sich die Zähne in seine Kehle schlugen und sie zerrissen. Ein heißer Schmerz fuhr durch seinen Hals – danach spürte er nichts mehr. Der Schock unterdrückte jegliche Empfindung.

Er lag apathisch auf der Erde, lebte noch einige Augenblicke lang, hörte, wie sich die Bestie schmatzend an seinem Blut labte, das aus der Kehle sprudelte, und vor Freude knurrend seine Bauchdecke mit Klauen und Schnauze aufriss. Der Junge wurde durch das verlangende Graben in seinem Körper hin und her geschüttelt. Das Letzte, was er sah, war das kalkweiße Antlitz von Pierre Chastel, das sich in sein dunkler werdendes Gesichtsfeld schob, und die verkrümmten Finger des Jägers, die sich nach ihm reckten.

Jean Chastel stürmte durch die Tür des Stalls, dessen Umrisse er in dem tobenden Sturm nur mit Mühe ausgemacht hatte. Entsetzt verharrte er auf der Schwelle.

Neben dem verstümmelten Leichnam eines Jungen von vielleicht vierzehn Jahren saßen seine Söhne Antoine und Pierre. Beide waren von oben bis unten mit dem Blut des Toten besudelt, als hätten sie sich darin wie die Schweine gesuhlt. Beide trugen ihre Kleidung schlampig am Leib, Antoines Stiefel lagen neben dem Eingang. Sie schauten abwesend und betäubt zu ihm auf und nahmen ihn erst nicht wirklich wahr. Dann hellten sich Pierres Züge auf. »Vater!« Er sprang auf die Füße, schaute an sich herab und blickte zu seinem Bruder. »Was ... was haben wir getan?«, raunte er. »Ich kann mich an nichts erinnern. Ich kam mit dem Jungen herein und ...«, seine Augen schweiften zur Zwischendiele des Stalls, »... die Bestie! Sie lauerte dort und ...« Er verstummte.

Antoine lachte auf und streifte sich das blutbesudelte lange Haar aus dem Gesicht. »Ich? Ich soll die Bestie sein? Du träumst, Bruder. *Du* bist die Bestie und willst mich vor Vater als Schuldigen hinstellen.«

»Ich kann mich nicht an alles entsinnen, aber du warst nicht hier, als ich den Stall betrat. Die Bestie ist weg, dafür stehst du vor mir«, erwiderte Pierre. »Sage mir, wie das sein kann!«

Jean nahm die Muskete von seiner Schulter, zog die Hähne

zurück und betrachtete seine Söhne. »Ich habe unter dem Vordach der Hütte keine Spuren der Bestie gefunden. Was immer das hier angerichtet hat, es ist noch im Stall«, sagte er verunsichert.

Antoine zeigte auf die Empore. »Vielleicht verbirgt es sich vor uns?« Er erklomm die Leiter, wühlte im Stroh und Heu herum und fand nichts. Genauso, wie es Pierre im Stillen vermutet hatte.

Dem Wildhüter kam ein schrecklicher Verdacht. Die Bestie hatte seine Söhne damals verwundet. Hatte er ihre Verletzungen zu spät mit glühender Klinge ausgebrannt? Trugen sie den Keim des Bösen in sich?

Er erinnerte sich an das seltsame Verhalten Antoines in Chaulhac, an seine Faszination, als er den Leichnam des Jungen beschnüffelt hatte. Und Pierres Schock – war er nicht seltsam spät eingetreten, so als habe er damit gewartet, bis er den Vater damit narren konnte? Der Verdacht traf Jean mit kalter Wucht: Die Spuren vor dem Stall waren eindeutig. Es gab keine anderen Schuldigen. Und seine Söhne hatten schon einmal getötet. Mindestens einmal. Seine Hände begannen zu zittern.

»Was immer das hier angerichtet hat«, wiederholte er rau, »es ist noch hier drin.« Seine Augen wanderten über die entsetzten Gesichter Pierres und Antoines. »Was hat die Bestie aus euch gemacht?«, rief er verzweifelt. »Ihre Rache ist furchtbarer, als ich angenommen hatte.« Die Finger spannten sich um seine Waffe. Er wusste nicht, was er tun sollte – noch mehr Bestien waren für das Gévaudan zu viel.

Antoine sprang vom Heuboden herab und stellte sich neben ihn. Er ahnte, was in seinem Vater vorging. »Du darfst nicht zulassen, dass die Bestie über uns triumphiert, Vater. Gönne ihr den Sieg nicht, indem du uns tötest! Wir suchen ... wir suchen ein Gegenmittel, das uns von dem Fluch befreit.« Er schlüpfte in die Stiefel. »Ich kenne einen Henker, der sich auf allerlei Zauberkunst versteht. Er wird uns sagen können, was gegen den Loup-Garou in uns hilft.« Er warf sich auf die Knie und schaute seinem Vater beschwörend in die Augen. »Ich *flehe* dich an, Vater! Wir sind deine Söhne, dein Fleisch und Blut. Wir können nichts dafür, dass wir zu Bestien geworden sind. Hilf uns, den Fluch zu brechen, der über uns gekommen ist. Ich will nicht sterben!«

Jean Chastel ließ seinem Kummer freien Lauf, warf sich Antoine in die Arme, Pierre gesellte sich vor Verzweiflung weinend hinzu. Zu dritt knieten sie im allmählich gefrierenden Blut des Hirtenjungen und suchten Halt und Trost beieinander.

Schließlich erhob sich der Wildhüter, zog auch seine Söhne hoch und sah sie nacheinander fest an. »Du hast Recht, Antoine. Wir werden ein Gegenmittel finden – und wir werden die Bestie weiter jagen.« *Und ich werde von nun an auf jeden eurer Schritte achten,* fügte er in Gedanken hinzu, *damit ihr das Leid der Menschen nicht weiter vergrößert. Und wenn ich euch deswegen einsperren muss.* Er schaute voller Kummer und Wut auf die zerfleischte Leiche des Jungen und versprach der Bestie dafür mannigfaches Leid und einen qualvollen Tod. »Verschwinden wir, bevor der Sturm nachlässt und sie nach ihm und den Schafen suchen.«

Antoine und Pierre richteten ihre Kleidung, rafften ihre Sachen an sich und traten nach draußen in das zornige Weiß. Schon nach wenigen Schritten verschwanden ihre Konturen im rauschenden Gemisch aus Wind und Flocken.

Jean drehte sich noch einmal um, als er in der Tür stand, und betrachtete das, was seine Söhne hinterlassen hatten. Er nahm die Lampe vom Haken, zerbrach das Glas und warf sie ins Heu. Sofort zuckten die Flammen empor und breiteten sich in dem getrockneten Gras aus. Blökend rannten die Schafe ins

Freie und flüchteten vor dem Feuer, mit dem der Wildhüter die Spuren verwischen wollte.

Als das letzte Tier den Stall verlassen hatte, schloss er den Eingang. Er fand es für den Vater des Jungen tröstlicher, dass der Spross durch ein Feuer und nicht durch die Klauen und Zähne zweier Bestien umgekommen war. Die Wahrheit durfte nicht ans Licht kommen. Niemals.

VI.
KAPITEL

München, 11. November 2004, 13:51 Uhr

Eric stoppte den Cayenne auf der alleeartigen Zufahrt zur Villa, die ihm sein Vater vermacht hatte. Besser gesagt, er stoppte vor den verkohlten Überresten. Und das diesige, graue Winterwetter machte den Anblick auch nicht schöner.

Er stieg aus, lehnte sich an die offene Tür des Porsches und betrachtete versonnen, was nun ihm gehörte. Hier hatte er den Großteil seiner Kindheit verbracht, war durch die langen Flure gerannt, hatte den riesigen, geheimnisvollen Dachboden unsicher gemacht oder in einem seiner berühmten Wutanfälle mit Kochtöpfen um sich geworfen. Hier hatte ihm sein Vater alles beigebracht, was für die Jagd notwendig war: das Wissen über die Wandelwesen, ihre Sprachen und Gebräuche. Und er hatte ihn in der Kunst des Lügens, Spionierens und vor allen Dingen des Kämpfens trainiert. Mit dem achtzehnten Geburtstag begann sein Leben als Krieger, bei dem ihn sein Vater anfangs noch begleitete, bis er sich nach zwei Jahren zurückzog und fieberhaft zu forschen begann, zum Mann im Hintergrund wurde. Das Anwesen in München war der Hauptsitz seiner alten und traditionsreichen Familie, ein Haus voller verborgener Schätze, welche die Dynastie derer von Kastell gesammelt hatte.

Das war es ... gewesen.

Der prachtvolle Bau aus dem 18. Jahrhundert existierte nicht mehr, war abgebrannt, eingestürzt bis auf die Grundmauern, vergangen. Manche einsame Fensterscheibe hatte der Hitze getrotzt und es mit Erblindung bezahlt, andere waren geplatzt oder gesprungen. Der Anblick tat ihm weh.

Es war nun amtlich: Die Kriminalbeamten hatten Überreste von C4-Sprengstoff und eine Zündkapsel gefunden. Eric selbst gehörte nicht zu den Verdächtigen: Er hatte sich ein Alibi verschafft und sich den Ermittlungen so entzogen.

Erics Füße trugen ihn wie von selbst über den knirschenden Schnee die Sandsteintreppe hinauf. Er schlüpfte unter dem weißgrünen Absperrband der Polizei hindurch, berührte den nach Ruß und Kohle riechenden Türstock, tätschelte ihn wie einen vertrauten Freund und trat schließlich unter ihm hindurch in die Eingangshalle. Die schwarzweißen Kacheln waren unter dem Schutt verschwunden, die geliebte Holztreppe hatte sich den Flammen ergeben und lag als undefinierbares schwarzes Etwas am anderen Ende der Halle.

Aber Eric wollte auch nicht ins erste Geschoss. Das Arbeitszimmer dort oben war zerstört – aber das wahre Wissen lagerte an anderer Stelle. Mühsam bahnte er sich einen Weg in die Küche, die aussah, als hätte sie lediglich unter der Druckwelle der Sprengladungen gelitten. Hier lag der Eingang zum verborgenen Keller.

Er ging zum Vorratsregal, auf dem noch immer die kleinen, leckeren Hartwürste lagen, die er so mochte, schob es nach hinten und öffnete damit den Zugang zu einer schmalen Treppe. Sie führte in das geheime Reich seines Vaters: ein unterirdisches Labor und einmaliges Waffenarsenal zugleich.

Im Dunkeln stieg er hinab; er kannte jede Stufe, jede Unebenheit – und die versteckten Auslöser der Sicherungsmaßnahmen. Unten angelangt, öffnete Eric die gewaltige Tresorraumtür und wollte den stockdunklen Raum dahinter betreten.

Ein leises Scharren auf der Treppe warnte ihn.

Er zog die Sig Sauer und richtete die mitgebrachte Taschenlampe auf den Eingang. »Sie betreten Privatbesitz. Wenn Sie von der Polizei sind, geben Sie sich auf der Stelle zu erkennen.«

Das Scharren wurde lauter, jemand kam sehr vorsichtig die Stufen herab und wusste anscheinend genau, welche er nicht betreten durfte.

Das würde dem Eindringling nichts nutzen. Eric warf die Taschenlampe auf die letzte Stiege. Und aktivierte so die Sicherungssysteme.

Simple Mechanik war etwas Wunderbares, denn sie benötigte keinerlei Strom, um zu funktionieren. Eine starke Eisenfeder, ein Haltebolzen, ein angespitzter Silberstab und das Ganze in fünfzigfacher Ausfertigung ergaben eine wirkungsvolle Waffe. Die in der Wand eingelassenen Silberstäbe schnellten aus ihrer Verankerung und spießten auf, was sich auf der Treppe befand.

Eric hörte ein erschrockenes, qualvolles Jaulen. Er bückte sich nach der Taschenlampe und leuchtete. Der Strahl fiel auf ein rotes Rinnsal, das die Stufen herablief und zischte, weil es mit dem Silber in Berührung gekommen war. »Dreckviech«, rief er und bewegte sich zur Wand neben dem Aufgang, an welcher der Umkehrhebel für die Falle angebracht war.

Eric deaktivierte den Mechanismus, und gleich darauf rollte der Kadaver eines nackten, sehr jungen Mannes herab und blieb mit dem Kopf nach unten auf der Treppe liegen. Die Stäbe hatten ihn an sieben Stellen gleichzeitig erwischt und den Werwolf im Menschen ausgebrannt.

Von oben erklangen hastige Schritte und das Klirren von Schutt: Jemand rannte davon.

Eric spürte, wie ihm heiß wurde, als er die Verfolgung aufnahm. Die Jagd konnte beginnen!

Als er das Haus verließ, sah er eine Frau durch den verschneiten Garten hetzen; sie schaute sich nach ihm um und streifte ihre Jacke ab, zog sich im Laufen so gut es ging noch weiter aus. Für einen Schuss war sie bereits zu weit entfernt.

»Du willst dich verwandeln, was?« Er rannte zum Cayenne, stieg ein und kurvte am gefrorenen Blumenbeet vorbei die kleine Treppe hinab auf die Wiese. Schnee wurde von den Rädern nach oben geschaufelt und flog an den Seitenfenstern vorbei. Der Geländewagen liebte es, gefordert zu werden, und holte die Flüchtende schnell ein. Eric sah in ihr Informationen auf zwei Beinen.

Die Frau, die sich nun ihrer Oberbekleidung vollständig entledigt hatte, verstand, dass sie dem 450-PS-Porsche auf der lang gezogenen Wiese nicht entkommen konnte, also schlug sie einen Haken und hielt auf ein kleines Wäldchen zu, das Eric zu Kinderzeiten schon gehasst hatte. Es war ein dunkler Tannenhain, finster wie die Nacht und unheimlich. Angeblich waren im 19. Jahrhundert dort sieben Menschen verschwunden, die zu Besuch in die Villa gekommen waren. Er hatte sich selbst einmal darin verlaufen und wäre beinahe vor Angst gestorben.

Die Frau mit den langen schwarzen Haaren hielt an der Baumgrenze an, streifte die Stiefel, die Hose und die Unterhose ab und lief nackt weiter. Eric blieb gerade noch Zeit, einen Blick auf ihre üppigen, schwingenden Brüste zu werfen, dann war sie verschwunden. Er konnte sich Besseres mit ihr vorstellen, als sie zu jagen und zu töten. Aber so lief das Spiel eben nicht.

Er brachte den Cayenne zum Stehen, sprang hinaus und griff sich das verschwitzte Unterhemd der Frau. Tief sog er ihren Geruch ein und folgte ihr. So leise es ging, lief er durch den Wald. Er orientierte sich zunächst an den Geräuschen der brechenden Zweige weiter voraus und sog die kalte Luft durch die Nase ein, um das Wandelwesen aufspüren zu können.

Er fand sie nicht. Eric blieb stehen, griff sich seinen Silberdolch und nahm die Brille ab. Die Welt verschwamm sofort in einem Weichzeichner – doch dafür reagierten seine ungezähmten hellbraunen Augen nun auf die kleinste Bewegung. Und tatsächlich machte er die Frau aus: Der Silhouette nach befand sie sich im Zwischenstadium, kurz vor der vollendeten Verwandlung zum Wolf.

Eric spurtete los und verließ sich auf seine Augen, die jedes noch so vorsichtige Huschen der Gegnerin erfassten. Man konnte es mit dem Zielsucher eines modernen Waffensystems vergleichen, und er selbst war eine hartnäckige Rakete, die sich immer wieder neu justierte und erst Ruhe gab, wenn sie eingeschlagen war.

Dieser Einschlag erfolgte für das Wandelwesen unerwartet. Eric sprang die Wölfin von hinten an, rollte mit ihr durch den Schnee und saß auf ihr. Ein Handschuh krallte sich in das lange, helle Winterfell an ihrer Kehle, die Hand mit dem Dolch stieß zu und bohrte sich in das Schulterblatt, genau ins Gelenk. Nicht tödlich. Aber sehr, sehr schmerzhaft. Die Wölfin jaulte ängstlich auf, wagte nicht mehr, sich zu bewegen, sondern winselte schicksalsergeben.

Es kam ihm gelegen, keine Kämpferin vor sich zu haben. Jedenfalls wirkte sie nicht wie eine. »Verwandle dich zurück«, verlangte er und wälzte sie herum, drückte die Schnauze nach hinten und hielt ihr den Dolch an den entblößten Hals. Er sah sie noch immer undeutlich. Erst als er es knacken hörte und spürte, wie sich der Kopf unter seinen Fingern veränderte und menschlich wurde, nahm er die Hand von ihrem Gesicht und setzte die Brille auf.

Als die Verwandlung vollzogen war, hockte Eric auf dem Bauch einer höchstens Siebzehnjährigen, die ihn furchtsam anstarrte und stöhnte, weil ihr die Schulterwunde enorme Schmerzen bereitete. Das Silber hatte ihr Fleisch verbrannt und verhinderte, dass sich die Verletzung regenerierte. Die blutige Klinge auf ihrer Haut zischte, kochte ihren Lebenssaft.

»Wie heißt du?«

»Tina«, wimmerte sie. »Bitte, ich ...«

»Wer war der andere, und was wolltet ihr in meinem Haus?« Rasch schaute er sich um, lauschte, sog den Wind ein. Sie waren allein, und das war verdammt gut so. Derzeit sah es nach einer Vergewaltigung aus, niemand hätte bei diesem Anblick etwas anderes angenommen und wäre ruhig stehen geblieben. Die möglichen Retter wiederum hätten ihm unnötige Probleme bereitet. »Also, Tina?«

Sie lag vollkommen still. »Wir sollten nachsehen, was stehen geblieben ist und ob sich wer blicken lässt, wenn die Bullen weg sind«, flüsterte sie und begann zu zittern. Ihre Lippen liefen blau an. Ohne das schützende Fell und ohne Kleidung fror sie wie ein gewöhnlicher Mensch. »Er ... Er war mein Freund. Jemand hat ihn angerufen und ihn losgeschickt, ich habe ihn nur begleitet.«

»Jemand?«

»Ich weiß es nicht!«

»Wer hat die Bomben gelegt? Upuaut?«

Ihre Augen wurden groß. »Was? Wer? Nein, keine Ahnung, den Namen erwähnte er nicht.« Sie schrie leise auf, als die Klinge einen Millimeter tiefer in ihr Fleisch schnitt. »Der Franzose! Es war der Franzose!«, rief sie wimmernd.

»Wie lautet sein Name? Chassart?«

Wieder war sie überrascht. »Nein. Faux ... nein, Fauve oder so ähnlich.«

»Was ist er? Ein Wolf? Oder etwas anderes? Und wo finde ich ihn?«

»Beim heiligen Fenris, ich schwöre, dass ich keine Ahnung

habe!« Sie weinte in ihrer Angst und in ihrer Hilflosigkeit steinerweichend. »Wir haben doch nichts gemacht, wir sind bloß zu dieser Scheißruine und ...«

Er seufzte. »Bist du als Lykanthropin geboren worden?«

»Ja.« Tina klapperte mit den Zähnen und brachte kaum mehr ein verständliches Wort hervor. »Ich kann nichts dafür ...«

Er nahm den Dolch weg. »Dann bedank dich bei deinen Eltern. Ich ...«

Tinas Furcht verschwand wie weggewischt. Sie hatte bemerkt, dass es Unsinn war, an Erics Mitleid zu appellieren und das hilflose kleine Mädchen zu spielen. Stattdessen griff sie an. Tina bäumte sich so gut sie konnte nach oben, riss den Mund auf, lange, spitze Zähne schnappten nach seiner Kehle. Gleichzeitig versuchte sie, seine Arme zu packen.

Eric hatte viel früher mit einer Attacke gerechnet. Sein Dolch drang zwischen den Rippen hindurch und zerschnitt das Herz. Tina kam nicht mehr dazu, einen Schrei auszustoßen, sie schnaufte nur noch einmal. Ihr Atem umschloss ihn als weiße Wolke, ihr Blick – wild und ungläubig zugleich – brach. Der Körper wurde schlaff, die Arme fielen kraftlos in den Schnee.

Der Geruch ihres warmen Atems blieb in seiner Nase. Sie hatte vor kurzem einen Döner gegessen, eine Zigarette geraucht und versucht, den Geschmack mit einem Kaugummi zu überlagern. Zimt.

Für einen Moment tat es Eric Leid, dass er ihr Leben genommen hatte. Aber Tina war alles andere als ein netter Teenager gewesen, der sich im Wald verirrt hatte. Sie gehörte zu *ihnen*, sie hätte Menschen gefährdet und die Seuche weiter verbreitet.

Frischer Schnee fiel aus den dunkelgrauen Wolken über München, eine Schar Krähen flog über die grünen Tannen hinweg und krächzte laut, als beschwerten sie sich darüber, dass er die junge Frau getötet hatte.

Er betrachtete sie noch einmal. Momente wie diese waren es,

die er hasste. Momente, in denen er gezwungen war zu töten. Kreaturen wie Tina zu töten. »Fauve«, sagte er leise und stand auf, zog das Messer aus ihrer Brust und wischte es mit Schnee sauber. Immerhin hatte er einen Ansatzpunkt für seine Ermittlungen.

Eric trug die Leiche zu seinem Auto, sammelte ihre Kleidung ein und fuhr zur Ruine zurück. Er schleppte Tina die Stufen hinauf, durch die Küche – und blieb stehen.

Eine ätzende Wolke schlug ihm aus dem geheimen Keller entgegen, er hustete und fluchte gleichzeitig: Es war noch jemand hier gewesen, der die Ablenkung durch Tina genutzt hatte.

Eric ließ den Leichnam auf die Fliesen fallen und stieg die Treppe hinab, bis er vor der Tresortür stand. Er hatte den Fehler begangen, sie nicht zu schließen. »Scheiße«, murmelte er.

Vorsichtig betrat er das Labor und betätigte den Schalter. Das Deckenlicht sprang nicht mehr an, es würde keinen Strom geben, bevor er nicht das Notaggregat in Betrieb nahm. Der Strahl der Taschenlampe beleuchtete ein chaotisches Durcheinander aus schmelzenden Möbelstücken, Tischen, blubbernden und Blasen werfenden Einrichtungsgegenstände. Es sah aus wie ein dreidimensionales Bild von Salvador Dalí. In kürzester Zeit waren sämtliche Aufzeichnungen vernichtet worden.

Eric untersuchte das Zerstörungswerk. Splitter von Glasbehältern lagen umher; der beißende Gestank, das Zischen, die Löcher in den Papieren, den CDs und Disketten sprachen für Säure, die literweise vergossen worden war. Aufmerksam wich er den Pfützen auf dem Boden aus. Säurecocktails leisteten bessere Arbeit als Brandbomben. Es gab nichts mehr von dem immensen Wissen und den Erkenntnissen seines Vaters, was er verwenden konnte.

Im hinteren Teil des Kellers lag das kleine chemische Labor in einem Scherbenhaufen, die ausgetretenen aggressiven

Substanzen hatten zusammen mit der Säure nichts übrig gelassen außer einer altertümlichen Glasphiole, die er am Boden entdeckte. Eric erstarrte. Sie war das Wertvollste, was seine Familie besaß, wertvoller als alle Besitztümer in der ganzen Welt. Und doch hatten seine Feinde die Phiole übersehen – wahrscheinlich, weil sich in ihr nichts anderes zu befinden schien als eine vertrocknete Substanz. Daneben lag eine beinahe vollständig von der Säure zersetzte Notiz. Eric nahm beides an sich. Er würde es in einem sicheren Bankschließfach deponieren.

Die beißende Luft wurde zu viel für seine Lungen, er musste gehen. Er holte Tinas Leiche rasch in den Keller und ließ sie dort zurück. Sobald die giftigen Dämpfe sich verflüchtigt hatten, würde er zurückkehren, das Labor nochmals durchsuchen und die Kadaver entsorgen.

Müde aktivierte er die Falle, schloss den Zugang in der Küche und stieg in den Porsche. Wer auch immer hier gewesen war, er hatte es nur darauf abgesehen, die Aufzeichnungen von Erics Vater und dessen Vorfahren zu vernichten. Den letzten Jäger aus der Familie der von Kastells aber schien der Unbekannte als geringere Gefahr einzustufen.

Eric kehrte in das Hotel in der Münchner Innenstadt zurück, um sich eine Dusche und ein Essen zu gönnen. Danach würde er ein paar alte Informanten seines Vaters anrufen oder per E-Mail kontaktieren, um etwas über diesen Fauve herauszufinden. Auf die Jagd würde er heute nicht mehr gehen; heute war genug Blut vergossen worden.

Er parkte den Cayenne in der Tiefgarage, stieg in den Aufzug und hatte für die hübsche Dame, die mit ihm zusammen nach oben fuhr, keinen Blick übrig. Die gebrochenen Augen Tinas verfolgten ihn. Nur weil er das Töten beherrschte, bedeutete es nicht, dass ihm der Tod nichts mehr ausmachte. Ganz im Gegenteil.

In seiner Suite angekommen, streifte er die Kleidung samt den Waffen vom Leib, nahm eine Dusche und legte sich nackt, wie er war, aufs Bett. Die muskulösen Arme hinter den Kopf mit den nassen schwarzen Haaren verschränkt, lag er da und starrte an die Decke.

Der Tod seines Vaters, Blut und Schießereien, Justine, Gedärme, Tina, der Geruch von Leichen, Fauve, eine aufblitzende Klinge, Upuaut, entsetztes Weinen, erschrockene Gesichter und schnappende Reißzähne. Das alles mischte sich zu etwas, das seinem Verstand zu schaffen machte und das er auf diese Weise nicht zu bewältigen vermochte.

Er wälzte sich vom Bett und lief ins Nebenzimmer, wo er die Staffelei aufgebaut hatte. Ohne sie verreiste er nur selten.

Eric mischte Farben an und malte fieberhaft los, gab Schwarz und Rot zusammen, übermalte es mit Gelb, mit Weiß. Er hörte nicht mehr auf, bis er das giftgleiche Grauen aus seinem Inneren herausgesogen und auf die Leinwand gespuckt hatte. Keuchend trat er zurück und betrachtete sein Werk. Es waren zwei verfremdete Augen, die Augen Tinas, in denen sich undefinierbare Ängste widerspiegelten.

Seine Ängste.

Doch dann, ganz langsam, spürte er die Ruhe, auf die er sehnsüchtig gewartet hatte; vorsichtshalber nahm er noch ein paar seiner besonderen Tropfen, wankte erschöpft und ausgebrannt ins Bett und schlief auf der Stelle ein.

München, 12. November 2004, 09:01 Uhr

»... sprechen die Behörden von Sankt Petersburg von einem ungeheuerlichen Vorfall, wie er in den Annalen der Stadt nicht zu finden ist. Die Bauchdecke des kleinen Mädchens, so informierte man uns, ist mit einer stumpfen Klinge oder einem dicken Nagel aufgerissen worden«, sagte die Korrespondentin in die Kamera und gab sich Mühe, besonders betroffen auszusehen.

Eric fluchte und richtete sich kerzengerade im Bett auf. Der Gast vor ihm hatte offensichtlich die Weckfunktion des Fernsehers benutzt, und gehorsam tat der Apparat weiterhin seine Pflicht und nahm keinerlei Rücksicht darauf, dass ein anderer im Bett schlief. Eric wollte die Fernbedienung greifen, da registrierte er, über was die Dame da gerade sprach. »Der Mörder hat die inneren Organe allem Anschein nach mitgenommen und das Gesicht seines Opfers mit Schnitten vollkommen unkenntlich gemacht. Ein Ermittlungsbeamter sprach von einer herausgerissenen Kehle.«

»Scheiße«, flüsterte er aufgeregt. »Scheiße, Scheiße, Scheiße!« Eric nahm das Telefon und wählte die Vermittlung. »Buchen Sie mir einen Flug nach Sankt Petersburg«, verlangte er. »Heute noch. Ganz egal, wie Sie es anstellen.«

Die eingeblendeten Bilder des verstümmelten Mädchens waren verpixelt worden, um dem Zuschauer zu viele Details zu ersparen. Eric erkannte einen Hinterhof, Mülltonnen, einen umgestürzten Kehrrichteimer; die kleine, tote Kinderfaust hatte sich um den blutverschmierten Griff des Eimers gekrampft.

»Es wurde eine Sonderkommission gebildet. Der Bürgermeister von Sankt Petersburg betonte auf unsere Anfrage hin, dass das Venedig des Nordens immer noch eine sichere Stadt sei und Touristen sich nicht von dem bestialischen Mord abschrecken lassen sollten. In New York, so der Bürgermeister, stürben täglich mehr Touristen als hier. Silke Mayr für News International.«

Eric verschob seine Ermittlungen in Sachen Fauve nach hinten. Ein alter Feind hatte sich gezeigt und wollte gejagt werden.

Er telefonierte mit dem Hausverwalter in Sankt Petersburg und trug ihm auf, ein paar Besorgungen zu machen, danach informierte ihn das Hotelmanagement, dass sein Flug für sechzehn Uhr gebucht worden sei. Zeit genug, das Bild vorher noch in die Galerie zu bringen und Dimitri für den Schrecken bei der Eröffnung zu entschädigen.

Er schlug das Bild, das in der Nacht entstanden war, nicht einmal in Plastikhüllen ein, er nahm es einfach von der Staffelei und warf es achtlos in den Kofferraum des Cayenne. Sollte es einen Kratzer bekommen, einen Riss oder einen neuen Streifen, wusste er, was er behaupten konnte: *abstract axpression.*

Dimitri empfing ihn mit russischer Freundlichkeit, einem Glas Wodka, einer Hand voll Rosinen und einem Kopfschütteln. »Wie konntest du mir das antun, Eric?« Er deutete auf den leeren Platz an der Wand, wo das verunstaltete Bild gehangen hatte. »Wie kannst du einen Stil kreieren und dann nichts nachliefern?«

Eric lachte. »Du hast es schon verkauft?«

»Die Zeitung war kaum gedruckt, da riefen schon vier Sammler an und haben sich gegenseitig überboten.« Er stieß mit ihm an. »Tut mir Leid, das mit deinem Vater.«

»Wie viel hast du bekommen?«, lenkte Eric ab. Er verspürte nicht die geringste Lust, sich mit seinem Galeristen, dem Zuhälter des Künstlers, wie er ihn manchmal nannte, über seinen Vater zu unterhalten. Stattdessen stürzte er den eiskalten Wodka zur Hälfte hinunter und schob sich ein paar Rosinen in den Mund. Die Süße breitete sich angenehm auf seiner Zunge aus.

»Halt dich fest.« Dimitri legte eine dramatische Kunstpause ein. »Fünfundzwanzigtausend.«

»Dollar?«

Der Galerist verzog angewidert das Gesicht. »Euro, mein

Lieber, Euro. Abzüglich meiner Provision bleiben dir noch zwanzig.« Dann wandte er seine Aufmerksamkeit mit gespielter Gleichgültigkeit dem neuen Werk zu. »Das sieht gut aus ... aber es fehlt etwas.«

Eric kippte gleichgültig den Rest des Wodkas gegen die Leinwand, verschmierte ihn mit der bloßen Hand, zog seinen Silberdolch und stach mehrmals auf die Augen ein. Damit hätten Kunstexperten mit psychoanalytischer Vorbelastung etwas zum Interpretieren.

»Besser, viel besser!«, schwärmte Dimitri und hängte das Bild sofort an den leeren Platz. Eine seiner Mitarbeiterinnen eilte herbei und platzierte einen Aufsteller mit der Aufschrift *Abstract axpression* davor. »Du wirst uns reich machen, Eric.«

»Sicher.« Er zerkaute die restlichen Rosinen und schenkte sich nach. Das Getränk war die optimale Vorbereitung auf seinen Aufenthalt in Russland. Sein Magen knurrte. »Hast du eine Kleinigkeit zu essen?«

»Kommt drauf an, auf was du gerade Appetit hast ...« Er nickte in Richtung Eingang.

Eric roch und hörte sie, ohne sich umdrehen zu müssen. Die Täterin hatte es an den Ort ihres Verbrechens zurückgezogen. »Das ist doch die Kleine! Sie traut sich hier noch her ... Respekt. Willst du den Retter vor dem bösen Galeristen spielen?«

Eric wandte sich Severina zu, die versucht hatte, sich mit Hut, Sonnenbrille und Schal einigermaßen unkenntlich zu machen. Sie trug eine Stoffhose und einen Rollkragenpullover, Mantel und Stiefel waren gleich geblieben. Nervös schaute sie sich in der Galerie um. Obwohl ihre Brille getönte Gläser hatte, konnte Eric genau erkennen, wohin sie schaute; Severina hatte ihn noch nicht entdeckt. »Ich gehe mit ihr frühstücken. Bis dann.« Er drückte ihm das Glas in die Hand.

»Ich wünsche dir viel Inspiration für neue Meisterwerke«, rief der Russe ihm hinterher. »Lange lebe *abstract axpression!«*

Eric hob nur die Hand. Auf die Inspiration, wie Dimitiri die unsäglichen Albträume nannte, hätte er liebend gerne verzichten können. Er erlaubte sich den Spaß, sich im Schutz der Stellwände an Severina heranzuschleichen. »Na, nichts los auf der Straße?«, sagte er rau in ihrem Rücken, und sie zuckte tatsächlich zusammen. »Kommen Sie, ich lade Sie zum Frühstück ein.«

»Sie sind ein Spaßvogel, Eric«, meinte sie teils erfreut, teils erzürnt. »Sie hätten mir ruhig sagen können, dass Sie der Künstler sind.«

»Wozu?« Er zuckte mit den Schultern. »Hätten Sie irgendetwas anders gemacht?«

Severina nahm die Sonnenbrille ab. »Nein. Ich hätte Ihnen gesagt, dass ich Ihr Bild scheiße finde, aber mir wäre das Gefühl erspart geblieben, verarscht worden zu sein.«

»Lassen Sie uns frühstücken«, wiederholte er seine Einladung, und sie folgte ihm ins kleine *Café Gentil* neben der Galerie. »Sie haben einen neuen Stil ins Leben gerufen, der meinem Freund Dimitri eine Menge Geld bescheren wird.« Er öffnete seinen Geldbeutel, zückte einen Scheck und schrieb *Zwanzigtausend* darauf. »Das gehört Ihnen. Nehmen Sie es.« Eric schob der fassungslosen Severina den Scheck zu und bestellte beim Ober, der nicht weniger entgeistert auf die Summe starrte.

»Verdammt, Eric, ich wollte Ihnen eben wirklich Vorwürfe machen«, beschwerte sie sich. »Wie soll ich das denn jetzt anstellen?«

»Wissen Sie was?« Er schaute ihr in die blauen Augen. »Gehen Sie zu Dimitri und sagen Sie ihm, dass Sie mein letztes Bild auf Ihre Art und Weise behandeln dürfen. Dann bekommen Sie auch noch den Erlös aus dem Verkauf. Wie finden Sie das?«

Er nahm den Kaffee in Empfang und betrachtete das Frühstück, das der Ober brachte; dann wanderten seine Augen zu Severina weiter, zu ihrem Gesicht, sie fingen den Blick der Frau. Eric erkannte Verlangen, und auch ihm war nach einer Abwechslung zumute – und vor allem nach Ablenkung. Severina roch verdammt gut. Unwiderstehlich gut. Er lächelte sie auffordernd an. Dieses Mal überließ er ihr den ersten Schritt und die Rolle der Verführerin. »Habe ich Sie überrumpelt?« Er hielt ihr das Körbchen mit den Croissants hin und lieferte die perfekte Vorlage: »Ergreifen Sie die Gelegenheit. Vielleicht gibt es keine weitere.«

»Wenn das so ist.« Severina stand auf, nahm ihm das Körbchen aus der Hand und zog ihn hinter sich her auf die Damentoilette. Eric machte sich nicht die Mühe, erstaunten Widerstand zu spielen.

Sie schob ihn in die erste Kabine, folgte ihm, schloss die Tür. »Ich schwöre, dass ich so etwas noch niemals im Leben getan habe.« Dann nestelte plötzlich eine Hand am Gürtel seiner Hose. »Es liegt nur an dir.« Sie küsste ihn, die Hand fuhr unter den schwarzen Pulli und streichelte seinen gestählten Oberkörper. Mit Unwohlsein registrierte er, dass sie ihn duzte. Sie hatte die erste Hürde genommen, und das gefiel ihm gar nicht.

»Sind Sie doch eine Prostituierte?«

»Das hier würde ich auch ohne die Zwanzigtausend machen.« Sie grinste. »Das Handy ist dieses Mal ausgeschaltet? Oder wirst du einen anderen Grund finden, zu verschwinden?«

»Es wird nicht klingeln.«

Seine Hände glitten unter ihren Pulli, drückten den BH nach oben und spielten an den Brustwarzen, die unter seinen Fingern steif wurden. Er küsste sie seitlich auf den Hals, wild und fordernd, was sie zu einem unterdrückten Auflachen veranlasste, Lust und Überraschung in der Stimme. Er presste sie zwischen sich und der Tür ein, küsste sie leidenschaftlich auf den Mund und streichelte ihren Oberkörper. Er gab ihr keine

Sekunde Ruhe, bis er an ihrer schnellen Atmung spürte, wie sehr sie es genoss. Dann drehte er sie abrupt um. Aufkeuchend stützte sie sich mit den Händen gegen den Wasserkasten, während er ihr Hose und String auszog und sie zu streicheln begann.

Severina ächzte leise, gab sich völlig hin, genoss es. Eric liebkoste sie und nutzte den Moment ihrer Verzückung, um sich ein Kondom überzustreifen. Danach drang er in sie ein. Beim ersten Orgasmus betätigte sie die Spülung, um den leisen Schrei zu übertönen, beim zweiten vergaß sie es in ihrer Ekstase und sorgte dafür, dass das ganze *Café Gentil* von ihrem Glück erfuhr.

Eric zog sich sanft aus ihr zurück und küsste ihren nackten Rücken. Während er seine Hose wieder hochzog, ließ sich Severina auf den Toilettendeckel fallen. Ihre Augen waren wie mit einem leichten Schleier verhangen. Sie legte den Kopf in den Nacken – das wilde blonde Haar fiel ihr aus dem verschwitzten Gesicht – und seufzte: »Ach du Scheiße.«

»Das wollte ich auch gerade sagen«, meinte er, nachdem er auf seine Uhr geschaut hatte. »Ich muss weg.« Er küsste ihre Hand. »Es war mir ein Vergnügen. Und das meine ich, wie ich es sage.« Er entriegelte die Tür, nickte den beschäftigt tuenden Frauen zu, die mit ihren Handtäschchen und Schminkutensilien vor dem Spiegel standen, und verschwand.

VII. KAPITEL

9. Januar 1765, in der Nähe von Auvers, Kloster Saint-Grégoire, Südfrankreich

Pierre blickte auf die geschlossene Pforte der Pilgerkapelle, die an der Außenmauer des Klosters errichtet worden war. Zögerlich nahm er die Muskete von der Schulter und lehnte sie gegen den grauen Stein, erst dann drückte er die verwitterte Holztür auf und betrat waffenlos das Innere.

Das schlichte Gotteshaus, wie alle Gebäude der Region aus Granitsteinen errichtet, wurde durch den Schein der zwei kleinen Kerzen kaum erhellt. Auch das spärliche Winterlicht, das durch die Buntglasfenster und die Rosette über dem Eingang fiel, genügte nicht, um die letzten Winkel auszuleuchten. Etliche Nischen abseits des Mittelgangs lagen im Halbdunkel.

Pierre nahm den Dreispitz ab, fuhr sich durch die kurzen schwarzen Haare und sog die Luft ein. Er roch kalten Weihrauch und den Ruß der Kerzen, Stein- und Holzdüfte mischten sich darunter und erzeugten die Ehrwürdigkeit, in der sich die Gläubigen wohl fühlten und zu Gott finden wollten.

Der junge Mann atmete aus, sein Odem wurde in der kalten Luft als feiner Dampf sichtbar. Er hatte gehofft, allein in der

Kirche zu sein, um unbeobachtet beten zu können. Der Name Chastel wurde wegen seines Bruders und seines Vaters nicht unbedingt mit Frömmigkeit in Verbindung gebracht. Die Leute hätten ihn sicherlich angestarrt und getuschelt und angefangen, auch über ihn die unsinnigsten Dinge zu verbreiten.

Vor allen Dingen wollte Pierre nicht, dass sein Vater von diesem Besuch im Kloster erfuhr. Offiziell befand er sich auf der Suche nach Spuren der Bestie. Aber seine Schritte waren auf seltsame Weise in die Gegend von Saint-Grégoire gelenkt worden. Als er die Anlage auf der Anhöhe entdeckt hatte, wie sie mit Geborgenheit und dem Zeichen des Kreuzes lockte, konnte er nicht widerstehen. Sie brachte ihm die schönen Erinnerungen an die geliebte Mutter zurück, die ihn das Beten gelehrt hatte.

Pierre benutzte den linken Seitengang und bemühte sich, auf dem Weg zum Bild des heiligen Gregorius keine lauten Geräusche mit seinen Schuhen zu machen. Er kniete sich vor das Gemälde, senkte seinen schwarzen Schopf und schloss die Augen. Die Hände gefaltet, murmelte er erst einige Vaterunser. Und dann: »Heiliger Gott, nimm das Fieber von mir, das mir die Bestie brachte und das mir die Sinne raubt. Ich weiß nicht, was ich tue, wenn es mich übermannt. Manchmal habe ich Blut an meinen Händen, und Antoine sitzt mir gegenüber, schaut mich an und sieht mich dennoch nicht. Nimm den Bann von uns! Ich habe Angst, dass ich noch mehr Unschuldige töte.«

Die Verzweiflung trieb ihm die Tränen in die Augen, heiß rannen sie über sein glatt rasiertes Gesicht und tropften auf den Mantel. Er dachte an die Orte, an denen die Bestie in den vergangenen Tagen zugeschlagen hatte. Drei junge Mädchen waren in Saint-Juéry, Morsange und Rieutort auf die bekannte Art zerfleischt worden, und in mindestens einem Fall konnte es nicht die Bestie gewesen sein. Also trug entweder er oder Antoine die Schuld am Tod der Unschuldigen. *Oder waren wir es beide?* Seine Hände krampften sich ineinander. Pierre schluchzte laut. »Gott, nimm mich zu dir! Ich ertrage es nicht!«

»Monsieur, soll ich eine der Schwestern rufen?«, fragte eine junge Frauenstimme.

Pierre hob den Kopf; tränenblind erkannte er nicht mehr als einen hellen Fleck, der von Stoff umrahmt wurde. Er wischte sich mit dem Ärmel die Augen und kämpfte sich auf die Beine, die taub und steif waren. Er hatte bei seinem leidenschaftlichen Gebet jegliches Zeitgefühl verloren. »Ihr ...« Das wunderschöne Gesicht einer jungen Frau, die nicht mehr als siebzehn Jahre alt sein konnte, raubte ihm die Sprache. In seiner Magengegend wurde es warm, doch sofort mahnte ihn sein Gewissen, im Haus des Herrn keine unkeuschen Gedanken zu hegen.

Sie lächelte verlegen und senkte die blauen Augen. »Monsieur, ist Eure Zunge eingefroren?« Unter der Kappe schaute eine Strähne braunen Haars hervor.

»Verzeiht mir«, entschuldigte er sich. »Ich war noch gefangen in meinem Gebet, und als ich Eure Stimme vernahm, dachte ich, der Himmel sandte mir einen Engel, um mich von meinen Gedanken zu erlösen.« Als ihm die Worte über die Lippen geschlüpft waren, begriff er, wie sehr es sich nach Werben anhörte. »Aber bitte, versteht mich nicht falsch«, versuchte er die Situation zu retten und spürte, wie ihm die Röte ins Gesicht stieg. »Ich will Euch nicht in Verlegenheit bringen. Ich bin ... jetzt besser still«, seufzte er resignierend. »Alles, was aus meinem Mund kommt, klingt in Euren Ohren sicherlich nach der Rede eines Narren.«

Sie lächelte. »Nein, Monsieur. Ihr klingt nur verwirrt.« Sie richtete ihren dunklen Mantel, dabei wurden der Stoff eines dunkelroten Kleids und spitz zulaufende Stiefel sichtbar.

»Ihr gehört nicht zu den Nonnen?«, entschlüpfte es ihm verräterisch freudig.

»Nein. Ich bin das Mündel der ehrwürdigen Äbtissin.«

Diese Erkenntnis machte ihn noch glücklicher.

»Wie wäre es mit einer Suppe, Monsieur ...?« Sie wartete darauf, dass er sich vorstellte.

Pierre schwankte. *Soll ich ihr meinen Namen nennen?* Im Haus Gottes, vor dem Gemälde eines Heiligen und unter dem Kreuz wollte er nicht lügen, also bekannte er sich zu seiner Familie.

»Dann kommt, Monsieur Chastel«, sagte sie, deutete eine Verbeugung und ein Kopfnicken an. Entweder hatte sie noch nichts vom zweifelhaften Ruf der Wildhüter gehört, oder es kümmerte sie nicht. »Ich bringe Euch ins Gästehaus, wo man etwas Warmes für Euch haben wird.« Sie ging auf die Seitentür der Kapelle zu, die in die Klosteranlage führte.

Pierre blieb stehen. »Das ist sehr nett, aber ich muss leider gehen, Mademoiselle ...?«

»Taupin. Mein Name ist Florence Taupin.« Ihre Augen strahlten ihn an. Es war offensichtlich, dass sie auch ihn ansprechend fand, obwohl sie natürlich sittsam den Blick senkte. »Was treibt Euch ohne ein Essen hinaus?«

»Er hat einen Wolf zu jagen«, kam es hart von der offenen Eingangstür, und die beiden jungen Leute zuckten erschrocken zusammen. »Er hat genug Zeit damit verschwendet, vor dem Abbild eines toten Pfaffen auf den Knien zu liegen.«

Pierre erkannte in den beiden Silhouetten Vater und Bruder wieder, die im Gegensatz zu ihm ihre Waffen nicht abgelegt hatten. Sie scherten sich nicht um die Regeln in einem Gott geweihten Haus.

Jean warf ihm die Muskete zu. »Du hast sie draußen stehen lassen, Pierre. Sie war teuer. Willst du sie einem vorbeilaufenden Bauern schenken, oder was dachtest du dir dabei?«

Widerwillig fing Pierre die Waffe auf und schritt eilends auf den Ausgang zu, um die Kapelle zu verlassen.

Florence reagierte völlig unerwartet auf das harsche Auftreten. »Da Ihr sein Vater seid, Monsieur, und sicherlich ebenfalls einen weiten Weg in der Kälte hinter Euch gebracht habt, biete ich Euch und Eurem Begleiter ebenfalls gerne eine Suppe an.« Sie behielt ihren freundlichen Tonfall bei, obgleich man ihr ansah, dass es sie Überwindung kostete, nicht auf der Stelle zu gehen. Nächstenliebe schien für sie mehr als ein Wort zu sein, selbst wenn sich der Nächste garstig benahm. Das verblüffte den Wildhüter, und sein verschlossenes Gesicht nahm einen sanfteren Ausdruck an. »Verzeiht mir, Mademoiselle, es ist schon spät und wir wollen die Ortschaft vor Einbruch der Nacht erreichen.«

»Wir haben ein Gästehaus ...«, begann Florence, als sich plötzlich die Tür des Seiteneingangs öffnete. Äbtissin Gregoria betrat die Kapelle, nickte der jungen Frau lächelnd zu, bemerkte dann die drei Besucher und versuchte mit einem unmerklichen Stirnrunzeln, die Lage einzuschätzen. »Ich hätte nicht erwartet, dass ich außer Pierre Chastel noch den Vater und den Bruder in der Kapelle zu sehen bekomme«, sagte sie überrascht und legte die Hände ineinander. »Ich nehme an, dass nur einer von euch zum Beten kam, Messieurs?«

»Sie haben mich abgeholt«, antwortete Pierre, »und wir wollten gerade gehen.«

Florence neigte das verhüllte Haupt und stellte sich an ihre Seite. »Ich habe ihnen etwas zu essen und eine Unterkunft für die Nacht angeboten, ehrwürdige Äbtissin.«

Gregoria schaute zu Jean. »Lass es gut sein, Florence. Sie werden unsere Gastfreundschaft nicht annehmen. Der älteste Monsieur Chastel mag den Glauben und unsere Kirche nicht besonders.«

»Der Glaube mag etwas Gutes sein, wenn Gott die Betenden

auch erhört und ihnen Hilfe gewährt. Sonst könnte man auch zu einem Baum beten. Der spendet immerhin Früchte, Schatten und Brennholz.« Jean dachte keineswegs daran, vor der Äbtissin aus seiner Meinung einen Hehl zu machen. »Von der Kirche gibt es kaum etwas so Gutes zu berichten.«

Gregorias graubraune Augen blitzten, und sie reckte das Kinn. »Monsieur Chastel, Gott erhört die Gebete derer, die es verdient haben.«

»So? Und ich dachte, vor Gott sind alle gleich.« Sie führten den Zweikampf weiter, der im Wald des Vivarais seinen Anfang genommen hatte. »Wenn ich mir die Klöster und Kirchen anschaue, hat er es besonders gut mit denen gemeint, die seinen Willen verbreiten. Hängt es vielleicht von der Art des Gebets ab? Oder der Betonung? Wie kommt es, dass er *mir* niemals beistand?«

Gregoria erkannte, dass sie sich in ihrer ersten Einschätzung Chastels getäuscht hatte. In dem Mann steckte ein wacher und spöttischer Geist – aber eben auch einer, der zutiefst von Gott enttäuscht worden sein musste. »Der Baum, von dem Ihr spracht, wächst nur durch die Gnade Gottes. Er hat ihn mit Erde und Licht umgeben und nährt ihn mit Regen.«

»Das ist die Ausrede aller Pfaffen«, brach es mit einem geringschätzigen Lachen aus ihm heraus. »Alles, was geschieht, geschieht durch seinen Willen. Und treibt es das Unglück zu arg, hat der Teufel seine Hand im Spiel.« Seine braunen Augen suchten ihren Blick. »Nein, Ihr macht mir nichts vor. Ich falle auf die weichen Reden und Predigten nicht herein. Nicht mehr!«

Pierre beobachtete indes Antoine, in dessen grünen Augen er ein alarmierendes Glänzen entdeckt hatte. Die hübsche, unschuldige Florence weckte die triebhafte Begierde seines Bruders, und rasch schob er sich vor ihn, um die junge Frau vor den wollüstigen Blicken zu schützen.

»Wollt Ihr Euch von Gott lossagen, Monsieur Chastel?«, fragte Gregoria. »Bedenkt, wie Ihr lebt und warum sich die Gnade des Allmächtigen nicht auf Euch ergießt.«

»Ich lebe, wie es üblich ist, wenn auch am Rande eines Dorfs. Ich tue nichts Unrechtes. Was kann *er* mir übel nehmen? Dass ich die verlogenen Worte eines besoffenen Priesters nicht ertrage? Dass Menschen mich beschuldigen, der Sohn einer Hexe zu sein, wird Gott nicht stören. Er weiß es wohl besser.« Jean tat es gut, sich mit der Äbtissin zu streiten. Er fand sich endlich jemandem gegenüber, bei dem er seine angestaute Wut der letzten Jahre abladen konnte. Und es war ihm gleichgültig, eine einflussreiche Frau von gewiss adliger Herkunft vor sich zu haben. »Ich entsage Gott nicht, auch wenn es mir manche unterstellen. Gibt er mir ein Zeichen, werde ich gerne wieder zu ihm beten.«

»Ihr verlangt, dass der Allmächtige Euch ein Zeichen sendet, Monsieur?« Die Anmaßung des Wildhüters übertraf alles, was ihr bislang begegnet war! Bevor sie weitersprechen konnte, fiel er ihr ins Wort.

»Warum nicht? Das tut er im Alten Testament der Heiligen Schrift ständig. Er wird doch nicht vergessen haben, wie es funktioniert? Fragt ihn, wenn er das nächste Mal zu Euch spricht.«

Pierres Reaktion hatte Antoine derweil stutzen lassen. Dann begriff er, weshalb sich der große Bruder als Hüter der Unschuld versuchte. »Hast du endlich auch dein Herz verloren?«, raunte er und schaute Pierre in die Augen, grinste widerlich und leckte sich die Lippen.

»Sei still«, knurrte der Ältere.

»Ich werde sie kosten«, flüsterte Antoine weiter. »Vor dir. Aber keine Sorge, Bruder ... ich lasse dich wissen, wie sie schmeckt.«

Das war zu viel. Pierre wandte sich um, schob ihn über die Schwelle der Kapelle, hob die Faust und schlug zu.

Antoine, wendiger und erfahrener, wenn es um Kämpfe ging, wich spöttisch lachend aus und hieb ihm den Lauf der Muskete quer ins Gesicht. Pierre taumelte rückwärts und fiel auf den Boden der Kapelle. Blut sickerte ihm aus der Nase.

»Hört auf!«, herrschte Jean die Söhne an, die sein Streitgespräch mit der Äbtissin unterbrochen hatten. Er konnte sich nicht erklären, was den Vernünftigeren von beiden dazu bewogen hatte, eine Prügelei anzufangen.

Florence eilte auf einen Wink Gregorias heran, kniete sich neben dem Gestürzten auf den Steinboden und half ihm mit ihrem Taschentuch, die Blutung zu stillen.

»Schluss damit.« Jean packte Pierre am Mantel, schleuderte ihn unsanft hinaus und folgte ihm, wobei er Antoine im Vorbeigehen stumm mit Blicken drohte, jedwede Provokation sein zu lassen. »Ins Dorf mit euch, da reden wir weiter. Der Nonnenkarzer macht euch beide verrückt.«

Gregoria und Florence standen an der Pforte und schauten zu, wie die drei Gestalten sich von der Anlage entfernten, bis sie ihren Blicken entschwunden waren. Die junge Frau bewegte die Finger der rechten Hand, an denen das Blut Pierres gerann und klebrig wurde. Sie nahm etwas Schnee vom Boden und wusch es ab. Stillschweigend freute sie sich, dass er ihr Geschenk angenommen hatte: Er trug ihr Taschentuch in der Hand, und sie war sich sicher, dass sie ihn wiedersehen würde. Bald schon.

»Eine seltsame Familie«, sagte Gregoria nachdenklich. Sie hatte sich nach ihrem ersten Zusammentreffen im Wald über die Chastels erkundigt, kannte die Gerüchte und ahnte, dass nicht alles davon stimmte. Doch was konnte man glauben, was nicht? Sie sah zu, wie die Sonne immer tiefer hinter die Bäume und den Montmouchet sank, um den Himmel den Gestirnen der Nacht zu überlassen.

»Es ist Zeit für das Abendessen, Florence.«

»Ja, ehrwürdige Äbtissin.«

Sie ging zurück in das kleine Gotteshaus, während Gregoria die Pforte schloss und von innen verriegelte. Die Äbtissin prüfte den Verschluss mit kräftigem Rütteln an der Tür, sah nach den Fenstern, bekreuzigte sich vor dem Gemälde ihres Schutzheiligen und folgte dann Florence durch die Seitentür.

Als sie durch den Kreuzgang ins Refektorium ging, stellte sie erstaunt fest, dass sie immer noch an Jean Chastel dachte. Sie erklärte es sich damit, dass es eine Herausforderung wäre, jenen Mann, der seine Meinung unerschrocken offen vertrat, auf den Weg des Glaubens zurückzuführen.

VIII. KAPITEL

Russland, Sankt Petersburg, 12. November 2004, 19:06 Uhr

Der Flug verging schnell und ohne Komplikation. Erics kurze Reise hatte aber immerhin ausgereicht, um ein paar beziehungslose, düstere Skizzen in seinem Notizbuch zu Papier zu bringen, seine Art der Bewältigung der Ereignisse der vergangenen Stunden.

Das Keramikmesser in Erics Gehrock wurde weder beim Einnoch beim Auschecken von den Detektoren entdeckt. Wie auch? Porzellan galt als ungefährlich, selbst wenn es zwanzig Zentimeter lang, flach und rasiermesserscharf war. Wer auch immer zuerst die Idee gehabt hatte, ein Messer aus diesem Material anzufertigen, Eric würde ihm sofort eine Medaille verleihen. Und er dankte Gott dafür, dass der technologische Fortschritt moderner Küchenutensilien bisher an Flugzeugentführern vorbeigegangen war.

Anatol Prokoviev, ein Petersburger Urgestein und Hausverwalter des Kastell'schen Anwesens, stand in der Ankunftshalle bereit. Er war kein typischer Russe: klein, schwarzes Haar, ein dünner Oberlippenbart und ein charmantes Lächeln, das einen Franzosen neidisch machen würde. Wenn er den

Mund öffnete und sprach, überraschte der zierliche Mann Fremde mit einem Bass, der bis zum Erdkern hinabreichte. »Mein aufrichtiges Beileid, Herr von Kastell«, sagte er zur Begrüßung und reichte ihm die Hand. Die braunen Augen zeigten Eric, dass er es ernst meinte. »Ein schwerer Verlust.«

Eric nickte. »Danke. Haben Sie Neuigkeiten für mich?« Er ging über die Beileidsbekundung hinweg, um nicht schon wieder an den Tod des Vaters denken zu müssen.

Anatol lief neben ihm her. Vermutlich dachte er wie die meisten, welche die von Kastells kannten, dass sie dem organisierten Verbrechen angehörten, denn anders ließen sich der Reichtum, die Waffen und die häufigen Verletzungen kaum erklären. Eric ließ sie in dem Glauben, es ersparte Scherereien. Ein schlechter Ruf und der Nimbus des zu allem fähigen Mannes sorgten dafür, dass Informationen schneller flossen und sich verschlossene Türen öffneten. Besonders in Russland. »Nichts, was die Medien nicht schon gemeldet hätten. Bis auf den Umstand, dass es sich nicht um eine stumpfe Klinge oder einen Nagel gehandelt hat, sondern um ...«

»Zähne.«

»Woher wissen Sie das?«

Die Männer hatten die Halle verlassen und gingen über geräumte Wege zum Parkplatz, wo der Porsche Cayenne stand. Es war nicht derselbe wie in Deutschland, wohl aber dasselbe Modell mit den exakt gleichen Spezifikationen. Abgesehen davon, dass dieser hier erstaunlich sauber war. Eric blieb stehen und stellte seine Tasche ab. Die hellbraunen Augen musterten den Lack. So sah also ein Cayenne unter der Schmutzschicht aus. »Sie haben ihn gewaschen, Anatol?«

»Aus Versehen«, entschuldigte er sich. »Und poliert.«

»Poliert auch noch. Weswegen?«

»Der Schmutz läuft dann besser ab.« Anatol stieg auf der Beifahrerseite ein. »Wir haben zu viel Schmutz in der Stadt,

Herr von Kastell. Selbst ein Geländewagen würde darin stecken bleiben.«

Eric lachte leise. »Wie tiefsinnig, lieber Anatol.« Er setzte sich hinters Steuer und ließ den Motor zum Leben erwachen. Die Fahrt begann.

Die Petersburger Straßen erforderten mehr Dreistigkeit als der Verkehr in Deutschland, und wer hier das breitere, stärkere, schnellere Auto fuhr, hatte Vorfahrt. Zu den Zeiten des Kommunismus, so bemerkte Anatol, sei das anders gewesen. Damals hätte es niemand gewagt, seinen Reichtum in Form eines Luxusautos offen zu zeigen, abgesehen von ein paar Parteibonzen. Offene Grenzen, neuer Wohlstand, neue Reiche. Unverhohlene Rücksichtslosigkeit. Leise rauschend drang das Geräusch des Schneematsches, der von der Straße gegen das Bodenblech geschleudert wurde, ins Innere.

»Was haben Sie über die Zähne herausfinden können?«

»Sie waren sehr lang, sehr scharf. Die dazugehörigen Kiefer brachten mehr Bisskraft auf als eine Dogge.« Wenn Anatol das Interesse an den bizarren Details des Mordes verwunderte, ließ er es sich nicht anmerken. Er hatte es sich abgewöhnt, Fragen zu stellen. Dazu wurde er zu gut von der Familie bezahlt. »Laut Forensik fand man den Speichel eines Menschen in den Wunden, aber auch kurze, rotbraune Haare, die einem Hund gehören könnten.«

Rotbraun. Aus dem vagen Verdacht wurde neunzigprozentige Gewissheit. »Ist es der erste Mord?«

»Wie Sie verlangt haben, habe ich mir die ungeklärten Fälle des letzten Vierteljahres vorgenommen. Nichts.« Er zeigte einem kleinen Skoda, der versuchte, sie zu überholen, den Mittelfinger und beschimpfte den Fahrer wüst.

»Anatol?«

»Verzeihen Sie mir. Ich kenne den Mistkerl. Er schuldet mir fünftausend Rubel«, regte er sich auf. »Also, bei den unaufgeklärten Morden in der Stadt habe ich nichts finden können. Aber es gibt auch Berichte über Wolfsattacken, und vier davon könnten passen. Sie geschahen außerhalb, in unzugänglichen Regionen, und wurden als Tat eines tollwütigen Tiers eingestuft. Bei den Opfern handelte es sich um junge Männer, deren Verschwinden nicht sofort entdeckt wurde.«

Eric wechselte die Spur und wäre beinah mit einem langsamen weißen Mercedes zusammengestoßen, der mit Warnsignalleuchten antwortete. Seine Gedanken waren zu sehr mit dem Sinneswandel des Wesens beschäftigt, das plötzlich mitten in der Stadt mordete, um offensichtlich Aufmerksamkeit zu erregen. Normalerweise mordeten Wandelwesen diskret. Nur so konnten sie unbehelligt ihre Ziele verfolgen. Viele waren Größen im organisierten Verbrechen, andere Konzernbosse, wieder andere tummelten sich bevorzugt in der Politik. Die wenigsten begnügten sich mit einer Existenz ohne Einfluss.

Ziel dieses Exemplars war es wohl, Jäger anzuziehen und in eine Falle zu locken. Es war nicht sicher, dass es eine exklusive Falle für ihn war; es konnte ebenso gut sein, dass man es auf einen anderen abgesehen hatte. Allerdings wusste Eric nicht, wie viele andere Jäger es außer seiner Familie - außer ihm - noch gab.

»Irgendetwas über diesen Fauve?«, fragte er Anatol.

»Nein, die Informanten Ihres Vaters haben nichts zu berichten gewusst. In Sankt Petersburg scheint er jedenfalls nicht tätig zu sein.«

Eric lenkte den Cayenne in die Hofeinfahrt des Anwesens, knirschend und knackend rollten die Räder durch den Schnee. Die Lichter erloschen, dann schaltete er den Motor aus. Wieder war er in einer Villa angekommen, die seiner Familie gehörte, ohne sich jedoch zu Hause zu fühlen.

Schweigend betrat er das Jugendstilgebäude aus den besseren Tagen der Stadt und schleppte sich die Treppen hoch. Aus irgendeinem Grund fühlte er sich nicht besonders fit und ausgeruht.

»Danke, Anatol«, sagte er, kurz bevor er die erste Etage erreichte. »Sie können nach Hause gehen. Ich rufe Sie an, wenn ich etwas benötige.«

Der Mann nickte und verschwand zur Tür hinaus.

Es roch ... es roch nach Kindheit. Eric blieb stehen und wunderte sich, wie sehr sich die Gerüche der Villa in München und des stattlichen Herrensitzes in Russland glichen: Bohnerwachs, altes, trockenes Holz, eine Prise Staub. Der Duft der vielen Erinnerungen, die tief in den Wänden zu stecken schienen.

Er sah seinen Vater vor sich gehen und spürte die kräftige Hand mit der breiten Narbe, die seinen Kopf streichelte. »Papa ... ach, Papa«, flüsterte er melancholisch und ging in das Zimmer, das ihm Anatol hergerichtet hatte. Er stellte die Tasche auf das Sofa, streifte die Kleidung ab und lief nackt durch das warme, von Kaminfeuern beheizte Haus.

Vierzehn Jahre war er nicht mehr hier gewesen. Vor Aufregung zitternd, stieg er die Kellertreppe hinab und betrat den dunklen Korridor mit den vielen Türen. Hinter der ersten lag das Labor, hinter der zweiten die Waffenkammer, hinter der dritten ... Er blieb vor ihr stehen, die Finger schlossen sich um die Klinke, und im selben Moment hörte er seine Mutter schreien. Eric senkte die Lider und stieß die Tür auf. Er wusste, was sich dahinter befand: der gekachelte Raum.

Es gab keine spezielle Bezeichnung für ihn, es war einfach nur der gekachelte Raum. Darin befanden sich Ketten aus rostfreiem Stahl; sie hingen von der Decke und aus den Wänden. Ganz deutlich vernahm er, wie sie durch den Luftzug, den die Tür ausgelöst hatte, vor und zurück pendelten und sich klirrend berührten.

Langsam, ganz langsam öffnete er die Augen, starrte in den kaum beleuchteten Raum und wartete mit einem Schaudern, dass sich etwas tat. Die Realität blieb gnädig ereignislos, aber nicht seine Vorstellungskraft. Unbarmherzig zeigte sie ihm jene Erinnerung, die der Grund für die lange Petersburger Abstinenz gewesen war. Plötzlich hallten sie wider in dem Gang, die Todesschreie seiner Mutter, wurden übertönt vom lauten Brüllen des Lykanthropen, der sie durch den Keller verfolgte und im gekachelten Raum über sie herfiel. Das Wandelwesen hatte sich von den Fesseln befreit, die sein Vater ihm angelegt hatte, und suchte in jener Vollmondnacht rasend vor Gier ein Opfer, in das es seine Zähne versenken konnte.

Seine Mutter war nicht schnell gestorben. Die Bestie hatte sie auf den Boden gedrückt gehalten und ihren Arm genüsslich zerkaut, wie es Raubtiere mit knochigen Fleischstücken tun, und die Schreie der Hilflosen genossen, ehe sie des Spiels überdrüssig geworden war. Dann erst hatte sie die Kehle seiner Mutter brachial zerfetzt und schmatzend ihr Blut gesoffen.

Eric war es gewesen, der den kaum erkennbaren Leichnam der Mutter als Erster zu Gesicht bekommen hatte. Damals schwor er, ohne Erbarmen jeden Lykanthropen zu jagen, egal ob er dem Wolfsstamm oder einer anderen Gattung angehörte. Sie waren alle Raubtiere, alle gleich, mochten sie auch so harmlos wirken wie die unglückselige Tina. Er durfte keine Gnade zeigen. Er schlug die Tür des gekachelten Raums mit Wucht zu und rannte zurück ins Obergeschoss, als könnte er vor den Bildern in seinem Kopf davonlaufen. Dabei wusste er genau, dass sie sich nicht einsperren ließen. Aber man konnte sie wenigstens unkenntlich machen.

Eric lief ins Arbeitszimmer und öffnete die Bar, um sich einen Wodka einzuschenken. Und noch einen, und noch einen.

Der Alkohol schwemmte die Trauer um den Vater frei, Erinnerungen an die Geschichten seiner Familie. Jäger starben nicht friedlich im Bett, sondern auf der Jagd, egal ob es sich um Männer oder Frauen handelte.

Eric trank schneller. Endlich, nach mehr als einer Dreiviertelflasche, verschwamm auch das Bild seiner zerfetzten Mutter zu einem unpersönlichen, pulsierenden Rot, bei dem er einschlafen konnte.

IX. KAPITEL

12. Januar 1765, in der Nähe des Dorfs Villaret, Südfrankreich

Jean Chastel betrachtete die schlichte Hütte, aus deren Kamin dichter Qualm stieg, von weitem. Offenbar gelang es dem Menschen darin nicht, ein gut brennendes Feuer zu entfachen. »Und dieser Mann soll uns helfen können?«

Antoine trat an seine Seite. »Er war Doktor in Paris, bis er in der Gunst seines besten Patienten, des Marquis D'Arlac, sank und man ihm den Prozess wegen Kurpfuscherei machte.«

»Kurpfuscherei.« Jeans Miene verdüsterte sich. »Wir gehen besser wieder.«

»Nein, Vater!« Sein jüngerer Sohn sah ihn flehend an. »Er hat einen guten Ruf bei den Leuten. Er kennt sich mit allen möglichen Krankheiten aus. Bitte, lass es uns versuchen.«

Pierre ging an ihnen vorbei, blieb stehen und schaute ebenfalls abschätzend zu der Behausung. »Es ist unsere einzige Hoffnung«, sagte er dem Vater dann.

Voller schlechter Ahnungen setzte sich Jean in Bewegung. »Ihr wartet draußen auf mich«, befahl er ihnen, als sie vor der Tür standen. Er klopfte und trat ein.

Eine für das Gévaudan ungewöhnliche Erscheinung saß an

dem grob gezimmerten Tisch des einfachen Zimmers. Die vornehme Kleidung des kräftigen Mannes stand im Widerspruch zum kargen Interieur, er trug sogar eine Weißhaarperücke auf dem Kopf. Der Mann wirkte eindeutig deplatziert. Er überprüfte die Schärfe seiner chirurgischen Instrumente, mit denen er entweder das Leben der Delinquenten bewahrte, bis sie rechtsgültig ihrer Strafe zugeführt wurden, oder mit denen er ihnen das Leben zur Hölle auf Erden machte. Als Jean eintrat, hob er den Kopf. »Monsieur?«

»Seid Ihr Claude Penchenat, der Henker?« Der Mann, der nicht älter als vierzig Jahre sein konnte, lächelte und musterte ihn mit seinen hellblauen Augen. »Ich bin vieles, Monsieur.« Eine Hand hielt ein dünnes Messer, die andere einen schmalen Schleifstein; schabend glitten Metall und Stein aneinander entlang. »Womit kann ich Euch helfen?« Seine Augen wanderten zur Muskete.

»Ihr habt von der Bestie gehört, Monsieur Penchenat?«

»Es ist schwierig geworden, nichts über sie zu hören. Oder die Belohnungen.« Er deutete auf den freien Stuhl am Tisch. »Setzt Euch.«

Jean tat es und sah sich dabei um. Die Hütte war sauber und aufgeräumt, keine Spinnweben, kein Schmutz. »Es gibt Leute, die sagen, es sei ein Loup-Garou. Wenn dem so ist, brauchen wir ein Mittel gegen ihn.«

»Ihr werdet Euch nicht wundern, dass mich in den letzten Wochen zahlreiche Leute vor Euch aufsuchten, die nach einem Schutz vor solch einer Bestie baten, Monsieur. Nun, in einigen Büchern steht geschrieben, dass es genügt, ein silbernes Messer unter der Türschwelle zu vergraben, damit er Euch nicht im eigenen Haus auffrisst.«

»Ihr versteht mich falsch. Wir wollen ihn nicht von uns fern halten«, verbesserte Jean. Er war stolz auf sich, dass er so gelassen und unbeteiligt wirkte. »Doch zuvor lasst mich Euch einen Rat geben: Ihr habt die Abzugsklappe halb geschlossen. So wird Euer Feuer nicht brennen.«

»Habe ich wieder vergessen, sie zu öffnen? Mein Leben war um so vieles leichter, als ich noch in der Stadt lebte und mir einen Diener für solche Aufgaben leisten konnte. Meinen Dank für Eure Hilfe.« Penchenat legte Schleifstein und Messer zur Seite. »Aber nun zu Eurem ... Problem. An Eurem Äußeren erkennt man leicht, was Eure Profession ist, Monsieur. Ihr macht Jagd auf die Bestie und fürchtet, sie könnte Euch ebenfalls verwunden. Was wärt Ihr bereit zu zahlen, um kein Loup-Garou zu werden?« Er stand auf, rüttelte kurz am Griff, der den Mechanismus der Abzugsklappe bediente, und verschwand dann im Zimmer nebenan. Jean warf einen besorgten Blick aus dem Fenster, sah Pierre und Antoine vor dem kleinen Haus warten, wo sie sich einmal mehr gestenreich stritten. »Gibt es denn ein Mittel?« Während er dem leisen Klirren von Flaschen und anderen Gefäßen aus dem Nebenzimmer lauschte, dachte er an die vergangenen Tage, in denen sie wie die Vagabunden umhergereist waren. Obgleich er den Söhnen jeden Abend Ketten anlegte, war es mehr als einmal vorgekommen, dass er aus seinem Schlaf erwachte und sie ohne Fesseln vorfand. Die Verwandlung zum Garou ermöglichte es ihnen ganz offensichtlich, aus den Eisen zu schlüpfen. Weder Pierre noch Antoine erinnerten sich am nächsten Morgen an ihr Tun, und so erwarteten sie unruhig neue Kunde von den Taten der Bestie in ihrer Umgebung.

Wenigstens wusste er, dass nicht alle Toten Pierre und Antoine zuzuschreiben waren. Die Bestie schlug immer wieder in Gegenden zu, die seine Söhne von ihrem jeweiligen Unterschlupf aus unmöglich in einer Nacht erreichen und danach zurückkehren konnten. Penchenat tauchte wieder auf und hielt einen zierlichen Flakon in der Rechten, der zwischen den kräftigen Fingern sehr zerbrechlich wirkte. »Eine Essenz«, sagte er erklärend. Die dunkle Brühe schwappte gegen das durchsichtige Glas und lief zäh daran herab. »Gebraut aus Wolfskraut und anderen geheimen Zutaten. Sie hilft gegen Schleim, schwarze Galle und verdickte Körpersäfte, auch bei Wassersucht und Gicht.« Er stellte den Flakon sanft auf den Tisch. »Man empfiehlt sie auch gegen Lepra und Fieber.«

»Und gegen den Biss des Loup-Garou?«

»Natürlich.«

»Ihr seid wegen Kurpfuscherei aus Paris vertrieben worden, Monsieur Penchenat. Und ich soll Euch glauben, dass dieses Zeug wirkt?« Jean forderte den Doktor absichtlich heraus, um zu sehen, wie er sich verteidigen würde. »Das könnt Ihr einem Dorfdeppen verkaufen, Monsieur, aber nicht mir.«

»Das Aconitum in meiner Essenz vernichtet jeden Wolf, und wenn Ihr gebissen werdet, vertreibt es den Garou aus Euren Adern, ehe er sich in Euch festsetzen kann.« Penchenat setzte sich und stützte die Arme auf den Tisch. »Ich wurde aus Paris verbannt, weil mich der Marquis aus persönlichen Gründen der Pfuscherei beschuldigte, nicht aus handwerklichen. Zu meiner großen Genugtuung ist er ein halbes Jahr nach meiner Abreise gestorben. Ihr könnt mir vertrauen, Monsieur. Ich habe schon mehr Menschen vor dem Tod gerettet als mancher Quacksalber, der sich Apothecarius schimpft.« Er schob dem Gast einen Becher hin und schenkte ihm etwas Wein ein. »Paulos von Aegina schrieb schon sechshundertvierzig nach Christus, dass das Aconitum die Wölfe tötet.« Er prostete ihm mit der Flasche zu. »Ihr seht, ich bin ein Mann von Wissen, Monsieur, nicht nur der von vielen geschmähte Henker. Manche nennen mich immer noch einen Medicus.«

»Wie viel kostet es?«

»Siebzig Livres. Oder zwei Louisdor-Münzen. Was Ihr gerade dabeihabt.«

»So viel? Das ist ein Jahresgehalt!«

»Nun, wenn Ihr die Bestie erlegt, erhaltet Ihr beinahe viertausend Livres. Doch wenn sie Euch erwischt, erwartet Euch ein schreckliches Schicksal. Da sind meine siebzig Livres eine gute Investition, findet Ihr nicht, Monsieur?«

Jean überlegte und kam zu dem Entschluss, dass er sich auf den Handel einlassen musste, auch wenn es alles andere als günstig war. Skeptisch betrachtete er die geringe Menge in dem verkorkten und mit Wachs versiegelten Fläschchen. »Reicht das aus für drei Männer? Ich bin mit meinen Söhnen auf der Jagd.«

»Sicherlich nicht. Aber ich kann Euch mehr davon besorgen.«

»Ihr stellt es nicht selbst her?«

»Nein.« Penchenat lächelte. »Man benötigt Ingredienzen, die nicht einfach zu beschaffen sind und über die ich Schweigen gelobt habe. Eine Freundin von mir beliefert mich damit, aber ich würde nichts verkaufen, von dessen Wirkung ich nicht absolut überzeugt wäre.«

Jean langte nach dem Flakon, aber der Henker hielt seinen Arm blitzschnell fest. Der Griff war hart, aber das Lächeln wich nicht aus dem Gesicht. »Ah, ah, ah! Erst wenn Ihr bezahlt habt, dürft Ihr es anfassen, Monsieur.«

Er warf den verlangten Louisdor auf den Tisch. »Wie schnell nach dem Biss muss man es trinken?«

»Unmittelbar danach«, kam die Antwort. Penchenat nippte sichtlich zufrieden am Wein. »Sonst hat es keine Wirkung mehr. Oder besser gesagt, Ihr würdet den Menschen mit dem Trank umbringen. Der Garou sitzt ihm dann nämlich so fest im Leib, dass er den Unglücklichen unweigerlich mit in den Tod zieht.«

Jean fluchte innerlich. Also konnte er die Essenz nur zur eigenen Rettung einsetzen, falls ihn einer seiner Söhne im Rausch anfiel – oder die Bestie selbst. Warum hatte er bloß nicht früher danach gefragt? Er stand auf, leerte den Wein mit einem Zug und stellte den Becher auf den Tisch zurück. »Vergesst die anderen beiden Essenzen. Uns genügt diese. Mehr als einen wird sie nicht anfallen. Zwei von uns genügen, um sie danach zu erschießen.« Er wandte sich um.

»Euer Wort in Gottes Ohr. Sicher wisst Ihr, dass Silberkugeln benötigt werden, um einen Garou zu töten?«, erkundigte sich Penchenat. »Und merkt Euch: Sollte einer Eurer Söhne dennoch zum Garou werden, gibt es keine Rettung mehr für ihn. Außer natürlich«, fügte er wie beiläufig hinzu, während er zu Messer und Wetzstein griff, »Ihr tötet die Bestie, die verantwortlich für seine Verwandlung ist. Dann könnt ihr sein Blut für einen heilenden Trank nutzen. Wollt Ihr vielleicht die Rezeptur kaufen? Vorsichtshalber, meine ich?«

Jean drehte sich zu ihm, schleuderte seine letzten Ersparnisse auf den Tisch. »Gebt sie mir.«

»Sehr wohl, Monsieur.« Penchenat legte Messer und Stein wieder zurück auf das Tuch und ging erneut ins Nebenzimmer.

Jean war auf einen Schlag zu einem beinahe armen Mann geworden. Es war sehr teuer, gegen einen Loup-Garou ins Feld zu ziehen. Und jetzt auch noch Silberkugeln! Wie sollte er sich diese besondere Munition leisten? Seine üblichen Erlöse aus dem Verkauf von Fellen würden nicht ausreichen.

Er betrachtete die Bücher, die an der Wand säuberlich geordnet in Regalen standen. Sie behandelten medizinische Fragen, aber auch philosophische Werke waren darunter. Ungewöhnlich viele. Kein Wunder, dass er Paris verlassen hatte – mit einer solchen Bibliothek musste man zwangsläufig in den Verdacht kommen, ein Freidenker zu sein. Penchenat sprach außerdem sehr offen über seine Mittel, die er verkaufte. Er konnte von Glück sagen, dass Hexerei von den einfachen Menschen gerade ausnahmsweise als so nützlich angesehen wurde, dass ihn niemand anzeigte.

Penchenat brauchte dieses Mal noch länger als bei seinem ersten Verschwinden. Als er zurückkam, hielt er ein fleckiges Blatt waagerecht in seinen Händen und blies darüber.

»Ich habe Euch eine Abschrift angefertigt, Monsieur«, erklärte er, warf einen letzten Blick auf die Buchstaben, rollte es zusammen und steckte es in eine lederne Hülle. »Nun seid Ihr vor dem Fluch der Bestie geschützt. Ich wünsche Euch und uns, dass Ihr sie bald erlegt.« Er legte die Rolle in die geöffnete Hand des Wildhüters. *»À dieu.«*

Jean trat hinaus in den Schein der Wintersonne und wunderte sich, dass er nur Pierre vorfand. Böses befürchtend, fragte er: »Wo ist dein Bruder?«

Pierre deutete auf den Hang unterhalb eines Berges. »Er hat gesagt, sein Blut begänne zu kochen und er müsse weg, um uns nicht in Gefahr zu bringen. Er würde zu uns zurückkehren, wenn sich die Bestie in ihm beruhigt hätte«, erklärte er leise, damit Penchenat, dessen neugieriges, perückenhaarumrahmtes Gesicht am Fenster erschien, nichts hörte.

Jean kam aus dem Fluchen nicht mehr heraus. Seine guten Augen zeigten ihm in der Ferne einige dunkle Punkte auf dem weißen Schnee, die sich zwischen den Bäumen und Gebüschen bewegten. Es sah aus wie Schafe und eine Schar Kinder, die zum Hüten abgestellt worden waren. Antoines Vorliebe für die Schwachen schlug einmal mehr zu. »Und wie fühlst du dich?«

»Gut. Das Fieber scheint mich dieses Mal zu verschonen«, antwortete Pierre. »Hattest du Erfolg, Vater?«

»Wir reden später drüber. Erst müssen wir ein neues Unheil verhindern.« Er verfiel in raschen Trab, immer den Spuren Antoines folgend. Pierre folgte ihm.

Hinter ihnen wurde die Tür der Hütte aufgestoßen. »Messieurs, ist es die Bestie?«, rief ihnen Penchenat aufgeregt hinterher. »Ist sie zu uns gekommen? Soll ich ins Dorf laufen und Hilfe holen?«

Vater und Sohn sparten sich den Atem, sie mussten sich beeilen.

»Und wenn die Bestie kommt?«

»Dann stechen wir sie tot!«, antwortete Jacques-André Portefaix übermütig auf die Frage seines Freundes und schwenkte den Spieß, den ihm sein Vater gemacht hatte, um sich gegen den gefräßigen Wolf verteidigen zu können. Er war das größte der insgesamt sieben Kinder im Alter von acht bis dreizehn Jahren, die in den Bergen unweit des Dorfes Villaret nach dem Vieh schauten, und unbestrittener Anführer der Gruppe. »Ihr seid doch meiner Meinung?«

Die Jungen nickten eifrig, die beiden Mädchen schienen jedoch keinesfalls begeistert von Jacques-Andrés Heldenmut zu sein. Er sah ihnen an, dass sie froh sein würden, wieder zu Hause zu sein, geborgen hinter den Granitwänden und beschützt von den starken Armen ihrer Eltern.

Die Schafe blökten plötzlich und hoben die Köpfe; sie witterten etwas im Wind und liefen los, weg von ihren Hirten.

Jacques-André ahnte, was das Verhalten bedeutete. Er wandte sich suchend nach allen Seiten um, während einige der Kinder versuchten, die verängstigten Tiere aufzuhalten. Jacques hielt seinen Spieß fester, spähte umher, stach in das nächstbeste Ginstergebüsch und stocherte im Unterholz. Dann raschelte es unvermittelt seitlich des Weges.

»Die Bestie!«, rief er aufgeregt, hob seine Waffe und schlug in einen verschneiten Laubhaufen, so dass das Weiß in die Höhe spritzte. Nichts.

Der laute Schrei eines Mädchens alarmierte ihn. Er wandte sich um und entdeckte zu seinem Entsetzen wirklich ein wolfsähnliches Tier, das keine fünf Schritte von ihnen entfernt wie aus dem Nichts erschienen war. »Rasch, lauft zusammen!«, rief er. »Stellt euch mit dem Rücken aneinander und reckt die Spieße nach außen.«

War die Angst auch noch so groß, die Jungen und Mädchen gehorchten. Sie hatten das Manöver schon unzählige Male geübt, aber niemals hatten sie daran gedacht, dass sie dem Raubtier wahrhaftig begegnen würden.

Die Bestie kam gemächlich näher, drückte sich flach an den Boden und benahm sich wie eine Katze, weniger wie ein Wolf. Den Schwanz hatte sie fast kerzengerade nach oben gerichtet, die roten Augen fixierten die Kinder, während sie um sie herumkreiste. Sie suchte sich ein leichtes Opfer aus.

Jacques-André hatte fürchterliche Angst, aber er wollte es die Bestie nicht spüren lassen. Insgeheim träumte er davon, dass er es war, dessen Spieß das Wesen zur Strecke brachte, diese seltsame Mischung aus Hund, Wolf und irgendetwas anderem. Selbst der garstigste Hundebastard sah nicht so widerlich aus wie dieses Tier – und war auch ganz sicher nicht so groß und gefährlich!

Die Bestie hatte ihre Wahl getroffen. Sie schlüpfte blitzschnell zwischen den Spießen hindurch, stand plötzlich mitten unter den kreischenden Kindern – und fiel Joseph an, den zweitjüngsten und kleinsten Knaben. Schreiend verschwand er unter den riesigen, krallenbewehrten Pfoten. Die Bestie kümmerte sich nicht um die anderen Jungen, sah sie offensichtlich nicht als Bedrohung an. Geifernd betrachtete sie das sich windende Opfer, riss ihr Maul auf und biss zu, mitten ins Gesicht. Die Schreie des Kindes wurden auf grauenhafte Art gedämpft.

»Stecht sie ab!«, brüllte Jacques-André, nachdem er seinen ersten Schrecken überwunden hatte und die anderen Kinder Anstalten machten, ängstlich vor dem Feind zurückzuweichen. Er holte aus und rammte die Spitze seines Spießes mit aller Kraft in die Flanke des Tiers. Und obwohl sie mehr Angst hatten als jemals zuvor in ihrem Leben, sprangen zwei Knaben ihrem Anführer zu Hilfe.

Obwohl sie die Bestie nicht tödlich verletzten, bereiteten die Speere ihr doch Schmerzen. Knurrend und zähnefletschend ließ sie vom wimmernden Joseph ab, schnellte mit einem einzigen weiten Satz aus der Mitte heraus und kauerte sich einige Schritte von den Kindern entfernt nieder. Dort aber verharrte sie, als wäre nichts geschehen, kaute genüsslich auf etwas herum und schlang es hinunter.

Die kleine Gruppe löste sich auf; die Mädchen wollten davonrennen und hörten nicht mehr auf zu kreischen und zu weinen. »Seid ruhig!«, brüllte Jacques-André. »Kommt her, los! Wieder alle zusammen, die Spieße hoch! Und gebt besser Acht!«, gab er neue Anweisung. Dann bemerkte er das Blut der Bestie an seiner Waffe. »Seht, man kann sie verletzen!« Die Kinder umringten ihren Verwundeten, dem die Schmerzen gnädig die Besinnung geraubt hatten; das Blut lief ihm über das zerbissene Gesicht und rann durch den Schnee auf die gefrorene Erde.

»Sie kommt wieder!«, heulte eines der Mädchen voller Furcht auf, senkte den Spieß aber nicht. Stattdessen ließ sie ihn fallen und warf sich zu Boden, die Hände schützend über den Kopf gelegt. »Heilige Mutter Gottes ...«

Die Bestie täuschte einen Sprung an, duckte sich jedoch dann unter den Speeren weg und schnappte das Bein des nächsten Kindes. Dieses Mal hatte sie Jean auserkoren, den jüngsten Knaben. Sie zerrte ihn davon und rannte geradewegs auf eine Ginsterhecke zu.

»Lasst uns abhauen«, rief Jacques Coustou mit zitternder Stimme. Er warf seine Waffe zu Boden, wandte sich um und rannte los. Die Mädchen, die gar nicht mehr aufhören wollten zu weinen, folgten ihm.

»Kommt zurück!«, schrie Jacques-André.

»Sie wird uns der Reihe nach fressen, wenn wir ausharren!«

»Lieber sterbe ich mit unserem Freund, als ihn aufzugeben!« Jacques-André war wild entschlossen, die Bestie zu verfolgen, um ihr die Beute zu entreißen.

Nach wenigen Schritten spürte er, dass der Boden unter ihm weich wurde. Die Bestie hatte sich ihren Fluchtweg durch eines der nicht gefrorenen Sumpflöcher gesucht.

Ihre Pfoten versanken immer wieder in der grasbedeckten Brühe, das Gewicht ihres Opfers zog sie zusammen mit ihrem eigenen in den Schlamm. Ihr Verfolger aber war leicht genug, um nicht einzusinken.

Und trotzdem dachte die Bestie gar nicht daran, Jean freizugeben. Der kleine Junge wurde von der linken Vorderpfote auf die weiche Erde gepresst, ab und zu schnappte das Tier nach ihm und riss blutige Stücke aus ihm heraus. Jean schrie und heulte.

»Lass ihn los!«, brüllte Jacques-André und zielte auf den breiten Kopf und die empfindlichen Augen. Er traf letztlich in das schwarze, stinkende Maul. Die Bestie fauchte wütend auf.

Unvermittelt tauchten nun auch die anderen Kinder wieder auf. Angesteckt vom Mut ihres Anführers rannten die Jungen und Mädchen schreiend und lärmend herbei und stachen mit ihren Spießen auf die Bestie ein. Aber sosehr sich Jacques-André und seine tapferen Freunde anstrengten, sie trafen die unheimlichen roten Augen nicht ein einziges Mal. Immerhin ließen die ständigen Attacken der Kinder dem Wesen nicht die Zeit, seine Beute zu töten.

»Hau ab!« Jacques-André drosch der Bestie seinen Speer genau auf die Nase. Mit einem klagenden Laut sprang sie zurück und ließ von dem Freund ab, leckte sich die empfindliche Schnauze – und senkte nach einer kurzen Erholung angriffslustig den Kopf. Das Knurren veränderte sich und kündigte die nächste Attacke an. Dieses Mal, das sah man ihr deutlich an, würde sie sich den Anführer der Kinder packen und den Widerstand auf diese Weise brechen. Die Ohren legten sich nach hinten.

»Zieht ihn weg«, ordnete Jacques-André an und stellte sich der Bestie furchtlos in den Weg, damit seine Freunde den verletzten Jean bergen konnten.

Das Fell geriet in Bewegung, die Muskulatur des stattlichen Tiers spannte sich darunter; die Kiefer klappten geifernd auseinander und warteten darauf, sich um eine Kehle zu schließen.

In diesem Moment kam ein älterer Mann angerannt. Er bemerkte den tückischen Sumpf rechtzeitig, kniete sich am Rand nieder und brachte die Muskete in Anschlag. Ein zweiter, jüngerer Mann tauchte auf, auch er hob seine Waffe. Die Schüsse donnerten kurz nacheinander.

Rechts und links der Bestie flog feuchte Erde in die Höhe, während die Kugeln glucksend in den Sumpf jagten. Der erleichterte Jacques-André hörte an den Stimmen hinter sich, dass noch mehr Menschen herbeieilten; angeführt wurden sie von Penchenat, der sie mit seinen Rufen anpeitschte.

Dieser Übermacht wollte sich die Bestie nicht stellen. Sie flüchtete, sprang durch einen nahen Bach, wälzte sich kurz im reifüberzogenen Gras, als wollte sie ihre Niederlage abstreifen, bevor sie endgültig in den Ginsterhecken und im angrenzenden Pinienwald verschwand.

Nun überkam Jacques-André eine rasant stärker werdende Erschöpfung. Er trat vorsichtig aus dem Sumpf heraus und sank neben seinen Freunden und zu den Füßen der Dörfler in den Schnee, bleich wie ein Leintuch. Er vermochte nichts mehr zu sagen.

Jean Chastel klopfte dem Jungen anerkennend auf die

Schulter. »Tapferer Bursche. Du bist der Erste, der die Bestie mit einem Spieß in die Flucht geschlagen hat.«

»Das waren eure Musketen, Messieurs.«

Die Frauen kümmerten sich um die beiden Verletzten. Sie waren übel zugerichtet worden, doch sie würden überleben.

Jean Chastel sah, wie eine der Frauen für ein paar Münzen vom Henker ein Fläschchen gereicht bekam. Es war die gleiche Flüssigkeit darin wie in dem Gefäß, das er für viel Geld von dem Mann gekauft hatte. Penchenat hatte ihn belogen, um den Preis in die Höhe zu treiben.

Sie zwang ihrem Sohn den Trank in den Hals und hielt ihm den Mund zu, weil er ihn wieder ausspucken wollte. Beschwörend sprach sie auf ihn ein, und schließlich schluckte er mit ekelverzerrtem Gesicht. Wahrscheinlich stand dem zweiten Opfer eine ähnliche Prozedur bevor, um zu verhindern, dass sie vom Fluch des Garou getroffen wurden.

»Wir haben Helden!«, schrie einer der Männer, zerrte den Hirtenjungen auf die Beine und hob ihn in die Höhe. »Und Jacques-André Portefaix ist ihr Anführer. Bringt ihn zu dem Versager Duhamel, damit er dem Capitaine zeigt, wie man es macht! *Das* soll der König erfahren!« Die Kinder wurden auf die Schultern der Erwachsenen gehoben und zurück nach Villaret getragen. Es war ein Triumphzug über die Bestie.

Die Chastels und Penchenat blieben zurück.

»So weit ist es gekommen«, brummte der Henker und verstaute die Münzen, die ihm die Frauen gegeben hatten, schnell in seiner Tasche. »Wir freuen uns schon, wenn wir die Begegnung mit der Bestie nur überlebt haben.« Es schaute zu Jean und Pierre. »Ihr werdet ihre Spur sicherlich wiederfinden, Messieurs. Viel Glück und den Segen Gottes wünsche ich euch.« Er grinste. »Falls ihr beides nicht haben solltet, ihr wisst, wo ihr mich findet. Meine Tränke bieten Schutz. Sofern ihr sie bezahlen könnt.« Eine fröhliche Melodie pfeifend, ging er den schmalen, verschneiten Weg entlang und verschwand hinter einem Granitfelsen.

»Es ist unredlich, dass sich einer mit den Ängsten der Leute die Taschen füllt«, bemerkte Pierre, während er seine Muskete lud. Er hatte ebenso absichtlich vorbeigeschossen wie sein Vater, um Antoines Leben nicht zu gefährden. »Wie gut, dass die Jungen überlebt haben«, fügte er leise hinzu. »Die Tränke werden sie hoffentlich vor meinem Schicksal bewahren.«

»Ich hoffe es. Dennoch sind dein Bruder und du die bemitleidenswertesten von allen Opfern der Kreatur«, sagte Jean hart. »Nicht ihn trifft die Schuld an dem, was er anrichtet.« Er schulterte seine schwere Waffe. »Es gibt nur einen Verantwortlichen für die Morde und Verstümmelungen. Und den ziehen wir zur Verantwortung.« Er dachte an das Papier mit der Formel, die seine Söhne von der Lykanthropie befreien sollte. Ohne das Blut der Bestie gab es keine Rettung für sie.

Schweigend umrundeten sie das Moorloch und machten sich an die Verfolgung der Blutspuren, die Antoine auf dem weißen Boden und an den Hecken hinterlassen hatte. Vermutlich würden sie ihn in einem Gebüsch neben seinen Kleidern finden, den Mund rot vom Blut der Kinder, die Augen weit aufgerissen und sein Verstand noch umfangen vom letzten weichenden Rest der Bestie in ihm.

Wie oft noch?, dachte Jean betrübt und wütend zugleich.

11. Februar 1765, in der Nähe von Malzieu, Südfrankreich

»Mein Gott. Es sind so viele.«

Der leise, bestürzte Ausspruch von Pierre Chastel, der neben seinem Vater stand, wurde von den Umstehenden nicht vernommen. Dafür machten sie zu viel Lärm. Stiefel eilten über Stein, Schnee, Gras und durch Pfützen, Pulverhörner schlugen klappernd an Gürtel, Trinkflaschen gluckerten, aus Proviantrucksäcken drang stetes Scheppern und Rasseln. Eine ungewöhnliche Armee befand sich auf dem Marsch.

Die beiden Wildhüter liefen in einer Kolonne von gut und gerne zweihundert Jägern, die aus allen Ecken des Königreichs ins Gévaudan gekommen waren, um sich die Belohnung zu verdienen, welche von König Louis dem Fünfzehnten auf den Kopf der Bestie ausgesetzt worden war: Für zehntausend Livres lohnte es sich, Haus und Hof einige Monate lang zu verlassen. Und nicht nur die Franzosen brauchten Geld: Um sich herum hörten die Chastels ein wildes Gemisch verschiedener Sprachen, von denen sie gerade einmal Deutsch, Italienisch und Englisch erkannten. Die Bestie von Gévaudan war inzwischen berühmt, schlich durch die Zeitungen und Journale Europas und lockte auswärtige Jäger und Abenteurer an.

Die Fremden schleppten bisweilen recht abenteuerlich anmutende Büchsen mit sich herum, hatten Visiere und sogar Fernrohre auf die Läufe montiert, um die Bestie mit dem perfekten Schuss zu töten. Ein Italiener keuchte unter der Last einer Belagerungsmuskete, die mindestens zwanzig Pfund wog und Kugeln von der Größe einer Mirabelle ausspie. Seine zwei Kumpane standen kurz davor, sich an der Holzhalterung einen Bruch zu heben.

Jean machte sich ernsthaft Sorgen um das Wohl Antoines, und das aus zweierlei Gründen. Er war kurz nach dem Ereignis bei Villaret erneut dem Fluch der Bestie erlegen und nicht wieder zu Hause aufgetaucht. Die Zahl der Opfer stieg. Der Wildhüter fürchtete, dass sich die wahre Bestie seinem jüngeren Sohn genähert hatte und ihn zu weiteren Untaten anleitete. Und ihm zeigte, wie man noch besser tötete.

Capitaine Duhamel und die Adligen der Region bliesen zu Großjagden. Duhamel hatte über die Provinzregierungen vierzigtausend Bauern aus allen umliegenden Pfarreien herbeibefohlen, um sie für den heutigen Tag als Treiber in die Wälder und über die Ebenen zu schicken, während Hundertschaften von Jägern auf Hügeln in Stellung gingen. Ein Gebiet von zweitausend Quadratmeilen wurde auf diese Weise aufwändig bejagt.

Jean und Pierre befanden sich unter den Männern, um den in einen Loup-Garou verwandelten Antoine in irgendeiner Weise vor den tödlichen Kugeln zu schützen, hatten aber noch keine Vorstellung davon, wie sie das anstellen sollten. *Einen* Schützen konnte man anrempeln und ihn den Schuss verreißen lassen, aber bei hunderten von ihnen wurde daraus eine Unmöglichkeit.

Sie waren auf dem Weg zu einer Anhöhe, von der aus man einen Waldsaum einsah. Ihre Abteilung bildete die zweite Linie, falls die Bestie den Kugeln der vierhundert Jäger auf der anderen Hügelkuppe entging. Dort befanden sich auch der junge Marquis d'Apcher und der junge Comte de Morangiès mit einem Pulk eigener Schützen. Letzteren motivierte die ausgesetzte Belohnung weit weniger als etwas anderes. Der arrogante, einflussreiche Comte hatte sich schon mehrmals öffentlich über die Unfähigkeit Duhamels beklagt und würde die Bestie sicherlich nur allzu gerne erlegen, um dem Capitaine eine weitere Demütigung zuzufügen. Jean pfiff laut, und der Dragoner aus der Truppe Duhamels an der Spitze des Zuges wandte unwirsch den Kopf.

»Wie weit noch?«

»Bis wir dort sind.« Der Dragoner deutete auf die Steigung fünfhundert Schritt vor ihnen. Er wollte noch etwas hinzufügen, als ein Signalhorn geblasen wurde. Der Wind trug ihnen das Trommeln und Rufen aus dem Waldstück herüber: Die Treiber rückten näher an den Rand heran. Der Dragoner fluchte. »Sie sind zu früh. Los, schneller!«, befahl er den Jägern, die daraufhin in einen schnellen Trab verfielen, um die Anhöhe zu erklimmen. Unterdessen krachten aus weiter Entfernung Musketen los.

»Gott stehe Antoine bei«, raunte Pierre entmutigt und folgte seinem Vater, der sich an den anderen Jägern vorbeidrängte, um als Erster auf dem Hügel zu stehen.

»Wir verlassen uns nicht auf Gott«, sagte Jean mit grimmigem Gesicht, stieß beim Überholen absichtlich den Italiener an, der aus dem Gleichgewicht geriet und samt seiner Belagerungsmuskete stürzte. Vier weitere Jäger fielen über ihn, es bildete sich ein Knäuel aus Läufen und Gliedmaßen, das mit Lachen und Fluchen bedacht wurde.

Die Chastels standen auf der Erhebung. Unter ihnen erstreckte sich eine weitläufige verschneite Wiese, auf welcher der Wind nach Gutdünken kleinere Wehen zusammengeschoben hatte, die höchstens vor Blicken, nicht aber vor Kugeln Deckung boten. Ausgerechnet hier gab es nur zwei kleine Granitfelsen, die in dieser Region ansonsten allgegenwärtig waren.

Die Treiber waren von Duhamel so angeordnet worden, dass es für jedes Tier, das sich im Wald befand, nur den Ausweg über die Ebene zwischen den Hügeln hindurch gab.

Einige übermütige Jäger hatten das Feuer irrtümlich auf ein Reh eröffnet. Kaum zeigte es sich zwischen den Stämmen und setzte auf der Flucht vor dem unbekannten Lärm einen Vorderlauf auf die Schneefläche, sausten mindestens fünfzig Kugeln heran und zerfetzten es regelrecht. Zurück blieb nicht mehr als ein blutiges Fellbündel, das zuckend am Waldrand lag.

»Ich möchte heute kein Treiber sein«, sagte der Dragoner lachend und richtete sich im Sattel seines Pferdes auf. »Die Idioten schießen wahrhaftig auf alles, was aus diesem Wald läuft.«

Jean suchte verzweifelt nach einer List, während sich die zweihundert Jäger einer nach dem anderen in Schussposition begaben. Auch der Italiener erreichte die Kuppe, bedachte den Wildhüter mit einem bösen Blick und einem Schwall äußerst unfreundlich klingender italienischer Worte.

»Wir müssen sie ablenken«, sagte Jean zu Pierre. »Wir tun so, als seien wir fest davon überzeugt, dass sich die Bestie auf der anderen Seite in unserem Rücken vorbeischleicht. Sie werden uns in ihrer Gier nach den zehntausend Livres gerne Glauben schenken. Fängt nur einer an zu schießen, machen alle mit.«

»Und wie sollen wir das anstellen?« Sein Sohn war nicht überzeugt.

Jean zog die Hähne der Muskete zurück. »Mach mir einfach alles nach«, lautete seine simple Anweisung.

Der Dragoner ritt hinter den Jägern vorbei und begutachtete die Vorbereitungen der Männer. »Keiner schießt mir so sinnlos herum wie die anderen auf dem ersten Hügel«, warnte er sie mit lauter Stimme. »Erst wenn wir einen Wolf oder etwas sehen, was der Bestie gleicht, wird abgedrückt. Ihr habt die Zeichnung des Viehs gesehen. Wer einen Treiber erwischt, zahlt ein Schmerzensgeld an den Mann oder eine Abfindung an dessen Familie. Das hängt ganz von euren Treffkünsten ab.«

Der Mann neben den Chastels lachte freudlos auf, nahm eine Kugel aus dem Beutel und lud sie. Pierre sah ganz deutlich, dass sie eine Markierung trug. »Das, junger Freund, ist zur Sicherheit«, erklärte er ihm mit starkem Akzent, nachdem er den Blick bemerkt hatte. »Wenn ich die Bestie erledige, soll jeder sehen, dass ich es war. Ich teile meine Belohnung mit niemandem.« Seine einstmals teure Kleidung sah ramponiert aus, als trage er sie seit langer Zeit. Der dunkelbraune, bestickte Rock klaffte hier und da auf, und die Stiefel mussten hunderte von Meilen gelaufen sein.

»Verdammt, das habe ich vergessen«, rief der Nachbar auf der anderen Seite. Hastig schnitzte er mit dem Messer seine Initialen in die Kugel. Bald stand die Mehrzahl der Schützen kratzend auf dem Hügel, völlig außer Acht lassend, dass sich das Blei beim Eindringen in den Körper verformen würde. Traf das Projektil einen Knochen, barst es ohnehin.

»Mein Name ist Pierre Chastel, das ist mein Vater Jean. Woher kommt Ihr, Monsieur?«, erkundigte sich Pierre neugierig bei dem Mann, der das Alter seines Vaters hatte. »Eure Art zu sprechen zeigt, dass Ihr eine weite Reise unternommen habt.«

»Aus der Bukowina.« Er lupfte den Dreispitz, zeigte kurzes, graues Haar und vollführte eine höfisch anmutende Verbeugung. »Gestatten, Virgilijus Malesky, einst ein stolzer Gutsbesitzer und dann geflohen vor dem Hospodaren von Moldowa.« Er setzte sich den Hut wieder auf. »Solltet Ihr jemals dorthin reisen, Monsieur Chastel, sei Euch gesagt, dass mit den Osmanen und ihren Phanarioten nicht zu spaßen ist.«

»Phanarioten?«

»Statthalter, mein Junge.«

Pierre war von den vielen Worten, mit denen er nichts anfangen konnte, überfordert. Weder kannte er den Ort Bukowina, noch wusste er, was ein Hospodar oder ein Moldowa war. Einzig der Begriff Osmane sagte ihm etwas. »Also länger als eine Reise von einer Woche entfernt?«, setzte er vorsichtig nach, was Malesky, der ein Pincenez mit blauen Gläsern aus dem Blechetui nahm und auf den schlanken Nasenrücken setzte, zum Grinsen brachte.

»Achtung!«, rief der Dragoner plötzlich. »Wölfe!«

Und wirklich brachen sieben Graupelze aus dem Wald. Sie hatten die vielen Menschen vor sich schon lange gewittert und es nicht gewagt, über die Ebene zu laufen, doch die anrückenden Treiber ließen ihnen keine andere Wahl. In kurzen Abständen rannten sie hintereinander her am ersten Hügel vorbei.

Ein lang gezogenes Knattern und Prasseln erklang, vor den Mündungen blitzte und rauchte es, über der Kuppe stiegen kleine Pulverwolken auf und vereinigten sich zu größeren Schwaden. Schnee spritzte auf der Ebene in die Höhe, jaulend brachen vier Tiere zusammen, überschlugen sich mehrmals und verendeten durchlöchert und verblutend. Drei entkamen der ersten Salve mehr oder weniger unverletzt.

Jean und Pierre hoben ihre Musketen, würden aber nicht feuern. Es gab keinen Grund, die Wölfe zu erlegen. Die anderen Jäger aber machten ihre Waffen bereit, legten an und konzentrierten sich. Die Tiere hetzten heran. Kaum ertönte der erste Schuss, stimmten die übrigen Musketen in den brachialen Chor des Todes mit ein.

Nicht ein einziger der Wölfe entkam dem Sturm aus Blei. Am unstrittigsten war der Treffer, der dem Italiener gelang. Der Knall der Belagerungsbüchse übertönte alles. Die gewaltige Kugel drang in den Kopf eines Wolfes ein, durchschlug den Körper der Länge nach und riss den Hinterleib ab.

Jean verspürte Ärger wegen des sinnlosen Tötens. Die Graupelze blieben in den Augen der Obrigkeit jedoch verständlicherweise die Hauptschuldigen. Man durfte keinesfalls offiziell verlauten lassen, dass man einen Loup-Garou jagte.

Das große Nachladen hatte begonnen. Das reibende Geräusch der Ladestöcke, das Pochen der Pulverhörner, das dumpfe Klimpern der Bleikugeln, die aus den Taschen genommen wurden, lagen in der Luft. Hier und da freuten sich Jäger lautstark über ihre Abschüsse, und vor allem der Italiener war kaum zu bändigen. Er hüpfte auf und nieder, deutete ständig auf den unkenntlichen Kadaver und fiel seinen Freunden in die Arme. Seine Treffsicherheit und die Zuverlässigkeit seiner zunächst von den anderen belächelten Waffe waren unter Beweis gestellt worden.

»Ein bisschen Beeilung«, verlangte der Dragoner in militärischem Ton. »Auf dem Schlachtfeld wärt ihr schon lange zusammengeschossen worden.«

»Es sind Jäger. Sie müssen nicht so schnell sein wie Ihr«, gab Malesky unverfroren zurück. »Selten sieht man Bären und Wölfe mit Musketen durch den Wald streifen.«

»Ein Spaßvogel!« Der Dragoner lenkte sein Pferd zu ihm und drängte es gegen ihn. »Dein Schnabel …«

Malesky griff furchtlos nach dem Zaumzeug und hielt es eisern fest. »Spart Euch den Atem. Ihr könnt mich nicht beeindrucken. Sucht Euch ein paar von den bejammernswerten Fußsoldaten und befehlt denen, in Habtachtstellung zu gehen. Ich dagegen bin ein freier Mann, der sich von Euch nichts gefallen lassen muss.«

Der Dragoner zwang das Pferd mit dem Druck seiner Schenkel rückwärts. Malesky ließ die Lederriemen los.

»Wir sprechen uns nach der Jagd, Blaubrille. Ich stopfe dir deinen großen Spaßvogelschnabel.« Er ritt nach links davon, um nach anderen Jägern zu schauen.

Jean war nicht entgangen, dass der Moldawier nicht geschossen hatte. »Ihr spart Euch die Kugel für die Bestie?«, fragte er.

Die blauen Augen richteten sich auf das Gesicht des Wildhüters, das Gestell des Pincenez blinkte im Schein der Sonne. »Ebenso wie Ihr, nehme ich an.« Er hob seine Linke und beschrieb einen Kreis. »Wir drei waren die Einzigen, die nicht auf die bedauernswerten Wölfe geschossen haben.« Er blickte Jean forschend an. »Ihr seid Franzose? Aus der Gegend?« Mit gesenkter Stimme fuhr er fort: »Wir könnten uns zusammenschließen und die Kreaturen jagen, die *wirklich* hinter den Morden stecken. Ich bin überzeugt davon, dass es zwei sind.«

Die Chastels gaben sich Mühe, ihre Überraschung zu verbergen, was beiden misslang. Malesky las mühelos in den Gesichtern, dass er mit seiner Bemerkung ins Schwarze getroffen hatte. Die unverhohlene Genugtuung des Fremden wiederum warnte Jean davor, irgendetwas zuzugeben. Nicht einmal andeutungsweise.

»Ich weiß nicht, was Ihr meint«, log er stattdessen und hoffte, dass Pierre seine Ausflucht nicht durch eine unbedachte Bemerkung verdarb. »Wir halten nur nichts davon, Tiere zu schießen, die keinesfalls so aussehen, wie sie die Zeugen beschrieben haben.«

Aber Malesky durchschaute ihn. Er kam näher, den Kopf leicht zur Seite geneigt. »Ihr habt die Kreatur gesehen, nicht wahr?« Das Blau um die Pupillen weitete sich in der Erkenntnis. »Nein ... Ihr standet ihr sogar gegenüber! Ihr wisst genau, wie sie aussieht, und habt deshalb nicht auf die harmlosen Wölfe geschossen.« Sein Raunen hatte etwas Bedrohliches. Pierre wich unwillkürlich einen halben Schritt zurück. »Und ihr jagt sie schon länger.«

»Unsinn«, presste Jean heiser hervor. »Wir kennen sie von den Bildern, welche Duhamel überall anschlagen ließ«, beharrte er und versuchte, den Spieß umzudrehen. »Haltet Ihr das Vieh etwa für etwas anderes als einen Wolf? Einen Bären oder ein aus einer Menagerie entlaufenes Raubtier? Oder glaubt Ihr gar die Märchen von einem Loup-Garou, welche die Mütter ihren Kinder erzählen, um sie früh ins Bett zu stecken?«

Der Moldawier ließ sich mit seiner Erwiderung Zeit. »Ich habe mich getäuscht. Verzeiht mein aufdringliches Gebaren«, entschuldigte er sich mit samtiger Stimme. »Aber in der Tat halte ich die Bestien für Kreaturen, die unter Umständen aus ... aus einem ganz anderen Teil der Welt stammen. Es kommen nur zwei Wesen in Frage: ein abgerichteter Hund, eine unbekannte Züchtung, der seinem Herrn entweder abhanden kam oder von ihm aus teuflischen Gründen auf die Menschen gehetzt wird, oder aber ...«

Er wurde durch laute Rufe unterbrochen. Die nächsten Wölfe brachen aus dem Wald und wurden ebenso zusammengeschossen; dieses Mal gelang es keinem der Tiere, bis zum zweiten Hügel vorzudringen.

»Ein Hund?«, entfuhr es Pierre ungläubig, der das Abschlachten der Wölfe verfolgte. »Hunde sehen gewiss anders aus.« Er biss sich auf die Lippen, zu schnell waren ihm die Worte entwichen.

»Anders als auf dem Bild gewiss«, ergänzte Malesky, der nicht bemerkte, dass sich der Sohn des Wildhüters verraten hatte. »Es kann eine Kreuzung aus Samsun und Hyäne sein, die die Menschen zerfetzt. Die Beschreibungen einer möglichen Kreuzung kämen hin. Das Verhalten der Bestie lässt darauf schließen, dass sie Menschen kennt und sich auf Kinder und Frauen konzentriert. Leichte Beute.«

»Was ist denn ein *Samsun?«,* fragte Pierre. »Meint Ihr einen Löwen?«

»Es ist ein Hund aus dem Osmanischen Reich, der von einem osmanischen Gelehrten so genannt wurde.« Malesky überlegte. »Die genaue Bedeutung des Wortes ist mir entfallen, aber ein solcher Samsun muss in doppelten Ketten geführt werden. Sie sollen so groß wie Esel und so wild wie Löwen sein.«

»Habt Ihr studiert, Monsieur?«, wunderte sich Jean, dem das Wissen des Fremden imponierte. Hätte er nicht gewusst, dass es sein eigener Sohn war, der als Werwolf sein Unwesen in der Region trieb, würde er dem Mann glattweg zustimmen, so überzeugend klang er.

Malesky lächelte. »Ich habe auf meiner Wanderung viel gelesen. Die Bücher stimmen darin überein, dass kein Wolf seine Opfer derart verstümmeln und nur die Innereien fressen würde.«

»Es könnte sich um ein krankes Tier handeln«, warf Jean ein.

»Daran glaubt Ihr selbst nicht. Würde ein Wolf an der Tollwut leiden, die ihn zu solchen Taten triebe, wäre er inzwischen schon lange verendet.« Er schnalzte missbilligend mit der Zunge, als das letzte Tier einer Kugel zum Opfer fiel.

»Da stimme ich Euch zu. Was ist die andere Möglichkeit, von der Ihr spracht? Was ein Samsun ist, wissen wir jetzt, aber was ist eine Hyäne?«

»Hundeähnliche Raubtiere, die in Afrika leben. Ihr Stockmaß beträgt drei Fuß, und ihr Körper wird beinahe zwei Schritte lang. Hässlich und seltsam genug ist sie, um von einem unbedarften Bauern für eine Kreatur aus der Hölle gehalten zu werden.« Malesky schaute in Richtung Wald, aus dem das Dröhnen der Treibertrommeln laut herüberklang. Bald kämen sie heraus, und noch immer ließ sich die Bestie nicht blicken. »Es könnte sein, dass eine solche Hyäne aus einer Tierschau ausbrach.«

»Aber der König ... würden seine Gelehrten nicht auf ähnliche Gedanken kommen wie Ihr?« Pierre blies sich in die kalten Hände, um sie zu wärmen. »Warum lässt er den Wölfen nachstellen, wo alles gegen sie spricht?«

»Weil sie einfach zu jagen sind«, antwortete Malesky. »Der Anblick von toten Wölfen beruhigt die Menschen. Bei Treibjagden wie dieser stehen die Chancen gut, dass sich unsere beiden Bestien aufscheuchen lassen. Es ist wie das Fischen mit einem großen Netz: in diesem Fall ist die Mehrzahl der Beifang, während der Fischer eigentlich zwei besondere Exemplare haben möchte.« Er deutete auf den Waldsaum. »Die Treiber kommen heraus. Gott schütze sie vor voreiligen Schüssen und einem Treffer durch das Mordinstrument unseres italienischen Freundes.«

Die zweihundert Männer auf der Anhöhe gerieten in Aufruhr. Auch sie hatten die Bewegung zwischen den Bäumen gesehen und hoben die Musketen. Der Italiener redete unablässig mit sich selbst, feuerte sich an, zog den Hahn seiner Waffe zurück und stemmte den Kolben fest gegen die Schulter. Zwar lag das Hauptgewicht auf der Holzhalterung und milderte den mörderischen Rückschlag, dennoch bekam der Schütze bei jedem Schuss eine ordentliche Backpfeife verpasst.

Einer der Treiber trat, einen roten Wimpel schwenkend, aus dem Wald, um den lauernden Jägern zu signalisieren, dass ihm gleich viele hundert Menschen folgten und sie keinesfalls abdrücken sollten.

Sein Zeichen wurde zwar durch Winken von den Hügeln bestätigt, aber die Musketenläufe senkten sich nicht. Zu groß war die Angst, dass die Bestie unvermittelt auftauchte und einer der Konkurrenten sich die zehntausend Livres verdiente.

Nach und nach erschien die erste Welle der Treiber auf der Wiese; die Erleichterung, dem unheimlichen Wesen nicht begegnet zu sein, stand auf ihren Gesichtern. Die Spieße, Mistgabeln und einfachen Stöcke, die sie zu ihrem Schutz bei sich trugen, hatten ihnen nur ein unzureichendes Gefühl von Sicherheit gegeben. Der schmale Streifen vor dem Wald füllte sich mit Menschen, Gesprächsfetzen wehten zu Jean und seinem Sohn herüber, es wurde gelacht.

»Wie es aussieht, hat Duhamel eine weitere Niederlage erlitten«, merkte Pierre an und gab sich Mühe, nicht zu freudig zu klingen. »Ich wette, dass er und seine Dragoner bald abberufen werden. Der Unmut bei den Leuten wächst. Der heutige Tag macht es nicht besser.«

Jean schaute zu dem zweiten Hügel, wo er den Comte anhand der prächtigen Kleidung ausmachte. Er saß auf seinem Pferd, eine Hand in die Seite gestemmt, und beobachtete die Ebene aufmerksam. Wahrscheinlich freute er sich, dass der Capitaine mit seiner Jagd nichts erreicht hatte außer ein paar toten Wölfen.

Malesky hob den Kopf. »Es ist noch nicht vorbei.«

Das letzte Wort verhallte noch, als die Treiber am Nordrand

des Waldes laut aufschrien. Sie stoben auseinander und versuchten, so schnell wie möglich vom Unterholz wegzukommen; im Rückwärtslaufen hielten sie ihre primitiven Waffen vor sich. Der Tumult wurde natürlich von den Jägern bemerkt. Die Musketen schwenkten herum und richteten sich auf die betreffende Stelle. Die Schützen achteten nicht auf das Gewedel der roten Wimpel, das sie vom Feuern abhalten sollte – denn plötzlich rannte ein graubrauner Schatten zwischen den Treibern umher und nutzte sie geschickt als Deckung.

Jean meinte, seinen Sohn in der Bestie wiederzuerkennen. »Er ist es«, wisperte er Pierre zu und schaute angespannt zu dem Italiener hinüber, der sich leise plappernd bereithielt, die Büchse einzusetzen. Bevor die Kreatur in den Gefahrenbereich geriet, waren die Jäger auf dem ersten Hügel an der Reihe. Trotz der gebrüllten Warnung der Dragoner, die hinter ihnen entlangritten, geschah es: Einer der Männer schoss ohne Rücksicht auf die Treiber, und gleich darauf setzte das bekannte anhaltende Knattern wieder ein. Die Bauern unten auf der verschneiten Wiese warfen sich kopfüber in das Weiß und suchten Schutz vor dem tödlichen Hagel. Einigen gelang das Kunststück, hinter einen der Granitbrocken zu huschen, doch dutzende wurden durch die Kugeln niedergestreckt oder verletzt. Schreie hallten laut über die Ebene und mischten sich mit dem unaufhörlichen Krachen der Musketen.

»So klingt es auf einem Schlachtfeld«, sagte Malesky mitfühlend und machte nicht einmal Anstalten, seine Waffe zu heben. »Arme Schweine.«

Die Belohnung des Königs vor Augen, wollten die Schützen des ersten Hügels nicht aufhören. Sie luden immer wieder nach, Salve um Salve wurde abgegeben, während das Blut der Treiber den Schnee färbte. Das Jagdfieber sprang über. Der Italiener ließ sich verleiten, einen unsicheren Schuss abzugeben. Die Reichweite der Belagerungsbüchse war enorm, und prompt erwischte das Geschoss einen Bauern. Der Arm wurde ihm einfach abgerissen, der Mann fiel steif wie ein Brett hin. Fluchend lud der Italiener nach. Es schien ihn nicht zu kümmern, was er angerichtet hatte.

Auch die Bestie verließ das Glück.

Sie hatte den ersten Hügel beinahe passiert, da jaulte sie unvermittelt auf und machte einen grotesken Hüpfer, lief noch einige unsichere Schritte, ehe sie eine zweite und dritte Kugel trafen. Sie war nahe genug an die zweite Erhebung herangekommen, so dass Jean und Pierre die Löcher im Leib und das Rot im Schnee deutlich sahen.

»Nein«, raunte der Wildhüter bestürzt und griff nach Pierres Arm, der losstürmen wollte, um sich schützend vor seinen Bruder zu werfen. »Nicht. Er lebt.« Bei dem Werwolf, den sie getötet hatten, war die Rückverwandlung in einen Menschen erst durch den Tod ausgelöst worden. Noch tat sich bei Antoine nichts.

Die Jäger indes wussten nichts von der Besonderheit eines Loup-Garou. Ein Dutzend von ihnen stürmte den ersten Hügel herab, jeder Einzelne von ihnen schrie laut, dass seine Kugel die Bestie getötet hätte. Alle erhoben Anspruch auf die Belohnung, stießen Drohungen aus und schlugen mit den Kolben ihrer Musketen nach denen, welche sie überholen wollten.

Der Comte hatte sich ebenfalls in Bewegung gesetzt. Er preschte von der Anhöhe hinab, überholte die Jäger und hielt auf den vermeintlichen Kadaver zu.

»Mach es mir nach«, gab Jean Pierre eine kurze Anweisung, hob dann seine Waffe, drehte sich nach rechts und zielte auf eine kleine Ansammlung von Büschen. Er drückte in rascher Folge die Abzüge nach hinten, feuerte knapp an den erschrockenen Jägern vorbei ins Gestrüpp, Pierres Schüsse folgten unmittelbar. Ohne ein Wort zu verlieren, luden sie nach und liefen los.

»Heilige Mutter! Es sind tatsächlich zwei Bestien!«, rief Malesky entzückt. Damit löste er eine Hysterie unter den Jägern aus, die ebenfalls in den Genuss von zehntausend Livres kommen wollten. Sie rannten los, schossen ins Gebüsch und machten die vierhundert übrigen Konkurrenten auf die unerwartete zweite Gelegenheit aufmerksam. Das Schießen begann von neuem.

Jean ließ sich zurückfallen. Seine List war aufgegangen, er hatte die Meute auf eine falsche Fährte gelockt.

Als er sich umdrehte und zu dem Platz blickte, an dem der Werwolf lag, stritten sich lediglich vier Männer um den Anspruch, schubsten sich fort, schüttelten die Fäuste und fuchtelten drohend mit den Musketen. Der Comte drängte sie mit seinem Pferd ab und verteilte Stiefeltritte. Offenbar war er der Ansicht, dass er die Bestie erlegt hatte. Die Dragoner galoppierten heran, um die Überreste des Wesens zu begutachten und dem Comte gegen die Fremden beizustehen, die sich so gar nicht um seinen Titel scherten.

Völlig unvermittelt sprang die Bestie auf die Beine und preschte an den überrumpelten Jägern vorbei.

»Haltet sie auf!«

Jean feuerte zum Schein hinter ihr her, doch natürlich verfehlten die Kugeln ihr angebliches Ziel. Die Bestie sah sich im Laufen um, richtete ihre roten Augen auf ihn, und er glaubte, darin so etwas wie Erkennen und Dankbarkeit gesehen zu haben.

»So nicht, Scheusal.« Malesky erschien neben Jean und kniete sich hin, um eine bessere Schussposition zu haben. Er wollte eben abdrücken, da ritt ihm der Comte genau vor den Lauf. Er verfolgte die Bestie und versuchte, sie vom Pferderücken aus mit seinem Degen zu erstechen. Niemand wagte es, einen Schuss abzugeben; der Tod eines Adligen hätte schlimmere Folgen für den Schützen als der Tod eines Treibers.

»Weg, du eingebildeter Idiot«, murmelte Malesky und senkte den Lauf nicht. Als er die ersehnte Lücke für einen Schuss bekam, warf sich Pierre gegen ihn und fiel mit ihm zusammen in den Schnee.

Die Bestie verschwand nach einem gewaltigen Spurt mit sicherlich neun Schritt langen Sprüngen, bei dem sie sogar den Comte und die Dragoner auf ihren Pferden hinter sich ließ, zwischen einer Ansammlung von Granitfelsen und entkam.

Pierre half dem Moldawier auf die Beine und klopfte ihm den Schnee von Gehrock und Mantel. »Verzeiht mir, Monsieur«, entschuldigte er sich mit vorgetäuschtem Schuldgefühl. »Ich bin gestolpert. Darf ich Euch wenigstens zu einem heißen Gewürzwein einladen, wenn ich Euch schon die Prämie verdorben habe?«

Jean sah Malesky an, dass er Pierre nicht einen Augenblick lang glaubte. Der Fremde schien zu ahnen, dass die Schüsse ins Gebüsch ein Ablenkungsmanöver gewesen waren. Dennoch schlug er in die dargebotene Hand ein. »Ich warne Euch: Ich werde den teuersten Wein bestellen, den mir der Wirt empfehlen kann.« Er rückte das Pincenez zurecht.

Der Dragoner, der ihre Jägergruppe begleitet hatte, ritt auf sie zu. »Was sollte das, Chastel?«, herrschte er ihn an. »Es gibt keine Spuren in dem verdammten Gehölz, auf das du geschossen hast.«

Jean zuckte bloß mit den Schultern. »Das Jagdfieber muss meinen Blick vernebelt haben.« Er deutete auf die Ebene, wo sich immer noch verwundete Treiber im Schnee wälzten. Ein Karren rollte heran, auf den die Angeschossenen gehievt wurden. »Ich habe wenigstens keinen Menschen verletzt.«

»Sie wussten, dass es gefährlich wird.« Brutal riss der Dragoner sein Pferd herum und kehrte auf den ersten Hügel zurück, um Capitaine Duhamel Bericht zu erstatten.

»Eines haben alle Soldaten gemeinsam: Sie sind nicht sonderlich gescheit.« Malesky schaute zu Vater und Sohn. »Messieurs, verlassen wir die Eishölle? Mein Wein wartet.«

Sie gingen in Richtung Dorf. Der Comte ritt an ihnen vorüber und die Anhöhe hinauf, schwenkte seine Waffe und erhielt Beifall von seiner Entourage. Man feierte ihn als einen wagemutigen Helden, denn das Blut an seinem Degen bewies, dass er der Bestie näher gewesen war als alle anderen.

Pierre und der Moldawier unterhielten sich über das Leben im Gévaudan, Jean dachte derweil an die Verletzungen Antoines. Kein normales Wesen hätte sie überlebt. Es schien, als hätte der Henker Recht behalten: Einen Loup-Garou tötete man nur mit Silber.

X. KAPITEL

Russland, Sankt Petersburg, 13. November 2004, 07:43 Uhr

Eric von Kastell erwachte mit einem gewaltigen Kater. Er hatte so tief geschlafen wie lange nicht mehr. Der Alkohol hatte seinen Verstand betäubt und sogar die Albträume so weit vernebelt, dass er nicht schreiend aufgewacht war. Oder zumindest erinnerte er sich nicht mehr daran.

Eric setzte sich an den Computer. Das Internet war eine Fundgrube, sowohl für Wissenswertes als auch für so genannten Infomüll. Eric wusste den Müll sauber zu trennen, unterteilte in Halbwahrheiten, Wahrheiten und Erfundenes, das von Wahrheiten abzulenken suchte. Auf einem Stück rohen Schinken kauend und den salzigen Geschmack genießend, hackte er auf die Tastatur ein und entlockte den unendlichen Weiten Hinweise auf seine ganz spezielle Beute. Der Trick bestand darin, zwischen den Zeilen zu lesen und die Zeichen der Bestien zu verstehen, die sie an einem Tatort hinterließen. Sein Vater hatte ihn das gelehrt, wie er ihn alles gelehrt hatte.

Ausnahmsweise gestaltete es sich dieses Mal einfach. Das Wandelwesen schien es nicht eilig zu haben, die Stadt zu verlassen. Man hatte sein nächstes Opfer gefunden: Einen kleinen Jungen, der auf einem zugefrorenen Kanal Schlittschuh gelaufen war, hatte es nach bekannter Manier zugerichtet.

Eric rasierte sich, zog warme helle Kleidung und seinen weißen Lackledermantel an, um in den verschneiten Straßen möglichst schwer erkennbar zu werden. Er packte einen Silberdolch, eine Makarov-Pistole und eine Bernadelli aus der Waffenkammer ein und klemmte sich einmal mehr hinter das Lenkrad des Porsche Cayennes. Er schoss auf der Straße in Richtung Eiskanal, um mit seiner Suche zu beginnen.

Die Polizei befand sich noch vor Ort. Flatterband sperrte den Kanal weiträumig ab, aber die unzähligen Brücken boten genügend Aussichtspunkte für Schaulustige. Und ihn. Eric setzte sich die helle Wollmütze auf, zog mit dem elektronischen Feldstecher los und suchte sich eine nicht ganz so nahe gelegene Brücke, um keinem schlecht gelaunten Polizisten aufzufallen.

Er drängelte sich durch das Heer von Gaffern nach vorne und übertrumpfte sie alle - wenn auch aus hehren Motiven -, indem er sein ultimatives Fernglas auspackte. Die Linsen lieferten ihm gestochen scharfe Bilder vom Tatort; mit einem Knopfdruck speicherte er auf dem Memorychip, was er für wichtig hielt: die Kratzspuren im Eis, die Lage des toten Jungen.

Plötzlich bemerkte Erics gute, geschulte Nase in den gemischten Ausdünstungen der Petersburger um ihn herum einen Geruch, der so gar nicht in eine zivilisierte Stadt passte: Wolf. Und das sogar ziemlich intensiv. So intensiv, als liefe ein Exemplar unmittelbar hinter ihm vorbei und wollte ihm sagen: *Fang mich doch.*

Rasch senkte er das Glas und schaute sich um. Der Duft ging von einer Gestalt aus, die einen Armeeanorak in Schneetarnfarben, Stiefel, beige Thermohosen und eine dieser hässlichen

Kappen mit hochgebundenen Ohrenklappen trug. Von hinten betrachtet verriet nur ihr Gang, dass es sich um eine Frau handelte. Eric atmete noch einmal tief durch die Nase ein. Sie roch nicht nach Wolf, nein, sie stank danach.

Die Frau warf einen Blick auf die blutrot gefärbte Eisfläche, machte sich Notizen und setzte ihren Weg eilends fort. Eric folgte ihr. Sie lief die Straße entlang, bog mehrmals ab und stürzte sich ins Gewühl jener Gassen, in denen nur Einheimische oder verirrte Touristen unterwegs waren.

Hier war nicht ein einziger Rubel anlässlich der Geburtstagsfeierlichkeiten der Stadt investiert worden: Blätternder Putz, zerfallende Fassaden und bröckelnder Stein bestimmten das Bild. Die Schatten schienen hier dunkler zu sein; die Sonne verlor über diesem Teil Sankt Petersburgs und ergab sich der Herrschaft des Düsteren.

Die Frau schien das nicht zu stören. Sie bemerkte auch nicht, dass er ihr nachstellte – und sich immer mehr über ihren Geruch wunderte. Eine Wolfsmarke überlagerte die andere, es ergab sich ein Konglomerat aus Wildheit, wie man es höchstens vor einem Bau wahrnehmen konnte.

Hatte er ein Rudel aufgespürt?

Eric fühlte sich von einem Moment auf den nächsten akut unterbewaffnet. Das halbautomatische Schrotgewehr lag auf dem Rücksitz des Cayenne, ihm blieben die Pistole und ein Dolch; knappe vierzig Schuss hatte er dabei.

Die Frau war vor einer großen hölzernen Eingangstür stehen geblieben und drückte zielsicher den obersten Klingelknopf. Eric ging dicht an ihr vorbei und gab vor, eine Hausnummer zu suchen. Er sah ihre anmutigen Züge, die geschwungenen schwarzen Brauen. Dunkelbraunes Haar lugte unter der Kappe hervor, und Eric merkte, wie sein Verlangen erwachte. Sie besaß diesen gewissen russischen Sexappeal, selbst in der figurvernichtenden Kleidung. Lust und Verstand rangen miteinander, wobei der Verstand dieses Mal die Oberhand behielt. Er sog noch einmal die Luft ein. Wolf, ganz eindeutig. Aber roch sie auch nach Werwolf?

Die Frau tippelte unruhig auf der Stelle und machte zwei Schritte zurück, um zum obersten Fenster zu schauen. »Herr Nadolny, kommen Sie runter!« Sie hatte den Satz auf Deutsch gerufen, ihre Stimme war dunkel und voll.

Die Antwort verblüffte sowohl sie als auch Eric.

Das Glas zerbarst, als der Körper eines Mannes durch die Scheibe flog und in hohem Bogen aus seiner Wohnung schoss. Er besaß so viel Schwung, dass er gegen die Wand des gegenüberliegenden Hauses prallte, wo sein Kopf einen hässlichen roten Fleck hinterließ, bevor er rücklings auf das Kopfsteinpflaster fiel. Das Knacken des Genicks oder eines anderen Knochens hörte Eric so klar, als stünde er direkt daneben.

Die Frau zuckte zusammen, war einen Augenblick offensichtlich völlig fassungslos. Sie hielt sich eine Hand vor den Mund und benötigte fünf, sechs Sekunden, um einen klaren Gedanken zu fassen; dann nahm sie ihr Handy und rief einen Arzt. Er hörte die Worte »Ambulanz« und »Unfall«.

Erics Theorie vom Wandelwesen geriet ins Schwanken. Normalerweise mieden sie Krankenhäuser und alles, was mit Medizin zu tun hatte, aus Angst, dass die Untersuchungen ihre Andersartigkeit zu Tage förderten. Sie verließen sich auf die unglaubliche Regenerationskraft ihres Körpers. Etwas stimmte nicht.

Er blickte nach oben, die Hände in den Manteltaschen, und sah den Oberkörper eines maskierten Mannes, der sich nach unten beugte und eine schallgedämpfte Pistole auf die Frau anlegte. Sie war so aufgeregt, dass sie die Gefahr nicht bemerkte.

Eric musste sich innerhalb einer Sekunde entscheiden. Da er nicht wusste, welche Rolle der Frau zukam, beschloss er, ihr beizustehen. Schneller als ein Wolf zuschnappte, zog er die Makarov und schoss dem Mann eine Kugel in den Oberarm. Aufschreiend verschwand der Maskierte, hatte aber seine Waffe fallen lassen. Sie krachte neben der Frau auf den Boden und zersplitterte. Metall- und Plastikteile flogen davon, das Magazin rutschte in die Gosse.

Die Braunhaarige senkte das Handy und schaute zuerst ängstlich zu Eric, dann hinauf zum Fenster, bevor sie sich umdrehte und losrannte.

»Halt, warten Sie!« Er hielt die Pistole so, dass Passanten sie nicht auf Anhieb sehen würden, und spurtete ihr nach.

Als er an der Tür des Hauses vorbeihastete, vor dem die Frau gestanden hatte, öffnete sie sich unvermittelt. Zwei Maskierte standen auf der Schwelle – und hielten Maschinenpistolen vor sich.

Eric überließ sich ganz seinen Instinkten. Und wie so oft ließen sie ihn nicht im Stich: Einer seiner Stiefel zuckte nach oben und trat dem vorderen der Angreifer unter den Lauf, die Kugelgarbe surrte über seine Mütze hinweg und perforierte die Hauswand gegenüber. Gleichzeitig schoss er nach dem zweiten Mann, verfehlte ihn absichtlich um wenige Zentimeter, zwang ihn aber zurückzuweichen.

Eric eröffnete den Nahkampf. Die meisten unterschätzten die Wucht eines Pistolenlaufs, wenn man damit gezielt zuschlug, immerhin bestand er aus Metall und wog einige hundert Gramm. Zusammen mit der entsprechenden Muskelkraft bescherten sie dem Getroffenen einen Ausflug ins Reich der Träume.

Eric traf gut. Die Makarov kollidierte mit dem Jochbein und fällte den Angreifer auf der Stelle. Er sprang über den Zusammenbrechenden hinweg, packte den zweiten am Kragen und schlug ihm zweimal hintereinander den Ellbogen mitten ins Gesicht, anschließend rammte er den Schädel gegen die Holztür. Bewusstlos fiel auch dieser Angreifer auf den Flurboden.

Stimmen näherten sich, Stiefel polterten die Treppe herab, und eine schlecht gezielte Garbe aus einem vollautomatischen Schrotgewehr stanzte faustgroße Löcher in die Tür. Der Schütze hatte Vollgeschosse geladen, die eine enorme Durchschlagskraft besaßen. Glücklicherweise benutzten die Männer kein Schrot, sonst hätten einige verirrte Kügelchen Eric trotz der schlechten Leistung des Schützen getroffen. Eric entschloss sich, die Frau zu verfolgen, die ihm mehr sagen würde als die wütende Brigade Maskierter, die in einer nicht enden wollenden Flut aus dem obersten Stockwerk heranschwappte. Agenten der Regierung? Egal! Eric rannte auf die Straße zurück. Kugeln umschwirrten ihn, bissen in die Wand, die Reste der Tür und in die Fassade des Nachbarhauses. Es staubte und krachte.

Die Frau lief weit, weit vor ihm auf das Ende der Gasse zu, schaute über die Schulter und verschwand dann nach links.

Er jagte sie mit aller Geschwindigkeit, die ihm seine kalten Muskeln liefern konnten, und holte immer weiter auf, bis sie nach der nächsten Ecke unvermittelt vor ihm stand, eine Dose mit Pfefferspray in der Hand.

»Wer sind Sie?«, fragte sie ihn, atemlos keuchend, auf Russisch. Er schätzte sie auf Ende zwanzig. »Was ist mit Nadolny geschehen? Warum wollte man mich erschießen?«

»Langsam.« Er hob vorsichtig die Arme, damit sie sehen konnte, dass er nichts Böses beabsichtigte. »Sie können Deutsch mit mir sprechen«, erklärte er ihr in einem, wie er hoffte, beruhigenden Tonfall. »Keine Ahnung, was hier abgeht. Ich war zufällig vor Ort und wollte Ihnen helfen. Mehr nicht.«

»Sicher. Und jeder Deutsche in Petersburg hat eine Waffe dabei.« Sie lauschte auf die Stiefelschritte, die sich ihnen näherten.

»Das sind die Männer, die Ihren Freund aus dem Fenster geworfen haben«, erklärte Eric. »Lassen Sie uns abhauen, und dann erklären Sie mir, warum man Sie und ihn umbringen will.«

»Ich ... ich weiß es nicht!« Sie klang verzweifelt.

»Hat es etwas mit den Wolfsmorden zu tun?« Er gab ihr so den Hinweis, dass er mehr wusste, als er zuerst vorgetäuscht hatte. Und damit überraschte er sie. Die Frau senkte den Arm mit der Spraydose.

»Wolf? Die Nachrichten haben nichts von einem Wolf gemeldet.«

In diesem Moment erschien ein einzelner Verfolger in der Straße, sein Schrotgewehr nachlässig gesenkt. Er sah Eric zu spät, lief viel zu nahe an ihn heran und bezahlte seinen Eifer mit Bewusstlosigkeit, die von einem schnellen Handkantenschlag gegen den Hals herrührte. Noch vermied Eric es, Tote zurückzulassen.

Die Frau rannte schon wieder vor ihm davon.

»Verdammt, hören Sie schon auf damit! Sie brauchen mich, wenn Sie Petersburg lebend verlassen wollen.« Er gönnte sich den Luxus, den Ohnmächtigen rasch zu durchsuchen, und fand ein kleines Medaillon, welches er zusammen mit der Geldbörse und den Ausweispapieren des Mannes an sich raffte. Danach nahm er die Verfolgung der Unbekannten auf.

Eric hatte die Nase voll, und das im wahrsten Sinne des Wortes: Die Wolfsspur erschien ihm echt, aber zu durchmischt. Und sie hatte nicht einmal den Versuch unternommen, den Geruch abzuschwächen, wie es die meisten Wandelwesen taten.

Er holte sie ein, packte ihre Schulter und schlug den Arm mit der Pfefferspraydose zur Seite. Mit geringer Anstrengung drückte er sie gegen die Wand, zog seinen Silberdolch und hielt ihn ihr mit der flachen Seite auf die linke Wange.

Nichts.

Ein Lykanthrop hätte sich gewehrt und versucht, dem Metall zu entkommen, anstatt wie sie voller Schrecken auf den weißen Lackhandschuh zu starren. Dass das Silber keinen Schaden anrichtete, bedeutete zwar nicht die absolute Sicherheit, wie er in der Vergangenheit gelernt hatte, aber es erleichterte ihn dennoch. Es gab keinen Grund, sie sofort zu töten.

»Entschuldigen Sie.« Er nahm den Dolch weg. »Wie lautet Ihr Name, und was machen Sie in Sankt Petersburg? Weshalb das Interesse an den Morden?«

Sie fixierte seine hellbraunen Augen. »Es ist kein Zufall, dass Sie vor dem Haus standen, oder? Sie haben mich und Nadolny beschattet.«

Eric beschloss, ihr einen Teil der Wahrheit zu offenbaren. »Ob Sie es mir nun glauben oder nicht, Ihre Jacke riecht unglaublich nach Hund oder Wolf. Deswegen habe ich mich zu Ihnen umgedreht, als Sie auf der Brücke standen.« Jetzt kam die Lüge. »Ich sah, dass Sie sich etwas notierten, und nahm an, dass Sie Reporterin sind. Ich wollte Sie fragen, ob Sie schon mehr über die Morde wissen.«

»Sie können riechen, dass ich mit Wölfen zu tun hatte? Das soll ich Ihnen glauben?«

»Sie können es halten, wie Sie möchten.«

Schritte näherten sich, zwischendurch erklang das Knacken eines Funkgeräts. Die Verfolger hatten noch lange nicht das Handtuch geworfen und sich nun aufgeteilt.

»Weg hier.« Eric packte die Frau an der Hand und lief die Straße hinunter, bis sie endlich vor dem Cayenne standen. Etwas unsanft stieß Eric sie in den Wagen und sah sich dann noch einmal um. Keine Spur mehr von den Verfolgern. Gut.

Eric stieg auf der Fahrerseite ein. »Also, sind Sie Reporterin?«, hakte er nach.

»Wolfsforscherin«, korrigierte sie ihn und lächelte zum

ersten Mal, wenn auch sehr bemüht. »Nadolny und ich sind Wolfsforscher. Wir haben im Umland von Sankt Petersburg verschiedene Spuren studiert und die Auswirkungen der Stadt auf die Tiere beobachtet. Es ist etwa vergleichbar mit dem Phänomen der Eisbären, die sich plötzlich in die Siedlungen wagen, obwohl sie von Natur aus ...« Sie stockte und hielt ihm die Hand hin. »Magdalena Heruka. Danke, dass Sie mir vorhin das Leben gerettet haben, Herr ...?«

»Eric. Sagen Sie Eric zu mir.«

»Wenn Sie Lena zu mir sagen.« Sie schaute sich um, und er ahnte, dass sie nach den Männern Ausschau hielt, die ihnen auf den Fersen gewesen waren. »Was hat das mit dem Dolch vorhin zu bedeuten?«

»Ein Test«, erwiderte er knapp.

Lena lachte. »Haben Sie überprüft, ob ich auf Metall oder Silber reagiere? Glauben Sie an Werwölfe?« Ihre Heiterkeit wich, weil sie die Überraschung auf seinen Zügen bemerkte. »Das war ein Witz«, unterstrich sie unruhig. »Ich wollte einen Witz machen.«

»Wie kommen Sie auf Werwölfe?«, fragte er und schielte auf den Rücksitz, wo das Gewehr unter einer Decke verborgen lag. Sie musste es nicht unbedingt sehen.

»Ich beschäftige mich mit Wölfen, und da bleibt es nicht aus, dass man auch die Legenden kennt. Alle möglichen Legenden.« Lena schaute zum vereisten Kanal, wo zwei Polizisten dafür sorgten, dass sich keine Schaulustigen oder Perverse blutige Eisstücke heraushackten. »Sagen Sie nicht, dass Sie so ein Spinner sind, der daran glaubt?« Sie richtete ihre dunkelgrünen Augen auf sein markantes Gesicht und erkannte wenigstens einen Teil der Wahrheit. »Doch, Sie *tun* es!« Sie lachte einmal auf und schlug gegen das Handschuhfach. »Ich fasse es nicht!«

»Lena, sagen Sie mir, was Sie und Ihr Kollege gemacht

haben, dass die Regierung Sie deswegen erledigen möchte«, unterbrach er sie unwirsch.

»Wieso die Regierung?«

»Wer sollte sonst maskiert und mit Gewehren ausgerüstet durch Sankt Petersburg laufen?«

Sie überlegte einen Augenblick. »Vielleicht haben Sie Recht. Wir ... wir haben uns in der Nähe eines Sperrgebiets aufgehalten. Nadolny hat viel fotografiert und gefilmt.« Sie wurde blass. »Wir müssen in seine Wohnung! Die Arbeit eines halben Jahres steckt in unseren Unterlagen.«

Er reichte ihr das Fernglas, klappte den montierten LCD-Monitor auf und holte sich seine Tatortaufnahmen auf den Schirm. »Können Sie mir etwas zu den Spuren sagen?« Während Eric startete und losfuhr, betrachtete Lena neugierig die Bilder. »Das sind eindeutig die Spuren von Krallen, Krallen wie die einer Großkatze. Nicht die Krallen eines Hundes oder eines Wolfes.«

»Was ist mit einem Bären?«

»Mmm ... Nein, auch nicht.« Lena schaltete den Bildschirm aus und legte das Fernglas auf den Rücksitz. Dabei bemerkte sie den Kolben des Bernadelli-Schrotgewehrs. »Eric, Sie glauben wirklich sehr, sehr fest an Werwölfe, nicht wahr?«

»Es ist besser, wenn *Sie* weiterhin nicht an sie glauben«, meinte er und hielt dreißig Meter vor dem Hauseingang zu Nadolnys Wohnung. »Wir kommen zu spät.«

Ein Polizeiauto stand quer auf der Fahrbahn und riegelte das Stück Straße ab, Polizisten in Uniform und Zivil liefen umher, hoben hier und da etwas auf oder machten Fotos, andere unterhielten sich mit Nachbarn.

»Vielleicht nicht.« Lena stieß die Luft aus. »Bis gleich.« Sie sprang aus dem Cayenne, wechselte die Straßenseite und ging ohne zu zögern auf die Beamten zu. Kurz vor ihnen drehte sie ab und betrat ein davor liegendes Haus.

Eric beobachtete das Verhalten der Polizei. Noch hatte niemand von dem spiegelblanken Porsche Notiz genommen, aber es würde nicht mehr lange dauern. Die Chancen standen gut, dass er kontrolliert werden würde, wenn sie nicht bald verschwunden waren.

Nach zehn Minuten kehrte Lena zurück. Und sie tat genau das, was man in so einer Situation als absolut und vollkommen falsch bezeichnen durfte: Sie *rannte*.

Zwei Polizisten hoben den Kopf und sahen erstaunt in ihre Richtung. Eric beherrschte sich und ließ den Cayenne nicht vorschnell aufheulen, damit hätte alles noch mehr nach Flucht ausgesehen. Aber als einer von ihnen das Funkgerät hob, wurde es Zeit.

Lena sprang in den Porsche und presste dabei einen dicken Aktenkoffer an sich. »Los, weg hier!«

»Anschnallen.«

»Was?« Sie schaute zu den Uniformierten, die zu ihrem Auto liefen.

»Vorher fahre ich nicht. Anschnallen.«

Fluchend befolgte sie seine Anweisung. Der Cayenne erwachte schnurrend zum Leben und fuhr los, betont langsam und verkehrsregelkonform. Erst als die Blaulichter des Polizeiautos aufflammten und die Sirene heulte, trat Eric das Gaspedal durch. Als Zielort gab er eine Datscha in das Navigationssystem ein, in der seine Familie gelegentlich die Wochenenden verbracht hatte. Er musste dorthin. Nicht nur, weil sie dort sicher waren.

»Zweihundert Meter geradeaus, an der Kreuzung links abbiegen.«

»Wie sind Sie an die Unterlagen gekommen?«

»Es gibt einen Durchgang vom Flur des anderen Hauses aus. Er war zutapeziert, aber Nadolny hat mir einmal davon erzählt. Irgendeine Marotte des Vormieters. Mit ein bisschen

Schwung haben die Tapeten nachgegeben. So bin ich in die Wohnung geschlüpft«, berichtete sie aufgeregt.

»Unbemerkt?«

»Natürlich nicht. Brechen Sie mal plötzlich durch die Wand. Aber ich konnte glaubhaft versichern, dass ich an den Ermittlungen beteiligt bin.« Lena zog ein Plastikkärtchen aus dem Mantel. »Mein Büchereiausweis aus Moskau. Den habe ich den Typen von der Spurensicherung kurz gezeigt und mich als Spezialermittlerin ausgegeben. Offenbar hat sie der Aufdruck *Moskau* schwer beeindruckt.«

»Und dann haben Sie denen einfach gesagt, dass Sie was mitnehmen?«

»Genau so.« Sie lächelte. »Als die echten Bullen kamen, bin ich aber doch lieber sehr schnell abgehauen.«

»Jetzt links abbiegen. Danach vierhundert Meter geradeaus.«

Eric lenkte den Cayenne mit viel Schwung in die Kurve, driftete über die Kreuzung und hielt zu Lenas Entsetzen auf eine Promenade neben einem vereisten Kanal zu. Inzwischen hatten sie zwei Verfolger bekommen, Volvos mit unauffälliger Lackierung in Dunkelgrau und viel PS.

»Eric, was machen Sie?«

»Dreihundert Meter geradeaus.«

Eric zeigte auf das GPS-System. »Hören Sie es nicht?« Er wich zwei Passanten aus und manövrierte den Geländewagen so knapp an einem Laternenpfahl vorbei, dass nicht einmal ein Stück Papier zwischen Mast und Außenspiegel gepasst hätte.

»Das Ding ist kaputt!«

»Noch zweihundert Meter, danach links abbiegen.«

»Ist es nicht. Es nutzt nur das Optimum.«

Lena suchte eine Brücke neben der Promenade, entdeckte jedoch keine. »Wo wollen Sie denn bitte schön links abbiegen?« Menschen, geparkte Autos, Ampeln flogen am Seitenfenster vorbei, der Cayenne hatte einhundert Stundenkilometer erreicht, der Motor orgelte glücklich und blies nur so den Sprit durch die Einspritzpumpen. Lena klammerte sich am Seitengriff fest. »Eric, da ist nichts!«

»Wollen wir wetten?«

»Eric!«

»Jetzt links abbiegen.«

Er jagte in halsbrecherischer Fahrt hinüber auf die Gegenfahrbahn, kreuzte den Verkehr und schoss über die Promenade hinweg die Stufen hinab auf eine Anlegestelle am Kanal zu. »Da ist doch unsere Ausfahrt.«

»Das ist nicht Ihr Ernst«, wisperte sie.

»Nach fünfzig Metern rechts abbiegen.«

Die Räder rumpelten über die Stufen nach unten, Eric und Lena wurden durchgeschüttelt, bis der Porsche auf die Holzbohlen des Stegs gelangte und mit einhundert Sachen auf das Ende zuschoss.

Eric ließ den Cayenne fliegen.

Lena schrie auf.

Federnd landete der Geländewagen nach seinem knappen Sprung von zwei Metern auf dem dicken Eis im Kanal, hopste ein paar Mal und schlingerte.

»Achtung, jetzt rechts abbiegen.«

Millimeter vor der Seitenwand des Kanals fing Eric das kreiselnde Fahrzeug ab, hielt kurz an und gab dann wieder Gas. Im Rückspiegel sah er, dass die russischen Polizeiautos auf eine ebenbürtige Stunteinlage verzichteten, sondern oberhalb der Stufen auf der Promenade stehen blieben.

»Sie sind vollkommen verrückt«, keuchte Lena und wischte sich das Blut von der Unterlippe. Sie musste sich draufgebissen haben, als der Anschnallgurt ruckartig angeschlagen und die Vorwärtsbewegung ihres Oberkörpers abgefangen hatte.

»Nur weil ich auf eine Frau höre?«, sagte er grinsend und

folgte den Anweisungen der weiblichen GPS-Stimme, die sie bald aus dem Gewirr der vereisten Kanäle lotste, wo sie nicht erwartet wurden. Sie hatten die Polizei abgehängt.

Nachdem sie Sankt Petersburg verlassen hatten, telefonierte Eric mit Anatol und erklärte, was geschehen war. Danach rief er selbst bei der Polizei an und meldete den Porsche als gestohlen.

Lena verfolgte seine Aktionen zunächst schweigend. »Sie sind zu gut organisiert, um wahnsinnig zu sein, Eric«, sagte sie nachdenklich, als der Porsche den Waldweg zur Datscha entlangrollte und sich begeistert durch den Schnee wühlte. »Bin ich zwischen die Fronten von Geheimdiensten geraten oder so etwas?«

»Könnte man glatt annehmen.« Eric erkannte das Dach des Holzhauses und beschleunigte noch einmal. Er wollte sich endlich die Unterlagen anschauen, um etwas über den Tod von Nadolny herauszufinden.

Der Porsche wurde so geparkt, dass sie sofort mit ihm flüchten konnten, dann stapften sie durch den Schnee zum Eingang.

Es war eisig kalt, die Temperaturen lagen kaum höher als im Freien, aber glücklicherweise fehlte der Wind. Eric entfachte ein großes Feuer im Kamin; die Wärme breitete sich rasch aus, vertrieb die Kälte und taute die Eisblumen von den Fenstern.

»Möchten Sie auch einen Tee?« Eric stand mit einem Kessel an der Tür, um Schnee zu holen. Die altertümliche Pumpe funktionierte bei diesen Temperaturen nicht.

Lena hatte die Mütze abgesetzt, und ihr schulterlanges Haar hing nun offen herab. Sie nickte und machte sich nützlich, indem sie den Herd in der Küche befeuerte.

Eric betrachtete sie und fand ihre Vorgehensweise sehr geschickt. »Man merkt, dass Sie sich oft im Freien herumtreiben.«

Sie warf einen Blick über die Schulter. »Weil ich weiß, wie man ein Feuer anbekommt?« Lena strich sich lächelnd eine Strähne hinters Ohr, und Eric wurde mit einem Mal in ihren Bann geschlagen. Es hatte nichts mit der Begierde zu tun, die ihn so regelmäßig überfiel und dazu trieb, hübschen Frauen nachzustellen, um sie für eine Nacht zu besitzen und danach zu vergessen. Das hier war ... anders. Ein warmes, prickelndes Gefühl im Magen, das hinauf in seinen Kopf zog und das er in dieser Form nicht kannte. Und das er ganz sicher nicht gebrauchen konnte, weil er genau wusste, dass es ihn und sie in Schwierigkeiten brachte, wenn er ihm erlag. Das gefiel ihm überhaupt nicht. Gefühle waren für ihn wie Ketten. Und er hasste Ketten.

Eric nahm sich das kleine Fläschchen aus dem Regal, das hier wie in allen Unterkünften seiner Familie bereitstand, und verließ schnell die Hütte. Hastig drehte er den Verschluss auf, ließ drei Tropfen auf seine Hand fallen und leckte sie ab. Der bekannte Geschmack breitete sich auf seiner Zunge aus, das dazugehörige Gefühl in seinem Kopf folgte unmittelbar.

Dann schaufelte er Schnee in den Topf und sog mehrmals hintereinander die Luft ein. Klar und kalt schoss sie ihm durch die Nase in die Lungen und reizte ihn zum Husten. Einigermaßen beruhigt kehrte er zurück.

Lena saß am Tisch, den sie neben den Kamin geschoben hatte, und brütete bereits über den Ausdrucken, den Fotos, den handschriftlichen Aufzeichnungen und Skizzen. Ein Laptop stand aufgeklappt neben ihr, war aber nicht eingeschaltet. »Er muss erst Zimmertemperatur annehmen«, erklärte sie, ohne ihre Augen zu heben. »Sonst könnte es einen Kurzschluss geben, wegen des Kondenswassers auf den empfindlichen Teilen.«

Eric kümmerte sich um die Teezubereitung. »Schon etwas entdeckt?«, rief er laut, während er die Kanne und die Tassen vorbereitete. Er legte seinen Mantel ab. In der Küche wurde es wie im Wohnzimmer wohlig warm. Er dachte mit Bedauern daran, dass er nicht wie sonst nackt herumlaufen konnte. Gut, er konnte schon, aber mit Rücksicht auf seine Besucherin wahrte er die Gepflogenheiten der breiten Massen.

»Ich weiß nicht, wonach ich suchen soll«, kam es laut zurück.

»Irgendetwas im Hintergrund, ein Gebäude, eine Struktur, die nicht in die Landschaft passt? Was könnten wir fotografiert haben, was die russische Regierung nicht veröffentlicht wissen möchte? Ein Haus? Ein Schild? Ein vorbeiziehendes Flugzeug im Hintergrund?«

»Suchen Sie weiter.«

Eric rief Anatol an und nahm das Medaillon, das er dem Verfolger abgenommen hatte, aus seiner Hosentasche. »Anatol, ich beschreibe Ihnen etwas, und Sie finden so rasch wie möglich heraus, was es damit auf sich hat.« Er hielt das Schmuckstück vor seine Augen. »Gold, massiv, so wie es aussieht. Es ist geprägt, ich erkenne auf der einen Seite einen Fluss, der einem Berg entspringt und in dem eine ...«, er kniff die Augen konzentriert zusammen, »... eine Flöte? Ja, eine Flöte schwimmt. Eine Panflöte. So eine, wie sie Indios in der Fußgängerzone spielen.« Er wendete das Amulett. »Auf der anderen Seite ist ein König auf einem Thron zu sehen, die Schriftzeichen sehen nach Altgriechisch aus, sind aber schwer zu entziffern. Und hinter seinem Thron steht ein gigantischer Wolf.« Er drehte das Handy um, fotografierte beide Seiten mit der eingebauten Kamera und sandte die Datei an Anatol. »Finden Sie heraus, um was es sich dabei handelt, bitte.«

Dann brühte er den Tee auf und balancierte die Tassen und die Kanne auf einem kleinen Tablett nach draußen.

Lena hatte es inzwischen gewagt, den Laptop einzuschalten, und sichtete eine Wolfsaufnahme nach der anderen, betrachtete den Hintergrund, zoomte vor und zurück. Dankbar nahm sie die Tasse entgegen und wärmte sich die Finger.

»Ich … ich muss verrückt geworden sein. Ein Kollege stirbt, ich habe keine Ahnung weshalb, aber statt zur Polizei zu gehen, erschwere ich deren Ermittlungen. Ich fahre mit einem völlig fremden Mann, der mir zwar das Leben gerettet hat, aber offenbar an Werwölfe glaubt, in eine einsame Hütte.« Sie nippte vorsichtig am Tee. »Das ist ein sehr, sehr merkwürdiger Tag, Eric. Aber immerhin«, setzte sie mit einem schiefen Lächeln hinzu, »ist der Tee gut.« Sie blinzelte durch den heißen Dampf.

Eric setzte sich ihr gegenüber. »Glauben Sie mir, er ist mindestens so ungewöhnlich für mich wie für Sie.«

»Wieso glaube ich Ihnen das nicht?« Lena schaute sich demonstrativ um. »Sie fahren ein teures Auto, haben ein Gewehr auf der Rückbank, kennen sich in Petersburg verdammt gut aus und schrecken nicht davor zurück, sich mit der Polizei anzulegen. Sind Sie so etwas wie ein Superheld?« Ihre dunkelgrünen Augen fingen seinen Blick. »Anders gefragt: Sind Sie ein Guter oder ein Böser?«

»Ich bin Eric.« Würde er noch zwei Sekunden länger in ihr Gesicht schauen, müsste er sie küssen. »Zeigen Sie mir die Aufzeichnungen. Vielleicht entdecke ich etwas.« Es war seine Art der Flucht vor dem aufkeimenden Gefühl der Zuneigung, das über den triebhaften Wunsch nach Sex hinausging. Er nahm sich die Mappe mit den Fotos und studierte die Abzüge stumm, merkte aber, dass Lena ihn beobachtete.

»Wie kommt man darauf, an Werwölfe zu glauben?«, fragte sie unvermittelt. »Haben Sie zu viele Horrorfilme gesehen?«

»In jeder Legende verbirgt sich eine Wahrheit.«

»Dann halten Sie auch Vampire für real?«

»Es ist mir noch keiner begegnet.«

»Aber ein Werwolf schon?«

»Nicht einer.« Er trank seinen Tee und ergänzte in Gedanken, *sondern dutzende.* »Was fasziniert Sie an Wölfen, Lena?« Seine Hand griff sich den nächsten Ordner, aber die Aufschrift *Plitvice* machte den Inhalt uninteressant. Kroatien lag beinahe zweitausend Kilometer entfernt. Eric warf ihn auf den Tisch zurück. Immerhin hatte er bei ihr den richtigen Auslöser gefunden, um sie von dem unangenehmen Thema abzulenken.

»Wölfe begleiten mich, seit ich laufen kann. Mein Vater hat sie erforscht und reiste mit mir viel in Amerika umher. Ich teile seine Leidenschaft, aber mich zog es mehr nach Russland. Hier wird weniger zu ihrem Schutz getan, und ich versuche, das zu ändern. Wissen Sie, Wölfe ...« Sie suchte nach Worten. »Es ist schwer zu beschreiben. Ihre gesamte Art, das Sozialgefüge innerhalb eines Rudels, die Schlauheit der scheuen Tiere«, schwärmte sie. »Und immer noch werden sie für mordende Schaffresser gehalten.«

Eric wollte gerade etwas dazu sagen, als er den Rand eines Bildes bemerkte, der aus dem Ordner *Plitvice* herauslugte. Durch den schwungvollen Wurf war eine Aufnahme herausgerutscht und zeigte ihm braunrötliches Fell und kleine, spitze Ohren. »Scheiße«, flüsterte er, beugte sich nach vorne, um die Aufzeichnungen durchzusehen, und öffnete den Deckel des Ordners.

Die Bestie starrte ihn an.

Sie kauerte mit dem Rücken halb zur Kamera im Unterholz über einem gerissenen Wildschwein und hatte die lange blutige Schnauze gerade aus dem offenen Bauch der Beute gehoben. Die rot leuchtenden Augen schauten genau in die Linse des Apparates. Es gab keinen Zweifel, dass Nadolny das Wesen, das Eric und sein Vater von allen Wandelwesen am dringendsten suchten, gefunden hatte.

Lena bemerkte sein Erstarren, schaute auf das Bild und sog die Luft ein. »Was ist *das* denn?« Sie nahm ihm die Fotografie aus der Hand. »So etwas habe ich noch nie gesehen«, sagte sie nach einiger Zeit verunsichert und drehte die Aufnahme um. »10. Juli 2004, Westufer Kozjak-See«, las sie die Notiz. »Das ist im Nationalpark Kroatiens. Eine sehr schöne Gegend.«

Für Eric rückte dieses Foto die Geschehnisse in ein neues Licht. »Wie gut kannten Sie Nadolny?«

»Er war ein Bekannter meines Vaters, er war öfter bei uns zu Gast und ...«

»Hat er sich in Sankt Petersburg merkwürdig verhalten?«

»Merkwürdig?« Lena runzelte die Stirn. »Was sollen die Fragen? Er wurde umgebracht, und es ...«

»Genau, Lena«, unterbrach er sie. »Er wurde umgebracht.« Eric deutete auf das Foto. »Deswegen.«

Sie sah verwirrt aus. »Ich verstehe die Zusammenhänge nicht.«

Er nahm Anlauf zu einer Erklärung, die er noch keinem Menschen jemals zuvor gegeben hatte. Es lag an ihren grünen Augen, an ihrem Gesicht, an ihrem Geruch, dass er mehr erzählte, als gut war. »Was Ihr Bekannter fotografiert hat, wird von meiner Familie seit Ewigkeiten gejagt.«

Lena lachte ungläubig auf. »Kommen Sie mir wieder mit Ihrem Werwolf?«

»Ja, Lena. Ich bin nicht verrückt, und glauben Sie mir: Es gibt sie wirklich. Ich nenne sie Wandelwesen, weil sie sich ...«

Die Frau lachte schallend. »Eric, verzeihen Sie mir, aber das ist lächerlich.«

»Dann erklären Sie mir, was für ein Wolf *das* ist«, verlangte er wütend und nickte in Richtung der Fotografie. »Nennen Sie mir die Gattung.«

»Ein ...« Ihre Augen huschten über das Foto.

Bevor sie antworten konnte, setzte er nach. »Und die glühenden Augen? Sagen Sie nicht LED-Lampen.«

»Ein Blitzgerät ...«

»Ein Naturfotograf mit einem Blitzgerät? Und vermutlich macht seine Kamera jedes Mal *Peng* beim Abdrücken, damit die Tiere denken, sie wären tot, und stehen bleiben.« Er rückte näher zu ihr, sog ihren Duft ein: Schweiß, verblassendes Deo und die Reste von Wolf, die von der Jacke stammten. »Was Sie sehen, Lena, ist ein Wandelwesen«, sagte er düster und mit einem Grollen in der Stimme. »Ein Hybrid, der verschiedene Merkmale von Wandelwesen vereinigt und grausamer tötet als alle, die ich kenne.«

Lena schluckte, sie roch unvermittelt nach Furcht.

»Ich denke, dass sie Nadolny bemerkt und verfolgt hat. Sehen Sie, dass die Bestie genau in die Linse schaut? Sie wusste, wo er ist. Glauben Sie mir: Nichts entkommt ihr. Es sei denn, sie will es.«

Die Frau zog den Kopf etwas zwischen die Schultern, als würde sie Schutz suchen. Eine ihrer Hände wanderte langsam zu ihrer Tasche, als wolle sie sich dort wärmen. »Sie machen mir Angst.«

»Nadolny ist die Bestie von Petersburg, wegen der ich hergereist bin. *Er* hat zwei unschuldige Kinder getötet und zerfleischt. Er wurde von der Bestie in Kroatien gebissen und infiziert.« Eric schlug mit der Faust auf den Tisch, Lena schrak zusammen. »Oh, ich weiß jetzt, was sie beabsichtigte! Ich weiß es! Sie hat ihn laufen lassen, um von sich selbst abzulenken. Sie wusste, dass er mit seiner neuen Kraft und seinen Gelüsten nicht umgehen kann und Aufmerksamkeit erregen würde«, erklärte er leidenschaftlich weiter. Er packte sie bei den Schultern, vor Aufregung drückte er fest zu. Zu fest. »Verstehen Sie, Lena? Dieses Vieh sitzt in Kroatien und verhält sich aus irgendeinem Grund still. Es bereitet sich auf etwas vor. Verstehen Sie?«

»Das heißt, diese Leute in seiner Wohnung wussten, dass er ein Werwolf ist, und wollten ihn töten? Wie Sie?«

Eric nickte begeistert. »Ja! Ja! Vermutlich. Nadolny ist nicht aus dem Fenster geworfen worden, er ist gesprungen. Er wollte vor den Jägern flüchten!« Er löste seine Hände von ihr, seine Augen richteten sich auf das Bild der Bestie. »Hören Sie, Lena, die Welt steckt voller ...«

Weiter kam er nicht. Lena riss ihr Pfefferspray aus der Tasche und traf ihn mitten ins Gesicht. »Tut mir Leid, Eric, aber Sie sind wahnsinnig!« Danach trat sie ihm mit aller Kraft zwischen die Beine, raffte die Unterlagen hastig zusammen und lief zur Tür. Der Schlüssel des Porsche steckte in seiner Jacke, die neben dem Ausgang hing; ein Griff genügte. Sie rannte hinaus.

Der Cayenne sprang sofort an, sie trat das Gaspedal durch und folgte den Reifenspuren, die der Wagen auf der Hinfahrt hinterlassen hatte. Lieber wurde sie von der Polizei wegen Autodiebstahls verhaftet als länger bei dem gut aussehenden, aber leider geistesgestörten Lebensretter zu bleiben.

Wieso konnte sie nicht einmal einem Mann begegnen, der so natürlich und normal war wie die Wölfe, mit denen sie die meiste Zeit verbrachte?

XI. KAPITEL

24. Mai 1765, Malzieu, Südfrankreich

Vier Monate waren vergangen. Das Morden ging weiter. Die Bestie hatte mehr als dreißig Opfer gefordert. Keinem Jäger und keinem Soldaten gelang es, sie zu töten, und das, obwohl sie sich immer wieder den Menschen zeigte. Sie schien sich über ihre Verfolger lustig zu machen.

Jean Chastel und seine Söhne trafen Vergilijus Malesky seit dem gemeinsamen Jagderlebnis immer öfter. Gelegentlich beschlich den Wildhüter der Verdacht, der Moldawier verfolge sie bei ihrer Wanderschaft quer durch die blühenden Graslandschaften des Gévaudan, durch Haine und Wälder. Sobald sie dachten, sie hätten ihn abgehängt, wartete er auf wundersame Weise im nächsten Dorf. Doch Malesky freute sich jedes Mal so ehrlich über das Wiedersehen, dass sie ihr Misstrauen ihm gegenüber zwar nicht gänzlich verloren, es aber nach Möglichkeit zu unterdrücken versuchten. Malesky jagte wie sie die Bestie. Im Gegensatz zum erfolglosen Duhamel und dessen Nachfolger Denneval hatte er jedoch begriffen, dass man Einheimische und deren Wissen über die Region benötigte, um die Bestie zu finden. In den Fußstapfen der drei Männer rechnete er sich daher wohl die größten Erfolgschancen aus.

Keinen der drei Chastels erstaunte es daher, dass sie den Moldawier in Malzieu wieder sahen und er sie direkt ansprach, als sie durch die von feiernden Menschen bevölkerten Straßen des Orts an ihm vorübergingen.

»*Bonjour,* meine Freunde«, grüßte er sie überschwänglich und orderte an dem Stand, an dem er sich befand, drei zusätzliche Becher Wein. »Wir sind gerade rechtzeitig gekommen. Die guten Leute hier feiern ein Frühlingsfest.« Er reichte ihnen die Gefäße und bezahlte den Wirt. Sie stießen an. »Unter uns: Welcher Ort wäre passender für die Bestie? Eine solche Auswahl an Mädchen und Kindern findet sie kaum mehr.« Er blinzelte über den Rand des Zwickers hinweg. »Das Schicksal hat uns hier vereint, um sie vorher zu stellen und endlich zu töten.«

Pierre seufzte und nippte an seinem Wein. Jean trank zwar einen langen Schluck, stellte das Gefäß dann aber zu Seite. Nur Antoine leerte den Becher auf einen Zug, lachte und bestellte sich noch einen.

»Habt ihr die Geschichte der armen Gabrielle Pélissier gehört? Die Bestie hat ihr den Kopf erst abgerissen und später wieder auf den Stumpf gesetzt.« Malesky schaute über den Rand seiner blauen Augengläser. »Natürlich erst, nachdem sie das Blut des Mädchens gesoffen hat.«

»Wie lange seid Ihr schon hier, Monsieur Malesky?«, erkundigte sich Jean. »Oder habt Ihr diese Märchen unterwegs gesammelt?«

»Ich halte die Nachrichten für die Wahrheit. Ebenso, dass man die Bestie in Begleitung eines zweiten Wesens sah.« Der Moldawier lächelte auf unergründliche Weise. »Ich weiß, mein lieber Chastel, dass Ihr denkt, ich folge Euch. In Wahrheit verhält es sich so, dass ich der Bestie folge und versuche, ihre Schritte vorauszuahnen. Da wir der gleichen Beute nachstellen, treffen wir uns unentwegt.« Er deutete durch die Menge zu einem Schild, das über den Köpfen der Menschen im Wind schaukelte und den Namen eines Gasthauses verkündete: *Le Calice*. »Aber dieses Mal haben wir berühmte Gesellschaft. Die Dennevals sind dort abgestiegen.«

Antoine zuckte mit den Achseln. »Ich habe keine Furcht vor den Normannen. Sie sind ebenso erfolglos wie der dumme Duhamel. Sie können meinetwegen damit angeben, dass sie in der Normandie zwölfhundert Wölfe erlegt haben. Das Gévaudan ist anders als ihre flache Heimat.« Wieder trank er den Wein, ohne abzusetzen. Der Alkohol zeigte bereits seine Wirkung; fahrig schaute Antoine sich um, begaffte Mädchen und grinste ihnen anzüglich hinterher, wenn sie erröteten. »Eine so hübsch wie die andere.« Der dritte Becher wurde ihm gereicht. Als er ihn an die Lippen führte, legte sich die Hand seines Vaters auf seinen Arm und drückte ihn nach unten. »Trink langsamer«, knurrte er. »Du benötigst einen klaren Verstand. Der Wein lässt dich unbeherrscht werden.«

Pierre wusste, was sein Vater damit meinte. Der lauernde Schatten des Loup-Garou wartete in den Brüdern auf eine gute Gelegenheit, den menschlichen Geist zu unterdrücken, auszubrechen und das Tier die Oberhand gewinnen zu lassen. Ihm, dem sanfteren der Brüder, war es in den letzten Monaten beinahe gelungen, nicht mehr durch die Gegend zu streifen und Menschen zu morden. Jedenfalls glaubte er das. Immer wenn ihn das verhängnisvolle Fieber packte, verlor er seine Erinnerung. Aber er war lange nicht mehr mit Blut an seinen Händen und Kleidern aufgewacht.

Das Merkwürdige war, dass ihr Vater niemals dabei war, wenn sie sich verwandelten. Alles, was er ihnen sagen konnte, war, dass sie zu Beginn ihrer Anfälle rasend schnell vor ihm davonliefen und verschwanden; später fand er sie stets in Menschengestalt vor.

Pierre hatte den Vater schon oft gebeten, ihn und Antoine zu Hause zu lassen, im Keller einzusperren, bis die Bestie erlegt war, doch Jean hatte bislang abgelehnt. Allein wagte er nicht, es mit der gefährlichen Kreatur aufzunehmen. Sie war zu schnell, zu stark und zu schlau für einen einzigen Verfolger. Er brauchte sie, um den Loup-Garou zu jagen – wissend, dass ihre Verwandlung jederzeit einsetzen konnte. So wurde die Jagd zu einem zweischneidigen Schwert, das mehr Schaden als Nutzen bringen mochte. Aber es ging nach der Ansicht des Vaters nicht anders.

Antoine wartete, bis Jeans Aufmerksamkeit sich auf den Markt richtete, dann stürzte er den Wein herunter und streckte Pierre die gefärbte Zunge heraus. »Die Normannen werden ebenso scheitern. Der Comte sagt das auch«, verkündete er absichtlich laut und mit rotem Gesicht. »Die Bestie ist schlauer, als ihr alle denkt.« Herausfordernd schweiften seine Blicke über die Gesichter der Umstehenden. Die Muskete auf seinem Rücken und die Hand am Knauf seiner Pistole hielten manche der Bauern davon ab, eine Erwiderung von sich zu geben.

»Sei still, Antoine«, befahl ihm der Vater ärgerlich. »Wir suchen uns eine Unterkunft, wo du deinen Rausch ausschlafen kannst.« Er packte ihn unter dem Arm und zerrte ihn zum Gasthaus, Pierre und Malesky folgten ihnen.

»Ganz Unrecht hat Euer Bruder nicht«, schätzte der Moldawier, während er im Vorbeigehen die Auslagen der Buden betrachtete. »Sicherlich, die Dennevals wissen von den Eigenheiten der Wölfe, aber wie Antoine anmerkte: Sie kennen sich kaum in diesem Gebiet aus. Und der Comte de Morangiès beschwert sich über sie ebenso wie über Duhamel. Damit haben die Dennevals zwei- und vierbeinige Gegner.«

»Kennt *Ihr* Euch etwa aus?«, fragte Pierre skeptisch. »Versteht mich nicht falsch, Monsieur Malesky, aber Ihr habt die gleichen Nachteile wie die Normannen.«

»Nicht ganz. Ihr kennt meine Heimat nicht, Monsieur Chastel, sonst würdet Ihr so nicht sprechen.« Das Gesicht des Mannes bekam einen verträumten Ausdruck. »Der Teil der Bukowina, aus dem ich komme, kennt dichtere Wälder als das Gévaudan. Manchmal vermisse ich die Eichen, Buchen und Fichten. Ich habe dort unzählige Braunbären, Wölfe und Luchse gejagt, Monsieur, und ich weiß um die Finten der Tiere.« Er lachte. »Nicht zu vergessen, dass ich in Euch und Eurem Vater einheimische Unterstützung habe.«

Antoine und Jean hatten sich dem Eingang des *Calice* genähert, vor dem zwei Männer saßen, die sich um sechs ausgewachsene Bluthunde kümmerten. Sie gehörten unzweifelhaft zum Gefolge der beiden Jäger aus der Normandie, lagen friedlich im Schatten des Gebäudes und warteten entspannt darauf, dass die Hatz begann.

»Es sind die besten Tiere Frankreichs, erzählt man sich«, erklärte Malesky bewundernd. »Kein Wunder, dass König Louis die Normannen und sie hierher befahl. Man sagt, die Hunde seien unermüdlich bei der Verfolgung und könnten eine Fährte auch über trockenen Boden hinweg finden, wo keine Spuren mehr zu sehen sind.«

Pierre verringerte seine Geschwindigkeit. Die tief sitzenden Augen der Hunde, die Falten und die lockere Haut ließen die Tiere traurig und ausgesprochen harmlos aussehen – aber ihre Nasen machten sie für ihn gefährlich. *Schlagen sie an, wenn sie mich wittern? Stürzen sie sich auf mich?* Er blieb stehen und tat so, als habe er etwas an einem Stand entdeckt.

Malesky schwärmte weiter von ihren Vorzügen. »Sogar nach der Überquerung eines Flusses finden sie den Geruch am anderen Ufer. Es sind Fälle bekannt, in denen sie einer Spur über sechzig Meilen folgten, und das, obwohl sie mehrere Tage alt war.« Er sah jetzt erst, dass Pierre vor einer Auslage mit Kämmen innegehalten hatte. »Nanu, Monsieur Chastel? Ihr verblüfft mich mit Eurem Interesse.«

Sein Vater und Antoine passierten die Hunde.

Zwei der Tiere, die nahe an der Tür lagen, hoben unvermittelt die Köpfe und schnupperten in Richtung der Männer, japsten und wimmerten aufgeregt, bis das ganze Rudel aufsprang und von den Hundeführern an ihren Leinen mühsam zurückgezerrt werden musste.

Seinem Vater und dem Bruder war es gelungen, in die sichere Unterkunft zu flüchten. Ihm stand der Gang noch bevor, und der würde nicht einfach. Die Bluthunde waren vom Geruch Antoines aufgescheucht und wollten sich nicht mehr beruhigen; sie witterten nun unentwegt, hoben die Köpfe in die Höhe, die ledernen Nasen drückten sich in den Staub der Straße und sogen die verdächtigen Ausdünstungen prüfend ein.

Noch während Pierre überlegte, wie er an ihnen vorbeigelangen konnte, ohne noch mehr Aufmerksamkeit zu erregen, bemerkte er ein Gesicht in der Menge, das ihm vertraut zwischen all den Fremden erschien. Er sah lange braune Haare, die unter einem schwarzen Netz gefangen lagen, und den Zipfel eines dunkelroten Kleids hinter einem Zelt verschwinden.

»Florence!«, sagte er vor Freude lauter als beabsichtigt. Er nahm sich den erstbesten Kamm, warf dem Händler ein paar Münzen zu und rannte los. »Sagt meinem Vater, dass ich gleich nachkomme«, bat er Malesky und drängelte sich durch die Festbesucher.

»Die Jugend«, sagte der Moldawier nachsichtig lächelnd, schob das Pincenez zurecht und blickte einer jungen Bäuerin, deren locker geschnürte Bluse tiefe Einblicke ins Dekolleté gewährte, auf die Brüste. Als sie sich scheinbar nur für ihn nach vorne beugte, sah er die dunklen Höfe und Brustwarzen. »Ach ja, und der Frühling«, murmelte er und ging pfeifend auf den Eingang des *Calice* zu.

Die Bluthunde interessierten sich nicht mehr als zwei intensive kurze Atemzüge für den Mann, zogen und zerrten in alle Richtungen und mussten von den Betreuern unter Aufbietung aller Kräfte gebändigt werden. Sie gehorchten nicht, weder Drohungen noch angebotenen Belohnungen in Form von verführerischen Markknochen.

Malesky blieb stehen, wandte sich um und betrachtete die ahnungslose Menge in Malzieus Gassen. War die Bestie bereits hier? Er nahm sich vor, noch wachsamer als sonst zu sein, und betrat das Gebäude.

Jean und Antoine Chastel sah er am Tresen stehen und mit dem Wirt verhandeln. Er nahm an, dass der Vater den angetrunkenen Sohn in ein Zimmer verfrachten würde und anschließend wieder nach unten kam. Daher suchte er in der überfüllten Schankstube nach Sitzplätzen.

Außer an dem Tisch einer Frau von etwa zwanzig Jahren, die abwesend auf ihren gefüllten Teller schaute und sich nicht regte, war nichts mehr frei. Malesky ging auf sie zu, zog den verschlissenen Dreispitz, schwenkte ihn und verbeugte sich. »*Bonjour, mademoiselle*. Erlaubt Ihr mir, mich zu Euch zu setzen?«

Die Frau, die ein einfaches Bauernkleid trug, blieb teilnahmslos.

»Mademoiselle?« Malesky stellte sich ein weiteres Mal vor. Dabei entdeckte er eine tiefe, recht frische Narbe hinter dem rechten Ohr der Frau und eine nicht weniger unschön anzusehende am Ansatz des Schlüsselbeins, die sich weiter in Richtung Schulter zog. Der Moldawier erkannte sie sofort als Bisspuren.

Ein blondschopfiger Junge um die sechzehn Jahre in einfacher Kleidung und mit viel zu ernstem Gesicht kam zu ihm. »Verzeiht, Monsieur. Meine Schwester Jeanne wollte nicht unhöflich sein. Setzt Euch, wenn es Euch beliebt und wenn

Euch ihr Verhalten nicht weiter stört. Sie ist das erste Mal wieder unter Menschen.« Er ließ sich neben ihr nieder und fütterte sie.

Jeanne nahm das Essen mechanisch zu sich, weder Abscheu noch Genuss spiegelten sich in ihren ausdruckslosen Zügen wider.

Malesky setzte sich. »Ihr habt mein aufrichtiges Mitgefühl«, sagte der Moldawier und bestellte Brot, Wurst und Wein für zwei, weil er Chastel erwartete. Notfalls würde er das Überschüssige als Verpflegung in seinen Rucksack packen. Er sah die Pistole im Gürtel des Jungen.

»Ihr seid wieder einer von denen, die im Gévaudan ihr Glück versuchen wollen und die Bestie jagen«, sagte der Knabe unvermittelt zu ihm. »Euer Akzent weist Euch als Fremden aus.« Er schaute ihn an. »Aber Ihr werdet bald unverrichteter Dinge abziehen. Monsieur Denneval und sein Sohn erlegen die Kreatur.«

»Da seid Ihr Euch sicher, *petit monsieur?«*, gab Malesky höflich zurück. »Das Gleiche dachte man auch von Duhamel und seinen unfähigen Dragonern, bis der König sie zurückpfiff und die Wolfsjäger aus der Normandie sandte.« Er kostete den Wein und beschloss angewidert, es bei einem Glas zu belassen; er schmeckte muffig, faulig. »Ich wette, dass er spätestens in vier Monaten durch den nächsten Pechvogel ersetzt wird, den Louis der Fünfzehnte in das Land des Granits schickt.«

Ohne es zu wollen, hatte er bei dem Jungen einen Auslöser berührt, vermutlich seine Ehre angekratzt. Der Knabe setzte sich aufrecht hin. »Ihr irrt Euch, Monsieur. Ich begleite die Dennevals und kann Euch versichern, dass sie die Sache besser angehen als die Soldaten.«

»Ihr, *petit monsieur?«* Malesky deutete auf die Pistole. »Ich sehe, Ihr seid bewaffnet, wahrlich, aber Ihr habt sicherlich vernommen, dass die Bestie mehr verkraftet als das bisschen Blei, das Eure Waffe ausspuckt?«

Der Junge schabte die zerkauten Reste, die der Frau auf den Lippen hafteten, mit dem Löffel weg und wischte ihr den Mund ab. »Die Pistole ist eine von vielen Waffen. Ich trage bei der Jagd immer einen Beutel mit Petroleum bei mir, um ihn gegen die Bestie zu schleudern und sie in Brand zu stecken. Sie fürchtet das Feuer.«

»Ich möchte nicht indiskret sein, *petit monsieur*, aber hattet Ihr das Vergnügen, in Euren jungen Jahren schon gegen das Biest antreten zu dürfen?«

»Es war *kein* Vergnügen.« Der junge Mann streichelte die Wange seiner Schwester. »Mein Name ist Jacques Denis. Jeanne hütete mit mir Anfang März die Ziegen und Schafe auf einer Weide unweit von Malzieu. Wir hatten einen Unterstand bezogen, ich entzündete gerade ein Feuer, und plötzlich war dieses Ungeheuer da. Es griff Jeanne an und biss ihr in den Kopf. Ich wurde bei der Attacke umgestoßen und wollte nichts anderes, als meiner Schwester beizustehen. Mit bloßen Händen schlug ich auf diese stinkende Kreatur ein, und als das nichts half, versetzte ich ihr einen Tritt. Sie ließ Jeanne los und fiel in die Flammen. Ich schwöre Euch, Monsieur, das Geschrei, das diese Kreatur von sich gab, war nicht von dieser Welt – und doch fing ihr Fell kein Feuer. Sie schüttelte die Glut ab und rannte davon.« Er seufzte und rieb die Finger der Schwester. »Wir brachten Jeanne nach Hause. Ihre Seele hat Schaden genommen, wie der Pater uns sagte. Sie benötigt gewiss Monate, um sich richtig zu erholen ... und vielleicht bleibt sie auch für immer in diesem Dämmerzustand.« Jacques klopfte mit einem entschlossenen Gesichtsausdruck gegen den Griff der Pistole. »Die hat mir Monsieur Denneval geschenkt, als ich mich ihm als Führer angeboten habe. Die Bestie wird sterben, und ich sehe dabei zu, das ist sicher.«

Unbemerkt war Antoine Chastel an sie herangetreten und hatte zugehört. Nun dröhnte sein lautes, wildes Lachen durch die Stube, und er deutete mit ausgestrecktem Finger auf Jacques und wollte sich nicht mehr beruhigen. »Hört den kleinen Mann, was er redet, was er kann«, höhnte er. »Die Bestie hat dich nicht fressen wollen, das war alles. Du stinkst zu sehr nach deinen Ziegen und Schafen.«

Jean eilte herbei und versetzte ihm eine Folge harter Ohrfeigen, die Antoine dazu brachten, leise zu kichern und die Arme schützend vor das Gesicht zu heben. Die übrigen Gäste schauten verwundert, schritten jedoch nicht ein. Das Großmaul hatte die Abreibung für so viel Taktlosigkeit verdient. Antoine wich zurück, schielte zwischen den Armen hindurch zum Eingang und grinste lüstern.

Malesky roch den dezenten Duft von Seife, dann sah er aus den Augenwinkeln das Kleid einer Frau neben sich erscheinen. Jacques hob seinen Kopf. »Marguerite! Schön, dass du da bist. Jeanne und ich wollten gerade gehen und uns den Markt ansehen. Die Gesellschaft«, er schaute zu Antoine, »ist nicht nach meinem Geschmack. Kommst du mit?«

Der Moldawier wandte sich um, stand auf und verbeugte sich vor der jungen Frau, die das gleiche Alter wie das unglückliche Opfer der Bestie hatte. Marguerite war unzweifelhaft apart zu nennen; das schlichte Kleid unterstützte den Eindruck, eine selten hübsche Blume in einem eintönigen Kornfeld vor sich zu haben. Sie nickte.

Der Bauernjunge setzte sich seine Kappe auf. »Ich wünsche Euch viel Erfolg, Monsieur«, sagte er zu Malesky. »Möge Gott Euch beistehen.«

Die drei verließen *Le Calice*, Marguerite führte die teilnahmslose Jeanne. Auch die Chastels waren verschwunden. Der Wildhüter hatte es geschafft, seinen angetrunkenen Sohn die Treppe hinauf ins Zimmer zu bugsieren.

Nach einer Weile – der Moldawier hielt sich zurück, um nicht auch Jeans Ration zu vertilgen – kehrte Jean aus dem oberen Geschoss zurück und setzte sich. Er sah abgekämpft aus. »Mein Sohn ist ein schwieriger Mensch«, sagte er verteidigend. »Und wie gerne würde ich sagen, dass er dafür herzensgut ist.« Er schnitt sich die Wurst in Scheiben. »Ich hoffe, dass er seinen Rausch ausschläft und danach Herr seiner Zunge ist. Herr seines Verstandes wird er wohl nie sein.« Kaum hatte er das erste Stückchen Wurst gekaut, fiel ihm das Fehlen seines anderen Sohnes auf. »Wo ist Pierre?«

»Ich soll Euch sagen, dass er nachkommt. Er hat einen Kamm gekauft und sich in die Menge gestürzt.« Malesky hörte die Bluthunde draußen immer noch jaulen und bellen, sie wollten sich nicht mehr beruhigen. »Ich glaube, er nannte einen Namen ... Florence?«

Ohne eine Erklärung stand Jean auf, nahm die Muskete und schritt zum Ausgang.

»Was? Was ist denn?« Der Moldawier erhob sich überstürzt und lief ihm nach, um das Unglück zweier junger Menschen, an dem er durch ein Wort zu viel Mitschuld trug, aufzuhalten oder zumindest abzumildern. »Wartet, Monsieur!«

Pierre folgte dem braunen Schopf mit dem Haarnetz, den er immer wieder zwischen den Hüten, Hauben, Kappen und Haaren der Festbesucher erspähte. Florence bewegte sich sehr zielstrebig vorwärts, bog mehrmals ab und zeigte keine Unsicherheit, was ihn zu der Überzeugung brachte, sie wollte einen bestimmten Punkt erreichen und nicht bloß schlendern. Die Buden um sie herum ließ sie achtlos liegen.

Er schloss zu ihr auf, nahm all seinen Mut zusammen, um sie zu überrunden, und stellte sich dann vor sie. *»Bonjour,* Mademoiselle Florence.« Der Blick in ihr liebliches Gesicht brachte ihn bereits zum Schwitzen, und seine Hände wurden feucht. Er stockte. Alles, was er sich während der kurzen Verfolgung an schönen Worten zurechtgelegt hatte, verschwand aus seinem Geist wie weggeweht. Schuld war ihr bezauberndes Lächeln, wie ein Sonnenaufgang über dem Montmouchet, betörend wie der Duft des Heidekrauts und so rein wie das Wasser aus den Quellen des Gévaudan.

»*Bonjour,* Monsieur Chastel«, antwortete sie freundlich und doch ein wenig scheu. »Wie geht es Euch? Ich habe oft an jenen Nachmittag unseres Zusammentreffens gedacht und zum Herrn gebetet, dass er Euch von Eurer Bürde befreit.« Ihre braunen Augen glänzten voller Freude, auch wenn Pierre einen Hauch von Schwermut zu erkennen glaubte.

»Jetzt, wo ich Euch sehe, ist sie verflogen«, kam es ihm geradewegs aus dem Mund. Sein Verstand sog sich voll mit ihrer Schönheit, bewunderte das adlig-blasse Antlitz, den geraden Wuchs, ihren erblühenden Körper, ihre schlanken Finger, die verlegen an den Knöpfen ihres Kleids spielten. Auch sie war aufgeregt.

»Ach, Monsieur!« Florence lächelte noch strahlender und bescherte Pierre damit das letzte bisschen Gewissheit, sich haltlos in sie verliebt zu haben. »Ihr und Eure Komplimente.«

»Ach, Unsinn. Ich bin kaum älter als Ihr und schon gar kein Monsieur. Ich bin Pierre.« Er reichte ihr die Hand, die sie zögerlich ergriff, und er spürte ihre weiche Haut auf seiner.

»Dann müsst Ihr ... dann musst du mich Florence nennen.« Als würde sie sich erst jetzt wieder daran erinnern, was sie so schnell durch die Straßen getrieben hatte, sah sie sich suchend um. »Siehst du vielleicht die ehrwürdige Äbtissin? Wir wollten uns am Stand des Klosters treffen, aber entweder habe ich sie und die übrigen Schwestern nicht entdeckt, oder der Aufbau konnte noch nicht beginnen.« Sie richtete ihren Blick wieder auf ihn. »Du kannst meine Hand loslassen, Pierre. Ich laufe nicht vor dir davon.«

Sein Kopf wurde glühend heiß. »Verzeih, ich wollte dich nicht in Verlegenheit bringen.« Rasch zog er die Finger zurück und hielt ihr den Kamm hin. »Darf ich dir ein Geschenk machen?«

Sie hob ihre Augenbrauen, und die Anmut der Bewegung wäre einer Königin gerecht geworden. »Woher wusstest du, dass ich in Malzieu bin? Stellst du mir nach?«

»Nein!«, rief er rasch. »Nein, ich habe dich vorhin gesehen und ...« Er brach mitten im begonnenen Satz ab, weil sie den Kamm annahm und ihn bewundernd hin und her wendete.

»Danke sehr. Er gefällt mir sehr gut Ich werde ihn in Ehren halten.« Sie beugte sich nach vorne – und gab dem jungen Mann, vollkommen unerwartet, einen gehauchten Kuss auf die Wange. »Du hast mir soeben ein viel größeres Geschenk gemacht.«

In Pierres Magen tanzten Schmetterlinge, seine Beine fühlten sich weich an wie Wachs. »Sehen wir uns wieder?«, fragte er wie im Rausch und wollte sie am liebsten vor aller Augen in die Arme schließen, an sich drücken und spüren. Aber es schickte sich nicht, das Mündel der ehrwürdigen Äbtissin derart bloßzustellen. »Ich möchte mit dir reden, abseits neugieriger Augen und Ohren, und alles über dich erfahren«, sprudelte es aus ihm heraus. »Sehen wir uns in der Pilgerkapelle von Saint-Grégoire?«

Sie nickte, ohne zu zögern.

»Ich kann dir nur nicht sagen, wann wir wieder in die Gegend kommen. Es hängt davon ab, wohin die Bestie geht und wo sie ihre Morde verübt.« Er schaute an ihr vorbei und glaubte für einen winzigen Moment, den Dreispitz seines Bruders Antoine gesehen zu haben, der sich auf sie zubewegte. Das fehlte noch.

Florence steckte den Kamm in eine Falte ihres Kleids. »Es macht mir nichts aus zu warten, Pierre. Sobald du in der Kapelle bist, zünde eine Kerze an und stelle sie in das linke

Fenster neben dem Gemälde des heiligen Gregor. Ich kann sie von meinem Zimmer aus sehen und werde so wissen, dass du da bist.«

In Pierres Rücken riefen die Menschen erschrocken; das tiefe Bellen von Hunden war zu hören, gefolgt vom Fluchen und Brüllen eines Mannes, der versuchte, die Tiere wieder einzufangen.

Die Besucher des Festes sprangen auseinander und bildeten eine Gasse. Somit sah der junge Wildhüter, als er sich umdrehte, um nach dem Tumult zu schauen, dass die Bluthundemeute genau auf ihn zulief. Die feinen Nasen ließen sich nicht täuschen.

Er wandte sich zu Florence, die voller Angst auf die nahenden goldbraunen Hunde starrte, um sich hurtig zu verabschieden.

»Ich ... ich fürchte ... mich vor Hunden«, stammelte sie bebend, und bevor Pierre sie beruhigen konnte, lief sie nach rechts, um der Meute zu enteilen. Er erschrak. Durch den Kamm war sein Geruch auf Florence übergegangen, und nun würden die Hunde auch sie jagen! Es war unmöglich, dass sie den Tieren entkam, die wesentlich schneller liefen als eine Frau in einem Kleid. Florences hektischen Bewegungen würden die zur Jagd abgerichteten Hunde nur noch mehr dazu herausfordern, sich an ihre Fersen zu heften.

Pierre rannte Florence hinterher, um sie vor den wütend bellenden Hunden zu beschützen. Es war alles seine Schuld. Ein Loup-Garou sollte keine Geschenke verteilen, wenn Jagdhunde in der Nähe waren. Besser, deren Zähne bohrten sich in sein Fleisch als in ihres.

Er setzte zu einem Spurt an, um das Mädchen einzuholen, und stellte bewundernd fest, dass sie beinahe genauso schnell war wie er. Dafür wand sie sich geschickt an den Menschen vorbei, die ihr im Weg standen, während er die Hindernisse zur Seite stoßen musste.

Die Meute hetzte geifernd hinter ihnen her.

Florence und Pierre liefen nun Seite an Seite. Er packte ihre Hand und zog sie vorwärts. Zu spät fiel ihm ein, dass er damit seinen Bestiengeruch noch stärker auf sie übertragen und für die Hunde noch viel interessanter hatte werden lassen.

Der Zufall kam ihnen zu Hilfe und führte sie an einem Gewürzstand vorbei. Im Rennen riss der junge Mann ein Tütchen wertvollen Pfeffer von der Auslage. Das fein gemahlene Pulver würde die Nasen und Augen der vierbeinigen Verfolger reizen und untauglich machen, doch noch bot sich keine Gelegenheit, das schwarze Gewürz einzusetzen.

Sie stürmten vom Markt. Florence keuchte und rang nach Atem, lange würde sie diese Geschwindigkeit nicht mehr halten können. Die Bluthunde hatten sie fast erreicht, weil es nichts mehr gab, dem sie ausweichen mussten. Nun konnten sie ihre ganze Schnelligkeit entfalten.

»Nach links«, schrie Pierre und stieß sie in eine enge Gasse, streute den Pfeffer auf den Weg und zerrte sie an der Hand weiter. »Nicht stehen bleiben!«

Sie liefen aus Malzieu hinaus und gelangten über eine Wiese in einen Obsthain.

»Da hinauf«, befahl Pierre und deutete auf den knorrigen Stamm eines bejahrten Apfelbaums. Als Florence es nicht schaffte, mit den Schuhen Halt an der Rinde zu finden, packte er sie in der Taille und warf sie mit Schwung nach oben; sie packte einen Ast und zog sich ächzend hinauf.

Das wütende Bellen des Bluthundes warnte Pierre. Einer aus der Meute war zäh genug gewesen, sich durch Pfeffer in der Nase nicht von der Verfolgung abbringen zu lassen.

»Pierre, komm hoch!«, schrie Florence außer sich vor Sorge. »Er wird dir an die Kehle gehen!«

Er schaffte es gerade noch rechtzeitig, den Baum hinaufzuklettern und sich auf den Ast zu schwingen, auf dem sie saß.

»Nimm das Pulverhorn, öffne den Verschluss und lass das Pulver ganz langsam nach unten rieseln, wenn der Hund genau unter uns steht«, instruierte er sie, während er den Ersatzfeuerstein für die Muskete aus seiner Ledertasche nahm und an die Klinge seines Messers hielt.

Sekunden später sprang der Bluthund bellend am Stamm hoch, stützte die Vorderpfoten dagegen und starrte wütend zu den für ihn unerreichbaren Menschen hinauf.

Florence tat mit fliegenden Fingern das, was Pierre ihr aufgetragen hatte, und es schneite schwarz auf den Hund hinab. Rasch schloss sie den Deckel. Ein einziger Funke, den der junge Mann mit Stein und Messer rechtzeitig erzeugte, genügte, um aus dem Pulver unvermittelt einen knisternden Feuerregen zu machen, der auf den Bluthund niederging. Das bisschen Schwarzpulver reichte nicht aus, den Hund in Flammen zu setzen, doch es genügte, um ihm gehörig das Fell anzusengen und ihn in die Flucht zu schlagen. Jaulend rannte er davon.

Erleichtert schlang Florence ihre Arme um Pierre, drückte sich an ihn, so gut es ging und barg ihr Gesicht an seinem Hals. Nach kurzem Zögern umfing er sie und streichelte beruhigend über ihren Schopf. Sie weinte die Erleichterung aus sich heraus.

Schniefend ließ sie ihn los, und er trocknete ihre Tränen mit dem Taschentuch, das er seit ihrer ersten Begegnung als Talisman bei sich trug. Florence erkannte es sofort wieder und lächelte. Sein Tupfen um ihre Augen wurde langsamer. Er neigte den Kopf nach vorne, schluckte nervös, und ihre Lippen kamen den seinen entgegen.

Als sie sich trafen, überkam ihn ein Gefühl der Glückseligkeit und der Wärme, wie er es noch nie empfunden hatte. Pierre drückte sie enger an sich, spürte ihre Brüste durch den Stoff des Kleides. Er erschrak über sein leises Stöhnen und das Feuer der Begierde, das in seinem Schoß erwachte.

Florences Hände fuhren liebkosend über seine Brust, glitten erkundend unter sein Hemd – und verharrten. Sie hatte die Narben entdeckt, die vom Kampf mit dem Loup-Garou geblieben waren. Die süße Flut von leidenschaftlichen Küssen endete abrupt. Sie zog den Kopf weg und schaute fragend in sein Gesicht, ihre Linke fuhr prüfend über seine Stirn. »Du glühst, Pierre. Was ist mit dir?«, fragte sie besorgt.

Nicht jetzt! Herr, steh mir bei und bewahre mich vor der Verwandlung! Er hatte die Hitze auf die Erregung geschoben, doch nun spürte er, dass sich das altbekannte Fieber ankündigte, das er so sehr hasste und fürchtete.

»Florence, geh zurück in die Stadt«, stieß er mühsam hervor und rutschte vom Baum hinab. Schwindel erfasste ihn, und mit einem Mal drehte sich der Hain um ihn herum wie ein Kreisel. Er sackte zusammen. Pierre hörte, dass Florence etwas zu ihm sagte, als sie vom Ast sprang, und sah sie durch einen Schleier hindurch über sich. »Bitte, geh! Rette dich«, krächzte er, ehe sein Verstand ins Dunkel glitt und er im Schatten des Apfelbaumes ohnmächtig wurde.

24. Mai 1765, Malzieu, Südfrankreich

»Monsieur Chastel, Vorsicht!«

Auch ohne den warnenden Ruf von Malesky wäre er den heranstürmenden Hunden ausgewichen. Er hörte das aufgeregte Gebell schon von weitem und drückte sich an den Rand der Gasse, die zum Marktplatz führte.

Die Tiere rannten durch die Menge, sprangen zwischen den Beinen der Leute hindurch und fanden überall eine Lücke, um voranzukommen. Nichts hielt sie auf, wenn sie einer Spur folgten. Ihnen schloss sich mit großem Abstand ein tobender, schreiender Hundewart an, der mit blutenden

Händen hinterherlief und versuchte, die entwischten Tiere einzufangen. Die Hunde hatten sich mit Vehemenz losgerissen, die Leinen mussten ihm tief ins Fleisch geschnitten haben.

Der Moldawier und der Wildhüter wechselten einen schnellen Blick: Sie dachten das Gleiche.

»Glaubt Ihr, dass die Hunde die Witterung der Bestie mitten in Malzieu aufgenommen haben?«, sprach Malesky seine Gedanken laut aus. »Ist es vielleicht möglich, dass die Bestie in einem der Häuser versteckt ist und wir kurz davor stehen, ihren Besitzer zu entlarven?« Er nahm sein Pincenez aus dem Etui, polierte es kurz an seinem Rock und klemmte es sich auf den Nasenrücken. Das Blau der Gläser verlieh seinem Gesicht Entschlossenheit und Kaltblütigkeit. »Oder nehmen wir an, es stimmte, was die Leute sagen, und es ist ein Loup-Garou, der in seiner menschlichen Gestalt umherläuft ... könnte es sein, dass die Hunde ihn wittern?«

Jean beherrschte sich, um sein Erschrecken zu verbergen. »Nein, sicherlich nicht. Die Hunde sind schlecht gefüttert worden und haben die Fährte eines Tiers aufgenommen. Der Markt wimmelt nur so von ihnen.« Dann tat er so, als habe er in der Menge einen alten Bekannten entdeckt. »Wartet hier, Monsieur Malesky. Ich bin gleich wieder bei Euch. Ich gehe jemandem *bonjour* sagen«, rief er und drängte sich mitten ins Gewühl des Festes. Nach zwei Schritten duckte er sich und machte sich auf diese Weise für den Moldawier vollends unsichtbar. Er konnte keinen Begleiter brauchen, wenn er nach Pierre suchte, um ihm gegen die Bluthunde der Dennevals beizustehen.

Malesky grinste. »Aha, Monsieur Chastel möchte allein auf die Jagd gehen?« Er stellte sich auf eine leere Kiste, die neben einer Bude stand, und hielt Ausschau nach Chastel oder den Hunden, denn wo sich eine der Parteien befand, wäre sicherlich auch die Bestie. So leicht schüttelte man ihn nicht ab.

Jean irrte im Gewirr der Zeltwände herum, ohne Vorstellung, wie er Pierre auf die Schnelle ausfindig machen konnte. Die Lage war alles andere als gut.

Verdammt, warum müssen die Normannen ausgerechnet jetzt auftauchen?, ärgerte er sich. Damit sanken seine Chancen, die Bestie, die schuld an allem Elend war, allein zu stellen und zur Strecke zu bringen. Wenn die Dennevals den Loup-Garou vor ihm erschossen, würden sie ihm kaum erlauben, sich eine große Menge Blut abzuzapfen, um daraus ein Gegenmittel für das Leiden seiner Söhne zu brauen. Er hatte das Rezept des Arztes sorgfältig verborgen, denn fände man es, wäre ihm eine Anklage wegen Hexerei sicher. Es würde aus dem Gerede über seine Abstammung die Gewissheit machen, die einem Gericht ausreichte, ihn zu verurteilen.

Obwohl Jean sich bemühte, es nicht nach außen dringen zu lassen: Das Geheimnis seiner Söhne belastete ihn schwer. Ständig lebte er in der Angst, dass man sie stellte und sie im Kugelhagel starben. Mehr als einmal war es knapp zugegangen. Er litt zudem unter schweren Gewissensbissen, da er sich an ihrem Morden ebenso schuldig machte, indem er sie deckte und nach Möglichkeit alles vertuschte. Aber niemand, niemand durfte die Wahrheit erfahren. Man hätte Antoine und Pierre auf der Stelle den Prozess gemacht und verbrannt, er selbst wäre wegen Mitwisserschaft hingerichtet worden. Nach der Vielzahl von Morden gäbe es kein Pardon. Und im schlimmsten Fall wäre die wahre Bestie nach dem Tod ihrer drei ärgsten Häscher noch immer unterwegs, tötend und die Saat des Bösen verbreitend.

»Monsieur Chastel, Ihr in Malzieu?«

Er schrak zusammen. Gehetzt und von grauenhaften Bildern geplagt, hatte er die Frau nicht bemerkt, die nun vor ihm stand. Und die er am wenigsten sehen wollte.

»Die Wege des Herrn sind unergründlich«, grüßte ihn die Äbtissin. Sie trug eine schwarze, gegürtete Tunika und das schwarze Skapulier, eine helle Haube bedeckte die Haare, darüber lag der schwarze Schleier. Obwohl die frühsommerliche Wärme durchaus ausreichte, um den Gehrock von sich zu werfen, trug die schlanke Frau ihre Flocke, das mantelähnliche Überkleid, über ihrem Ordensgewand. »Seid Ihr immer noch der Bestie auf der Spur? Ihr habt Mitstreiter aus der Normandie erhalten, sagt man.«

»Kümmert Euch nicht um meine Angelegenheiten. Ruft Euer Mündel herbei und legt es an die Kette, bevor es seine Krallen in meinen Sohn schlägt«, gab er zurück und bemühte sich nicht einmal, freundlich zu sein.

»Florence? Sie ist noch nicht hier. Ich hatte sie geschickt, nach dem Marktaufseher zu suchen.« Gregoria schaute ihn ernst an und deutete auf das Zelt, das die Nonnen gerade fertig aufgebaut hatten. »Auf ein Wort, Monsieur Chastel. Ich muss mit Euch unter vier Augen reden.«

Verwundert folgte er ihr in das Dunkel des Standes, in dem es nach frischen Kräutern und Ziegenkäse roch – Waren, die die Schwestern verkauften, um die Einkünfte des Klosters aufzubessern. In ihrer schwarzen Tracht verschwand Gregoria beinahe vollständig vor der Zeltwand, das Gesicht und die Hände schienen körperlos zu sein.

»Nun, Monsieur ... Euer Sohn stellt meinem Mündel nach«, begann sie leise.

»Wundert Euch das?«, sprach er laut. »Sie hat ihm damals in der Kapelle schöne Augen gemacht. Er ist eben ein junger Mann, der voll im Saft der Jugend steht und den Reizen eines Mädchens wie Florence nicht abgeneigt sein kann.« Er zeigte auf den Ausgang. »*Sie* hat *ihm* den Kopf verdreht. Und gerade eben tut sie es schon wieder, wie mir Monsieur Malesky sagte. Lernt man das in Eurem keuschen Kloster?«

Gregorias Rechte langte nach dem silbernen Rosenkranz an ihrem Gürtel, ihre Finger wanderten an den Perlen entlang. »Ihr unterliegt einem Irrtum, Monsieur. Ich meinte damit nicht Pierre«, korrigierte sie sanft und schaute ihm unverwandt in die Augen. »Es war Antoine, den ich mehrmals vor den Mauern gesehen habe. Ich erkannte ihn so deutlich, wie ich Euch vor mir sehe, Monsieur Chastel. Ihn und den größten seiner Hunde.«

War er eben noch wegen der unerwarteten Neuigkeiten über Pierres Ausflüge verärgert, schlug das Gefühl nun um, verwandelte sich in Besorgnis. Er kannte die fatalen Vorlieben Antoines und verstand sofort, was es für Florence bedeuten konnte, sollte es ihm gelingen, unbemerkt in ihre Nähe zu kommen. Sein jüngerer Sohn warb nur kurz um Blumen, um ihre Knospen zu öffnen; gelang es ihm nicht, war es vorgekommen, dass er sie mit Gewalt brach.

Gregoria sah ihm seinen Kummer an. »Ich verurteile niemanden nach dem, was mir über ihn zugetragen wird, aber über Euren Antoine gibt es Geschichten, die mich um die Reinheit meines Mündel fürchten lassen. Seine Vergangenheit bei den Barbaren in Algerien und Marokko mag zu dieser Verdorbenheit geführt haben, die ich deutlich bei ihm erkenne.« Sie berührte seinen Arm. »Ich bitte Euch, Monsieur Chastel, verbietet ihm, sich ihr weiterhin zu nähern.«

Es gab kein Zögern. »Ich verspreche es Euch«, willigte er ein. »Ihr werdet im Gegenzug darauf achten, dass sie Pierre in Ruhe lässt. Er benötigt seinen Verstand, um mir bei der Jagd beizustehen. Ist er in Gedanken bei ihr und einem Schäferstündchen, kann es tödliche Folgen für ihn haben.«

Gregoria nickte. »Zwischen den beiden wird sich nichts

ereignen, solange Florence in den Mauern von Saint-Grégoire ist. Das schwöre ich bei Gott dem Herrn.«

Jean lachte bitter. »Schwört auf etwas von Dauer, damit ich Euch glauben kann.« Er versuchte, ihren Arm abzuschütteln.

»Ihr seid wie immer unverschämt und respektlos, Monsieur!« Sie zog ihre Hand zurück, trat dafür aber näher heran, um ihm fest ins verschlossene Antlitz zu schauen. »Aber Euer Benehmen richtet sich nicht gegen mich, habe ich Recht? Was hat Euch den Glauben vergällt, Monsieur Chastel? Was wurde Euch angetan, dass Ihr weder an Gott noch an die Kirche glauben möchtet?«

Das ehrliche Interesse Gregorias, das ihm so noch bei keinem Pfaffen untergekommen war, verunsicherte ihn, und die abschätzige Bemerkung wollte ihm nicht mehr über die Zunge kommen. Anders als bei den scheinheiligen Priestern, die Wasser predigten und den Wein aus Kübeln tranken, lebten wie die Herren und sich gerne um das Geld in ihrer Kasse kümmerten, hatte er bei ihr mit einem Mal das Gefühl, dass sie wirklich wissen wollte, was in ihm vorging. Was seine Nöte waren. Daher schwieg er, ging zum Ausgang und verschwand grußlos.

Gregoria folgte dem Wildhüter mit ihren Blicken, während sie mit der Rechten bewusst nach der ersten kleinen Perle des Rosenkranzes griff und sich anschickte, ein Ave-Maria zu beten. Sie hatte erkannt, dass Gott ihr Jean Chastel als Prüfung sandte, um ihn zurück in die Gemeinschaft der Gläubigen zu führen. Denn nur das durfte das stärker werdende Interesse an dem ungewöhnlichen Mann bedeuten. Alles andere war ihr verboten.

Gregoria erinnerte sich unvermittelt an Florence. Sie verließ das Zelt und rief für die Suche nach ihrem Mündel, das sich sicherlich in dem Gewirr aus Buden, Ständen und Leinwänden verlaufen hatte, zwei Novizinnen zu sich. Zu ihrer Überraschung entdeckte sie Jean Chastel, der unschlüssig neben dem Ausgang stand.

Bevor sie ihn nach dem Grund seines Verweilens fragen konnte, kam ein Reiter angaloppiert und lenkte sein Pferd rücksichtslos durch die Menschen, die fluchend aus dem Weg sprangen, ihre Fäuste schüttelten und ihm drohten.

»Lasst mich durch!«, schrie er außer sich. »Ich muss Hilfe holen! Die Bestie hat sich Marguerite Martin geholt, draußen auf dem Feld, in Richtung Saint-Privat-du-Fau!«

Jean riss die Muskete von der Schulter und rannte los. Sogleich folgten ihm ein Dutzend aufgebrachter Männer mit Mistgabeln, Speeren und Dreschflegeln zum Dorf hinaus.

Sie fanden die Stelle sofort.

Am Eingang des Dorfs, wo die Straße hinaus in die Felder führte, lag die hübsche Marguerite rücklings in ihrem eigenen Blut, das ebenmäßige Gesicht von unvorstellbaren Schrecken und Schmerzen gezeichnet. Knapp unterhalb des Kinns klaffte ein großes Loch, wo sich vorher die Kehle der jungen Frau befunden hatte. Die Risse im Kleid zeugten von der Wucht, mit der die Krallen der Bestie sie zu Boden geworfen haben mussten.

Ein gewaltiger, wütender Aufschrei ließ alle zusammenzucken. Der junge Jacques Denis eilte herbei, warf sich neben der toten Freundin auf die Knie und brach in Tränen aus. Ein Krampf schüttelte ihn, er schluchzte und fluchte ohne Pause.

»Etwas hat sie gestört«, sagte Malesky plötzlich neben dem Wildhüter. Er kniete sich ebenfalls neben die Leiche. »Sie hat dem armen Kind den Hals zerfetzt und musste verschwinden, bevor sie fressen konnte.« Er schaute Chastel von unten an. »Wir können die Spur verfolgen.«

Jacques hustete und zog die Nase hoch. Er starrte hasserfüllt auf die Wunde. »Das hat die Bestie mit Absicht getan«, brüllte er im Zorn. »Sie will mich quälen!« Er schnellte in die Höhe und wischte sich die Tränen von den Wangen. »Heute ist der letzte Tag der Bestie!«, rief er heiser, und die Menschen stimmten ihm laut zu.

Die Hundewarte von Denneval erschienen mit dem Dutzend Tieren, um sie heiß auf die bevorstehende Jagd zu machen und die Fährte aufnehmen zu lassen. »Die Dennevals kommen sofort. Sie müssen ihre Pferde noch satteln«, erklärte einer von ihnen.

»Das dauert mir zu lange.« Jacques weigerte sich, auf das Eintreffen der Wolfsjäger zu warten. »Wir gehen *jetzt* auf die Jagd!« Er schlug einem der Männer die Leinen aus der Hand. Aufgeregt schnuppernd liefen die drei Hunde um Marguerites Leiche und setzten sich sofort auf die Spur der geflohenen Bestie. Jacques rannte ihnen hinterher, die Leute von Malzieu sowie Jean und Malesky schlossen sich ihm an, während die Hundewarte noch unschlüssig herumstanden.

Es ging in Richtung Amourettes. »Wir haben gute Aussichten, die Prämie zu kassieren«, sagte der Moldawier unterwegs. »Außer dem *petit monsieur* hat keiner ein Gewehr oder eine Pistole dabei.«

Im Kopf des Wildhüters überschlugen sich die Gedanken. Es kamen nur Pierre und die echte Bestie für die Tat in Frage, Antoine lag im Weinrausch zwischen den Laken und war nicht in der Verfassung für diese Tat. *Pierre darf es nicht gewesen sein,* hoffte er inständig. »Ja, wir könnten endlich Glück haben«, gab er lahm zurück.

»Ihr habt Pierre nicht finden können?«

»Nein.«

»Hat er vielleicht dafür eine Liebe gefunden?«

Der Tonfall des Bekannten war freundlich-neckend, die Frage sicherlich nicht böse gemeint, aber er streute Salz in die Wunde. »Hört auf damit«, herrschte Jean ihn an. »Mein Sohn soll sich von dem Nonnenmündel fern halten. Sie ist nichts für ihn, sie ist verzogen und versteht nichts vom Leben im Gévaudan. Sie würde unter einem Bündel Heu zusammenbrechen.«

Malesky gab nicht auf. »Wen kümmert das? Vielleicht ist sie eine gute Partie, Monsieur Chastel, und brächte Geld in die Hütte Eures Sohnes. Wie kam sie ins Kloster? Hatte sie eine Mitgift dabei?«

»Sie kommen niemals zueinander, und nun kein Wort mehr darüber«, knurrte der Wildhüter unwirsch.

Schweigend folgten sie der Spur weiter querfeldein. Sie liefen über Felder, verließen die Grenzen von Malzieu und gelangten schließlich in die Nähe des Dorfs Amourettes.

Als sie die entsetzten Schreie vor sich hörten, ahnten sie, dass sich an diesem Tag eine weitere Tragödie ereignet hatte. Als sie näher kamen, erkannten die Jäger zwei weinende Mütter; sie schrien unaufhörlich und vollkommen unverständlich. Eine hielt ein blutiges, zerrissenes Hemd in die Höhe und drückte es an sich, als sei es ihr Kind.

»Weiter«, peitschte Jacques Denis die Gesellschaft an, weil einige stehen zu bleiben drohten, um sich um die verstörten Frauen zu kümmern, und hetzte an ihnen vorbei. »Wenn wir nicht auf ihrer Fährte bleiben, werden sie nicht die letzten Mütter sein, die um ihre Kinder weinen.«

Malesky schaute bedauernd zu den Frauen, die am Rand des Kornfelds niedersanken und den Verlust mit noch mehr Wehklagen betrauerten. »Mein Gott«, raunte er ergriffen und zwang sich dazu, seinen Blick auf die unebene Straße zu richten, um nicht zu stolpern und zu stürzen. »Warum nur lässt du das zu?«

Einige Männer aus Amourettes stießen zu ihrer Gruppe und ersetzten diejenigen aus Malzieu, denen die Kräfte versagten. Die Jagd auf die Bestie wurde zu einer Stafette, die sich nach einer Viertelstunde der Gegend bei Mazet näherte.

Die Bestie hinterließ ihren Häschern die nächste Spur. Mitten auf dem ausgefahrenen Weg fanden sie die furchtbar zugerichtete Leiche eines Mädchens von höchstens dreizehn Jahren; um sie herum verstreut lagen ein großer Weidenkorb, Brot, eine verbeulte Blechkanne und leere Tassen. Vermutlich hatte das Kind die Reste einer Feldarbeitermahlzeit nach Hause zurückbringen wollen, als es von der Bestie angefallen und mit Bissen in den Hals und ins Gesicht getötet worden war. Wieder hatte die Kreatur die Bauchdecke des Opfers aufgeschlitzt und die Gedärme herausgezerrt; wegen der Verfolger hatte sie jedoch erneut auf das große Fressen verzichten müssen.

Der selbst für einen Soldaten kaum erträgliche Anblick brachte vier der Männer dazu, sich laut würgend zu übergeben. Einer brach ohnmächtig zusammen.

»Sie lockt uns direkt in eine Falle«, prophezeite ein Bauer aus Amourettes unsicher. »Wir sollen ihr folgen, und irgendwo in einem Wald greift sie sich einen nach dem anderen von uns.« Er wich zurück. »Niemand wird mich zwingen, diesem Dämon zu folgen, nicht ohne einen Priester dabeizuhaben, der uns vor dem üblen Zauber beschützt.«

»Reißt Euch zusammen, Monsieur«, sagte Malesky, der selbst deutlich blass um die Nase geworden war. Er versuchte nichtsdestotrotz, die Moral aufrechtzuerhalten. »Monsieur Chastel und ich haben unsere Musketen dabei, wir sind erfahren genug, um es mit ihr aufzunehmen. Und Monsieur Denis steht in den Diensten des erfahrenen Wolfsjägers Denneval.« Suchend schaute er sich nach dem Sechzehnjährigen um, entdeckte ihn aber nirgends. »Monsieur Denis?«

Einer der Bauern deutete nach rechts. »Da läuft er! Er folgt den Hunden! Es geht nach Marcillac!«

»Verfluchte Ungeduld!« Jean, schweißnass und durstig, rüttelte seine letzten Kräfte wach, um dem jungen Mann nachzusetzen, der in seinem Racheverlangen keinen Blick mehr für die Gefahren dieser Jagd besaß. Allein würde er schneller ein Opfer des Loup-Garou, als ein Halm unter einem Stiefel brach.

Noch wagte es keiner der Männer aus Amourettes und Malzieu, es den beiden nachzutun. Die unbedachten Worte vom Zauber, den die Bestie beherrschte, hatten sie nachdenklich und furchtsam werden lassen; der Zorn über die heimtückischen Morde war nicht mehr die alles überlagernde Kraft in ihrem Verstand.

Malesky wischte sich den salzigen Schweiß aus den blauen Augen; dunkle Flecken auf dem Rücken, der Brust und unter den Armen des Gehrocks zeigten, dass sich der Moldawier beinahe völlig verausgabt hatte. Doch er dachte nicht ans Aufgeben und schaute Jean und Jacques hinterher.

»Zu zweit sind sie der Bestie unterlegen!«, appellierte er an die Menge, lief ein paar Schritte und drehte sich dann noch einmal um. »Worauf wartet ihr? Fassen wir sie heute nicht, wird sie morgen wieder töten, und dann kann es eure Familie treffen!« Er schürte ihre schlimmsten Ängste, und wirklich verfielen die Ersten neuerlich in Trab. Doch es dauerte lange, bis sich der gesamte Pulk in Bewegung setzte. Malesky starrte angestrengt nach vorne. Der Wildhüter und der Junge waren bereits in einem Birkenwald verschwunden.

Jean keuchte, die Lunge brannte, und das Stechen in seiner Seite gab ihm unmissverständlich zu verstehen, dass sein Körper nicht mehr lange mit den Kräften von Jacques Denis mithalten konnte. Der junge Mann rannte fünfzig Schritte vor dem Wildhüter zwischen den Bäumen hindurch, flog förmlich durch den kleinen Wald, und nichts vermochte seinen Lauf zu bremsen.

»Warte«, rief Jean. »Du machst dich zu einem leichten Opfer!« Jacques hörte nicht auf ihn.

Wem werden wir gegenüberstehen? Diese Frage pochte unentwegt in Jeans Schädel. *Ist es Pierre oder die echte Bestie?* Womöglich rückte die Rettung seiner Söhne in eine Nähe, wie sie in den letzten Monaten nicht mehr vorgekommen war.

Doch dann fielen ihm die Worte des Henkers ein. Silberkugeln! Er hatte keine Silberkugeln geladen. Ein heißer Schauer fuhr durch seinen Körper, doch dann zwang er sich, so gut es bei dieser quälenden Hetze möglich war, zur Besonnenheit. Er erinnerte sich an das erste Zusammentreffen im Vivarais, als Antoine den Loup-Garou mithilfe der Musketenladungen geköpft hatte. Nein, er brauchte kein Silber, wenn es ihm nur gelang, den Schädel der Bestie vollständig von ihrem hässlichen Hals zu schießen.

Der Wald lichtete sich. Durch die Birken hindurch erkannte er in einiger Entfernung einfache Bauernhäuser, zu denen die Bestie sicherlich wollte, um das nächste Kind zu reißen.

Jean verließ den Forst und kam schnaufend auf einer Wiese mit hohem Gras zum Stehen, das im lauen Maiwind hin und her wogte. Jacques befand sich schon auf halbem Weg zum Dorf, die Hunde liefen um ihn herum. Frauenschreie gellten. »Jacques!«, rief Jean außer Atem. »So warte ...«

In dem Moment schnellte die Bestie aus dem Gras unmittelbar neben dem jungen Mann empor und sprang ihn an.

Jacques' Reaktion wurde vom Hass geleitet. Anstatt die Flucht zu ergreifen, wich er ihr aus und stach mit dem Bajonett zu.

Die in die Schulter eindringende Klinge störte die Kreatur kaum, sie warf sich knurrend und fauchend gegen ihren Feind und drückte ihn nach unten. Die Bluthunde sprangen bellend um den Kampf herum, ohne einzugreifen – offenbar waren sie von den Dennevals so abgerichtet worden, dass sie ihre Beute stellten, aber nicht attackierten, was dem jungen Denis zum Verhängnis zu werden drohte.

Jean hob die Muskete in den Anschlag, lief näher heran und hoffte, einen Schuss abgeben zu können, aber das ständige Auf und Ab des Gerangels zwischen Mensch und Bestie ließ es nicht zu. Etwas abseits lag eine schwer verletzte junge Frau im niedergedrückten, rotfeuchten Gras. Ihre Augen waren weit aufgerissen, und sie schrie ohne Unterlass. Die Bestie hatte schon wieder zugeschlagen, trotz ihrer Verfolger.

»Halte durch!« Er steckte sein Bajonett unter den Lauf in die Halterung und stieß nach dem Loup-Garou, der daraufhin heulend wegsprang und den Wildhüter mit glühenden Augen anstarrte. Für Jean gab es keinen Zweifel mehr: Er hatte den Urheber des Übels vor sich, nicht seinen Sohn Pierre.

»Na, erkennst du mich wieder?«, sagte er leise zu ihm und stellte sich vor Jacques, dem es gelungen war, sich nicht von den Zähnen verletzen zu lassen. »Greif mich an, Höllenkreatur, damit ich dir deinen Schädel vom Hals schlage.«

In Marcillac hatte man indes bemerkt, was sich auf der Wiese zutrug. Jedermann im Gebiet kannte die Beschreibung der Bestie, und so griffen die Bauern zu ihren einfachen Waffen und rannten herbei, um den Jägern zu helfen.

Jean sah sie aus den Augenwinkeln kommen und fluchte. Wollte er das kostbare Blut, musste er sich beeilen. Er spannte die Hähne der Muskete und zielte aus der Hüfte, um die Kreatur nicht durch das Anlegen vor dem bevorstehenden Schuss zu warnen.

Der abscheuliche Kopf des Wesens wandte sich zu den Menschen aus Marcillac, dann schaute es zum Waldrand, aus dem Malesky und die übrigen Männer kamen. Vor den Augen des Wildhüters stieß es sich zu einem kräftigen Sprung ab, der es aus dem Stand fünf Schritte weit und über die tobenden Hunde trug. Es wusste, dass es gegen die Übermacht unterliegen würde, und zog die Flucht vor. Auf allen vieren hetzte es davon.

»Nein!«, rief Jean verzweifelt, zielte rasch und schoss beide Läufe hintereinander ab.

Die Kugeln drangen in das Schulterblatt und in den Nacken ein, der Einschlag schleuderte die Kreatur ins Gras. Sie kroch wie ein verwundeter Mensch auf dem Bauch voran, während sich die Löcher in ihrem Fell bereits wieder schlossen.

»Du entkommst mir nicht!« In großen Sätzen näherte sich Jean ihr, die Muskete mit dem Bajonett wie einen Spieß haltend.

Das Biest erhielt seine alte Kraft zurück, stemmte sich auf die Pfoten und begann zu rennen, als Jean es fast erreicht hatte. Normalerweise hätte er es eingeholt, aber seine Beine waren von der anstrengenden Verfolgung bleischwer geworden, weshalb es mit jedem Schritt mehr Distanz zwischen ihn und sich brachte.

Wütend schleuderte er die Muskete. Das Bajonett bohrte sich bis zum Heft in den Rücken des Loup-Garou ... und glitt wieder heraus, eine tiefe Wunde hinterlassend, die aber nach einem Lidschlag aufhörte zu bluten und ebenso rasch verheilte wie die Schusswunden.

»Nein! Es muss mir gelingen! Du ...« Jean strauchelte über einen Maulwurfshügel, stolperte und fiel ins Gras, schlug schwer auf, rutschte zwei Schritte weit. Schon wollte er wieder aufspringen, da merkte er, dass ihm sein Körper nicht mehr gehorchte. Aufstöhnend presste Jean das erhitzte Gesicht in die feuchten Halme, zu Tode erschöpft und verzweifelt, während Dennevals Bluthunde belfernd rechts und links an ihm vorbeirannten und sich auf die Fährte der Bestie setzten.

Jean rollte sich ächzend auf den Rücken, starrte in den Himmel und roch das Blut der Bestie. So knapp – und doch wieder entkommen! Das wenige Blut am Bajonett würde sicher nicht ausreichen, um das Gegengift zu brauen.

»Monsieur Chastel, seid Ihr wohlauf?« Maleskys hochrotes

Gesicht schob sich vor den Himmel; das Pincenez saß wackelig auf dem Nasenrücken, den der Schweiß rutschig gemacht hatte. »Ihr habt dem jungen Mann und dem Mädchen das Leben gerettet, Gratulation!« Er streckte die Hand aus, um dem Wildhüter beim Aufstehen behilflich zu sein, und es entging Jean nicht, dass er seltsam zufrieden aussah.

»Ich kann Eure Freude nicht teilen«, sagte er verdrossen und ließ sich helfen. Dann stand er neben dem Moldawier, dem es unangenehm war, dass man ihm seine Gefühle vom Gesicht ablesen konnte. »Sie wird wieder töten, aber Ihr schaut drein, als hätten wir sie ein für alle Mal erlegt.«

»Nein, Ihr versteht mich falsch«, beschwichtigte ihn Malesky. »Es ist nur ... Ich freue mich, dass Euch nichts geschehen ist, Monsieur.« Rasch blickte er zur Seite: Das Donnern von Hufen zog die Aufmerksamkeit aller auf sich.

Die Dennevals preschten aus dem Birkenwald, hielten neben Jacques an und unterhielten sich kurz mit ihm. Der Ältere der Normannen nickte dem Wildhüter anerkennend zu und berührte die Spitze seines Hutes zum Gruß. Der Jüngere zog Jacques zu sich auf das Pferd, und dann ritten sie weiter, den Hunden nach.

»Er wird sie auch nicht zu fassen bekommen. Entweder wir kriegen sie oder keiner«, prophezeite Malesky und hob Jeans Muskete auf, reichte sie ihm und betrachtete das Blut, das an seinen Fingern kleben geblieben war. Er roch daran. »Erstaunlich«, wunderte er sich. »Ich bemerke weder Schwefel noch Gestank oder etwas, was man mit einer höllischen Kreatur in Verbindung brächte.«

Er wandte sich um, bückte sich, um das Rot abzuwischen. Der Wildhüter sah genau, dass er seine Finger vorher rasch zum Mund führte. Jean fand das Verhalten mehr als merkwürdig, vermied es aber, eine Bemerkung darüber zu machen, und beschloss, ihn fortan besser im Auge zu behalten. »Kehren wir nach Malzieu zurück«, sagte er müde und lud seine Waffe. Er musste wissen, wie es Pierre ging.

Schweigend nahmen sie den gleichen Weg zurück in das Dorf, in dem der schrecklichste Tag seit dem Einfall der Bestie ins Gévaudan seinen Anfang genommen hatte.

Jean machte sich schwere Vorwürfe. Vier Opfer innerhalb kürzester Zeit, mehr oder weniger vor den Augen der Häscher. Die Bestie verhöhnte sie, führte sie an der Nase herum und forderte sie heraus. Es war eine erneute Demonstration ihrer Macht, ihrer Überlegenheit gegenüber den Menschen. Und vor allem gegenüber ihm. Denn mit jedem Toten stieg seine Schuld, jedenfalls glaubte er das. Nichts würde ihn jemals davon reinwaschen können. In Momenten wie diesen wünschte er sich den Beistand Gottes.

Bei Einbruch der Nacht gelangten sie nach Malzieu, das sich verbarrikadiert hatte. Alle Türen und Fenster waren fest verschlossen, die Buden und Stände auf dem Marktplatz lagen verwaist, und wo sich die Menschen zum Tanz hatten einfinden sollen, herrschte Leere.

»Ich wünsche Euch, dass Ihr Schlaf findet, Monsieur Chastel«, verabschiedete sich Malesky im Gasthof von ihm. »Ihr werdet derjenige sein, der sie tötet, ich bin mir sicher.« Er ging in sein Zimmer.

Jean betrat seine eigene Unterkunft. Antoine lag schnarchend in einem der Betten, eine leere Flasche Wein in der Rechten haltend, die er während der Abwesenheit seines Vaters offensichtlich leer getrunken hatte. Pierre hockte nackt auf seiner Matratze, die Beine angezogen und mit den Armen umschlungen, das Gesicht zwischen die Knie gedrückt.

Auf dem Boden lagen seine Kleider.

Blutverschmiert.

XII. KAPITEL

Russland, Sankt Petersburg, 13. November 2004, 23:51 Uhr

Lena warf ihre Kleider so in den Koffer, wie sie die Stücke zu fassen bekam. Ihr Schiff nach Tallinn ging in einer halben Stunde, und von dort startete die Maschine nach London. Bei einem Bekannten dort würde sie vorerst in Sicherheit sein.

Den Cayenne hatte sie an der Stadtgrenze abgestellt und war den restlichen Weg mit dem Taxi gefahren. Die Polizei hatte sie in ihrem Hotel, dem *Alexander*, gesucht, wie man ihr an der Rezeption mitteilte, aber sie beabsichtigte nicht, sich zu melden. Sicherlich würde sie einer der Beamten als die Frau erkennen, die in einem gestohlenen Neureichenwagen vom Tatort geflohen war.

Sie warf einen raschen Blick hinaus und sah das dichte Schneetreiben. Gut, dass sie sich entschlossen hatte, das Schiff zu benutzen. Der Flughafen blieb bei diesem Chaos garantiert geschlossen.

Lena schaute sich ein letztes Mal um, ob sie auch nichts vergessen hatte, und schlüpfte in ihre grüne Jacke, weil sie die andere bei dem Wahnsinnigen in der Hütte vergessen hatte.

Lena schauderte. Offensichtlich hatten sich eine ganze Reihe Verrückter hier in Sankt Petersburg versammelt. Mit einer Hand schleppte sie den Koffer, die andere hielt die Pfefferspraydose umschlossen, um sie sofort zum Einsatz bringen zu können. Egal, wer sich ihr schneller näherte, als es normal war, er würde eine volle Ladung abbekommen. Mit dieser Waffe fühlte sie sich ein bisschen sicherer – und erschrak umso mehr, als sie die Tür öffnete. »Herr Nadolny?«

Lena starrte den Mann an, der vor ihr stand und einen fremden schwarzen Mantel trug; darunter schaute der Saum eines weißen Kittels heraus, die nackten Füße steckten in hellblauen Plastiksandalen. Er musste aus einem Krankenhaus geflohen sein.

»Aber wie ...«

Sein rechter Arm schnellte nach vorne und packte sie an der Kehle. Brutal drängte er sie ins Zimmer zurück. Lena riss die Pfefferspraydose hoch, hielt sie ihm entgegen und drückte den Knopf. Es geschah ...

... nichts! Die Ladung musste verbraucht sein, da Lena es mit Eric wohl etwas zu gut gemeint hatte.

»Diebin!« Nadolny, dieser eher schmächtige Mann um die vierzig, verpasste ihr mit der freien Hand drei harte Ohrfeigen, die sie in seinem Griff hin und her schüttelten. Lena drohte das Bewusstsein zu verlieren. »Gib mir meine Bilder zurück«, knurrte er. Und er knurrte wirklich. Lena hatte zu lange mit Wölfen gearbeitet, um es nicht zu bemerken.

Er schleuderte sie rückwärts gegen die Couch. Sie fiel darüber, überschlug sich und landete auf dem gläsernen Beistelltisch. Krachend und splitternd ging er unter ihr zu Bruch, und nur die dicke Jacke verhinderte, dass sie sich schnitt.

Nadolny machte sich inzwischen über ihren Koffer her. Er hielt sich nicht mit den Verschlüssen auf. Die Nägel seiner sonderbar klauenhaften Finger zerfetzten das Nylon, danach wühlte er sich durch die Kleidung, bis er auf die Tasche mit den Unterlagen stieß.

Das Zimmer schien um sie herumzukreisen. Lena stemmte sich stöhnend auf die Knie. Erst als sie den rasenden Mann auf sich zukommen sah, wurde ihr bewusst, dass es vielleicht die bessere Idee gewesen wäre, sich ohnmächtig zu stellen und zu warten, bis er wieder verschwunden war.

Er packte sie bei den Schultern und schleuderte sie hart zurück auf den Boden. »Mit wem hast du gesprochen?«, grollte er. »Wer waren diese Männer in meiner Wohnung?«

»Bitte, Herr Nadolny ...« Obwohl sein Gesicht genau vor ihr schwebte, entdeckte sie keinerlei Verband am Kopf oder an der Stirn. Dabei hatte sie die Platzwunde deutlich gesehen, die von der Kollision mit der Wand stammte. Das Knacken seiner Wirbelsäule oder eines anderen Knochens hallte leise in ihrer Erinnerung, aber Nadolny trug keine Korsage, keinen Stützverband, nichts dergleichen. Seine Bewegungen vollführte er geschmeidig, als käme er eben ausgeruht aus dem Urlaub auf einer Fitnessfarm. Und seine Augen ... seine Augen glommen rot wie die des seltsamen Wolfs, den er fotografiert hatte! Sie wirkten wie LED-Lämpchen, in denen statt kaltem Licht Wut brannte.

Er beugte sich drohend über sie. »Verräterin«, grollte er und schnappte nach ihr. Er ... *schnappte!* Lena riss reflexartig den Kopf zurück und stieß heftig gegen die Couchlehne; Sterne blitzten vor ihren Augen auf. Sie hörte ihren Angreifer stöhnen, es krachte und knackte.

Kaum sah sie wieder deutlicher, schrie sie vor Entsetzen.

Nadolnys Gesicht hatte sich in eine abscheuliche Fratze verwandelt. Die menschlichen Züge mischten sich mit etwas anderem, etwas Gefährlichem. Rotbraunes Fell spross aus der Haut, in der sich formenden Schnauze standen spitze Reißzähne, Geifer troff vom knirschenden, zuckenden Unterkiefer, während sich der Gaumen schwarz färbte. Der Mann gab gurgelnde, keuchende Laute von sich, fast meinte Lena, den Ansatz eines Heulens vernommen zu haben. Dann schlug er mit beiden Armen zu.

Nadolny traf sie gegen die Brust und im Gesicht. Die Wucht schob sie zwei Meter weit über den Teppich. Der Mann, der früher nicht einmal den Drehverschluss eines Konservenglases öffnen konnte, besaß plötzlich die Kraft eines Footballprofis.

Du musst hier weg! Nur dieser eine Gedanke hämmerte durch Lenas Kopf. Ihr Gesicht brannte, wo es rau über die Auslegeware gerissen wurde. *Weg! Schnell!* Stöhnend kroch sie auf die Tür zu.

Fauchend sprang er vor sie und versperrte den rettenden Ausgang. Er ging in die Hocke, packte ihre langen dunkelbraunen Haare und zog ihren Kopf zurück. Die andere Kralle bohrte sich durch die Jacke, den Pulli und das Unterhemd bis auf den Rücken. Lena schrie – weniger wegen der Schmerzen, sondern mehr wegen des Grauens und der schrecklichen roten Augen, die sie nicht länger ertrug.

Die Tür flog auf. Lena erkannte durch ihre flatternden Lider ein paar weiße Lederstiefel mit Metallkappen, dann schwanden ihr die Sinne.

Eric hatte ihn schon auf der Treppe gerochen. Das Rumpeln und die anderen Geräusche aus dem Zimmer ließen ihn ahnen, was sich gerade ereignete.

Bevor er die Tür erreichte, zog er die P9 und machte sich bereit. Nadolny gehörte noch nicht lange zu den Wesen der Dunkelheit. Das bedeutete, dass er sich absolut wild gebärdete und keinerlei Kontrolle über sich besaß. Am Anfang waren sie alle so.

Eric betrat das Zimmer und erfasste mit einem kurzen Blick,

dass er nicht viel später hätte kommen dürfen. Ein sich verwandelnder Nadolny stand über Lena, vornübergebeugt und fleischgierig, betrunken vom Geruch der Frau und der Vorfreude auf das warme Blut. Aus diesem Grund brauchte er zu lange, um auf die neue Bedrohung zu reagieren.

Als er sich auf Eric stürzen wollte, war es zu spät. Die Sig Sauer hatte zwei Glaser-Geschosse gegen ihn gespien, die mit nur geringen Abweichungen voneinander mitten in seine Brust einschlugen. Die Wucht des Aufpralls stoppte ihn auf der Stelle. Nadolny gab ein Heulen von sich, ein lautes, erschrockenes Kreischen – und brach tot über Lena zusammen.

Die Schüsse, das zischende Blut, das über sie lief, und das Zucken des sich verwandelnden Körpers weckten sie aus ihrer Bewusstlosigkeit. Schreiend wand sie sich unter dem Kadaver hervor, presste sich mit dem Rücken gegen die Wand. Ihr Blick war glasig.

»Lena? Hören Sie mich?« Er streckte die Hand aus und berührte sie an der Schulter. »Wir müssen gehen! Wahrscheinlich ist die Polizei schon unterwegs, und glauben Sie mir, die werden zu viele Fragen stellen, die keiner von uns beantworten kann.«

Sie zuckte zurück, die blutverschmierten Haare hingen ihr ins Gesicht und malten feine rote Linien auf ihre Haut. Sie stand unter Schock, nahm Eric gar nicht wahr.

Jetzt war keine Zeit für angewandte Psychologie. »Tut mir Leid.« Eric ging vor ihr in die Hocke – und schlug zu. Lena sackte betäubt in sich zusammen.

Er warf sie sich über die Schulter, nahm den aufgeschlitzten Koffer und rannte die Treppe hinab zum Hinterausgang, wo er den Cayenne geparkt hatte. Sie fuhren in dem Moment los, als die Polizei in die Straße bog, sie aber nicht bemerkte. Ab und zu hatte auch er Glück.

Lena erwachte stöhnend. So gut es der Sicherheitsgurt und ihre Jacken zuließen, betastete sie ihren Rücken. Als sie die zitternde Hand zurückzog, klebte daran Blut.

»Es wird eine Narbe geben, aber er hat Sie nicht infiziert«, beruhigte Eric sie, ohne den Kopf zu drehen. »Lykanthropie überträgt sich nur durch einen Biss.«

Lena schlug die Hände vors Gesicht und weinte leise.

Eric reichte ihr den Schwamm, mit dem er normalerweise die beschlagene Innenscheibe säuberte. »Hier. Mehr habe ich leider nicht anzubieten.«

Sie schniefte, nahm ihn und tupfte sich damit Wange und Augen ab. »Scheiße«, sagte sie mit belegter Stimme. »Scheiße, Scheiße.« Die Stirn an die Seitenscheibe gelehnt, starrte sie hinaus auf die vorbeirauschenden Lichter Sankt Petersburgs.

Eric ließ ihr die Zeit, sich zu sammeln und das, was ihr soeben zugestoßen war, zumindest ansatzweise zu verarbeiten. Er war froh, dass sie offensichtlich nicht ihren Verstand verloren hatte, wie er es in der Vergangenheit des Öfteren bei Menschen erlebt hatte, die eine Begegnung mit einem Wandelwesen überlebten. Entgegen allen Behauptungen war die Psyche sehr viel zerbrechlicher als der menschliche Körper.

»Ich habe meinen Vater und meine Mutter durch die Wandelwesen verloren«, brach er das Schweigen. »Mein Vater hat mich ausgebildet, mir ihre Stärken und Schwächen gezeigt und mich mit auf die Jagd genommen.«

Lena stöhnte. »Eigentlich wäre es mir lieber, wenn Sie wahnsinnig wären.« Sie senkte den Kopf und betrachtete ihre Hände, an denen ihr eigenes und das Blut Nadolnys klebten. »Aber Sie sind es nicht.« Sie klappte die Sonnenblende nach unten und begutachtete ihr Gesicht. Nadolnys Handabdrücke waren deutlich zu erkennen, die Stellen unterhalb der Augen schwollen an. »Wie lange machen Sie das schon?«

»Seit zwölf Jahren. Es gibt ziemlich viele von ihnen«, antwortete er, bog ab und lenkte den Cayenne durch den Verkehr zurück zum Kastell'schen Anwesen. »Sie werden nicht gleich wieder Ihr Pfefferspray auspacken?«

Sie lächelte müde. »Keine Sorge. Es ist leer.« Sie betrachtete ihn von der Seite. »Wie finden Sie diese ...?«

»Wandelwesen oder Werwesen. Lykanthropie ist nur der Sammelbegriff für sie und bezeichnet ihre Fertigkeit, zwischen Mensch- und Tiergestalt zu wechseln. Damit meine ich nicht die armen Spinner, die sich für einen Wolf halten und sich so benehmen. Das ist was Psychologisches. Sie haben gesehen, um was es geht.« Eric wusste, dass sie ihm jetzt glaubte. Was blieb ihr auch anderes übrig?

»Sie wollen sagen, dass es nicht nur Werwölfe gibt, sondern auch ...«

»Alle möglichen Formen, genau. Es hängt von ihrem Ursprung ab, ihrer Kultur. Wie ich schon sagte, in jeder Legende steckt ein wahrer Kern, ganz gleich, ob man Ihnen von Wer-Jaguaren in Argentinien, Wer-Schakalen in Ägypten oder Wer-Tigern in Indien berichtet.« Er schaute sie ernst an. »Glauben Sie den Legenden.«

»Sie kommen ordentlich herum, nehme ich an«, sagte sie mit einem Hauch zurückkehrenden Humors. »Woher wissen Sie, wo sich ein Lykanthrop befindet?« Das Thema schien sie mehr und mehr gefangen zu nehmen.

»Sie begehen Fehler. Wandelwesen begehen früher oder später immer Fehler. Bis auf ...«

»Was meinen Sie damit?«

»Da wäre die eigene Dummheit. Manche werden in ihrer Tiergestalt bei den Streifzügen gesehen, und heraus kommen dabei solche Geschichten wie in England vor ein paar Monaten: *Frau sieht schwarzen Panter in der Londoner U-Bahn*. Erinnern Sie sich an die Schlagzeilen? Ein Tier in artfremder Umgebung ist immer ein gutes Zeichen für einen Lykanthropen. Und dann gibt es da noch ihre Gier nach Menschenfleisch, der sie nachgeben müssen. Bestialische Morde sind Indizien, auch wenn manche der Wesen genügend Verstand besitzen, ihre Taten zu tarnen.«

»Nadolny ...« Lena zog die Augenbrauen zusammen. »Das, was von Nadolny übrig geblieben ist, hatte kaum eine Spur von Verstand.«

»Er gehörte noch nicht lange zu ihnen. Sie lernen erst mit der Zeit, die Wildheit des Tiers zu kontrollieren, außer man reizt sie.« Er fuhr in die Einfahrt des Anwesens, stieg aus und half ihr aus dem Cayenne. »Ich sehe mir Ihren Kratzer auf dem Rücken an, danach duschen Sie erst einmal und schlafen. Morgen werden Sie mehr lernen.« Im selben Moment wurde ihm bewusst, dass er mit der gleichen autoritären Art wie sein Vater gesprochen hatte.

Lena fühlte sich zu ermattet, um zu protestieren. Außerdem war ihr klar, dass sie in ihren Sachen nirgendwo hingehen konnte, nicht einmal auf eine öffentliche Toilette, ohne der Polizei tausend Fragen beantworten zu müssen. Gerne ließ sie es zu, dass der Mann sie stützte. Das Haus, in das er sie führte, vermittelte ihr ein Gefühl von Sicherheit. Sie begann, sich ein wenig zu entspannen. »Verwandelt sich auch irgendetwas in ein freundliches, nettes Tier?«, fragte sie mit dem Anflug eines Lächelns. »Gibt es auch Wer-Meerschweinchen?« Eric lachte. »Das kann ich nicht sagen. Wenn es ein Wer-Meerschweinchen gibt, ist es bislang nicht negativ aufgefallen.« Er genoss es, dass sie lächelte. Dass sie *ihn* anlächelte. »Hoffentlich behalten Sie Ihre gute Laune, wenn ich den Schnitt desinfiziere.«

Er brachte sie in eines der Gästezimmer. Sie streifte die Oberbekleidung ab und wandte sich um, ehe sie den Verschluss des BHs löste. »Nehmen Sie es als Zeichen meines Vertrauens, dass ich Ihnen den Rücken zudrehe«, sagte sie und hielt die Haare zur Seite. »Sie haben vorhin angedeutet, dass *eines* der Wesen keinen Fehler begeht?«

»Damit ist es nun auch vorbei. Das Bild hat mich endlich auf seine Spur gebracht.« Er zog die Nachttischlampe zu sich und leuchtete auf die Wunde. Sie ging nicht tief, aber sie würde sich sicherlich entzünden, wenn er kein Jod darübergab. Er brachte es nicht übers Herz, ihr zu sagen, dass die Wunden, die ein Werwolf schlug, schlimme Narben hinterließen. Eine Schande, bei ihrem wundervollen Körper und ihrer weichen Haut. »Damit kann ich es endlich stellen.«

»Klingt nach einer langen Vorgeschichte.«

»Sie ist zweihundertvierzig Jahre alt.« Eric behandelte sie rasch, klebte ein wasserfestes Pflaster darüber. »Bei Gelegenheit erzähle ich sie Ihnen.«

Er ließ sie allein, damit sie duschen konnte. Als Eric ihr etwas zu essen brachte, fand er sie schlafend vor. Leise ging er wieder.

In dieser Nacht widerstand er dem Verlangen nach den Tropfen. Dafür entstand ein merkwürdig farbenfrohes Gemälde, das von allem abwich, was er in den letzten Jahren geschaffen hatte. Dimitri würde es nicht verkaufen können.

XIII. KAPITEL

5. Juni 1765, in der Umgebung von Saugues, Südfrankreich

Jean lenkte seine Schritte den Weg entlang in Richtung des großen Dorfs. Auf seinem Rücken trug er einen Rucksack. Darin befanden sich Pelze und Häute, die er auf dem Markt verkaufen wollte, um ein paar Livres zu machen. Das ständige Umherwandern, immer auf der Fährte der Bestie, ging an die Ressourcen. Er und seine Söhne mussten auch von etwas leben.

Um ihn herum grünte das Gévaudan zwischen dem bleifarbenen Granit und erweckte auf einen unbedarften Menschen den Eindruck, es sei alles in schönster Ordnung. Doch Jean wusste von den letzten Angriffen Anfang des Monats, die einen Jungen und ein Mädchen das Leben gekostet hatten. Nichts war in Ordnung.

Die Dennevals veranstalteten eine Jagd nach der anderen rund um die drei Berge Montchauvet, Montmouchet und Montgrand. Genau dort, wo Antoines und Pierres Heimat war. Und seine. Die Normannen ahnten etwas.

Das war ein weiterer Grund, weswegen er Saugues lieber gemieden hätte: das Gerede. Nicht nur die Vielzahl der Menschen bescherte ihm Unruhe, auch die Blicke und das Getuschel hinter seinem Rücken. Sie würden sich anschauen und sich gegenseitig zuflüstern, dass der Sohn der Hexe wieder im Ort sei. Die Pelze und Häute kauften sie dennoch gerne von ihm. Es kostete ihn jedes Mal Überwindung, in das Dorf zu gehen, was er die Menschen jedoch nicht merken ließ. Für sie erschien er spröde und abweisend wie immer.

Er passierte die ersten Häuser und folgte der Straße zum Markt. Dabei kam er an dem Haus der alten Yvette Chabrol vorbei, und er wunderte sich, dass ihre Tür weit offen stand. Yvette besaß einen ähnlich fragwürdigen Ruf wie er, weil sie etwas sonderbar geworden war. Niemand kannte ihr wahres Alter, aber solange Jean sich erinnern konnte, gab es Yvette. War sie achtzig Jahre? Neunzig?

Jean blieb stehen und lauschte in das Haus, dann hörte er leises Stöhnen. »Madame?«, rief er fragend hinein, bekam aber keine Antwort. Rasch trat er ein, um nach der alten Frau zu sehen.

Zu seinem Erstaunen fand er Äbtissin Gregoria in der kleinen Schlafstube an Yvettes Bett. Sie saß halb mit dem Rücken zu ihm und bemerkte ihn nicht. Sie wrang einen Lappen über einer Schüssel mit Wasser aus, dann wischte sie damit über die schweißnasse Stirn der alten Frau und half ihr, sich aufzurichten. Behutsam flößte Gregoria ihr Tee ein, Jean roch den Duft der Kamilleblüten bis zur Tür.

»Seht Ihr, es geht doch, Madame Chabrol«, sprach sie leise, aber aufmunternd. »Die Kräuter helfen gegen den Husten und werden Euch gut tun. Der Herr hat Euch mit hohem Alter gesegnet, und Ihr werdet noch einige in Saugues überleben, so Gott will. Aber achtet besser auf Euch. Deckt Euch in der Nacht zu.« Sie ließ Yvette zurück in die Kissen sinken. »Ich sehe nächste Woche wieder nach Euch. Morgen kommt Schwester Magdalena.«

Die alte Frau griff nach ihrer Hand. »Danke, ehrwürdige

Äbtissin. Möge der Herr Euch für Eure Mühen belohnen«, keuchte sie.

»Ihr müsst mir nicht danken.« Gregoria schüttelte das verhüllte Haupt. »Ich tue es gerne, Madame Chabrol.«

»Aber Ihr habt sicherlich Besseres zu tun, als Euch einer Sterbenden zu widmen«, begehrte sie rasselnd auf. Ihre Lungen waren voller Wasser. Jean kannte das Geräusch. Er schätzte, dass sie höchstens noch ein oder zwei Tage zu leben hatte, und wagte nicht, auf sich aufmerksam zu machen. Wenn Yvette sich erschreckte, konnte ihr das den Tod früher bringen – und ihn selbst damit noch mehr in Verruf.

»Wer wird denn an einem so schönen Tag vom Sterben reden, Madame Chabrol?«, sagte die Äbtissin lächelnd und tupfte über die Stirn der Frau. »Lasst die Kräuter wirken. Ich bete für Euch, und Ihr werdet sehen, dass Ihr bald gesund und munter erwachen werdet.«

»Fahre ich ins Paradies, ehrwürdige Äbtissin?« Yvettes Stimme brach mehr und mehr. »Ihr müsst wissen, dass ich in meinen jungen Jahren nicht immer keusch gewesen bin.«

»Ich bete für Euch. Da Ihr Eure Sünden bekannt habt, werdet Ihr gewiss ins Paradies gelangen, Madame Chabrol. Doch vorher lebt lieber noch ein Weilchen.«

Jean sah genau, wie sich Gregoria mit einer schnellen Bewegung eine Träne aus dem linken Augenwinkel wischte. Sie wusste genau, dass Yvette in den letzten Zügen lag.

Die knöcherne Hand packte fest zu und quetschte die weiße Hand der Äbtissin. »Aber Prêtre Frick hat nach der Beichte gesagt, dass Gott nur die Seelen der Frömmsten aufnimmt, ehrwürdige Äbtissin.« Die alte Frau hatte offensichtlich Angst vor dem, was sie im Jenseits erwarten konnte.

»Seid ohne Sorge, Madame Chabrol.« Gregoria fuhr ihr beruhigend über die grauen Haare. »Gott liebt alle Menschen. Und nun erholt Euch.« Sie stand auf.

Jean drehte sich um und schlich hinaus. Er wollte nicht, dass sie ihn bemerkte.

Sein Bild von der Äbtissin war abrupt ins Wanken geraten. Niemals hätte er sie hier erwartet, und schon gar nicht, dass sie sich selbst um Yvette kümmerte. Oder dass ihr deren bevorstehender Tod nahe ging. Bislang hatte er sie als kühle Nonne von adliger Herkunft betrachtet, die sich wie alle anderen Klerikalen benahm. Was er sah und hörte, erstaunte ihn. Demnach konnte sie mehr als nur arrogant und von ihrem Glauben verblendet sein. Außergewöhnlich.

In Gedanken versunken, schritt er durch die Gassen bis zum Markt und breitete neben dem Brunnen seine Ware aus, ohne auf seine Umgebung zu achten. Es dauerte nicht lange, und die ersten Leute interessierten sich für seine Eichhörnchenpelze. Er handelte mit ihnen, ging aber nicht einen Sou im Preis herab.

Der Himmel zog sich zu, die Luft roch nach Feuchtigkeit. Der auffrischende Wind brachte dunkle Wolken mit sich, und in der Ferne erkannte Jean die grauen Schleier, die aus dem Himmel auf die Erde hingen. Regen ergoss sich auf Berge und Wiesen.

»Bonjour, Monsieur Chastel«, hörte er ein Mädchen unvermittelt neben sich grüßen.

Er wandte sich ihr zu. *»Ah, bonjour,* Marie Denty.« Er ging in die Hocke und reichte ihr die Hand. Sie lächelte und strahlte ihn aus ihren großen, braunen Augen an. Sie trug ein grobes Leinenkleid und eine weiße Haube über den dunkelblonden Haaren. Der Korb, den sie bei sich hatte, war fast so groß wie sie. »Oh, du wächst und wirst immer hübscher«, neckte er, und sie lachte. »Bekommst du schon viele Heiratsanträge?«

»Ich bin doch erst zehn Jahre«, wehrte sie verlegen ab.

»Erst zehn Jahre?« Jean schlug gespielt überrascht die Hände über dem Kopf zusammen. *»Incroyable,* du siehst aber aus wie eine kleine Madame.« Er kitzelte sie am Bauch, und sie lachte in ihrer unbeschwerten Art. Sein Herz erfreute sich an dem Klang. »Hat dich deine Maman geschickt?«

»Ja, Monsieur Chastel.« Sie deutete auf die Stände um ihn herum. »Gemüse und Rauchfleisch soll ich bringen.«

»Aha, es gibt Suppe bei euch«, schloss er aus dem Auftrag und langte in seine Tasche. »Ich habe etwas für dich.« Er zwinkerte ihr zu.

»Oh, wieder ein Tier?« Sie stellte den geflochtenen Korb auf den Boden und suchte in der Tasche ihres Kleides. »Seht, ich habe die anderen alle aufgehoben.« Marie zeigte ihm das halbe Dutzend geschnitzter Figürchen, das er ihr geschenkt hatte, zwei größere und vier kleine. »Die anderen sind deswegen alle neidisch auf mich«, gestand sie voll Stolz. »Und ich sage dann immer, dass Ihr sie mir gabt, Monsieur Chastel.«

Er streichelte ihren Kopf und zog sein neuestes Werk hervor. Es war ein halb fertiger Vogel aus Buchenholz, etwa so groß wie Maries Handteller. »Ich schnitze ihn dir zurecht«, versprach er und packte sein Messer aus. Unter den wachsamen und erwartungsvollen Augen des Mädchens verlieh er dem Tier den letzten Schliff. Dünne Späne fielen, und das Holz gab mehr und mehr die Feinheiten preis. Derweil gingen die ersten Regentropfen auf sie nieder. Noch war es nur eine Warnung für das drohende Unwetter.

»Eine Schwalbe!«, jubelte Marie, als sie den Vogel erkannte.

»Eine Schwalbe«, bestätigte er, bohrte mit der Spitze des Messers ein kleines Loch, fädelte einen dünnen Lederriemen hindurch und reichte dem Mädchen sein Geschenk. »Gefällt sie dir?«

»Sehr«, strahlte Marie und nahm den Anhänger ehrfurchtsvoll entgegen. Sie hängte ihn sich um und schlang die Arme um den Wildhüter. »Danke, Monsieur Chastel.«

»Schon gut«, brummte er verlegen und schob sie weg.

»Rasch, geh einkaufen. Sonst gibt es bei euch nichts zu essen, und du wirst klatschnass, bis du zu Hause angekommen bist.«

Sie hob den Korb auf. »Es ist mir egal, was die Leute über Euch sagen, Monsieur Chastel. Ihr seid immer nett zu mir. Ihr seid mir der liebste Mensch, außer Maman und Papa.« Sie lief davon, winkte ihm vom Stand des Fleischers aus zu und reichte dem Mann den Korb.

Jean verfolgte die Kleine mit gütigen Blicken, wie sie geschäftig über den Markt lief, und entdeckte dabei die Äbtissin. Sie verharrte neben der Auslage eines Gemüsehändlers, die weißen Hände vor dem Körper gefaltet, und hatte offenkundig seine Unterhaltung mit Marie beobachtet. Ihr Gesicht spiegelte ihre Überraschung. Mindestens die gleiche Überraschung, die er empfunden hatte, als er sie neben Yvette Chabrol sitzen sah. Je länger er sie betrachtete, umso mehr musste er an eine Heiligenstatue denken.

Dann öffneten die Wolken ihre Schleusen und überschütteten Saugues. Fluchend raffte Jean die Pelze und Häute an sich und rannte unter ein Vordach. Die Äbtissin begab sich ebenfalls in den Schutz des Unterstandes, er aber tat so, als habe er sie nicht bemerkt. Stattdessen verstaute er kniend seine Ware im Rucksack. Er würde sowieso nichts mehr verkaufen.

»*Bonjour*, Monsieur Chastel«, sagte Gregoria in seinem Rücken und machte es ihm unmöglich, sie weiterhin zu ignorieren. »Ihr wart vorhin nicht zufällig im Haus von Madame Chabrol?«

»Nein.« Er stand auf und betrachtete sie. »Nicht zufällig.«

Ihr schwarzer Habit war vom Regen getränkt und glänzte matt, teilweise schmiegte er sich an ihren schlanken Leib und zeigte mehr von ihrer Figur, als es für eine Äbtissin üblich war.

»Ich habe sie rufen hören und wollte nachsehen. Ihr wart schneller als ich.«

»Und warum habt Ihr nichts gesagt?«

»Um die alte Madame zu Tode zu erschrecken? Nein, diese Aufgabe überlasse ich Prêtre Frick.«

Ihre dunklen Brauen hoben sich, sie blickte vorwurfsvoll. »Dass Ihr Euch Mühe gabt, leise zu sein, ehrt Euch. Dass Ihr gelauscht habt, weniger.«

Er lächelte, ohne dass er es wollte. »Vielleicht fürchtet Ihr, dass ich Eure Worte behalten habe? Die alte Madame hat sich doch vorher so schön gefürchtet, dank des fetten Pfaffen und seinem Gerede über die Hölle, die auf Sünderinnen wie sie wartet.«

Gregoria räusperte sich. »Es hat Euch überrascht, dass ich nicht in die gleiche Kerbe schlug?«

»Ja.«

»Monsieur Chastel, Gott ist barmherzig. Wieso sollte er wollen, dass eine alte Frau, die auf der Schwelle zum Tod steht, ihre letzten Tage in Furcht erlebt?«

»Ich sprach nicht von Gott. Ich sprach von Prêtre Frick«, verbesserte er. »Ihr erinnert Euch an meine Worte im Wald des Vivarais? Frick ist einer von vielen Gründen in der Soutane, wegen denen ich die Kirche verabscheue. Nun wisst Ihr auch, warum.«

Sie hob den Kopf. »Ich verstehe Euch, Monsieur Chastel. Es war nicht rechtens. Auch wenn es mir nicht zusteht, einen Prêtre zu maßregeln oder zu kritisieren, so werde ich ihn dennoch darauf ansprechen.«

Jean hatte sich auf das nächste Rededuell eingestellt und wurde von ihrem Einlenken überrumpelt. Er konnte nichts sagen, außer: »Ihr ... Seid Ihr allein in Saugues?«

»Nein. Die anderen Schwestern sind in den Häusern der Kranken unterwegs. Unser Kräutergarten hält Heilung für viele Dinge bereit.« Gregoria streckte die Hand aus und hielt sie in den Regen. »Ihr könnt sehr gut mit Kindern umgehen, Monsieur Chastel.«

»Ihr habt mich beobachtet?«

»So wie Ihr mich beobachtet habt.« Der Wind peitschte den Regen durch die Gassen. Sie hielt den Blick auf die Häuserfronten gerichtet, an denen das Wasser herablief. »Kennt Ihr die Kleine gut?« Sie zog den Arm zurück und schüttelte das Wasser von der Hand.

»Sie heißt Marie Denty. Ihr Vater und ich gingen oft gemeinsam auf die Jagd. Das änderte sich, als ich meine Frau pflegen musste.« Er sah zu der Stelle, wo das Wasser die Holzspäne packte und langsam über den aufweichenden Boden trug. »Sie ist wie eine Tochter für mich. Und es ehrt mich, dass ihre Eltern mir ihr Vertrauen schenken.«

»Ich kenne das Gerede über Euch, Monsieur Chastel. Und ich gestehe, dass ich versucht war, ihm Glauben zu schenken, nachdem wir uns das erste Mal gegenüberstanden.« Sie nickte ihm zu. »Aber heute erkannte ich, dass nichts Wahres daran sein kann. Gott wird mir meinen Fehler vergeben. Und Euch für Eure Anteilnahme danken, die Ihr Madame Chabrol zeigt.« Sie schwieg einen Moment. »Ihr wisst, dass die Dennevals Fragen über Euch und Eure Familie stellen? Sie erkundigen sich vor allem über Euren Sohn Antoine und seine Hunde.«

»Ich weiß nicht, was Ihr meint.«

»Sie kamen zu mir ins Kloster und fragten mich, weil ihnen die anderen Leute keine Auskunft mehr geben wollten, sobald sie den Namen Antoine Chastel hörten. Das finden die Dennevals ... merkwürdig«, sprach Gregoria weiter. »Ist Euch bekannt, dass Euer Sohn von den meisten nur *der Mann* genannt wird, weil man sich davor fürchtet, seinen Namen zu nennen?«

»Ich weiß«, presste Jean mühsam hervor. »Er war nicht immer so seltsam. Ich ... ich erkenne ihn selbst manchmal kaum wieder. Die Fremde hat ihn verändert.«

»Achtet auf ihn, Monsieur Chastel«, riet sie ihm besorgt.

»Und das sage ich nicht nur wegen meines Mündels. Es ist zu hören, dass der König wütend ist und nach über sechzig Toten und vierzig Verletzten Erfolge sehen möchte. Die Normannen haben es auf Antoine und seine Hunde abgesehen. Es wäre einfach, sie als die Bestie zu präsentieren.«

Jean nahm den Rucksack, nickte ihr zu und flüchtete in den Regen. Er war es nicht gewohnt, dass man so freundlich mit ihm sprach, und von der Äbtissin hatte er erst recht keine Warnung erwartet. Sie verwirrte ihn und machte es ihm schwer, sie wie die anderen Pfaffen zu hassen.

Gregoria sah dem Wildhüter nach, der durch den Schlamm davoneilte und Saugues mit ein paar Münzen in der Tasche verließ. Sie hatte die kleinen Holzfigürchen gesehen, die auf dem Tisch der alten Yvette standen. Es war unstrittig, wer sie anfertigte.

Mit einem Mal blitzte in ihr ein Gefühl auf, das Gelübde und Stand ihr verboten. Sie rang es auf der Stelle mit einem Gebet nieder; ihre nassen Finger jagten über die Perlen des Rosenkranzes. Es durfte niemals mehr als Nächstenliebe für einen anderen Menschen in ihrem Leben geben.

Niemals wieder.

XIV. KAPITEL

Russland, Sankt Petersburg, 14. November 2004, 10:33 Uhr

Anatol legte Eric beim Frühstück einen Ausdruck vor. Er hatte die Fotos des Medaillons vergrößern lassen.

»Was haben Sie darüber herausgefunden, Anatol? Ach, lassen Sie mich selbst sehen«, meinte Eric, legte sein Croissant beiseite und griff danach. Er studierte die Vergrößerung eine Weile und übersetzte: *»Göttlicher Lycáon, König von Arkadien, Herrscher aller Wölfe.«*

Anatol schaltete sich ein und deutete auf die Symbole. »Vermutlich stehen die Zeichnungen stellvertretend für die Qualitäten Arkadiens: die Flöte für den Gott Pan, der Fluss müsste der Styx sein, der angeblich durch Arkadien floss, und die Berge stehen für die vorherrschende Landschaft.«

Eric reinigte seine Brille mit einer Serviette, sah sich die Abbildungen genauer an und schrieb die Übersetzung groß auf das Bild. »Lycáon und Arkadien, so, so.« Dann drehte er sich zur offenen Tür, bevor Lena klopfen konnte. Inzwischen kannte er ihren Geruch. Kein Parfüm – ihren eigenen, aufregenden, wunderbaren Geruch. »Kommen Sie herein.«

»Das Frühstück wartet schon«, ergänzte Anatol freundlich.

Die Männer standen auf, als sie an den Tisch trat und sich setzte.

Sie sah in dem zu großen Morgenmantel wie ein kleines Mädchen aus. Die nassen Haare hatte sie kurzerhand mit einem Haargummi zu einem Pferdeschwanz zusammengefasst, unter dem Morgenmantel erkannte er blanke Haut. Sie roch frisch gewaschen und dennoch nach sich selbst.

»Guten Morgen.« Dankbar nickte sie Anatol zu. »Ich habe mir gewünscht, dass ich heute aufwache und feststelle, dass es ein Traum war«, sagte sie an Eric gewandt. »Aber die Schmerzen an meinem Rücken konnten es nicht abwarten, mir die Realität zu zeigen.« Sie nahm einen Schluck Kaffee, dabei fielen ihre Augen auf das Blatt. »Lycáon?«

Eric griff in die Hosentasche und legte ihr das Amulett vor den Teller. »Das habe ich bei einem von den Maskierten gefunden. Anatol war so freundlich und hat sich der Sache angenommen.« Er nahm sich von dem Tatar. »Sie kennen die Legende?«

»Der König wurde von Zeus in einen Wolf verwandelt«, sagte Lena nachdenklich.

»Wollen Sie ein paar Mythen zum Frühstück?« Eric würzte sein Tatar mit wenig Salz und kaum Pfeffer. »Lycáon war ein größenwahnsinniger Tyrann, der keinerlei Respekt vor den Göttern besaß und sich selbst Wolf nannte. Zeus stellte ihn zur Rede, doch Lycáon machte sich lustig über ihn und wollte einen Beweis dafür, einen Gott vor sich zu haben: Er wollte Zeus töten, und sollte Zeus überleben, wäre der König davon überzeugt, den Göttervater vor sich zu haben. Als Henkersmahl setzte ihm Lycáon seinen eigenhändig getöteten Sohn vor. Zeus bemerkte das Menschenfleisch und verurteilte den König dazu, fortan ein Wolf unter Wölfen zu sein. Als bösartiger Wolf musste er umherziehen, um seinen Blutdurst zu stillen.«

Lena gab sich Zucker in den Kaffee und beobachtete mit einem Schaudern, wie Eric, passend zur Geschichte, das Tatar genoss. »Die ganze Geschichte kannte ich nicht.«

»Der Werwolfglaube hängt wahrscheinlich auch mit Menschenopfern zusammen. Angeblich wurden sie bis ins vierte Jahrhundert vor Christus auf dem Gipfel eines Berges namens Lycáion zu Ehren des Königs der Wölfe dargebracht. Wer von dem Opferfleisch kostete, der wurde zu einem Wolf, der erst nach zehn Jahren seine alte Gestalt zurückbekam, sagt eine andere Legende.« Eric schob ihr die Marmelade rüber. »Sie mögen Süßes zum Frühstück, richtig?« Er bedankte sich bei Anatol mit einem Nicken, und der Mann verließ das Zimmer.

»Käse und Marmelade. Und zwar zusammen«, erklärte sie. »Nichts schmeckt besser.« Sie belegte sich ein Brötchen mit ihrer eigenwilligen Komposition. »Nachdem Sie und der vergangene Tag es geschafft haben, dass ich an Werwölfe glaube ... erzählen Sie mir mehr darüber.«

»Sind Sie sicher, dass Sie mehr erfahren möchten, Lena?«

»Todsicher.«

Eric tupfte sich die Mundwinkel ab. Er bekam selten die Gelegenheit, sein Wissen zu teilen. »Wie ich schon sagte, der Ursprung des Werwolfglaubens lässt sich Jahrtausende zurückverfolgen. In fast allen Kulturen der Weltgeschichte finden sich Geschichten über die Verwandlung von Menschen in Tiere oder Aufzeichnungen über Mischwesen aus Mensch und Tier. Das beginnt in der Steinzeit, wo Schamanen in entsprechender Verkleidung den Geist des Beutetiers anriefen. Das machen die Inuit und Indianerstämme heute noch.« Er lehnte sich zurück, nahm seine Tasse und schaute aus dem Fenster über die Dächer von Petersburg. »Der Geschichtsschreiber Herodot schreibt von Völkern, die sich in Wölfe verwandelten. Odin hat laut der nordischen Mythologie seine Wölfe Geri und Freki um sich, und auch die alten Germanen kannten den

Werwolf. Bei steinzeitlichen Ausgrabungen auf der Schwäbischen Alb hat man eine Tiermensch-Statue gefunden, die zwischen dreißig- und vierzigtausend Jahre alt ist.«

»Was schließen Sie daraus?«

»Dass sie mindestens so alt sind wie die Menschheit.«

»Aber woher kommen sie?«

»Das kann ich Ihnen nicht beantworten. Tatsache ist, *dass* es Werwölfe gibt und sie nach den Verfolgungen im Mittelalter weitestgehend im Verborgenen leben. In der Schweiz, Südfrankreich, den Französischen Alpen, der Dauphiné, in Savoyen, in Burgund und in Lothringen wurde ihnen im fünfzehnten und sechzehnten Jahrhundert in Verbindung mit Hexerei-Prozessen nachgestellt. Glaubt man den alten Aufzeichnungen, richteten die Werwölfe in Preußen, Livland und Litauen im sechzehnten Jahrhundert mehr Schaden an als natürliche Wölfe. Das hat sie auf die Abschussliste gebracht, bis das Interesse im neunzehnten Jahrhundert nachließ, und im zwanzigsten Jahrhundert glaubte niemand mehr an sie. Schöne moderne, rationale Welt. Das macht es einfacher für sie.«

»Es gab Prozesse?« Lena konnte kaum glauben, was sie hörte.

»Sicher. Da gab es beispielsweise den Fall Steffen Klöne, der 1590 in Soest hingerichtet wurde. Er nannte dem Gericht noch zwei weitere Männer, die sich mit ihm verwandelt hätten. Als Verwandlungsmittel diente neben einer Tierhaut ein Seil, das mehrmals um den Körper geschlungen wurde.« Eric überlegte. »Einige der unschönen Details sind mir entfallen. Früher kannte ich mich besser damit aus, und mein Vater hätte Ihnen die gesamten Akten zu den Prozessen auswendig vortragen können. Gut, die meisten Geständnisse wurden unter der Folter erzwungen, und darum geht man heute davon aus, dass damals Unschuldige sterben mussten. Vielfach war es auch so.

Aber wenn man die erhaltenen Protokolle richtig zu deuten weiß, dann sieht man, dass es auch hunderte Werwesen erwischt hat.« Er stellte seine Tasse ab. »Ich will Ihnen etwas zeigen.« Er verschwand und kehrte bald mit einem Ordner zurück, schlug ihn auf und legte ihn vor sie. »Das ist eine nette Sammlung. Lesen Sie, wenn Sie Lust haben.«

Eric setzte sich wieder auf seinen Platz. Während Lena zu blättern begann, nahm er sich ein Blatt und einen Stift. Er sah sie genau an, dann huschte die Spitze über das Papier.

Lena blieb an einem Fall hängen, der sich 1598 in der Nähe von Paderborn zugetragen haben sollte. Das altertümliche Deutsch bereitete ihr Probleme beim Lesen, aber dennoch kam sie dem Sachverhalt auf die Spur. Ein Mann, den man bezichtigte, sich mittels eines Gürtels in einen Wolf zu verwandeln, war grausam hingerichtet worden: Man hatte ihm bei lebendigem Leib den Bauch aufgeschnitten, das Herz herausgenommen und es ihm in den Mund gestopft. Der Körper war in vier Stücke geteilt und zu Asche verbrannt worden. Mit dem Kopf machten die Paderborner etwas ganz Besonderes. Sie rösteten ihn an, setzten ihn zum »Abscheulichen Exempel« mit einer eisernen Stange auf ein Rad und befestigten einen hölzernen Wolf darunter.

Lena kaute langsamer, schlug Seite für Seite um und konnte nicht fassen, was sich einst in Europa zugetragen hatte. Oft traf das Urteil Hirten, Geistesschwache oder Bettler, selten ein angesehenes Mitglied der Gesellschaft. Der Verdacht lag nah, dass die Prozesse doch nur ein Weg gewesen waren, um unliebsame, rechtlose Menschen aus dem Weg zu räumen. Noch viel erschreckender aber als die Aufzeichnungen über die Prozesse und Hinrichtungen waren die Berichte über die Gräueltaten, die den Bestien angelastet wurden. »Warum töten sie Menschen?«, fragte sie, nachdem sie den Bericht über ein regelrechtes Massaker gelesen hatte. »Ja, ich weiß, Lycáon wurde von Zeus verflucht ... aber reden wir von den Wesen, wie Nadolny eines gewesen ist, den wirklichen Werwesen. Warum hassen sie die Menschen?«

Eric zeichnete weiter und überlegte lange, ehe er antwortete: »Hass ist es nicht unbedingt. Die Motivation ist tatsächlich ihr Hunger. Um ehrlich zu sein, ich halte die meisten nicht für prinzipiell schlecht, sowenig wie man einem Raubtier einen Vorwurf machen kann, wenn es seinen Instinkten folgt und tötet. Aber es sind Raubtiere, welche vor allem die Menschen bedrohen. Und sie können Unschuldige infizieren. Also sind sie fällig.«

»Eine einfache Rechnung«, sagte sie mit einem sarkastischen Unterton. Als Wolfsforscherin kannte sie diese simple, radikale Argumentation sehr gut. Oft genug hatte sie mit Schafzüchtern diskutiert, die mit ihrem Gewehr auf eigene Faust gegen Wölfe vorgingen, obwohl sie es nicht durften. Nüchtern betrachtet büßten die meisten von ihnen mehr Tiere durch Unfälle als durch Wölfe ein. Lena ertappte sich dabei, wie sie beinahe Sympathie für die Werwesen empfand ... aber auch nur beinahe.

»Es macht mir keinen Spaß, sie zu töten«, erklärte Eric aufbrausend. »Aber was soll ich tun? Mit ihnen reden und sie bitten, dass sie aufhören, Menschen zu fressen oder den Fluch weiterzugeben?« Seine Reaktion fiel heftiger als gewollt aus. »Diese Entzugsklinik möchte ich sehen, die den Bestien beibringt, auf Gemüse umzusteigen!«

»Aber Sie sagen selbst, dass nicht alle von ihnen schlecht sind?«

»Nicht immer.« Eric seufzte und bemühte sich um Ruhe. Plötzlich sehnte er sich nach seinen Tropfen. »Wenn Sie sich näher mit der Mythologie der verschiedenen Länder beschäftigen, werden Sie erkennen, dass Werwesen in manchen Kulturkreisen sogar als heilige und durchaus gute Wesen verehrt werden.«

Lena schenkte sich Kaffee nach. »Sind Sie so einem freundlichen Werwesen schon mal begegnet?«

»Nicht dass ich wüsste.« Er zögerte. »Ich ... ich mache keine Unterschiede, wenn mich eines von den Biestern angreift. Es gibt keine Kuschelwerwölfe.« Einen Moment lang breitete sich betretenes Schweigen zwischen ihnen aus. Schließlich brach Eric die Stille mit einem Lächeln. »Aber um auf Ihre Fragen nach den Wer-Meerschweinchen zurückzukommen: Es soll harmlose Lykanthropen geben, die sich in Rehe oder Seekühe ...«

Lena prustete los und spuckte ihren Kaffee aus. »Seekühe?«

»Seekühe«, bestätigte er gespielt ernst. Gebannt verfolgte er den Weg eines schwarzen Kaffeetropfens, der ihren Hals entlang über die Brust unter den Bademantel rann. Er beneidete ihn. »Sie verwandeln sich in Seekühe. Aber die sind mir noch nicht untergekommen. Ich treffe immer nur auf die Schlimmsten von ihnen.«

»Würden Sie eine Wer-Seekuh umbringen?«

Es gab kein Zaudern, als er erwiderte: »Ja.«

»Wieso?«

»Sie könnte ein Ausflugsboot angreifen.«

Lena fixierte ihn ungläubig und merkte erst nach fünf Sekunden, dass er sie aufgezogen hatte. Sie lachte schallend, und Eric lächelte glücklich.

»Mit den harmlosen, sofern sie existieren, hätte ich wahrscheinlich keine Schwierigkeiten. Ich begegne aber immer denen, die abgrundtief verdorben sind und nach Steigerung ihrer Taten trachten. Sie lieben es, Menschen zu reißen, auch ohne den Hunger, dem sie hilflos ausgeliefert sind. Sozusagen die echten Psychopathen unter den Werwesen. Ich empfinde kein Mitleid mit ihnen.« Er legte das Blatt und den Stift zur Seite.

»So einen haben Sie gemeint, als Sie davon sprachen, dass

eines der Wesen keinen Fehler begeht«, mutmaßte sie und genoss den süß-herzhaften Geschmack von Gouda und Erdbeerkonfitüre auf der Zunge.

Eric zollte ihr stummen Respekt, was ihre Aufmerksamkeit anbelangte. »Ja, Sie haben Recht. Dieses Wandelwesen ist ein Hybrid, ein Bastard, eine Kreuzung aus verschiedenen Werwesen. Es beherrscht den Trieb und weiß ihn zu nutzen. Gehen Sie davon aus, dass auch der Mensch, in dem es steckt, eine echte Bestie ist: rücksichtslos, grausam, zu allem bereit. Die Jagd auf dieses Wesen hat Priorität vor allen anderen.«

»Und das macht Ihre Familie seit über zweihundert Jahren?«

»Ja.«

Sie schwieg eine Weile. »Gibt es noch andere Jäger außer Ihnen?«

Eric legte den Kopf ein wenig schief. »Meine Familie war seit jeher allein, abgesehen von ein paar eingeweihten treuen Helfern. Es kann dennoch sein, dass es mehr Menschen wie mich gibt. Ich weiß es nicht. Ich habe noch keinen getroffen.«

Lena schluckte schwer. Sie erkannte eine große Melancholie, eine Einsamkeit in den Augen Erics, wie sie sie noch bei keinem anderen Mann gesehen hatte. »Ihr Job ... Ihre Aufgabe isoliert Sie ziemlich.«

Er bleckte die Zähne und strich sich eine schwarze Strähne aus dem Gesicht, die über das linke Brillenglas baumelte und seine Sicht beeinträchtigte. »Sie sind die erste Frau, die mich beim Frühstücken sieht.«

Sie sah ihn verwundert an.

»Es ist schwierig, jemanden zu finden, der dafür Verständnis hat, dass man ständig reist und scheinbar harmlose Menschen erschießt.«

»Harmlose ...?«

»Erinnern Sie sich, Lena. Sie haben den erschossenen Nadolny vor sich auf dem Boden liegen sehen, nicht den Werwolf.

Die Bestie verschwindet, wenn die Menschenseele ... in den Himmel einzieht.«

»Sie glauben, dass die Seele eines solchen Mörders in den Himmel kommen kann?«, fragte Lena skeptisch.

»So erkläre ich es mir«, Erics Stimme klang fast entschuldigend, »um wenigstens etwas Tröstliches daran zu finden.« Er lehnte sich zur Seite. »Im lebendigen Zustand können sie sich verwandeln, wann immer sie möchten. Nur der Vollmond zwingt sie dazu, an drei aufeinander folgenden Nächten ihre Wolfsgestalt anzunehmen. Das sind die Stunden der Wahrheit, die sie fürchten und lieben. Im Allgemeinen bevorzugen sie es, in der Tiergestalt umherzustreifen, aber wenn es zum Kampf kommt, wechseln viele von ihnen in das Zwischenstadium. Damit besitzen sie mehr Möglichkeiten zum Angriff und zur Verteidigung. Und unerfahrene Gegner lassen sich von dem Anblick gerne einschüchtern.«

Lena nickte. »Oh, *das* kann ich verstehen! Ich dachte, mein Herz setzt aus, als ich das Biest vor mir sah.«

Eric lächelte verständnisvoll. »Ich habe gestandene Männer in Ohnmacht fallen sehen, andere haben sich in die Hosen geschissen, und wieder andere wurden schlicht wahnsinnig.« Er erhob sich. »Und jetzt entschuldigen Sie mich bitte, Lena. Ich reise ab. Anatol hat Anweisung, Sie an jeden Ort zu bringen, an den Sie möchten.«

»Und Sie?«, kam es sehr schnell über ihre Lippen.

»Ich muss verreisen.«

»Sie fliegen nach Plitvice, habe ich Recht?«

»Nein«, log er ohne Skrupel.

»Dann sollten Sie sich beeilen, bald dort zu sein.« Lena spülte den letzten Bissen mit Kaffee die Kehle hinunter. Es hatte etwas Entschlossenes. Sie trank den Schluck Kaffee wie andere einen Schnaps: Kopf in den Nacken und weg damit. Es war das symbolische Ausrufezeichen hinter ihren Worten. »Ich werde nämlich ebenfalls in den Nationalpark gehen. Bin gespannt, was ich alles entdecke.«

»Das werden Sie sein lassen«, sagte er drohend. »Sie wissen genau, was in den Wäldern lebt.«

Sie stand auf und drückte den Kragen des Morgenmantels dichter zusammen, um ihm nicht zu viel von ihrem Körper zu zeigen. »Sie haben Anatol aufgetragen, mich an jeden Ort zu bringen, an den ich möchte«, erinnerte sie ihn und lächelte kämpferisch. David zeigte Goliath die Zähne, und das, obwohl er keinen Stein dabeihatte. »Erstens bin ich Wolfsforscherin und Soziobiologin, Eric. Somit sind diese Wesen aus wissenschaftlicher Sicht hochgradig interessant. Zweitens bin ich beinahe wegen dieser Wesen von irgendeiner Gruppe, die sich der Werwölfe angenommen hat, erschossen worden. Das sind sehr gute Gründe, mich näher mit der Thematik zu beschäftigen. Es ist, als ob ich das Ungeheuer von Loch Ness entdeckt hätte. *Wirklich* entdeckt hätte!« Sie warf einen Blick auf die Zeichnung. Es war ein Gewirr aus kurzen Linien, die mal enger und mal weiter auseinander standen. Wie bei einem Nagelbild ergab sich ein Motiv: ihr Gesicht!

Eric fragte sich bereits, ob es eine gute Idee gewesen war, Lena so sehr ins Vertrauen zu ziehen. Er hasste die Auswirkungen der ungewohnten Gefühle, sie machten zutraulich und blind; dabei kannte er sie überhaupt nicht. »Sie haben doch hoffentlich nicht vor, eine Abhandlung darüber zu schreiben?«, fragte er halb im Ernst.

Sie ging an ihm vorbei zur Tür. »Was wäre so schlimm daran?«

»Niemand würde Ihnen glauben. Sie würden Ihre Reputation verlieren.«

»Ich besitze eine sehr gute Fotografie. Und wenn ich aus Plitvice zurückkomme, habe ich sicherlich noch mehr Beweise.«

Erics Finger schlossen sich blitzartig um ihren Oberarm, und er riss Lena hart zurück. »Tun Sie das nicht.« Sein Gesicht wurde düsterer und lenkte alle Aufmerksamkeit auf seine Augen, die von innen zu leuchten schienen. »Es würde eine Katastrophe auslösen«, prophezeite er. »Einige Werwesen würden sich offen zeigen, sich verbünden, sich von irgendwelchen Spinnern verehren lassen; andere würden sich noch besser verstecken und ihre Helfer aussenden, ihre Macht benutzen. Die verängstigte Mehrheit der Menschen würde versuchen, alle Werwesen zu töten. Das wäre nichts anderes als eine Kriegserklärung. Und glauben Sie mir, die Werwesen würden sie annehmen – und die Menschen unterliegen.«

Lena schaute auf seine Finger, die sich schmerzhaft um ihr Fleisch geschlossen hatten. Eine Eisenklammer konnte nicht fester halten. »Sie sehen viel zu schwarz, Eric.«

»Nein. Es wäre das Ende der Menschheit.«

»So viele Werwesen kann es nicht geben. Außerdem wurden sie im Mittelalter schon einmal stark dezimiert, wie Sie selbst sagten.« Sie wand sich. »Lassen Sie mich los. Sie tun mir weh.«

Er dachte nicht daran, den Griff zu lösen. »Sie werden es sich nicht noch einmal gefallen lassen. Wir haben es hier nicht mehr mit wilden Hirten oder machtbesessenen Bürgern zu tun. Sie wären erstaunt, wenn Sie wüssten, wie viele Schwerverbrecher und Wirtschaftsbosse nur bei Vollmond ihr wahres Gesicht zeigen. Wie viele Politiker womöglich zu ihnen gehören. Die Werwesen waren nie mächtiger als heute. Aber wenn sie bedroht werden, übernimmt das Tier in ihnen die Kontrolle. Sie werden überall auf der Welt um sich beißen und das Virus ausbreiten, und bald wird es von ihnen nur so wimmeln. Und warum?« Der Druck seiner Finger wurde stärker. »Weil die Wolfsforscherin und Soziobiologin Magdalena Heruka einen Preis abstauben wollte.«

Lena verschlug es die Sprache. Die Wildheit in den Augen

Erics, die pure Kraft brachten sie zum Schweigen und ließen sowohl die Saat der Furcht als auch der Faszination in ihr keimen.

Eric wurde sich drüber bewusst, dass er ihr Angst einjagte, und gab sie frei. »Glauben Sie mir, es ist besser, wenn sich der Hass der Wandelwesen auf mich konzentriert statt auf die anderen sechs Milliarden Menschen.« Er schritt schnell an ihr vorbei. »Ich nehme Sie mit nach Plitvice. Dann kann ich wenigstens auf Sie aufpassen«, sagte er von der Schwelle aus. »Geben Sie Anatol Ihre Kleidergröße. Er wird Ihnen etwas Passendes besorgen.«

Lena sah Eric lautlos hinter der Tür verschwinden, ihre Linke rieb den klopfenden Oberarm. Der Blick in die seltsamen Augen des Mannes hatte ihre Seele berührt, Gefühle angestoßen und sie zum Nachdenken gebracht. Sie fühlte sich ... unsicher.

Das wurde nicht besser, als sie drei Stunden später in der Maschine nach Zagreb saßen.

XV. KAPITEL

11. Juni 1765, in der Umgebung von Auvers, Kloster Saint-Grégoire, Südfrankreich

Jean Chastel konnte nicht glauben, dass er es tatsächlich getan hatte: Er war freiwillig an jenen Ort gekommen, den er vor nicht allzu langer Zeit Nonnenkarzer genannt hatte.

Natürlich gab es einen Anlass für seinen Besuch in Saint-Grégoire – er musste herausfinden, ob Antoine immer noch heimlich vor dem Kloster lauerte. Das war wichtig. Und doch hatte Jean den Verdacht, dass es einen weiteren Grund gab, warum er plötzlich keine Abneigung mehr bei dem Gedanken empfand, die Äbtissin wieder zu sehen – etwas, das er sich selbst noch nicht eingestehen wollte.

Er wartete im Inneren der Klosteranlage neben dem gedrungenen Steinhaus, in dem die Pilger und Gäste untergebracht wurden. Daneben schloss sich die kleine Käserei an, wie er an dem Geruch, der aus den schmalen Fenstern strömte, erkannte. Im ersten Stockwerk befand sich die bescheidene Werkstatt der Schwestern, wo für den eigenen Bedarf gewoben und geschneidert wurde; er hörte das Klappern der Scheren, die

Geräusche von Spinnrädern und sah, dass einige Nonnen große Garnrollen aus der Tür trugen.

Trotz der Betriebsamkeit, die in den Mauern herrschte, fühlte Jean eine gewisse Art von Frieden, die auf ihn übergriff. Sein Blick schweifte zur eindrucksvollen Klosterkirche mit dem Kreuzgang. Um diese gruppierten sich weitere Gebäude.

»Monsieur?« Eine Nonne hatte sich ihm unbemerkt genähert. »Ich darf Euch zur ehrwürdigen Äbtissin bringen.«

Er folgte ihr, vorbei an einem großen Kräutergarten, zu einem frei stehenden Haus, das sich ein Stück abseits des Dormitoriums befand. Sie führte ihn durch die Tür hinein ins Arbeitszimmer und wies ihn an zu warten.

Die Regale aus hellem Birkenholz standen voller Bücher. Den Abkürzungen nach zu schließen, handelte es sich dabei um die Wirtschaftsfolianten des Klosters. Die Jahreszahlen auf den Einbänden reichten mehr als vierhundert Jahre zurück. Die Nonnen hatten sich offensichtlich die Mühe gemacht, die alten Aufzeichnungen abzuschreiben, um einen lückenlosen Überblick zu erhalten.

Jean wanderte in dem Raum umher und bemerkte, dass sich an den nackten, grauen Wänden kein weltlicher Schmuck befand. Lediglich ein großes Kruzifix, ein Bild des heiligen Gregorius und eine Marienstatue durchbrachen die farbliche Monotonie der Granitsteine.

Auf dem Tisch der Äbtissin lagen Schreibzeug sowie penible Aufzeichnungen. Er sah Zahlen über den Verbrauch von Garn, den Verkauf von Käse und einen offenen Jahreskalender, in dem ein Tag angestrichen war. Der 24. Mai.

Seine Neugier erwachte.

Der Besuch des Marktes ... oder der Überfall?

Jean lauschte, ob sich Schritte näherten oder ob er unbeobachtet einen näheren Blick riskieren konnte. Er umrundete den Tisch und blätterte die Seiten um.

Zu seiner Überraschung fand er sämtliche Tage, an denen sich Attacken der Bestie ereignet hatten, sorgsam markiert. Sogar die Namen der Orte, wo sich das Grauen zugetragen hatte, waren eingetragen worden. Auch die letzten Angriffe vom 1. Juni.

Welches Interesse hat sie daran?

Jean erinnerte sich plötzlich daran, wie sie sich zum ersten Mal begegnet waren – im Wald bei Viviers, kurz vor dem Tod des Loup-Garou und dem Auftauchen des zweiten. Und später war sie auch in Malzieu gewesen ...

Weiß sie etwas über den Werwolf, den ich jage?

Ein ungeheuerlicher Verdacht befiel Jean. Er ging zum Fenster, von dem aus er den Kräutergarten überblickte. Als Wildhüter kannte er die Pflanzen, die im Wald wuchsen. Er versuchte sich daran zu erinnern, welche Kräuter die Äbtissin damals in ihrem Korb bei sich getragen hatte ... und erkannte diese zu seiner Überraschung in den sorgsam gepflegten Beeten. Aber wenn sie in Saint-Grégoire ausreichend vorhanden waren, wieso hatte sich Gregoria dann auf den beschwerlichen Weg in die Wildnis gemacht? Und noch dazu allein?

Seine Gedankengänge wurden unterbrochen. Die Tür hinter ihm wurde geöffnet. Jean fuhr herum und sah Gregoria eintreten. Ihr Gesicht glänzte vor Schweiß, auf dem dunklen Habit zeigten sich tiefschwarze Flecken.

»Seid gegrüßt, Monsieur Chastel.« Sie wusch sich die Hände in einer bereit stehenden Tonschüssel. »Ich komme vom Feld, das Unkraut musste in seine Schranken verwiesen werden. Der Herr allein weiß, warum er es dort gedeihen lässt, wo wir unsere Früchte anbauen.« Sie trocknete sich die Hände ab. »Mir scheint, Ihr seid etwas verwundert, Monsieur. *Ora et labora* heißt es in unserem Orden: Bete und arbeite. Das Herumsitzen und Däumchendrehen ist uns fremd.«

Sie setzte sich an den Tisch, runzelte die Stirn, als sie sah, dass in ihrem Kalender der 1. Juni aufgeschlagen war, und packte ihn rasch in eine Schublade. Ohne dass sie es bemerkte, glitt ein schmutziger Zettel zu Boden und landete unter ihrem Stuhl. »Womit kann ich Euch helfen, Monsieur? Wenn Ihr die Bestie sucht, sie ist nicht hier.«

»Seid Ihr sicher?« Die Antwort war herausgerutscht, bevor er es verhindern konnte; schnell zog Jean den Dreispitz vom Kopf, um von den Worten abzulenken. Trotzdem fiel ihm auf, dass Gregoria unmerklich zusammenzuckte; eine Hand legte sich an den Rosenkranz, den sie um den Hals trug. »Nein, ich bin nicht auf der Jagd. Es ist wegen Antoine. Ich wollte hören, ob er sich seit unserer Unterhaltung in Malzieu noch einmal sehen ließ.«

Sie nickte freundlich. »Danke für Eure Sorge. Nein, ich habe ihn und seinen Hund nicht mehr gesehen. Ich bin sehr erleichtert darüber, und Florence hat glücklicherweise nichts von seinen heimlichen Annäherungen bemerkt. Es ... es hätte sie sehr erschreckt.«

Jean kam es so vor, als hätte sie etwas von ihrer Arroganz abgelegt. Nun war es an ihm, einen Schritt auf sie zuzugehen. »Ich wollte mich noch einmal für Euren Hinweis bedanken, was die Dennevals angeht.«

»Ich denke, dass es richtig ist, dass Ihr davon erfahren habt. Wenn die Normannen Verdächtigungen hegen, sollen es diese offen vor Euch aussprechen und sich nicht wie Spione und Gauner benehmen.«

Ihm fielen die Worte des Moldawiers bezüglich Florence ein. »Wenn wir gerade vom Fragen und der Offenheit sprechen: Woher kommt eigentlich Euer Mündel?«

»Weshalb die Neugier, Monsieur?«

»Meine Söhne sind ihr verfallen, wie es scheint. Habe ich nicht ein Recht, mehr über sie zu erfahren? Oder ist es ein Geheimnis?«

Gregoria faltete die Hände. »Wir wissen es nicht. Sie lag eines Nachts in einem Korb vor unserem Tor«, sagte sie nach einer Weile. »Wir fanden nichts, was uns Aufschluss über ihre Herkunft gegeben hätte, aber der Beutel mit Goldmünzen und die regelmäßigen jährlichen Zahlungen, die das Kloster durch einen Boten erhält, schließen aus, dass es sich um einen Bauern handelte.« Die graubraunen Augen rangen ihm das stumme Versprechen ab, diese Auskunft nicht weiterzugeben.

Er freute sich über das Vertrauen. »Ich verstehe.« Vermutlich war Florence also das uneheliche Kind eines Adligen, der keinen Mord an einem Neugeborenen begehen wollte und es lieber weggab.

»Monsieur Chastel, wollt Ihr einen Moment Platz nehmen?«, schlug die Äbtissin vor. Er nickte und setzte sich ihr gegenüber, allerdings ohne dabei die Muskete abzustellen. Er hielt sie aufrecht, die Hand um den Schaft gelegt, wie ein König um sein Zepter.

»Ich habe leider auch Euren Pierre nicht mehr in der Kapelle gesehen«, sagte Gregoria und bot ihm etwas Wasser an, das er dankend annahm. »Ich hatte das Gefühl, dass er Gott und der Kirche im Gegensatz zu Euch nicht ablehnend gegenübersteht. Habt Ihr ihm ins Gewissen geredet und ihm ebenfalls verboten, nach Saint-Grégoire zu kommen? Das fände ich sehr schade. Gott hört Gebete in seinen Häusern gern.«

»Gott?«, schnaubte Jean, dem das Gespräch eine zu christliche Wendung zu nehmen drohte. »Ich bin fertig mit Gott.«

Sie schaute ihm in die Augen, freundlich und dennoch forschend, als könnte sie darin lesen. »Weshalb, Monsieur Chastel?« Sie beugte sich vor. »Lassen wir Prêtre Frick einmal außen vor. Ich stellte Euch die Frage bereits in Malzieu, bevor wir unterbrochen wurden. Gott tut niemandem etwas.«

Er biss die Zähne zusammen. »Eben«, sagte er verächtlich.

»Gott tut niemandem etwas, auch nichts Gutes. Wie sonst konnte er zulassen ...« Er stockte.

»*Was* konnte er zulassen, Monsieur?«

»Nein. Lasst es gut sein.« Jean schüttelte den Kopf, wehrte sich innerlich dagegen, seine Zweifel vor ihr zu offenbaren. Doch etwas brachte ihn schließlich dazu, weiterzusprechen. Seit seiner Beobachtung und ihrer Unterhaltung in Saugues stellte er die Äbtissin nicht mehr mit den anderen Vertretern der Kirche auf eine Stufe. »Ihr wollt es tatsächlich wissen? Nun, es ist schwierig, an den Gott der Liebe zu glauben, wenn man tagtäglich Unrecht sieht, gegen das er nichts unternimmt. Wo ist der Gott der Gerechtigkeit, wenn man ihn benötigt? Wann straft er die Gierigen und Falschen? Was nützt es der Welt, wenn er im Jenseits richtet und nicht auf Erden?« Ohne es wirklich zu wollen, wurde er feindselig. »Ihr verkündet sein Wort, Äbtissin. Wie gelingt es Euch, daran zu glauben, was Ihr den Menschen erzählt?« Er deutete zum Fenster hinaus. »Ihr kennt Frick. Habt Ihr gesehen, wie edel er und die Pfaffen hausen? Welche Reichtümer sie horten und wie sie von den Bauern Gaben für die Kirchen verlangen, Zehnte eintreiben, um sich selbst die Scheunen und Dachböden zu füllen?« Er lehnte sich nach vorn, seine kräftige Hand krachte auf die Seiten des Wirtschaftsbuchs. »Und was ist mit Eurem Kloster? Was geschieht mit dem Geld, das Ihr einnehmt? Hortet Ihr die Louisdor in der Klosterkirche, oder tragt Ihr Unterwäsche aus gesponnenem Gold?«

Gregoria blieb ruhig. Sie hatte fast erreicht, was sie bezweckte, und der laute Ausbruch zeigte, dass sie tiefer zu ihm vorgestoßen war als je ein Geistlicher vor ihr. Sie hörte die Trauer und die Verbitterung in seiner Stimme. Die Wut über die Verhältnisse und Lebensweisen mancher Kleriker war oberflächlich. Da war noch etwas anderes, ein besonderes Ereignis in seinem Leben, weswegen er sich vom

Kreuz abgewandt hatte. Sie erinnerte sich an eine Bemerkung von ihm.

»Ihr spracht davon, dass Ihr Eure Gemahlin pflegtet. Demnach ist sie gestorben, und dabei hattet Ihr Gott angefleht, sie zu heilen, ihr beizustehen bei ihrer Krankheit«, sprach sie leise und Anteil nehmend und legte dabei ihre Linke auf seine Hand, die noch immer auf dem Buch verharrte.

Jean schwieg. Er biss die Zähne zusammen, konnte aber nicht verhindern, dass ihn Wut und Aufgebrachtheit mit einem Mal verließen. »Sie lag ... sie lag ein Jahr lang im Fieber«, flüsterte er schließlich. Es nahm ihn sehr mit, dass die erschütternde Erinnerung, die er so tief in sich vergraben wähnte, emporstieg und lebendig wurde. »Aus der stolzen, bewundernswerten Frau, die mir Kinder gebar und in unerschütterlichem Glauben an Gott lebte, wurde ein Schatten ihrer selbst, während die Priester bei uns ein und aus gingen und ihre Gebete und Fürbitten herunterleierten, solange ich genügend Livres spendete.« Seine Augen wurden feucht.

Berührt sah Gregoria, wie eine Träne langsam über das sonst so grimmige Gesicht des Mannes rollte. Als sie sein ungelindertes Leid sah, empfand sie aufrichtiges Mitgefühl.

Jean rang um Fassung. »Als das Geld ausblieb, sah man nichts mehr von der feinen Geistlichkeit. Auch Gott, zu dem sie täglich betete, schwieg. Anne ... sie starb viel zu jung, und meine Kinder und ich blieben allein.« Es war der letzte Satz, den er mit brüchiger Stimme hervorbrachte, dann weinte er wie ein kleines Kind.

Gregoria wusste zunächst nicht, was sie tun sollte. Der raue, abweisende Jean Chastel, den stets etwas Majestätisches und Kraftvolles umgab, weinte! Wieder erfuhr das Bild, das sie von ihm hatte, eine Wandlung.

Zögernd stand sie auf, ging zu ihm, barg seinen Kopf tröstend an ihrem Bauch und fuhr sanft über seine Haare. Sie ahnte, dass er sich seit Jahren niemanden mehr so anvertraut hatte – vielleicht tat er es zum ersten Mal seit dem Tod seiner Frau.

Jean ließ die Muskete fallen, schlang seine kräftigen Arme um ihren Körper und suchte ihre Geborgenheit, ihre Wärme.

Gregoria erschrak. Schon lange war sie von keinem Mann mehr so berührt worden. Seine Nähe weckte Erinnerungen an ihr altes Leben. Erinnerungen, denen sie sich ihrerseits seit vielen Jahren nicht mehr gestellt hatte.

»Monsieur Chastel ...« Sie versuchte, sich aus seinem Griff zu befreien.

»Als Antoine aus der Ferne zurückgekehrt war und seine ... seine Neigungen zunahmen, sagten die Pfaffen mir, es sei eine Prüfung des Herrn«, schluchzte er gegen ihren Leib. »Eine *Prüfung!* Haben meine Söhne und ich wirklich eine weitere Prüfung nötig?« Er schaute entrückt zu ihr auf, die Augen feuerrot vom Weinen. »Versteht Ihr, dass ich auf einen solchen Gott verzichten kann?«, raunte er.

Mit einem Mal wurde ihm bewusst, wen er umklammerte, löste seine Hände von ihr und schrak zurück. »Verzeiht mir. Ich war nicht ...« Er sank gegen die Lehne und zitterte noch immer unter dem Eindruck dessen, was nach jahrelanger Unterdrückung aus seinem Inneren herausgebrochen war. »Ich war nicht bei mir.«

Gregoria musste tief einatmen; der Druck von Jeans Armen hatte ihr die Luft geraubt. Oder war es die Nähe des Mannes gewesen? Sie lehnte sich an den Arbeitstisch. »Nein, Monsieur Chastel«, sagte sie stockend und hoffte, dass sich ihr wild pochendes Herz beruhigte. »Ihr wart sehr wohl bei Euch, und Ihr habt Euch endlich alles von der Seele geredet, was Euch belastete. Ich ...«

Ein eigentümliches Schweigen senkte sich herab.

Als die Glocke der Klosterkirche hell und laut schlug, fuhren die beiden wie ertappte Sünder zusammen.

»Ich muss zum Mittagsgebet«, entschuldigte sich Gregoria, riss sich von Jeans Anblick los und eilte zur Tür. »Wenn Ihr über Euren Kummer reden möchtet ... Ihr wisst, wo Ihr mich findet. Der Herr segne Euren Weg und lasse Euch die Wahrheit finden.« Sie verschwand durch die Tür hinaus.

Das Gefühl der Benommenheit wich von Jean, die Bilder aus der Vergangenheit verblassten zusehends und verloren ihre Kraft. Er seufzte tief – und fühlte sich unendlich erleichtert. Es hatte ihm gut getan, mit ihr zu sprechen. Er hob die Muskete und den Dreispitz auf, wobei sein Blick durch das Fenster hinaus auf den Platz fiel, über den die Äbtissin mit großen Schritten lief. Es hatte gut getan, sie umschlungen zu halten.

Was geht mit mir vor? Was macht dieses Kloster mit meinem Verstand?

Als Jean sich zum Gehen wandte, fiel ihm der Zettel auf, der aus Gregorias Kalender gefallen war. Er bückte sich, um ihn aufzuheben und auf den Tisch zu legen. Dabei entfaltete sich das Blatt von selbst.

Die Handschrift und die Zeilen kannte Jean nur zu gut.

Er besaß die gleiche Abschrift, die er sich für viel Geld gekauft hatte.

XVI. KAPITEL

Ungarn, Budapest, 15. November 2004, 18:43 Uhr

Eric und Lena saßen in Budapest fest.

Das lag an verschiedenen Faktoren, angefangen bei dem schlechten Wetter über den Streik der Fluglotsen bis hin zu einer handfesten Erkältung, die sich die Wolfsforscherin eingefangen hatte und die auskuriert werden wollte.

Also hatte Eric ihnen ein Doppelzimmer besorgt, in einem netten Hotel auf der Pester Seite der ungarischen Hauptstadt, und sich auf den Weg gemacht, um Lena Medikamente zu besorgen. Außerdem musste er an die frische Luft, um nachzudenken.

Der Gang durch die verschneiten baumreichen Boulevards und die weiten Plätze von Pest beeindruckten Eric, und das war nicht einfach. Dazu war er zu oft Gast in fremden Städten gewesen.

Diese Seite am flachen östlichen Ufer der Donau bestach durch ihre Vielfalt an herrlichen Kaffeehäusern, den *Kávéház,* von denen einige zu echten Berühmtheiten gelangt waren, darunter das *Gerbeaud,* in dem noch immer die Atmosphäre des 19. Jahrhunderts lebte. Die eleganten Innenräume, die er von außen sah, hatten schon Kaiserin Sisi gefallen. Eric bezweifelte allerdings, dass sie wirklich einen der leckeren Kuchen gekostet hatte – bei der dürren Figur.

Im Vorbeigehen betrachtete er die *Erzébet híd,* die Elisabethbrücke. Sie war eine der sechs Brücken, welche die Stadtteile Buda und Pest miteinander verbanden. Im Scheinwerferlicht sah sie eindrucksvoll und majestätisch zugleich aus; die Realität verblasste und machte die Vergangenheit der österreich-ungarischen Monarchie wieder lebendig. Mit ein wenig Vorstellungskraft hielt man sogar die vereinzelten Sisi-Doubles für echt – Werbeträger des städtischen Tourismusbüros, die Handzettel an die wenigen flanierenden Gäste verteilten, die wie Eric dem dicht fallenden Schnee trotzten. Das Gesicht einer solchen Doppelgängerin nahm vor Erics innerem Auge die Züge von Lena an. Prompt ärgerte er sich. Ein weiterer Beweis dafür, dass er viel zu oft an die Wolfsforscherin dachte, von der er immer noch kaum etwas wusste.

Seine Gedanken wurden unterbrochen durch das Klingeln seines Handys, das sich inzwischen mit der Melodie der *Biene Maja* meldete. Wie immer, wenn Eric die Melodie hörte, musste er unwillkürlich grinsen. Etwas, was er in letzter Zeit viel zu selten tat.

Eric nahm das Gespräch an. »Ja?« Eines seiner fleißigen Bienchen überbrachte ihm lange erwartete Informationen.

»Hallo, Chef. Auf die Schnelle habe ich bislang wenig herausfinden können, aber ihre Version ihres bisherigen Lebens stimmt soweit.« Die Stimme gehörte einer Hackerin, deren persönliche Bekanntschaft er niemals gemacht hatte und auch nicht machen wollte. Es genügte, wenn sie für sein Geld alles tat, worum er sie bat. Legales und Illegales. Er bekam von ihr Lenas Wohnort genannt. »Es gab keine Polizeiakte über Magdalena Heruka, nicht einmal einen Eintrag in der Verkehrssünderdatei. Ihr Name tauchte bei verschiedenen Publikationen zu Wolfsverhalten auf, ebenso der Name eines Mannes mit ihrem Nachnamen. Vom Bild her schließe ich, dass es sich um ihren Vater handelt, ich prüfe es aber trotzdem. Wenn er es ist, kam er bei einem Brand in einer Holzhütte in Destruction Bay ums Leben. Das ist in Kanada. Die Mutter lebt in Berlin.«

»Sonst noch was?«

Die Hackerin lieferte ihm alle Informationen, die sie hatte, und was Eric besonders freute zu hören: Es gab keine Hinweise auf einen Mann in Lenas Leben. »Der Posteingang des E-Mail-Kontos, das Sie mir gaben, war leer. Die letzte Nachricht stammt vom ersten November. Eine Auftragsbestätigung von einem Tiermagazin.«

»Gut. Halten Sie mich auf dem Laufenden.«

Eric legte auf. Seine Augen wanderten zum Himmel und fanden den Mond, der sich jeden Abend ein Stückchen fetter gefressen zu haben schien. Die geliebten und gefürchteten Nächte der Wahrheit rückten heran, wenn die silberne Scheibe voll am Firmament stand. Die eiskalten Strahlen würden niederstoßen und die Bestien aus der menschlichen Haut fahren lassen, in der sie sich allzu gerne verbargen. Wölfe im Schafspelz. Es war die Zeit des Rausches, der Jagd – und des Todes. Denn der Jäger lauerte auf diese drei Nächte des Vollmonds, bewaffnet bis an die Zähne, ausgestattet mit Hochtechnologie-Silbergeschossen oder einem einfachen Silbermesser, je nach Zeit und Ort. Und mit Hundepfeifen. Denn die, das wusste Eric aus Erfahrung, eigneten sich hervorragend, um die Wolfwandelwesen besonders zu reizen.

Vor dem 25. November musste die Sache gelaufen sein. Er hatte keine Lust, sich bei Vollmond in einem einsamen Nationalpark aufzuhalten, in dem es von Braunbären, Wölfen und Luchsen nur so wimmelte. Wer wusste schon, wie viele Wandelwesen sich darunter befanden, außer dem, das sie suchten.

Eric schüttelte seine düsteren Gedanken ab und betrat die Apotheke, in der sich ein dicklicher Mann um die sechzig Jahre in einem weißen Kittel eben anschickte, die Abrechnungen zu machen. »Verstehen Sie mich, mein Herr?«, fragte Eric auf Englisch und erhielt ein freundliches Nicken. »Gut. Ich benötige Mittel gegen eine starke Grippe. Die Dame ist fünfundzwanzig Jahre, wiegt etwas weniger als siebzig Kilogramm und möchte am besten morgen wieder durch Budapest laufen und sich die Sehenswürdigkeiten betrachten.«

»Kein Problem!« Der Apotheker lachte. »Sie sind aus Oxford. Das höre ich an Ihrem Akzent.«

Eric ließ ihn in dem Glauben, dabei atmete er flach und bemühte sich, so wenig Luft wie möglich zu inhalieren. Der strenge Geruch, bestehend aus allen möglichen Substanzen der modernen Chemieheilkunde, traditionellen Salbeningredienzen und Teeschachteln, schlug ihm auf den Magen.

Der Mann türmte einen Verpackungsberg vor Eric auf. »Das müsste genügen.« In nahezu unleserlicher Schrift notierte er die Dosierung. »Bis morgen Nachmittag ist sie wieder fit, das verspreche ich.« Er hatte eine Hand auf die oberste Schachtel wie auf eine Bibel gelegt. »Ich kann doch nicht verantworten, dass Ihrer Frau unsere schöne Stadt entgeht.« Er tippte die Beträge in die Kasse, die ihm dann 53,98 Euro anzeigte. Anscheinend war man gut auf Touristen aus dem nahen Österreich vorbereitet. »Oder wollen Sie in britischen Pfund bezahlen?«, bot er an.

Eric gab ihm achtunddreißig Pfund und bekam als Dankeschön ein Stück Seife und ein Päckchen Taschentücher eingepackt.

Schon als er auf die Straße trat, bemerkte er sie. Drei Leute standen in der Nähe der Apotheke, mitten im Schneegestöber, und taten so, als betrachteten sie die karge Auslage einer dunklen Konditorei. Niemand, der einigermaßen bei Verstand war, verweilte um diese Uhrzeit bei diesem Wetter vor einem geschlossenen Geschäft, in dem ein Zettel lag, auf dem in Kyrillisch *Zu vermieten* geschrieben stand. Es hatte Vorteile, mehrere Sprachen zu beherrschen.

Eric bog um die nächste Ecke, rannte los und presste sich in den nächsten Hauseingang, den er fand. Dann spähte er vorsichtig um die Ecke und wartete, dass seine Schatten folgten.

Das Trio kam unprofessionell in die Straße gelaufen, schaute sich hektisch um und rannte weiter, passierte sein Versteck, ohne ihn zu bemerken.

Eric überlegte etwas länger als sonst. Nur mit seinem Silberdolch und dem Keramikmesser ausgestattet, war er drei Gegnern gegenüber klar im Nachteil; andererseits gewährte ihm das Wetter genügend Sichtschutz. Er hängte die Tasche mit den Medikamenten an einen hervorstehenden rostigen Nagel im Türrahmen, setzte die Brille ab und steckte sie ein. Die Welt um ihn herum wurde auf weite Distanz undeutlicher, dafür reagierten seine Augen empfindlicher auf jede Bewegung.

Lautlos näherte er sich dem letzten der Männer und schlug ihm den Griff seines Silberdolches in den Nacken. Der Mann brach zusammen und fiel in den matschigen Schnee. Das Geräusch alarmierte die übrigen, die zuerst – das sah Eric an den überraschten Gesichtern – an einen zufälligen Sturz geglaubt hatten.

Der Mann zu seiner Linken griff in die Manteltasche, da traf ihn schon die Faust mitten auf die Nase. Noch bevor er sich von den Schmerzen erholen konnte, hagelte eine rasche Abfolge von harten Hieben auf seinen Kopf und seinen Oberkörper ein, so dass er nach hinten gegen die Hauswand geworfen wurde. Eric benutzte dazu lediglich den linken Arm, der rechte hielt den Silberdolch und hing locker herab.

Der Mann prallte von der Mauer ab und flog genau in einen Schlag gegen den Solarplexus hinein. Bewusstlos sackte er zusammen.

Eric baute sich vor dem letzten Mann auf und betrachtete die roten Blutspuren auf seinem weißen Lackhandschuh. »Unterhalten wir uns gleich, oder muss ich Sie zuerst zusammenschlagen, Ihnen Schnee in die Hose stopfen, damit Sie wieder aufwachen, und Ihre Finger mit meinen Absätzen bearbeiten, damit Sie mir erklären, zu welchem Verein Sie und Ihre Truppe gehören?«, fragte er auf Englisch.

Der letzte Gegner hatte eine Maschinenpistole gezogen und legte auf Eric an. »Sie und diese Forscherin werden sich nicht länger in unsere Angelegenheiten einmischen«, sagte er.

»Sie sind also ein Bestienfreund. Was wollten Sie von Nadolny?«

»Das göttliche Wesen bedurfte des Schutzes. Vor sich selbst und vor Menschen wie Ihnen.«

»Deswegen ist er aus dem Fenster gesprungen?« Eric ließ sich von der Waffe nicht beeindrucken.

»Er gehörte noch nicht lange zu den Göttlichen. Er war zu verwirrt und zu aufgeregt. Er missverstand unsere gute Absicht.« Der Mann leckte sich über die rissigen Lippen.

»Die Göttlichen? Ihr nennt die Bestien *göttlich?«*

»Frevler wie Sie haben den ...«

Eric wollte die letzten Worte nicht abwarten, denn nach ihnen würde unweigerlich der Schuss folgen. Er sprang unvermittelt vorwärts, die Dolchklinge schnitt über den Handrücken des Mannes und zerteilte die Sehnen, die Maschinenpistole fiel in den Schnee. Der Mann schrie unterdrückt auf und trat nach ihm. Eric wich dem Stiefel aus, ging blitzschnell in die Knie und drosch dem Mann die Faust in die Genitalien.

Laut ächzend sog der Gegner die Luft ein und fiel rücklings auf die Straße. Der Kampf war beendet und keine Herausforderung für Eric gewesen.

Sicherheitshalber überprüfte er, wie die drei Männer auf die Berührung mit Silber reagierten. Nachdem nichts Besonderes eintrat, beließ er es dabei, ihre Waffen und Magazine an sich zu nehmen, dünne Schnitte in ihre Hälse zu ritzen und sie im Schnee liegen zu lassen. Es wunderte ihn nicht, dass er bei allen Amulette fand. Amulette wie jenes, das er dem Mann in Sankt Petersburg abgenommen hatte. Von wegen Staatsmacht – die Verfolger gehörten zu einem gänzlich anderen Verein.

Das Hotel und Lena warteten auf ihn. Anscheinend mussten sie umziehen, um die lästigen Kerle loszuwerden, die ihn für die Exekution Nadolnys zur Rechenschaft ziehen wollten. Eine weitere Gelegenheit wollte er ihnen nicht geben. Hoffentlich verstanden sie seine Warnungen an ihren Kehlen, dass er ihnen Gnade gewährt hatte. Dieses Mal noch.

Er nahm die Medikamente und ging.

In der Hotellobby lauerte die nächste Überraschung. Sie trug dicke Winterkleidung, saß unübersehbar in dem kleinen *Kávéház* des Hotels, las in einer französischen Zeitung und schlürfte an einem Kaffee. Sie *wollte* von ihm gesehen werden. Als er eintrat, hob sie den Kopf und musterte ihn aus ihren braunen Augen.

»Bonsoir, mon frère.« Justine legte die Zeitung raschelnd und unordentlich zusammen. »Hast du alles bekommen, was du wolltest?« Sie steckte sich eine Zigarette an, während er auf sie zuging. »Du brauchst dich nicht zu beeilen. Die Kleine schläft, und Fieber hat sie auch keines mehr. Übrigens ... *merci*, dass du mir die deutschen Bullen auf den Hals gehetzt hast.«

Eric wählte den Sessel vor ihr, um dem Rezeptionisten die Sicht zu nehmen. »Es scheint zum Sport geworden zu sein, mir zu folgen.«

»Ich wollte nur sehen, was du so eilig in Sankt Petersburg machst. Ich hatte Angst um meinen Anteil des Erbes.« Sie zwinkerte und blies ihm den Rauch entgegen, dann lachte sie leise. »Und was sehe ich? *Mon dieu,* du mischst den Orden mächtig auf. Kein Wunder, dass sie dich umbringen wollen.«

Der Orden? Er stellte die Tüte mit den Medikamenten ab. »Du kennst die Leute?«

»Was hat unser Vater dir eigentlich beigebracht? Wenn du besser recherchieren würdest, statt immer nur durch die Gegend zu hechten, dann würdest du sie auch kennen. Du bist mit dem Orden des Lycáon aneinander geraten.« Sie winkte den Kellner heran. »Was möchtest du? Ich lade dich ein.«

Eric bestellte ein Wasser ohne Kohlensäure und einen Tee. »Was ist das für eine Gesellschaft?«, fragte er, als sie wieder allein waren.

Seine Schwester lächelte wolfsartig, und das erinnerte ihn sowohl an seinen Vater als auch an sein eigenes Lächeln. »Sie sind das Gegenteil von dir, Eric. Du kennst die Lycáon-Sage?«

Er nickte.

»*Bon.* Ihrer Ansicht nach wurde Lycáon von Zeus nicht bestraft, sondern in ein höheres Wesen verwandelt. Alle seine Nachfahren sind somit göttlich.« Der Kellner näherte sich mit den Getränken, sie schwiegen und warteten, bis er wieder gegangen war. »Ich hatte schon mehrmals mit ihnen zu tun. Sie verehren die Loup-Garous, sie beschützen sie vor Jägern und streben danach, eines Tages selbst ein solches göttliches Wesen zu sein. Sie machen irgendein abstruses Ritual, bei dem sie entweder sterben oder zu einem Loup-Garou werden. Eine Art Zweikampf oder *quelque chose comme ça.«*

»Freiwillige?« Eric sog die Luft ein. »Scheiße, das hat mir

noch gefehlt«, grummelte er und beschloss, den Worten seiner Stiefschwester vorerst zu trauen und sie später auf irgendeine Weise verifizieren zu lassen. Die Frage, wer sie ausgebildet hatte und wer ihr die Informationen besorgte, stellte er hintenan. »Was weißt du über sie?«

Justine zog die nächste Zigarette aus dem Etui, entzündete sie mit einem Streichholz und nahm einen Lungenzug. *»Bien-sûre,* ich weiß, es ist ungesund, ich könnte Lungen- und alle möglichen Sorten von Krebs bekommen«, meinte sie leichthin, als sie sein angewidertes Gesicht sah. »Nein, kann ich nicht. Kein Krebs für unsereins. Aber ich verschaffe dem Staat wenigstens Steuereinnahmen, ohne dem Gesundheitssystem zur Last zu fallen.«

Eric sah, dass die Zollbanderole auf der Packung fehlte. Schwarzmarktware. Es passte zu ihr. »Wo hat der Orden seinen Sitz?«

»Was denkst du wohl, *mon frère?«*

»Es kann überall sein.«

»Très bien.« Sie balancierte die Kippe im Mundwinkel. »Ich weiß wenig von ihnen. Oder besser gesagt«, sie stützte die Arme auf die Tischplatte und lehnte den Oberkörper nach vorne, »ich sage es dir nicht. Du möchtest kein Teamspieler sein, *bien,* ich werde dich nicht dazu zwingen. Such dir deine Informationen selbst. Aber ich wüsste, wie wir ins Geschäft kommen.« Grienend schaute sie ihm in die Augen, ihre Haltung war eine einzige Provokation.

»Ich habe es dir schon einmal gesagt: geldgeiles Miststück.« Eric blieb ruhig, auch wenn er sich sehr beherrschen musste.

»Bon, das bringt dir nicht viel.« Justine leerte ungehalten ihren Kaffee. »Ich gebe dir den Rat, nicht weiter auf der Spur von diesem Vieh zu bleiben, *mon frère.* Diese drei Männer waren *seulement* Amateure, aber die Experten des Ordens sind auf dem Weg. Das ist sicher. Ihr wollt die gleiche Beute, wenn

auch aus anderen Gründen.« Sie stand auf. »Ich wünsche dir und der kleinen *Loupette bonne chance.* Du wirst es benötigen. Gegen die Bestie und gegen den Orden.« Sie setzte die Mütze auf und ging, ohne zu zahlen. Alles andere hätte Eric gewundert. Das nächste Mal würde er sie härter rannehmen, um mehr zu erfahren. Bislang blieb sie ein Rätsel, welches unverkennbare Züge seines Vaters trug. Er würde Anatol auf sie ansetzen.

Eric warf ein paar Scheine auf den Tisch und kehrte auf das Zimmer zurück, wo er zuerst nach Lena schaute. Die Tür zu ihrer gemeinsamen Unterkunft wies keine Kratzer oder andere Beschädigungen auf; demnach hatte Justine vorhin entweder geblufft oder sie war eine verdammt gute Einbrecherin.

Lena lag unter der doppelten Lage Bettdecken, die braunen Haare klebten verschwitzt auf der Stirn, aber die Temperatur, das fühlte er mit seiner Hand, war zurückgegangen.

Er setzte sich auf die Bettkante und packte leise die Medikamente aus, ordnete sie der Reihenfolge nach an und stellte eine große Karaffe Wasser samt Glas auf den Nachttisch.

Er dachte an den Orden des Lycáon, den sein Vater niemals erwähnt hatte. Eine Neugründung? Oder verbargen sie sich einfach gut genug? Steckte womöglich dieser rätselhafte Fauve dahinter? Beim nächsten Zusammentreffen würde er einen seiner Angreifer verhören. Eric beschloss daher, das Hotel nicht zu wechseln. Wenn die Amateure dumm genug waren, würden sie noch einmal versuchen, ihn zu töten.

Lena seufzte, drehte sich und streckte den Arm aus. Ihre Finger bekamen die seinen zu fassen und schlossen sich um sie.

Er blieb sitzen, betrachtete ihr entspanntes Gesicht, die nackte Schulter und den Brustansatz, der verführerisch unter der Decke hervorschaute. Durch das Schwitzen und die Wärme im Zimmer verstärkte sich der Eigengeruch der Frau zu einem betörenden Duft, dem er kaum widerstehen konnte.

Eric beugte sich langsam über sie und küsste sanft ihre Stirn. Er schmeckte das Salz, leckte es von seinen Lippen und richtete sich wieder auf. Weil sie ihn nicht losließ, blieb er auf dem Bett sitzen und hielt Wache.

XVII. KAPITEL

16. August 1765, Saugues, Südfrankreich

Die Bestie ist eine Ausgeburt der Hölle!« Der fette Priester hatte die unangenehm helle Stimme erhoben, so dass ihn alle, die im Gasthaus saßen, hören mussten. »Der Herr steht uns gegen sie bei, aber erst nachdem wir uns unserer Gottlosigkeit erinnert und für unsere Verfehlungen Buße getan haben.«

»Ah, nun wird es wieder lustig.« Malesky setzte sein Pincenez auf, um den Mann in der Robe eines Wanderpredigers besser betrachten zu können. Jean aß weiter, Antoine und Pierre richteten die Aufmerksamkeit auf den Sprecher. Der jüngere der Brüder grinste frech.

»Tut Buße, Schwestern und Brüder, betet, auf dass ihr gehört werdet und euch Gott der Herr verzeiht. Erst, wenn ihr euch reinen Herzens dem Kreuze zuwendet, wird die Bestie bezwungen werden können.« Der Priester reckte die Bibel in die Höhe und wanderte zwischen den Tischen umher. »Wahrlich, ich sage euch, lasst ab von Sünde und Unreinheit, damit die Bestie von uns genommen wird.« Neben ein paar Kartenspielern blieb er stehen und fegte die Karten vom

Tisch. »Glücksspiel ist Sünde! Und die Sünde lockt die Bestie an!«, keifte er.

Die Männer, die den Priester vor einem Jahr für das, was er gerade getan hatte, verprügelt und auf die Straße geworfen hätten, blieben wie brave Schuljungen sitzen und ließen die Rede über sich ergehen.

»Der Bischof hat öffentliche Gebete doch nur in den Kirchen angeordnet. Schickt er seine Handlanger nun auch in die Kneipen?« Jean spülte das Brot in seinem Mund mit einem Schluck Wein hinunter. »Was sagt Gott dazu, wenn man die Menschen mit Geschwätz gefügig machen will und ihre Ängste ausnutzt?«, sagte er laut und wischte sich den Mund mit der Hand ab.

Der Priester fuhr herum; wütend blitzten die Augen. »Bruder Chastel, der am Rand des Dorfs bei den wilden Tieren lebt und sich niemals in den Häusern des Herrn blicken lässt, gerade du«, sein aufgequollener Zeigefinger richtete sich anklagend auf ihn, »und deine verkommenen Söhne sollten beten! Kehrt zurück in den Schoß von Mutter Kirche und bekennt eure Sünden vor Gott, damit auch die finstersten Gewissen im Gévaudan hell und rein erstrahlen. Nur das Licht vertreibt die Bestie! Weder Kugel noch Messer nützen etwas.« Er walzte im Wiegeschritt zum Ausgang und öffnete die Tür. »Tut Buße, und der Herr nimmt die Geißel von uns«, schnaufte er zum Abschied und ging.

Malesky schüttelte das graue Haupt und nahm den Zwicker von der Nase. »Nein, der war nicht lustig, nur sehr theatralisch. Wir hatten schon Bessere hier.« Er kostete von dem Landwein, den der Wirt ihm gebracht hatte. »Bedenkt man, dass die Bestie seit mehr als einem Jahr ihr Unwesen treibt, kann man es den Menschen nicht verdenken, an Übernatürliches wie Dämonen und Geister zu glauben.« Amüsiert beobachtete er, wie einer der Spieler sich bückte und nach den

Karten am Boden griff, ihn sein Freund aber mit einem Wink davon abhielt. Niemand wollte dafür verantwortlich sein, dass die Bestie nach Saugues kam.

Maleskys Worte wurden am Nachbartisch dankbar aufgenommen. »Wenn Ihr mich fragt, ist es kein Loup-Garou und auch kein Wolf. Es sind Druiden, die das tun! Sie opfern einem alten Gott, und dann schieben sie's den Wölfen unter«, sprach ein Mann in einfacher Kleidung voller Überzeugung. »Ich habe vorgestern Nacht selbst gesehen, wie sich ein paar Vermummte bei den alten Menhiren herumtrieben. Gott möge sie für ihre Taten strafen.«

»Druiden? Wahrlich, das ist eine Variante, die ich noch nicht kenne. Ich wusste nur von den Hexen, die sich auf den Gipfeln der Drei Berge treffen. Die Pfarrei von La Besseyre ist ja berühmt für ihre Hexer und Hexen.«

Jean verzog den Mund. Auch wenn es der Moldawier nicht beabsichtigt hatte, wurde der Name Chastel damit wieder ins Gespräch gebracht. Er, der Sohn einer Hexe.

Malesky nahm ein Bündel Zeitungen aus seinem Rucksack, teilweise waren sie alt und zerrupft, andere sahen sehr neu aus. »Es hat mich ein Vermögen gekostet, den Boten zu bezahlen, der mir die Gazetten aus Bordeaux hierher brachte, aber sie sind unterhaltsam. Sie machen unsere Bestie berühmt.«

Sofort wurde er aufgefordert, etwas aus den Blättern vorzulesen.

Malesky räusperte sich. *»La Gazette de France* schreibt von einer Frau aus Rouget, Jeanne Jouve, die mit ihren drei Kindern in ihrem Garten angegriffen wurde. Man stelle sich vor, wie sie ihre Kinder aus dem Maul und den Fängen des Tiers zerrte, vor allem das Jüngste wurde immer wieder von dieser Bestie angegriffen. Als sie zu unterliegen drohte, kam ein Schafhirte, der das Tier mit dem Kind im Maul sah, angerannt, und stach mit seinem Spieß auf die Bestie ein.« Die Menschen um ihn herum hingen gebannt an seinen Lippen, es war mucksmäuschenstill geworden. »Sie sprang über eine kleine Weidemauer und hielt ihr armes Opfer immer noch zwischen den Zähnen, aber der Hund des Schafhirten verfolgte sie. Die Bestie ließ das Kind fallen, drehte sich um und versetzte dem Hund einen Stoß, dass er mehrere Schritte weit durch die Luft flog, danach ergriff sie die Flucht.« Er blätterte um. »Der Hirte erhielt vom König für seinen Mut eine Belohnung von dreihundert Livres.«

»Bravo!«, rief der Wirt. »Tapferer Mann.« Er schaute zu dem Gast, der behauptet hatte, dass Menschen hinter den Morden steckten. »Wie erklärst du dir das?«

»Das war ein Wolf«, sagte der Mann beleidigt. »Aber die *anderen* Morde, das waren Menschen.«

»Und auf was haben die Brüder Chaumettes zwischen Rimeize und Saint-Chély geschossen, als sie einen Hirten davor bewahrten, zerrissen zu werden? Auf einen Mann im Wolfspelz?«, hakte ein anderer nach. »Zwei Schüsse, aber das Tier stand wieder auf, und einen Tag danach tötete die Bestie ein junges Mädchen bei Venteuges.« Er stieß die Luft aus. »Ich sage, es ist ein Loup-Garou.«

»Wer weiß? Der *English Saint James' Chronicle* vermutet, es mit einer neuen Spezies zu tun zu haben, die aus den Höhlen der Berge kommt.« Malesky deutete auf einen Artikel. »Wie auch immer, die anhaltenden Morde sind der Grund, weshalb wir nun an Stelle der glücklosen Dennevals den Lieutenant der königlichen Jagdabteilung, Monsieur François Antoine de Beauterne, im Gévaudan sitzen haben.« Er schaute zu Jean. »Er soll der beste Schütze im Königreich sein.«

»Aber geändert hat sich nichts. Er reitet in seinen hübschen Gewändern und mit seiner Entourage durch die Gegend und macht Landschaftsskizzen, anstatt die Bestie zu jagen«, empörte sich die Frau des Wirts hinter dem Tresen.

Jean schwieg weiterhin. Als die Dennevals, die ihm mit ihren unentwegten Fragen über seine Familie gefährlich nahe kamen, durch de Beauterne abgelöst wurden, hatte er Erleichterung verspürt. Es war ein offenes Geheimnis, dass der junge Comte gerne die prestigeträchtigen Jagden leiten wollte, anstatt sich von den Männern des Königs bevormunden zu lassen und sich ihnen beugen zu müssen. Man erzählte sich, dass der Comte bereits Beschwerdebriefe über den »Neuen« nach Paris sandte, weil es keinerlei Erfolge zu verzeichnen gab. Jean begrüßte die Uneinigkeit der Jäger. Es war für ihn und seine Söhne von Vorteil.

Malesky breitete die Zeitungen vor sich aus. »Hier, seht, alles voll mit unserer Bestie! Selbst in England und Deutschland spricht man über sie.« Er grinste und hielt eine Karikatur in die Höhe, auf welcher Louis XV. zu sehen war, der hinter einem lachenden, hundeähnlichen Tier herlief, aus dessen Rachen ein Dutzend Arme und Beine ragten. »England liebt es, sich über den König lustig zu machen. Unfähigkeit ist dabei noch das mildeste Wort.«

»In diesem Land sind alle unfähig, die Bestie zur Strecke zu bringen.« Antoine lachte laut und aufgekratzt. »Niemand bekommt sie zu fassen. Das sagt auch der Comte. Nur einer aus unserer Gegend kann das.«

»Lieutenant de Beauterne wird es schaffen.« Laut drang die Stimme durch den Raum. Ein Mann von kräftigem Wuchs in der blauen Uniform der Garde des Königs und mit den Rangabzeichen eines Capitaine hatte sich erhoben. »Er versteht mehr von der Jagd als alle anderen zusammen.«

Antoines Körper spannte sich; er war auf der Stelle bereit, den verbalen Schlagabtausch mit den Fäusten weiterzuführen. Jean blieb gelassen. »Er mag etwas von Jagd verstehen, wie Monsieur Denneval, aber er hat keine Ahnung vom Gévaudan. Daher könnte der Ansatz, die Gegend zu erkunden, ehe er sinnlose Hatzen durchführen lässt, ein Zeichen seiner Schläue sein.« Er schob sich ein Stück Brot in den Mund. »Wir werden sehen, was er erreicht.«

»Und Ihr seid wer, Monsieur, dass Ihr dem Krakeeler an Eurer Seite beispringt?«

»Ihr habt Euch nicht vorgestellt, warum sollte ich es tun?«, gab Jean zurück und deutete auf die Tür, um seinen Söhnen zu verstehen zu geben, dass sie gingen. Er wollte sich nicht auf einen sinnlosen Disput einlassen. Er stand auf, Pierre und Antoine folgten ihm, während Malesky die Entwicklung der Dinge abwartete.

»Ihr seid dieser Chastel«, traf es den Wildhüter in den Rücken. »Dieser Waldmensch, der mit den Tieren spricht. Wer weiß, vielleicht fing man die Bestie deshalb nicht, weil Ihr der Kreatur Unterschlupf gewährt habt?« Die Worte kamen der Wahrheit unangenehm nahe, und Pierre senkte schuldbewusst den Kopf.

Jean hörte Stuhlbeine über die Holzdielen rutschen, noch jemand war aufgestanden. Er spürte Angst in sich aufsteigen.

»Man hat uns zugetragen, dass Ihr und Eure Söhne oft dort auftaucht, wo die Bestie angreift. Habt Ihr etwas mit ihr zu schaffen, Chastel?« Eine zweite Stimme hatte sich dazugesellt, und sie klang aggressiv. »Sind wir der Lösung des Rätsels in dieser Stube näher als draußen in den Wäldern des Gévaudan?«

»Meine Söhne und ich sind Jäger, die sich die zehntausend Livres des Königs verdienen wollen.«. Er zwang sich zur Ruhe, rief seine zitternden Beine zur Ordnung und ging zum Ausgang. Unterwegs packte er seinen Sohn, der Anstalten machte, auf die Männer loszugehen, am Oberarm und zog ihn mit sich. »Fragt Monsieur Malesky, ob wir etwas mit den Morden zu tun haben.«

»Ich frage aber *Euch,* Chastel«, setzte der erste der Männer nach. »Euer Sohn Antoine stellt kleinen Mädchen und jungen Frauen nach. Macht es Euch nicht stutzig, dass die Bestie mit Vorliebe das gleiche Wild erlegt?«

Nun war das Maß voll. Diese ungeheure Anschuldigung vor aller Augen und Ohren durfte Jean nicht ohne angemessene Reaktion stehen lassen, und so wandte er sich um, um den beiden Rednern in die Augen sehen zu können. Der zweite, kleinere Mann trug die Farben des Duc d'Orléans, eines Blutsverwandten des Königs. Nun wurde es doppelt gefährlich, denn jeder Angriff konnte als Majestätsbeleidigung ausgelegt werden. »Messieurs, hütet Euch vor derlei Geschwätz«, warnte er sie. »Ich lasse es mir nicht gefallen.«

Antoine hob die Fäuste. »Kommt her, ihr Maulhelden! Ich prügle euch Verstand ein.«

Der kleinere der Fremden musterte ihn. »Sieh an, der getroffene Hund bellt. Oder sollte ich sagen, die getroffene Bestie?« Er deutete auf den Ausgang. »Hinaus mit euch und schert euch zum Montchauvet, wie es allen Männern der Pfarrei von de Beauterne im Namen des Königs befohlen wurde. Heute ist eine Jagd.«

Jean packte seine Söhne und schob sie grob hinaus, ehe sie sich doch zu einem Angriff verleiten ließen. So schnell sie konnten, eilten sie zum Montchauvet, um sich an der Treibjagd zu beteiligen und nicht noch mehr Verdacht auf sich zu lenken.

Die Chastels hatten sich auf einen großen Granitfelsen gesetzt, um die Gegend am Fuß des beeindruckenden Berges und den Saum eines dichten Waldes, der sich den Montchauvet hinauf erstreckte, besser zu überblicken. Oberhalb der Baumgrenze sah man steinübersäte, karge Wiesen voller Ginsterbüsche. In einiger Entfernung erhoben sich die schroffen Gipfel des Montmouchet und des Montgrand. Die Jagd zog sich. Gelegentlich hörten sie das Krachen von Musketen, die Echos grollten aus Schluchten hervor und kehrten verspätet von den Berghängen zurück.

»Es ist erstaunlich, dass es überhaupt noch Wölfe gibt, die man erlegen kann«, sagte Pierre und lauschte. »De Beauterne hat ihnen allen im Namen des Königs den Krieg erklärt.«

»Es ist schlecht, dass de Beauterne dieses Gebiet ebenfalls als Quartier der Bestie ansieht«, erwiderte Jean und drehte den Kopf zu Antoine, der sich zu einem Schläfchen ausgestreckt hatte, den Dreispitz ins Gesicht gezogen. »Dein Treiben lockt ihn an.«

»Mein Treiben? Pierre hat ebenso Schuld wie ich«, antwortete er gedämpft, und sie konnten hören, dass er dabei grinste. Ihn kümmerte es immer weniger, dass er Menschen grausam tötete und verstümmelte.

Jean schlug ihm wütend den Hut herunter. »Wir werden Surtout opfern.«

Antoine richtete sich ruckartig auf, die Augen funkelten. »Was?«

»Es ist die beste Erklärung und wird de Beauterne zufrieden stellen. Wir geben ihm eine Bestie, die ohnehin von allen verdächtigt wird.« Jean hatte sich den Schritt lange überlegt. »Danach werde ich dich wegbringen, bis ich die wahre Bestie erlegt habe.«

»Niemand von euch beiden wird Surtout anrühren«, grollte Antoine. »Ich lasse es nicht zu. Er wird nicht euer Sündenbock sein.«

Das Geräusch von schnellem Hufschlag ließ die drei Männer aufblicken. Sie sahen einen Reiter, der sich von Westen her ihrem Aussichtspunkt näherte. Es war das erste Mal, dass Jean ihn aus der Nähe sah: Jean-François-Charles Comte de Morangiès, sechsunddreißig Jahre alt, gut aussehend und noch besser gekleidet. Er war der Sohn des alten Comte, der im Gegensatz zu seinem Spross höchstes Ansehen genoss.

Jean wusste, dass er Offizier gewesen und unrühmlich aus der Armee entlassen worden war. Seitdem sorgte er mit seinem Verhalten dafür, dass der gute Name seiner Familie in Verruf geriet. Frauen, Glücksspiele jeder Art, auch mal ein Duell, wenn ihm der Sinn danach stand. Mal war er im Gévaudan, mal in Paris.

Er zog vor dem wesentlich jüngeren Mann den Hut. *»Bonjour, seigneur.«*

De Morangiès, einen modischen Dreispitz auf der Weißhaarperücke, hatte seine Muskete lässig geschultert und nickte knapp. »Ich grüße euch, Messieurs. Hattet ihr Erfolg?«

Antoine grinste ihn vertraut an, als handelte es sich bei dem Adligen um einen Saufkumpanen. »Nein, Seigneur.« Er pfiff laut, und aus dem Gebüsch brach Surtout unmittelbar neben dem Comte hervor.

Jean hielt die Luft an. Der Mastiff betrachtete normalerweise alles – außer seinem Herrn – als Bedrohung, auf die er sich gerne warf. Doch zu seiner Überraschung schaute Surtout nicht einmal hoch. Er setzte sich neben den Stein und hechelte.

»Schade, schade«, sagte de Morangiès mit gespieltem Bedauern. »Da hat des Königs Wunderjäger wieder einmal versagt. Das wird den Hof sicher interessieren. Noch immer sterben die Leute, gemetzelt von der Bestie, die ihren Opfern inzwischen sogar die Kleider auszieht und am Wegesrand verstreut. Wenn ihr mich fragt, jagen wir einen Dämonen und keinen Wolf.« Er hob den Kopf, die Augen richteten sich auf die Hänge des Montchauvet. »Scheint, als sei es für heute vorüber, Messieurs.«

Jean folgte dem Blick des Comte und erkannte, dass Treiber die steinigen Wiesen herabkamen. Sie schleppten zwei dürre Wölfe mit sich, mehr Ausbeute hatte es nicht gegeben. Zu wenig, um die Menschen zu beruhigen.

»Monsieur Chastel«, sagte de Morangiès freundlich an Antoine gewandt, »seid so nett und bringt mir in den nächsten Tagen einige Eurer Welpen auf mein Schloss nach Villefort. Ich suche wieder Hunde, die etwas taugen.«

»Sehr wohl, Seigneur.« Antoines Grinsen wich nicht.

»Sehr schön.« De Morangiès wendete sein Pferd. »Richtet de Beauterne einen schönen Gruß von mir aus. Ich werde nicht länger warten, da ich Besseres zu tun habe, als meinen wertvollen Hengst durch kratzige, zeckenverseuchte Ginsterhecken zu jagen, meinen Rock zu ramponieren und auf magere Wölfe zu schießen.« Er hob die Hand. *»Au revoir, messieurs.«*

Sie erwiderten den Gruß. Als er außer Hörweite war, starrte Pierre seinen Bruder an. »Was hast du denn mit dem Comte zu schaffen?«

»Ich beliefere ihn mit Hunden«, meinte der leichthin, legte sich auf den Felsen und schloss die Augen. »Er weiß ihre Qualitäten zu schätzen.«

Jean ahnte, was der Comte mit den Tieren trieb. »Hunde für seine Kämpfe und Wetten, ja?«

»Was ist dagegen einzuwenden? Ich züchte die besten.« Er bewegte den Fuß und deutete mit seinem Absatz blind auf Surtout. »Alle seine Nachkommen haben gewonnen. Der Comte möchte mich mit nach Paris nehmen. Dort kann ich mit meinen Hunden richtig viel Geld verdienen, anstatt einen Hungerlohn vom Marquis zu bekommen, weil ich auf seinen Wald aufpasse.«

Wieder näherten sich Pferde, dieses Mal von der anderen Seite. Zwei Männer, die zur Truppe de Beauternes gehörten, lenkten ihre Reittiere einige Schritte von den Chastels entfernt aus dem Wäldchen auf den schmalen Weg. Jean erkannte sie sofort wieder: Es waren die beiden Männer, mit denen sie um ein Haar eine Schlägerei in Saugues angefangen hatten. Ihre Namen kannte er inzwischen auch. Der kleinere hörte auf den Namen Lachenay und war Jäger des Duc, der andere hieß Pélissier und gehörte zur Königlichen Garde.

Surtout knurrte sie wütend an, die Pferde blieben stehen.

Antoine öffnete die Augen und hob den Kopf. »Ah, sieh an«, murmelte er, dann blickte er sich um. Niemand war zu sehen. »Die kommen wie gerufen für ihre Abreibung.« Er schaute zu Surtout. »Aufpassen, Surtout!«, sagte er mit zischender Stimme, und der Rüde entblößte die langen Zähne, die der Bestie sicherlich ebenbürtig waren.

»Bist du verrückt?« Pierre sprang vom Felsen und packte den Mastiff am Halsband. »Ich halte ihn, Messieurs«, rief er ihnen zu. »Ihr könnt kommen.«

»Seid Ihr sicher?«, vergewisserte sich Lachenay.

»Ja«, rief Pierre zurück. »Es kann euch nichts geschehen.«

Pélissier machte den Anfang. Nach zehn Schritten sanken die Hufe seines Pferdes jedoch plötzlich ein. Das Tier geriet sofort in helle Aufregung und versuchte, dem verschlingenden Untergrund zu entkommen. Es tat einen gewaltigen Satz und warf Pélissier ab, der durch die weiche Oberfläche brach und bis zum Gürtel einsank.

»Ein Sumpfloch«, lachte Antoine laut auf und klatschte begeistert in die Hände. »Das war vorzüglich, Pierre! Vorzüglich!«

»Ich wusste nicht, dass da eines war«, sagte der verblüfft und schaute zu seinem Vater. Dieser saß auf dem Stein und betrachtete, wie der Gardist mehr und mehr unterging. Der Morast stand ihm bereits bis zur Brust. Lachenay wagte sich nicht näher heran und wusste nicht, wie er seinem Freund beistehen sollte.

Jean gefiel es. Sicher würde er den beiden gleich zu Hilfe kommen, aber für die Worte im Gasthof sollten sie noch ein wenig büßen. »Hättet ihr mal besser auf den Weg geachtet!«, rief er.

»Euer Sohn sagte, es sei sicher!«, schrie Pélissier außer sich. Lachenay hatte einen langen Stock abgeschnitten und hielt ihn dem Gardisten hin.

»Ich meinte wegen des Hundes«, verteidigte sich Pierre und staunte seinen Vater an, der keinerlei Anstalten machte, sich zu bewegen. »Was ist? Willst du zusehen, wie er absäuft?«

»Ja, liebend gern!«, kreischte Antoine und kugelte sich vor Gelächter. »Soll das Schwein im Morast versinken! Das kommt davon, wenn man das Land nicht kennt, ihr Großmäuler!« Er rutschte vom Stein. *»Alors*, mein Kleiner! Beweg dich nicht zu sehr, sonst zieht es dir schneller die Hosen runter, als es eine Hure vermag!«

Lachenay war es inzwischen gelungen, Pélissier zu sichern und ihn langsam aus dem Schlamm zu ziehen. Der Gardist büßte seine beiden Stiefel und seinen Degen ein, ein Opfer an den Morast.

Jean grinste. Damit hatte er sich Arbeit erspart. Aber für den königlichen Gardisten war die Sache nicht erledigt.

Er suchte sich einen Weg um das Moorloch herum, kam verdreckt und stinkend wie er war auf Antoine zu und packte ihn beim Kragen. »Schuft! Kanaille! Ich lasse dich ins Gefängnis werfen, bis dein Fleisch von den Knochen gefault ist!«

Jean rutschte auf den Boden, um einzugreifen, bevor ein Unglück geschah. Surtout tobte in Pierres Griff und versuchte, an Pélissier zu gelangen, den er augenblicklich in Stücke gerissen hätte.

Antoine sprengte den Griff des Gardisten und schlug sofort zu. Da war aber schon Lachenay neben ihm und versetzte ihm einen Hieb ins Gesicht, dass er rückwärts gegen den Stein taumelte. »Oh. Das wird lustig«, rief Antoine. »Surtout, aus!« Dann warf er sich gegen die beiden Männer.

Es wurde eine wilde Schlägerei, in die Jean und Pierre notgedrungen eingriffen. Antoine teilte mit solcher Kraft Hiebe aus, dass die Nasen der Fremden rasch brachen, Augen zuschwollen, Lippen und Haut aufplatzten. Der Mastiff blieb nach dem Befehl seines Herrn wie angewurzelt sitzen, knurrte und bellte, ohne einzugreifen.

Beim Versuch, einen Haken von Antoine abzuwehren, brach sich Lachenay den Unterarm, und der nachfolgende Schwinger zertrümmerte ihm den Oberkiefer. Blutige Zähne fielen auf den Boden.

Pélissier hatte Pierre niedergeworfen und wollte Jean attackieren, als ihn Antoine von der Seite ansprang, ihn gegen den Stein und von da auf den Boden schleuderte. Mit einem brachialen Schrei hob er den Stiefel, der Absatz zielte auf den Schädel des Besiegten.

»Halt!« Lachenay schaffte es trotz seiner Verletzung, seine Muskete auf Antoine zu richten.

Ohne nachzudenken, nahm sich Jean seine Muskete und legte auf den Jäger des Duc an. »Weg mit der Waffe!« Pierre rollte sich herum und langte ebenfalls nach seinem Gewehr, der Lauf schwenkte auf Lachenay.

Antoine hielt inne, weil er sah, was von seiner nächsten Tat abhing. Langsam senkte er den Stiefel. Stattdessen spuckte er auf den Liegenden, die grünen Augen funkelten wild. »Das habt ihr davon.« Seine langen schwarzen Haare umgaben sein Gesicht wie eine düstere Wolke und verhüllten sein bleiches Antlitz.

»Wir gehen«, befahl Jean ihm barsch und senkte die Muskete.

Sein Herz klopfte wild, weil er sich bewusst wurde, welche Ungeheuerlichkeit er und seine Söhne soeben angerichtet hatten.

»Erst will ich noch ...«

»LOS!«

Am folgenden Tag, als sich die Chastels wieder auf der Jagd befanden, wurden sie von einer Gruppe Soldaten abgefangen und verhaftet.

XVIII. KAPITEL

Ungarn, Budapest, 16. November 2004, 07:43 Uhr

Eric erwachte von den Schmerzen in seinem Nacken. Er öffnete die Augen und bemerkte Lena im Morgenmantel neben seinem Koffer. Sie betrachtete die klare Flüssigkeit, die aus einem kleinen Fläschchen auf ihre ausgestreckte Handfläche tropfte.

Eric setzte seine Brille auf, um besser sehen zu können. Das Fläschchen stammte nicht aus dem mitgebrachten Medikamentenberg – sondern aus seinem Kulturbeutel! Lena zählte die Tropfen mit und würde – wenn er es nicht verhinderte – das Mittel ablecken, wie es auf der Anleitung stand. Woher sollte sie wissen, dass es nicht die auf dem Etikett angegebene Substanz war? Ihre Hand näherte sich dem Mund.

»Halt!« Eric verließ sich nicht darauf, dass sie auf ihn hörte. Er hechtete aus dem Bett und warf sich gegen sie. Sie fielen auf den Teppich, und ihm gelang das Kunststück, sie im Fallen über sich zu drehen, damit sie auf ihm landete und sich nicht durch den Aufprall verletzte.

Sie lag auf ihm, der Morgenmantel klaffte auseinander und gab ihre Brüste frei, die nun verführerisch nahe vor Erics

Gesicht pendelten. Er erkannte jedes noch so kleine Detail, beispielsweise den winzigen Leberfleck oberhalb der linken Mamille, die glatten, rosafarbenen Höfe und die Andeutung einer Narbe neben der rechten Brust. Er liebte sekundäre Geschlechtsmerkmale.

Dann wurde ihm der Anblick genommen, denn Lena zog die Ränder des Mantels zusammen. Ihre grünen Augen schauten böse und überrascht, während sie versuchte, ihre Haare aus dem Gesicht zu streichen. »Auf die Erklärung bin ich sehr gespannt.« Sie bewegte sich nicht von ihm herunter.

»Wer hat Ihnen gesagt, dass Sie meine Toilettenartikel durchstöbern sollen?«

»Ich hatte Halsweh, und in Ihrer Familientüte voller Wundermittel war nichts dagegen zu finden. Da habe ich mir erlaubt, mal nachzuschauen.« Sie roch an ihrer Hand, auf der es noch immer feucht glitzerte. »Ist das Haltbarkeitsdatum abgelaufen?«

»Eine private Arznei«, wich er aus und genoss es, wie ihr Geruch ihn appetitlich umspülte. Die Wärme ihres Körpers sickerte durch den Morgenmantel und durch seine Kleidung bis auf seine Haut. Es erregte ihn maßlos. »Ich habe sie in dieses Fläschchen gefüllt, weil ich nichts anderes zur Hand hatte.«

»Es ist also nichts gegen Halsschmerzen?«

»Nichts gegen Halsschmerzen.« Er schaute demonstrativ an sich hinunter. »Bin ich bequem? Wollen Sie auf mir liegen bleiben?«

»Was für ein Mittel ist es?«

»Das geht Sie nichts an.«

»Falls ich deswegen am Zoll zusammen mit Ihnen verhaftet werden sollte, schon.«

Eric hielt es nicht länger aus. Entweder er küsste sie auf der Stelle und verführte sie, oder sie musste von ihm runter, bevor sie seine männliche Erregung spürte, was ihm ein wenig peinlich wäre. Auch das war eine Premiere. Er hatte sich noch nie dafür geschämt, einer Frau, die ihm gefiel, seine Lust zu zeigen.

Er entschied sich, die Verführung auf einen späteren Zeitpunkt zu verschieben. »Was möchten Sie zum Frühstück?«

Sie hatte eingesehen, dass der störrische Mann nichts sagen würde. Jetzt, nachdem der erste Schreck über seine Attacke überwunden war, bemerkte sie, dass sie mit leicht gespreizten Beinen auf seinem Oberschenkel lag. Eine längliche Schwellung presste das Leder seiner Hose gegen ihre nackte Leiste. Lena suchte Erics Blick, hoffte auf sein stummes Einverständnis und fragte sich gleichzeitig, was sie hier bloß im Begriff war zu tun.

Ihre Hände schienen sich selbstständig zu machen. Ihre Rechte streichelte an seinem Gesicht entlang, fuhr über die schwarzen Koteletten, über das Kinnbärtchen. Sie fühlte, wie die Schwellung an ihrer Leiste wuchs und härter wurde. »Habe ich mich schon bei Ihnen bedankt, dass Sie mein Leben gerettet haben?«, fragte sie heiser; die Lust schlug ihr auf die Stimme.

Er schluckte. »Ich mag keine Ficks aus Verpflichtung.«

Sie grinste. »Sagen Sie das der Schlange in Ihrer Hose.« Lena neigte ihren Kopf nach vorne. »Und es wäre mir ein Vergnügen, keine Verpflichtung.« Die braunen Haare kitzelten sein Gesicht, und ihre Lippen berührten sich.

Es war das Todesurteil für Erics Beherrschung. Er schob ihren Bademantel auseinander, richtete sich dabei auf, streifte ihn von ihren Schultern, drückte sein Gesicht gegen ihren Hals und küsste ihn. Seine Hände streichelten ihre Brüste.

Lena zog ihm das Shirt aus. Er spürte ihre Finger, die fordernd über seinen Rücken strichen; sie atmete schneller. Er konnte ihre Erregung riechen, die aus jeder Pore drang und nach Befriedigung verlangte.

»Ich merke, man bekommt Muskulatur bei dem, was du tust«, sagte sie neckend. Sie setzte sich auf seine Oberschenkel und öffnete seinen Gürtel, dann den Knopf der Hose, ihre Hand schlüpfte unter dem Bund der Unterhose hindurch. Was sie zu fassen bekam und aus dem Stoff befreite, machte sie gierig. Sie zog ihm die restlichen Kleider mit enormer Geschwindigkeit aus, half ihm auf und dirigierte ihn aufs Bett.

Eric grinste breit und senkte den Kopf. Seine hellbraunen Augen und die langen schwarzen Haare, die ihm ins Gesicht fielen und es in Schatten tauchten, sahen gefährlich und nach Angriff aus. Lena musste schlucken; Eric wirkte in diesem Moment animalisch, ursprünglich und äußerst männlich.

Sein Gesicht näherte sich ihrem Hals, er roch an ihr, ohne dass die Nase ihre Haut berührte. Er sog ihren Geruch auf, achtete auf jede Nuance und erkundete so ihren Körper, glitt abwärts, zwischen den Brüsten entlang über ihren flachen Bauch bis zu ihrem Schritt, während seine Haarspitzen über ihre Haut strichen. Er genoss es, nahm sich Zeit und verfiel ihr mehr und mehr.

Erst jetzt brachte er die Hände ins Spiel, fuhr ihre Taille entlang, über den Bauch und kam auf der Innenseite der Schenkel zur Ruhe. Seine Zunge glitt sanft über ihre intimste Stelle, tauchte ein und traf den Punkt, an dem man sie verrückt machen konnte. Scharf sog Lena die Luft ein, ein heißes Kribbeln jagte durch ihren Unterleib, das Eric geschickt und gnadenlos steigerte.

Ohne dass sie es bemerkte, zog er sich ein Kondom über. Sie zuckte zusammen, als er sie an der Hüfte packte und auf seinen Schoß zog. Die Muskeln auf seinem nackten Oberkörper und an seinen Armen zuckten. Die Kraft, mit der er sie anhob und sie auf seinen Penis senkte, war wohldosiert, bestimmend, aber nicht zwingend.

Lena wollte ihn. Langsam ließ sie ihn in sich hineingleiten,

Zentimeter für Zentimeter, Genuss und Folter pur, weil es ihr nicht schnell genug ging. Sie drückte Erics Oberkörper nach unten und übernahm die Initiative. Sie ritt auf ihm, bewegte sich stöhnend, die festen Brüste schwangen leicht im Rhythmus.

Er ließ sie gewähren, berührte ihre Leiste, liebkoste ihren weißen Bauch, bis er sah, wie nahe sie der Ekstase war. Dann war die Reihe an ihm, sie in bislang unerreichte Regionen der Lust zu führen.

Eric schnellte empor, drückte sie unvermittelt nach hinten und fing ihren Oberkörper kurz vor dem Aufprall auf dem Teppich auf. Seine Hüfte folgte der Bewegung und erlaubte nicht, dass die Vereinigung unterbrochen wurde. Lena schrie leise vor Schreck und neuer Erregung.

Eric fand schnell heraus, welche Bewegungen sie mochte, las seinen Erfolg an Lenas entrücktem Gesichtsausdruck ab. Ihr Stöhnen wurde immer lauter, und schließlich verlor sie die Kontrolle über sich. Eric folterte sie weiter, seine Finger spielten mit ihren empfindlichsten Stellen, während er die Geschwindigkeit seiner Stöße steigerte.

Lena schwitzte. Er hob sie wieder an und drückte ihren Oberkörper gegen seinen, um ihren Geruch an sich zu spüren, leckte über ihre Haut, über ihre Brüste und schmeckte das Salz. Es war eine Droge für ihn.

Mit einem unterdrückten Schrei gelangte sie zum Höhepunkt, ihre Nägel schlugen sich in seinen Rücken und zeichneten blutig rote Linien.

Eric hob sie von sich herunter und bettete sie so auf dem Laken, dass sie mit dem Bauch nach unten zu liegen kam. Er spreizte langsam ihre Beine, so weit es ging. Auch er wollte mehr, konnte nicht aufhören, verlangte nach der totalen Offenbarung. Er streichelte ihre Pobacken, die Finger huschten nur leicht über ihre Weiblichkeit und steigerten die Sehnsucht nach der erneuten Vereinigung. Dann fuhr er in sie hinein. Lena kam sofort. Sie schrie nicht, aber er fühlte es an den Zuckungen, an den Händen, die sich in die Decken krallten, und an dem tiefen, dunklen Ächzen.

Dabei fing er gerade erst an.

Nach dem vierten Orgasmus gewährte er ihr Erlösung von der süßen Marter und zog sich zurück. Er umschlang sie von hinten und küsste ihren feuchten Nacken. Sie schmeckte großartig. Nie mehr würde er ihren Geschmack vergessen.

Lenas Herz raste und schien sich nicht beruhigen zu können. »Mach das nie wieder«, seufzte sie atemlos, als sie endlich wieder sprechen konnte – und meinte genau das Gegenteil.

Er fuhr mit dem Finger über ihr Schulterblatt, biss ihr seitlich leicht in den Hals und stand auf. Etwas war anders gewesen als sonst, mehr als der reine Akt. Er hatte eine emotionale Nähe zu ihr gespürt, eine Vibration, die ihm unheimlich war und die er bislang niemals zugelassen hatte. Das war ... nicht gut.

Das Telefon klingelte. Eric ging zum Apparat und nahm das Gespräch entgegen. Die Unterhaltung war kurz. »Die Rezeption«, erklärte er und hob seine Unterhose auf. »Ziehen Sie sich an. Der Flughafen hat den Betrieb wieder aufgenommen. Wir frühstücken dort.«

Lena rollte sich herum, die grünen Augen drückten ihre Enttäuschung aus und ihr Erstaunen über die weiterhin förmliche Anrede. Aber sie sagte nichts. Dieser Mann blieb für sie unergründlich.

XIX. KAPITEL

19. August 1765, Saugues, Südfrankreich

Es stank erbärmlich im Verlies, der Boden war kalt und feucht. Die Chastels saßen in einer großen, rechteckigen Zelle, deren Wand auf der einen Seite nur aus Gitterstäben bestand und den Aufsehern so eine ständige Überwachung ihrer Gefangenen ermöglichte.

Jean und Pierre hatten sich neben der rechten Wand auf dem mit klammem Stroh ausgelegten Boden zusammengerollt und schliefen. Antoine hockte auf einer halb verfaulten Pritsche unterhalb des schmalen Lichtlochs, durch das ein einzelner Sonnenstrahl in ihren Kerker fiel. Er wusste nicht, wie er die kommenden Tage überstehen sollte. Wie er die Verwandlung unterdrücken sollte. Sein ganzer Leib kribbelte, die Haut juckte unaufhörlich. Sein Verstand wehrte sich gegen die Vorstellung, länger in diesem Loch zu verweilen. Die Bestie in ihm schrie nach Freiheit, schlug von innen gegen seine Haut und geiferte, hervorzubrechen und sich mit Gewalt einen Weg aus dem Gefängnis zu suchen.

Leise Schritte erklangen, eine Gestalt in einem schwarzen Umhang stieg die Stufen herab und kam an die Gitterstäbe.

Der Hut warf einen Schatten auf das Gesicht und machte es unkenntlich. Ein schwarzer Handschuh deutete auf Antoine. »Komm her«, raunte eine bekannte Stimme. »Sei leise, damit die anderen nicht aufwachen.«

»Seigneur le Comte!« Antoine stand unhörbar auf und eilte zu de Morangiès.

Der Mann lächelte. »Du hast mir meine versprochenen Hunde nicht gebracht. Als ich nachforschte, wo du abgeblieben bist, hörte ich, was du und deine Familie angerichtet haben.«

Antoine senkte den Kopf. »Diese Schweine haben es verdient.«

Die Faust des Comte zuckte vor, packte die Jacke und riss Antoine brutal nach vorne gegen die Gitter. »Du Idiot!«, zischte er wütend. »Zügele dich endlich! Wie konntet ihr nur so dumm sein, einen Mann des Duc und des Königs anzugreifen? Normalerweise wärt ihr für eure Tat auf die Galeere oder sonst wohin zur Zwangsarbeit geschickt worden.« Er stieß ihn zurück. »Hast du irgendeine Vorstellung davon, wie schwierig es sein wird, euch aus dem Gefängnis zu holen?«

»Ihr ... Ihr vermögt uns zu retten?« Antoine machte große Augen und sank vor ihm auf die Knie. »Meinen ewigen Dank, Seigneur!«

»Niemand wird davon erfahren, dass ich euch geholfen habe, verstanden?«, sagte er mit schneidender Stimme. »De Beauterne ist vom Hof gesandt, und sein Einfluss ist nicht zu unterschätzen. Aber es wird mir gelingen. Und wenn nicht mir, dann meinem Vater.« De Morangiès lächelte kühl und tätschelte Antoines bärtige Wange hart. »Wer würde mir sonst so gute Hunde verschaffen können? Ohne sie gewinne ich einfach nicht.«

»Niemand, Seigneur. Das habe ich Euch schon in Menorca bewiesen, nicht wahr?«

»Das hast du, Antoine.« De Morangiès schaute zu Pierre, der

sich stöhnend zur Seite gerollt hatte. »Noch etwas Geduld, und wir gehen nach Paris. Man ist schon sehr neugierig zu sehen, was deine Züchtungen dort vermögen.«

»Seigneur, dieser Beauterne«, sagte Antoine zögernd. »Er kreist uns immer mehr ein. Es ist kaum mehr möglich, unbemerkt ...« Sein Gesicht bekam einen furchtsamen Ausdruck. »Seigneur, ich habe Angst, dass er mir meine Hunde erschießt. Meine lieben Freunde. Dann wäre es mit der Zucht ...«

»De Beauterne wird bald kein Hindernis mehr sein. Ich habe einen Plan, der ihn uns endgültig vom Hals schafft. Die Vorbereitungen werden gerade getroffen«, unterbrach ihn der Comte. »Und du, Antoine: Sei vorsichtiger!« Er klopfte ihm auf die Schulter. »Bald seid ihr frei. Das verspreche ich dir.« Schwungvoll wandte er sich um und erklomm die Stufen nach oben.

»Meinen ewigen Dank, Seigneur!«, rief ihm Antoine halblaut nach und hob die Hand zum Gruß. Rasch kehrte er auf die Pritsche zurück, zog die Beine an und schaute auf den Lichtfleck am Boden der Zelle. Er war vollkommen ruhig. Mit einem Schlag war die Anspannung, die nagende Furcht verschwunden, die Bestie sanft wie ein Lamm. Auf den Comte konnte er sich verlassen. Seinen guten Freund. Seinen Mentor.

21. September 1765, in der Nähe von Saint-Marie-des-Chazes, Südfrankreich

Sosehr man Lieutenant Antoine de Beauterne belächelt hatte, als er durch das Gévaudan streifte und eine Skizze nach der anderen von den Heideflächen, den Grasebenen, Wäldchen, Bergen und Hügeln anfertigte, nun zeigte sich, dass der Beauftragte von König Louis XV. sein Handwerk mit Kalkül anging. Aber die Bestie schien verstanden zu haben, dass de

Beauterne sie einkreiste – und brach völlig unerwartet aus. Es gab Meldungen, dass es in der Umgebung von Langeac zu Angriffen gekommen war, weit abseits des Gebietes der Drei Berge, wo de Beauterne ihr Lager vermutete. Die nächste Hatz wurde an diesen Ort verlagert.

An einem nebligen Tag im September rief de Beauterne zu einer großen Jagd rund um den Wald von Pommier, an der auch Jean Chastel wieder teilnehmen konnte. Er hatte sich bereits für den Rest seines Lebens in einem Steinbruch gesehen; aber aus einem für ihn nicht erklärbaren, nichtsdestotrotz erfreulichen Grund hatte der Richter in Saugues ihn und seine Söhne freigelassen und sie lediglich ermahnt, dass sie beim nächsten Vorfall mit keinerlei Milde mehr zu rechnen hätten. Seine Söhne blieben in einer von Antoines Hütten zurück, angekettet im Keller. Jean hatte eine neue Arretierung angebracht, die verhindern sollte, dass sie sich nach ihrer Verwandlung von den Fesseln befreiten. Nur auf diese Weise konnte er sicher sein, dass ihm bei der Jagd keiner der beiden in der Gestalt des Loup-Garou vor die Flinte lief.

Die Kreatur musste endlich sterben; zu oft war sie ihm und anderen Jägern entkommen. Daher befand sich dieses Mal eine Ladung Silberkugeln in den Läufen.

Kaum am Sammelpunkt angelangt, sah er den Moldawier und Jacques Denis wieder. Ingesamt zählte Jean vierzig Jäger, mindestens einhundert Treiber und zwölf Hunde, die an den Leinen zerrten und rissen.

»*Bonjour,* Monsieur Chastel«, rief Malesky freudig und lief auf ihn zu, wie so oft das Pincenez mit dem blauen Glas vor den Augen. »Habt Ihr Eure Nächte im Verlies von Saugues gut überstanden? Ihr werdet mir nicht nachtragen, dass ich bei Eurer kleinen Schlägerei nicht eingriff?«

»Ihr habt uns beobachtet?«

»Ich kam aus dem kleinen Wäldchen und sah alles. Aber ich

wollte in Freiheit bleiben, um der Bestie Paroli zu bieten – also habe ich nicht eingegriffen.« Er schaute ihn abschätzend an. »Seltsamerweise scheint sie eine Rast eingelegt zu haben, solange Ihr außer Gefecht wart. Hat sie etwa auf Euch gewartet?«

»Ich trage es Euch nicht nach, Monsieur Malesky, dass Ihr untätig wart, doch Eure Anspielung kommt dem dummen Geschwätz sehr nahe, das ich vor einigen Wochen im Gasthaus hören musste, und Ihr wisst, wie es für die endete, die ihren Mund nicht halten konnten.« Jean zwinkerte und tat so, als meinte er es nicht ernst, aber der Moldawier verstand die unterschwellige Drohung. »Was den Kerker angeht, es ist eine Erfahrung, die ich Euch durchaus einmal empfehlen kann«, sagte er schwach lächelnd und erinnerte sich daran, wie sie Antoine dreimal hatten bewusstlos schlagen müssen, um ihn vor der Verwandlung in eine Bestie zu bewahren und somit ihr eigenes Leben zu schützen. Pierre hatte die Gefangenschaft weniger Schwierigkeiten bereitet: Er bekam nicht einen einzigen Anfall. Wahrscheinlich lag es daran, dass er einen stärkeren Charakter hatte als sein Bruder.

»Monsieur Chastel, ich freue mich, Euch zu sehen.« Der blonde Jacques trat an sie heran, eine Muskete in der Linken tragend, und reichte ihnen die Hand. »Habe ich Euch nach Malzieu dafür gedankt, dass Ihr mein Leben gerettet habt?«

»Das habt Ihr, Monsieur Denis. Vielleicht ergibt sich heute die Gelegenheit, dass Ihr das meinige rettet.« Jean hatte sich entschlossen, den jungen Mann wie einen Erwachsenen zu behandeln. Er hatte zu viel erlebt, um noch ein Kind zu sein. Jean deutete auf die Waffe. »Ein sehr schönes Stück.«

»Ein Abschiedsgeschenk von Monsieur Denneval.« Jacques hätte sich über die Muskete freuen müssen, aber er klang verbittert. Er nahm es den normannischen Wolfsjägern unverhohlen übel, dass sie ihn im Stich gelassen hatten und unverrichteter Dinge – abgesehen von hunderten toter Wölfe und deren Pelzen – aus dem Gévaudan abgerückt waren. Die Bestie, die seine Schwester zu einer Idiotin gemacht und seine Freundin Marguerite getötet hatte, lief immer noch herum. »Seit seinem Abzug gehe ich auf eigene Faust auf die Jagd.«

Malesky schaute sich die übrigen Jäger an. »Das, was ich sehe, macht mir keine Angst, die zehntausend an einen von denen zu verlieren, außer vielleicht an den schusssicheren Lieutenant de Beauterne selbst.«

Der persönliche Arkebusenträger des Königs, wie sein offizieller Titel lautete, stellte sich gerade auf einen umgestürzten Baumstamm, so dass ihn alle sahen. Er war wie ein Prinz ausstaffiert und nicht wie ein Jäger, dennoch wirkte er unscheinbar. Die teure Kleidung, die Perücke und der Hut lenkten von dem Mann, der darin steckte, übermäßig ab. Hinter ihm stand Pélissier, noch immer übel von der Schlägerei gezeichnet. Er warf Jean einen hasserfüllten Blick zu.

»Bonjour, messieurs. Heute wird uns das Jagdglück hold sein, und ihr werdet verstehen, weshalb ich die vielen Wochen damit verbrachte, mir einen Eindruck von der Gegend zu verschaffen. Nun kam uns die Gnade Gottes zu Hilfe. Die Bestie lief vor uns davon, genau hierher. Die Spuren, die ich fand, wiesen mich zur Béal-Schlucht, und da werden wir unseren Wolf erlegen, den manche Abergläubische eine Bestie und übernatürlich nennen.« Er deutete über die Felder zum Wald, der sich um die Schlucht erstreckte. »Dort hat sie ihr Lager, und ihr werdet sehen, dass sie zu erschießen ist wie jeder andere Isegrim auch. Wir bilden eine Kette und rücken in den Wald ein, ziehen die Schlinge um die Schlucht immer enger, bis es kein Entrinnen mehr für sie gibt.« Er sprang von seinem primitiven Podest, teilte die Jäger samt Treiber in Gruppen ein, und die Jagd begann.

In einer breiten Linie marschierten sie auf das Wäldchen zu, das durch die sich lichtenden Nebelschwaden wie ein Scherenschnitt vor dem grauen Horizont wirkte. Krähenschwärme stiegen aus den abgeernteten Feldern und schraubten sich in die Höhe, wo ihre Körper im Dunst unsichtbar wurden und sie die Männer lediglich mit ihrem *Krah-krah* verfolgten.

»Verdammtes Wetter«, beschwerte sich Malesky und befreite die Gläser seines Zwickers mit einem Taschentuch von der Feuchtigkeit, die sich darauf niedergeschlagen hatte. »Hoffentlich wird das Pulver in der Zündpfanne nicht unbrauchbar. Diese Nebelschleier sind schlimmer als Regen.«

Endlich hatten sie das Wäldchen erreicht. In kürzester Zeit wurde es eingeschlossen, und nach dem Hornsignal, dass die Treiber und Jäger auf der abgewandten Seite den Ring vollendet hatten, drangen sie ins Gehölz ein.

Niemand wagte, auch nur einen Laut von sich zu geben.

Die Treiber liefen neben den Jägern her, die Spitzen der Spieße und Speere schräg nach unten gerichtet. Es ging nicht darum, das Wesen aufzuscheuchen, sondern es nicht entkommen zu lassen. Ein beständiges Knacken und Knistern, Rascheln und leises Klappern tönte durch den herbstlichen Wald; ab und zu huschten Eichhörnchen erschrocken auf einen Baum, Hasen hoppelten eilig weg, gelegentlich rannte ein Reh vor den Menschen davon. Mehr rührte sich nicht.

Noch nicht.

Jean, Malesky und Jacques gehörten zu denen, die als Erste am Eingang der Schlucht anlangten, einem finsteren, schroffen Spalt voller Düsternis und unheimlicher Geräusche.

Einer der Treiber lief los, um de Beauterne Bescheid zu geben, die anderen warteten in einer Mischung aus Ungeduld, Angst und Hoffnung, dem Schrecken nun ein Ende zu bereiten. Ein für alle Mal.

»Hier fühlt sich die Bestie sicherlich wohl«, raunte Jacques, der den Lauf seiner Muskete nicht mehr senken wollte, seit sie den Wald betreten hatten. Er beobachtete argwöhnisch, ob sich etwas in der Dunkelheit tat.

Jean kniete neben einer Spur nieder, untersuchte die Abdrücke, die er gefunden hatte, schätzte von ihrer Länge auf die Gesamtgröße des Tiers, richtete sich wieder auf und schaute zu dem Moldawier, der die Augen auf eine andere Stelle des Bodens gerichtet hielt.

»Ein großer Wolf, nicht wahr, Monsieur Chastel? Ich habe in meinem langen Leben kaum eine eindrucksvollere Fährte gesehen«, sagte Malesky und hörte sich dennoch enttäuscht an, weil er auf eine andere Beute gehofft hatte.

»Ja, ein Wolf«, meinte Jean und zertrat schnell die frische Spur der Bestie, die er bisher mit seinem Bein vor den Blicken der anderen abgedeckt hatte. Die Kreatur war vor kurzem erst in die Schlucht hineingelaufen; sie musste aus Zufall in die Enge getrieben worden sein. Sein Herz schlug vor Aufregung rasch wie ein Stampfwerk. Er hielt sie für schlau genug, dem Wolf den Vortritt zu lassen, um dann erst aus der Schlucht zu fliehen, wenn die Schützen ihre Musketen nachluden.

De Beauterne näherte sich, die Muskete halb im Anschlag, zusammen mit den keuchenden, zerrenden Hunden. Und dem Comte de Morangiès. »Messieurs, haltet eure Musketen bereit. Die treuen Tiere werden uns den Wolf herausjagen.« Er zog die Hähne nach hinten, und um ihn herum klackte es vielfach, als die vierzig Jäger das Gleiche taten. Dann hob er seine Waffe und legte auf den Eingang der Schlucht an. »Lasst sie los«, gab er die Anweisung, und die Leinen der Meute wurden gelöst.

Laut bellend rannten die Hunde in die Felsspalte und wurden von dem Schwarz verschlungen. Ihr Kläffen hallte als Echo zu den wartenden Jägern hinaus, wurde leiser und leiser, bis es sich in der Weite der Schlucht gänzlich verlor.

Es tat sich nichts.

Der erste Jäger senkte seine Muskete – die Waffe war zusammen mit dem unter der Mündung angebrachten Bajonett zu schwer, um sie auf Dauer in der Horizontalen zu halten –, gönnte seinen müden Armen eine Erholung und hob sie dann schnell wieder, um nicht die Gelegenheit verstreichen zu lassen, der Held einer ganzen Region zu werden.

Auch Jacques wurde müde; schließlich setzte er sich auf den Boden, zog die Knie an und legte die Waffe darauf. Es war ein gefährliches Manöver, denn sollte der Schuss fehlgehen und die Bestie nach Vergeltung trachten, befand sich seine Kehle in der passenden Höhe für die unerbittlichen Zähne.

Dann kehrte das aufgeregte Bellen zurück – die Meute befand sich auf dem Rückweg. Wer genau hinhörte, vernahm im lauter werdenden Lärm des Kläffens ein zorniges, dunkleres Knurren, ab und zu ein Heulen und Jaulen. Jetzt hoben sich alle Läufe, selbst die kraftlosesten Arme nutzten die letzten Reserven. Noch sahen die Männer nichts als Schwärze. Das unentwegte Starren trocknete die Augen aus und verführte zum Blinzeln, und das Blinzeln wiederum konnte einen Fehlschuss bedeuten.

Jean konzentrierte sich, seine Arme brannten, doch noch zitterten sie nicht. *Halt durch,* mahnte er sich.

Der Körper eines gewaltigen Wolfs schnellte aus der Schlucht. Blut haftete an seiner Schnauze, das von einem der Hunde stammen musste. Er sah die Menschen, die ihn eingekreist hatten, und wollte auf der Stelle durchbrechen.

Den ersten Schuss gab Lieutenant Antoine ab, de Morangiès und die übrigen Jäger reagierten unmittelbar nach dem Krachen der Muskete. De Beauternes Kugel traf den Wolf im Sprung in die rechte Schulter, etliche weitere Projektile gingen fehl, aber eines traf den Kopf. Blutige Fellstücke und ein Ohr wurden davongeschleudert, das Tier brach zusammen.

Als sich der Pulverdampf lichtete, verharrten Jean und Malesky immer noch, die Mündungen auf den dunklen Ausgang gerichtet. Nach und nach kamen die Hunde herausgelaufen und sammelten sich um den erschossenen Wolf. In das Gekläffe mischten sich Jagdhörner, die von einigen der Männer im Triumph geblasen wurden und weithin verkündeten, dass der Schrecken im Gévaudan erlegt worden war.

»Meine Hochachtung«, sagte der Comte und verneigte sich vor de Beauterne. »Ihr habt die Bestie erlegt!« Angesichts der Tatsache, dass seinem Rivalen soeben das gelungen war, wonach er sich gesehnt hatte, wirkte er sehr gelassen.

»Meinen Dank, Comte. Messieurs?« De Beauterne drehte den perückengezierten Kopf verwundert zu Jean und Malesky, die ohne Unterlass den Spalt anvisierten. »Ihr rechnet mit zwei ...«

Urplötzlich sprang der vermeintlich erschossene Wolf auf und attackierte den Abgesandten des Königs, der im letzten Moment seine Muskete zur Abwehr hinhalten konnte. Er sah, dass die Kugel lediglich über den Schädel geschrammt war, ohne ihn zu durchdringen. Die Zähne des verwundeten Wolfs schlugen sich in das Holz und Metall der Waffe und brachen ab, was das Tier noch rasender machte.

Die Jäger schossen, wieder traf eine Kugel. Doch der Wolf schnellte zurück, blickte sich um und bewegte sich im Zickzack auf eine Stelle in der Kette zu, wo der Abstand zwischen den Männern größer war. Er lief aufreizend langsam, als wollte er seine Überlegenheit zur Schau stellen.

»Ihr oder ich, Monsieur Chastel? Er wird sonst flüchten«, fragte Malesky leise über den Hahn seiner Muskete hinweg.

»Schießt den Wolf, wenn Ihr wollt, Monsieur Malesky.«

»Und worauf wartet Ihr?«

»Die Frage könnte ich Euch ebenso stellen.«

»Ich stellte sie aber zuerst, lieber Monsieur Chastel.«

»Ihr seid kein Richter, vor dem ich antworten muss.«

Schließlich war es Malesky, der, in einer unverständlichen Sprache fluchend, seine Muskete weg vom Eingang der

Schlucht schwenkte, Kimme und Korn im Nacken des Wolfs aufsitzen ließ und zweimal abdrückte, als das Tier zwischen zwei Treibern hindurchtrabte.

Dieses Mal brachte das Blei den Tod. Der muskulöse Körper erschlaffte unvermittelt, die Vorder- und Hinterläufe, die Pfoten, selbst der Schweif verloren jegliche Spannung, und der Wolf brach zusammen, rutschte über das Laub und blieb liegen.

Der Moldawier lud routiniert nach und war dabei flinker als Jean, wie der aus den Augenwinkeln mitbekam; es vergingen weniger als zwanzig Sekunden, bis er seine Muskete wieder in den Anschlag riss.

»Messieurs! Die Jagd ist vorüber«, stellte de Beauterne fest und kam zu ihnen, drückte zuerst Maleskys, dann Jeans Waffe nach unten. »Sichert eure Waffen und kommt mit mir ins Dorf, wo wir alle den Tod der Bestie feiern! Die Glocken des Gévaudan sollen den Tod der Bestie und nicht mehr den Tod eines ihrer Opfer verkünden.« Er wurde ungehalten, als der Wildhüter die Muskete wieder heben wollte. *»Monsieur!* Es ist genug«, zischte er. »Da liegt die Bestie ...«

»Nein, das ist sie nicht, Seigneur de Beauterne«, widersprach Jean leise. »Zählt Eure Hunde, und Ihr werdet feststellen, dass Euch vier fehlen. Kein Wolf, selbst dieses eindrucksvolle Exemplar nicht, vermag in der kurzen Zeit vier Hunde zu töten. Und seht, einer von ihnen trägt Kratzspuren, als habe er mit einer Katze gerungen, *mon seigneur.«*

Der Comte de Morangiès trat vor. »Und ich sage, es *ist* die Bestie! Kein normaler Wolf würde einen Schuss in den Kopf überstehen. Gibt es einen besseren Beweis?«

Jean erschrak. Der Ausdruck in den Augen des Mannes zeigte, dass er genau wusste, nicht mehr als einen Wolf vor sich zu haben! *Was führt er im Schilde?,* fragte sich der Wildhüter.

Der Comte wandte sich derweil an den ebenfalls skeptischen Malesky. »Ihr werdet auf der Stelle bezeugen, Messieurs, dass wir die gesuchte Kreatur zur Strecke brachten, oder ich sorge dafür, dass ihr beide die größten Unannehmlichkeiten eures Lebens erfahrt.«

Der Moldawier spuckte aus; dann rief er, wenn auch ohne Freude in der Stimme: »Hurra! Lang lebe König Louis der Fünfzehnte, der uns den ehrenwerten Lieutenant de Beauterne sandte und uns von der Bestie befreite!« Er schaute zu de Beauterne. »Wann bekomme ich meine zehntausend Livres, *mon seigneur?*«

»Weshalb sollten sie Euch zustehen?«

»Ich habe das Tier erschossen, erinnert Ihr Euch, *mon seigneur?* Ihr standet keine vier Schritte daneben und ludet nach Eurem Fehlschuss nach.«

»Ihr irrt Euch«, antwortete ihm de Beauterne schroff. »Ihr gehörtet zu meinem Kommando und unterstandet somit dem König, und damit habt Ihr kein Anrecht auf die Belohnung.«

Malesky verneigte sich. *»Merci beaucoup, mon seigneur.«* Die Stimme troff vor Ironie. Gefährlicher Ironie.

Jean machte einen Schritt vorwärts auf die Béal-Schlucht zu, aber de Morangiès hielt ihn hart am Arm fest. »Und Ihr werdet da nicht hineingehen, Chastel, es sei denn, Ihr wollt auf unbestimmte Zeit Gast in einem Verlies sein. Ihr wisst ja, wie es darin aussieht. Und der Richter sagte zu Euch gewiss, dass Ihr nicht noch einmal mit Milde rechnen dürft.« Der Griff war schmerzhaft, ungewöhnlich kräftig. »Es *ist* die Bestie, die dort liegt, verstanden, Monsieur?« Er ließ Jean los und ging zu den Treibern.

Pélissier brachte dem Lieutenant eine Tasche, aus welcher er Münzen nahm und jeden der Männer großzügig entlohnte. Sie alle mussten schwören, überall vom Ende der Bestie zu erzählen.

Schließlich brachen sie auf. Der Wolfskadaver wurde auf eine aus Ästen und Stämmchen gebaute Bahre gelegt und aus dem Wald gezogen. »Ich bringe ihn ausgestopft an den Hof des Königs nach Versailles. Die Überfälle auf Kinder und Frauen sind vorüber«, verkündete de Beauterne laut und wurde von den Umstehenden bejubelt. »Der König ist stolz auf euch, Männer des Gévaudan!«

Jean verfolgte den Comte de Morangiès mit bösen Blicken. »Das hier ist nichts als ein einziges großes Theater«, sagte er niedergeschlagen und warf einen letzten sehnsüchtigen Blick auf den Eingang der Schlucht. Die Bestie beobachtete ihn und Malesky, er spürte ihren Blick. Sie wusste, dass es kein Entkommen für sie gäbe – und weidete sich nun an der hilflosen Wut ihrer erbittertsten Jäger.

Das Verlangen, sich über das Verbot des Comte hinwegzusetzen, war stark, aber die Vernunft bewahrte ihn davor, diesen Fehler zu begehen, der ihn schnurstracks zurück in den Kerker von Saugues führen würde, den er zur Genüge kannte. Dann wären seine in der Hütte angeketteten Söhne dem Hungertod preisgegeben, oder sie würden sich irgendwie befreien und zu unkontrollierbaren Bestien werden, die schlimmer als jemals zuvor in der Region wüteten. Jean entspannte die Hähne seiner Muskete, schulterte sie und ging am Schluss des Zuges durch den Wald. »Ich wette, dass diese ganze Jagd inszeniert war.«

»Ihr denkt, dass jemand den Wolf in die Schlucht gebracht hat, damit wir ihn dort finden und erlegen?« Malesky verzog den Mund. »Das ist eine gewagte Aussage, Monsieur. Es würde bedeuten ...«

»... dass die Menschen sich in Sicherheit wiegen und dennoch so gefährdet sind wie zuvor«, vollendete er mürrisch. »Ein Schauspiel, um de Beauterne und damit den König triumphieren zu lassen.« Er beobachtete de Morangiès, der neben dem Lieutenant ritt und mit ihm sprach. Ihn befiel die Ahnung, dass der Comte dahinter steckte. War es von vornherein sein Plan gewesen, de Beauterne ebenso wie Duhamel und die Dennevals als Versager zu präsentieren, damit er selbst endlich an die Spitze der Jäger gelangte?

»Hören wir mit den Spielchen auf, Monsieur Chastel«, schlug der Moldawier vor, während er das Treiben beobachtete. »Ihr jagt ebenso wenig einen normalen Wolf wie ich.«

Bevor er ihm antworten konnte, kam Jacques zu ihnen. Das Strahlen in seinem jugendlichen Antlitz verriet, dass er den Lügen des Gesandten Glauben schenkte und den Tod der Bestie für sicher hielt. »Ein herrlicher Tag!«, jubelte er überschwänglich. »Wir haben sie getötet.«

»Ja, wir haben sie getötet", sagte Malesky, nahm seinen Zwicker von der Nase und säuberte ihn am Jackenaufschlag. »Was hätten wir nur ohne diesen Teufelskerl de Beauterne gemacht, der Duhamel und die Dennevals mit seinem Erfolg erniedrigt und sie wie dumme Schuljungen aussehen lässt«, setzte er voller beißender Ironie hinzu. »Wahrlich, dieser Seigneur hat es verdient, als Held gefeiert zu werden.« Er nickte ihnen zu. »Messieurs, wir sehen uns bei der Siegesfeier in Langeac, nehme ich an?«

»Ich muss nach Hause«, sagte Jean ausweichend und schlug, als sie den Wald verließen, einen anderen Weg als der Jagdtross ein.

»Was ist mit unserem Gespräch, Monsieur?«, rief Malesky ihm nach. »Ich werde Euch besuchen, falls es Euch passt.« Er erhielt keine Erwiderung; der Wildhüter tat so, als habe er ihn nicht gehört, und Malesky lächelte wissend. Auch wenn es dem Mann nicht zusagte, er würde demnächst an seine Tür klopfen. Dem Zug folgend, machten er und Jacques sich auf den Weg nach Besseyre.

Unterwegs schlossen sich ihnen Bauern und andere einfache

Leute an, die den Tod der Bestie mit einem Fest begehen wollten. Letztlich mussten die Jäger einen schützenden Ring um den Wolfskadaver bilden, weil versucht wurde, als Andenken Stücke aus dem Fell herauszuschneiden.

Lieutenant Antoine de Beauterne hatte einen Boten vorausgesandt, so dass beim Eintreffen auf dem Marktplatz der Stadt alles für eine Feier gerichtet war. Während die Bevölkerung sich auf Kosten des Königs Essen und Trinken schmecken, den Herrscher hochleben ließ und zu den Klängen der Fiedeln und Trommeln tanzte, wurde der Wolf vermessen.

»Hört und staunt, ihr Leute«, rief de Beauterne durch den Lärm. »Die Bestie ist etwas mehr als sechs Fuß lang und wiegt hundertdreiundvierzig Pfund!« Ein beeindruckendes Raunen kam von den Menschen, das in lautes *Ah* und *Oh* überging, als der Wolf an vier Seilen in die Höhe gezogen wurde und unter dem Giebel des Rathauses hing. Die Reißzähne waren fast so lang wie der Finger eines Mannes. »Atmet auf, denn sie ist tot! Lang lebe König Louis der Fünfzehnte!«

Die Menge antwortete glücklich und erleichtert mit Jubel.

Am späten Nachmittag machten sich Jacques und Malesky auf, die Stadt zu verlassen. Sie gingen eine Weile auf dem gleichen Weg, als ihnen eine junge Frau entgegeneilte.

»Das ist Julienne, meine andere Schwester!«, sagte der junge Mann. »Sie will sicherlich auch zum Fest.«

Julienne kam näher, umarmte ihren Bruder und machte einen kleinen Knicks vor dem Moldawier. »Ich habe gehört, dass die Bestie geschossen wurde«, sagte sie schnell und atemlos und zeigte auf den Wald, den man von diesem Teil der Straße aus in weiter Entfernung erkannte. »Da ist es geschehen?«

Ihr Bruder drückte sie noch einmal an sich. »Ja, glaub es, Schwester. Wir ...« Er zeigte auf Malesky. *»Er* hat sie erlegt, mit zwei Schüssen von hinten in den Nacken, nachdem sie ...«

Doch Julienne schüttelte den Kopf. »Ihr glaubt, dass es die Bestie ist? Ich nicht! Mir ist Monsieur Chastel unterwegs begegnet, und ein Blick genügte mir, um zu wissen, dass die Jagd noch nicht vorüber ist.« Schaudernd sah sie zu dem kleinen Wäldchen. »Ich *spüre* es. Sie ist immer noch da, liegt im Unterholz und beobachtet uns«, raunte sie eindringlich und ängstlich. »Monsieur Chastel weiß, dass sie lebt, ich habe es an seinen Augen erkannt.« Sie küsste ihren Bruder auf die Stirn. »Ich muss nach Besseyre! Die Menschen sollen gewarnt sein, wenn sie nach Hause gehen.« Sie stürmte wie eine Besessene davon, geradewegs auf den Wald zuhaltend.

»Warte!«

Sie reagierte nicht auf das Rufen ihres Bruders. Jacques reichte Malesky schnell die Hand. »Unsere Wege trennen sich vorerst, Monsieur Malesky. Ich muss meiner Schwester nachgehen, sie scheint aufgeregt und verwirrt. Die Nachricht vom Tod der Bestie muss sie erst noch verstehen. Das Glück ist wohl zu groß.« Er rannte ihr hinterher.

Malesky polierte das Pincenez und sah den jungen Leuten nach. »Die arme Mademoiselle. Sie hat Recht, und niemand wird ihr glauben.« Dabei rutschte ihm die Sehhilfe aus den Fingern und fiel ins Gras. *»Zut!«* Er bückte sich, tastete nach ihr und fand sie auch – unmittelbar neben dem frischen wolfsähnlichen Pfotenabdruck, der weg vom Wald führte und dem er in den vergangenen Monaten mehr als einmal gefolgt war.

XX. KAPITEL

Kroatien, Plitvice, 16. November 2004, 14:33 Uhr

Von Zagreb aus ging es mit einer gecharterten kleinen Propellermaschine weiter nach Plitvice. Der Pilot hatte sichtlichen Spaß daran, seinen beiden einzigen Fluggästen die Schönheit des Nationalparks von oben zu zeigen. Eric und Lena schauten aus den eisumrahmten Fenstern nach unten und staunten.

Der bitterkalte Winter hatte die Karstlandschaft mit ihren sechzehn Seen in einen einzigen Wintertraum verwandelt. Den Mittelpunkt des Parks bildeten die Plitvicer Seen, eine Kette aus Gewässern, die terrassenförmig untereinander lagen. Verbunden wurden sie durch über Felsstufen herabstürzende Wasserfälle, unzählige kleinere Bassins und Wasserläufe. Der hohe Kalkanteil im glasklaren Wasser verhinderte, dass dieses Schauspiel vollständig erstarrte. Um die tosenden Kaskaden herum türmte sich jedoch gefrorene Gischt als glitzernder Eispanzer.

Die Seen lenkten fast von den einhundertzweiundneunzig Quadratkilometern ab, die sie umgaben. Aus knappen eintausend Metern Höhe zeigte sich der überwiegend dichte, teilweise urtümliche Wald aus kahlen Buchen und dunkelgrünen Kiefern abweisend. Er lag wie eine geschlossene weiße Decke unter ihnen, abgeschottet und undurchdringlich. Einhundertzweiundneunzig Quadratkilometer Spielwiese für die Bestie.

»Das wird nicht einfach.« Lena trug wie Eric extra dick gefütterte Schneetarnkleidung, Stiefel, Handschuhe und die passende Kappe dazu. In einem solchen Flugzeug gab es keine Heizung. Höchstens eine defekte.

Eric schwieg und nickte nur. Sich durch einen menschenleeren Nationalpark abseits der Wege zu schleichen, passte ihm nicht. Die Bestie befand sich dort klar im Vorteil.

Sie landeten, wie mit dem Piloten vereinbart, auf einem kleinen Flughafen, auf dem es weder Zoll noch irgendeine staatliche Behörde gab. Das kostete zwar sehr, sehr viel Geld, aber Eric konnte so ohne lästige Fragen die erbeuteten Waffen aus Budapest mitbringen.

Ihr Pilot empfahl ihnen die Pension seines Schwagers und gab ihnen noch ein Kärtchen mit, durch das sie beim Einchecken einen Rabatt von zehn Prozent bekämen. Eric bedankte sich – und bat den Taxifahrer, der sie wenig später fuhr, sie bei einer ganz anderen Unterkunft abzusetzen. Die Pension nahm er absichtlich nicht; dadurch wären sie zu leicht zu finden gewesen.

Das Hotel, in dem sie abstiegen, nannte sich *Zur Erholung*. Der Nationalpark war umzingelt von Hotels, Pensionen und anderen Unterkünften. Die kriegsgebeutelten Kroaten hatten rasch gelernt, wie man Geld mit der unverfälschten Natur ihrer Heimat verdienen konnte. Immerhin war sie so etwas wie ein Lichtblick in einem Land, durch das ein blutiger Bürgerkrieg getobt war, wie man ihn in Europa kaum noch für möglich gehalten hatte.

Lena betrat das Doppelzimmer zuerst. »Nett hier.« Sie warf sich auf das Bett. »Nicht ausgeleiert. Sehr gut.«

Eric lächelte sie flüchtig an und schaute auf seine Uhr. »Wir brechen gleich zu einer ersten Erkundungstour auf. Zu mehr wird es heute nicht mehr reichen.« Er packte den Rucksack und steckte außer dem Fernglas etwas Proviant hinein.

Sie beobachtete, wie er krampfhaft nicht in ihre Richtung schaute. Seine Distanz zu ihr war seit Budapest immer größer geworden. »Hätten wir nicht miteinander schlafen sollen?«, fragte sie ihn direkt und ohne enttäuschten Unterton.

»Das ist es nicht.« Er ging zur Tür. »Kommen Sie?«

Lena nahm wortlos ihren Rucksack, in dem sich eine Tierarztausrüstung befand, und folgte ihm. Er würde ihr nicht verbieten können, dass sie Blutproben von dem Wesen nahm. Sie hatte heimlich einen befreundeten Wissenschaftler informiert, der das Blut für sie analysieren würde. Lena blieb trotz aller Ungeheuerlichkeit, und das im wahrsten Sinne des Wortes, Forscherin. Diese Gelegenheit würde sie sich nicht entgehen lassen. Eine Sache beschäftigte sie außerdem.

»Kann man diese ... diese Werwesen nicht zurückverwandeln?«, fragte sie auf dem Flur unvermittelt.

Eric sperrte die Tür ab. »Wie kommen Sie darauf?«

»Sie sprachen von einem Gegenmittel, oder? Die Bestien auszulöschen ist eine Variante. Aber wäre es, um den Menschen in ihr zu schonen, nicht besser, sie rückverwandeln zu können?«

Sie stiegen die Treppen hinab, betraten die Straße und folgten den Wegweisern zum Nationalpark. »Silber tötet sie. Gibt es vielleicht ein Metall, welches die Bestie aus ihnen vertreibt? Oder ... was weiß ich ... eine nichtletale Behandlung mit Silber?«

Eric setzte sich die Gletscherbrille auf. Das Weiß um sie herum glänzte im Schein der Sonne und blendete ihn unangenehm. »Mein Vater hat verschiedene Experimente gemacht. Er war der Wissenschaftler von uns beiden.« Seine Hände ballten sich zu Fäusten, was Lena nicht entging. »Alles, was er zusammenbraute, half nichts. Alte Rezepturen, eigene Rezepturen – ich war immer skeptisch, ob sie etwas taugen. Außerdem ...« Er brach mitten im Satz ab und wandte ihr sein Gesicht zu. Eiskristalle hatten sich in seinem Kinnbart verfangen und krönten die schwarzen Härchen. In den verspiegelten Gläsern sah sie ihre eigenen Züge, während Erics Antlitz kalt wie das eines professionellen Auftragsmörders aussah. »Außerdem wurde er von einem jener Wesen, die er heilen wollte, umgebracht. Seine Aufzeichnungen wurden vernichtet.« Er seufzte. »Wir machen diese Sache gemeinsam, aber danach trennen sich unsere Wege, Lena. Und Sie werden nichts von dem, was Sie erlebt haben und noch erleben werden, einem Menschen erzählen.«

»Normalerweise sollten Sie nach einer solchen Ankündigung etwas sagen, was mit *oder sonst* anfängt«, meinte sie leichthin. »Ich weiß, dass Sie ein gefährlicher Mann sein können, Eric, aber Sie würden einem unschuldigen Menschen wie mir nichts tun. Also sparen Sie sich diese Einschüchterungsversuche. Sie wirken bei mir ohnehin nicht.« Es fiel ihr sehr leicht, ihm zu widersprechen, weil sie seine Augen nicht sah. Von ihnen ging eine unbeschreibliche Wirkung aus. Sie wandte sich von ihm ab und überholte ihn, bevor er auf die Idee kam, die Brille abzunehmen. »Keine Bange, Eric. Ich werde niemandem Ihre Geheimnisse verraten, dennoch *werde* ich Forschungen anstellen. Es wäre sträflich, das zu unterlassen. Sie werden mich umbringen müssen, um das zu verhindern.« Im gleichen Moment dachte sie daran, dass es kein sehr guter Einfall war, ihn auch noch auf solche Ideen zu bringen. »Was ist nun mit dem Gegenmittel?«, lenkte sie ab.

»Nichts. Ich fürchte, das ist nichts weiter als ein Aberglaube.«

»Reden wir bei *Aberglauben* von dem gleichen Aberglauben,

der auch die Legenden über Werwölfe immer als wahrhaftig verkauft hat? Vom Aberglauben früherer Zeiten, der in unserer rationalen Welt belächelt wird?«, gab sie schneidend zurück. Die Gedanken an Vampire und andere Monster aus Mythen verdrängte sie rasch. Was, wenn auch dieser belächelte Aberglaube einem urplötzlich mit Zähnen und Klauen ins Gesicht springen würde? Nur nicht darüber nachdenken. Werwölfe genügten ihr vollauf.

Eric zuckte mit den Achseln. »Selbst wenn ich wollte, könnte ich Ihnen nicht mehr sagen. Ein Papier mit irgendeiner ominösen Formel, das mein Vater besaß und auf dem seine größten Hoffnungen ruhten ...« Eric stockte. Wenn er ihr gestand, dass er einen Teil der Rezeptur besaß, würde sie erst recht forschen wollen. Damit verschwendete sie seine und ihre Zeit, und sie könnte ungewollt Aufmerksamkeit erregen. »... ist in den Trümmern unseres Hauses verbrannt.«

»Das Haus in Sankt Petersburg?«

»In München«, sagte er. »Es war ein Rezept aus dem achtzehnten Jahrhundert. Nicht mehr als ein altes Stück Papier, kurz vor der Auflösung. Unleserlich.«

Sie näherten sich dem Haupteingang des Parks, der Eric unweigerlich an eine dieser Spaßfabriken mit renommierten Namen denken ließ, in denen man von überlebensgroßen Plüschmaskottchen und überteuerten Preisen genervt wurde. Was würde passieren, wenn bekannt würde, welches Wesen diese Wälder beherbergten? Er sah vor seinem inneren Auge, wie gewiefte Geschäftsmänner das Grauen zu einer noch größeren Touristenattraktion nutzen würden. Wie sie Puppen in Werwolfsgestalt durch den Park laufen und rot gefärbtes Popcorn verkaufen ließen.

Er bezahlte den Eintritt und nahm von der Kassiererin den mehrsprachigen Merkzettel entgegen. Es war so ziemlich alles verboten – vom Abweichen von den gekennzeichneten

Wegen über das Hinterlassen von Müll, Feuermachen und Füttern der Tiere. Man achtete sehr gut auf die Natur, die, im Gegensatz zu weiten Teilen der Bevölkerung, den Bürgerkrieg gut überstanden hatte. Ganz unten auf dem Zettel wurde noch einmal betont, dass man auf keinen Fall von den Wegen abweichen sollte, da Teile des Parks in Kriegszeiten vermint gewesen waren. Und in diesem Guerillakrieg waren nicht alle Minenfelder markiert und später geräumt worden.

Lena und Eric gingen los. Die Spuren im Schnee verrieten ihnen, dass es im Winter nur wenige Besucher hierher zog, obwohl das Naturschauspiel um diese Zeit besonders aufregend war. Die Schneedecke um sie herum war über weite Strecken jungfräulich.

»Kann es sein, dass Sie gar nicht daran interessiert sind, die Wandelwesen zu heilen?«, fragte Lena. Als Wolfsforscherin, die Vorurteilen mit wissenschaftlichen Tatsachen zu begegnen trachtete, war sie von Erics Kompromisslosigkeit enttäuscht. So etwas hatte sie schon zu oft bei Bauern, Hirten und Jägern gesehen: den unerschütterlichen Willen, die Bestien ein für alle Mal auszumerzen.

»Nein. Bin ich nicht mehr. Ich habe die Hoffnung meines Vaters nie wirklich geteilt«, gab er unumwunden zu. »Es gibt eine Theorie, die besagt, dass nach einem halben Jahr der Werwolf die völlige Kontrolle erlangt hat und er den Menschen verändert. Damit meine ich nicht die Verwandlungen. Die nächtlichen Streifzüge als Wolf beispielsweise machen einen Menschen müde und erschöpfen ihn. Es stellt sich ein furchtbarer, dauerhafter Durst ein, ein unstillbares Verlangen nach Blut. Von da an kann es keine Rückkehr mehr in ein normales Leben geben.« Er deutete nach vorne. Rauschen und Donnern lag in der Luft. »Schauen Sie sich das an!«

Nach hundert Metern standen sie an einem Abgrund, vor sich die steile Schlucht. Durch sie rauschte das Wasser, das die

Plitvicer Seen speiste; auf der anderen Seite stürzte sich der Plitvice-Wasserfall dreiundsiebzig Meter in die Tiefe. Das Panorama war atemberaubend schön.

Er hatte gehofft, dass Lena von dem Anblick abgelenkt wäre, wurde aber enttäuscht. »Und deswegen muss man sie erschießen, ja?«, schrie sie in sein Ohr.

»Werwölfe sind auch als Menschen sehr rastlos, sie neigen zu regelmäßigen Wutausbrüchen und legen eine hohe Aggressivität an den Tag. Es steigert sich weiter und weiter«, rief Eric durch das Tosen des Wassers. »Einige von ihnen kanalisieren ihre Wut und ihren Hass in weltliche Ziele, suchen Reichtum und Macht – viele andere sondern sich mehr und mehr von der Umwelt ab und werden zu Einzelgängern. Wenn diese Faktoren eingetreten sind, ist es zu spät. Nichts trennt Bestie und Mensch mehr voneinander.« Er nickte ihr zu. »Um auf die Frage zu antworten: Ja, ich muss sie erschießen. Es *gibt* keine Heilung. Durch den Mord an meinem Vater haben sich die Wandelwesen nur den Tod als Ausweg offen gelassen.«

»Sie sind bisher vielleicht immer nur an die hoffnungslosen Fälle geraten.« Lena weigerte sich, seinen pessimistischen Standpunkt zu teilen. »Wir haben ein halbes Jahr Zeit, um die Opfer zu retten. Eric, wir können zusammenarbeiten, um die Wandelwesen ...«

Eric schüttelte den Kopf. »Sie sind eine *Wolfs*-Forscherin, Lena, keine *Werwolfs*-Forscherin.«

»Die Arten liegen dicht beieinander, wie mir scheint.«

Jetzt hatte sie es geschafft und ihn wütend gemacht. Er trat einen Schritt auf sie zu und drängte sie ans Geländer zurück. »Verdammt, seien Sie vernünftig! Sie haben vor drei Tagen zum ersten Mal von den Wesen gehört und wollen *mir* Vorschriften machen, wie ich meine Arbeit zu erledigen habe? Meine Familie tut es seit Jahrhunderten ...«

»Man hat früher auch Urin auf Wunden geschmiert, damit sie heilen«, giftete sie. Sie ärgerte sich über diese Ignoranz. »Wissen Sie was? Ihr Vater hatte Recht, als er nach einer Heilung suchte. *Ich* werde versuchen, ein Gegenmittel zu schaffen. Es wird sicher irgendwo noch mehr Abschriften von solchen alten Rezepturen geben.«

Er stieß den Atem aus – und gab es auf, sie umzustimmen. Still leistete er den Schwur, sie nicht zu retten, wenn sie in Gefahr geraten sollte. Oder zumindest erst ganz spät. »Tun Sie, was Sie nicht lassen können, aber Sie werden es allein tun. Nur diese Reise, danach geht jeder seiner Wege«, erinnerte er sie noch einmal und folgte dann dem Pfad hinunter zu den Stegen, die am See entlang- und darüberführten. Lena stapfte kopfschüttelnd hinter ihm her.

Während ihrer Wanderung über die verschneiten und teilweise gefährlich glatten Holzstege entdeckten sie mehrere Grotten und Höhlen. Teilweise lagen sie unter der Wasseroberfläche, als bildeten sie Eingänge zu einem unterseeischen Reich. Die Gischt der kleineren Wasserfälle überzog die Ufer mit Reif und Eis; auf den Halmen des Schilfs und den Ästen lag der Schnee fingerdick.

Eric hätte das winterliche Idyll beinahe genießen können, wenn die Gedanken an die Bestie nicht gewesen wären. Wenigstens besaßen sie den kleinen Vorteil, dass ihr Gegner nicht mit einem Besuch rechnete.

Zumindest hoffte er das.

Am Ufer des Kozjak-Sees kam ihnen eine Gruppe von fünf Asiaten entgegen, die unentwegt fotografierten; sie unterhielten sich leise in ihrer Muttersprache und priesen gestenreich die bezaubernde Natur, während einer von ihnen versuchte, seinen kleinen Hund zu bändigen. Eric bezeichnete solche Hunde abwertend als Taschenratte: Kleinstzüchtungen für das moderne Leben, damit das Tier in die Schublade unter die Socken passte. Er mochte keine Hunde. Und keine Katzen.

Natürlich baten die Asiaten Lena unter tiefen Verbeugungen, ein gemeinsames Foto von ihrer Gruppe zu schießen. Eric nutzte die Gelegenheit, nahm sein elektronisches Fernglas hervor und betrachtete das Wasser, auf dem vier Elektroboote ihre Kreise zogen. Ein Druck genügte und das Glas schaltete auf Wärmebild um; er suchte den Waldrand ab.

Etwas hatte den Hund beunruhigt. Er kläffte und ließ sich von seinem Besitzer nicht mehr beschwichtigen, verschmähte Leckerlis und Drohungen und wand sich stattdessen wie ein kurzer, haariger Aal in den Armen seines Herrchens. Dem Asiaten wurde die Aufsässigkeit zu bunt und er ahndete den Zwergenaufstand mit einer brutalen Strafe: Er zückte eine schmale Pfeife, setzte sie an die Lippen und blies aus vollen Backen hinein.

Lena hörte keinen Laut. Dafür hörte das Hündchen sofort auf zu zappeln, legte den winzigen Kopf in den Nacken und heulte wie ein Großer. Gleichzeitig ertönte ein wildes Jaulen aus dem Wald.

Lenas Augen weiteten sich, die Nackenhaare richteten sich auf, und sie bekam eine Gänsehaut. Es war ein grässlicher, Furcht erregender Laut, der das Licht zu verdunkeln schien, die Wasserfälle übertönte, die Menschen schrumpfen ließ und die Seele bis in ihr Innerstes erschreckte. Ihr Zeigefinger drückte mehr aus Zufall ab und bannte die entsetzten Grimassen der Asiaten auf den Speicherchip der Kamera.

Wie aus dem Nichts stand Eric neben dem Mann mit der Pfeife; auch sein Gesicht war blass. Er entriss ihm wütend das Utensil und schrie etwas in einer Sprache, die Lena nicht verstand. Dem Klang nach konnte es Japanisch sein. Der Zurechtgewiesene verbeugte sich schnell und mehrmals hintereinander, und die Gruppe zog rasch weiter, nicht ohne vorher den Fotoapparat zurückbekommen zu haben.

»Was haben Sie zu ihm gesagt?«, wollte sie von Eric wissen.

»Dass ich große Lust hätte, ihn wegen Tierquälerei anzuzeigen, und wie er es wagen könne, in einem Naturschutzpark voller wilder Kreaturen eine Hundepfeife einzusetzen.« Er machte ein sehr, sehr übellauniges Gesicht. »Blöder Wichser. Ich halte ihm ja auch nicht eine Druckluftfanfare ans Ohr und tröte los.« Wütend warf er die Pfeife in den Schnee und setzte das Fernglas an die Augen.

Lena bückte sich und barg den kleinen silbernen Gegenstand unbemerkt von ihm aus dem Weiß. »Dieses Heulen ... war das die Bestie?«

»Anzunehmen«, meinte er angespannt. Da! Plötzlich zeigte ihm die Wärmebildoption tatsächlich einen wolfsgroßen Umriss, der sich schwach rot von dem Blau des Umfelds abhob. Eric wartete. Es konnte sich dabei möglicherweise um den Späher eines Rudels handeln. Um einen ganz normalen Wolf.

Der rote Umriss blieb allein und völlig reglos. Eric wechselte in den normalen Sichtmodus und überprüfte den fraglichen Ort, ohne Anzeichen für andere Wölfe im Unterholz entdecken zu können. Nichts.

Er schaltete wieder auf Wärmebild und musste feststellen, dass der vage rote Umriss verschwunden war. Als wäre er nie da gewesen. Ihr Feind hatte sie aus sicherer Entfernung beobachtet, sie neugierig studiert und sich dann wieder ins Gebüsch geschlagen. Die Bestie war hier.

Und vorgewarnt.

»Gehen wir.« Er gab das Zeichen zum Aufbruch und verzichtete darauf, Lena von seiner Entdeckung zu berichten. »Wir werden morgen zeitig hier sein und die Jagd eröffnen.« Er stapfte los.

Die Frau blieb stehen und schaute über die malerische Landschaft, in der sich das Böse versteckt hielt. Das, was ihr bisher zugestoßen war, erschien ihr noch immer unwirklich, dennoch ließ es sich nicht leugnen. Die Wunde auf ihrem Rücken erinnerte sie ständig daran. Seit sie sich in Kroatien befanden, brannte der Schnitt besonders unangenehm. Über ein Mittel gegen Lykanthropie zu verfügen, wäre nicht das Schlechteste.

XXI. KAPITEL

31. Dezember 1765, in der Umgebung von Auvers, Kloster Saint-Grégoire

Natürlich barg es eine Gefahr, allein durch die winterkalten Nachmittagsstunden zu wandern und zum Kloster zu gehen. Außerdem hatte er seinem Vater versprochen, im Keller von Antoines Hütte zu bleiben. Doch die Sehnsucht nach Florence, ihrem süßen Mund und ihrem zarten Leib, war stärker als jede Vernunft und jedes Gelöbnis. Und jede weltliche Kette, deren Schloss an diesem Tag durch eine glückliche Fügung nicht eingerastet war. Ein Wink des Schicksals.

Pierre hatte sich Gleitschuhe unter die dicken Stiefel geschnallt, um im Schnee nicht einzusinken. Sie bestanden aus einem gebogenen Holzrahmen und waren mit Leder bespannt, das eine gute Auflagefläche bot und ihn mit deutlich weniger Anstrengung voranbrachte, als wenn er versuchte, in einfachen Stiefeln durch das Weiß zu marschieren. Mit ein wenig Geschick gelang es sogar, bergab über den Schnee zu rutschen und so die eigenen Kräfte zu schonen; gelenkt wurde mit einer langen Stange und durch die Verlagerung des Gewichts.

Die Muskete über seinem Rücken behinderte ihn in seiner Beweglichkeit, aber ohne sie ging er nicht vor die Tür: Sie gab ihm Sicherheit. Lieutenant de Beauterne hatte die Bestie offiziell erlegt, und es war inzwischen auf Anordnung des Königs sogar verboten, von ihr in der Öffentlichkeit zu sprechen.

Dessen ungeachtet geschahen Morde. Zeugen hatten die Bestie gesehen, doch niemand scherte sich darum, von dem jungen Marquis d'Apcher einmal abgesehen. Für den König in Versailles war die Bestie tot.

Sie wird wieder töten. Es tat ihm vor allem Leid um Julienne Denis, die Schwester des tapferen jungen Jacques. Sie war an Heiligabend verschwunden, und gestern hatte man menschliche Überreste am Planchette-Fluss gefunden. Es war nicht mehr geblieben als gefrorene Fleischfetzen, zerbissene Knochen und Überbleibsel von Innereien. Aus dem Kadaver wurde nicht ersichtlich, ob es sich um Julienne handelte. Jacques und Jean Chastel gaben die Suche nach ihr nicht auf; dennoch nahm jeder an, dass die junge Frau der Bestie als Mahlzeit gedient hatte.

Die trüben Gedanken schwanden. *Gleich bin ich beim Kloster.* Er und Florence trafen sich so oft wie möglich – und trotzdem viel zu selten –in der Nähstube, wo sie sich zwischen der Wolle und den Stoffbahnen ein Liebesnest gebaut hatten. Dort konnten sie sich leidenschaftlich küssen, einander zärtlich berühren und den Körper des geliebten Menschen erkunden; sie streichelten sich gegenseitig in leise Ekstase, wobei es ihnen immer schwerer fiel, nicht mehr als ein lustvolles Stöhnen von sich zu geben.

Pierres Puls beschleunigte sich. Heute, nach all diesen Wochen, würden sie weitergehen. Sie wollten nicht bis zu ihrer Hochzeitsnacht warten, dafür brannten die Leidenschaft und ihre Liebe zu heiß. Schicklichkeit hin oder her, sie sehnten sich beide danach. Er sah ihren weißen Körper vor sich, stellte sich vor, wie er ihre weichen Brüste und ihre feuchte, warme Scham mit den Fingern und der Zunge liebkoste, während sie seinen Schaft mit ihren Lippen umfing und ihm Freude bereitete. Die Gedanken reichten aus, um seine Männlichkeit trotz der Kälte aus dem Schlummer zu reißen.

Hoffentlich würde sie heute wirklich zu ihm kommen! Schon einige Male, wenn es ihm gelungen war, sich aus der Hütte zu schleichen, erschien Florence trotz des verabredeten Signals nicht in der Pilgerkapelle, von der aus sie gemeinsam durch die Klosterkirche über den Hof in die Näherei gelangten. Stets erzählte sie ihm beim nächsten Wiedersehen, dass die Äbtissin nachts um die Gebäude des Klosters streifte. Als wüsste sie, was die jungen Menschen trieben. Als würde sie die Gefahr wittern, in der ihr Mündel schwebte, wenn sie sich mit einem Mann einließ, der ein dunkles Geheimnis verbergen musste.

Pierre sah die verschneiten Dächer der Klostergebäude im Licht des zunehmenden Mondes schimmern; er lehnte sich auf den Stab und schöpfte Luft, die so eisig war, dass sie ihm in den Lungen wehtat. Er nahm jede Anstrengung in Kauf. Selbst ein Schneesturm hätte ihn nicht davon abgehalten, zu seiner Geliebten zu gehen.

Heute Nacht soll es geschehen. Endlich vereinigen wir uns! Und dann werde ich Vater und der ehrwürdigen Äbtissin Gregoria alles gestehen und um die Hand von Florence bitten. Ich kann nicht mehr ohne sie sein.

Die Sache war schon lange zwischen ihm und der jungen Frau besprochen. Sie hatten sich ewige Treue geschworen, ganz gleich, was Jean Chastel und die Äbtissin dazu sagten. Getrübt wurde sein Glück nur von der Bestie. Erst ihr Tod und ihr Blut würden den Fluch sprengen, der auf ihm lag. Da er sich schon lange nicht mehr verwandelt hatte, hoffte er, dass es ihm zumindest teilweise durch seinen eigenen Willen gelingen konnte, die Verwandlung zum Loup-Garou zu unterdrücken. Er würde es sich niemals verzeihen, wenn er Florence etwas antat.

Pierre wollte sich kraftvoll abstoßen, als er lautes, ungewöhnliches Heulen zu seiner Linken vernahm. Ein einsamer Wolf sprach zum Mond und erhielt Antwort, die aus Richtung des Klosters herüberhallte.

Es gibt fast keine Wölfe mehr in dieser Gegend, dachte Pierre – und erstarrte. *Die Bestie?* Er duckte sich sofort hinter einen Baum in Deckung, um auf der hellen Schneefläche nicht gesehen zu werden. Der Wind stand günstig für ihn und würde seinen Geruch nicht der Nase des Tiers zutragen.

Er sah einen Schatten über die Wiese vor der Klosteranlage laufen. Mal rannte er auf allen vieren, mal richtete er sich auf die Hinterbeine auf und bewegte sich wie ein Mensch. Es gab keinen Zweifel, was er dort sah!

Gütiger Gott im Himmel, soll es mir vergönnt sein, meinen Fluch selbst zu brechen?

Pierre nahm die Muskete vom Rücken und machte sie mit wenigen Handgriffen schussbereit, zog die sperrigen Gleitschuhe von den Stiefeln und watete leise durch das knirschende Weiß dorthin, wo er die Bestie vermutete. Ehe er die Stelle erreichte, hörte er ein aufgeregtes Knurren und Bellen – und dann ein freudiges Winseln, das mit einem langen Heulen erwidert wurde.

Vorsichtig schob sich Pierre vorwärts und spürte, wie die Angst in ihn schlüpfte, als er sich mit einem Schlag darüber klar wurde, es mit zwei Bestien zu tun zu haben.

Antoine kann es nicht sein ... oder? Und falls es doch so ist, wie erkenne ich ihn?

Seine Muskete hatte wie die seines Vaters zwei Läufe, die für eine Bestie ausreichten, aber nicht für die doppelte Anzahl Gegner. Es blieb ihm nichts anderes übrig, als die Kugeln aus den Läufen zu fummeln, mehr Schwarzpulver einzufüllen und jeweils vier Geschosse zu laden. Danach bekreuzigte er sich und sandte ein rasches Gebet in den Himmel. *Bitte, lass die Muskete diesen Druck überstehen, allmächtiger und gütiger Gott. Mach mich zu deinem Werkzeug gegen das Böse.* Er ließ sich auf den Schnee nieder und robbte durch ein Gehölz, durch dessen schützende Äste und Zweige hindurch er erkannte, was sich auf der Lichtung tat.

Die Bestien stürzten sich aufeinander, wälzten sich spielerisch knurrend und fauchend zwischen den Bäumen, drohten einander, sprangen vor und zurück, bis einer von ihnen, das Männchen offensichtlich, die Oberhand errang und die Verliererin zu Boden drückte. Er packte ihr Becken und zog es in die Höhe. Sie schnurrte voller Vorfreude und hob den Schweif, damit er in sie eindringen konnte, und bellte heiser auf, als er es tat und mit rhythmischen Stößen begann.

Pierre sah angewidert zu, wie es die beiden Bestien miteinander trieben. Er schob die Muskete langsam aus seinem Versteck und visierte den Kopf des Weibchens an, das still hielt und sich dem Rausch der Kopulation hingab. Der ekelhafte Akt hatte wenigstens den Vorteil, dass er wusste, welche von den beiden Bestien mit Sicherheit sein Bruder war.

Versunken in ihrer triebhaften Lust, in der Pierre nichts von dem edlen Gefühl wieder erkannte, das Florence und er teilten, wenn sie einander streichelten, bemerkten die Wesen den Beobachter nicht. Als er die Hähne der Muskete spannte und sie klickend einrasteten, war es jedoch mit der Heimlichkeit vorbei. Das Geräusch warnte das Männchen, und der hässliche Kopf mit den durchdringenden roten Augen richtete sich genau auf Pierres Versteck, dann stieß es sich ab und sprang nach hinten weg.

Gott steh mir bei!

Pierre schoss auf das Weibchen, das noch nicht begriffen

hatte, in welcher Gefahr es sich befand und welchen Lohn es für die kurzen Momente der Lust zahlen sollte.

Der Rückschlag der vierfachen Treibladung raubte Pierre den Atem, der Kolben wurde mit solcher Wucht nach hinten geschleudert, dass er ein leises Knacken zu hören glaubte und einen glühenden Schmerz in seinem Schulterblatt spürte. Gleichzeitig hörte er das Weibchen kreischen. Demnach hatte mindestens eine der Kugeln getroffen.

Ich brauche Deckung. Pierre robbte rückwärts aus dem Busch, stand auf und lief auf den nächsten Baum zu, um sich auf dessen Äste vor der Rache des zweiten Loup-Garou in Sicherheit zu bringen.

Bevor er die hohe Buche erreichte, stand die Bestie vor ihm.

Sie sprang ihm in den Weg und stellte sich auf die Hinterbeine, wurde größer als er. Das Maul war geöffnet, sie fletschte die Zähne und zeigte den schwarzen Rachen, die glutroten Augen funkelten wie höllische Rubine, die Ohren lagen flach nach hinten am breiten Kopf. Deutlich erkannte Pierre das rötliche Fell und den charakteristischen Streifen. Er hob die Muskete.

»Antoine!«, rief er, bemüht, seine immense Furcht vor dem Wesen nicht zu zeigen. »Antoine, verstehst du mich?« Er bekam einen Eindruck davon, wie sich seine eigenen Opfer gefühlt hatten, bevor er sie angriff, sein Gebiss in sie schlug und sie rücksichtslos zerriss. »Erkennst du mich? *Ich* bin es! Pierre, dein Bruder.«

Die Muskeln der Bestie spannten sich, sie bereitete sich auf den Angriff vor, als sie das klägliche Heulen des verwundeten Weibchens hörte, das nach ihr rief und um Beistand bettelte.

Das konnte nur bedeuten, dass Pierre seinen Auftrag noch nicht erfüllt hatte. Erst wenn die Urheberin des Fluchs tot im Schnee lag und sie aus ihrem Blut den Gegentrank brauen konnten, endete der Albtraum der Brüder und der gesamten Region.

Die Bestie knurrte ihn an, duckte sich und sprang seitlich davon. Der Ruf der verletzten Gefährtin war stärker als der Drang, den Feind zu vernichten.

Pierre hetzte zur Buche, schwang sich hinauf, kletterte höher und höher, bis er einen Ast gefunden hatte, von dem aus er den Platz einsah, wo die angeschossene Kreatur lag. Seine Salve hatte nicht den Kopf getroffen, sondern ihr den Brustkorb durchlöchert. Das im Mondlicht schwarz aussehende Blut lief in Strömen in den Schnee, doch die Wunden begannen bereits, sich zu schließen. Pierre hatte kein Silber benutzt, folglich reichten die Treffer nicht aus, die Bestie zu vernichten. Wohl aber, sie zu schwächen und sie auf den Boden zu zwingen, bis eine unheilige Macht sie geheilt hatte. Das war seine letzte Chance!

Er lud den abgefeuerten Lauf und legte erneut auf den Kopf des Weibchens an. *Ich werde so lange auf den hässlichen Schädel schießen, bis das letzte Stückchen von ihrem Hals gerissen ist.* Der junge Mann zielte genau, feuerte – und traf hinter das Ohr der Bestie! Auf der anderen Seite des Kopfes dampfte es, Fetzen flogen davon und zischten in den Schnee; das Weibchen wurde durchgeschüttelt, der Kopf ruckartig nach unten gedrückt.

Der hat gesessen! Hastig begann Pierre mit dem Nachladen. Den Lauf mit den vier Kugeln bewahrte er sich auf und nutzte ihn deshalb nicht, weil vier Projektile auf diese Entfernung unmöglich genau ins Ziel zu setzen waren. *Herrgott, steh mir weiter bei! Noch zwei Schüsse und es ist mit ihr vorüber.*

Das wusste allerdings auch der männliche Loup-Garou. Er war zurückgekehrt, sprang knurrend auf den Baum zu, auf dem der Schütze saß, richtete sich im Rennen auf die Hinterbeine und nutzte den Schwung, um sich mit einem gewaltigen

Satz in drei Schritt Höhe gegen den Stamm zu katapultieren. Die Krallen schlugen in das Holz. Er kletterte wie eine Katze nach oben und schälte dabei die Rinde ab, wobei er wütend knurrte und fauchte.

»Antoine, zurück!«, verlangte Pierre und richtete die Muskete gegen die nahende Bestie. »Ich werde schießen!«

Der Garou sah die Mündung und kroch zur Seite, brachte den Stamm zwischen sich und die Waffe und verschwand aus dem Blickfeld des Jägers. Kleine Rindenstückchen fielen in den zertrampelten Schnee, und Pierre hörte, wie Antoine die scharfen Klauen in die Buche bohrte und unaufhaltsam näher kam.

Pierre hängte sich die Muskete auf den Rücken und begann ebenfalls, höher zu klettern. Beim Blick nach unten sah er die Pranken, die sich wesentlich schneller nach oben bewegten. Gleich würde er ihn eingeholt haben!

Gott, vergib mir, was ich tun muss. Er rutschte um den Stamm, bis er seinen verwandelten Bruder sah, nahm das Gewehr, visierte senkrecht nach unten auf den Kopf und drückte den Abzug des Viererlaufs.

Im gleichen Moment schaute Antoine zu ihm herauf, die Augen blitzten böse, und schon war er wieder hinter dem Stamm verschwunden. Die Projektile sausten vorbei.

Ehe Pierre noch etwas zu unternehmen vermochte, wurde sein rechtes Bein von einer kräftigen Klaue gepackt, dann hängte sich der grollende Loup-Garou mit seinem ganzen Gewicht daran und zog ihn ruckartig vom Ast.

Sie stürzten zusammen dem Boden entgegen. Pierres Kopf schlug gegen einen harten Gegenstand. Er verlor das Bewusstsein, noch bevor er im Schnee aufschlug.

Florence schreckte schweißnass aus einem schrecklichen Albtraum hoch. Ihr Herz raste noch immer, ihr ganzer Leib schmerzte. Sie schaute zum Fenster hinaus: Draußen herrschte Dunkelheit, und der schwache Mond beleuchtete ihr Zimmer durch die aufziehenden Wolken mit einem silbernen Schimmer.

Sie war eingeschlafen! Das Buch, das sie gelesen hatte, um sich wach zu halten, lag neben ihrem Bett. Hastig sprang sie nackt, wie sie war, aus dem Bett und schaute hinüber zu dem kleinen Fenster der Pilgerkapelle. Sie seufzte erleichtert, als sie das schwache Licht hinter dem bunten Glas sah, und wusste, dass Pierre noch immer auf sie wartete.

Schnell warf sie sich den dicken Wintermantel über, stieg in die Schuhe und schlich sich durch das Haus der Äbtissin, die Stufen hinab und zur Tür hinaus. Fröstelnd lief sie über den Hof und spürte, wie sie eine Gänsehaut überkam und sich ihre Brustwarzen verhärteten. Sie hatte den Schlüssel zur Klosterkirche entwendet, sperrte damit die Nebenpforte auf, huschte hindurch und gelangte über den Innenraum zum Durchgang in die Kapelle.

Ihre Vorfreude auf die Liebesnacht, die ihre ewige Zusammengehörigkeit besiegeln sollte, wuchs mit jedem Schritt, den sie tat, und als sie in den Anbau trat, konnte sie es kaum mehr erwarten, in Pierres Armen zu liegen und ihn endlich in sich zu spüren. Es würde ihr erstes Mal sein; Neugier und ein wenig Angst mischten sich.

»Pierre?«, sagte sie und schaute sich suchend um.

»Hier oben«, kam die geraunte Antwort von der Empore.

Sie flog die hölzerne Treppe hinauf, öffnete dabei den Mantel, um ihn mit dem Anblick ihres unverhüllten Körpers zu verführen ...

... und verharrte erschrocken auf der letzten Stufe.

»Antoine?« Rasch schlug sie die Bekleidung wieder zusammen. Er hatte schon zu viel von dem gesehen, was ihm nicht zustand.

Der Bruder ihres Geliebten stand breitbeinig vor ihr, eine Hand umfasste den Lauf der Muskete, deren Kolben auf dem

Boden ruhte, die andere hielt einen Strauß Ginster. Er wirkte auf sie wie ein Eroberer, der vorgab, in Frieden zu kommen, aber gleichzeitig mit Gewalt drohte. Es fiel ihr nicht schwer zu erahnen, was er von ihr wollte. Und was er sich mit Gewalt nehmen würde, wenn sie sich ihm verweigerte.

»Guten Abend, Florence. Ich wollte dir Blumen mitbringen, aber das ist im Winter sehr schwierig.« Er hob den Ginster. »Ich hoffe, du erkennst meinen guten Willen an.«

Sie sprach erst gar nicht zu ihm, sondern wandte sich um und eilte die Treppe hinab, um durch die Pforte zu entkommen und in die schützende Klosterkirche zu gelangen, während er hinter ihr lachte und sich über ihren Fluchtversuch amüsierte.

Florence kam unter der Empore heraus, als der Schatten über sie hinwegflog und vor ihr landete. Antoine federte den Aufprall mit den Knien ab und erhob sich, als sei er über einen kleinen Bach und nicht aus drei Schritt Höhe herabgesprungen. Er grinste diabolisch, die langen schwarzen Haare hingen ihm wirr ins Gesicht, die grünen Augen glommen unheimlich, und seine Zähne kamen ihr unnatürlich kräftig und spitz vor. Sein dunkler Bart war dichter geworden.

»Florence, warum läufst du vor mir weg? Bin ich nicht hübscher als mein Bruder?« Er machte einen schnellen Schritt auf sie zu und packte ihren rechten Arm, zog sie an sich, schob ihren Mantel auseinander und begaffte sie. »Du bist begehrenswerter als jede Hure, die ich genommen habe«, flüsterte er gierig und strich mit dem Ginster über ihre linke Brust. »Es wird etwas ganz ...«

Florence tastete hinter sich, bekam einen Kerzenständer zu fassen und schlug ihn Antoine quer ins Gesicht. Das Metall riss die Haut auf und hinterließ einen klaffenden Schnitt in der Wange; der aufdringliche Mann taumelte zurück und fiel auf den Boden der Kapelle.

Florence lief an ihm vorbei. Die kleine Tür war zum Greifen nahe, als er wieder wie aus dem Nichts vor ihr erschien und sie vor Entsetzen aufschrie. Die Wunde ... sie war zu einer dünnen weißen Linie im Bart geworden, nur das feucht schimmernde Rot in den schwarzen Haaren erinnerte an den mörderischen Hieb, den sie ihm verpasst hatte!

»Bei Gott dem Allmächtigen! Was ... was bist du?«

Antoine langte in ihren Schopf und erzwang einen Kuss; seine Zunge leckte über ihre Lippen und wollte in ihren Mund. Sie zuckte voller Abscheu zurück. Ihre Augen wurden groß: Sie blickte auf ein Raubtiergebiss und hörte den Mann wie einen Wolf knurren.

Ein kalter Wind wehte plötzlich durch die Kapelle, die Kerze vor dem bunten Glasfenster flackerte und erlosch, dann krachte es ohrenbetäubend.

Florence spürte einen Luftzug, der durch ihr Haar fuhr, und gleichzeitig wurde Antoines Kopf beim Einschlag der Kugel nach hinten geschlagen. Blut sprühte aus der Wunde unter dem linken Auge und bespritzte Florences nackte Brust. Er ächzte gequält auf und tauchte zwischen die Kirchenbänke ab.

Florence erkannte am Eingang eine Gestalt, die eine rauchende Muskete im Anschlag hielt. Das Mondlicht ließ etwas im Gesicht des Mannes metallisch aufblitzen. »Rasch, Mademoiselle Florence, geht! Aber sprecht zu niemandem ein Wort«, hörte sie einen Mann mit einem fremdländischen Akzent sagen. »Ich kümmere mich um die Bestie.«

XXII. KAPITEL

Kroatien, Plitvice, 17. November 2004, 22:33 Uhr

Nein, es ist nicht entzündet, Lena.« Eric klebte das Pflaster wieder über die Wunde und zog ihr Unterhemd und den Pullover herab. »Es ist der Heilungsprozess. Wenn eine Verletzung juckt, dann schließt sie sich.«

»Sie *juckt* nicht, sie *brennt!«*, korrigierte sie ihn ungehalten. »Was ist, wenn sich Ihre schlauen Bücher irren und es ausreicht, von einem Werwolf gekratzt zu werden?«

Er antwortete nicht, sondern griff nach der Fernbedienung des Fernsehers. Sie saßen auf dem Bett in ihrem Hotelzimmer, zappten sich durch die TV-Kanäle und suchten einen brauchbaren Sender, den man sich länger anschauen konnte. Die meisten verstanden sie nicht, oder es hagelte Werbeunterbrechungen. Eric trug nur noch seinen schwarzen Sportslip, während sie fast ihre gesamte Schneetarnkleidung am Leib hatte, obwohl es im Zimmer sehr warm war.

Lena gab sich mit seiner Diagnose nicht zufrieden. »Und was ist, wenn Nadolny sich vorher die Finger abgeleckt hat?«

Eric stutzte, dann musste er lachen. »Stimmt, das könnte funktionieren.«

»Prima«, murmelte sie. »Ich als Werwolf. Dann kann ich mir die Beine bestimmt noch öfter rasieren.« Sie steckte sich ihre braunen Haare hoch und zeigte Eric ihren weißen Nacken.

Er bedauerte es jetzt schon, bald nichts mehr mit ihr zu tun zu haben, und das nicht nur wegen des Sex. Eric hasste es, sich das eingestehen zu müssen, doch er hatte sich in sie verliebt, daran gab es keinen Zweifel. Ausgerechnet das, wovor er sich am meisten gefürchtet hatte, war eingetreten. Damit gab es noch einen Grund mehr, sie aus der Gefahrenzone zu bringen. Und die Gefahrenzone befand sich stets dort, wo er sich befand.

»Legen Sie sich hin«, empfahl er ihr. »Morgen wird es ziemlich anstrengend.«

»Durch Schnee laufen, nicht die Orientierung im Urwald verlieren, der Parkaufsicht entkommen und einen Werwolf zur Strecke bringen«, zählte sie auf. »Ich schätze, Sie haben Recht.« Lena rutschte auf ihre Seite des Bettes, beugte sich plötzlich nach vorne und küsste ihn auf den Mund. »Gute Nacht, Eric.« Noch ein verführerischer Blick aus ihren dunkelgrünen Augen, dann drehte sie sich um. Langsam zog sie sich aus, die Kleider fielen auf den Teppichboden.

Es war die bösartige Rache dafür, dass er sie nicht mehr länger dabeihaben wollte: scharf machen und abblitzen lassen. Eric betrachtete sie von hinten: die Kurve ihrer Brüste, die helle Haut, die einen Kontrast zu den braunen Haaren bildete. Ihre Bewegungen fächelten ihm ihren Geruch zu, und sein Penis regte sich. Das war hochgradig unfair von ihr! Er nahm schnell die Brille ab, damit Lena zumindest vor seinen Augen unscharf und weniger sexy wurde.

Die rasche Bewegung vor ihrem Fenster wäre ihm mit den Gläsern sicher entgangen. So aber bemerkte er sie rechtzeitig und handelte. Erics rechte Hand rutschte unters Kissen und zog die Pistole, die andere streckte sich nach dem Silberdolch auf dem Nachttisch.

In diesem Moment explodierte das Fenster.

Durch den klirrenden Scherbenregen hechtete eine Gestalt mit leuchtenden roten Augen und warf sich unverzüglich gegen Eric. Auf Lena achtete sie gar nicht; zuerst sollte die größere Bedrohung ausgeschaltet werden.

Seine Finger schlossen sich gerade noch um den Griff des Dolchs, dann fegte ihn der Angreifer vom Bett. Mit ihm kam ein ekelhafter Gestank, Tigerkäfige in Zoos rochen genauso: konzentriertes Raubtier und pure, angestaute Aggression.

Sie prallten auf den Boden, das Bettzeug mit sich reißend. Der Arm mit dem Dolch hatte sich darin verheddert und ließ sich nicht zur Abwehr einsetzen. Die längliche Schnauze erschien riesig vor Erics Augen. Instinktiv ließ er die Pistole fallen, krallte sich stattdessen in das dichte Fell an der Kehle des Werwolfs und bremste auf diese Weise die Vorwärtsbewegung. Die Kiefer schnappten wenige Zentimeter vor seinem Gesicht zu, Eric hörte das laute Krachen der Zähne und sah das Zahnfleisch unter den entblößten Lefzen. Der Gestank, der aus dem Maul quoll, stand dem des Fells in nichts nach. Die Kraft der rasenden Bestie übertraf die eines jeden bisher bekämpften Feindes. Sie drückte seinen Arm einfach nach unten, die Zähne näherten sich der Kehle; warm troff der Geifer auf ihn herab und lief über sein Gesicht.

Es krachte einmal, zweimal, dreimal direkt neben seinem Ohr, grell blühten die Feuerblumen vor der Mündung auf und beleuchteten den hässlichen Kopf der Bestie. Die erste Kugel fuhr ihr durch den Hals, und das Blut sprühte auf der anderen Seite wie aus einer geschüttelten Mineralwasserflasche heraus. Die anderen beiden verletzten sie in der Schulter.

Mit einem wütenden, sehr menschlich klingenden Schrei schnellte die Bestie von Eric herunter und sprang Lena an, die es gewagt hatte, die Tokarev aufzuheben und in den Kampf einzugreifen.

»Nein!«, schrie Eric entsetzt und hielt die Bestie an der Rute fest, aber sie rutschte ihm durch die Finger. Die Pistole krachte noch zweimal, dann schrie Lena in Todesangst und wurde vom triumphierenden Brüllen des Werwolfs übertönt.

Eric bekam endlich den Arm frei, sprang auf und rannte auf die Bestie zu. Sie stand auf allen vieren über Lena, hatte den Kopf gesenkt und schüttelte ihn hin und her. Die Beine der Frau, die unter dem Körper der Bestie herausschauten, zuckten, Lena schrie, krächzte, ein gurgelndes Geräusch entwand sich ihrer Kehle.

Bis sie verstummte.

»Nein!«

Mit aller Kraft holte Eric aus und stach nach der Bestie.

Knurrend sprang das Wesen zur Seite, die Klinge verfehlte das Herz und streifte stattdessen die Schulter des Monstrums. Es heulte auf, wirbelte herum und schnappte nach Eric.

Er sah das viele Blut an der Schnauze und am breiten Kopf; die Augen funkelten boshaft, als wollten sie sagen: *Schau her, ich habe sie getötet, und du konntest nichts dagegen unternehmen.*

Die Bestie sprang.

Eric hatte mit der Attacke gerechnet und wich wie ein Torero mit einer genau berechneten Körperdrehung aus, gleichzeitig stieß der Dolch herab und traf in den Nacken. Die Bestie jaulte grell auf, krachte gegen die Verkleidung des Betts und schaffte es nur mit sehr viel Mühe, sich torkelnd zu erheben.

Erics Herz klopfte laut.

Die rotbraune Farbe des Fells, der schwarze Streifen, die roten Augen – er kannte die Hässlichkeit nur zu gut.

Es war *die* Bestie!

Sein ganzes Leben und Wirken hatte sich um diesen Moment

gedreht. All die Opfer, die er und seine Familie gebracht hatten, würden sich endlich bezahlt machen. »Fahr zur Hölle«, wisperte er und griff mit neuer, brutaler Energie an.

Die Bestie wich zurück und flüchtete aus dem zerborstenen Fenster. Aus ihrer Sicht war es nun nicht mehr an der Zeit, sich dem Gegner zu stellen, sondern das Schlachtfeld zu verlassen und einen besseren Moment abzupassen. Die Wunden des Silberdolchs schmerzten zweifellos; beinahe wäre sie durch den letzten Schnitt getötet worden.

Eric sah den Erzfeind verschwinden, der eine deutliche Blutspur am Rahmen hinterlassen hatte. Dann schaute er zu Lena.

Sie war nicht tot.

Noch nicht.

Lena wälzte sich vom Rücken auf den Bauch, wimmerte leise und presste die Finger auf die Wunde an ihrem Hals. Rot quoll der Strom hervor, der metallische Geruch von frischem Blut flutete das Zimmer. Ihre dunkelgrünen Augen waren weit geöffnet, Schock und Wahnsinn rangen miteinander. Der linke Arm reckte sich Eric Hilfe suchend entgegen.

»Verzeih mir«, raunte er.

Und hechtete aus dem Fenster.

Niemand hätte demjenigen geglaubt, der behauptete, einen merkwürdigen, hässlichen Wolf gesehen zu haben, der halb aufrecht, halb auf allen vieren durch die Nacht floh, verfolgt von einem Mann, der ihn nur mit einem schwarzen Sportslip bekleidet verfolgte. Der einen unmenschlich hohen Sprung machte, um über den Zaun des Nationalparks zu gelangen, und in dessen Hand ein silberner, blutverschmierter Dolch glänzte.

Aber genau so war es.

Eric bemerkte die Kälte nicht, das Jagdfieber pulsierte in

seinen Adern und heizte ihn auf. Er sah die Bestie in ihrer reinen Tiergestalt vor sich, hetzte sie über die Wege des Parks und behielt ohne zu ermüden die mörderische Geschwindigkeit bei. Es half ihr auch nichts, dass sie sich unterhalb des Kozjak-Ufers ins Unterholz schlug. Ein ebenso unerbittlicher Jäger, wie sie selbst es war, hatte sich auf ihre Spur gesetzt. Je schneller sie liefen, desto mehr Blut pumpte das Herz aus dem Körper der verwundeten Kreatur und schwächte sie.

Eric nahm die Kratzer der peitschenden Zweige und Dornen in Kauf; er hätte sogar einen Arm gegeben, um die Bestie zu stellen.

Aber plötzlich verlor er sie aus den Augen.

Er blieb stehen, atmete flach und lauschte auf die Geräusche des Waldes. Der zunehmende Mond schien durch die Bäume, das Weiß des Schnees reflektierte das Licht und vertrieb die absolute Dunkelheit zwischen den Stämmen. Eric hörte ... nichts. Völlige Stille. Das Wesen musste sich hinter einen Baum oder einen Busch gekauert haben und hoffen, dass er es nicht bemerkte. Er atmete tief ein und suchte in der reinen Luft nach dem Gestank der Kreatur oder nach dem Geruch ihres Blutes. Jetzt wünschte er sich, sein Fernglas mitgenommen zu haben; im Infrarotmodus des Geräts hätte die Körpertemperatur die Bestie sofort verraten.

Eric stand in der Kälte und lauerte.

Die Zeit verrann bleischwer und unaufhörlich.

Keiner der beiden Todfeinde bewegte sich.

Nun kroch die eisige Kälte doch in Eric. Seine Arme und Beine begannen zu zittern. Lange würde er es nicht mehr aushalten. Die Strategie der Bestie ging auf.

Nein!

»Zeig dich!«, schrie er seinen Zorn heraus. »Soll *das* das Ende sein? Ich erfriere und du verblutest?«

Es raschelte links von ihm, Schnee rieselte von Ästen und Zweigen.

Eric hielt den Dolch mit der Klinge nach unten in der Faust und schaute nur kurz hinüber, da er fest davon ausging, dass der Angriff aus einer anderen Richtung erfolgen würde. Er ritzte sich mit einem abgebrochenen, dornigen Ast quer über den Arm, über die Brust, über die Schultern; sein Lebenssaft sickerte aus den Kratzern hervor. »Komm und trink mein Blut, wenn du es wagst!«, rief er fordernd. Das süße Aroma verbreitete sich im dunklen, stillen Wald und hüllte alles ein. Es war für einen hungrigen und verletzten Fleischfresser der unwiderstehlichste Köder. »Es wird dir schmecken und Kraft geben.« Erics Körper sah aus, als sei er mit dünnen Nylonfäden ausgepeitscht worden. »Riechst du meine ...«

Ein wolfsgroßer Schatten brach aus dem Unterholz zu seiner Rechten und spurtete über den Schnee geradewegs auf ihn zu, glitzernder Schnee stob in die Höhe. Eric dachte an einen Hai, der durch das Wasser auf seine Beute zupflügt. Er duckte sich und erwartete den Zusammenprall.

Die Bestie stieß sich mit aller verbliebenen Kraft vom Boden ab und katapultierte sich mit der Wut eines von Gott verstoßenen Engels gegen den Menschen; die weit geöffnete Schnauze zielte auf die Kehle.

Eric tat etwas Unerwartetes: Er hob den linken Arm und erlaubte den scharfen Reißzähnen, sich durch das Fleisch bis auf die Unterarmknochen zu bohren. Der Schmerz war unbeschreiblich, Feuer und Eis schossen gleichzeitig hinein, und dem gedämpften Krachen nach zu schließen brach der Knochen durch die Druckkraft der Kiefer, als wäre er nicht mehr als ein Ast. Eric fiel rückwärts, und die Bestie landete auf ihm.

Der Preis, den das Werwesen für seinen gelungenen Angriff bezahlte, war hoch. Die silberne Spitze des Dolchs fuhr in den weichen Unterleib, Eric riss die Schneide zu sich hoch und versuchte, den Körper der Länge nach bis zu den Rippen aufzuschlitzen.

Die roten Augen der Bestie flackerten, aber noch erloschen sie nicht. Der breite Kopf schüttelte Erics Arm und versuchte, ihn aus dem Ellbogengelenk zu reißen und abzutrennen, da stieß ihr die Klinge von unten in die Kehle.

»Stirb endlich!«

Noch mehr Blut spritzte auf Eric; es rann - vor dem Silber flüchtend - zischend auf seine Kratzer und spülte die Krusten davon.

Die Kraft des Werwesens erlahmte, schwand jedoch nicht komplett. Es wusste, dass es seinen Tod bedeutete, wenn es länger blieb. Von einer Sekunde auf die nächste gab es Eric frei und rannte, so schnell es seine schweren Verletzungen erlaubten, in den Wald.

»NEIN!«

Eric wälzte sich auf den Bauch, schleuderte den Dolch und starrte der dunklen Silhouette nach. »Komm zurück!«

Mit einem Mal schwankte der Boden, die Welt um ihn herum drohte zu kippen. Seine Kräfte schwanden. Die Anstrengung, die Verwundung, die Kälte fügten sich zu einem schwächenden Triumvirat.

Für einen Moment lag Eric, nackt und geschunden, im Schnee und starrte verzweifelt in den sternklaren Himmel hinauf. Er konnte die Bestie nicht verfolgen.

Eine Ewigkeit schien vergangen zu sein, bis Eric sich stöhnend aufrichten konnte. Da er nichts anderes besaß als seine Unterhose, um einen Verband anzulegen, schlang er sie um die Bissmale in seinem Arm und hoffte, dass sich die Wunden bald schlossen und der Knochen heilte. Er kniete nackt im Schnee, stützte den verletzten Arm mit dem gesunden, hob den Kopf und schrie seine aufflammenden Schmerzen laut in den Wald. Mehr tierisch als menschlich hallte seine Stimme durch den Park und schreckte jedes Lebewesen, das sie hörte, aus dem Schlaf.

Zitternd stemmte er sich in die Höhe, taumelte erst unkontrolliert herum, ehe er mühsam sein Gleichgewicht zurückgewann und an die Stelle ging, wo er seinen Dolch vermutete. Er fand ihn nach einiger Suche im Schnee. Der Griff trug die Zahnabdrücke der Bestie. Ein gutes Drittel der Klinge fehlte, war abgebrochen. Steckte sie immer noch im Feind? Eric nahm die Waffe an sich. Also war die Bestie wenigstens so schwer verletzt, dass sie nicht weit flüchten konnte. Mit etwas Glück vergiftete das Silber sie sogar.

Der Wind trug ihm plötzlich und unvermittelt einen Geruch zu, der ihn alarmierte. Tief sog er die kalte Luft durch die Nase ein. Es war der Duft ...

... einer Frau! Vermischt mit einem Deo und einem merkwürdigen Parfüm ... nein, kein Parfüm. Weihrauch.

Eric schlich durch das Unterholz und fand in einiger Entfernung Stiefelabdrücke im Schnee. Dicht daneben bemerkte er ein Funkeln. Er bückte sich und fand die Überreste einer Silberkette, an der unterschiedlich große Kügelchen befestigt waren. Er riss ein Stück Unterhosenstoff ab und packte seinen Fund behutsam ein.

Plötzlich peitschten Schüsse durch die Stille.

Eric ließ sich fallen und rollte hinter den nächsten Baum, während die Kugeln um ihn herumsirrten. Der Beschuss endete nicht, ganz im Gegenteil. Dem Stakkato nach zu urteilen handelte es sich um mindestens zwei Angreifer und automatische Waffen. Jetzt war es wirklich Zeit für den Rückzug.

Rasch und stets hinter Bäumen geduckt lief Eric los. Zu seiner Überraschung stellten die Unbekannten das Feuer ein und ließen ihn ziehen. Sie wollten ihn offensichtlich nur verscheuchen und nicht umbringen. Aber warum?

Die Polizei war nach der Schießerei und dem Krach bestimmt im Hotel aufgetaucht, daher entschied sich Eric, in das Ausweichquartier zu wechseln. Er hatte sich telefonisch und ohne Lenas Wissen in zwei weiteren Hotels Zimmer gebucht. Es war einfach sicherer. Man wusste nie, was bei den Jagden alles geschah, und sein Erlebnis hatte ihm das wieder einmal bewiesen.

Während er auf den Waldrand und das Ufer des Kozjak-Sees zulief, um sich vom Blut zu reinigen, waren seine Gedanken nicht bei den unerwarteten Feinden, sondern bei Lena.

Er war nie ein besonders gläubiger Mensch gewesen, aber jetzt bat er Gott inständig darum, dass sie gestorben war.

Sonst würde er sie töten müssen.

XXIII. KAPITEL

31. Dezember 1765, in der Umgebung von Auvers, Kloster Saint-Grégoire

»Pierre?«

Ein schmerzhafte Tätscheln riss ihn aus der Ohnmacht, und als er eiskalten Schnee in den Nacken gerieben bekam, wich auch der letzte Rest der Benommenheit.

»Was ...«, stöhnte er, richtete sich auf und sah das besorgte Gesicht seines Vaters vor sich. Er bewegte seine Arme und Beine: Abgesehen von einem tauben Gefühl in der Hüfte schien er sich bei seinem Sturz nichts getan zu haben. Das Hosenbein war aufgeschlitzt, die Krallen der Bestie hatten sogar das dicke Leder des Stiefels durchdrungen. »Es war Antoine«, erklärte er und stand auf. Jean musste ihn stütztzen. »Ich ... ich habe gesehen, wie er sich aus der Hütte schlich, und folgte ihm hierher«, log er, um nicht zugeben zu müssen, weshalb er sich in Wirklichkeit in der Nähe des Klosters herumtrieb. »Ich wollte ihn zurückhalten.«

Ansatzlos versetzte ihm der Wildhüter eine Ohrfeige. »Die ist dafür, dass du allein gegangen bist«, erklärte er und sah dennoch mehr erleichtert als böse aus. »Was ist geschehen?«

In aller Eile gab Pierre die Ereignisse wieder, und Jeans Gesicht verdüsterte sich. »Sie haben sich gepaart? Dann müssen wir die Kreatur in den kommenden Monaten erlegen, oder das Gévaudan wird von den Bestien und ihrem Hunger entvölkert werden.«

Pierre bemerkte, dass es heftig schneite. Die Flocken hatten die Spuren schon lange bedeckt und würden verbergen, wohin sich Antoine und seine tierische Gespielin zurückgezogen hatten.

Dann hörten sie den gedämpften Knall, kurz darauf erklang ein zweiter.

»Das kam von Saint-Grégoire!« Pierre rannte los; die Sorge um Florence fachte seine Kräfte an. Jean folgte ihm durch den tiefen Schnee und das weiße Gestöber hindurch.

Unvermittelt blieb sein Sohn stehen. Ein Schatten tauchte vor ihnen aus den dicht fallenden Flocken auf: jemand, der einen anderen Mann über der Schulter trug.

»Malesky?«, wunderte sich Jean, als er ihn erkannte.

»Gut, dass ich Euch treffe«, keuchte er unter seiner Last. »Hier, es ist Euer Sohn ... tragt Ihr ihn!« Er warf den angeschossenen Antoine in den Schnee, dessen Gesicht einer blutigen Masse ähnelte. Auch aus seiner linken Schulter rann der Lebenssaft – und aus irgendeinem Grund schlossen sich die Wunden dieses Mal nicht von selbst.

»Silber«, bemerkte der Moldawier knapp. »Es wirkt am besten gegen sie.« Er schaute nach hinten. »Wir sollten gehen, Messieurs. Die Nonnen sind nicht taub und werden meine Schüsse vernommen haben. Florence wird nichts verraten, sie hat es mir geschworen.«

»Ist sie wohlauf?«, wollte Pierre wissen und half dem Vater, den verletzten Bruder zu schultern.

Malesky nickte und schlug ihm auf die Schulter. »Ich kam rechtzeitig, um die nähere Bekanntschaft zwischen ihr und Eurem Bruder zu unterbinden.«

»Ich danke euch!«

»Dankt mir nicht – sagt mir lieber, wohin wir nun gehen sollen. Bei dem Sturm schaffen wir es nicht bis zu Eurem Haus.«

»Es gibt ein Versteck hier ganz in der Nähe.« Jean deutete gen Norden. »Aber sagt mir erst ...«

»Los jetzt«, unterbrach ihn Malesky und ging voraus. »Reden können wir später in einer warmen Hütte.«

Die drei liefen los, kämpften sich durch den dichten Wald und den immer stärker werdenden Sturm, bis sie endlich einen von Antoines versteckt gelegenen Zufluchtsorten erreichten. Jean kannte nicht alle von ihnen, wusste nur, dass es sie gab – und dass er dort seine Hunde hielt.

Sie erreichte endlich das kleine Haus, in dem sie sich schon so oft getroffen hatten, brachten Antoine in den gemauerten Keller unter der Scheune, ketteten ihn an und sicherten ihn diesmal doppelt gut. Erst dann begann Jean mit der Untersuchung der Wunden.

Der Schuss ins Gesicht war von Malesky so schräg gesetzt worden, dass er keinen tödlichen Schaden anrichten konnte; die Wangenknochen wuchsen bereits leise knisternd zusammen, neue Haut bildete sich darüber. Es war eine gewöhnliche Bleikugel gewesen. Auch der Treffer in die Schulter hatte Antoine nicht getötet – aber diese Wunde stammte von einer Silberkugel, schwächte ihn und fügte ihm Schmerzen zu, die er nicht gewohnt war; selbst in der Ohnmacht verzog sich sein Gesicht.

»Danke, Monsieur Malesky«, sprach Jean leise.

»Wofür?«

»Dass Ihr meinen Sohn nicht getötet habt. Ihr seid ein zu guter Schütze, wie Ihr mir in der Béal-Schlucht bewiesen habt. Es kann kein Zufall sein, dass Antoine noch lebt.« Er wischte sich das Blut am Hemd des Liegenden ab und wandte sich zu seinem Bekannten um. »Weshalb habt Ihr ihn nicht erschossen?«

Malesky war schon wieder mit dem Pincenez beschäftigt, reinigte es in dem ewig gleich bleibenden Ritual vom Tauwasser und klemmte es sich auf die Nase. Er lächelte. »Haltet mich besser nicht für einen guten Menschen, Monsieur Chastel. Er lebt, weil er nicht das Wesen ist, das ich jage. Ich suche das Weibchen, denn das ist die gefährlichere Kreatur. Einen besseren Köder als Euren Sohn bekommen wir nicht.« Er deutete auf die Wunde in der Schulter. »Das Silber steckt noch im Knochen. Ihr müsst es rausziehen, sonst kann es ihn auf Dauer vergiften und sterben lassen. Bedankt Euch daher nicht zu früh bei mir.« Malesky stieg die Leiter in die Scheune hinauf. »Wir unterhalten uns, sobald Ihr hier unten fertig seid, Monsieur Chastel.«

»Gebt Acht, wenn Ihr hinausgeht. Surtout und die anderen Hunde können hier irgendwo sein.«

Jean begann damit, die Stelle freizulegen, an der die Kugel saß. Pierre assistierte ihm und hielt die Wundränder auseinander, was nicht einfach war, denn die Fähigkeit zur Regeneration, die den Loup-Garous eigen war, sorgte auch bei Antoine dafür, dass sich das Fleisch schließen und verheilen wollte. Lediglich dort, wo das Silber saß, tat sich nichts. Die Fasern zischten und starben auf der Stelle, sobald sie mit dem Metall in Berührung kamen.

Jean war es gewohnt, Jagdwunden zu behandeln. Oft genug erwischte es die Treiber der Adligen bei der Hatz auf Hirsche oder anderes Hochwild, und so stellte es für ihn keine große Herausforderung dar, den Steckschuss aus dem Knochen zu brechen, zumal er wusste, dass die Verletzung heilen würde und er keine Rücksicht zu nehmen brauchte.

Er pulte das Silber aus dem weißen Gelenk, legte es zur Seite und beobachtete gleichsam angewidert und fasziniert, wie der

Heilungsprozess begann. Nach einigen Minuten sahen er und Pierre auf der Haut nicht mehr als eine blasse rosa Linie.

»Bleib bei ihm und beruhige ihn, wenn er aufwacht«, sagte Jean zu seinem Jüngsten. »Erkläre ihm, was geschehen ist und dass er sein Leben Malesky verdankt.«

Pierre war nicht einverstanden. »Aber ich muss erfahren, was sich in der Kapelle zutrug!«, begehrte er auf.

»Florence geht es gut, du hast es doch gehört.« Jean stieg die Leiter hinauf. »Bleib bei ihm«, schärfte er ihm ein, ließ die Klappe zufallen und schob nach kurzem Zögern den Riegel vor. *Sie müssen beide eingesperrt bleiben. Ich kann es ihnen nicht mehr erlauben, überhaupt noch frei umherzustreifen. Sie werden in diesem Verschlag sitzen, bis die Bestie tot ist,* beschloss er voller Mitleid für sein eigen Fleisch und Blut. Aber die Gefahr für die gesamte Region war zu groß.

Malesky hatte es sich in der schlichten Hütte bequem gemacht, seinen Mantel abgelegt und Kaffee aufgebrüht. Es roch verführerisch nach dem teuren exotischen Getränk. »Woher habt Ihr ...«

»Ich bin niemals ohne eine kleine Ration davon unterwegs«, meinte der Moldawier lächelnd. »Wenn man in einem Land groß wird, das von den Osmanen beherrscht wird, kommt man früher oder später in den Genuss und wird süchtig danach.« Er goss dem Wildhüter von der schwarzen Brühe ein. »Gebt auf den Satz am Boden Acht, er schmeckt nicht.«

Jean setzte sich. »Wie lange wusstet Ihr schon, dass Antoine ein Loup-Garou ist?«

»Ich wusste es erst, als ich ihm in der Kapelle von Saint-Grégoire gegenüberstand. Vorher ... vorher ahnte ich es lediglich.«

»Und wie kommt es, dass Ihr sofort wusstet, was sich im Gévaudan herumtreibt?« Der Wildhüter kostete von dem bitteren

Trunk und suchte nach Honig, um ihn zu versüßen. »Was sollte das Gerede von der Hyäne?«

»Offensichtlich reden wir nun endlich offen miteinander«, sagte Malesky mit einem grimmigen Lächeln. »Ihr müsst wissen, Monsieur Chastel, ich stehe dem Wesen nicht zum ersten Mal gegenüber. Ich habe in meinem Leben schon zweiundzwanzig *Vukodlaks,* wie man sie bei uns zu Hause nennt, erlegt. Zehn davon in meiner Heimat, die anderen im restlichen Europa. Aber diese besondere Spezies eines Wandelwesens, wie sie im Gévaudan haust, ist wahrlich einzigartig.« Er nippte an seinem Kaffee, gab ein wohliges Seufzen von sich und inhalierte die heißen Dämpfe. »Eigentlich verfolgte ich ein Männchen. Ich hatte es schon mindestens viermal gestellt, aber es entzog sich immer im letzten Augenblick. Es sieht nicht aus wie ein gewöhnlicher Werwolf. Es hat das Aussehen verschiedener Bestien in sich vereint, ist Hyäne, Wolf und Großkatze gleichermaßen, und nur der Teufel weiß, wie das vonstatten ging.« Er schaute über den Rand des beschlagenen Zwickers. »Als ich die erste Nachricht aus dem Süden Frankreichs hörte, wusste ich sofort, gegen was die Menschen antreten.«

»Wir haben die Bestie ins Gévaudan gelockt.« Jean sah den Kadaver des Loup-Garou im Vivarais vor sich. »Ich habe Euer Männchen getötet ... nein, Antoine tat es und schoss ihm den Kopf in Stücke. Sein Weibchen griff uns an, setzte den Keim des Bösen in meine Söhne und folgte uns, um unsere Heimat für den Tod seines Gefährten zu strafen.«

»Wenigstens habt Ihr eine der Bestien vernichtet.« Malesky wirkte erleichtert. »Bleibt uns noch eine, denn Eure Söhne zähle ich nicht mit.« Er schwieg einen Moment, schien innerlich Anlauf zu nehmen. »Monsieur Chastel ... ich stieß in dieser Nacht auf Antoines Fährte und sah, wie er und das Weibchen sich in ihrer Bestiengestalt paarten. Es kann sein, dass der Samen aufgeht und sie sich vermehren. Das bedeutet einen Schrecken, gegen den die Verfolgung der hiesigen Hugenotten harmlos wirken wird.« Er legte die Füße auf die Holzbank. »Ich habe allerdings nicht die leiseste Ahnung, wer das Weibchen ist. Ihr?«

»Nein. Aber ich habe etwas anderes, was ich Euch zeigen will.« Jean spürte, wie der Kaffee ihm neue Energie gab, fühlte sich rege und aufmerksam. Er tastete unter den Tisch, wo er in einer Spalte den klein gefalteten Zettel mit der Rezeptur des Trankes, der seine Söhne von dem Fluch befreien sollte, aufbewahrte, und reichte ihn Malesky. »Was sagt Ihr dazu?«

Der Moldawier lugte durch seine Gläser auf die Abschrift, las die Zeilen sehr aufmerksam und gab das Blatt an den Wildhüter zurück. »Das ist Neuland für mich, Monsieur Chastel. Ich habe die Wesen bislang immer erlegt. Ihr müsst wissen, ich traf auf meinen Reisen niemanden wie Euch und Eure unglückseligen Söhne. Es steht aber fest, dass wir nun mindestens zwei Gründe haben, das Weibchen zu erledigen.« Er leerte seinen Becher. »Doch was macht Ihr, wenn der Trank versagt?«

Jean ballte die Fäuste. »Er darf nicht versagen, Monsieur Malesky.«

»Nehmen wir es nur einmal an«, beharrte der.

»Dann ... muss ich mir etwas einfallen lassen«, wich Jean aus. »Meine Söhne wurden schuldlos zu Kreaturen der Hölle, und ich lasse nichts unversucht, sie von diesem schrecklichen Schicksal zu befreien, ohne ihnen das Leben zu nehmen.«

Malesky lächelte ihm aufmunternd zu. »Ich bin kein Freund von Hexerei und schwarzer Magie, aber in diesem Fall wünsche ich, dass der Trank die erhoffte Wirkung besitzt.« Er stand auf und brühte den Kaffeesatz ein weiteres Mal auf. »Was wisst Ihr über die Werwolfjagd, Monsieur Chastel?«

»Man benötigt Silber, um sie zu töten.«

»Und?«

»Mehr weiß ich nicht.«

»Mon dieu! Dafür, dass Ihr nicht auf Gott vertraut, steht er Euch ziemlich gut bei! Ich kannte erfahrene Jäger, die trotz aller Vorbereitungen von den Wandelwesen zerrissen wurden.« Er prostete ihm zu. »Gebt gut Acht, was ich Euch sage: Silber verwundet und tötet sie wie ein gewöhnliches Tier, weil Silber das Metall des Mondes ist. Der Mond hat Macht über sie, zwingt sie in den Nächten des Vollmonds, sich zu verwandeln, und sie können nichts dagegen unternehmen. Die Wahrheit bricht aus ihnen heraus. Das ist für unsereins die beste Zeit der Jagd. Ansonsten können sie sich nach Belieben verwandeln, wie es ihnen in den Kram passt.« Er pochte auf seinen Gürtel, wo er ein langes Messer trug. »Lasst Euch schnellstens einen Dolch aus Silber anfertigen, Monsieur. Für den Nahkampf. Ansonsten habt Ihr bald das Nachsehen. Ihr werdet an Eurem Sohn bemerkt haben, dass ihre Wunden heilen. Und um sicherzugehen, könnt Ihr Klinge und Kugeln vergiften. Destilliertes Aconitum lässt ihnen das Blut in den Adern stocken.«

Jean lauschte gebannt. »Und wie erfährt man solche Geheimnisse, Monsieur Malesky? Wie viele gibt es von den Kreaturen?«

»Ich lese viel, das sagte ich Euch bereits«, gab der grauhaarige Mann grinsend zurück. »Und ich habe bei meinen Jagden viel ausprobiert. Es sei Euch gesagt, dass nicht jedes empfohlene Mittel gegen jedes dieser Wandelwesen taugt. Ihre Zahl ... mmmh ...«, er zuckte mit den Achseln, »da bin ich überfragt, aber zusammen mit Eurem Abschuss sind es dreiundzwanzig weniger.« Er lachte. »Was müsst Ihr noch wissen, wenn wir die Bestie jagen?«, überlegte er laut. »Die Schwierigkeit ist die Vielzahl der Legenden, die sich um sie ranken.«

Er stockte plötzlich, ließ seinen Blick kurz zum Fenster gleiten und grinste dann breit. »Ich kenne hunderte ihrer Eigenschaften«, sprach er amüsiert weiter. »Zum Beispiel, dass sie garantiert nicht so aussehen wie Äbtissinnen, die einen zweiten Schleier aus Schnee genommen haben und deren Zähne so laut klappern, dass sie sich dadurch verraten.« Er deutete mit dem Finger auf das Fenster. »Holt sie herein, bevor sie steif wie ein Brett wird.«

Wie ein Echo auf seine Worte klopfte es zaghaft an der Tür. Jean sprang erschrocken auf, öffnete, und herein trat Gregoria, deren schwarzer Mantel von oben bis unten mit Schnee bedeckt war. Sie zitterte am ganzen Leib.

»Bonsoir, messieurs«, presste sie mit Mühe hervor.

Der Wildhüter nahm ihr den Mantel ab und schob ihr einen Stuhl vor den offenen Kamin. Dankbar setzte sie sich vor die Flammen und bekam wenig später von Malesky aufgebrühten Kaffee gereicht. Beinahe hätte sie ihn verschüttet, so steif gefroren waren ihre Finger.

»Wohl eher *bonnenuit*! Was treibt Euch dazu, bei einem ausgewachsenen Sturm durch die Nacht hierher zu kommen, ehrwürdige Äbtissin?«, wollte der Moldawier wissen und täuschte große Besorgnis vor. »Ist etwas geschehen? Hat die Bestie sich gerührt?«

Jean betrachtete sie misstrauisch. Ihr unvermitteltes Auftauchen erschien ihm mehr als merkwürdig – noch dazu hier, in diesem abgelegenen Haus, das nur wenige kannten –, und der Verdacht, dass die Äbtissin etwas über die Bestie wusste, war noch nicht aus der Welt geschafft worden.

»Es gab einen Vorfall in der Pilgerkapelle ... es wurde geschossen. Wir fanden Blut auf dem Boden und dachten uns, dass ... dass einer der Messieurs Chastel die Bestie verfolgte und stellte.« Sie nahm einen Schluck Kaffee. »Es ist an der Zeit, dass ich Euch die Wahrheit sage, Monsieur Chastel«, sagte sie und schaute ihn lange an. »Ihr ... ihr jagt keinen Wolf. Es ist ein Loup-Garou.«

Jean glaubte, in ihren graubraunen Augen schlecht verborgene Gefühle wie Angst und Sorge zu erkennen. Sorge um ihn? Der Argwohn ihr gegenüber schwand innerhalb eines Lidschlags.

Malesky spielte den Ungläubigen. »Ehrwürdige Äbtissin, habt Ihr etwa zu sehr der Tratscherei Eurer Schäfchen gelauscht? Wir sollen tatsächlich einem Fabelwesen hinterherrennen?«

»Es ist gewiss kein Märchen, Monsieur Malesky«, erwiderte sie hart. »Ihr seid nicht von hier. Ihr werdet nicht wissen, dass Frankreich bereits zuvor ein Mittelpunkt der Jagd auf den Loup-Garou war.«

»Ihr meint die mittelalterlichen Wolfsjagden, um den Loup-Garou zu vernichten, wobei tausende harmloser Wölfe ihr Leben verloren? Oder meint Ihr die zahlreichen Prozesse Eurer Kirche wegen Wolfswandlung und Wolfsbannerei gegen die einfachen Menschen, ehrwürdige Äbtissin? Mit Verlaub, das hat nichts mit der Jagd auf Wandelwesen zu tun. Das war pure Verrücktheit.«

»Ihr seid belesener, als ich annehmen konnte«, meinte Gregoria. »Ich versichere Euch, dass es nicht nur einfache Menschen traf. Die Inquisitoren haben laut den Unterlagen von Saint-Grégoire auch in der Auvergne, dem Vivarais und dem Gévaudan Jagd auf Loup-Garous gemacht und waren, was ich den Protokollen entnahm, offenbar erfolgreich.« Sie schaute zu Jean. Er sah ihr an, dass es ihr ernst war mit dem, was sie sagte, und es ihr nicht leicht fiel. »Der Herr möge uns davor schützen, dass die Bestien zurückkehren, um sich ein neues Reich zu erschaffen«, flüsterte sie.

»Habt Ihr nicht vielmehr Angst davor, dass ein neuer Inquisitor an die Tür Eures Klosters klopft und Euch samt Eurer

Nonnen prüft, wie der gute Richter Pierre de Lancre seinerzeit in Bordeaux?«, merkte Malesky spitz an.

»Lancre?«, fragte Jean. Er war es nicht gewohnt, dass sich andere mit der Äbtissin stritten. »Was hat Bordeaux ...«

»Lancre unterstellte besonders den *Geistlichen* Teufelsbündelei und überführte innerhalb eines Jahres nicht weniger als sechshundert Schuldige.« Malesky beobachtete Gregoria ganz genau. »Monsieur de Lancre berichtet ausführlich von einem Besuch bei einem vierzehnjährigen Hirtenjungen, den man wegen seines offenkundigen Schwachsinns zur Klosterverwahrung verurteilt hatte. Trotz des frommen Verbannungsorts verließ ihn die Lust auf das süße Fleisch junger Mädchen nicht. Er war, so behauptete de Lancre, ein Loup-Garou. Korrigiert mich, wenn ich etwas Falsches sage, ehrwürdige Äbtissin.«

Gregoria sprang erregt auf. »Ich verstehe Eure Andeutung sehr wohl, Monsieur Malesky, und verbitte mir derartige Vorwürfe. Wir haben zwei dieser armen, verwirrten Menschengeschöpfe in unseren Mauern, und sie sind so zahm, dass sie vor einer Mücke erschrecken. Schon gar nicht könnten sie umherlaufen und Menschen anfallen.« Sie wandte sich erneut an Jean. »Messieurs, es ist ein *echter* Loup-Garou!« Sie nahm ihren Mantel, wühlte in seinen Taschen, bis sie mehrere Stücke Papier gefunden hatte und sie ihm reichte. »Ich habe Euch notiert, was über dieses Wesen bekannt ist und was Ihr gegen es benutzen könnt, um es zu vernichten. Wobei ich mir nicht mehr sicher bin, ob Ihr meine Hilfe benötigt ... Monsieur Malesky scheint viel von der Materie zu verstehen.«

»Ich? Nun, ich habe viele Bibliotheken besucht. Es regnete unterwegs oft, so dass ich mich darin unterstellte.«

Gregoria ging nicht auf den Spott des Mannes ein. Jean griff derweil nach dem ersten Zettel. Er berührte dabei zufällig ihre warmen Finger und wollte sie am liebsten umfassen, doch er unterdrückte den Wunsch und beließ es dabei, in ihr Gesicht zu schauen. Sie erwiderte den Blick für einen Moment, dann senkte sie den Kopf.

»Es wird spannend! Ich lerne gerne dazu«, fuhr Malesky fort und machte es sich auf der Eckbank gemütlich. »Monsieur Chastel, wärt Ihr so freundlich, laut vorzulesen? Und lasst die Sachen mit dem Silber weg.« Schon beim ersten Satz bekam Jean Zweifel am Nutzen dessen, was Gregoria aus den Büchern von Saint-Grégoire zusammengetragen hatte. »Ein Garou vermag nicht nur Schreckliches, sondern auch Gutes zu tun«, gab er skeptisch wieder. »Man erkennt ihn an den Haaren auf den Handinnenflächen, den zusammengewachsenen Augenbrauen, dem strengen Geruch und der unersättlichen Gier nach Frauen und rohem Fleisch.«

»Letzteres stimmt auf alle Fälle«, bemerkte Malesky, der bereits ein breites Grinsen im Gesicht trug.

»Ein Garou altert langsamer und wird leicht über hundert Jahre alt, selbst wenn er äußerlich noch immer einem Dreißigjährigen gleicht. Seine Zähne fallen niemals aus und sind weiß wie Schnee, er betritt niemals geweihten Boden ...«

»Und wie kam er dann in die Kapelle?«, hakte Malesky auf der Stelle ein. »Es sind wohl einige Unwahrheiten darin enthalten.«

»Ein Loup-Garou hasst Hexen und Magier und bekämpft sie, wo er sie finden kann, denn er selbst fürchtet ihren Zauber, obwohl er selbst Zauber wirkt.« Jean las, und sein Unglaube wuchs von Zeile zu Zeile. »Seine Augen schlagen den Frömmsten in seinen Bann, seine Stimme verleitet den Freundlichen zur Übeltat oder lockt die Jungfrau vor der Hochzeit ins Bett, wo er ihr die Jungfräulichkeit raubt. Sein Heulen schlägt jeden in die Flucht, sein Biss reißt Wunden, die niemals mehr heilen, und die Krallen sind hart wie geschmiedetes Eisen und schneiden Marmor und Steine wie Wachs.« Er senkte das Blatt. »Äbtissin, wollt Ihr uns das Fürchten lehren? Geht es nach dem Verfasser dieser fragwürdigen Wahrheiten, bräuchten wir himmlische Heerscharen an unserer Seite, um gegen einen Garou zu bestehen.«

»Geht es noch weiter?«, meldete sich Malesky und stopfte sich eine Pfeife. »Ich höre gerne Märchen.«

»Ihr werdet Gefallen daran haben«, bereitete ihn Jean vor, weil seine Augen bereits über die kommenden Sätze geschweift waren. »Das Opfer eines Loup-Garou muss als Geist bei ihm bleiben und ihm so lange zu Diensten sein, bis der Garou stirbt. Meine Güte ...« Er holte Luft. »Der Vollmond soll sie angeblich schützen, wenn sie sich in seinem Licht baden: Jede Klinge wird an ihrem Fell klirrend bersten.«

Er unterbrach sein Vorlesen, weil Malesky zu lachen begonnen hatte. Er krümmte sich vor Heiterkeit auf der Bank, legte seine Pfeife vorsichtshalber auf den Tisch, damit er sie nicht fallen ließ, und wedelte mit den Armen in der Luft. »Aufhören, Monsieur Chastel, aufhören«, bat er japsend und rieb sich über die kurzen grauen Haare. »Ich zerspringe!«

Gregoria musterte ihn wütend. »Monsieur Malesky, Ihr bringt meinen Bemühungen, Euch und Monsieur Chastel das Leben zu retten, nicht gerade Respekt entgegen.«

»Ich erkenne Eure Bemühungen an, ehrwürdige Äbtissin.« Er wischte sich die Heiterkeitstränen von der Wange. »Ihr hattet Recht mit Eurer Vermutung: Ich verfüge über Kenntnisse. Die eine oder andere Sache, die Monsieur Chastel vorgelesen hat, mag zutreffen, doch ich weiß davon jedenfalls nichts. Es mag noch andere Dinge geben, um Wandelwesen aufzuhalten, aber ich bevorzuge Silber, egal ob Messer oder Kugel, um eine von diesen Kreaturen zu vernichten.« Malesky ging zum Kamin, nahm einen glimmenden Span und entzündete seine Pfeife. »Beides wirkt.«

»Ihr wisst also von ihnen?« Gregoria starrte ihn an. »Dann seid Ihr im Auftrag des Heiligen Vaters ins Gévaudan gekommen?«

»Nein, ehrwürdige Äbtissin. Ich reise in meinem Auftrag«, entgegnete er schmauchend. »Es sind persönliche Gründe, die mich dazu brachten, meinen Kreuzzug gegen sie zu starten, um bei Eurer Wortwahl zu bleiben. Mit dem Vatikan habe ich sicherlich nichts zu schaffen. Allah war mir in Moldawien näher als der christliche Gott.«

Krachend schlug ein Fensterladen zu; der Wind hatte die Verankerung gelöst und schleuderte die Abdeckung hin und her.

»Der Sturm hat zugenommen«, sagte Jean und ging zur Tür.

»Wo sind Eure Söhne, Monsieur?«, erkundigte sich Gregoria. »Sie sind doch nicht etwa bei diesem Wetter im Wald und suchen nach der Bestie? Haben sie die Kreatur in der Kapelle gestellt?«

»Antoine und Pierre sind ... in einer kleinen Hütte, nicht weit von hier. Seid unbesorgt«, wiegelte er freundlich ab und trat hinaus. Sie sahen ihn vor dem Fenster erscheinen und eisige Böen an seiner Kleidung und seinen weißen Haarlocken zerren, während er versuchte, den störrischen Fensterladen zu bändigen.

»Ihr werdet heute Nacht nicht mehr nach Saint-Grégoire gelangen.« Malesky betrachtete die Flocken, die beinahe waagerecht an dem Glas vorbeiflogen, bis der Wildhüter ein Fenster nach dem anderen von außen verschloss. »Richtet Euch darauf ein, hier zu bleiben.« Er tippte sich mit dem Mundstück der Pfeife gegen die Brust. »Und übrigens: *Ich* war das in der Kapelle, ehrwürdige Äbtissin. Die Bestie überraschte mich beim Gebet. Ich musste mich wehren, und ich danke der höheren Macht, dass sie mich meine Muskete mit ins Gotteshaus nehmen ließ, anstatt sie vor dem Portal gegen die Wand zu lehnen.«

Jean kehrte zurück, bestätigte Maleskys Einschätzung, was das Ausmaß des Schneesturms anging, und wies ihm die Kammer seiner Söhne zu. »Ihr, Äbtissin, werdet hier vor dem Kamin schlafen, ich leiste Monsieur Malesky Gesellschaft. Ihr seid also ungestört.«

Malesky nickte ihnen zu und klopfte die Pfeife aus. »Die Nacht war anstrengend genug, ich verabschiede mich. Ruhet sanft, ohne zu sterben.« Er zwinkerte und verschwand durch die Tür in Pierres und Antoines kleines Zimmer.

Jean hatte gehofft, dass sein Bekannter als Erster die Stube verließ. Er legte ein Scheit Holz in die Flammen und betrachtete versonnen, wie das Feuer über die Rinde tanzte, die gleich darauf in Brand geriet und knisterte.

»Wisst Ihr etwas von einem Gegenmittel?«, stellte er Gregoria unvermittelt auf die Probe. »Kann man den Unglücklichen davon befreien, als Loup-Garou zu leben, ohne ihn töten zu müssen? Angenommen es gelänge uns, ihn lebend zu fangen, wäre es aus Eurer Sicht nicht der grandiosere Triumph über das Böse, wenn wir ihn und seine Seele retten?«

Gregoria schwieg lange. »Ich habe in den Unterlagen des Klosters einen Zettel gefunden, auf dem von einem Trank die Rede ist, mit dem man die Rückverwandlung vornehmen kann. Angeblich.« Sie schaute ihn an. »Aber es ist ... nichts Christliches. Es ist schwarze Magie, und solche darf nicht angewendet werden. Es ehrt Euch, dass Ihr den Unglücklichen, der vom Übel besessen ist, retten wollt, aber ... aber er ist unwiderruflich verloren. Ich möchte dabei sein, wenn Ihr ihn gefunden habt, an seiner Seite beten, um seine Seele zu retten und sie nicht dem Bösen zu überlassen.« Sie sah ihn durchdringend an. »Versprecht Ihr mir, mich sofort rufen zu lassen, noch bevor jemand anderes von Eurem Jagderfolg erfährt?«

Jean entspannte sich. Sie hatte die Wahrheit gesagt! Er nahm ihre Hand und drückte sie feierlich. »Das ist ein Gelöbnis, das ich gerne leiste.«

Einen Moment lang saßen sie so voreinander. Der Lichtschein des Feuers gab ihrem Antlitz etwas Unwiderstehliches. Jean spürte, wie eine andere Macht seinen Körper zu übernehmen schien, sie überwand die Vernunft und befahl ihm, sich nach vorne zu beugen und ihre Lippen zu küssen.

Gregoria zog den Kopf zurück, aber er ließ sie nicht entkommen und fand ihren Mund. Jean versuchte, sie zu umarmen, doch sie wich zurück.

»Monsieur Chastel! Nein!«, sagte sie und versuchte, entschlossen zu wirken. »Ich habe mich Gott gegeben.«

»Verzeiht mir«, stammelte er betroffen und rückte von ihr weg, ohne ihre Hand loszulassen. »Ich weiß nicht, was mich überkommen hat.«

»Ich schon«, sagte Gregoria und lächelte ihn traurig an. Sie war verwirrt. Seine Lippen waren entgegen ihrer Vermutung weich und warm gewesen und hatten einen Funken in ihr entzündet, aus dem kein Feuer werden durfte. Um ein Haar hätte sie sich vergessen. »Es darf sich nicht mehr wiederholen, und ich bitte Euch, meinen Wunsch zu respektieren.« Sie legte für einen kurzen Augenblick die Hand auf seine Wange, so als wolle sie ihn streicheln, küsste ihn dann aber nur kurz, wie eine Mutter, auf die Stirn. »Seid mir weiterhin ein guter Freund und geht nun in Euer Bett, Monsieur Chastel.« Sie nahm den Rosenkranz von ihrem Hals und bereitete sich auf das Gebet vor.

Er erhob sich. »Ich werde ... ich werde *dir* mehr als ein guter Freund sein«, versprach er rau. Er lächelte und ging in die Kammer seiner Söhne, um sich auf Pierres Bett zu legen.

Malesky hatte sich Antoines Lager ausgesucht, schnarchte leise und schlummerte tief und fest, das Heulen des Sturms und das heftige Rütteln an den Ecken des Hauses kümmerten ihn nicht.

Jean schob es auf die belebende Wirkung des Kaffees, dass er selbst keinen Schlaf fand und Gregoria vor sich sah, ganz gleich, ob er die Lider schloss oder offen hielt. Er ahnte, dass es ihr ähnlich erging.

XXIV. KAPITEL

Kroatien, Plitvice, 18. November 2004, 08:01 Uhr

Es war nicht schwer, in Lenas Krankenzimmer zu gelangen. Ausgestattet mit einem Arztkittel, einem Klemmbrett und einem Stethoskop marschierte Eric an dem Polizeibeamten vorbei, drückte die Klinke hinunter und betrat mit der größten Selbstverständlichkeit den Raum. Er hatte nicht einmal einen Ausweis zeigen müssen.

Lena lag schlafend zusammen mit vier anderen Frauen in einem Zimmer. Zahlreiche Schläuche steckten in ihr, mit denen rote und farblose Flüssigkeiten in sie hinein- oder aus ihr herausgeleitet wurden.

Er nahm sich die Krankenakte aus der Halterung am Fußende und überflog die Werte. Ihr Körper erholte sich sehr gut von der schweren Bisswunde, die Lymphknoten hatten die Arbeit aufgenommen. Das Gewebe regenerierte sich schneller als bei jeder anderen Patientin.

Sie war alles andere als tot. Gott oder wer auch immer hatte seine Gebete nicht gehört. Jetzt blieb die schrecklichste aller Aufgaben, die seine Berufung jemals verlangt hatte, an ihm hängen.

Eric zog den Plastikparavant um das Bett herum zu, damit er nicht von den anderen Frauen beobachtet werden konnte, dann nahm er seinen Silberdolch unter dem Klemmbrett hervor.

Er schlug die Decke zurück. Behutsam setzte er die durch den Bruch abgeschrägte Spitze schräg auf der linken Brust an und schnitt dann sanft wenige Millimeter tief in das weiche Fleisch.

Es zischte leise.

Eric schloss niedergeschlagen die Augen. Das Silber brachte endgültige Gewissheit: Die Bestie hatte ihren Keim des Bösen in Lena gepflanzt und sie zu einer Lykanthropin gemacht. Sie gehörte nun zum Feind und musste vernichtet werden.

»Tun Sie es schnell«, sagte Lena unvermittelt und öffnete die Augen. »Ich möchte nicht leiden.«

Eric schaute sie gequält an. Er bildete sich ein, bereits ein wildes Funkeln in den Pupillen zu erkennen, an dem er ablas, dass das Tier in Lena bereits stärker wurde. Wie Krebs kroch es in jede Zelle, eroberte und veränderte sie. Verschmolz mit ihr. Das Grün ihrer Augen schimmerte heller.

»Ich weiß es, Eric«, sagte sie gefasst. »Ich ... fühle es in mir. Es verändert mich bereits.« Sie schluckte. »Hatten Sie Erfolg?«

Sie machte ihm nicht einmal Vorwürfe, dass er sie allein im Hotelzimmer zurückgelassen hatte. Er konnte nicht antworten, sondern starrte nur auf ihr hübsches, blasses Gesicht mit den geschwungenen Brauen.

In diesem Moment begriff er, dass er sie niemals töten konnte.

Es ging einfach nicht.

»Los!« Ihre Rechte legte sich auf die Hand mit dem Dolch. »Stoßen Sie zu. Ich will nicht so leben wie die anderen Wandelwesen. Niemand soll durch mich sterben.« Sie schaute ihn flehend an. »Bitte!«

Eric beugte sich nach vorne und küsste sie auf die Stirn.

Sie sah ihn vorsichtig an. »War das ein Abschiedskuss?«

»Nein. Es war ... ein Geständnis, das ich einer Frau noch niemals vorher gemacht habe.« Er verstaute den Dolch in einer Tasche des Kittels. Sein Leben war mit einem Schlag kompliziert geworden. Vorher hatte es lediglich aus Gefahren bestanden, die er einschätzen konnte, ohne sich um andere zu sorgen. Doch das alles hatte sich verändert. Wegen Lena.

Er nahm ihre Hand. »Möchtest du leben?«

Ihre Augen füllten sich mit Tränen. »Als Mensch. Aber nicht als Bestie«, sagte sie. »Mir bleibt wohl keine Zeit für lange Nachforschungen, um Rezepturen zu finden und sie auszuprobieren. Du hast selbst gesagt, wie sinnlos ...«

»Es gibt vielleicht ein Heilmittel«, unterbrach er sie. »Jedenfalls vermute ich, dass es existiert.«

Lena richtete sich in ihrem Bett auf. »Eric, was sagst du da?« Glücklicher Unglaube breitete sich auf ihren Zügen aus.

»Mein Vater besaß ein Röhrchen mit einem eingetrockneten Mittel, das angeblich gegen den Biss des Werwolfs helfen soll«, offenbarte er. »Es stammt aus dem achtzehnten Jahrhundert. Die Substanz an sich ist lange nicht mehr zu gebrauchen, aber ich kann sie analysieren lassen.«

»Ich dachte, es sei alles verbrannt?«

»Nein. Nicht alles.«

Lena schlug die Hände vors Gesicht. Noch nie hatte sie sich so sehr gefreut, angelogen worden zu sein. »Es gibt Rettung«, kam es undeutlich zwischen den Fingern hervor. »Es dauert ein halbes Jahr, bevor ich verloren bin, richtig?«

Er nickte langsam und lächelte schief.

Lena zog sich nacheinander die Infusionsnadeln aus dem Körper und wischte sich Tränen von den Wangen. »Dann los. Die Analyse überlässt du mir. Ich kenne einen Arzt, dem ich vertraue. Wenn wir ...«

Er hielt sie fest und küsste sie auf die Lippen.

Dieses Mal erwiderte sie die Zärtlichkeit mit voller Inbrunst; die Gewissheit, seinem Silberdolch entkommen zu sein und geheilt zu werden, machte sie euphorisch. Sie schmeckte und roch plötzlich nach Lust, und auch er fühlte Verlangen, dem er aber nicht nachgab. Nicht in einem Krankenhaus mit einem Polizisten vor der Tür und acht Ohren um sie herum. »Nein, du wirst warten, bis ich dich abhole. Sollten sie dich vorher entlassen, warte im Hotel *Lobodan* auf mich«, sagte er. »Was hast du der Polizei erzählt?«

»Dass ein Verrückter mit einer Pistole und einem Hund in mein Zimmer gesprungen sei und du ihn verfolgt hättest.« Lena schenkte ihm ein Lächeln, doch das Reine, das er darin immer gesehen hatte, trübte sich bereits zu etwas Dunklerem. Er bemerkte voller Schrecken, dass ihr auch das Geheimnisvolle sehr, sehr gut stand. »Sie wollten dich suchen.«

Eric atmete auf. »Gut. Ich werde zur Polizeistation gehen und ihnen eine Personenbeschreibung geben, damit sie sich auf die Suche nach jemandem machen können.« Rasch fasste er zusammen, was sich in der Nacht nach dem Überfall im Wald ereignet hatte. Dabei ließ er seine Verwundung aus. Er beugte sich zu ihr herab, küsste sie erneut und berührte ihre nackte Schulter. »Wir sehen uns bald wieder.«

»Ich rufe meinen Bekannten an.« Lena lächelte. »Danke.«

Er gab das Lächeln zurück, dann schlüpfte er durch den Vorhang hinaus und verließ das Zimmer. In einer Toilette streifte er den Kittel ab, durchquerte die Flure und ging direkt aus dem Krankenhaus zur örtlichen Polizeistation, um dem Beamten eine abstruse Story von einem Perversen zu erzählen, der in einem Auto ohne Kennzeichen vor ihm geflohen sei.

Nach vier Stunden Befragung durfte Eric gehen. Seine Sachen, so erfuhr er, lagen im Hotel zur Abholung bereit.

Nach fünf Stunden marschierte er mit seinem Rucksack auf dem Rücken und in Schneetarnkleidung durch den Haupteingang des Krankenhauses.

Und nach fünf Stunden und elf Minuten verließ er zusammen mit Lena das Krankenhaus, um nach Deutschland zu fliegen.

XXV. KAPITEL

4. März 1766, Ausläufer des Montchauvet, Südfrankreich

Florence atmete tief die frische Luft ein. Sie schmeckte nach Freiheit, nach dem Ende des Winters und dem sich ankündigenden Frühling. Die Natur hielt sich bereit, in voller Farbenpracht aus dem weißen Tod aufzuerstehen. Das Heidekraut zeigte bereits sein Grün und die ersten Blumenknospen erhoben sich durch die Reste des schmelzenden Schnees.

Sie war allein am Montchauvet unterwegs, lief über die menschenleeren Ebenen bis zu den sanft ansteigenden unteren Hängen des Berges und genoss es, nicht die wachsamen, gestrengen Augen der Äbtissin auf sich ruhen zu wissen.

Ende des alten Jahres hätte sie sich ihren heimlichen Ausflug nicht getraut, doch es war viele Wochen lang ruhig geblieben im Gévaudan. Der Winter schien die Bestie in eine Höhle gezwungen zu haben und verhinderte, dass sie Jagd auf Mensch und Tier machte wie in den Monaten davor. *Oder aber die Menschen melden den Behörden erst gar nicht mehr, wenn sich ein Mord ereignet oder ihnen ein Stück Vieh gerissen wird,* lautete eine beunruhigende weitere Erklärung für den unsicheren Frieden in der Region.

Florence setzte sich unter eine Birke, wo sie einen Flecken trockenes Laub fand, lehnte sich an den Stamm und betrachtete die schroffe Schönheit der vom Granit beherrschten Natur. *Ich wünsche mir so sehr, Pierre an meiner Seite zu haben.*

Sie machte sich Sorgen um ihren Geliebten. Florence hatte von einem Besucher in Saint-Grégoire gehört, dass Jean Chastel nur noch mit dem seltsamen Fremden aus Moldawien auf die Jagd ging. Seine Söhne wurden in Saugues oder anderen Ortschaften kaum mehr gesehen, und fragte man nach ihnen, bekam man vom Wildhüter zur Antwort, sie hätten sich aufgeteilt, um die Bestie zu stellen. Die Bettlerin, mit der sie sich beim Verteilen der Suppe an die Bedürftigen unterhalten hatte, berichtete dagegen zu ihrem Schrecken, dass Chastel Antoine und Pierre an die Kreatur verloren habe. Doch die Äbtissin konnte sie beruhigen. »Gib nichts auf das Gerede«, hatte sie gesagt. »Gott schützt sie bei ihrer Suche.«

Florence schloss die Augen und genoss die Strahlen der Sonne auf ihrem Gesicht. Sie sah Pierres Züge vor sich und bildete sich ein, seine zärtlichen Berührungen auf ihrem Körper zu spüren. Zugleich verfluchte sie die Annäherungen seines Bruders. Zum ersten Mal wünschte sie einem Menschen den Tod. Die verhängnisvolle Nacht war ihr Geheimnis geblieben. Sie würde auch Pierre verschweigen, was Antoine mit ihr zu tun beabsichtigt hatte.

Dass Menschen so verschieden sein können, wunderte sie sich nicht zum ersten Mal. *Beide entspringen den Lenden von Jean Chastel, sind aber wie Mond und Sonne.* Bei dem Gedanken an den Wildhüter musste sie lächeln, denn sie durchschaute die Äbtissin sehr wohl. *Ich wette, dass sie sich in Jean Chastel verliebt hat.*

Zum ersten Mal hatte Florence diese verbotenen Gefühle erkannt, als die Äbtissin von einer angeblich zufälligen Begegnung mit dem Wildhüter sprach. Die Haltung, die Augen, alles an Gregoria verriet sie, jedenfalls nach Florences Empfinden. Die junge Frau erahnte vieles, was die Menschen betraf, die sie umgaben. Es war eine besondere Gabe. Und es war nicht so, dass Gregoria nichts von der Anziehungskraft zwischen Mann und Frau wusste; sie war eine wohlhabende Comtesse gewesen und erst mit zwanzig Jahren in den Orden eingetreten, nachdem ihr Mann jung gestorben war. Zumindest hatte sie das ihrem Mündel vor langer Zeit in einem ihrer wenigen schwachen Momente anvertraut. Die anderen Nonnen ahnten wohl nichts davon. Ihnen sagten daher auch die geheimen Anzeichen nichts. Nur Florence, selbst glückliches Opfer einer tiefen Liebe, wusste sie sehr wohl zu deuten.

Wie schade, dass es eine verbotene Liebe bleiben wird. Sie passen so gut zueinander. Die junge Frau stand auf. Es wurde Zeit, dass sie sich über die felsendurchzogenen Wiesen auf den Rückweg machte, um rechtzeitig zum Abendbrot im Kloster zu sein.

Sie spürte Dankbarkeit, dass sie von den Nonnen aufgezogen worden war. Gedanken über ihre unbekannten, ohne Zweifel reichen Eltern hatte sie sich niemals gemacht. Gregoria betrachtete sie eher als Mutter denn als Vormund. Und doch, bei aller Geborgenheit, die sie im Kloster empfand, freute sie sich auf den Tag, an dem sie Saint-Grégoire für immer hinter sich lassen würde.

Lange bin ich nicht mehr dort. Ich werde mit Pierre fortgehen, an einen anderen Ort in Frankreich, an dem es keine Bestie gibt. Er wird der beste Wildhüter des Königreichs sein, und ich werde eine Anstellung als Lehrerin suchen.

Sie schüttelte sich das Laub vom Mantel, ging durch das hohe Heidekraut, bog die Zweige eines mannsgroßen Ginsterbusches zurück und schritt hindurch. Ihr linker Fuß trat platschend in eine Pfütze, Wasser spritzte hoch und durchnässte ihren Mantel, die Stiefel sowie das Unterkleid.

»Oh, wie ...« Sie blieb stehen, um nach dem Ausmaß der Verunreinigung zu schauen – und schlug eine Hand vor den Mund, um den Schrei aufzuhalten, der mit Macht ihrer Kehle entfliehen wollte. Sie war nicht in eine Pfütze getreten.

Es war ein flacher Pfuhl aus frischem, dampfendem Blut, in dem die Leiche eines Jungen lag.

Florence erkannte die Zeichen sofort und wusste, wer der Mörder war, der dem unglückseligen Knaben die Gesichtsknochen zermalmt und die Haut abgezogen hatte. Statt der Bauchdecke sah sie ein großes, nasses Loch, in dem es rot und grünlich schimmerte. Die Innereien fehlten.

Die Bestie hatte ihrem Opfer zusätzlich das Fleisch von den Unterarmen geschält. Der Junge musste in seiner Verzweiflung versucht haben, sich zu wehren, aber gegen einen derartigen Gegner versagten selbst schlachtenerprobte Soldaten.

»Gütiger Herrgott, bewahre mich vor ...« Florence schaffte es noch, ein Kreuz zu schlagen, danach übergab sie sich auf die Leiche, zu schnell stieg ihr der Brei in den Hals. Sie keuchte, wankte, stürzte halb zurück in den Ginster – und wurde von zwei starken Armen aufgefangen.

Florence schrie. Gleichzeitig übernahm eine andere Kraft ihren Körper. Sie sah sich selbst ihr Stilett mit der Silberklinge ziehen, das sie von der Äbtissin vor anderthalb Jahren geschenkt bekommen hatte, und stach blind hinter sich. Die Klinge traf auf Widerstand, und ein Mann fluchte laut, ließ sie aber nicht fallen.

»Weiche, Loup-Garou!«, schrie sie wie eine Furie. »Das Silber bringt dir den Tod!« Wieder traf sie ihren unsichtbaren Gegner, der sie jetzt endlich freigab. Die junge Frau landete in der Blutlache. Voller Entsetzen warf sie sich herum, versuchte, auf die Beine zu kommen, wühlte dabei den Pfuhl auf; das Blut und der Dreck flogen ihr ins Gesicht und nahmen ihr die Sicht.

Halb blind reckte sie das Stilett vor sich und hielt den Griff mit beiden Händen umschlungen. Sie kämpfte sich auf die Beine, wandte sich um und rannte. Eine heiße Woge rollte durch ihren Leib, beflügelte sie und verlieh ihr ungeahnte Schnelligkeit. Die Angst und die Anstrengung hätten ihr bald den Atem rauben sollen, aber sie lief immer weiter und versuchte dabei ungelenk, sich mit dem Oberarm die brennenden Augen zu reiben.

Vor ihr erhob sich unvermittelt ein aufrecht stehender Schatten.

»Florence, ich bin es! Pierre«, vernahm sie die bekannte Stimme ihres Geliebten. Endlich gelang es ihr, den Schleier vor ihren Augen wegzuwischen.

Es stimmte. Ihr Geliebter hielt sich eine Stichwunde an der Seite, die zweite im Oberschenkel beachtete er nicht, sie war weniger gefährlich. »Pierre?«, rief sie erleichtert und senkte das Stilett betroffen. »Pierre! Mein Gott, ich habe dich verletzt! Wo kommst du her?« Sie sah, dass sein blutverschmiertes Hemd geöffnet war, Hose und Rock, ebenfalls gefärbt vom Blut, saßen schief an ihm. Es konnte unmöglich sein eigenes sein. Er machte auf sie einen abwesenden Eindruck, als sei er eben erst aus einem tiefen Traum erwacht.

Es ist das Blut des Jungen!

Florence wich vor ihm zurück. »Halt! Bleib, wo du bist!«, verlangte sie; ihre Stimme überschlug sich. »Wie kommt das Blut an deine Kleider?«

»Bitte, Florence!« Er schüttelte den Kopf. »Ich kann nichts dafür.«

»Du kannst nichts dafür?« Sie wurde aschfahl. »Beim Herrgott und allen Heiligen, Pierre! Bist ... bist *du* die Bestie?« Sie wankte, ihre Füße bewegten sich rückwärts und weg von dem Mann, den sie liebte und mit einem Mal fürchtete. Die Hitze in ihrem Inneren nahm zu, die Umgebung begann immer mehr, vor ihren brennenden Augen zu verschwimmen.

»Es ist ein Fluch!« Er trat unbeholfen vor, streckte flehentlich die Hand nach ihr aus. Florence sah die Bewegung undeutlich und missverstand sie. Die Schneide stieß nach vorne und schnitt tief in seine Hand. Aufschreiend zog er sie zurück.

»Pierre! Es ...« Sie wusste nicht, was sie tun sollte. Und vor allem hatte sie nicht so fest zustechen wollen. Ihr Blick klärte sich ein wenig.

Hinter der Frau raschelte der Ginster, und Antoine brach stolpernd daraus hervor. Seine schwarzen Haare fielen ihm nass geschwitzt ins Gesicht, seine Muskete zerrte er am Lauf achtlos hinter sich her, und er stank nach Branntwein. Seine Kleidung hing unordentlich an ihm – und war nicht weniger blutbesudelt als die seines Bruders.

Er lachte, als er die beiden sah. »Oh, die kleine Nonne und mein Brüderlein«, lallte er. Die grünen Augen richteten sich auf Florence, fixierten sie jedoch nicht mehr richtig – die Wirkung des Alkohols verhinderte es –, dann hob er den Fuß, an dem das Blut des Knaben knöchelhoch haftete. »Schaut, in was ich getreten bin. Was für eine Schweinerei! Du hast den armen Kerl völlig aufgefressen!«, grölte er und lachte abstoßend.

»Ihr seid die Bestien, ihr beide!« Florence schrie und weinte gleichzeitig, hielt das Stilett zuerst gegen Pierre, der versuchte, die Wunde in seiner Hand mit seinem Schal zu verbinden, dann gegen Antoine. Heißes Blei rauschte durch ihre Adern, ihr Kopf schmerzte. Sie fürchtete, den Verstand zu verlieren, und kämpfte mit aller Macht dagegen an.

»Ich?« Antoine versuchte empört, sich aufrecht hinzustellen, und legte eine Hand gegen die Brust. »Ich bin saufen gewesen und in diesen Tümpel gestürzt, und als ich losging, um Hilfe zu holen, hörte ich dein Gezeter.« Er machte einen Schritt auf sie zu, sie stach zu und traf seinen Oberarm. Sofort zischte es, es stank nach Verbranntem, und er brüllte auf. »Du Verrückte!« Umständlich hob er die Muskete und versuchte, sie feuerbereit zu machen, aber die glitschigen Finger rutschten am Hahn ab. »Ich werde dich umlegen, heilige Möse, und dann treibe ich es mit dir, wie ich es in der Kapelle tun wollte, und wäre nicht dieser ...«

Pierre hechtete gegen seinen Bruder und schleuderte ihn in den Ginster. Beide verschwanden zwischen den dichten grünen Zweigen. Aus dem Lachen Antoines wurde ein grausames Knurren, der Busch wackelte heftig.

Gott, steh mir bei! Die Angst und der Schrecken waren übermächtig, die Instinkte übernahmen vollends die Kontrolle. Florence wandte sich um und lief, wie sie noch niemals in ihrem Leben gelaufen war. Sie flog über das unebene Grasland, stürzte mehrmals und kämpfte sich von neuem auf die Beine, zerriss sich dabei das Kleid und vernahm das boshafte Geheul der Bestie ständig in ihrem Rücken.

Die junge Frau lief in der Trance einer übermächtigen, Verstand auslöschenden Angst. Sie sah ihre Umgebung bald nicht mehr, die zu fleckigem Grün unter ihr und Dunkelblau über ihr verschwamm, während sie die Beine mechanisch auf und ab bewegte und nichts mehr hörte außer dem eigenen Atmen. Und dem schrecklichen Geheul der Bestie, das sie umgab.

»Wir brauchen die Sachen nicht mehr. Gebt sie den Bedürftigen«, sagte die Wirtsfrau, die bessere Kleidung trug als die vier Bäuerinnen, die sich ebenfalls im Arbeitsraum der Näherei aufhielten. Sie übergab Gregoria das Bündel und wartete, dass sie ein Lob und eine Segnung für ihre gute Tat erhielt.

Diesen Wunsch erfüllte ihr die Äbtissin gerne. Sie schlug das Kreuz. »Der Herr findet Wohlgefallen an Euren Taten, er wird sich Eurer erinnern, wenn Ihr vor seinem Richterstuhl steht.« Die Frau kniete nieder, und die Äbtissin legte eine Hand auf ihren gebeugten Schopf. »Gehet hin in Frieden, der Segen des Herrn sei allezeit mit Euch, er geleite und behüte Euch.«

»Auch vor der Bestie?«, fragte die Frau zögerlich. »Bitte, segnet mich noch gegen die Bestie.«

Die Bäuerinnen, die ungeduldig warteten, bis sie an der Reihe waren, wechselten bedeutungsvolle Blicke, steckten die Köpfe zusammen und tuschelten. Es wagte schon lange keine mehr von ihnen, laut über das Wesen zu sprechen, das vom König zwar für tot erklärt worden war, sich aber nicht um die Verlautbarung der Majestät scherte.

»Sie ist erschossen worden. Du kannst ...«

»Bitte, ehrwürdige Äbtissin«, beharrte die Frau und griff verlangend nach dem Saum der Tunika. »Gebt mir den Schutz des Allmächtigen gegen den Boten des Teufels.« Die resignierende Gregoria segnete sie gegen die Bestie, erst dann stand die Bittstellerin zufrieden und erleichtert auf. »Danke, ehrwürdige Äbtissin.« Sie fuhr wie zum Abschied über den Stapel Kleider, den sie Saint-Grégoire vermacht hatte. »Mögen sie dem neuen Besitzer mehr Glück bescheren.«

»Wie meint Ihr das?«, erkundigte sich Gregoria.

»Ich denke, dass der arme Mann von ... von ihr gefressen wurde. Von der Bestie«, sagte die Wirtsfrau und schaute zu den Bäuerinnen. »Er kam genau zu der Zeit in unser Haus, als die Bestie zum ersten Mal auftauchte. Er kehrte eines Tages nicht mehr auf sein Zimmer zurück, ließ alles stehen und liegen. Nun sollen seine Sachen einer anderen armen Seele zugute kommen.«

Gregoria runzelte die Stirn. »Es hat niemand nach ihm gefragt?«

Die Frau zuckte mit den Achseln. »Nein. Er sah aus wie ein fahrender Schreiber oder einer von den umherreisenden Gelehrten, die ihre Dienste den Seigneurs anbieten.« Sie verneigte sich in Richtung des Holzkreuzes an der Seitenwand und ging hinaus. Die ruhelosen Bäuerinnen stellten eilig ihre Gaben für das Kloster ab und folgten ihr, denn wer mit dem Segen des Herrn gegen die Bestie ausgestattet war, dem wich man besser nicht von der Seite.

»Geht hin in Frieden!« Gregoria legte die Hände in den Schoß. Ihr war es recht, dass sie für heute keine Segen mehr zu spenden hatte und die Bäuerinnen ausnahmsweise darauf verzichteten. Es war ein harter Tag auf dem Feld gewesen – sie hatten Ranken gerodet, was viel Kraft kostete –, und sie sehnte sich nach etwas Ruhe.

Die Kleider des unbekannten Verschwundenen weckten allerdings trotz aller Müdigkeit, die in ihren Armen und Beinen steckte, ihre Neugier. Sie faltete die einfache Hose auseinander, prüfte mit den Fingern die Qualität des Stoffs und die Verarbeitung. Dann griff sie nach dem robusten Gehrock, den Hemden und Strümpfen. Sie alle stammten aus einer meisterlichen Werkstatt. Das sprach für die Vermutung der Wirtsfrau, dass es kein mittelloser Mann gewesen sein konnte, der in den Wäldern des Gévaudan verschwunden war. Doch warum sollte sich ein solcher mit betont schlichten Schnitten zufrieden geben und in einer einfachen Herberge absteigen, statt sich eine standesgemäße Unterkunft zu nehmen?

Es klopfte. Gregoria zuckte zusammen.

»Verzeiht, ehrwürdige Äbtissin«, sagte eine Frau in einem dunkelroten Kleid, das eher in eine große Stadt als in die ärmliche Gegend des Gévaudan gepasst hätte. Sie hatte den Oberkörper halb durch den Türrahmen geneigt und spähte in die Werkstatt. Ihr Haar trug sie unter einer Haube verborgen, dem Ansatz auf ihrer Stirn nach war es schwarz. »Man sagte mir an der Pforte, ich fände Euch hier. Verzeiht mein Eindringen.«

Gregoria kannte sie nicht, aber ihr Gesicht ähnelte jemandem frappierend, den sie vom Kind zur jungen Frau hatte erblühen sehen. Die Frau sah aus wie Florence, wenn diese etwas über dreißig Jahre alt wäre! Verblüfft legte sie die Kleidung auf den Tisch. »Wie kann ich Euch helfen?«

»Mein Name ist Louise Dumont«, sagte sie, trat ein und verneigte sich. Sie zog einen Beutel aus ihrer Tasche hervor und legte ihn auf den Tisch; es klirrte. »Ich bin hier, um die Auslagen für das Mädchen zu bezahlen, das von Euch Florence genannt wird.« Sie schluckte nervös.

Gregoria ahnte, was die Frau ins Kloster getrieben hatte, ließ ihr aber Zeit und drängte sie nicht weiter. Sie nahm den Beutel mit den Münzen, zog ihn zu sich und öffnete ihn. Gold blitzte auf. »Das ist zu viel«, sagte sie und hob die Augen.

»Es ist für die kommenden Jahre. Ich weiß nicht, ob ich noch die Möglichkeit haben werde, Geld nach Saint-Grégoire zu senden.« Sie schluckte. »Ehrwürdige Äbtissin, ich möchte sie sehen, bevor ... Ist sie hier? Meine ... Tochter?«

Gregoria versuchte, im Gesicht der Frau zu lesen. Louise Dumont hatte Angst, unglaubliche Angst. Aber wovor? Sie musste erst mehr darüber in Erfahrung bringen, bevor sie ihrem Mündel diese Begegnung zumuten konnte. Der Herr allein wusste, wie das Mädchen auf diese Begegnung reagieren würde! »Florence ruht sich von der Arbeit aus«, log sie. »Wenn Ihr warten möchtet, Madame Dumont, werde ich Euch ins Pilger...«

»Nein, nein. Das ist nicht notwendig. Ich darf nicht lange bleiben.« Sie kniff die Lippen zusammen, langte in ihre Tasche, die sie unter dem Arm trug, und nahm einen Brief hervor. »Dieses Schreiben ist für meine Tochter. Sie soll es lesen, sobald sie erwacht ist. Es geht um ihre Zukunft, die besser sein kann, als sie es sich jemals erträumte.« Sie schob den Umschlag zu Gregoria. »Wenn sie den Schritt wagen möchte.«

»Wollt Ihr es ihr nicht selbst sagen?«

»Nein!«, wehrte Madame Dumont rasch ab, beinahe entsetzt.

»So wird sie sicherlich mich fragen, was sie tun soll.« Gregoria nahm den Brief.

Die Frau legte ihre Hand auf die Rechte der Äbtissin. »Lest ihn erst, wenn meine Tochter Euch darum bittet. *Keinesfalls* vorher. Sobald Ihr das Wissen teilt, seid Ihr ... nicht weniger in Gefahr als ich.« Hastig stand sie auf, schluckte und versuchte, die Fassung zu bewahren. »Glaubt mir, ich meine es gut mit dem Kind. Wenn sie sich entscheidet, den Schritt zu wagen, sendet sie mit dem Brief nach Saint-Alban, zum Schloss des alten Comte de Morangiès.« Sie bekreuzigte sich und schritt zum Ausgang, die Absätze ihrer Schuhe klapperten laut auf den Dielen.

Gregoria hieß diese Art der Geheimnistuerei nicht gut. Sie erhob sich. »Madame Dumont, wartet! Erklärt mir, was es damit auf sich hat und warum Ihr nicht bleiben könnt.«

»Ich werde versuchen, bald wiederzukommen. Dann reden wir.« Die Besucherin verschwand hinaus.

Gregoria ging zur Tür und sah die Dame zur Pforte hinauseilen. Davor erkannte sie eine dunkle Kutsche, die auf sie gewartet hatte. Kaum saß Madame Dumont darin, rollte das Gefährt davon.

Gregoria wunderte sich sehr. Sie kehrte grübelnd an den Tisch zurück, schob Brief und Münzen zur Seite und wagte es nicht, das Siegel auf dem Umschlag zu brechen. Florence sollte die Zeilen als Erste lesen. Sie bat Gott, dass die Gefahr, von der ihre Mutter gesprochen hatte, nicht so dramatisch war, wie es geklungen hatte.

Es waren merkwürdige Umstände, unter denen Madame Dumont gekommen war, um zum ersten Mal in all den Jahren nach ihrer verschmähten Tochter zu fragen. Warum hatte sich ihr schlechtes Gewissen erst jetzt geregt?

Gregoria brannten viele Fragen auf der Zunge. Jeder im Kloster ahnte, dass Florence die uneheliche Tochter eines Adligen sein musste – die regelmäßigen Zahlungen hatten dies nur zu deutlich gemacht. Dabei war Gregoria aber immer von einer Affäre mit einem einfachen Bauernmädchen ausgegangen. Wenn sich auch ihre Mutter eine Kutsche und eine so große Summe in Goldmünzen leisten konnte, musste wohl etwas anderes dahinter stecken.

Sie bezweifelte, dass der wahre Name der Dame Dumont lautete. Die Erwähnung des hoch geschätzten Comte de Morangiès schürte dagegen die Vermutung, dass es sich bei Florences Mutter um eine Adlige handelte, die dem alten Lieutenant Général mindestens einmal sehr nahe gekommen war. Zum Zeitpunkt von Florences Geburt war der Comte aber bereits seit vielen Jahren mit der Marquise de Châteauneuf-Randon verheiratet gewesen. Sehr delikat.

Gregoria zwang sich dazu, nicht mehr zu spekulieren und dem Comte Dinge zu unterstellen, die gegen die heiligen Gebote verstießen. Da sie ohne Kenntnis des Inhalts nichts weiter mit dem Schreiben anfangen konnte, setzte sie die Untersuchung der abgegebenen Kleidung fort.

Sie versuchte, anhand der Größe auf die Statur des vermissten Besitzers zu schließen. *Er war gewiss kein Riese und nicht mit breiten Schultern ausgestattet. Das machte es immerhin leichter, einen neuen Träger für die schönen Sachen zu finden.* Gregoria legte die Kleider zusammen – und bemerkte beim Falten des Rocks, dass etwas unter dem Innenfutter knisterte. *Eine geheime Geldtasche, die uns vielleicht noch einige Livres in die Almosenkasse bringt?*

Gregoria suchte die verborgene Naht, fand sie in Höhe des Saums und trennte sie vorsichtig auf. Nach kurzem Suchen fischte sie einen Umschlag aus Wachspapier heraus, in dem wiederum ein Stück Papier eingeschlagen lag.

Das Signum unter den auf Lateinisch verfassten Zeilen erkannte sie sofort. *Das Siegel des Heiligen Vaters!* Sie setzte sich verblüfft und las, was dort geschrieben stand.

Den katholischen Bischöfen Frankreichs,
der Besitzer dieses Briefes handelt zum Wohle der heiligen katholischen Kirche und mit der besonderen Gnade Gottes. Ihm sind ohne weitergehende Befragung auf Wunsch Unterkunft auf unbegrenzte Dauer, Kleidung, Schuhwerk und ein Salär von 100 Livres ohne Verzug zur Verfügung zu stellen.
Niemand darf von dem Besitzer dieses Briefes erfahren, alle Hilfeleistungen sind geheim und ohne Aufsehen zu gewähren. Nicht ein Wort ist über ihn zu verlieren, weder in der Öffentlichkeit noch gegenüber anderen Vertretern der heiligen katholischen Kirche.
Eine Missachtung dieser Anweisung wird nicht akzeptiert und hat schwer wiegende Folgen für denjenigen, der es dennoch wagte.
Klemens XIII.
Bischof von Rom, Stellvertreter Jesu Christi,
Servus Servorum Dei et Pontifex Maximus

Gregoria ließ den Zettel sinken. *Was hat das zu bedeuten?* Sie hatte keine Ahnung, in welcher Mission der Mann unterwegs gewesen war, und selbst als sie die Kleider ein zweites Mal untersuchte, noch genauer diesmal, fand sich nichts mehr, was auf seine Identität schließen ließ.

Ein Jesuit vielleicht? Es würde Sinn ergeben. Der Heilige Vater galt als Freund der Gesellschaft Jesu, wie sie sich nannten. Erst im Januar des letzten Jahres hatte er den Jesuitenorden feierlich mit der *Apostolicum pascendi munus* bestätigt. Gregoria erinnerte sich, dass es deswegen Protest aus Frankreich und Spanien gegeben hatte. Die papstergebenen Jesuiten wurden verschiedener Verschwörungen verdächtigt, weswegen viele europäische Machthaber, so auch der französische König, die Auflösung des Ordens verlangten.

In diesen stürmischen Zeiten reiste ein Mitglied der Gesellschaft in geheimer Mission durch Frankreich? In ein Gebiet, in dem die Kamisarden, die Hugenotten, allerorten anzutreffen waren?

Gregoria versuchte, ihre Gedanken zu ordnen. Gründe für den Aufenthalt des Mannes gab es viele: Von Ermittlungen gegen die Kamisarden, gegen Geistliche wegen ausschweifenden Lebenswandels oder Abkehr von der christlichen Lehre bis hin zur geplanten Unruhestifterei gegen den französischen König, der mit seinem absolutistischen und vor allem selbstherrlich-lasterhaften Regime zwangsläufig den Unmut eines wahren Christen auf sich zog.

Oder war der Mann vom Heiligen Vater wegen der Bestie ins Gévaudan gesandt worden?

Zu viele Rätsel für einem Tag! Gregoria gab es auf, darüber nachzudenken. Stattdessen entschied sie, dass Rom vom ungewissen Schicksal des vermeintlichen Agenten erfahren musste. Sie machte sich auf den Weg in ihr Arbeitszimmer.

Zuerst wollte sie an den Bischof schreiben, dann überlegte sie es sich anders. Wenn es sich um einen päpstlichen Gesandten handelte, sollte der Heilige Vater den Brief ohne Umschweife erhalten. Im Schreiben stand ausdrücklich, dass die Existenz des Mannes geheim bleiben sollte. Man wollte nicht, dass zu viele Menschen von ihm erfuhren.

Es bot ihr zudem eine gute Gelegenheit, den Heiligen Stuhl auf die nicht enden wollenden Vorkommnisse in der Region aufmerksam zu machen, um entweder einen neuen Beobachter zu senden oder andere Maßnahmen einzuleiten. *Ich werde schildern, welches Leid den Menschen durch die Kreatur zugefügt wird.*

Es war ein kühner Plan. Sie, eine einfache Äbtissin, schrieb an den Stellvertreter Gottes auf Erden. So etwas war unter normalen Umständen undenkbar! *Aber wann waren die Umstände im Gévaudan das letzte Mal normal?*, fragte sich Gregoria. Bis zum Abend saß sie an dem Schreiben und formulierte ständig neu, bis sie mit ihren Sätzen zufrieden war. Immer wieder ließ sie einfließen, dass manche zwar durch Furcht zum Glauben zurückkehrten, aber Furcht nicht allein der Ansporn sein dürfe, um zum Herrn zu beten. *Bei anderen,* so schrieb sie, *besteht die Gefahr, dass sie vom Glauben abfallen, weil sie in der Bestie den Boten des Teufels sehen, der größere Macht habe als Gott, da die Kreatur nicht besiegt werden kann. Nicht zuletzt ist sie eine ständige Gefahr für die Pilger, die auf dem Jakobsweg nach Santiago de Compostela wandern. Sollte Euch trotz aller Berichte noch nichts von der Bestie zu Ohren gekommen sein, Heiliger Vater, und Ihr den betreffenden Mann deshalb nicht ins Gévaudan geschickt haben, bitte ich Euch inständig, den Menschen in dieser finsteren Zeit ein Zeichen des Lichts zu senden durch Euer Wort.*

Gregoria unterzeichnete den Brief, faltete ihn in einen Umschlag, versah diesen mit Anschrift und Siegel und legte ihn vor sich auf den Schreibtisch.

Sie betrachtete ihn abwägend.

Je mehr sie darüber nachdachte, desto schlechter kam ihr dieser Einfall vor, den sie in ihrem religiösen Eifer beinahe in die Tat umgesetzt hätte. Eine Sache musste zuvor geklärt werden, und das würde durch die Anwesenheit eines päpstlichen Agenten schwieriger, als es ohnehin schon war. Auch wenn sie Jean Chastel dafür eingespannt hatte, ohne dass er etwas davon ahnte.

Nein, ich werde ihn nicht abschicken. Sie schob den Umschlag an den äußersten Rand der Arbeitsplatte neben den Brief, der Florence gehörte, wo er wie verstoßen lag und darauf wartete, eines Tages von ihr zurückgeholt zu werden. *Noch nicht.*

Gregoria hörte, wie sich hastige Schritte der Tür des Arbeitszimmers näherten, dann wurde der Eingang ohne vorheriges Klopfen aufgerissen und eine aufgelöste Ordensschwester stürmte, wild mit den Händen gestikulierend, in den Raum. »Kommt rasch, ehrwürdige Äbtissin! Florence!«

Sie sprang auf. »Florence? Was ist mit ihr?«

»Sie war spazieren, und da ist ihr die Bestie begegnet!«, rief die blasse Frau und wandte sich zum Gehen.

Wie konnte sie aus ihrem verschlossenen Zimmer entkommen?, fragte sich Gregoria und folgte der Frau, die sie zur Pforte des Klosters führte, wo sie ihr Mündel auf eine Bank gelegt hatten. Florences Kleider bestanden nur aus ein paar Fetzen, man hatte ihre Blöße mit einem Laken bedeckt.

»Heilige Mutter Gottes!« Gregoria setzte sich neben sie und studierte angespannt das abwesende Gesicht. Florences Augen blickten durch sie hindurch und fixierten nichts, starrten in die Unendlichkeit; ihr ganzer Leib zitterte, als habe sie Schüttelfrost, und ihre armseligen Kleidungsreste strotzten vor Schmutz und Blut.

Erleichtert stellte die Äbtissin nach einer raschen Untersuchung fest, dass ihr Mündel keine sichtbaren Verletzungen davongetragen hatte. Abgesehen von ein paar Schrammen und Kratzern, die von Stürzen und Dornen herrührten, fehlte ihr körperlich nichts. Aber ihr Geist hatte gelitten.

»Das arme Kind musste mit ansehen, wie die Bestie ein neues Opfer zerfleischte«, berichtete eine der Nonnen im Flüsterton. »Die Menschen haben sie gesehen und sind sofort auf die Suche nach der Bestie gegangen. Sie haben am Montchauvet einen kleinen Jungen gefunden. Er hieß Jean Bergougnoux und war neun Jahre alt, und sie konnten ihn nur anhand seiner Kleider erkennen. Sein Gesicht und seine ...«

»Sei still! Du redest wie ein geschwätziges Waschweib.« Gregoria wollte nichts davon hören, es hatte schon zu viele Geschichten dieser Art gegeben. »Bringt heißes Wasser«, befahl sie einer Novizin. »Wir tragen sie hinauf auf ihr Zimmer.«

Sechs Schwestern trugen Florence mitsamt der Bank hinüber ins Haus der Klostervorsteherin und hinauf in ihr Zimmer.

Gregoria nahm den Schlüsselbund vom Gürtel, steckte den Schlüssel in das Schloss der massiven Tür und stellte fest, dass es unverschlossen war. Das hätte nicht sein dürfen. Eine unverzeihliche Nachlässigkeit ihrerseits! »Rasch, legt sie auf das Bett«, befahl sie und schickte die Nonnen anschließend hinaus und in die Kirche, um für die Genesung der jungen Frau zu beten.

Sie entkleidete Florence vollkommen, wusch sie behutsam ab und achtete unentwegt darauf, ob ihr Mündel durch eine kleine Regung zu verstehen gab, dass sich ihr Geist von dem Schrecken des Zusammentreffens mit der gefürchteten Kreatur und dem Anblick des toten Kindes erholt hatte. Dabei murmelte sie ohne Unterbrechung Gebete – und war sich nicht sicher, ob sie dies zum Schutz des Mädchens tat oder zu ihrem eigenen.

Als sie schließlich die Decke über Florence legte und ihr das braune Haar ausbürsten wollte, schreckte die junge Frau zusammen, schaute sie mit Grausen in den Augen an und klammerte sich abrupt an sie. »Gott sei Dank! Es war nur ein Traum!« Florence weinte hemmungslos, vor Verzweiflung und Erleichterung gleichermaßen. »Ein Traum, ein schrecklicher Traum.«

»Ja. Nur ein Traum.« Gregoria drückte sie an sich, streichelte beruhigend ihren Schopf und begann, ein leises Schlaflied zu singen. Für die grausame Wahrheit und den mysteriösen Brief ihrer Mutter blieb noch Zeit bis morgen.

Jean schlug das Tor der Scheune von innen zu und lehnte sich mit dem Rücken dagegen. Seine Brust hob und senkte sich rasch, denn das unentwegte Laufen mit schwerer Last hatte ihn angestrengt. Zu seinen Füßen kauerte Antoine, neben ihm lag die Muskete.

»Monsieur Chastel, das war knapp, sofern ich mir die Bemerkung erlauben darf«, keuchte Malesky, der sich ins Stroh hatte sinken lassen. Hinter ihm und halb unter den Halmen verborgen ruhte Pierre, den der Moldawier der Einfachheit halber ins weiche Lager geworfen hatte, anstatt ihn behutsam von seinen Schultern auf den Scheunenboden gleiten zu lassen. »Damit habe ich mir meinen Wein für den Abend redlich verdient.«

»Das habt Ihr wahrlich, Monsieur«, gab Jean schwach grinsend zur Antwort, nahm einen tiefen Atemzug und schleppte Pierre zur Luke, die nach unten in den Keller führte, aus dem er und sein Bruder ausgebrochen waren. Die schweren Bohlen, die als Abdeckung gedient hatten, lagen in Trümmern herum; Pierre und Antoine hatten sich mit den gewaltigen Kräften ihrer Bestiengestalt einen Weg nach draußen geschaffen. Sie wurden immer stärker.

»Wir werden uns etwas Besseres einfallen lassen müssen«, vermutete Malesky mit Blick auf die zerstörten Holzbretter. »Ein Eisengitter vielleicht. Und bessere Fesseln.«

»Etwas in der Art«, gab Jean zurück, schaffte Pierre mit Maleskys Hilfe nach unten und kettete ihn an die Wand. Anschließend taten sie das Gleiche mit Antoine.

Die Ketten waren bislang ausschließlich in den Vollmondnächten notwendig gewesen, da die Macht des großen Nachtgestirns seine Söhne unwiderstehlich zwang, die Form der Bestie anzunehmen, und ihren Hass und ihre Kräfte vervielfachte. Dann konnte man sich ihnen nicht nähern. Jean und Malesky hatten das wütende Toben und heisere Bellen gehört, das Klirren des Eisens, das aus dem Gemäuer drang. Einmal hatte es der Wildhüter aus Sorge um seine Söhne gewagt, in einer solchen Nacht die Stufen in die Katakombe hinabzusteigen, und sich seinem bereits verwandelten Sohn Antoine gegenübergefunden. Es war schrecklich gewesen. Der flüchtige Anblick der auf zwei Beinen stehenden Bestie mit den schrecklichen roten Augen, denen jede Menschlichkeit fehlte, dem schäumenden Maul mit dem schwarzen Rachen, den entblößten Reißzähnen und den schlagenden langen Klauen, die ihn allein wegen der Ketten nicht aufschlitzten, hatte ausgereicht, um ihn in Panik flüchten zu lassen.

Malesky bestätige ihm, dass die Furcht auch dann nicht leicht zu besiegen war, wenn man einer solchen Bestie mehrmals gegenübergestanden hatte. Und bei Jean kam erschwerend die Verzweiflung hinzu, die aus dem Wissen geboren wurde, dass es sich bei den heulenden Bestien um seine eigenen Söhne handelte.

Jean untersuchte Antoine, dessen Blessuren im Gesicht bereits verheilten. Die Kratzer und Blutergüsse verschwanden wie durch ein Wunder – allerdings kein Wunder des christlichen Gottes. Als er die Wunde am Oberarm entdeckte, stutzte er. Die Ränder des Schnittes hatten sich schwarz gefärbt, als sei er verbrannt worden, und das Fleisch sah aus wie abgestorben.

»Monsieur Malesky?«, rief er den Moldawier zu sich, der sein Pincenez aufzog und die Verletzung mit wissenschaftlichem Interesse untersuchte.

»Er wurde mit Silber verletzt«, lautete sein Urteil. »Eine sehr schmale Wunde. Es kann kein herkömmliches Messer oder ein Dolch gewesen sein.«

»Es war Florence«, stöhnte Pierre, der den Kopf gehoben hatte und dabei war, sein Bewusstsein wiederzuerlangen. Wegen des Blutverlusts war er aber noch zu schwach und konnte nicht aufstehen. »Wir sind ihr bei der Leiche des Jungen begegnet, und sie hatte ein Stilett dabei, mit dem sie sich gegen uns verteidigte.«

Malesky hob die Augenbrauen. »Sie hat Euch auch getroffen, Monsieur?«, erkundigte er sich erstaunt, und Pierre nickte. »Das kann nicht sein, Ihr irrt Euch. Die Schnitte sehen aus wie ...« Er brach mitten im Satz ab, sprang auf, kniete sich neben ihn und inspizierte die von ihm gesäuberten Verletzungen ein weiteres Mal, nun noch eingehender. »Nein«, sagte er. »Entweder besaß sie zwei Waffen oder ...«

»Monsieur Malesky, mein Verstand war noch benommen, aber ich habe sie genau vor mir gesehen.« Pierre bestand unerschütterlich auf seiner Geschichte, und diese Hartnäckigkeit führte dazu, dass der Moldawier seinen breiten Silberdolch zückte.

»Das kann wehtun, mehr als sonst, Monsieur«, warnte er ihn vor, »aber glaubt mir, es ist notwendig!« Er setzte die Spitze auf den Unterarm und ritzte die Haut.

Pierre verzog nur mäßig das Gesicht.

»Waren wir so davon überzeugt, dass Ihr ein Loup-Garou seid, dass wir die Zeichen nicht sahen, die für Eure Unschuld sprechen?« Malesky staunte und senkte den Dolch wieder auf Pierres Arm. »Verzeiht mir, dass ich Euch foltere, aber es scheint fast, als müsstet Ihr nicht länger in diesem Gewölbe verbleiben.« Mit diesen Worten stieß er den Silberdolch fingerkuppentief in den Arm. Pierre stöhnte auf und biss die Zähne zusammen. Malesky zog die blutige Klinge zurück und beobachtete das Blut, das rot im Schein der Lampen glitzerte. Und sonst geschah ... nichts.

»Bei der Heiligen Mutter Gottes!«

Er stand eilends auf und wiederholte das Experiment bei Antoine. Das Ergebnis war ein deutlich anderes.

Eben noch bewusstlos, riss Jean Chastels anderer Sohn die

Augen auf, das Grün um die Pupille entflammte regelrecht und verwandelte sich in dunkles Rot. Er schrie gellend auf, zog den getroffenen Arm zurück und schlug mit dem anderen nach dem Angreifer. Der laute Schrei ging über in einen wütenden Knurrlaut; er senkte den Kopf und schaute hasserfüllt auf Malesky, der vor ihm zurückwich und sich neben den Wildhüter stellte.

»Löst Pierres Ketten und sucht gleich morgen einen Heiler auf, der ihn wegen des rätselhaften Fiebers behandelt«, empfahl er. »Er ist gewiss kein Wandelwesen.«

Jean lachte fassungslos auf, er konnte das Gehörte nicht begreifen. »Das sagt Ihr mir nach zwei Jahren?«

»Ihr habt bei mir niemals auch nur den Hauch eines Zweifels aufkommen lassen, dass Ihr Pierre nicht für einen Garou haltet«, verteidigte sich Malesky und hob den Dolch, an dem das Blut Antoines haftete und sich zischend in eine trocknende braune Kruste verwandelte. »Antoine gehört zu ihnen. Pierre nicht.«

Jeans Augen füllten sich mit Tränen. Er ging zu Pierre und warf sich schluchzend in dessen Arme, herzte ihn und spürte, wie sich die Erleichterung seines Sohnes ebenfalls in einem Strom aus Tränen Bahn brach. Antoine dagegen beruhigte sich gar nicht mehr, riss an seinen Ketten und hätte sich in seiner menschlichen Gestalt auf die drei Männer gestürzt, wenn es ihm möglich gewesen wäre.

Sie stiegen nach oben, schoben neue Bretter über die Luke und stellten den kleinen Wagen des Wildhüters darauf, damit sie wenigstens mit etwas beschwert wurden und für Antoine, sollten die Ketten oder die Halterung aus der Wand brechen, ein Hindernis boten.

In der Hütte angelangt, versorgten sie Pierres Stichverletzungen.

»Ich kann es immer noch nicht begreifen«, sagte er, während

Malesky mit Nadel und Faden das Fleisch vernähte. Die Routine, mit der er es tat, ließ die beiden Chastels vermuten, dass er die Nadel schon sehr oft in seinem Leben zu diesem Zweck geführt hatte. »Ich bin kein Loup-Garou, obwohl mich die Bestie an jenem Tag ebenso verletzte wie meinen Bruder? Und warum«, er biss die Zähne zusammen, als der Moldawier eine empfindlichere Stelle in der Haut getroffen hatte, »war ich so oft mit Blut besudelt, wenn ich wieder zu mir kam, und sah nicht anders aus als Antoine?«

»Monsieur Chastel, erzählt mir ganz genau, was damals geschehen ist«, bat Malesky. Er erfuhr nun in allen Einzelheiten von dem Kampf. Immer wieder nickte er. »Hätte ich das gleich gewusst, wäre es mir früher aufgefallen. Nur der *Biss* eines Wandelwesens macht dich zu einem von ihnen. Die Wunden ihrer Klauen sind grausam und tödlich, wenn sie dich richtig treffen. Sie verheilen langsam und schmerzhaft, manches Mal auch gar nicht, aber man wird nicht zu einem Diener der Hölle.« Er zog die Nadel ein letztes Mal durch die Haut, biss den Faden ab und goss einen großzügigen Schluck Cognac über die Wunden, was den überraschten Pierre aufstöhnen ließ. »So, jetzt kann es heilen.« Malesky setzte die Flasche an die Lippen und trank den Rest. »Es lehrt uns aber, dass Euer Sohn Antoine, Monsieur Chastel, in seiner Tiergestalt sehr wohl in der Lage ist, seine Gedanken beisammen zu halten. Er machte den bemitleidenswerten Pierre aus lauter Boshaftigkeit glauben, er sei ebenfalls ein Garou, indem er ihm das Blut der Opfer an den Mund und an die Kleider schmiert, wenn Pierre von einem seiner Krankheitsanfälle heimgesucht wurde.« Er sah Jean ernst an. »Der Garou übernimmt Euren Sohn Antoine immer mehr, bis aus dem Menschen, den Ihr früher kanntet, endgültig ein Wolf geworden und er durch und durch verdorben ist. Unwiderruflich, fürchte ich.«

»Was immer Ihr sagt, Monsieur Malesky, ich muss Euch

glauben«, meinte Jean niedergeschlagen. »Ihr seid ein Kenner, wenn es um die Eigenheiten der Kreaturen geht. Aber ich weiß auch, dass Antoine immer alles andere als ein hilfsbereiter, freundlicher Mann war. Er hatte schon lange finstere Neigungen.«

»Und das lässt ihn zu einem der schlimmsten Garous werden, weil das Böse leichtes Spiel mit ihm hat.« Malesky nahm den Zwicker vom Nasenrücken und schlug Pierre auf die Schulter. »Monsieur, wie fühlt Ihr Euch?«

»Seltsam«, gestand der. »Ich bin also kein Garou, aber dennoch von einer Krankheit befallen, die mir die Sinne raubt und Fieber bringt? Das macht es für mich nur wenig besser.« Er lächelte schwach. »Aber Ihr habt Recht. Mir ist eine Last von der Seele genommen, die so schwer wog, dass ich bisweilen dachte, von ihr durch die Erde bis in die Tiefen der Hölle gedrückt zu werden. Nun entschuldigt mich ...« Pierre erhob sich und ging mit unsicheren Schritten zur Kammertür. »Mit dem Fluch ist es endgültig vorbei«, sagte er wie zu sich selbst, »Und ich kann Florence ...« Er schwieg eilends und wollte in sein Bett flüchten, aber Jean hatte genau hingehört.

»Florence? Triffst du dich noch immer mit dem Mündel?«, brauste er auf. »Lass sie in Ruhe, sie ist nichts für dich.«

»Weshalb, Vater?« Pierre stützte sich am Kamin ab und wandte sich ihm zu. »Weshalb ist sie nichts für mich? Weil sie in einem Kloster aufwuchs?«

»Sie ist ... von den Nonnen verzogen worden.« Sein Einwurf wirkte eher halbherzig. »Sie ist dem Leben im Gévaudan nicht gewachsen, sie hat keine Kraft und kann nichts von dem, was eine Frau können muss.«

»Ich habe eine Neuigkeit für dich, Vater.« Die Gewissheit, kein Loup-Garou zu sein, wirkte befreiend auf Pierre. Er fühlte sich mutig und stark genug, von seinen Plänen zu erzählen. »Sobald wir die Bestie erlegt haben, gehen Florence und ich von hier fort. Wir hassen diesen Ort. Er bietet uns nichts. Wir wollen in den Norden gehen ...«

»Hat sie dich also schon mit ihren Flausen verdorben?«, brach es aus dem fassungslosen Jean hervor. Er schlug mit den Fäusten auf den Tisch. »Was wollt ihr im Norden?«

»Ich werde mir eine Anstellung als Wildhüter suchen, und Florence wird Lehrerin. In einem Dorf oder bei irgendwelchen Adligen oder auch einer reichen Bürgerfamilie«, erwiderte Pierre trotzig. »Ich will nicht mit dir darüber streiten, Vater. Florence und ich haben uns einander versprochen. *Nichts* wird uns mehr trennen.«

Jean zwang sich zur Ruhe. »Wir werden sehen. Geh nun zu Bett, deine Wunden brauchen Ruhe, und das wird nicht geschehen, wenn du dich aufregst.« Er hob die Hand zum Zeichen, dass er Pierre aus der Unterredung entlassen hatte, und wandte sich an Malesky: »Ich danke Euch für Euren Einsatz, Monsieur. Ich stehe von nun an in ewig währender Schuld. Solltet Ihr mich heute, in einem Jahr oder in zehn Jahren benötigen, lasst es mich wissen, und ich werde zu Euch kommen und Euch behilflich sein, wobei auch immer.« Er streckte die Hand aus, und der Moldawier schlug ein.

»Ich danke Euch, Monsieur Chastel, und gleichzeitig versichere ich, dass ich mir Mühe geben werde, Euch niemals an diese Orte zu bitten, an denen ich mich gewöhnlich herumtreibe, falls ich nicht gerade im Gévaudan bin.« Die Tür zur Schlafkammer der Söhne fiel zu, Pierre war gegangen. »Und wenn ich mir diese Bemerkung erlauben darf, Monsieur, lasst Euren Sohn gewähren.«

»Warum sollte ich?«

»Weil er es sonst ohne Euer Einverständnis tun wird, und das wird euch beide furchtbar belasten«, sagte er und gähnte unterdrückt. »Ich schlage vor, wir besuchen morgen Saint-Grégoire und lassen die ehrwürdige Äbtissin nach Pierres Fieber schauen.« Weil Malesky die nahende Ablehnung erahnte, fügte er rasch noch eine Erklärung hinzu, mit der es Jean unmöglich wurde, die Stippvisite abzulehnen. »Wenn sich jemand aufs Heilen von rätselhaften Krankheiten versteht, dann die Nonnen. Zudem könnt Ihr die ehrwürdige Äbtissin wieder sehen und ...«

»Ich will sie nicht sehen.« Jean hatte es zu schnell gesagt, er spürte, wie sein Kopf rot wurde. »Wie kommt Ihr darauf, mir zu unterstellen, ich ...«

Malesky schaute ihn überrascht an. *»Ich* unterstelle Euch gar nichts, Monsieur. Es ging mir nur darum, dass Ihr mit der Äbtissin über die Liaison zwischen ihrem Mündel und Eurem Sohn sprechen solltet. Doch wie es scheint, gibt es noch ganz andere Dinge, die der Klärung bedürfen.« Er sah ihm vielsagend in die Augen und verschwand dann in der Kammer, um sich in Antoines leerem Bett zur Ruhe zu begeben.

Mein eigenes schlechtes Gewissen hat mich verraten. Jean blieb sitzen, öffnete seine langen weißen Haare und zog die Flasche Rotwein zu sich heran. Er goss sich ein Glas ein, hob es zur Decke und nahm einen Schluck. *Darauf, dass einer meiner Söhne nicht vom Fluch der Bestie befallen ist und bald vom Fluch des Nonnenmündels befreit wird. Möge die Einsicht über ihn kommen.* Er dachte an das Gesicht Gregorias. *Und möge die Einsicht auch über mich kommen.*

XXVI. KAPITEL

Deutschland, München, 21. November 2004, 15:48 Uhr

»Wie geht es nun weiter?« Lena saß ihm in einem kleinen Hotelzimmer gegenüber. Die Ausreise aus Kroatien war ihnen recht mühelos gelungen. Der Pilot hatte sie mit der Propellermaschine nach Budapest gebracht, und von dort war es mit einer Boeing – erster Klasse – über Wien nach München gegangen.

Eric hielt den alten Flakon in der Hand, den er vor einer Stunde aus dem Bankschließfach geholt hatte. Zusammen mit dem Zettel, der französischen Notiz aus dem 18. Jahrhundert, waren es zwei Stücke Hoffnung. Für den Fall, dass bewaffnete Gegner auftauchten, hatte er sich rasch mit Waffen versorgt. Mehrere Depots mit Nachschub zu haben, war für einen Jäger Pflicht.

»Wir fahren zu deinem Bekannten nach Homburg, der wird dein Blut und diese Substanz analysieren.« Er stellte den Flakon auf den Tisch und schaute in den Koffer. Etwas blitzte auf. »Das habe ich im Wald gefunden, als ich die Bestie jagte.« Gedankenlos fischte er die Kette mit einem Kugelschreiber heraus und warf sie ihr zu. Zu spät fiel ihm ein, dass das keine gute Idee war. »Lena, nicht!«

Doch sie hatte die Kette bereits gefangen.

Es zischte.

Schreiend und knurrend ließ sie den Schmuck fallen. »Scheiße ... das ist Silber!«, presste sie zwischen den Zähnen hervor. Doch sie war entschlossen, sich den Schreck und den Schmerz nicht lange anmerken zu lassen. »Das gehört zu einem Rosenkranz, wenn ich es richtig gesehen habe.«

Erics Stirn legte sich in Falten. »Ja. Ein abgerissener Rosenkranz und der Geruch nach Weihrauch. Es wird immer verworrener.«

»Es sieht so aus, als wären mehrere Gruppen hinter den Bestien her«, sagte Lena und massierte die verbrannte Stelle. Die Abdrücke der Perlen hoben sich deutlich als rote Punkte auf ihrer Haut ab, und es brannte schrecklich. Schrecklicher als jeder Schnitt, den sie sich in ihrem Leben zugezogen hatte. »Was hat das zu bedeuten, Eric?«

»Wenn ich das wüsste, wäre ich einen ganzen Schritt weiter«, antwortete er ungewollt sarkastisch. Er bückte sich und hob die Kette auf, legte sie auf den Tisch; dann zog er seine Handschuhe aus und verschwand im Bad. Er wollte duschen und die Erinnerung an seine Niederlage abspülen.

Eric betrachtete seinen Arm. Immerhin wies nichts mehr auf die schlimme Verletzung hin, der Knochen unter der glatten Haut war fest wie eh und je.

Das heiße Wasser lief, und er stand inmitten des warmen Stroms, als der Duschvorhang zur Seite geschoben wurde und Lena sich zu ihm gesellte. Sofort küsste sie ihn stürmisch und verlangend, drückte ihn gegen die Wand und rieb sich an ihm.

Das Gefühl der Niederlage, das Grübeln und die Sorge wurden mit einem Mal weggespült. Eric konnte gegen sein Begehren nicht ankämpfen – und wollte es auch gar nicht. Sein Penis reckte sich bereits und drängte zwischen ihre Schenkel;

Lena stellte ein Bein auf den Rand der Duschwanne, und er glitt in sie hinein.

Der Werwolf, der in ihr schlummerte und sich auf den ersten Vollmond freute, veränderte bereits jetzt ihr Verhalten. Er machte Lena zügelloser, hemmungsloser. Mit einem neckenden, dreckigen Lachen provozierte sie ihn, indem sie seinen Penis durch geschickte Bewegungen immer wieder aus sich herausgleiten ließ.

Schließlich erreichte sie, was sie wollte: Er packte sie hart bei den Armen, drehte sie um und drückte sie mit den Brüsten gegen die kalten Kacheln. Lena stöhnte und lachte lustvoll. Dann packte er sie an der Hüfte und stieß mit viel Kraft in sie hinein. Ihre Wildheit griff auf ihn über. Er hielt sich von nun an ebenso wenig zurück wie sie. In ihrer Ekstase rissen sie den Duschvorhang aus der Halterung, und als Lena sich mit beiden Händen am verchromten Haltegriff festklammerte, während er sie von hinten nahm, lösten sich die Schrauben.

Eric und Lena kamen gleichzeitig. Nicht mit einem dumpfen unterdrückten Ächzen, sondern mit einem ursprünglichen Laut, in dem kein Hauch von Zivilisation mehr steckte. Für einen Moment durchfuhr ihn der Gedanke, das er das Kondom vergessen hatte. Doch zum ersten Mal in seinem Leben war ihm das vollkommen egal.

Erschöpft sanken sie auf den Boden der Dusche und genossen das anhaltende Glücksgefühl und das warme Prasseln des Wassers auf der Haut. Sie streichelten sich liebevoll und küssten sich. Lena wurde sich ihrer Hemmungslosigkeit bewusst und bekam tatsächlich einen roten Kopf. »Es war schön, aber ... unwirklich. Als hätte jemand anders die Kontrolle über mich«, sagte sie leise.

Eric nickte. Er sammelte sich, konzentrierte sich darauf, nicht länger auf ihre verlockenden Brüste zu schauen. Das Triebhafte wirkte ansteckend.

Eine fixe Idee spukte in seinem Kopf herum. Er stand auf, nahm sich ein Handtuch und trocknete sich ab, während er nackt ins Zimmer zurückging. Er rief den Flughafen in Plitvice an und verlangte die Nummer des Check-in.

»Entschuldigen Sie, dass ich Sie belästige«, sagte er in schlechtem Englisch und mit imitiertem spanischen Akzent. »Ich habe hier das Stück eines Rosenkranzes gefunden, ein schönes Stück. Ist Ihnen vielleicht jemand aufgefallen, dem es gehören könnte, der ihn als Schmuck um den Hals trug? Oder hat sich der Eigentümer bei Ihnen gemeldet?« Er gab dem Mann am Telefon seine Handynummer. »Rufen Sie mich an, wenn Sie mir weiterhelfen können. Danke.« Die gleiche Art Anruf tätigte er bei der Touristeninformation und bei der Parkverwaltung. Danach bestellte er beim Zimmerservice ein reichhaltiges Essen – er konnte sich vorstellen, welchen Hunger Lena inzwischen haben musste. Sie aßen schweigend und warteten.

Er griff sich eine Serviette, nahm das Stück Rosenkranz und polierte es damit. Feine Gravuren wurden sichtbar. »Sieht nach Latein aus, aber es sind nur Fragmente und außerdem viel zu klein zum Lesen. Sie ergeben keinen Sinn«, meinte Eric frustriert.

»Es wird nichts Besonderes sein. Ein Ave-Maria vermutlich«, schätzte Lena, die sich inzwischen angezogen hatte. Sie bevorzugte plötzlich Schinken und Fleisch auf ihrem Brot. Marmelade und Konfitüre waren offenbar passé. Eric nahm es wahr, sagte aber nichts.

Sein Handy läutete. »Hallo, Herr Loyola. Sie hatten ein Stück von einem Rosenkranz gefunden?«, hörte er eine zuvorkommende weibliche Stimme. »Hier ist Misczic von der Touristeninformation aus Plitvice. Eine Kollegin hat mir von Ihnen erzählt. Mir ist eingefallen ...«, sie las irgendetwas ab und klang abwesend, »... dass ich vor einigen Tagen eine Nonne am Schalter stehen hatte. Sie hat sich nach Übernachtungsmöglichkeiten erkundigt. Ob der Rosenkranz, den Sie fanden, ihr gehörte, weiß ich natürlich nicht, aber es wäre mal der beste Anfang, oder?« Sie nannte ihm das von ihr empfohlene Hotel.

»Danke, Sie haben mir sehr weitergeholfen«, bedankte sich Eric und legte auf. »Wir haben unter Umständen eine Spur«, sagte er zu Lena, die darauf verzichtet hatte, ihr Haar in irgendeiner Form zu bändigen. Sie ließ es einfach trocknen; einen BH trug sie auch nicht mehr, sie entwickelte offensichtlich eine Ablehnung gegen alles Einengende und schien sich in dem aufgeknöpften Hemd sehr wohl zu fühlen. Es sah verdammt attraktiv aus. Sie strahlte eine Energie aus, wie Eric sie selten bei Frauen wahrgenommen hatte. Die meisten davon hatte er umgebracht. Bestienschicksal. Doch diesmal war es anders. Ein Blick in ihre grünen Augen genügte, und er spürte Lust, Verlangen ... und Liebe. »Wir fahren zuerst nach Homburg und geben deinem Bekannten die Proben zum Analysieren, danach geht es wieder zurück nach Kroatien.« Er zog seine Lederhose an, schlüpfte in einen schwarzen Pullover und warf sich seinen Lackledermantel über. Eric liebte seinen Einsatzdress. Die weißen Stiefel und die weißen Lacklederhandschuhe rundeten das Bild ab. Die P9 steckte er in sein Gürtelhalfter, der neue Silberdolch kam in die Unterarmscheide. »Wir werden die Bestie finden und töten. Und ein paar Nonnen besuchen.«

»Nonnen?«

»Ja. Was auch immer sie in der Nähe der Bestie gesucht haben, ich finde es heraus.« Eric wickelte das Fläschchen in eine Luftpolsterverpackung, umhüllte es mit Styropor und legte es in den Pappkarton. Die alte Notiz wurde ebenso gut verpackt, dieser einmaligen Fracht durfte nichts geschehen.

»*Wir* finden es heraus«, verbesserte Lena.

Er schüttelte den Kopf. »Keine gute Idee.«

»Mag sein.« Sie lächelte wölfisch. »Aber ich werde dich nach Kroatien begleiten, um dem Vieh in den Arsch zu treten, dem ich das alles verdanke.«

Eric ließ sie vorerst in dem Glauben. Nach einer Flugbuchung hatte er alles erledigt. Er wandte sich zu ihr. »Können wir fahren?«

Lena nickte und leerte ihren Kaffee. »Wie lange sind wir unterwegs?«

»Nach Homburg? Vier Stunden. Wenn es gut läuft, dreieinhalb.«

»Es schneit, Eric.«

»Mein Cayenne freut sich schon darauf, an den Staus rechts vorbeizufahren«, gab er grinsend zurück. »Du kennst mein GPS-System?«

»Ich erinnere mich.« Sie lachte.

Er nahm das Päckchen. »Du hast deinem Bekannten an der Uniklinik Bescheid gegeben?«

Lena nickte und warf sich ihren beigefarbenen Wollmantel über, setzte die Kappe auf und suchte ihre Sachen zusammen. »Mühlstein sitzt an einem Forschungsprojekt und hat das Labor mit seinen netten Apparaten für sich allein.«

Er nahm ihr den Koffer ab und öffnete die Tür. Der Gang war leer. »Was meinst du, wie lange er zur Analyse brauchen wird?« Er trat hinaus, und zusammen gingen sie in die Tiefgarage, wo der dreckige Porsche darauf wartete, wieder über Straßen und Wege und durch Stadtparks gejagt zu werden.

»Er ist schnell«, beruhigte sie ihn beim Einsteigen. Den Koffer warf sie auf die Rückbank.

Eric hätte sich eine klare Aussage gewünscht, denn die Zeit des Vollmonds rückte gnadenlos näher. Er hatte gehofft,

Lenas erste Verwandlung verhindern zu können, aber allmählich starb die Hoffnung. Er würde sich in der kleinen saarländischen Stadt nach einem geeigneten Versteck für sie umschauen müssen, wo sie abseits einer menschlichen Behausung brüllen, heulen und schreien konnte. Oder er setzte ihr einen Infusionszugang und pumpte sie mit drei Gramm Gamma-Hydroxybuttersäure voll. Alle paar Stunden eine Ladung jener illegalen Droge, die Werwölfe zum Schlafen brachte, und sie würde die drei Tage und Nächte friedlich überstehen. Er wusste aus eigener Erfahrung, dass es funktionierte. Eventuell war das auch eine Möglichkeit, um sie davon abzuhalten, ihn nach Kroatien zu begleiten. Sie war im Kampf eine Last für ihn.

Der Geländesportwagen schnurrte glücklich, als Eric den Motor anließ. Sie fuhren durch die Straßen auf den Autobahnzubringer und weiter in Richtung Saarland.

Lenas Schweigen währte zwei Ausfahrten lang. »Tut es weh?«

»Was genau?«

»Die Verwandlung in einen Wolf. Ich kenne so etwas nur aus Horrorfilmen.« Sie schauderte. »Es knackt und knirscht immer so eklig, die Leute winden sich und schreien.« Ihre grünen Augen wandten sich ihm zu. »Ist es so?«

»Die Verwandlungen, bei denen ich dabei gewesen bin, gingen sehr schnell vonstatten.« Er versuchte, ihr die Angst zu nehmen. Sie würde die Wahrheit bald am eigenen Leib erfahren.

»Und danach?« Sie schaute nach vorne auf die Fahrbahn. »Was denkt man als Wolf? Was hört und riecht man?«

Eric gefiel nicht, dass er eine Nuance Neugier in ihrer Stimme bemerkte. »Was du denkst? Ich vermute: *Hunger, Töten.* Danach *Fressen* und, wenn ein anderer Werwolf in der Nähe ist, vermutlich noch *Ficken.«* Er sagte es absichtlich hart und abwertend, damit ihre latente Begeisterung erst gar keine Gelegenheit bekam, sich zu verstärken. »Du wirst keinerlei Kontrolle über dich haben. Ich habe ... mit ein paar Wandelwesen gesprochen. Die meisten konnten sich an die ersten Verwandlungen gar nicht erinnern. Sie wurden am nächsten Morgen irgendwo wach, waren nackt und hielten sich zunächst für wahnsinnig.« Er sah, dass sie im Sitz zusammensank. »Lena, es tut mir wirklich Leid – aber du musst begreifen, dass es nichts Gutes an diesem Dasein gibt. Du wirst zum Werkzeug der Finsternis, mehr nicht. Die Vorteile täuschen über die wahre Natur hinweg. Und die ist bestialisch.«

Sie schwieg nicht lange. »Es ist seltsam, wie viele Dinge wir Menschen nicht bemerken«, sagte sie nachdenklich. »Seit die Kreatur mich gebissen hat, ist die Welt ... intensiver für mich geworden. Ich empfinde *mehr*. Ich nehme Gerüche von Dingen und Menschen wahr, bevor ich sie sehe. Ich kann Düfte beinahe vor mir sehen und deutlich unterscheiden. Geräusche klingen anders, und ich glaube, meine Augen werden schlechter. Dafür reagiere ich schneller auf Bewegungen und rennende Menschen. Ich möchte ihnen nach, mich mit ihnen messen. Ich bin impulsiver als früher und ...« Sie suchte nach Worten, um ihre Gefühle auszudrücken. »Warum sind Wandelwesen Einzelgänger?«, eröffnete sie unvermittelt einen neuen Aspekt.

»Wieso fragst du *mich* das?«, meinte Eric verblüfft. »Du bist die Soziobiologin.«

»Schon. Aber ich habe keine Erfahrung mit dieser Spezies.« Lena lachte. »Sie braucht noch einen wissenschaftlichen Namen, fällt mir gerade ein. Vielleicht *lupus hominem anthropophagus.*«

»Nicht alle sind Einzelgänger«, sagte Eric. »Diese Bestie, die wir jagen, hat in der Vergangenheit mehrmals versucht, so etwas wie eine Familie aufzubauen, aber sie wurde bisher rechtzeitig daran gehindert.«

Lena machte es sich bequem, zog die Beine an und betrachtete die verschneite Landschaft. »Ich verstehe. Sie benehmen sich mehr wie aus dem Rudel verbannte Alpha-Tiere.« Sie seufzte. »Es kommt von dem Gefühl der Überlegenheit, schätze ich. Weil sie besser sind als die Übrigen oder sich zumindest als stärker betrachten und niemanden an ihrer Seite dulden.« Lena nahm einen Block und einen Stift aus ihrer Tasche. Sie blätterte lange, bis sie eine freie Seite fand, offenbar hatte sie sich sehr viel zu den Wandelwesen notiert. »Tragen sie untereinander Kämpfe aus?«

Eric zuckte mit den Achseln. »Kann ich nicht sagen.«

»Vielleicht, wenn sie sich ins Gehege kommen«, dachte Lena laut nach. »Da es viele Arten von ihnen gibt, ist es gar nicht so unwahrscheinlich, dass es zu Konfrontationen kommt.«

Er schwieg. Je mehr Antworten er gab, desto mehr wollte sie wissen. In ihr war eine Faszination wachgerüttelt worden, die nicht gut sein konnte. Still legten sie die Kilometer nach Homburg zurück. Lena schrieb, Eric steuerte, und der Porsche flog mit über zweihundert Sachen über die Autobahn.

Am späten Abend fuhren sie auf den Campus der Uniklinik und suchten das Gebäude, in dem Lenas Bekannter arbeitete.

Auf der Fahrt war es Eric wegen des dichten Verkehrs nicht aufgefallen, dass ihnen ein Wagen folgte. Aber um diese Zeit herrschte wenig Betrieb auf dem Gelände, und jedes Auto fiel auf. So auch der anthrazitfarbene BMW-Kombi, der sich Mühe gab, nicht zu dicht aufzufahren, aber Anschluss halten musste, um sie in dem Gewirr der Straßen nicht zu verlieren.

»Halt dich fest«, sagte Eric und schaute in den Rückspiegel. Im Wagen hinter ihnen erkannte er drei Gestalten, allem Anschein nach ausschließlich Männer. »Ich werde sie kurz abhängen, du springst raus und läufst zu deinem Bekannten, während ich weiterfahre und mir die Verfolger vornehme. Danach komme ich ins Labor.«

Lena bleckte die Zähne. »Soll ich dir nicht helfen?«, fragte sie kampflustig. »Ich könnte ...«

Er gab einfach Gas. Der Cayenne röhrte auf, machte einen Satz vorwärts, schwang sich abrupt um die nächste Kurve und fegte die schmale, abschüssige Straße hinab.

Der BMW nahm die Herausforderung an. Die *Rallye Universitaire* begann.

Der Campus der Universitätskliniken entpuppte sich als sehr kurvenreich, die Sträßchen abseits der Hauptverbindungsrouten der Kliniken waren gerade so breit wie ein Fahrzeug, und der dichte Wald darum herum erlaubte Eric kaum, vom Asphalt ins Gelände zu wechseln.

Einbahnstraßen interessierten Eric nicht, obwohl es sehr viele davon gab. Seine rücksichtslose, dennoch gekonnte Fahrweise schüttelte den BMW bald weit genug ab, so dass Lena unbemerkt aussteigen konnte. Sie nahm das Päckchen, gab Eric einen leidenschaftlichen Kuss und versteckte sich hinter einer Hinweistafel, während der Porsche weiterschoss.

Eric hatte sich inzwischen von seinem GPS einen Lageplan des Klinikums geben lassen und suchte mit schnellen Blicken auf das Display einen geeigneten Ort für einen Hinterhalt. Das Wildgehege nahe dem Hubschrauberlandeplatz war perfekt.

Eric jagte den Cayenne den Berg hinauf, bog auf den Schotterweg und brauste auf ihm geradewegs in den Wald hinein. Die Scheinwerfer des BMW waren zwar kleiner geworden, aber die Verfolger waren ihm immer noch auf den Fersen.

Dann schaltete Eric die eigenen Lampen aus und fuhr im Licht des beinahe vollen Mondes den Weg entlang, bis er eine kleine Parkbucht vor dem Eingang ins Wildgehege entdeckte. Hart riss er den Porsche herum und brachte ihn seitwärts driftend zum Stehen.

Eric nahm die Schrotflinte aus der Wandverkleidung, öffnete die Beifahrer- und Fahrertür, danach sprang er nach hinten auf die Ablagefläche. Er lauerte.

XXVII. KAPITEL

1. Oktober 1766, in der Umgebung von Auvers, Kloster Saint-Grégoire

Die Kräutermischung zeigte in den vergangenen Monaten gute Wirkung, wie Ihr mir gesagt habt.« Die Äbtissin betrachtete einen Moment lang nachdenklich das kleine Leinensäckchen, das sie Jean Chastel schon geben wollte, dann legte sie es zur Seite. »Der Baldrian darin hat ihm die Unruhe genommen. Die Brennnesseln arbeiten gegen das Gift in seinem Blut, welches das Fieber verursacht. Und doch ist er noch nicht ganz geheilt. Also werden wir ein stärkeres Mittel einsetzen müssen. Die Herstellung ist schwierig und aufwändig, aber seine Wirkung kaum zu übertreffen.« Sie nahm eine Glasflasche aus dem Schränkchen hinter sich. »Es ist eine Essenz aus Schlüsselblumen, Baldrian und Drachenwurz, vermengt mit Rosmarinquarz.«

»Wie viel kostet mich das?«

»Nichts, Monsieur Chastel. Es ist unsere Aufgabe, denen zu helfen, die leiden. Und Pierre leidet sehr unter seinen Anfällen, wie er mir verraten hat.«

»Wann hat er Euch das verraten? Ich habe ihm verboten,

nach Saint-Grégoire zu kommen und sich mit Florence zu treffen.« Jean spürte Wut in sich aufsteigen. Es war jedoch keine Wut, die sich gegen Gregoria richtete, für die er nach wie vor starke Gefühle hegte. Weder Gott noch der Teufel taten ihm den Gefallen, die Zuneigung von ihm zu nehmen. Sie hatten vermutlich beide ihren Spaß daran.

Es gelang ihm nicht, diese spezielle Wut einzuordnen. Die ständige Unzufriedenheit darüber, dass sie die Bestie nicht finden und zur Strecke bringen konnten, machte es nicht besser. Ohne das Blut der Bestie gab es keine Erlösung für seinen verfluchten Sohn.

Antoine blieb seit jenem Tag im Frühling unablässig im Keller der Scheune mit fünf Ketten gefesselt und fügte sich einmal mehr, einmal weniger in sein Schicksal. Mal tobte er in seiner Wolfsgestalt fürchterlich und musste mit starken Beruhigungsmitteln schläfrig gemacht werden, mal saß er weinend und verzweifelt auf den Trümmern der von ihm zerschlagenen Pritsche und forderte, dass man ihn erschieße oder sofort freilasse.

Malesky, Pierre und Jean taten weder das eine noch das andere. Sie zogen durch das grüne Gévaudan, über die Heide- und Grasflächen, vorbei an Granitbrocken, durch die Schluchten der Drei Berge, durch grüngelbe Ginsterfelder, schattige Laub- und Nadelwäldchen, aber nirgends fanden sie eine Spur der Kreatur, die Tod und Befreiung zugleich bedeutete.

Dabei begegneten sie immer wieder den Jagdtrupps des jungen Marquis d'Apcher, der es sich zur Aufgabe gemacht hatte, die Menschen von der Bestie zu erlösen. Die Menschen liebten den jungen Adligen dafür. Für die Chastels und Malesky bedeutete es einen unliebsamen Wettstreit.

Lediglich fünfmal hatte die Bestie zugeschlagen und Menschen gerissen. Selbst wenn die Zahl der nicht gemeldeten Toten im Frühjahr, im Sommer und in den ersten Wochen des

Herbstes sicherlich höher gewesen war, so herrschte doch beinahe so etwas wie Erleichterung im Gévaudan, im Vivarais, den Cevennen und der Auvergne. Die Bestie war nicht mehr so gefräßig wie früher.

Malesky vermutete, dass sie sich eine Höhle gesucht hatte, um ihren Nachwuchs sicher auf die Welt zu bringen und ihn zu säugen und zu beschützen. Das verschaffte ihnen einen trügerischen Frieden, eine Gnadenfrist, ehe die Brut ausschwärmte. Hungrig, gierig, tödlicher denn je.

»Aber sie ist noch da?«, hörte Jean Gregoria fragen. Ihrem Tonfall nach zu urteilen, war es nicht ihr erster Versuch, eine Antwort von ihm zu erhalten.

»Ja, sicher ist sie noch da. Eure Gebete und frommen Wünsche haben sie nicht verscheucht«, gab er flüchtig zurück und packte die Flasche ein. »Habt Ihr meine Gedanken erraten?«

»Es war leicht, bei Eurem Gesicht. Aber sagt mir, hat man die Bestie leibhaftig gesehen oder nur die Leichen der Bedauernswerten gefunden?« Sie lächelte verzerrt unter ihrem schwarzen Schleier hervor. »Könnte es nicht sein, dass sie gegangen ist und dafür ein Wolf an ihrer statt seine Raubzüge begonnen hat?«

»Nein. Gebt Euch keinen falschen Hoffnungen hin. Sie ist noch in den Wäldern. Sie lauert und hat ihren Spaß daran, die Menschen in Sicherheit zu wiegen, damit sie nachlässig werden. Dann wird sie von neuem fressen, mehr als in den vergangenen Jahren.« Er verschwieg ihr, dass er wie Malesky annahm, die Bestie habe ihren Wurf inzwischen bekommen und sich eine sichere Höhle gesucht, um von dort aus erneut ihr Unwesen zu treiben, sobald die Jungen nicht mehr blind und schutzlos waren. Erwachte bei den halbstarken Bestien die Lust auf Fleisch, würde sich die Erde der Region vom Blut der Menschen und des Viehs rot färben. »Wann war er das letzte Mal bei ihr?«, wechselte Jean den Gegenstand der Unterhaltung.

Gregoria wusste sofort, wen er meinte. »Ich weiß es nicht genau. Lasst es einen Monat sein. Sie unterhalten sich gelegentlich, und ich achte darauf, dass nicht mehr geschieht, Monsieur Chastel, da könnt Ihr sicher sein. Für die Sünde ist kein Platz in den Mauern von Saint-Grégoire.«

»Und Ihr habt noch immer nichts dagegen, dass Euer Mündel und mein Sohn sich die Ehe versprochen haben?«

Gregoria beugte sich nach vorne, eine Hand auf dem Kreuz, das vor ihrer Brust baumelte. »Monsieur Chastel, Pierre ist ein sehr netter junger Mann, von denen es nur wenige in dieser schlechten, gottlosen Welt gibt. Er ist nicht reich, aber das fällt für mich nicht ins Gewicht. Das Faktum, dass sich Florence und Euer Sohn gegen alle Widerstände noch immer lieben, obwohl sie sich nicht mehr als ein paar Mal im Jahr sehen, zeigt mir, dass es keinen Zweifel an der Aufrichtigkeit ihrer Zuneigung gibt. Sie hat sogar die schrecklichen Ereignisse im Frühjahr überdauert.« Sie fasste seine Hand und drückte sie. »Meine Zustimmung haben die beiden, Monsieur, und ich bitte Euch, gebt die Eure, sobald die Bestie erlegt ist.«

Jean schaute auf seine Hand, dann auf ihre kräftigen und dennoch schlanken Finger, die sich um seine Rechte gelegt hatten, und ein wohliger Schauder durchlief ihn, ausgelöst durch die Berührung der Frau, für die sein Herz schlug. Er konnte nicht anders, als seine Linke zu heben und ihre Finger zwischen seine zu betten.

Gregoria ließ ihn gewähren. Sie hatte sich schon vor geraumer Zeit eingestehen müssen, dass ihre Seele nicht mehr allein nach der Gnade Gottes verlangte, sondern auch nach der Nähe des eigenbrötlerischen, ehrlichen Mannes, der seine aufrichtige Art an seinen Sohn Pierre weitergegeben hatte. Bei Antoine musste der Teufel eingegriffen haben.

Und doch – es durfte nicht sein! »Monsieur«, sagte sie ernst. »Ich bitte Euch ein weiteres Mal – seid mir ein Freund, nicht mehr.« Sie suchte seine braunen Augen. »Glaubt mir, wäre ich …« Ihre andere Hand krallte sich so fest um das Kreuz, dass es wehtat und sie spürte, wie die Haut durchbohrt wurde. Warm sickerte das Blut über ihre Hand.

Eben als sie ihren Dämon Leidenschaft überwunden glaubte, beugte sich Jean vor und stahl sich einen langen Kuss von ihren Lippen.

Sie schloss die Augen, genoss die innige Berührung und die wohlige Wirkung, die sie schon so viele Jahre nicht mehr gespürt hatte. Aber dann hörte sie ihr Gewissen, das sie laut *Sünderin* nannte, und wich zurück. »Jean«, sagte sie mit einem Zittern in der Stimme, die Lider immer noch geschlossen, *»nicht!* Was wir tun, führt mich und dich in die tiefsten Höllen.«

»Weshalb?«, gab er rau zurück. Erregung legte sich auf seine Stimme. »Weil wir unseren Gefühlen folgen? Heißt es nicht, dass Gott die Menschen zusammenführt? Ein gläubiger Mensch könnte sagen, es ist Gottes Wille, dass wir zueinander finden. Gregoria, vielleicht möchte er, dass du Saint-Grégoire verlässt …«

»Nein!«, sagte sie leise und öffnete die graubraunen Augen. »Ich habe mich und meinen Körper Gott geweiht.«

Jean stand auf. Er sah sie lange an, und Härte schlich sich in seinen Blick. »Ich … ich verstehe nun, warum ich mein Einverständnis zur Ehe von Pierre und Florence geben soll«, sprach er. »Du siehst ihre Liaison als einen Ersatz für unsere unerfüllbaren Wünsche, habe ich Recht?«

»So ist es nicht«, widersprach Gregoria ohne Zögern. »Sie lieben sich, daran gibt es keinen Zweifel.«

»Und was ist mit uns?«, verlangte er finster zu wissen. »Du kennst meine Gefühle für dich. Ich dachte, dass ich nie wieder so empfinden könnte. Aber jetzt liebe ich wieder, und es ist mir egal, dass es eine Frau ist, die der Kirche gehört! Du hast mich alle Vorbehalte vergessen lassen. Dieser Kuss hat mir gezeigt, wie sehr wir uns nacheinander sehnen. Gregoria, vielleicht ist es ein Gottesgeschenk! Willst du wirklich, das wir es verleugnen?«

»Es ist die Lust des Fleisches«, widersprach sie, erhob sich und wandte ihm den Rücken zu, um aus dem Fenster zu schauen. »Geh nun und bring deinem Sohn die Medizin. Er braucht sie.«

Gregoria hörte, wie er zum Ausgang schritt, die Tür wurde geöffnet und wieder geschlossen. Treppenstufen ächzten, eine weitere Tür fiel ins Schloss, dann sah sie ihn über den Hof, vorbei am Gäste- und Arbeitshaus, auf das Tor zugehen. Er drehte sich nicht ein einziges Mal um.

Sie blickte ihm nach, bis er durch die Pforte gegangen war, dann schaute sie nach den Wunden an der Hand, die von den spitzen Enden des Kruzifixes stammten: Ihr Blut hatte den silbernen Heiland daran rot getüncht.

Was geht mit mir vor? Was soll ich bloß tun?

Gregoria umfasste das Kreuz ein weiteres Mal und presste die Finger noch stärker zusammen, bis ihr das Blut am Unterarm herablief.

Es klopfte an ihrer Tür.

»Einen Augenblick.« Sie presste ein Tuch in die Hand, um die Blutung zu stillen. »Herein.«

Eine Nonne betrat das Zimmer, einen Stapel Bücher auf dem Arm. Sie sah das Blut und erbleichte.

»Es ist nichts, Schwester Magdalena. Ich habe mich geschnitten«, log Gregoria. »Was bringst du mir?«

Sie legte die Bücher auf den Tisch. »Die Zahlen der Näherei, ehrwürdige Äbtissin. Wir haben im ersten Halbjahr gut gearbeitet.«

Gregoria blätterte mit der unverletzten Hand im ersten Band und überflog die Zahlen, ohne sie wirklich zu erfassen. Dafür war sie zu aufgewühlt. Sehr menschliche Regungen und Gefühle rüttelten an den Grundfesten ihres Glaubens und ihrem Eid vor Gott. Dabei hatte sie sich stets für so stark gehalten.

»Habt Ihr schon Antwort aus Rom auf Euer Schreiben erhalten?«, fragte die Nonne plötzlich leise.

»Aus Rom?«

»Ja, Euer Brief, wisst Ihr nicht mehr? Der auf Eurem Schreibtisch.« Schwester Magdalena wurde verlegen. »Verzeiht mir, dass ich ihn erst so spät absandte, aber ich entdeckte ihn lediglich durch eine Fügung unter den Wirtschaftsbüchern, ehrwürdige Äbtissin. Verzeiht mir das Versäumnis, nicht gründlicher nachgeschaut zu haben. Habe ich unserer Gemeinschaft mit meiner Nachlässigkeit Schaden zugefügt?«

Ein Eisschauer zog durch Gregorias Körper. Sie hatte diesen Brief, den sie vor einem halben Jahr geschrieben hatte, vollkommen vergessen. Eigentlich wollte sie ihn nicht vor dem Tod der Bestie abschicken, damit ihr genügend Zeit vor dem Eintreffen der unvermeidlichen päpstlichen Gesandten blieb, um ihre eigenen Angelegenheiten zu regeln. »Es ist nicht schlimm«, zwang sie sich zu sagen. »Es war nichts Wichtiges, nur eine Unterrichtung. Wann hast du ihn abgeschickt?«

»Vor einem Monat, ehrwürdige Äbtissin.«

Ein Monat! Angst stieg in Gregoria auf. Der Brief war also schon lange beim Heiligen Vater angekommen. Warum hatte man ihr nicht zurückgeschrieben?

Sie kannte die beunruhigende Antwort: Mit Sicherheit hatte der Papst einen neuen geheimen Vertrauten in die Region geschickt. Sie schaute nachdenklich aus dem Fenster, als könnte sie den Mann inmitten jenes Pulks von Jakobspilgern erkennen, die sich gerade im Hof aufhielten, und von seinen Zügen ablesen, mit welchem Auftrag er unterwegs war.

Ihr eigenes Ziel geriet damit in große Gefahr.

Florence war froh darüber, die Nonnen nach Auvers begleitet zu haben. Die Äbtissin ließ sie so gut wie nie mehr aus den Augen und schränkte ihre Freiheit nahezu vollkommen ein. Der Besuch des Dorfs, der dem Verkauf von Klostererzeugnissen diente, war eine Ausnahme. Eine Ausnahme mit strengen Auflagen.

»Florence, richtest du das bitte?«, bat Schwester Martha und deutete auf das dicke Knäuel gesponnener Wolle, das umgefallen war und von der grob geschliffenen Tischplatte zu rollen drohte.

»Sofort.« Florence eilte heran und bewahrte die Wolle davor, im Dreck zu landen. Sie hob den Kopf und schaute die Straße hinauf. Die Menschen kamen, um zu schauen, zu handeln und zu reden.

Sie hoffte, ihn heute wieder zu sehen. Pierre. Sie hatte sich mit ihm ausgesprochen, nachdem sie sich von dem schrecklichen Erlebnis am Montchauvet erholt hatte. Es tat ihr unendlich Leid, dass sie ihn mit dem Stilett verletzt hatte. Sie konnte es sich lediglich durch ihre maßlose Angst erklären. Jetzt, wo sie von dem Fieber ihres Geliebten wusste, erklärte sich Pierres abwesender Gesichtsausdruck von damals. Er hatte ihr die Stiche verziehen und sich tausendmal dafür entschuldigt, ihr Angst gemacht zu haben. Antoine war sie seitdem nie mehr begegnet, und das erleichterte sie maßlos.

»Ich hole uns etwas Wasser.« Florence nahm den Kessel und ging zum Brunnen, der nicht weit von dem Stand entfernt war.

Es war kalt geworden. Auf den Bergesspitzen zeichnete sich erster Schnee ab, der Wind trieb die Kälte in die Wälder. Der Winter begann im Gévaudan stets früher. Noch ein Grund, diesen verfluchten Landstrich des Königreichs zu verlassen.

Sie bediente die quietschende Pumpe und keuchte vor Anstrengung. Klares, eisiges Wasser schoss glucksend in den

Kessel. Sie schaute zu und fragte sich dabei, wie es sich wohl im Norden lebte. Oder an der lieblichen Loire, wo ein Schlösschen neben dem anderen stand. Dort würde sie gerne leben, unterrichten und das Zusammensein mit Pierre genießen.

Der Gedanke an eine gemeinsame Zukunft warf auch einen Schatten. Denn ein Geheimnis hatte Florence vorerst für sich behalten, auch wenn sie genau wusste, dass sie sich ihrem Geliebten früher oder später würde offenbaren müssen. Seit sie vom Kind zur Frau geworden war, litt sie an starken Blutungen und Unterleibsschmerzen, die sich manchmal in fürchterliche Wahnanfälle steigerten. Sie kamen und gingen, und Gregoria tat alles, um sie davor zu schützen, sich in ihrer Raserei etwas anzutun. Ihre Mittel linderten die Schmerzen und hüllten die Tage, an denen sie besonders geplagt wurde, in angenehme Benommenheit. Trotzdem erschrak sie noch immer, wenn sie erwachte und sie so viel Blut an sich fand. Ihr eigenes Blut.

Sie kehrte mit dem halb vollen Kessel an den Stand zurück, vor dem sich die ersten Käufer einfanden. Daneben entzündete sie ein Feuer und stellte den Kessel hinein, um das Wasser zum Kochen zu bringen und einen Kräutertee zuzubereiten. Das Getränk würde gegen die allgegenwärtige Kälte helfen.

Florence richtete sich auf, und in ihrem Kleid neben ihrer linken Brust knisterte es verlockend. Es war der Brief, den ihr die Äbtissin gegeben hatte und den sie immer bei sich trug. »Ein Lebenszeichen von deiner Mutter«, hatte Gregoria gesagt, und ihr Gesichtsausdruck ließ keine Deutung zu, ob sie sich darüber freute oder nicht.

Florence wagte es nicht, den Umschlag zu öffnen und die Zeilen zu lesen, da sie schon lange mit ihrer Herkunft abgeschlossen hatte. Ihre Familie war Saint-Grégoire. Und doch pochte die Neugier immer wieder bei ihr an und drängte sie, einen Blick auf den Inhalt zu werfen. Nur einen Blick ... Ihre Linke fuhr unter ihren Mantel, tastete nach dem Papier.

Eine Reiterschar sprengte husarengleich ins Dorf, und die ungestüme Ankunft verhinderte, dass Florence den Umschlag ergriff. An der Spitze der Neuankömmlinge befand sich eine Gestalt, die alle Menschen in dieser Gegend kannten: der junge Marquis Jean-Joseph d'Apcher.

Die Gruppe hielt auf den Stand der Nonnen zu, ihr Anführer zügelte seinen Fuchshengst und zog seinen Hut. *»Bonjour.«* Er trug für einen Marquis beinahe schlicht zu nennende Kleidung in Braun- und Grüntönen, das hellbraune Haar fiel lang auf die Schultern und gab ihm etwas Verwegenes. Über seiner Schulter trug er eine Muskete, die Flanken seines Pferdes glänzten vor Schweiß.

Er stieg ab, und seine Begleiter taten es ihm nach. »Hättet Ihr wohl einen Schluck heißen Tee für mich?« Er lächelte Florence an.

Sie konnte nicht anders, als den Mann, der kaum älter war als sie, für seinen unermüdlichen Einsatz zu bewundern, und erwiderte das Lächeln. »Aber sicher, Monsieur le Marquis.« Sofort erschien Schwester Rogata neben ihnen und reichte Tonschalen, in die Florence die heiße Flüssigkeit füllte. Rogata war der verlängerte Arm der Äbtissin, die Aufseherin bei jedem Ausflug. Florence nannte sie heimlich *die Auflage*.

Als sie dem Marquis den Tee gab und sie ihm ins Gesicht sah, bemerkte sie, dass er sie eindringlich musterte. Sie kannte diesen Blick bei Männern. »Hattet Ihr Erfolg, Monsieur le Marquis?«, lenkte sie ab. »Ihr und Euer Gefolge seht aus, als hättet Ihr bereits lange im Sattel gesessen.«

Er nahm die Schale und nippte daran. Wohlig seufzte er. »Das tut gut, Mademoiselle. Im Wind steckt schon der Winter und beißt kräftig in die Haut.« Er ließ sich den Dampf ins Gesicht wehen. »Wir sind schon lange unterwegs«, antwortete er ihr dann. »Keine Spur von der verfluchten Bestie. Zu viele Schluchten, zu viele dichte Wälder rund um den Montmouchet. Ich würde sie am liebsten niederbrennen, um der Bestie ihr Refugium zu nehmen.« Er lachte bitter. »Mein Vater fände es allerdings nicht sonderlich amüsant, wenn ich ihm sein kostbares Holz nähme.«

»So seid Ihr auch der Meinung, dass die Bestie sich dort versteckt hält?«, erkundigte sich Florence.

Er nickte und öffnete den Mund, da kam eine ältere Frau und fiel vor dem Marquis auf die Knie. »Gott segne Euch, *mon seigneur!«*, rief sie den Tränen nahe. »Ihr seid der Einzige, der uns gegen den Dämon beisteht.« Sie küsste seine dreckigen Stiefel. »Gott segne Euch.«

Der Marquis ergriff sie bei den Schultern und bedeutete ihr aufzustehen. »Ich danke dir, doch es ist nicht notwendig, dass du vor mir in den Schmutz sinkst. Meine Familie und ich sind uns der Verantwortung bewusst, die wir den Menschen gegenüber haben, die auf unserem Land und im Gévaudan leben. Ich tue nur meine Pflicht.«

»Eine Pflicht, die von Größeren im Königreich vernachlässigt wird«, sagte die Frau und verneigte sich wieder. Mit der Bemerkung, die trotz der Vagheit eindeutig gegen den König gerichtet war, schrammte sie hart an einer Straftat vorbei. Aber es gab inzwischen zu viele Menschen, die ihre Meinung stumm teilten und sie nicht anzeigen würden.

»Ich schwöre, dass ich nicht eher ruhe, bis die Bestie tot vor meinen Stiefeln liegt«, sagte der Marquis feierlich. Jeder glaubte seinen Worten.

Florence musterte den jungen Mann genauer. Sie spürte tiefe Anerkennung für ihn, und hätte es Pierre nicht gegeben, wäre ihr Herz sicherlich für Jean-Joseph entflammt.

Offenbar konnte er ihre Gedanken lesen, denn er wandte sich zu ihr. »Mademoiselle, darf ich mich für Eure Freundlichkeit mit einer Einladung auf mein Schloss nach Besques revanchieren?«, sprach er und deutete eine Verbeugung an. »Es wäre mir eine Ehre.«

Schwester Rogata schob sich nach vorne, eine Bewegung, die deutlich machte, dass das Angebot keine Zustimmung fand.

Eine zweite Abteilung Berittener erreichte Auvers, sie donnerte rücksichtslos die Straße entlang und scherte sich um nichts und niemanden. Beim ersten Haus, das eine große Scheune besaß, hielten sie an und verlangten aufgeregt nach Seilen, Ochsen und Helfern.

Der Marquis wandte sich um. »Männer des Comte de Morangiès«, sagte er halblaut. »Was haben die hier zu suchen?« Er drückte Florence die Schale in die Hand und eilte zu dem Pulk.

Florence wollte ihm nachlaufen, aber Schwester Rogatas Finger legten sich um ihren Oberarm. »Nein. Wir warten hier, Florence«, sprach sie leise.

Die junge Frau bückte sich, um neues Holz unter den Kessel zu legen und den Tee heiß zu halten, während sie gleichzeitig unter der Auslage hindurch Jean-Joseph beobachtete, der mit den Männern sprach; es dauerte nicht lange, und er kam zurückgerannt.

»Sie haben eine Kutsche gefunden, die beinahe vollständig in einem Sumpfloch untergegangen ist«, erklärte er die Eile und schwang sich in den Sattel. »Wir wollen versuchen, sie zu bergen.« Seine Begleiter stiegen ebenfalls auf, und sie ritten gemeinsam mit de Morangiès' Männern aus Auvers.

Rogata nickte zufrieden, weil die Einladung nun wohl vergessen war, und kümmerte sich um die Auslagen. Florence bedauerte den plötzlichen Aufbruch des jungen Marquis. Ein Besuch auf dem Schloss und ein Blick in die Welt des Adels hätten sie sehr gereizt. Schon allein, um zu sehen, wie es sich umgeben von Pracht und Luxus lebte.

Sie rührte weiter den Tee um und schenkte ihn an die Dorfbewohner aus, die sich vor dem Stand des Klosters aufhielten, bis Rogata sie erneut Wasser holen schickte. Florence nahm einen Eimer, ging zur Pumpe, die sich nun gar nicht mehr bedienen ließ. Die Mechanik meuterte in der Kälte.

Ein wenig abseits des Marktplatzes entdeckte Florence eine eingefasste Quelle, die ordentlich sprudelte. Kurzerhand ging sie hinüber, um den Eimer zu füllen.

Sie schöpfte das eisige Wasser mit den bloßen Händen aus dem Becken, bis sie sich taub anfühlten. Plötzlich fiel ein Schatten über sie. »Das nächste Mal sollte ich eine Schöpfkelle mitnehmen, Schwester Rogata«, sagte sie, ohne aufzuschauen, und fuhr mit ihrer Arbeit fort.

Eine Hand packte sie im Nacken und drückte sie ruckartig nach vorne, während man ihr gleichzeitig die Beine wegzog. Jemand setzte sich auf ihren Rücken und machte es ihr unmöglich, den Kopf aus dem Wasser zu ziehen. Ihre Schreie wurden zu einem Blubbern, sie schluckte, versuchte zu husten und schluckte noch mehr davon.

Eine ihrer um sich schlagenden Hände bekam Stoff zu fassen, und sie krallte sich hinein, zog aus Leibeskräften daran. Der Druck auf ihrem Kreuz wich. Keuchend und nach Luft ringend, tauchte sie auf. Kaum hatte sie einen langen Atemzug genommen, warf sich der Angreifer wieder gegen sie. Eine Klinge blitzte in seiner Faust.

Florence nahm ihn nur undeutlich durch den Wasserschleier vor ihren Augen wahr: ein Mann um die vierzig Jahre, kräftig, aber klein von Gestalt. Er trug einen Schal vor dem Gesicht, um sich unkenntlich zu machen. Instinktiv und schneller, als sie für möglich gehalten hatte, wich sie dem Schlag aus.

Wütend trat der Mann nach ihr, wieder entkam sie dem Angriff – und trat dem Mann mit aller Kraft in den Schritt. Er klappte aufstöhnend zusammen, gab aber nicht auf. Florence kam auf die Beine und versuchte davonzulaufen, aber sie fiel über den Eimer in den Schlamm. Im nächsten Moment spürte sie den Schlag und den heißen Schmerz, der in ihren Rücken links neben der Wirbelsäule fuhr. Der Mann hatte sie erwischt. Aufschreiend rutschte sie vorwärts, wälzte sich herum – und bekam das Messer unterhalb der Brust in den Leib gestoßen! Die Schmerzen waren so unbeschreiblich, dass Florence auf einmal wie gelähmt im Schmutz lag, unfähig zu schreien, unfähig, sich zu wehren.

Der Mann trat ihr brutal ins Gesicht, so dass ihr Kopf nach hinten schlug, doch sie bemerkte es kaum. Er beugte sich über sie und riss ihre Kleidung auf. Die Finger fuhren über sie, packten ihre Brüste, schienen nach etwas zu suchen – dann schaute er plötzlich nach rechts, von wo laute Rufe erklangen. Bei dieser Bewegung verrutschte sein Schal.

Florence erkannte ihn.

Er gehörte zu den Leuten des Comte de Morangiès!

Hastig sprang er auf und rannte davon.

Florence starrte, immer noch wie gelähmt, in den grauen Herbsthimmel, fühlte ihr warmes Blut an sich herablaufen. Endlich schwebte Schwester Rogatas Gesicht über ihr, dann wurde sie ohnmächtig.

XXVIII. KAPITEL

1. Oktober 1766, im Wald von Ténazeyre, Südfrankreich

Die Ketten spannten sich mit einem gewaltigen Ruck, es klirrte laut, und Malesky brachte sich mit einem Sprung vor den heranfliegenden Fäusten in Sicherheit. Die Halterungen im Stein knirschten, Granitstaub rieselte auf den Boden des Kellergewölbes.

»Lasst mich gehen!«, heulte Antoine mehr, als er sprach. »Ich ertrage es nicht länger, ein Gefangener zu sein! Ich will zu ihr! Sie ruft mich.« Er warf sich mit seinem gesamten Körpergewicht nach vorn und knurrte wie ein Raubtier. Speichel rann aus dem Mund. »Ich schwöre, dass ich ausbreche und noch mehr töten werde als vorher, wenn ihr mich nicht freilasst«, tobte er. »Ich bin zu stark für euch. Mit ihr zusammen beherrsche ich das Gévaudan, die Menschen werden uns freiwillig Opfer bringen.«

Malesky betrachtete den jungen Mann, in dessen Gebaren kaum mehr etwas Menschliches steckte, durch die getönten Brillengläser und notierte seine Eindrücke: Zum ersten Mal erhielt er die Gelegenheit, einen Loup-Garou in Gefangenschaft zu beobachten und zu befragen. *Der Garou hat ihn fast vollständig durchsetzt. Lange wird es nicht mehr dauern, dann ist er für immer für uns verloren,* stellte er fest.

Das Gezeter war inzwischen in unverständliches Heulen, Knurren und dunkles Bellen übergegangen.

»Monsieur Chastel, versteht Ihr mich noch?« Malesky sah, wie Antoine auf die Knie fiel, sich zusammenkrümmte und sich in die Tiergestalt verwandelte, in der Hoffnung, auf diese Weise besser seinen Fesseln entfliehen zu können.

Krachend verformte sich der Körper. Die Knochen verschoben und streckten sich, während die Muskeln anschwollen und ein Fell aus dem eben noch haarlosen Leib wuchs. Der Kopf wurde breiter, eine lange Schnauze wuchs knackend heraus. Antoine wälzte sich am Boden, er zuckte und schrie. Oder besser gesagt, er versuchte es. Heraus kamen dabei furchtbare Laute, die fast das Blut zum Stocken brachten.

Der Moldawier verfolgte gebannt und abgestoßen zugleich, wie sich die Zähne neu anordneten. Die Fänge, so kam es ihm zumindest vor, waren länger als noch vor drei Monaten. Antoine wandelte sich immer mehr zu einem perfekten Abbild der Bestie. Seine Tiergestalt schien von Mal zu Mal größer und kräftiger zu werden.

Wie gelingt ihm das?

»Monsieur Chastel?« Der Moldawier begutachtete rasch den Sitz der neuen Hand- und Fußeisen, aus denen es noch kein Entrinnen gegeben hatte. Auch dieses Mal machten sie einen stabilen Eindruck. Weil Antoine in der Vergangenheit bewiesen hatte, dass seine Kräfte nicht zu unterschätzen waren, zog Malesky sich hinter das Gitter zurück, das sie als doppelten Schutz in den Keller vor dem Aufgang zur Treppe eingezogen hatten, und schloss den Eingang.

Das Wesen lag still. Antoine war verschwunden. An seiner Stelle kauerte ein hässlicher Loup-Garou mit dem bekannten dunklen, ins Rötliche gehenden Fell und dem schwarzen Streifen, der sich vom Kopf bis zum dünnen Schwanz zog. Die Bestie stellte sich auf die Hinterbeine und überragte Malesky damit um zwei Handbreit. Die roten Augen starrten ihn hasserfüllt an, die großen Klauen öffneten und schlossen sich rasend schnell. Die Kreatur trachtete danach, sich auf den Bewacher zu werfen und ihm ein ähnliches Ende zu bereiten wie den vielen Opfern davor.

»Monsieur Chastel?«, versuchte Malesky es erneut. Sein wissenschaftliches Interesse unterdrückte die Angst weitestgehend. »Falls Ihr mich versteht, dann nickt mit dem Kopf.«

Antoine brüllte stattdessen.

Der widerlich faulige Atem wehte dem Moldawier ins Gesicht und brachte ihn dazu, einen Schritt nach hinten zu machen. »Monsieur, Euer Geruch ist Übelkeit erregend. Das Böse in Euch riecht nicht gut.«

»Öffne«, grollte der Loup-Garou dunkel, die Augen strahlten rot und saugten Maleskys Blick an, der sich zu seinem Entsetzen nicht abwenden konnte. Seine Arme erlahmten und wurden schwer, jegliche Energie schwand aus seinem Körper und schien in den Garou zu fließen. »Öffne«, wiederholte das Wesen den hypnotisierenden Befehl.

Die Hände des Moldawiers bewegten sich wie von selbst, machten sich am Riegel der Tür zu schaffen und beseitigen das erste Hindernis. Malesky konnte den Blick nicht von der widerlichen Fratze der Kreatur losreißen, während sein Unterbewusstsein gegen das, was sein Körper tat, zu rebellieren und ihn aus dieser unheimlichen Trance zu retten versuchte. Es schrie und brüllte beinahe ebenso wie ein gefangener Werwolf. Aber ohne Erfolg.

Antoine hob die Handfesseln, die Ketten klirrten laut. »Öffne.«

»Ich ... habe den Schlüssel ... nicht«, wisperte Malesky

benommen. Er wunderte sich nicht einmal, dass Antoine in dieser Gestalt zu sprechen vermochte.

»Dann komm«, verlangte das Wesen stattdessen, »komm zu mir.«

Malesky hatte keinen Sinn mehr für die Gefahr, in die er sich begab. Er machte einen Schritt nach vorne und stand weniger als eine Elle von der Schnauze des Werwolfs entfernt, die sich erwartungsvoll öffnete. Weißer Schaum tropfte von den Lefzen.

Dass Schritte über ihren Köpfen erklangen, die eisenbeschlagene Luke geöffnet wurde, Pierre und Jean ins Verlies kamen und voller Schrecken auf das sahen, was sich ihren Augen darbot, und nach ihm riefen, bekam Malesky nicht mit. Für ihn gab es nur noch die strahlenden Rubine, die ihn unerbittlich anzogen.

Antoine schnappte nach ihm. Im gleichen Moment bekam Jean den Gehrock des Moldawiers zu fassen und zog ihn nach hinten. Die Zähne verfehlten das Gesicht des Mannes um Haaresbreite und trafen klackend aufeinander. Der Garou heulte enttäuscht auf, ließ sich fallen und schlug die Krallen in Maleskys rechtes Bein. Der wurde durch den jähen Schmerz aus der Entrückung gerissen.

Urplötzlich verstand er, in welcher Gefahr er sich befand. Sein Verstand erwachte, heilsame Furcht bemächtigte sich seiner und half ihm, endlich vor dem Werwolf zurückzuweichen. Den nächsten Hieb, der ihm sicherlich den Unterschenkel abgetrennt hätte, wehrte er mit einem Fußtritt ab, dann hatten ihn die Chastels an den Rockschößen aus Antoines Reichweite gezerrt.

Die Kettenhalterungen rissen in kurzen Abständen nacheinander mit einem hässlichen Geräusch aus der Wand. Pierre warf gerade noch rechtzeitig die Gittertür zu.

Antoine sprang knurrend gegen die Stäbe, die unter dem

Aufprall erbebten. Er rüttelte daran und schrie. Der Putz, mit dem sie im Mauerwerk festgemacht waren, bröckelte ab, das Eisen bewegte sich mehr und mehr.

»Zurück, Antoine!« Jean schlug ihm mit dem Blechnapf, in dem normalerweise das Essen lag, auf die klauenhaften Finger, was ihn nicht störte. Er riss den Stab mit der silbernen Klinge von der Wand und rammte die Spitze tief in die Schulter seines verwandelten Sohnes, der furchtbar aufjaulte und unverzüglich weg vom Gitter sprang.

Antoine ließ sich auf alle viere fallen und lief wie eine lauernde Katze hin und her; dabei grollte er unablässig. Die Wunde an seiner Schulter zischte leise, schwarzer Dampf stieg auf, und es roch ekelhaft nach altem, verbranntem Fleisch.

»Bei Gott dem Allmächtigen!« Malesky schnitt sich das Hosenbein auf und betastete fluchend die geschlagene Wunde. »Sie geht bis auf den Knochen«, stellte er zähneknirschend fest. »Unachtsamkeit tut weh, Messieurs.«

»Ihr werdet mir sicherlich berichten wollen, was vorfiel«, sagte Jean. Pierre half dem Moldawier auf die Füße und die Leiter hinauf.

Eine kräftige, verknöcherte Hand legte sich Jean von hinten auf die Schulter und drückte zu. »Vater, lass mich frei«, begehrte Antoine heiser. »Lass mich frei, damit ich sie sehen und mit ihr jagen kann, oder ich schwöre, dass ich bei meinem nächsten Ausflug nicht mehr zu dir zurückkehre.«

Jean hatte sich beherrscht, bei der unvermittelten Berührung nicht laut aufzuschreien, und gab vor, keine Furcht vor seinem Sohn zu empfinden. Er schaffte es sogar, sich langsam umzudrehen und nicht wegzulaufen; aber als er sah, wem oder was er da gegenüberstand, bewegten sich seine Füße gegen seinen festen Vorsatz rückwärts. Die Hand glitt vom Stoff seines Rocks ab.

Antoine hatte sich – ohne dass sie es bemerkt hatten – zur

Hälfte in einen Menschen zurückverwandelt. Das Gesicht bestand teils aus den schrecklichen Zügen der Bestie, teils aus dem Gesicht des Menschen, den er aufgezogen und heranwachsen gesehen hatte. Die Reißzähne standen zwischen den Lippen hervor, und der Kopf wirkte merkwürdig deformiert und in die Länge gezogen. Der Körper war ein groteskes Zerrbild, eine Chimäre, wie man sie an den Kirchen als Fries oder in Sagenbildern fand, ein Mischwesen aus Mensch und Tier. Die Genitalien baumelten grotesk aus dichter Behaarung hervor.

»Hörst du, was ich sage, Vater? Ich werde sonst nie mehr zurückkehren!«, drohte er ein weiteres Mal.

»Ich kann dich nicht mehr mordend herumziehen lassen, Antoine«, sagte Jean erschüttert.

»Du musst!«, schrie Antoine und rüttelte wieder wie besessen an den Stäben. »Oder ich fresse das Gévaudan leer!« Er hörte mit dem Toben auf und presste die abscheuliche Fratze gegen die Stäbe, die Augen funkelten bösartig. »Und ich werde ausbrechen, Vater. Dann zerreiße ich alles. Jeder Tote wird deinen Namen tragen.«

Jean wollte nicht glauben, was er sah und hörte. »Antoine, bekämpfe den Garou in dir«, flehte er. »Er ist es, der zu mir spricht, nicht du. Lässt du ihn die Oberhand gewinnen, so hat Malesky gesagt, können wir dich nicht mehr von dem Keim des Bösen befreien.«

Die schrecklichen Klauenhände schlossen sich fest um die Gitterstäbe. »Wer sagt, dass ich es möchte, Vater? Ich habe mehr Macht, als ich je zu träumen gewagt habe. Die Menschen fürchten mich, ich kann mir nehmen, was immer ich möchte, denn niemand kommt gegen mich an. Die Bestie hat mich zu einem Gott gemacht.« Er schaute Jean in die Augen. »Ich wurde von Kugeln getroffen und starb nicht, ich habe das Blut und das Fleisch von Kindern und Frauen gefressen, und es schmeckte vorzüglich. Es gab mir noch mehr Kraft. Meine Ohren tragen mir Geräusche zu, die ich als Mensch niemals vernahm, ich rieche jede kleine Nuance meiner Umgebung, und meine Muskeln sind stark wie Stahlbänder.« Er reckte sich. »Soll ich diese Macht wieder verlieren?«

»Wir werden den Fluch von dir nehmen, Antoine.«

»Dieser Körper ist *gesegnet,* nicht verflucht. Lass mich raus.«

»Nein.«

»LASS MICH RAUS!« Dieser Schrei durchdrang alles, klang wie ein Kanonenschlag durch den Keller und drohte Jeans Trommelfelle zu sprengen. Er presste die Hände auf die Ohren, während Antoine von neuem an den Stäben rüttelte. Große Stücke Putz fielen herab. *»ICH TÖTE DICH!«*, brüllte er. *»NIEMAND HÄLT MICH AUF!«* Ein Stab brach aus der Verankerung, Antoine schüttelte noch heftiger an den verbliebenen Sperren und lachte triumphierend.

Jean riss sich zusammen, hob die Silberklinge und rammte sie Antoine in den Oberarm, der aber nicht loslassen wollte, also stach er so lange auf ihn ein, bis der Garou fauchend aufgab. Ein leichenblasser Pierre eilte die Stiege herab, die Muskete mit den Silberkugeln im Anschlag.

»Ich töte alles, was ich finde. Ihr werdet die Schuld tragen«, versprach Antoine ihnen grollend und kauerte sich im hintersten Winkel zusammen. Es krachte und knackte leise, als sich sein Körper wieder ganz in den eines Menschen verwandelte. Er stöhnte und ächzte und keuchte widerlich, sank schließlich zur Seite, und sein Leib schüttelte sich, damit die letzten Wolfshaare abfielen. Dann lag er regungslos da. Es dauerte nicht lange, bis er vor Erschöpfung eingeschlafen war.

Pierre und Jean schlichen in die Zelle und schlugen ihm einen Knüppel auf den Schädel, um ihn in eine anhaltende Ohnmacht zu zwingen. Dann legten sie ihn in Ketten und besserten die Schäden im Verlies aus. Sie setzten die Halterungen der Fesseln dieses Mal noch tiefer in den Stein und sicherten sie dreifach ab.

Bevor sie gingen, versetzte Jean Antoines Trinkwasser mit einem starken Beruhigungsmittel, das er aus Belladonna gewonnen hatte, und flößte es ihm ein; so konnte er sicher sein, dass Antoine mindestens zwei Tage lang nicht zu sich kam. Bis dahin sollte der Mörtel des Mauerwerks getrocknet und hart geworden sein.

»Können wir ihn überhaupt noch retten?«, fragte Pierre leise und traurig, als sie im Morgengrauen nach oben stiegen, um nach Malesky zu sehen.

Mehr als ein ratloses Schulterzucken brachte Jean nicht zu Stande, und schweigend kehrten sie in das kleine Haus zurück, wo Malesky wartete. Pierre wiederholte ihm gegenüber seine Frage.

»Sicher können wir ihn noch retten.« Der Moldawier hatte das Kunststück fertig gebracht, den klaffenden Schnitt an seinem Bein selbst zu reinigen und zu nähen, und zwar mit gleicher Akkuratesse wie bei Pierre; nun saß er auf dem Stuhl neben dem Kamin und gönnte sich einen Cognac, um die pochenden Schmerzen in seinem Bein weniger zu spüren. »Aber sollte es noch länger als sechs Monate dauern, haben wir ihn für immer an das Böse verloren.« Er berichtete den Chastels von dem, was sich im Keller zugetragen hatte, bevor sie eingetroffen waren und ihn gerettet hatten. »Antoine wurde in einen Garou verwandelt von einer Spezies, die so gefährlich ist wie keine andere.« Er schüttelte sich. »Sie scheint mir von der Hölle dazu bestimmt worden zu sein, Herrscher unter den Bestien zu werden. Es war furchtbar, einfach furchtbar! Diese Augen brannten sich wie glimmende Kohlen geradewegs ihren Weg durch meinen Verstand und kontrollierten meinen Körper wie eine Marionette. Normalerweise gleichen die Augen eines Wandelwesens denen des Raubtiers, dessen

Gestalt es annehmen kann. Die Fertigkeit, die mir Euer Sohn auf unschöne Art demonstrierte, war mir nicht geläufig. Auch nicht die Fähigkeit, verständlich zu sprechen.«

»Dann hatte die ehrwürdige Äbtissin mit ihren Worten nicht Unrecht«, merkte Pierre an, der sich seinen Kräutertee aufgebrüht hatte und nachdenklich zum Fenster in Richtung Kloster hinausschaute. »Sie hatte auf ihrem Zettel vermerkt, was ein Garou vermag.«

»Die Bestie ist schlauer, als ich angenommen habe, dafür muss ich mich bei euch beiden entschuldigen, Messieurs. Sie hat gelernt.« Malesky verlagerte im Sitzen das Gewicht und verzog den Mund: Die Wunde meldete sich mit einem glühenden Stich. »Sie ahnt, dass die Zeit auf ihrer Seite ist. Sie wartet in aller Ruhe, reißt Opfer, um bei Kräften zu bleiben, und zieht, was sehr zu befürchten steht, ihren Wurf groß, von dem wir nicht wissen, wie zahlreich er ist.«

Jean dachte nach. »Vielleicht sollten wir anders an die Sache herangehen«, schlug er vor. »Wir hören uns um, aus welchem Dorf plötzlich eine schwangere Frau verschwunden ist, deren Überreste man nirgendwo gefunden hat. Sie könnte die Bestie sein.«

Pierre nickte. »Es befreit uns zumindest von langen, erfolglosen Wanderungen durch dichtes Gestrüpp und kalte Nächte.«

Malesky sprach sich ebenfalls nicht dagegen aus. Er deutete zur Scheune. »Antoine wird vielleicht noch an Kraft gewinnen. Wir sollten ihm dauerhaft die Sinne vernebeln, damit er sich erst gar nicht mehr seiner Stärke bewusst wird.« Mit Mühe erhob er sich aus dem einfachen Sessel und machte es sich auf der Eckbank bequem. Er legte das Bein hoch. »Messieurs, das ist mit Abstand die längste und anstrengendste Jagd, die ich jemals auf ein Wandelwesen unternommen habe«, seufzte er und zog den Cognac zu sich. »Ach ja, und die schmerzhafteste.« Auf einen Zug leerte er den Becher, schüttelte sich und lehnte sich an die Wand.

»Ihr erwähntet, dass Eure Gründe, die Garous zu jagen, persönlicher Natur seien, dennoch habt Ihr noch nie davon gesprochen«, erinnerte sich Pierre. »Wollt Ihr uns nicht berichten, wie Ihr zur Jagd gekommen seid?«

Malesky stieß die Luft aus. »Es ist nicht besonders spektakulär, Monsieur Chastel. Ich war in meiner Heimat einmal das, was man Söldner nennt. Danach schloss ich mich einer Bande an, die gegen die Osmanen und ihre Statthalter kämpfte. Ich sollte Proviant beschaffen und folgte einer Wildschweinfährte, als ich meinem ersten Vukodlak gegenüberstand. Er sah mich, ich sah ihn, dann verschwand er auch schon wieder. Dabei bemerkte ich einen goldenen, glänzenden Ohrring. In der folgenden Vollmondnacht suchte er unser Lager heim und rottete im Blutrausch alle Männer aus bis auf mich. Er machte sich nicht einmal die Mühe, die Menschen zu fressen, er zerfleischte sie bei lebendigem Leib und ließ sie liegen. Seitdem jage ich die Wandelwesen.«

»Und warum hat er Euch das Leben gelassen?«, fragte Pierre vorsichtig nach.

»Wir haben uns abends oft darüber amüsiert, dass die Bande einen Statthalter des Sultans zum Spaß verprügelt hatte, so dass er schwere Wunden davontrug, ehe er sich vor den Tritten und Schlägen retten konnte. Ich beteiligte mich nicht daran. Aber ich erinnerte mich später, dass er einen Ohrring trug. Einen goldenen, wie jener Vukodlak. Nicht unüblich unter den Osmanen, solche Zier.« Er schenkte sich erneut ein. »Zwei der Toten waren mir gute Freunde geworden. Ich wollte es der Bestie nicht ungestraft durchgehen lassen und suchte den Statthalter auf, um ihn zur Rede zu stellen. Es kam zum Streit, dabei verwandelte er sich vor meinen Augen in einen Vukodlak und griff mich an.« Malesky rieb sich den rechten

Oberarm. »Es war knapp. Hätte ich vorher nicht in Erfahrung gebracht, was man gegen die Bestien einsetzt, wäre ich meinen Freunden ins Jenseits gefolgt. So habe ich ihm einen silbernen Dolch ins Herz gejagt, und seitdem war ich ein gesuchter Mann. Jeder wusste, dass ich einen Mord begangen hatte, aber niemand ahnte, was ich wirklich tötete.«

Vater und Sohn hörten aufmerksam zu. »Wieso habt Ihr die Jagd fortgesetzt, Monsieur Malesky?«, hakte Pierre nach. »Ihr hattet den Mörder Eurer Freunde doch gerichtet.«

Der Moldawier schwieg. »Sie sind überall. Man muss die Augen aufmachen und ihre Spuren zu lesen wissen, und dieses Wissen raubt einem den Schlaf«, raunte er abwesend. »Sie sind eine Gefahr für die Menschen, und diese Art Bestie hier bei euch ist die schlimmste von allen. Sie ist schlau, sie vermag Dinge zu tun, die kein anderes Wandelwesen kann. Ich traf sie zum ersten Mal in der Nähe von Karpineny, als sie einen Gutshof überfiel; sie floh vor mir und macht sich seitdem einen Spaß daraus, mir Spuren zu legen, denen ich folgen soll. Das waren Fallen, oder ich begegnete dabei anderen Wandelwesen, die sie auf mich hetzte wie Handlanger. Aber ich gebe nicht auf. Bis zu meinem letzten Atemzug verfolge ich sie.«

»Hättet Ihr mir das vor zwei Jahren erzählt, hätte ich Euch ausgelacht.« Jean legte ein Scheit ins Kaminfeuer, um die Oktoberkälte aus dem Raum zu treiben. »Nun habt Ihr in mir einen Verbündeten gefunden.«

Pierre war von der finsteren Welt der Kreaturen gefangen. »Ihr sagtet, dass sie überall seien, Monsieur Malesky, aber woher kommen sie? Hat Gott sie geschickt oder der Teufel? Was wollen sie auf der Welt?« Seine braunen Augen leuchteten voller Faszination. »Stand auf den Papieren der ehrwürdigen Äbtissin nicht, dass es auch welche gibt, die den Menschen helfen? Und bedenkt, dass der Statthalter Euch zuerst verschonte.«

Malesky lachte leise. »Mir sind noch keine begegnet, die mich zum Wein einluden oder die älteren Herrschaften beim Einsteigen in die Kutsche halfen.« Er schaute zu Pierre. »Nein, junger Monsieur Chastel, sie sind Bestien. Woher sie kommen, ist mir gleich, wer sie uns gesandt hat, schert mich nicht. Und was sie wollen?« Er stürzte den Cognac hinunter. »Töten, Monsieur. Töten und ihre Saat verstreuen, um eines Tages aus ihren Verstecken zu kriechen und offen über uns zu herrschen.« Er stand auf und humpelte wankend in die Kammer, um sich ins Bett zu begeben. »Der zweitschönste Tag wird jener sein, an dem wir Euren Bruder von dem Fluch der Garous befreien, ohne ihn dafür erschießen zu müssen.« Malesky verschwand im Dunkel des Zimmers.

»Welcher ist der schönste?«, rief ihm der junge Mann hinterher. Er bekam keine Antwort.

Kaum war der erschöpfte Malesky verschwunden, klopfte es laut und schnell gegen die Tür. Jean runzelte die Stirn und schaute aus dem kleinen Fenster. »Äbtissin Gregoria?« Er öffnete ihr und ließ sie herein.

»Bonnuit, messieurs.« Sie sah aufgeregt aus, ihr Kuttensaum war von Schlamm bedeckt, und sie roch nach Schweiß. Sie eilte an ihm vorbei und ging zu Pierre, um seine rechte Hand zu nehmen. »Ich wollte es dir rasch selbst sagen, bevor du es auf einem anderen Weg erfährst. Florence ist heute Morgen niedergestochen worden, aber es geht ihr den Umständen entsprechend gut. Die Wunden sind nicht so gefährlich, wie es zunächst den Anschein hatte.«

»Was?« Pierre schaute erschrocken zu Jean, der die Tür schloss. »Mein Gott!«, raunte er und machte Anstalten, auf den Ausgang zuzugehen. »Ich muss zu ihr. Sie ...«

»Sie braucht Ruhe«, sagte Gregoria beschwichtigend. »Du darfst sie von mir aus bald sehen, aber erst wenn sie wieder zu Kräften gekommen ist.« Sie zwang ihn auf den Stuhl und zog seinen Blick auf sich. »Es ist alles gut. Der Herr stand ihr bei.«

Jean näherte sich ihnen, stellte ihr einen Stuhl hin und lehnte sich gegen den Tisch. »Wie ist das geschehen?«

»Es war in Auvers. Man hat versucht, sie zu vergewaltigen«, sagte Gregoria. »Als sie sich widersetzte, wollte der Mann sie umbringen.«

Pierres Gesicht erbleichte. »Dieses Schwein! Ich tö...«

»Du wirst gar nichts tun. Überlass es der Justiz.« Jean legte ihm die Hand auf die Schulter. »Weiß man, wer es getan hat?«

Gregoria schüttelte den Kopf. »Nein. Florence kann sich an nichts erinnern, sagt sie. Der Schock hat ihren Geist hart getroffen und erschüttert. Es gab keinerlei Spuren, anhand derer man auf den Täter schließen kann. Der Marquis d'Apcher hat eine Untersuchung angeordnet, auch der alte Comte hat seine Hilfe zugesagt.«

»Der alte Comte de Morangiès?« Jean wunderte sich. »Was hat er damit zu schaffen?«

»Seine Leute waren am gleichen Tag in Auvers. Sie gehörten einem Jagdtrupp seines Sohnes an, der in der Nähe eine Kutsche aus einem Morastpfuhl gezogen hat.« Gregoria setzte sich auf den Stuhl. »Ich vermute, er möchte verhindern, dass es heißt, einer von seinen Untergebenen habe versucht, Florence Gewalt anzutun.«

Ein Flackern in ihrem Blick verriet ihm, dass es noch etwas gab, was sie aber vor Pierres Ohren nicht aussprechen würde. »Geh zu Bett«, wies er seinen Sohn an. »Die Äbtissin und ich müssen noch reden. Über dich und Florence.«

Widerwillig erhob er sich. »Richtet Florence meine innigsten Genesungswünsche aus«, bat er sie. »Lasst mich wissen, wann ich sie besuchen darf.« Er nickte den beiden zu und verschwand im Zimmer, in dem bereits Malesky lag.

»Was gibt es noch, Gregoria?«, sagte Jean gedämpft, sobald sich die Tür geschlossen hatte.

»Bin ich so leicht zu durchschauen?«

»Für mich, ja«, erwiderte er lächelnd. Er freute sich, ihr Gesicht zu sehen, auch wenn es tief im Schatten ihrer Haube lag. Er hätte es sogar in vollkommener Finsternis erkannt. »Es hat etwas mit der Kutsche im Morast zu tun, nehme ich an.«

Gregoria schenkte sich etwas Wasser ein. »Die Kutsche gehörte einer Madame Dumont, von der ich weder weiß, woher sie kommt, noch ob sie überhaupt so heißt. Sie besuchte mich vor einiger Zeit«, offenbarte sie leise. »Sie behauptete, Florences Mutter zu sein, sprach von Gefahr, in der sie sich befände, und gab mir außer viel Geld auch einen Brief für Florence. Sie sollte ihn lesen und damit zum alten Comte gehen.«

»Hast du den Brief gelesen?«

»Nein. Ich gab ihn Florence.« Gregoria atmete tief ein. »Er wurde ihr geraubt, Jean. Das war keine versuchte Vergewaltigung. Es war ein gezielter Mordanschlag auf mein Mündel! Ihr Tod hätte alle Spuren beseitigt.«

Jean schwieg eine Weile. »Die Kutsche gehörte dieser Dame Dumont?«

»Ja. Man hat ihre Leiche darin gefunden. Sie ist erstochen worden, und ihre persönlichen Gegenstände einschließlich ihrer Koffer fehlen. Außer mir weiß niemand, wer sie ist. Für die Gendarmerie ist sie eine unbekannte Reisende, die überfallen wurde.« Urplötzlich begann sie zu zittern, die Anspannung brach durch.

Jean setzte sich neben sie und griff zögernd nach ihrer Hand. Gerne hätte er sie stattdessen in den Arm genommen und ihr Halt gegeben, aber er wagte es nicht.

Sie klammerte sich an seine Rechte und drückte sie. »Ich habe Angst um Florence. Eine Angst, die mir der Herr nicht nehmen kann.«

»Ich verstehe. Du denkst, dass der alte Comte der Vater von Florence ist und er jeden Zeugen zum Schweigen bringen möchte.«

»Es ist nicht von der Hand zu weisen, dass er etwas damit zu tun hat«, sagte sie.

»Dass die *Familie* de Morangiès etwas damit zu tun hat«, verbesserte er. »Ein solches rücksichtsloses Vorgehen würde ich eher dem jungen Comte zutrauen als seinem Vater. Er hat den weitaus schlechteren Ruf.«

Gregoria schaute ihn aus großen Augen an. »Der *junge* Comte? Dann wäre er damals«, sie rechnete kurz nach, »um die sechzehn gewesen, als er Florence gezeugt hätte.«

»Ein Alter, in dem sich ein junger Mann gerne austobt und Gefallen an unterschiedlichen Frauen findet. Dass er ein Adliger ist, hat es ihm vermutlich noch leichter gemacht, in ein Bett zu gelangen.«

»Aber welche Gefahr geht von Florence denn aus, dass man sie deswegen umbringen müsste?« Gregoria drückte Jeans Hand und schien sie nie wieder loslassen zu wollen. In dem Augenblick, in dem sie sich die Frage gestellt hatte, fiel ihr die Antwort von selbst ein. »Es war nicht Florence, sondern der Brief!«

»Ihre Mutter hat etwas über einen der de Morangiès gewusst, egal ob Vater oder Sohn«, sagte Jean. »Dieses Wissen sollte ausgelöscht werden, nehme ich an.«

Gregoria nickte. »Dann ist es gut, dass der Brief gestohlen wurde. Soweit ich weiß, hat Florence ihn noch nicht gelesen. Wer immer ihn nun besitzt, wird das an dem Siegel erkennen und sie in Ruhe lassen.«

»Damit wäre sie außer Gefahr.« Jean schaute zur Tür, hinter der Pierre verschwunden war. Sie war nicht richtig ins Schloss gefallen. Lauschte sein Sohn? »Aber gib die nächsten Wochen besonders auf sie Acht. Es sollte immer eine der Schwestern bei ihr sein. Und lass mich wissen, wenn dir etwas Ungewöhnliches auffällt. Pierre und ich werden zur Stelle sein.«

Sie lächelte und berührte ihn mit ihrer Linken an der Wange. »Ich danke dir von ganzem Herzen, Jean.«

»Wirst du den Comte aufsuchen und ihn zur Rede stellen?«

Gregoria zögerte. »Zuerst wollte ich das. Aber es würde vermutlich mehr zerstören als nützen. Wenn es ruhig bleibt, werde ich an der Vergangenheit nicht rütteln, um Florences willen. Ihr Leben bedeutet mir sehr viel.« Sie erhob sich. »Ich muss wieder zurück.« Sie drückte Jean, der sich erheben wollte, auf den Stuhl. »Nein, begleite mich nicht. Ich finde den Weg zum Kloster auch allein, und es wird mir nichts geschehen.« Sie bückte sich und küsste ihn auf die Stirn, danach eilte sie aus der Hütte.

Jean lauschte auf ihre Schritte, bis sie vom Rauschen der Bäume übertönt wurden. Es gab im Gévaudan offenbar mehr Geheimnisse als nur das der Bestie.

XXIX. KAPITEL

**29. März 1767, Kloster Saint-Grégoire,
in der Umgebung von Auvers**

Florence stand am Fenster ihres Zimmers und schaute über die Klosteranlage, in der bald Ruhe einkehren würde. Die letzten Pilger, die in Saint-Grégoire rasteten, sammelten sich im Hof und brachen zu ihrer nächsten Etappe auf dem Weg nach Santiago de Compostela auf. Die Zeit der Besinnlichkeit, des Nachmittagsgebets und der Lektüre der Heiligen Schrift nahte.

Ihre Augen hefteten sich auf das Kreuz auf dem Dach der Kirche, und sie faltete die Hände. *Heiliger Gregor und Heilige Mutter Gottes, bewahrt mir meinen Pierre vor den Fängen der Bestie und bringt ihn heil in meine Arme zurück, auf dass wir gemeinsam aus dem Gévaudan wegziehen können.*

Sie senkte den Kopf und betete still ein Vaterunser nach dem anderen, um Gott dem Allmächtigen zu gefallen. Er hatte ihre Stichwunden ohne Komplikationen verheilen lassen.

Davon hatte sich Pierre überzeugen dürfen, heimlich und lediglich mit raschen Blicken. Für mehr als das und eine sanfte Berührung als Versprechen auf kommende Nächte hatte es nicht ausgereicht. Aber anscheinend hatte er sie mit der Billigung seines Vaters besuchen dürfen. Florence wertete das als gutes Zeichen. Nach diesem schrecklichen Angriff gab es für sie keinerlei Zweifel mehr, das Gévaudan verlassen zu müssen. Trotz der Geheimnisse, die um die Person ihrer vermeintlichen Mutter geblieben waren.

Ihre Gebete endeten, die Gedanken drifteten zu sehr ab. Sie wusste sehr wohl, dass der Mann sie wegen des Briefes hatte ermorden wollen. Gregoria dachte, dass der Brief verloren war. Aber Florence besaß ihn noch. Zumindest einen kleinen Teil davon.

Sie wackelte am Fensterbrett und hob den schweren Sandstein kaum merklich nach oben. Der Spalt war breit genug, dass sie mit der Nadel ihrer Spange hineinfahren und den Fetzen Papier hervorziehen konnte.

Ihre Augen huschten wieder über die bruchstückhaften Satzanfänge, aus denen sie nicht schlau wurde. Der Brief war an einen Charles gerichtet, es wurde von einer Liebesnacht gesprochen. Die Verfasserin – die Handschrift war eindeutig weiblich – bat um die Versorgung des Kindes. Die Rede war außerdem von einem Fieber und einem Mann, der aus Italien stammte. Er musste Fragen gestellt haben.

Mehr vermochte Florence nicht zu erkennen. Ein Brief, der harmlos klang und jemandem dennoch ihren Tod wert war. Natürlich gab es haufenweise Männer, die Charles hießen. Zwei bedeutsame in der Region trugen den Nachnamen de Morangiès. Ein Zufall?

Das Rumpeln einer Kutsche, die auf das Kloster zuhielt, ließ sie den Kopf heben und nach draußen schauen. Es war ein gepanzertes Vehikel, wie man es hier auf dem Land nur selten sah; mit ihm wurden Steuergelder, Adlige oder Verbrecher transportiert. Um die Kutsche herum ritten dreißig Männer, und die Hälfte davon trug Musketen auf dem Rücken.

Ist es der Bischof oder ein Adliger mit seinem Gefolge? Florence versuchte, an der Kutsche oder auf der Kleidung der Männer ein Wappen ausfindig zu machen. *Merkwürdig, sie reiten ohne ein Zeichen. Söldner?* Sie erschrak. *Plünderer! Sie kommen, um Saint-Grégoire zu überfallen.*

Sie war nicht die einzige aufmerksame Beobachterin. Die Nonne, die an der Pforte Dienst versah, rannte mit wehendem Habit über den Hof zum Haus der Äbtissin.

Hastig suchte Florence ihr Stilett, dann kehrte sie ans Fenster zurück, um zu sehen, was geschah. Bald darauf eilte Gregoria gemeinsam mit der Nonne zum Eingang. »Ehrwürdige Äbtissin!«, rief Florence hinunter. »Was …«

Gregoria schaute zu ihr hoch. »Bleib, wo du bist«, gab sie Anweisung. »Tritt vom Fenster zurück und sei unbesorgt.« Sie setzte ihren Weg fort.

Florence erkannte, dass diejenigen der Männer, die keine Muskete mit sich führten, Pistolen in den Gürteln trugen. Ein jeder von ihnen besaß einen Degen oder zumindest einen langen Dolch, hier und da blitzten Harnische unter den Überwürfen auf.

Dass sie trotzdem nicht sofort angefangen hatten zu schießen, beruhigte die junge Frau ein wenig. Aufmerksam beobachtete sie, wie Gregoria mutig vor das Tor trat und mit dem Vordersten der Truppe sprach. *Räuber sind es demnach keine.* Ihre Hände krampften sich ineinander, und sie tat sich vor Aufregung selbst weh.

Die Äbtissin kehrte ins Kloster zurück, rief vier Nonnen herbei und öffnete das Tor, durch das der Tross in Saint-Grégoire Einzug hielt. Im Innenhof saßen die Männer ab, ein Teil versorgte ihre Pferde, und sieben Männer gingen mit der Äbtissin in ihr Haus. Die Kutsche blieb verschlossen.

Was wohl darin ist? Florence nahm sich ein Kissen vom Bett, legte es aufs Fensterbrett und schaute zu, was die unerwarteten Gäste taten.

Der hellblonde Mann, der sich Gregoria als päpstlicher Legatus Giaccomo Francesco vorgestellt hatte, setzte sich, nachdem er sich in ihrem Schreibzimmer umgesehen hatte, auf einen Stuhl. Seine sechs Begleiter verteilten sich in dem kleinen Raum, so gut es ging. Die unerbittlichen hellgrünen Augen, die einem Inquisitor alle Ehre gemacht hätten, richteten sich auf ihr Gesicht. »Ihr versteht, dass ich mein Anliegen nicht vor den Augen und Ohren Eurer Ordensschwestern und Pilger vortragen wollte, ehrwürdige Äbtissin?«

»Durchaus, Exzellenz.« Sie nahm hinter ihrem Tisch Platz und war erleichtert, dass sie etwas zwischen sich und dem Italiener hatte.

»Ich soll Euch den Gruß Seiner Heiligkeit überbringen und für die Umsicht danken, die Ihr an den Tag legtet. Ihr wart es doch, die den Brief sandte, ehrwürdige Äbtissin?«

»Soll ich es leugnen, wo Ihr meinen Brief in der Hand haltet, mit meiner Unterschrift darunter, Exzellenz?«

»Und wie kommt es, dass Ihr den Brief so spät an den Heiligen Vater aufgegeben habt?«, hakte er sofort nach. »Die Wirtin, von der Ihr in Eurem Brief spracht, sagte uns, dass sie die Kleider schon Monate zuvor ins Kloster gab.«

Gregoria saß kerzengerade, faltete die Hände zusammen und lächelte den Mann an. »Ich habe den Zettel durch einen Zufall entdeckt, als wir die Sachen waschen wollten, Exzellenz.« Sie betrachtete zuerst ihn, dann die anderen und machte durch ihre Miene keinen Hehl daraus, dass sie die Waffen missbilligte. »Ich wusste nicht, dass man gegen die Gesetze der heiligen katholischen Kirche verstößt, wenn man sie über Unregelmäßigkeiten unterrichtet.«

»Nein, Ihr habt gegen nichts verstoßen, ehrwürdige Äbtissin. Aber der Pontifex ist bei aller Dankbarkeit verwundert. Und ungehalten.« Er schaute zum Kreuz. »Wir sind hier, um die Umstände des Verschwindens unseres Bruders zu untersuchen.«

»Nach drei Jahren dürfte es schwierig sein, eine Spur zu finden. Wenn Euch aber die Gnade des Herrn begleitet, Exzellenz, dann sollte es ein Leichtes sein.« Sie schaute auf die Pistolen an seinem Gürtel. »Verratet mir bitte, weshalb Ihr durch die Gegend zieht, als befändet Ihr Euch auf dem Weg zu einer Schlacht.«

»Die Kunde der Bestie im Gévaudan drang bis nach Rom, auch ohne Euren Brief, und da dachte ich, dass es das Beste sei, sich gegen die Kreatur zu wappnen, die durch die Wälder streift und Menschen reißt. Manchmal reichen Worte des Glaubens allein nicht aus.« Francesco neigte den Kopf etwas zur Seite. »Solange wir unsere Untersuchungen anstellen, bleiben wir in Eurem Kloster, ehrwürdige Äbtissin. Lasst alles herrichten, wir sind lange unterwegs gewesen.« Er stand auf und verneigte sich vor dem Kreuz. »Sollte Euch jemand nach uns fragen, werdet Ihr sagen, dass wir zum Schutz der Pilger hier sind. Verbreitet, dass der Heilige Vater sich um das Wohl seiner Schäfchen sorgt und bewaffnete Hirten sendet. Wir vermögen mehr auszurichten als die königlichen Häscher.« Er ging aus dem Zimmer, seine Leute folgten ihm.

»Heilige Mutter Gottes«, stöhnte sie. Jetzt befand sie sich wirklich in großen Schwierigkeiten.

»Ehrwürdige Äbtissin, habt Ihr nicht ein Mündel in Eurem Kloster?«

Sie zuckte sichtbar zusammen: Der Gesandte war noch einmal eingetreten, ohne dass sie ihn bemerkt hatte.

»Oh, habt Ihr ein schlechtes Gewissen wegen etwas?«, fragte Francesco arglistig lächelnd.

»Nein, natürlich nicht. Mein Gewissen ist so rein wie das Eure, Exzellenz«, log sie und wunderte sich, dass sie nicht rot wurde. »Ja, ich habe ein Mündel. Ihr Name ist Florence. Florence Taupin.«

»Aha.« Mehr sagte er nicht und verschwand dieses Mal wirklich.

Gregoria verfolgte ihn vom Fenster aus mit Blicken, als er über den Hof ging, zwei seiner Leute zu sich winkte und mit ihnen sprach. Die Männer sattelten daraufhin ihre Pferde und ritten aus dem Kloster. Sie ahnte, welcher Aufgabe sie nachgingen. Sie zogen Erkundigungen ein. Der Legatus verließ sich nicht auf ihre Worte. Die Äbtissin schaute wieder hinauf zum Kreuz. Es musste ihr etwas einfallen.

Als sie zur Tür hinauswollte, rannte sie in einen der gerüsteten Männer des Legatus hinein, der vor dem Eingang Posten bezogen hatte.

»Verzeiht mir, ehrwürdige Äbtissin.« Er verneigte sich. »Legatus Francesco hat angeordnet, dass ich Euch beschützen soll, solange wir in Euren Mauern sind.«

»Beschützen? Vor wem denn?«

»Vor der Bestie«, erhielt sie zur Antwort. »Er meinte, es sei seine Art, sich für Eure Gastfreundschaft zu bedanken, indem er Euch und allen Nonnen von Saint-Grégoire besonderen Schutz angedeihen lässt.«

»Dann geht und sagt ihm, dass ich diesen Schutz nicht brauche. Dies ist ein Ort Gottes.«

Der Mann schüttelte den Kopf. »Das müsst Ihr selbst tun, ehrwürdige Äbtissin. Ich folge lediglich seinen Befehlen.«

Sie wollte eine erboste Antwort geben, beruhigte sich aber rasch, denn sonst würde sie das Misstrauen gegen sie nur bestätigen. »Ich danke Euch. Und nun entschuldigt mich – es wird Zeit, dass ich mich zum Nachmittagsgebet zurückziehe. *Ad majorem Dei gloriam,* wie es so schön bei Eurem Orden heißt, nicht wahr?«

Der Mann lächelte und schlug das Kreuz. »Zum höheren Ruhme Gottes.«

16. Mai 1767, Kloster Saint-Grégoire, in der Umgebung von Auvers

Gregoria hatte von ihm geträumt.

Von ihm und sich selbst. Er hatte sie besucht, nachts, in ihrem Gemach und mit ihr die Dinge getan, wie sie Mann und Frau tun, wenn sie ein verheiratetes Leben führen. Dinge, die sie früher getan und genossen hatte.

Die wundervollen Eindrücke, die ihr der Schlaf bescherte, waren so wirklich, dass sie von einem heißen Gefühl in ihrem Unterleib erwacht war, das nicht sein durfte. Die Lust hatte in ihrem Leben als Äbtissin keine Rolle zu spielen. Ihr Verstand wusste das. Doch seit diesem Traum begehrte ihr Körper ihn noch mehr. Sie strafte sich für ihre Empfindungen mit doppelt harter Arbeit und noch mehr Bußgebeten.

Herr, nimm sie von mir, die Gedanken, ich bitte dich. Oder gib mir die Einsicht, zu verstehen, warum ich sie habe und was sie bedeuten.

Gregoria senkte den mit Haube und Schleier verhüllten Kopf noch tiefer, die Hände hielten den Rosenkranz. Sie kniete in der vordersten Bank der Klosterkirche schräg unter dem Kreuz.

Es war der Abend vor der großen Pilgerfahrt nach Notre Dame de Beaulieu in der Nähe von Paulhac. Der Chor des Klosters würde unter ihrer Leitung singen und die furchtsamen Menschen mit den Liedern trösten. Denn es war keine Gottesfurcht, welche die Menschen in sich trugen, sondern die blanke Angst vor dem lautlosen, vierbeinigen Tod, der nach ruhigen Monaten plötzlich wieder grausam zuschlug. Wie in den blutigen Jahren 1764 und 1765.

Die Anwesenheit des undurchsichtigen Francesco änderte an dem Durst der Bestie nichts. Ganz im Gegenteil: Sie fühlte sich offenbar angestachelt, dem Gesandten des Papstes zu zeigen, dass auch er machtlos war. Zehn Opfer in kurzen

Abständen, überwiegend kleine Mädchen, verstümmelt, die Eingeweide gefressen, die Gesichter zerbissen und die Haut abgeschält. Jeder erkannte den Ritus der Bestie. Gregoria ahnte, wie alle Menschen im Gévaudan, dass es lediglich der Auftakt für einen schrecklicheren Sommer sein würde.

Ich bete zu dir, Herr, lass Jean, seine Söhne und den Moldawier die Kreatur endlich finden, damit der Schrecken für uns alle endet.

Wieder dachte sie an ihn, an ihren Traum, an seinen Körper ...

Die Tür wurde aufgestoßen, und ein kühler Abendwind, der dennoch den Duft des Frühlings und die Feuchtigkeit des Regens mit sich trug, wehte in die Klosterkirche. Äbtissin Gregoria schrak aus ihren Gedanken auf, die sich, dem Ave-Maria zum Trotz, wieder in ihren Verstand stehlen wollten.

»Ehrwürdige Äbtissin, kommt schnell! Monsieur Chastel ist da.«

»Welcher Chastel?«

»Jean Chastel, ehrwürdige Äbtissin. Er verlangt nach Euch mit einer Vehemenz, dass ich ihn nicht länger hinzuhalten vermag«, sagte Schwester Magdalena aufgeregt. »Es muss etwas geschehen sein. Er wartet in Eurem Schreibzimmer.«

Gregoria entfaltete ihre Hände, hängte sich den Rosenkranz um und schaute die Schwester besorgt an. »Wo ist Florence?«

»Auf ihrem Zimmer, wie Ihr befohlen habt.«

»Hast du nachgeschaut?«

»Nein, aber ich sah Licht in ihrem Fenster.«

»Dann geh und sieh nach!« Die Äbtissin stand auf und eilte zum Ausgang der Kirche. »Lass mich wissen, was Florence macht.«

Während sie über den Hof durch den heftigen Regen zu ihrem Schreibzimmer lief, beschleunigte sich ihr Herzschlag, und das lag nicht an der ungewohnt schnellen Gangart.

Gleich würde sie dem Mann gegenüberstehen, an den sie vor wenigen Augenblicken noch gedacht hatte.

Unschicklich gedacht hatte.

Sie schluckte die Aufregung hinunter, flog die Stufen hinauf und öffnete die Tür, vor der wie immer zwei Wachen standen.

Gregoria hatte ihre Aufpasser beinahe vergessen. Es würde nicht lange dauern, und der Legatus bekäme Nachricht von dem Besucher. Und dass sie sich mit ihm längere Zeit unterhalten hatte. Spätestens dann würde sich die Aufmerksamkeit auf die Familie Chastel richten.

Jean, der im Zimmer auf und ab gelaufen war, wie die dunkle, feuchte Bahn auf den Dielen ihr verriet, blieb stehen und schaute zu ihr. Die kantigen Züge des Mannes schienen um Jahre gealtert. Mehr als nur Regenwasser lief ihm die Wangen in dicken Tropfen herab, und die Verzweiflung stand ihm ins Gesicht geschrieben. Schwester Magdalena hatte sich nicht getäuscht. »Jean, lieber Freund, was kann ich ...«

Beinahe zornig kam er auf sie zu, packte ihren linken Oberarm und hielt sie fest, die andere Hand hielt ein zerrissenes Lederband vor ihre Augen. Daran pendelte eine kleine Schwalbe aus Holz, von der ein Teil abgesplittert war.

»Wie kann ein Gott, der gütig ist, *das* zulassen?«, schrie er außer sich, und für einen Moment dachte Gregoria, die Faust würde in ihrem Gesicht landen. Seine Augen waren weit aufgerissen und rot vom Weinen, die Wut sprang aus ihnen hervor. »Wo bleibt sein Beistand für die Schwachen?«

Sie konnte nichts sagen, der harsche Angriff des Mannes überrumpelte sie, und sein Griff schmerzte. »Jean, du ...«

»Marie!« Er brüllte ihr den Namen entgegen. »Marie ist tot. Die kleine Marie Denty, zwölf Jahre lang kenne ich sie, ich habe ihr dieses Band geschenkt und den Vogel geschnitzt, und jetzt ist sie tot!« Seine Stimme schraubte sich höher, kippte und brach. »Pierre, Malesky und ich haben sie gefunden.

Die Bestie hat nicht mehr von ihr übrig gelassen als zerkaute Reste.«

Die Tür öffnete sich und Francescos Männer wollten eintreten, aber Gregoria hielt sie mit einer herrischen Handbewegung davon ab. Ihre stumme Autorität genügte; die Bewaffneten verschwanden wieder.

Jean schleuderte den Anhänger zu Boden. »Ohne ihn hätten wir nicht einmal erahnen können, wen sich der Garou da genommen hat.« Er fuhr sich wie wahnsinnig durch die nassen weißen Haare, sein Blick ging durch die Äbtissin hindurch. »Aber es hat ein Ende. Ich kann ihn nicht länger verschonen«, raunte er. »Er hasst mich und tötet alle, die ich liebe.« Die Augen fixierten das Gesicht der Äbtissin, und er rang mit sich. »Du bist ... du bist in Gefahr, Gregoria. Er wird kommen und dich holen, weil er weiß, dass ich ...« Jean verlor die Farbe aus dem Gesicht, wankte und sackte auf dem Stuhl zusammen, den sie ihm rasch hinschob. Er stützte die Ellbogen auf die Knie, verbarg sein Gesicht vor ihr und schluchzte. »Ich bin schuld«, hörte sie ihn undeutlich klagen. »Ich hätte ihn töten sollen, als es schlimmer wurde. Er ist ausgebrochen, und wir konnten ihn nicht mehr finden ...« Der Rest ging in seinem Weinen unter.

»Ich verstehe nicht, Jean«, sagte Gregoria behutsam und strich ihm zögernd über den Nacken. Sie erinnerte sich genau an den Markttag, an dem sie ihn mit Marie gesehen hatte. Der Tod des kleinen, freundlichen Mädchens zehrte auch an ihr.

Jean hob den Kopf, sein Kinn zitterte. »Der Loup-Garou ... es ist ... Antoine«, brach es aus ihm heraus.

»Antoine?« Gregorias Gesicht verlor jegliche Farbe, sie schaute alarmiert zur Tür. »Um Himmels willen, Jean«, flüsterte sie bestürzt. »Kein lautes Wort mehr! Die Männer, die vor meinem Zimmer wachen, sind nicht vertrauenswürdig.«

»Wir wollten ihm helfen und haben es schlimmer gemacht. Antoine ...«

Ihre Hand verharrte auf ihm. »Aber ich dachte ... Ich verstehe nicht. Wieso er?«

Und Jean erzählte. Er erzählte ihr alles, vom ersten Zusammentreffen mit der Bestie vor drei Jahren im Vivarais bis zu der Hoffnung, den Sohn vom Fluch befreien zu können. Die genauen Umstände verschwieg er jedoch. »Sein Leben ist verwirkt.« Er wischte sich die Tränen aus den Augen. Gregoria starrte ihn an. »Der Garou hat Antoine zur Bestie gemacht?« Sie setzte sich, die Blässe wich nicht mehr aus ihrem Antlitz. Er hatte den Eindruck, dass es sie sehr hart traf, die Wahrheit zu hören. Er schien damit etwas zunichte gemacht zu haben.

»Gregoria ... Wirst du es jemandem erzählen?«

Sie fing sich und lächelte ihn an. »Nein, Jean. Es ist eine Beichte gewesen, und darüber herrscht absolutes Schweigen«, beruhigte sie ihn. »Niemand erfährt etwas von Antoines Geheimnis. Und schon gar nicht Legatus Francesco.«

»Der, der die Pilger beschützen will?«

»Ja. Aber er ist ein Jesuit ...« Sie stockte, wagte es nicht, noch mehr zu offenbaren.

Er hob die Augen. »Ich werde das, was einmal mein Sohn gewesen ist, bevor er von der Bestie gebissen wurde, erschießen. Ich und kein anderer. Sobald ich etwas Geld für Silber geborgt habe, werde ich mir daraus Kugeln machen lassen und ihn zur Strecke bringen.« Er rutschte vom Stuhl, nahm Maries Anhänger vom Boden und schob ihn sich unter das Hemd. »Meine Schuld ist unermesslich«, flüsterte er. »Wie konnte ich so verblendet sein?«

Auch ihre Schuld war unermesslich. Sie sah ihn voller Liebe an, wie er vor ihr kniete, und versuchte sich vorzustellen, wie sich ein Mann fühlte, der den Tod des eigenen Sohnes beschlossen hatte und ihn eigenhändig erschießen musste. »Gott vergibt dir, Jean«, sagte sie leise. »Wie er uns allen vergibt.«

»Gott hat das alles zugelassen. Er hat mir nichts zu vergeben«, erwiderte er abfällig und strich die weißen Locken nach hinten.

Gregoria nahm ihren silbernen Rosenkranz ab. »Nimm ihn und fertige daraus Kugeln, damit du ihn stellst, bevor es der Legatus tut.« Sie holte tief Luft. »Ich mache dir keinen Vorwurf, dass du deinen Sohn vor den Jägern geschützt hast und ihn wieder zu einem Menschen machen wolltest. Vermutlich hätte ein jeder Vater ... oder eine jede Mutter«, sie zauderte und wich seinem Blick aus, »so gehandelt wie du.«

Jean fuhr mit den Fingern über das Rosarium, der Daumen ruhte auf dem Heiland. »Gott hat mich und meine Familie im Leben mehr als einmal im Stich gelassen«, sprach er bedachtsam. »Ich schwöre bei diesem Kruzifix, dass ich meine Seele dem Bösen hingebe, wenn er es wieder tut.« Er erhob sich. »Nun kann Gott mir beweisen, dass er Anteil nimmt an meinem Leid, oder ich entsage ihm auf alle Zeit.«

»Nicht!« Gregoria machte einen Schritt vorwärts und legte ihm den Zeigefinger auf die Lippen. »Der Herr lässt sich nicht fordern und versuchen.«

Es war dieser eine Schritt gewesen, der berühmte Schritt zu weit, der sie auf Tuchfühlung mit ihm gebracht hatte und der beide dazu verführte, der lange zurückgehaltenen Zuneigung nachzugeben. Trotz der Gefahr vor der Tür.

Ihre Gesichter bewegten sich zugleich, die Lippen trafen sich. Sie erschauderten unter der Stärke der Empfindungen, die ihre Knie weich machten, Hitzewellen durch den Leib jagten und das Verlangen entzündeten, bis es zu einem nicht mehr kontrollierbaren Feuer emporloderte.

Sie küssten sich ohne Unterlass, warfen die Kleider achtlos zu Boden und zeigten sich einander nackt wie einst Adam und Eva. Jean berührte ihre kurzen, blonden Haare und lächelte. Er streichelte Gregorias Brüste mit einer Zärtlichkeit, die sie nicht für möglich gehalten hätte. Sie stöhnte leise auf und schloss die Augen, während er sie umrundete und sich hinter sie begab.

Sein harter Schaft glitt unter ihren Pobacken vorbei und tauchte fingerkuppentief in ihre Weiblichkeit ein. Gregoria fasste hinter sich und streichelte fordernd seine Oberschenkel, spürte seine Hände auf ihrem Bauch, auf ihren Brüsten, an ihren Brustwarzen, seinen heißen Atem an ihrem Hals und hörte sein lustvolles Aufstöhnen. Schließlich beugte sie sich nach vorne, und sein steifer Penis glitt wie von selbst ganz in sie hinein und weckte Gefühle in ihr, dass sie eine Hand vor den Mund halten musste, damit der Lustschrei nicht durch ganz Saint-Grégoire hallte. Es war so berauschend, so schön wie damals. Nein. Schöner.

Gregoria löste sich schwer atmend von ihm und drehte sich um, um in sein Gesicht sehen zu können. »Es wird nur diese eine Nacht geben, Jean«, raunte sie, umschlang ihn und zog ihn auf den Boden.

»Es wird eine lange Nacht.« Jean sah sie trunken vor Lust an, saugte an ihrer linken Brustwarze und führte erneut seinen Schaft in sie. Er begann mit vorsichtigen Stößen, drang jedes Mal etwas tiefer vor und steigerte ihre Empfindungen, bis sich das Zimmer um die Liebenden herum zu drehen begann und sie nicht mehr klar zu denken vermochten.

Im Sog der Leidenschaft vergaßen sie die Wachen vor der Tür.

14. Juni 1767, Notre Dame de Beaulieu,
südöstlich von Paulhac, Südfrankreich

Äbtissin Gregoria ging an der Spitze der Abordnung von Saint-Grégoire und ließ ihren Blick rundum schweifen, während sie und die Nonnen den Weg entlangliefen.

Selten war eine Messe am Ende einer Pilgerfahrt zur Kapelle Notre Dame de Beaulieu so gut besucht wie in diesem Frühsommer. Die Menschen kamen so zahlreich, dass man die kleine Kirche hatte verlassen und sich auf die weitläufige, steinübersäte Weide begeben müssen, die genau im Mittelpunkt zwischen den Drei Bergen lag.

Gregorias Freude über die vielen hunderte von Gläubigen wurde getrübt, weil der Ansturm ihrer Einschätzung nach einen einfachen, zugleich auch schrecklichen Grund hatte: Furcht.

Herr, was haben dir die Menschen getan, dass du die Prüfung nicht enden lässt?, fragte Gregoria im Stillen, führte die Nonnen durch die Menge und hielt auf den Altar auf dem kleinen Hügel zu. Dort stellten die Nonnen sich auf, um später während der Messe und der heiligen Kommunion ihre Lieder zu singen.

Der Bischof, Abbé Prolhac, war aus Mende angereist, um das Wort Gottes zu verkünden. Er begann seine Messe mit viel Eifer, der auf die Menschen übergriff und den Schrecken, den die Bestie in ihnen hinterlassen hatte, von der Seele nahm. Dankbar hingen sie an seinen Lippen, lauschten den Versprechen über die Gnade des Herrn, der alle Gläubigen und Unschuldigen schützte, und sogen die rituellen Formeln ein, um sie wie einen Schild des Glaubens vor sich herzutragen.

Gregoria ertappte sich dabei, dass sie nach einem ganz bestimmten, vertrauten Gesicht in der Menge Ausschau hielt, obgleich sie wusste, dass Jean Chastel einen Gottesdienst ebenso sehr mied wie der Teufel das Weihwasser.

Die Hoffnung gab sie dennoch nicht auf. Sie erinnerte sich an die Nacht der Sünde – und verlangte nach mehr. Ihr Gewissen aber machte ihr unentwegt Vorhaltungen und verlangte nach einer Beichte und unzähligen Gebeten, um sich von der

Verfehlung reinzuwaschen. Sie war so zwiegespalten, dass sie es kaum weiter zu ertragen glaubte.

Die Messe war gehalten, die Kommunion gefeiert, nun begannen die Segnungen. Ein junger Priester ging mit einem einfachen Eimer und einem Bündel Palmzweige an den Reihen vorüber, sprengte Weihwasser auf die vor ihm niederknienden Häupter und rief unentwegt Segenssprüche, bis er allmählich heiser wurde.

»Bonjour, ehrwürdige Äbtissin«, sagte Legatus Francesco neben ihr und wirkte sehr vergnügt. Inzwischen hasste sie seinen italienischen Akzent. Er trug wie immer einfach geschnittene Kleidung, aber aus gutem, teurem Tuch. Um ihn herum standen fünf seiner Leute. »Kann ich mit Euch sprechen?«

»Ein ungünstiger Zeitpunkt, Exzellenz ...«

Er beugte sich zu ihr. »Es war vor ein paar Nächten auch ein ungünstiger Zeitpunkt für eine Äbtissin, sich mit einem Mann zu vergnügen. Ich könnte den Bischof darüber in Kenntnis setzen«, raunte er und deutete auf Abbé Prolhac, der nur wenige Schritte entfernt stand. Er zog den Kopf zurück und lächelte wie ein gütiger Heiliger. »Können wir nun reden?«

»Gebt mir einen Augenblick.« Gregoria schickte Nonnen, um neues Quellwasser zu besorgen, das durch ein paar wenige Gesten zu Weihwasser wurde. Anderen Schwestern trug sie auf, die Gaben entgegenzunehmen, welche die Menschen für den Mann Gottes mitgebracht hatten, um entweder sein oder das Wohlgefallen des Herrn selbst auf sich zu ziehen.

»Was wollt Ihr, Exzellenz?«, wandte sie sich schließlich an ihn und verbarg ihre Angst hinter Schroffheit und Kühle. »Möchtet Ihr mir und den Menschen verkünden, dass Ihr die Bestie endlich erlegt habt?«

Er fasste sie beim Ellbogen und zog sie etwas zur Seite. »Leider nein, ehrwürdige Äbtissin. Ich kam, um Euch nach diesen Chastels zu befragen. Der Name begegnet mir unentwegt, und ich wurde hellhörig, als mir meine Männer sagten, dass Jean Chastel lange bei Euch verweilte.«

»Eure Unterstellungen sind infam. Er wollte ... beichten.« Gregoria bemerkte selbst, wie fadenscheinig diese Worte aus ihrem Mund klangen, und für einen Mann wie Francesco, dessen Aufgabe darin bestand, die Wahrheit zu erkennen, war es ein Leichtes, sie zu entlarven.

»Er hat Euch wohl etwas *offenbart,* und es hatte sicherlich mit der Sünde zu tun«, gab er zurück, während das Lächeln von seinem Gesicht glitt. »Haltet mich nicht zum Narren, ehrwürdige Äbtissin. Streitet nicht ab, dass Ihr es mit ihm getrieben habt. Meine Männer haben Ohren, um zu hören. Und vergesst nicht, dass es Schlüssellöcher gibt. Keine sehr würdige Art, um Ermittlungen anzustellen ... aber Würde scheint in diesem Zusammenhang auch mehr als unangemessen zu sein, meint Ihr nicht?« Er lächelte ansatzlos. »Ich müsste außer dem Bischof natürlich den Pontifex über Eure Verfehlung in Kenntnis setzen. Ihr würdet Euer Amt verlieren, Eure Ehre. Ganz zu schweigen von Eurer Familie, die einen guten Namen in ...«

Gregoria fiel ihm eisig ins Wort. »Sprecht aus, Exzellenz, was Ihr verlangt.«

»Ich bitte Euch, mir jede noch so kleine Erkenntnis über die Familie Chastel mitzuteilen. *Jedes* Detail. Und damit meine ich nicht die Beschaffenheit des Gemächts von Jean Chastel.« Francesco bereitete diese Unterredung offensichtlich große Freude.

»Was wollt Ihr von den Chastels?«, tat sie verwundert.

»Wie ich bereits andeutete: Ich habe den Namen im vergangenen Monat sehr oft gehört, ganz gleich, wohin ich und meine Männer kamen. Der Vater scheint geradezu besessen von der Jagd zu sein. Und – o Wunder – wo immer er sich befand, da geschah ein Mord. Plötzlich ist einer seiner Söhne verschwunden. Dieser Antoine, der mit dem schlechten Ruf – einfach weg, wie vom Erdboden verschluckt. Genau wie seine Hunde. Und ich hörte, dass sich Pierre und Antoine sehr für Euer reizendes Mündel interessierten.« Er ließ den Blick über die Menge schweifen. »Findet Ihr nicht auch, dass es einige zu enge Verbindungen zwischen Euch, den Chastels und der Bestie gibt, ehrwürdige Äbtissin?« Sein Blick wurde hart. »Welche Rolle spielt Jean Chastel?«

Sie hatte ihm schweigend zugehört und dabei fieberhaft überlegt, wie sie den Schlingen entkam, die er mit seinen Äußerungen auslegte. Gregoria entschied sich für den Angriff. »Ihr seid es gewohnt, dass die Menschen vor Euch erzittern, nicht wahr, Exzellenz?«, bemerkte sie schneidend und sah ihn voller Arroganz an.

»Meine beste Waffe ist das schlechte Gewissen derer, mit denen ich mich unterhalte«, gab er ungerührt zurück. »Wie bei Euch, ehrwürdige Äbtissin. Ihr werdet mir auf der Stelle ...«

Unvermittelt erschien Jean Chastel, die Muskete über der Schulter, vor dem Bischof und schaute flüchtig zur Äbtissin und Francesco herüber. Er hielt dem Abbé die Faust hin. »Ich möchte«, sagte er mit lauter, klarer Stimme, »dass Ihr mir diese Silberkugeln und meine Muskete segnet. Die Bestie soll durch sie sterben.« Er öffnete die Hand und zeigte drei runde, polierte Kugeln, die im Sonnenlicht glänzten.

Die Menschen um ihn herum begannen aufgeregt zu tuscheln. Dass ausgerechnet Chastel mit seinen seltsamen Söhnen, dem ruhigen Pierre und dem wahnsinnigen Antoine, sich auf Pilgerfahrt begab und sein Haupt vor der Notre Dame de Beaulieu neigte, anstatt sich zwischen seinen geliebten Bäumen zu verkriechen, musste einfach etwas zu bedeuten haben! Schon machte die geflüsterte Parole vom Zeichen Gottes die Runde.

»Das ist Chastel, richtig? Sehr aufschlussreich, diese Bitte«,

bemerkte der Legatus leise. »Habt Ihr ihn bekehrt, ehrwürdige Äbtissin – in nur einer einzigen Nacht? Das wäre doch selbst für eine Frau Eurer Frömmigkeit ein zu großes Unterfangen.«

Gregoria erwiderte nichts und bat Gott wegen ihrer Mordgedanken um Vergebung.

Der Bischof hatte derweil die genauere Betrachtung der Geschosse beendet. »Das sind Werkzeuge des Todes«, sagte er mit Bedacht. »Wer sagt mir, dass Ihr sie nicht gegen einen Menschen einsetzt und Gott damit schändet?«

Jean trat energisch noch weiter vor und hätte den Geistlichen nun am Kragen packen können, wenn er gewollt hätte. »Ehrwürdiger Abbé, in den letzten drei Jahren sind mehr als hundert Frauen und Kinder durch diese Kreatur getötet worden. Auch ich habe Menschen verloren, die mir nahe standen oder die ich zumindest kannte.« Seine Augen füllten sich mit Tränen. »Weiht sie, Abbé! Weiht sie, damit Gott mir seinen Segen gibt und ich die Bestie töte, um die Leute des Gévaudan zu erlösen und meinen Glauben an den Herrn zurückzuerlangen.« Er nahm die Waffe von der Schulter und hielt sie ihm hin.

»Aber natürlich ... das Mädchen«, sagte Francesco mit falscher Anteilnahme in der Stimme. »Man sagte mir, er habe der Beisetzung der kleinen Marie Denty beigewohnt und ebenso viele Tränen vergossen wie die unglückliche Mutter.« Er beobachtete den Wildhüter, der es seinerseits vermied, zur Äbtissin zu schauen. »Nun, Euer Körper besitzt wohl wirklich die Kräfte einer Heiligen«, sagte er gedämpft. »Hätte man Euch zur Mission in die Welt hinausgesandt, gäbe es keine Muselmanen und Juden mehr. Jedenfalls keine männlichen.«

»Ihr geht zu weit, Exzellenz!«, wehrte sie sich. »Noch *eine* solche Bemerkung ...«

»Und dann?« Er beugte sich zu ihr. »Bleibt ruhig, ehrwürdige Äbtissin. Ihr werdet sie artig ertragen und dankbar als erste Buße für Eure Tat verstehen.«

Gregorias Finger krallten sich ineinander.

»Tut es, ehrwürdiger Abbé!«, bat eine ältere Bäuerin neben Jean flehentlich. »Vielleicht gelingt ihm das, was die ganzen Fremden nicht vermochten. Drei Jahre sind genug.«

»Seht Ihr – Euch und Euren Männern wird kein Vertrauen geschenkt, Exzellenz«, erlaubte sich Gregoria zu sagen. »Ihr solltet Euch etwas mehr anstrengen, um Euren Ruf und den der Kirche zu bewahren.«

»Wenn Chastel sie erlegt, umso besser.« Francesco zog eine silberne Nadel aus seinem Gürtel hervor. »Das Vertrauen in Gott wäre im Gévaudan erst recht wiederhergestellt. Ein halber Heide erhält den Segen und tötet die Bestie. Dazu gebe ich gern mein Einverständnis.«

Aus der Menge ertönten weitere Aufforderungen, die immer lauter und rigoroser klangen. Der Bischof schlug das Kreuz über den Silberkugeln und der Muskete in die Luft, besprengte sie mit Weihwasser und legte eine Hand darauf. Jean nickte zum Dank und verschwand wieder in den Reihen der Pilger.

Der Legatus nickte Gregoria zu. »Wir sprechen uns später, ehrwürdige Äbtissin.« Er bedeutete seinen Männern, ihm zu folgen, und bahnte sich einen Weg durch die Menschen. »Monsieur Chastel, auf ein Wort«, rief er dem Mann nach.

Jean tat so, als habe er den Ruf nicht gehört. Erst als sich die Hand des Legatus auf seine Schulter legte, konnte er ihn nicht länger ignorieren. »Was wollt Ihr?«

Francesco berührte seinen Dreispitz. »Ich grüße Euch, Monsieur Chastel. Eine Vorstellung dürfte überflüssig sein, wenn ich mich nicht täusche.« Er lächelte. »Wir verfolgen das gleiche Ziel: die Bestie. Ich dachte, dass wir uns gegenseitig helfen können. Ihr seid der Mann, welcher dem Untier am häufigsten gegenüberstand.«

»Und Ihr seid der Legatus aus Rom, der die Bestie nicht

einmal gesehen hat«, brummte Jean. »Das sagen die Leute zumindest.«

»Das könnte daran liegen, dass sie sich als Mensch tarnt und in einen Leib hüllt, bevor sie daraus hervorbricht und ihre Opfer verschlingt.« Er betrachtete die Pilger. »Es käme doch – abgesehen von mir und meinen Männern – jeder in Betracht, oder? Sogar Ihr. Oder Eure Söhne.«

Schnell wie eine zustoßende Schlange zuckte sein Arm nach vorne und traf Jeans linke Hand. Es stach unangenehm, und ein Blutstropfen quoll aus der Haut. »Verzeiht, ich wollte eine Wespe verjagen«, entschuldigte sich Francesco. »Sie hatte ihren Stachel in Euch versenkt.«

»Es war keine Wespe.« Jean betrachtete die Wunde. »Was habt Ihr getan?«

Ohne etwas zu sagen, hielt der Legat eine silberne Nadel in die Höhe, an der ein wenig Blut haftete.

»Was soll das?«

»Eine Probe, Monsieur Chastel. Es ist meine Aufgabe, die ich vom Pontifex selbst erhalten habe, die Bestie ausfindig zu machen.« Er streifte das Blut am Ärmel des Wildhüters ab. »Ihr seid es nicht. Kann ich wohl mit Euren Söhnen sprechen?«

»Nein. Dazu gibt es keinen Grund.« Jean zwang sich, nicht die Beherrschung zu verlieren. »Geht und sucht die Bestie, wo Ihr wollt.«

»Das werde ich tun. Habt Ihr sie neulich bei der ehrwürdigen Äbtissin gesucht, Monsieur Chastel?« Francesco hob amüsiert eine Augenbraue. »Der Sohn einer Hexe bei einer Frau des Glaubens. Welche Anschuldigung, denkt Ihr, kann ich daraus gegen Euch und die liebe Gregoria flechten?«

»Verschwindet, Jesuit.«

»Ich entscheide, wann ich gehe und wann nicht.« Francesco ließ sich nicht beirren und schaute über die Menge der Gläubigen. »Ist es nicht wundervoll anzuschauen? Die Macht Gottes hat sie zusammenfinden lassen«, sagte er selbstzufrieden. »Sogar die Adligen haben sich heute zu uns gesellt. Noch scheint das Gévaudan also nicht an die Hölle verloren zu sein.« Er wandte sich wieder direkt an Jean. »Sagt, wie gut kennt Ihr den jungen Comte de Morangiès? Ich sehe ihn gar nicht hier. Was mich nicht verwundert, bei seinem ... Lebenswandel.«

»Ihr habt Eure Nase tief in den Dreck gesteckt.« Er wollte rechts am Legatus vorbeigehen.

»Ich höre und sammle, wie es meine Aufgabe ist.« Francesco stellte sich ihm unauffällig in den Weg. »Wisst Ihr, dass sich der Comte für Euch eingesetzt hat? Als Ihr im Gefängnis saßt?«

»Ich weiß davon nichts und würde seine Hilfe auch nicht annehmen.«

»Das ahnte er anscheinend. Deswegen hat er es hinter Eurem Rücken getan. Er und Euer jüngerer Sohn teilen ein Stück Vergangenheit, nehme ich an. Ein Stück Vergangenheit, die am Mittelmeer ihren Anfang nahm. Aber durch die Fügung des Herrn tun sich Pforten des Wissens auf, die manch anderen verschlossen bleiben.«

Jean beherrschte sich, doch es erschreckte ihn, dass ein Fremder, ein offensichtlicher Feind, mehr über die Ereignisse in Antoines Leben wusste als er selbst. »Ich weiß nicht, was Ihr meint«, erwiderte er lahm.

Francesco kniff die Augen zusammen. »Ein schwacher Versuch, mir zu entkommen, Monsieur Chastel. Ich weiß mehr über Euch und die Menschen um Euch herum, als Ihr ahnt.«

»Und wieso unternehmt Ihr nichts, anstatt mich mit Euren Worten zu langweilen?« Jean ging an ihm vorbei. »Gebt Acht, wenn Ihr durchs Unterholz kriecht. Es wird schnell geschossen und dann erst geschaut, was getroffen wurde.«

»Keine Sorge, Monsieur Chastel. Ich greife immer von hinten an.« Der Legatus berührte den Dreispitz und kehrte um.

Gregoria sah, dass sich die Männer unterhalten hatten und Jean nun seinen Weg fortsetzte. »Achte darauf, dass genügend Wasser für die Segnungen vorhanden ist«, befahl sie Schwester Magdalena. »Ich schaue nach dem Brot für die Bedürftigen. Die Lieferung müsste schon längst angekommen sein.«

Sie eilte davon, um den Wildhüter abseits der vielen Augen und Ohren abzufangen und mit ihm zu reden. Sie drängte sich durch die Besucher der Wallfahrt, bis sie seine Gestalt auf dem schmalen Weg sah, der in Richtung Besseyre führte. Von den Männern des Legatus entdeckte sie keine Spur.

Sie lief schnell, dennoch dauerte es eine Zeit. Sie erreichte ihn in einer Senke des schlechten Wegs. Kurzerhand packte sie seine Hand und zog ihn seitlich vom Pfad in den Schutz eines Ginstergebüschs.

Bevor sie etwas sagen konnte, drückte er seine Lippen auf ihre, seine Hände streichelten ihren Hals und ihr Gesicht. Gregoria erbebte. »Halt«, verlangte sie schwach. »Jean, ich muss dir etwas erzählen.«

Der Tonfall brachte ihn dazu, von seinen Liebkosungen abzulassen und sie zärtlich von sich zu schieben. »Ich hätte nicht gedacht, dass ich dich so schnell vermisse«, gestand er, nahm ihre Hand und küsste sie. »Ich fühle mich wie ein junger Spund in seinem ersten Frühling.« Er wurde ernster. »Der Jesuit weiß es, nicht wahr?«

Sie nickte. »Jean, es ist meine Schuld, dass der Legatus auftauchte. Und es kann sein, dass andere schon Antoine auf der Spur sind.« Rasch berichtete sie von der Nachricht, die sie geschrieben hatte, und wie sie in den Besitz der Kleider des Unbekannten gekommen war, der mit einem besonderen Freibrief des Papstes nach Frankreich gereist kam und unter seltsamen Umständen verschwunden war. »Ich glaube, dass er von der Bestie getötet worden ist.«

Jean dachte sofort an den Mann, den Antoine im Vivarais

erschossen hatte. »Nein, nicht die Bestie hat ihn getötet. Ich denke, wir waren es«, flüsterte er verwirrt. »Von diesem Mann, dessen Leiche ich in den Bach warf, haben wir nie wieder etwas gehört. Keiner vermisste ihn, niemand fand seine Überreste in einem Wehr oder in einem Mühlendamm.«

»Wenn er ein Garou war, kann er nicht der Gesandte aus Rom gewesen sein«, widersprach sie. »Niemals würde der Heilige Stuhl eine solche Kreatur der Hölle auf seiner Seite streiten lassen.«

»Dann hat ihn unser Garou erst zu einem gemacht. Ist der Gesandte ins Gévaudan gekommen, um etwas im Auftrag Roms zu untersuchen, kann er bei seiner Wanderung auf die Bestie gestoßen sein. Sie ist ein Weibchen. Vielleicht brauchte sie ein Männchen, um sich begatten zu lassen.« Er setzte sich ins Gras. »Ja, so wird es gewesen sein. Wir haben ihr den Mann genommen, und sie rächt sich dafür.«

»Damit wissen wir immer noch nicht, was er hier wollte.«

»Und wenn er zufällig durch unsere Region wanderte?« Jean rupfte einen Halm ab und zerpflückte ihn zwischen seinen Fingern. »Es ist müßig, dass wir uns die Köpfe zerbrechen. König Louis behauptet nach wie vor, sie sei tot, und unternimmt nichts mehr. Der Legatus hat den Menschen lediglich bewiesen, dass Gott auf sich warten lässt. Der junge Marquis d'Apcher hat mich zusammen mit einigen anderen Jägern eingeladen, die Bestie zu stellen.« Jean schaute sie gefasst an. »Ich fühle, dass es Antoines Ende sein wird, doch er stirbt wenigstens durch meine Hand und nicht durch die des Jesuiten. Ich werde die Wahrheit geheim halten, so lange es geht. Nicht wegen mir, sondern wegen Pierre und Florence. Sie sollen, falls sie eines Tages ins Gévaudan zurückkehren, in Ruhe leben dürfen.«

Gregoria sah ihn erstaunt an. »Du wirst also deine Zustimmung zu ihrer Heirat geben?« Sie wirkte nicht wirklich fröhlich. *Du musst es ihm sagen!* Sie sammelte ihre Gedanken, um ihm ein Geständnis zu machen.

Doch er nickte und sprach: »Ich habe es eingesehen. Pierre liebt sie, und je eher sie ein Paar sind und von hier wegkommen, umso besser für die beiden. Sie haben eine Zukunft außerhalb des Gévaudan vor sich. Ich werde hier bleiben. Bei dir. Diese eine Nacht, die wir teilten, hat mich ewig an dich gebunden. Keine andere Frau wird mein Herz erobern können.« Er schaute zu ihr auf. »Wenn ich könnte, Gregoria, würde ich dich auf der Stelle zu meiner Gemahlin nehmen.«

»Was ist mit dem Weibchen?«, lenkte sie ab. Sie machte einen nervösen, angespannten Eindruck. »Meinst du, der Marquis und ihr fangt beide Garous an einem Tag?«

»Sie wird da sein, um Antoine zu beschützen, das ist sicher. Und dann wird sie mit ihm zusammen durch die Silberkugeln vergehen.« Er benutzte die Muskete als Stütze und erhob sich aus dem Gras. Dann berührte er sie am Arm und küsste sie lange und zärtlich auf die Stirn. »Sei unbesorgt. Ich werde bald sehen, ob ich zu Gott Vertrauen haben darf oder nicht.«

Er war schon halb durch den Strauch zurück auf den Weg getreten, als ihre Stimme ihn in den Rücken traf. »Jean, ich ...«

»Ja?«

Sie senkte schnell den Kopf, damit er nicht in ihr Gesicht schauen konnte. »Ich ... ich wünsche dir eine sichere Hand, damit dein Sohn nicht leiden muss.«

»Ich werde dich rufen lassen, wie du es wolltest, sobald ich die Garous erschossen habe.«

»Nein! Nein, ich will nicht mehr. Ich bleibe in der Kirche und bete, dass Gott die Seelen der Armen in den Himmel aufnimmt. Antoine und das Weibchen können im Grunde nichts für die schrecklichen Taten, die sie begingen.«

Er nickte und verschwand.

Gregoria blieb allein zurück und hielt ihre Beherrschung gerade lange genug aufrecht, doch als die dunkelgrünen Zweige sich hinter Jean geschlossen hatten und seine Schritte sich entfernten, fiel sie mit einem gequälten Stöhnen zitternd auf die Knie.

So gibt es keine Hoffnung, Herr.

Was tue ich jetzt?

Langsam verstand sie Jeans Zweifel an der Gerechtigkeit ihres Gottes.

XXX. KAPITEL

Deutschland, Homburg, 21. November 2004, 21:22 Uhr

Kaum lag er auf der Lauer, hielt der BMW mit einer Vollbremsung auf dem Weg, Steinchen spritzten auf und trafen auch gegen den Cayenne. Türen öffneten sich, Schuhe knirschten über den Weg.

»Scheiße, sie sind in den Wald geflüchtet!«, fluchte ein Mann. »Holt die Nachtsichtgeräte. Ich will die Frau lebend, vergesst das nicht. Tot nutzt sie uns nichts.«

Die Frau? Eric fragte sich, was sie von Lena wollten. Und wie das meistens so war, erhielt man die Antwort nur, wenn man die Fragen auch jemandem stellte. Das hatte er fest vor.

Vorsichtig spähte er aus dem Fenster. Es waren drei Männer, sie trugen alle G3-Gewehre mit großen Zielvorrichtungen über dem Lauf; zwei standen vor der Motorhaube des Cayenne, der dritte eilte zum Kombi und öffnete den Kofferraum.

»Was machen wir mit dem Typen?«, fragte der zweite.

»Was werden wir wohl mit ihm machen?«, gab der Mann zurück, der am nächsten am Porsche stand und sein G3 schulterte. Drei tiefe Narben liefen an seinem linken Hals entlang und zeugten von einem überstandenen Kampf. Eric kannte solche

Linien nur zu gut. Es war das Zeichen der Wandelwesen, das sie im Fleisch eines Menschen hinterließen, wenn sie nicht töteten. »Kastell hat sie in Petersburg beschützt. Meinst du, er macht Platz, wenn wir ihn höflich bitten? Er ist zu gefährlich.« Demonstrativ tippte er gegen den Gewehrlauf. Mehr nicht.

Der dritte Mann kehrte vom Wagen zurück und brachte die Nachtsichtgeräte. Eric wartete, bis sie sie aufgezogen hatten, sprang dann nach vorne auf die Fahrerseite und blendete mit den Scheinwerfern voll auf.

Die drei Männer schrien überrascht auf. Die Elektronik ihrer Sichtgeräte hatte sie mit dem grellen Weiß des überlasteten Restlichtverstärkers geblendet.

Eric rollte sich aus der Beifahrertür und schoss dem Vordersten mitten in die Brust. Die Schrotkugeln rissen den Mann von den Füßen. Klirrend zerstob das Zielfernrohr des G3. Die nächste Ladung traf den hintersten Mann, der Anstalten machte, sein Gewehr zu heben und den Beschuss zu erwidern. Der Gegner fiel schreiend auf die gefrorene Erde. Eric hatte absichtlich auf die Beine gezielt, um ihn kampfunfähig zu machen und für eine spätere Befragung festzuhalten.

Der verbliebene Verfolger schleuderte das Nachtsichtgerät fort und hechtete ins dünne Unterholz. Was im Ansatz eine gute Idee war, stellte sich im Gefecht gegen eine halbautomatische Schrotflinte als Unsinn heraus. Eric bestrich das Dickicht, das in erster Linie aus dürren Büschen bestand, im Sekundentakt mit Schüssen, bis er einen unterdrückten Schrei hörte. Auf diese Stelle feuerte er noch zweimal, legte die leer geschossene Schrotflinte auf die Erde und hob ein G3 auf. Er schaltete den Hebel auf Dauerfeuer und wartete, was sich tat.

Es raschelte, und der Gegner kam waffenlos aus der Deckung gekrochen. Seine Hosen bestanden aus blutgetränkten Stofffetzen, die bleiernen Kügelchen hatten ganze Arbeit geleistet. »Nicht schießen«, ächzte er. »Ich ergebe mich.«

»Wie schön.« Eric ging zu ihm und setzte ihm die Mündung des G3 auf die Stirn. »Wer seid ihr, und was wollt ihr von der Frau?«

»Sie ist eine von ihnen«, presste der Mann hervor und begann, sich aufzurichten, um seine Beinwunden zu inspizieren.

Aber Eric drückte ihn zurück. »Woher wollt ihr das wissen?«

»Wir haben es gehört. Wir haben ihre Sachen in Sankt Petersburg verwanzt.« Er grinste. »Und wir kennen jetzt deine Geheimnisse, du Arschloch. Du bist nicht mehr vor uns sicher.«

»Wenn ich mir den Orden des Lycáon vorgenommen habe, spielt es keine Rolle mehr.«

Er lachte. »Ja, mach das. Meinen Beifall hast du.«

Der flüchtige Blick des Mannes an Eric vorbei genügte als Warnung. Er drehte sich um die eigene Achse, richtete den Lauf des G3 auf den Verletzten, dem er das Leben geschenkt hatte und der ihn aus Dankbarkeit gerade erschießen wollte. Das großzügige Geschenk nahm Eric durch einen sauberen Schuss zurück; tot kippte der Mann um.

Eric widmete sich wieder dem letzten Gegner, der eine Hand halb unter seinem Mantel hielt und nach dem Griff einer Pistole fischte. »Zieh sie raus, und du bist erledigt«, warnte er ihn. »Noch einmal – und ein letztes Mal freundlich: Wer seid ihr, und was wollt ihr von der Frau, wenn ihr nicht zum Orden gehört?«

»Das geht dich einen Scheiß an.«

»Ach?«

Er schwenkte den Lauf und feuerte am Gesicht des Mannes vorbei in den Boden, schwarze Rußpartikel färbten die Wange, Haare verschmorten im Mündungsfeuer. Aufschreiend hielt der Mann sich das Ohr.

»Wer seid ihr, und was wollt ihr von der Frau? Wenn du nicht antwortest, wirst du meine dritte Frage nicht mehr hören können.«

Der Mann hob abwehrend die Hand. »Stärke! Wir wollen ihre Stärke, ihre Überlegenheit! Sein wie sie!«

»Überlegenheit?« Eric konnte es kaum fassen: Die Kerle wollten sich freiwillig beißen lassen? »Wie viele gibt es von euch?«

Der Mann ächzte, seine Lider flatterten, der Adamsapfel zuckte.

»Hey!« Eric trat ihm auf das zerfetzte Bein. »Nicht abkratzen! Ich bin noch nicht fertig!«

Aber der Mann war bereits tot.

»Scheiße.«

Er lief zum Cayenne und fuhr zurück.

Auf dem Campus suchte er im Wald der Hinweisschilder die Gebäudenummer des Laboratoriums, wo sich Lena und ihr Bekannter befanden. Sie mussten die Wanzen sofort loswerden. Am besten ließen sie alles zurück, was sie dabeihatte, einschließlich der Kleider, die sie trug. Er ging nicht davon aus, dass es bei diesen drei Verfolgern blieb.

Endlich hatte er es entdeckt, ein altes Gebäude mit dreckiger Fassade und einer Architektur, die mehrere Jahrhunderte alt zu sein schien. Vermutlich gab es diese Kliniken schon recht lange.

Eric schaute sich um, bevor er ausstieg. Weit und breit war niemand zu sehen, nur ein Krankenwagen donnerte mit Blaulicht die Parallelstraße entlang, die Sirene hatte er mit Rücksicht auf die Patienten auf dem Gelände abgeschaltet. Unruhig stieg Eric aus, die nachgeladene Schrotflinte unter seinem Mantel verborgen, und stürmte die Treppen hinauf.

Die Tür war nicht abgesperrt, und er trat ein. »Lena?«, rief er laut genug, um in einem verlassenen Haus gehört zu werden.

Nichts.

Er hörte Aggregate summen und Relais in den gewaltigen Schaltschränken klicken, aber er hörte keine Stimmen. Die

Lautlosigkeit und die Nackenhärchen, die sich allmählich aufrichteten, reichten ihm aus, um die Halbautomatik schussbereit vor den Körper zu halten. Leise schlich er den Flur entlang und fand ein Hinweisschild: *Labor.*

Eric folgte dem schwarzen Pfeil und gelangte an eine Milchglasscheibe, hinter der er das charakteristische Leuchten von Computerbildschirmen sah. Davor bewegte sich die schwarze Silhouette eines Mannes; anscheinend rollte er mit seinem Bürostuhl vor den Monitoren hin und her. Das Namensschild neben der Eingangstür verkündete: *Mühlstein.* Er hatte Lenas Bekannten gefunden. Doch wo war sie abgeblieben? Es gab keinen zweiten Schatten.

Nach reiflicher Überlegung entschied sich Eric für die höfliche Variante und klopfte. »Professor Mühlstein?« Er legte die Hand auf die Klinke und drückte sie nach unten. Abgesperrt. Er hätte die Tür eintreten sollen, wie er es vorgehabt hatte.

Um trotz des verpatzten Auftritts wenigstens für etwas Überraschung zu sorgen, nahm er Anlauf und katapultierte sich mit einem Hocksprung durch die Scheibe mitten ins Laboratorium. Er landete exakt neben dem jungen Wissenschaftler, drückte ihm die Mündung der Schrotflinte brutal in die rechte Wange, die andere Hand hielt die Sig Sauer und schwenkte damit hin und her. Sie waren allein.

»Nein ... bitte ... Sie sind hier falsch«, hauchte Mühlstein, der in seinem weißen Kittel und mit der runden Brille aussah wie ein Schuljunge. Er schielte auf den Lauf. »Das Methadon-Projekt läuft im anderen Gebäude.«

»Sie kennen Magdalena Herruka?«

Mühlstein, ein schmächtiger Mann, höchstens fünfunddreißig Jahre und mit beginnender Stirnglatze, schaute ihn verwundert an. »Ja! Natürlich kenne ich sie.«

»War sie in den letzten zwanzig Minuten hier?« Eric senkte die Waffen, aber nicht ganz. Man konnte nie wissen.

»Entschuldigen Sie den Überfall, Professor. Ich dachte, Sie und Lena wären in Gefahr.«

Mühlstein fuhr sich durch die kurzen dunklen Haare. Er erholte sich schnell von seinem ersten Schrecken. »Nein, sie war nicht hier. Sie sind dieser Freund, von dem sie mir am Telefon erzählte?« Missbilligend schaute er auf das zerbrochene Glas. »In was ist sie hineingeraten? Und wieso dürfen Sie solche Waffen mit sich führen?«

»Ich bin Polizist, Interpol«, log er. »Ich wurde zu Frau Herukas Schutz abgestellt und gehöre zu einem internationalen Team, das verdeckt operiert. Mehr darf ich Ihnen nicht sagen. Es gab ein Feuergefecht, einer meiner Leute wurde dabei getötet. Er sollte Frau Heruka zu Ihnen bringen.«

Dem Professor stand die Angst im Gesicht. »Um Himmels willen! Nein, nein, sie ist nicht bei mir angekommen. Es geht um einen Stoff, den ich für sie analysieren soll. Was ist das für ein Zeug?«

»Eine neue Droge. Frau Heruka ist zufällig in unsere Operation verwickelt worden. Sie hat uns Sie als vertrauenswürdig empfohlen.«

Er runzelte die Stirn. »Haben Sie denn kein Polizeilabor, das diese Sachen für Sie erledigt?«

»Das geht Sie nichts an«, schnauzte er und hielt den Einschüchterungs- und Bewunderungsgrad exakt in der richtigen Balance. »Wann hatten Sie das letzte Mal Kontakt zu Frau Heruka?«

»Vor etwa«, er hob seinen Arm und schaute auf die Uhr, »fünfzehn Minuten. Sie rief mich von unterwegs an. Ich hörte, dass sie rannte. Sie sagte, sie sei gleich bei mir. Ich habe mich auch schon gewundert, wo sie bleibt.«

Eric wurde eiskalt. Er hatte Lena verloren! Lena und das mögliche Gegenmittel befanden sich irgendwo, aber nicht bei ihm. Nicht in Sicherheit. »Danke, Professor Mühlstein.« Er steckte die Waffen weg und schritt zur Tür, schloss auf und ging hinaus. »Wir machen uns umgehend auf die Suche. Zu niemandem ein Wort darüber.«

»Und was mache ich mit der kaputten Scheibe?«

Eric zuckte mit den Achseln, für weitere sinnlose Unterredungen hatte er keine Zeit. »Die Universität dürfte versichert sein. Lassen Sie sich etwas einfallen.«

Er rannte zurück zu seinem Cayenne, stieg ein und blieb einen langen Moment vollkommen ruhig sitzen. Er versuchte, die Panik aus seinen Gedanken zu verbannen. Es half nichts. In den letzten Tagen war zu viel schief gegangen. Er blickte zum Handschuhfach, in dem eine süße, flüssige Verführung lockte, aber er beherrschte sich und ließ die Finger von den Tropfen. Er würde sie wieder früh genug nehmen müssen.

Stattdessen startete er den Cayenne und fuhr zurück an die Stelle, wo er Lena abgesetzt hatte. Eric stieg aus, heftete sich an ihre Fußspuren und folgte ihnen. Bald gesellten sich weitere dazu, es hatte einen Kampf gegeben, wie der aufgewühlte Schnee bewies. Blut. Mehrere Tropfen färbten das Weiß und führten zu einer Querstraße. Die Unbekannten hatten sie in ein Auto gezerrt und mitgenommen.

»Scheiße!«, schrie er seine Frustration über den Campus, das Echo kehrte von den Hochhäusern zu ihm zurück. Wütend starrte er auf seinen Porsche, mit dem er gleich über die Autobahn zum Frankfurter Flughafen rasen würde. Er wusste, an wem er seine Wut auslassen konnte.

XXXI. KAPITEL

19. Juni 1767, Pfarrei Nozeyrolles, im Ténazeyre-Wald, Südfrankreich

Nach dem Tod der kleinen Marie Denty schlug die Bestie weitere Male zu. Zwar waren die Männer des Legatus in der Nähe eines der Morde, aber auch ihnen gelang es nicht, das Schlimmste zu verhindern. Schließlich zog der junge, unermüdliche Marquis d'Apcher zusammen mit einem Dutzend Jägern, von denen die Hälfte aus der Region stammte, durch die Pfarreien Nozeyrolles und Desges, wo die Kreatur am 18. Juni ein kleines Mädchen zerrissen hatte.

Die Fährte, der sie von Sonnenaufgang an folgten, war frisch und führte sie direkt zum Wald von Ténazeyre, jenem Gebiet, für das Pierre und Antoine die Aufsicht als Wildhüter hatten. Nun durchstreiften sie das äußerst dichte Unterholz, stumm und voller Konzentration, die Finger an den Abzügen der geladenen Musketen. Der Jesuit und seine Männer hatten sich ihnen nicht angeschlossen.

Malesky, Pierre und Jean liefen in der weit auseinander gezogenen Kette nebeneinander, spähten durch die Zweige und Äste der Büsche, unter denen die Bestie eine fast perfekte

Deckung finden konnte, stocherten mit den Bajonetten in Laubhaufen oder stießen in Gestrüppe. Ohne Erfolg.

»So wird das nichts«, befand Malesky ärgerlich, seine blauen Augen blitzten. »Wir brauchen Treiber.« Er stampfte wütend auf den Boden. »Wir könnten in zwei Schritt Abstand an der Bestie vorbeilaufen, ohne dass wir sie sähen. Ihr verdammtes Fell verleiht ihr eine zu gute Tarnung.«

Jean gab ihm innerlich Recht. Die Unruhe in ihm steigerte sich immer weiter und drohte ihn zu erreichen. Er musste Antoine endlich finden und diesem grausigen Schauspiel ein Ende setzen. Aufschübe durfte es nicht mehr geben.

Es war ihm sehr recht, dass der Legatus nicht auftauchte. Bislang hatte er ein erneutes Zusammentreffen vermeiden können. Mehrmals war er mit zwei Wachen vor Antoines Hütte erschienen; bei seinem letzten Besuch hatte er regelrecht herumgeschnüffelt und wäre sicher in die Scheune und ins Haus eingebrochen, wenn nicht plötzlich Surtout und andere Hunde aus Antoines Meute aufgetaucht wären. Der Jesuit floh vor den Hunden, einer seiner Leute wurde den Schreien nach zu urteilen schwer verletzt. Seitdem hatten sie den Legatus nicht mehr gesehen. Und auch die Hunde nicht mehr. Jean konnte sich nicht erklären, wo das Rudel abgeblieben war. Hatte der Jesuit sie erschießen lassen?

Plötzlich erklangen laute Hornsignale, welche die Jäger zum Ausgangspunkt zurückriefen: Der Wald sollte umstellt werden.

»Der Marquis hat mich wohl vernommen«, sagte Malesky grimmig grinsend und wandte sich um. »Gehen wir.«

Der Wildhüter rührte sich nicht.

»Monsieur Chastel, kommt Ihr?«

»Nein«, gab der nach einer Weile zur Antwort. »Monsieur Malesky, wir bleiben. Die Bestie wird das Signal gehört haben und die Geräusche im Wald zu deuten wissen. Wenn sie aus ihrem Versteck kommt und nach einem Fluchtweg sucht, sind wir mit ein wenig Glück die Ersten, die sie sehen.« Er schaute ihn bittend an. »Helft mir, Antoines Geheimnis zu bewahren, Monsieur Malesky.«

»Und wenn wir zuerst auf das Weibchen treffen?«

»Das sehen wir dann. Seid Ihr dennoch mit mir, Monsieur Malesky?«

Dieser klemmte seine Muskete unter den Arm, polierte sein Pincenez und setzte es auf. »Sicher, Monsieur Chastel.«

Die drei Männer verharrten in dem Wäldchen und horchten auf die vielen Schritte der Jäger, die sich immer weiter von ihnen entfernten, bis man lediglich Rascheln und kaum vernehmbare Rufe von ihnen hörte.

Absolute, drückende Stille senkte sich herab, wie es die beiden Chastels vom verhängnisvollen Tag vor drei Jahren kannten; selbst die Vögel wagten es nicht, ihren Gesang erklingen zu lassen.

»Eine der Bestien ist sicherlich hier«, raunte Pierre und hielt seine Waffe höher.

Es knackte links von ihnen im Unterholz. Malesky riss die Muskete in den Anschlag und visierte die Stelle, an der vier menschengroße Schatten von Baumstamm zu Baumstamm in Deckung huschten. »Heilige Mutter Gottes«, flüsterte er, »sie haben sich tatsächlich vermehrt!«

Jean begann ebenfalls zu zielen, seine Handflächen waren klamm vom kalten Schweiß, den ihm die Angst aus den Poren trieb. Pierre sicherte den Rücken, damit sie nicht von hinten überfallen wurden.

»Wie viele, Monsieur Malesky?«, wollte Jean wissen.

»Ich habe nach den vier noch drei weitere gezählt, Monsieur Chastel«, antwortete er leise. »Es kam mir eben in den Sinn, dass wir unterbewaffnet sind. Euch auch?«

Jean lachte böse. »Das ist meine Art, Gott auf die Probe zu stellen.«

Unvermittelt schob sich der Lauf einer Muskete aus dem Busch vor ihnen, das Gestrüpp teilte sich und ein Mann in einem langen Mantel trat daraus hervor. Er gehörte nicht zur Jagdgesellschaft. »Runter mit den Waffen«, befahl er mit einem singenden Akzent. »Sofort.«

Malesky grinste. »Monsieur, Ihr habt eine Doppelläufige, aber wir sind drei. Seid Ihr ein schlechter Rechner oder ein Wunderschütze?«

Pierre schaute über die Schulter. »Seid Ihr auf die zehntausend Livres aus, so geht Eurer Wege. Die Prämie ist nicht mehr ausgesetzt, der König hat die Bestie für tot erklärt.«

Jean kannte den Mann nicht. Es war keiner von den Jägern des Marquis oder aus dem Gévaudan, und das beunruhigte ihn. Der Legatus hatte seine Männer gesandt und versuchte demnach, die Bestie heimlich zu erledigen. »Schickt Euch der Italiener?«, versuchte er es und sah, dass er es geschafft hatte, den Unbekannten zu überraschen. Allerdings war die Antwort auf seine Bemerkung wenig erfreulich: Der Mann drückte ab.

Maleskys linke Schulter wurde getroffen, aber der Moldawier behielt die Nerven und erwiderte das Feuer ebenso wie Jean. Beide trafen den Fremden in den Kopf, und die von den Kugeln beinahe enthauptete Leiche kippte zuckend zurück ins Gebüsch.

»Pierre, Vorsicht!«, warnte Malesky, warf sich hinter einen dicken Stamm und machte sich ans Nachladen; auch die Chastels suchten eine Deckung. »Es sind noch vier übrig.« Er tastete nach der Wunde in der Schulter, aus der Blut sickerte, das den Gehrock rot färbte.

»Ihr seid verletzt!«, rief Pierre erschrocken.

»Nicht schlimm. Es hat nur Fleisch weggerissen«, beruhigte

ihn Malesky zwischen zusammengebissenen Zähnen hindurch. »Ein Durchschuss ist das Beste, was einem passieren kann.« Dennoch reichte es aus, um ihn beim Nachladen deutlich langsamer zu machen. »Monsieur Chastel, warum hat er sofort geschossen? Ist es eine Beleidigung, jemandem zu unterstellen, er sei ein Italiener?«

Jean musste trotz der Umstände grinsen. Der Moldawier hatte seine trockene Art nicht verloren. »Der Jesuit möchte keine Zeugen, nehme ich an.« Er sah einen Schatten zu seiner Linken, schwenkte die Muskete und schoss. Ein dumpfer Schrei zeigte, dass er getroffen hatte. Sofort lud er nach. Er konnte nur einen Lauf für Bleigeschosse benutzen, weil sich in dem anderen eine der wertvollen Silberkugeln befand. Die erste hatte er bereits verschossen. Es blieb ihm außer der im Lauf noch die dritte, und die sparte er sich für die Bestie.

Rufhörner ertönten von außerhalb des Waldes: Der Marquis wollte wissen, was sich zwischen den Bäumen abspielte.

»Gebt keine Antwort«, empfahl Malesky und verband sich die Wunde notdürftig. »Er wird dann die Jäger wieder aussenden und uns Hilfe bringen.«

»Vater!«, rief Pierre laut und deutete voraus ins Unterholz. *»DA!* Ich habe die Bestie gesehen! Sie flüchtet!«

Jean und der Moldawier wechselten einen raschen Blick, sie verstanden sich ohne Worte.

Vater und Sohn krochen vorwärts und hielten die Köpfe unten, dann hielt Pierre inne, zog seine Pistole und warf sie Malesky zu, ehe sie weiter über den Boden robbten und zwischen dem Dickicht unsichtbar wurden. Malesky hörte ihre Schritte, offenbar waren sie aufgestanden und rannten der Kreatur hinterher.

Ich habe Euch gesagt, Monsieur Chastel, dass Ihr es seid, der die Bestie töten wird. Rechtzeitig bemerkte Malesky den

Angreifer, der ihn hatte umgehen wollen, und jagte ihm eine Kugel in den Bauch. Aufstöhnend sank der Mann zu Boden und bewegte sich nicht mehr. *Bleiben noch zwei.* Er rutschte weiter um den Stamm, als sich eine Kugel knapp über seinem Dreispitz ins Holz bohrte und die Rinde absprengte.

Unmittelbar vor den Chastels erschien ein neuer Angreifer, der ohne zu zögern beide Läufe nach ihnen abschoss und sie glücklicherweise verfehlte; dann stürmte er auf sie zu, die Muskete wie eine Keule zum Schlag erhoben. Es ging so schnell, dass weder Pierre noch Jean feuern konnten, sondern sich auf den Nahkampf einlassen mussten.

Der Unbekannte hatte eine militärische Ausbildung genossen, das sah man daran, wie geschickt er die Muskete einsetzte, um Stöße und Schläge auszuteilen. Der Wildhüter bekam den Kolben an den Kopf, nachdem er auf eine Finte hereingefallen war. Pierre wurde der Lauf wie eine Nadel in den Bauch gerammt. Der metallenen Gürtelschnalle hatte er es zu verdanken, dass ihm kein Loch in den Leib gestanzt wurde, trotzdem ging er in die Knie, erhielt einen Tritt gegen das Kinn und brach bewusstlos zusammen.

»Geht aus dem Weg!«, schrie Jean wütend. »Ihr schützt eine Bestie! Sie muss vernichtet werden.« Er duckte sich unter dem heranzischenden Lauf der Muskete weg und schlug dem Mann seine Fäuste mehrmals hintereinander gegen den Brustkasten, um ihm die Luft aus den Lungen zu treiben.

Keuchend wich der Angreifer zurück.

Jean zog den Silberdolch und drang auf ihn ein, stach über die abwehrend erhobene Muskete hinweg und traf seitlich unterhalb des Ohrs in den Hals, zog die Klinge waagerecht nach vorne heraus und schnitt eine tiefe Wunde.

Der Mann presste sich beide Hände auf die Verletzung, vermochte jedoch nicht, den herausschießenden Blutstrom aufzuhalten. Er fiel gurgelnd zu Boden.

Jean steckte den Dolch in die Scheide und brachte Pierre mit kräftigen Klapsen gegen die Wange wieder zur Besinnung. »Weiter, Sohn«, befahl er unerbittlich und drückte ihm die Muskete in die Hand. »Wir dürfen sie nicht entkommen lassen.«

Benommen folgte Pierre seinem Vater, stolperte mehr, als dass er lief, während Jean keinerlei Rücksicht auf sich oder seinen Sohn nahm. Er preschte durch Dornen, die an seinen Kleidern und seiner Haut kratzten, sprang über Steine; Äste peitschten sein Gesicht und schlugen ihm rote Striemen. Es schien, als habe sich der Wald gegen ihn verschworen und wollte die Bestie vor den entschlossensten Häschern schützen.

Die Bäume lichteten sich. Sie hatten die andere Seite des Waldes erreicht, aber von der Bestie fanden sie keine Spur.

»Wir sind an ihr vorbeigelaufen«, keuchte Pierre.

Jean wischte sich den brennenden Schweiß aus den Augen und starrte in den Wald. »Dann wieder zurück.« Mit der gleichen mörderischen Geschwindigkeit machten sie sich auf den Rückweg, die Augen auf den Boden gerichtet, um die Fährte der Kreatur zu finden.

Malesky hielt den Atem an, um sich nicht zu verraten, und ließ den letzten der unbekannten Angreifer an sich vorbeilaufen. Erst als der Mann dicht an seinem Versteck vorbeigerannt war, hob er die gespannte Pistole Pierres, richtete sie auf den Hinterkopf und schoss.

Das Loch, das die Kugel beim Eindringen schlug, war klein, aber auf ihrer Reise von hinten quer durch den Schädel bis zur Nasenspitze brachte sie Verderben. Der Mann fiel tot auf die Erde.

Malesky rollte sich vorsichtig auf den Rücken, stand auf, indem er sich am Baumstamm nach oben schob, und griff nach seiner leer geschossenen Muskete. Eigentlich hatte er einen Garou töten und sich nicht mit den himmlischen Heerscharen des Papstes anlegen wollen. Mit zusammengebissenen Zähnen und behutsamen Bewegungen versah er die Läufe mit Pulver und Kugeln; die Schmerzen in seiner getroffenen Schulter steigerten sich.

Er war eben fertig geworden, als das grollende Knurren neben ihm erklang.

Malesky schwenkte die Muskete sofort herum und richtete sie dahin, von wo der Ton kam. Da war sie! Er sah die Bestie, die keine sechs Schritte von ihm geduckt lauerte und sich zum Sprung bereithielt.

Er beging nicht den Fehler, ihr in die rot glühenden, lähmenden Augen zu schauen, sondern visierte die lange, hässliche Schnauze an und betätigte den Abzug. Der Rückstoß pflanzte sich durch seinen Körper bis zu seiner Schusswunde fort. Er schrie. Alle Kraft wich aus dem linken Arm, und die schwere Muskete entglitt ihm.

Als sich der Pulverdampf lichtete, erkannte Malesky den stinkenden Kadaver der Bestie einen Schritt vor sich. Blut lief aus zwei Wunden in der Brust und rann über das Laub. »Habe ich dich endlich erledigt«, sagte er erstaunt und zog seinen silbernen Dolch, um ihn sicherheitshalber in das Herz des Garous zu senken.

Er ging in die Hocke, wälzte die Bestie auf den Rücken, spreizte die Hinterläufe und sah nach: Es war eindeutig zu erkennen, dass es sich um das Männchen handelte. Antoine. Der Moldawier setzte die Klinge in Höhe des Herzens an –

– und bemerkte den Fehler, den er begangen hatte.

Die Lider schnellten in die Höhe, das Rot funkelte grausam. »Keine Silberkugeln«, krächzte Antoine boshaft. »Ich habe dich beobachtet.« Er warf sich herum und stieß Malesky dabei um, die Schnauze mit den scharfen Zähnen flog heran und biss die Hand mit dem Silberdolch ab. Knochen, Muskeln und Sehnen zerrissen mit einem schrecklichen Laut.

Die gellenden Schreie Maleskys schallten nur kurz durch den Wald, dann zerfetzte die Bestie seine Kehle und durchtrennte mit ihren kräftigen Kiefern die Nackenwirbel.

XXXII. KAPITEL

Kroatien, Plitvice, 22. November 2004, 22:33 Uhr

Eric war zurück im Land der Bestie. Seine Wut hatte sich nicht sonderlich gelegt, und die Sorge um Lena machte ihn halb wahnsinnig.

Sein Weg führte ihn vom Flughafen in die Stadt. Ein kurzer Fußmarsch brachte ihn von seinem zu jenem anderen Hotel, wo er hoffte, auf die mysteriöse Nonne zu treffen.

Eilig betrat er die Eingangshalle durch die Schwingtür und schüttelte den Schnee von seinen Schultern auf den teuren Teppichboden. Er war der einzige Gast in der Lobby, neugierig beäugt von den beiden Damen hinter der Rezeption.

»Guten Tag.« Er behielt seinen falschen spanischen Akzent, den er schon am Telefon benutzt hatte, und das schlechte Englisch bei. »Ich suche eine Nonne, die hier abgestiegen sein soll. Ich habe etwas gefunden, was ihr gehört.«

»Oh, das war sicher Schwester Ignatia«, sagte die jüngere der Empfangsdamen. »Soll ich Sie anmelden?«

Eric setzte seinen Charme ein, um sie davon abzuhalten. Wenige Augenblicke später nannte sie ihm verlegen kichernd die Zimmernummer. Es lief bestens.

Eric ging zum Fahrstuhl. Der Lift brachte ihn gehorsam nach oben, in die vierte Etage. Er schlenderte den Flur entlang bis vor Zimmer 419 und lauschte. Mindestens zwei Personen befanden sich darin, so viel hörte er; sie unterhielten sich leise, und eine von ihnen lief dabei auf und ab. Eric atmete tief durch und klopfte.

Es wurde ihm von einer jungen Frau geöffnet, die höchstens zwanzig Jahre alt war und kein Habit trug. Sie war dafür in altbackene Mode gekleidet, und am Revers der unattraktivsten Bluse der Welt haftete ein kleines schwarzes Kreuz. »Ja?«

Eric täuschte den Überraschten vor. »Oh, habe ich mich vertan? Ich suche Schwester Ignatia.« Er lächelte gewinnend, nahm die Hand langsam aus der Tasche und hielt das Stück Rosenkranz vor ihre braunen Augen. »Ich habe das gefunden und gehört, dass hier eine Ordensschwester abgestiegen ist. Können Sie mir sagen, auf welchem Zimmer ich sie finde?«

»Rufen Sie ihn herein, Schwester Emanuela«, sagte eine ältere Frauenstimme befehlend. »Sie sind hier richtig, junger Mann.« Die junge Frau trat zur Seite und gab die Tür frei.

Hoch konzentriert setzte er einen Fuß über die Schwelle und nahm sofort den schwachen Duft von Weihrauch wahr; auch der Geruch des Deos passte. Er hatte die Dame gefunden, die in der gleichen Nacht wie er im Wald gewesen war. »Danke. Dann hat mich die Rezeption richtig verstanden.«

Schwester Ignatia saß auf dem Stuhl neben dem Fenster. Sie trug das schwarze Habit, wie es sich für eine Nonne gehörte, inklusive des langen schwarzen Schleiers. Sie war deutlich über vierzig. »Gott sei mit Ihnen, Senor ...?«

»Loyola«, gab Eric todernst zurück. »Eine seltsame Fügung, nicht wahr?«

Sie lächelte nachsichtig und deutete ihm an, dass er sich

aufs Bett setzen sollte. »Wir sind keine Jesuiten, Senior Loyola.« Ihre Hand reckte sich ihm entgegen. »Zeigen Sie mal, ob Sie etwas gefunden haben, das mir gehört.«

Schwester Emanuela verharrte neben der Tür, die Hände vor dem Bauch gefaltet. Er sah ihre Reflexion in der Fensterscheibe hinter Ignatia.

Eric setzte sich und gab ihr das Stück Rosenkranz. »Hier, bitte sehr.«

Ignatias Züge hellten sich auf. »Dem Herrgott sei gedankt!« Sie lächelte ihn freundlich an. »Ja, es ist das Stück, das verloren ging. Wie kann ich Ihnen dafür danken, Senior?«

Eric beschloss, in die Offensive zu gehen. »Indem Sie mir erklären, wie es mitten in der Nacht in den Nationalpark kam.«

Schwester Ignatia blieb gelassen. »Nun, warum fragen wir nicht Schwester Emanuela?«, schlug sie vor. »Sie hatte ihn sich ausgeliehen.«

Eric hörte das Rascheln der Bluse und sah im Fensterglas, dass die junge Frau einen Angriff startete. Er rollte sich auf dem Bett zur Seite, und der Dolch, mit dem sie ihn hinterrücks hatte abstechen wollen, fuhr durch die Decke in die Matratze. Während Emanuela noch mit dem Gleichgewicht rang, trat er ihr die rechte Stiefelspitze mit dem gehärteten Silber frontal gegen die Stirn und schickte sie ohnmächtig auf den Boden des Zimmers.

»Ich dachte immer, die *Jesuiten* seien die Kampftruppe des Papstes«, sagte er und zog die Pistole. Die Mündung richtete sich auf Ignatia. »Was soll die Maskerade?«

»Es ist keine Maskerade«, gab sie freundlich zurück. »Wir dienen dem Herrn.«

Auf Eric wirkte die füllige Nonne nicht, als sei sie dazu in der Lage, nachts durch den Nationalpark zu schleichen, sich mit einer Bestie anzulegen und auch noch gegen sie zu gewinnen. Auch Schwester Emanuela hatte bei ihrer Attacke alles andere als Professionalität an den Tag gelegt. »Wie kommt der Rosenkranz in den Wald?«

»Ich habe keinen Grund, Sie anzulügen, Senior Loyola, oder wie immer Sie heißen mögen.« Ignatia schaute aus dem Fenster. »Meine Mitschwester war dort. Aber mich würde vielmehr interessieren, was *Sie* dort gesucht haben? Gehören Sie zu den Lycáoniten und sollen nun Rache üben?«

»Nein, der Orden interessiert mich nicht.«

Jetzt schaute sie ihn erstaunt an. »Senior, habe ich Sie überschätzt? Ich meinte nicht die Götzenanbeter des Lycáon. Ich meinte deren Brüder und zugleich ärgsten Feinde.« Ihre Augen wurden schmal. »Sie wissen *wirklich* nichts von den Lycáoniten!«

Nein, Eric wusste wirklich nichts. Diese Überraschung machte ihm zu schaffen. Er bekam plötzlich den Eindruck, dass einiges in den letzten Jahren stillschweigend an ihm vorbeigegangen war. Das Wissen seines Vaters und damit auch seines erwies sich als nicht so lückenlos, wie er immer gedacht hatte. Seine Gedanken wirbelten durcheinander, und es dauerte, bis er seine Worte wieder fand. »Erzählen Sie mir von ihnen«, trat er die Flucht nach vorne an. »Ich bin ein Unwissender, Schwester.«

»Warum sollte ich?«

»Weil ich ein Waffe besitze und Sie nicht.«

»Meine Waffe ist der Glaube.« Ihre Selbstsicherheit und ihr Gottvertrauen waren himmelhoch. »Ich fürchte mich nicht vor irdischen Projektilen.« Sie bekreuzigte sich.

Eric bewunderte ihre Standhaftigkeit und seufzte theatralisch. »Dann öffnen Sie mir bitte aus reiner Freundlichkeit die Augen. Ich würde gerne wissen, wer noch alles an diesem Spiel beteiligt ist.« Er legte die Pistole auf das Bett. »Wer sind die Lycáoniten? Haben sie Lena entführt? Oder war es Ihr Orden?«

»Und wer sind *Sie?*«

»Sie zuerst, Schwester.« Als sie beharrlich schwieg, gab er nach. Diese verdammte Angst um Lena zwang ihn zu Kompromissen, die er früher nicht eingegangen war. »Mein Name ist Eric von Kastell, und ich denke, wir verfolgen die gleichen Absichten. Ich jage die Bestie ...«

»*Sie* sind also einer der unbekannten Kämpfer für das Gute! In den Archiven in Rom gibt es Überlieferungen, aber ... wir ahnten lediglich, dass es Menschen wie Sie gibt. Menschen, die das Böse stellen, ohne der Kirche anzugehören.«

Eric nickte. »Scheint, als hätten wir beide unsere Hausaufgaben nicht gemacht.«

Sie schwieg und dachte lange nach. »Ich kann Ihnen nicht viel sagen.« Sie schaute ihn unvermittelt freundlich an. »Schwester Emanuela war in dieser Nacht im Wald und hielt nach der Bestie Ausschau. Wir wissen, dass das Scheusal Nachwuchs geboren hat ...«

»Was?« Eric ärgerte sich noch mehr, dass er den Kampf nicht hatte zu Ende bringen können.

Ignatia verzieh ihm die Unterbrechung. »Wir haben erfahren, dass die Welpen von den Lycáoniten entführt und mit einem Hubschrauber außer Landes gebracht werden sollen.«

Eric runzelte die Stirn. »Nichts gegen Sie, aber zwei Nonnen sollen das verhindern?«

»Nicht verhindern. Wir sollen sie zuerst finden und in Sicherheit bringen.«

Jetzt verstand er gar nichts mehr. »Die Welpen wollen Sie in Sicherheit bringen? Nun, dann habe ich etwas missverstanden. Es geht mir nicht um die Sicherheit der Welpen, sondern um die Sicherheit der Menschen. Und die wird erst gewährleistet sein, wenn alle Nachkommen der Bestie getötet sind.«

Ignatia lächelte nachsichtig. »Sind die Welpen erst mal in Sicherheit, ist damit auch die Menschheit in Sicherheit. Sind Sie mit dieser Antwort zufriedener?«

»Ich bin zufrieden, wenn ich weiß, wo die Kreatur ist. Und was es mit diesen anderen auf sich hat, den Lycáoniten.« Er suchte ihren Blick. »Bitte, geben Sie mir einen Hinweis, wer es noch auf die Bestie abgesehen hat! Was die Motive der Gruppe sind! Wie viele Mitglieder hat sie oder …« Er schluckte. »Oder wo Lena ist.«

»Tut mir Leid, doch ich kann es Ihnen nicht sagen.« Sie blieb hart.

Eric ballte die Fäuste und überlegte fieberhaft, was er tun konnte, um sie zum Sprechen zu bringen. Es interessierte ihn nicht, ob ein christlicher Orden die Welpen verwahren wollte oder nicht. Tatsache blieb, dass die Bestie und ihre Brut nicht tot waren. »Schwester, um es mit Ihrem Bild zu sagen: Der Teufel lässt sich nicht zähmen.«

»Herr von Kastell.« Ignatia breitete die Arme aus. »Ich weiß Ihre Sorge zu schätzen, ja, es ehrt Sie geradezu, aber Sie haben mit den Tieren nichts mehr zu tun. Fahren Sie nach Hause, suchen Sie Ihre Lena oder jagen Sie andere Wesen.«

Ihre bevormundende Art gefiel ihm nicht. Sein Blutdruck stieg. Noch war das Gespräch schrecklich unbefriedigend, und je mehr er reden musste, desto weiter entfernte sich der letzte Nachkomme der Bestie von ihm. »Was ist das für ein seltsamer christlicher Orden, der über die Bestie Bescheid weiß? Horten Sie die Biester in einer Art Arche Noah des Schreckens?«

Ignatia lachte. »Einen guten Titel für einen schlechten Horrorfilm haben Sie da eben entworfen, Herr von Kastell.«

Eric hatte genug. Die Zeit für Samthandschuhe war abgelaufen. »Kann ich mal Ihren Nonnen-Clubausweis sehen?«, verlangte er barsch. Er sah, wie sich die Schuhe der Jüngeren bewegten. Sie kam offenbar wieder zu sich und rutschte langsam unters Bett. »Nur, weil Sie eine Tracht tragen, heißt das noch lange nicht, dass Sie sind, was Sie vorgeben.«

»Gehen Sie.«

»Nicht ohne meine Informationen«, erwiderte er. »Ich habe schon zu viel Zeit verschwendet. Die Bestie und alle ihre Nachkommen müssen sterben, verstehen Sie nicht?«

»Gehen Sie, Herr von Kastell«, bat ihn Ignatia erneut und erhob sich. »Danke, dass Sie mir mein fehlendes Stück Rosenkranz gebracht haben. Ich werde den Orden über Sie und Ihre Verdienste im Kampf gegen die Dämonen in Kenntnis setzen.« Sie schlug das Kreuz. »Gehen Sie mit Gottes Segen ...«

»... aber gehen Sie, ich weiß. Ich kenne den Spruch.« Eric bückte sich blitzschnell unters Bett und packte zu. Er bekam Emanuelas Arm zu fassen, zog die Frau mit einem harten Ruck heraus und hielt sie dann blitzschnell vor sich, als er aus den Augenwinkeln eine Bewegung neben sich bemerkte. Emanuela bekam den Schlag mit dem Schirmständer, der ihm gegolten hatte, gegen den Kopf und erschlaffte. Schwester Ignatia hatte einen ordentlichen Schwung im Arm.

Jetzt hatten ihn die beiden Nonnen gereizt. Er ließ die jüngere fallen, stand mit einem Satz neben Ignatia und riss ihr den Schirmständer aus der Hand. Die harte Ohrfeige warf sie rücklings in den Sessel neben dem Fenster, und sie verlor ihren Schleier, die Haube verrutschte. Darunter kam kurzes, graues Haar zum Vorschein.

Eric hatte das Mitleid abgeschaltet und setzte der Frau die Spitze seines Silberdolches an die Kehle. »Es ist mir egal, was Sie fürchten und was nicht, Schwester«, zischte er. »Diese Waffe hat unzählige Werwesen vernichtet, aber sie schneidet sich auch durch weiches Nonnenfleisch, wenn ich es will. Und das wird sie tun, wenn Sie mir nicht auf der Stelle sagen, wo ich die Bestie finde und wohin Sie Lena gebracht haben!« Seine Augen glommen intensiv auf, aus seiner Kehle stieg ein wütendes Grollen.

Ignatia, auf deren Wange sich die Abdrücke seiner Finger

als rote Striche abzeichneten, wich zurück und bekreuzigte sich mehrmals.

»Lupus hominem!«

»Unsinn«, grollte er, schnellte nach vorne und stach ihr leicht in den Hals, damit es für sie spürbar blutete und sie nachgiebiger wurde. »Also, wo sind die Welpen?«

Ihr Blick ging durch ihn hindurch. Sie begann, ein Gebet zu sprechen, und ignorierte ihn.

Mit einem Fluch schlug er Ignatia bewusstlos, dann zerrte er die ebenfalls noch betäubte Schwester Emanuela ins Bad und hielt sie so lange unter den kalten Wasserhahn, bis sie prustend wieder zu sich kam. Eric schleifte sie zurück ins Zimmer, deutete auf Ignatia und den dünnen Schnitt an ihrem Hals. »Sie ist bereits bei ihrem Gott«, log er. »Wenn du ihr folgen möchtest, dann schweig wie sie.« Er packte sie mit einer Hand an der Kehle und drückte sie auf die Matratze, die blutige Klinge setzte er ihr auf die Brust. »Aber dann für immer!«

»Nein«, bat sie röchelnd. »Nein, bitte! Erbarmen!«

»Wer seid ihr?«, schrie er sie an und drückte fester zu. Ihre Fäuste schlugen wirkungslos gegen ihn, Emanuela war nicht in der Lage, ihn zu verletzen.

»Die Schwesternschaft vom Blute Christi«, keuchte sie und verdrehte die Augen, die Pupillen rollten nach oben weg. Ihre Arme fielen ausgebreitet zur Seite, sie lag vor ihm wie eine gekreuzigte Heilandin und starrte an die Decke.

»Scheiße!« Eric horchte auf ihren Herzschlag, aus ihrer Brust drang glücklicherweise ein schwaches Pochen. Er hatte Schwester Emanuela beinahe erwürgt; in seiner Erregung hatte er seine Kraft falsch dosiert. Bestürzt über sich selbst richtete er sich auf.

»Mörder!«

Der Vorwurf traf ihn in den Rücken, und nach dem Wort kam der Hieb mit dem Stuhl gegen die Schulter und den Kopf.

Eric fiel nach vorne auf die vermeintliche Tote. Ein abgebrochenes Stuhlbein flog an ihm vorbei.

Gott hatte seine Dienerin Ignatia rasch aus der Ohnmacht gerufen, um den Sünder zur Rechenschaft zu ziehen. »Du wirst dich vor dem Herrn und dem weltlichen Gericht für deine Taten rechtfertigen! Und erwarte nicht, dass ich für deine Seele bete!«, schrie sie.

»Nein, sie lebt!« Eric drehte sich benommen herum, um zu sehen, was die Nonne als Nächstes plante, und sah sie auf sich zukommen. Sie schwenkte ein Stuhlbein wie eine Keule über dem grauen Kopf. »Hören Sie auf mit ...«

Ignatia stolperte über die Teppichkante und stürzte so unvorhersehbar schnell auf ihn zu, dass er nicht mehr ganz ausweichen konnte. Die Frau begrub ihn halb unter sich, schrie schmerzerfüllt auf und stemmte sich sofort wieder in die Höhe.

Eric erstarrte. Sie hatte sich den Silberdolch unglücklich in die Brust gerammt und tat das Dümmste, was man bei Stichverletzungen tun konnte: Sie zog die Waffe heraus.

Ihr warmes Blut sprühte sofort aus der Wunde, traf Eric und benetzte sein Gesicht und seine Lippen. Ignatia keuchte auf, ihre Hände zuckten an die Brust, doch schon schlossen sich ihre Lider für immer; sie schaffte es nicht einmal mehr, das Bekreuzigen zu Ende zu führen.

Nun wurde es eng. Der Lärm im Zimmer, den sie verursacht hatten, entsprach in etwa dem eines tanzenden Elefantenballetts, und mit Sicherheit waren schon die ersten Beschwerden bei der Rezeption eingegangen. Eric musste verschwinden. Er fuhr sich mit dem Handschuh durchs Gesicht und verschmierte das Blut Ignatias, anstatt es abzuwischen.

Und so kam es, dass ein winziges bisschen in seinen Mund gelangte.

Es brannte.

Es brannte wie flüssiges Feuer!

Eric stürzte ins Bad, um die kochende Lava aus dem Mund zu spülen, bevor seine Zähne Feuer fingen. Händeweise schüttete er sich das Nass ins Gesicht, spülte und spuckte, ohne aber den Brand löschen zu können. Im Gegenteil: Es wurde noch schlimmer.

Die Wassertropfen schienen plötzlich in Zeitlupe ins Becken zu gleiten.

Platschten überlaut auf die Keramik.

Der kleine Abluftventilator im Bad dröhnte propellergleich.

Der Abfluss rauschte wie der Plitvice-Wasserfall.

Die Geräusche, die Wahrnehmung, alles verzerrte sich beängstigend. Eric hob sein Gesicht und schaute in das milchig trübe Glas des Spiegels, sah die roten Schlieren auf seinem Gesicht; das verdünnte Blut tropfte aus seinen feuchten Haaren und malte rote Bahnen auf seine Wangen. Seine hellbraunen Augen hypnotisierten ihn selbst. Er glitt durch sie in den Spiegel hinein und tauchte in eine andere Welt.

Es war eine hallenhohe, säulengetragene Welt, in die Licht von allen Seiten fiel. Die Sonnenstrahlen drangen schräg von oben aus unerreichbar fernen Fenstern ein: Es musste ein Palast für Riesen oder Götter sein. Vor ihm stand seine Halbschwester Justine, umgeben von hunderten von Nonnen, die alle das Gesicht von Ignatia trugen. Justine hob die Hand. »Komm«, sagte sie freundlich. Sein Leib bäumte sich auf, eine Macht riss an seinem Innersten, und Eric schrie gellend. Knirschend befreite sich die Bestie aus seinem Körper wie ein Schmetterling aus dem Kokon. Das Wesen wandte sich ihm blutüberströmt zu und grinste, dann ging es zu Justine und gab ihr einen wilden Kuss auf den Mund.

»Nein!«, schrie Eric und suchte seinen Silberdolch. »Ich muss sie vernichten.«

»Hier ist er«, riefen die Ignatias und deuteten auf die Waffen,

die in ihren Brüsten steckten. »Aber du benötigst die Hilfe des Herrn, Eric von Kastell. Nur Er wird dich erlösen, niemals du selbst oder ein heidnischer Zauber.« Sie zogen sich alle gleichzeitig die Klingen heraus, und eine Flut aus Blut brach los, schwemmte ihn von den Beinen und ertränkte ihn.

Fast.

Eine starke Hand packte ihn am Mantelkragen, und Eric wurde aus dem Rot gezogen und an die Oberfläche gehoben. Er schwebte frei in der Luft.

Als er sich das Blut aus den Augen gewischt hatte, sah er, dass er am ausgestreckten Arm der Bestie hing. Sie stand auf dem Blut wie Jesus auf dem Wasser, beschienen vom silbernen Licht des Vollmonds, der durch die Fenster brach. »Du bist nichts ohne mich«, grollte sie, und aus der Dunkelheit erschien Lena. Sie war nackt, trat heran und schmiegte sich an die Bestie. »Mein Ende bringt dir Bedeutungslosigkeit. Lass mich in Ruhe.«

»Lass sie ihn Ruhe«, kicherte Lena, ließ sich auf alle viere herab und verwandelte sich in eine Wölfin. »Ich mag sie sehr, Eric. Ich will nicht mehr ohne sie sein.«

»Nein«, flüsterte er. »Nein, Lena! Sie ist niederträchtig, sie tötet ohne Grund! Sieh ihr ...«

Mit einem Mal verschwand die unwirkliche Welt, und er erkannte ein Paar hellbraune Augen und bekannte Züge vor sich. Seine Züge.

»... ins Gesicht.«

Jemand pochte laut gegen die Tür. »Hallo? Ist alles in Ordnung?«, rief ein besorgter Hotelangestellter.

»Ja, danke«, antwortete Eric mit verstellter Stimme, und hoffte, dass sie durch die Tür einigermaßen nach einer Frau klang. »Der Fernseher hat verrückt gespielt und ließ sich nicht mehr leiser drehen. Alles in Ordnung.«

»Gut. Verzeihen Sie die Störung«, kam es von der anderen Seite.

Eric wusch den Dolch ab, reinigte seine Kleidung ebenfalls und verließ das Zimmer der Nonnen. Er musste in den Wald, die Bestie und ihre Brut finden. Und auch sein nächstes Ziel stand fest, obwohl er nur diese vage Spur hatte: die Schwesternschaft vom Blute Christi. Die Ewige Stadt.

XXXIII. KAPITEL

19. Juni 1767, Pfarrei Nozeyrolles, im Ténazeyre-Wald, Südfrankreich

O Gott!«, stöhnte Pierre, als sie die Stelle erreichten, an der Maleskys Leichnam in einer Lache aus Blut ruhte. Der Kopf war abgerissen worden und fehlte, die Hand, welche den Silberdolch noch immer umklammert hielt, lag einen Schritt neben dem Moldawier.

»Antoine!«, schrie Jean außer sich. Er sah die rote Spur, die vom Haupt Maleskys stammte und mit der die Bestie einen Wegweiser für sie gelegt hatte, um sie in einen Hinterhalt zu locken. Er lief los, obwohl ihn der Schock über den Tod des Freundes fest im Griff hielt. Er war kreidebleich und würgte, doch er kämpfte sich weiter voran. Pierre folgte ihm.

Sie hörten, dass die Jäger des Marquis weiter in den Wald vorrückten und nach ihnen riefen, aber die Chastels antworteten nicht.

Abrupt blieb Jean stehen. Er deutete auf den unteren Ast eines Baumes: In einer Astgabel steckte Maleskys Kopf und starrte sie von oben aus toten Augen an; noch immer rann

Blut aus dem zerkauten Halsstumpf, lief die Wirbelreste entlang und tropfte auf das Laub.

Jean riss die Muskete hoch – und drehte sich blitzschnell um einhundertachtzig Grad. Im Bruchteil einer Sekunde hatte er den Garou im Visier, der sprungbereit auf seinen Hinterläufen stand.

»Ich durchschaue dich, mein Sohn.«

Im rotbraunen Fell haftete noch das feucht schimmernde Blut Maleskys, es troff von der Schnauze und den Klauen. Die Kreatur grollte ... und schnurrte gleichzeitig. Krachend verschoben sich die Knochen, Antoine ächzte qualvoll und jaulte unterdrückt. Es schüttelte ihn, während er sich teils in einen Menschen zurückverwandelte, um dem Vater und dem Bruder ein halbwegs menschliches Gesicht zu präsentieren.

Bettelnd hob Antoine die kräftigen, behaarten Arme. »Bitte, Vater, verschone mein Leben. Ich bin dein Sohn!«, kam es mit einer widerlichen Stimme aus dem Mund mit den blutigen spitzen Zähnen hervor. *»Hilf mir!«*

»Ja, Antoine ... ich helfe dir«, entgegnete Jean gefasst. »Dir und dem ganzen Gévaudan.«

Sein Zeigefinger ruckte nach hinten.

Die Läufe der Muskete entluden sich und spien die silbernen Kugeln gegen den Loup-Garou.

Antoine versuchte zwar, den geweihten Kugeln auszuweichen, aber er hatte auf die erneute Milde seines Vaters gesetzt und zu spät reagiert. Das erste Geschoss traf ihn genau ins Herz, das zweite durchschlug seinen Hals.

Er fiel wie vom Blitz getroffen zu Boden. Aus seiner Brust kräuselte schwarzer Rauch, es stank grauenvoll, während sich Antoine röchelnd aufbäumte, mit den langen Nägeln in die Wunde griff und sich in seiner Verzweiflung auf der Suche nach dem schmerzenden Silber den eigenen Brustkorb aufbrach. Aber das Vernichtungswerk des Metalls ging zu schnell vonstatten.

Jean riss sich von dem Anblick los, entwand dem wie versteinert dastehenden Pierre die Muskete und schoss Antoine aus einem Schritt Entfernung zwei weitere Kugeln ins Herz. Sofort erschlaffte der monströse Leib und verwandelte sich unter widerlich krachenden Geräuschen in den eines Menschen. Die Bestie verließ den toten Antoine. »Antoine!« Pierre stürzte an Jean vorbei und warf sich trauernd auf den Bruder. Jean beugte sich vor und wollte ihn wegziehen, da schnellte Antoines Kopf mit einem Fauchen in die Höhe.

»Gib Acht!« Jean stieß Pierre zur Seite, dafür trafen ihn die Zähne in den linken Unterarm und bissen in den dicken Stoff des Mantels. Er stöhnte auf und glaubte, sein Arm wäre in eine Presse geraten, so enorm war der Druck. Jean zog den Silberdolch und stieß die Klinge bis zum Heft in Antoines rechtes Auge. Der Kopf fiel zurück und zog ihn mit, weil die Kiefer sich nicht öffnen wollten.

»Vater!« Pierre erhob sich und schaute fassungslos auf den nun endgültig leblosen Körper seines Bruders. »Ist dir etwas geschehen?«

»Nein. Der Mantel war dick genug, er hat mich nicht erwischt.« Jean lauschte und hörte, dass sich die Männer des Marquis in ihre Richtung bewegten. »Rasch, hilf mir, seine Kiefer aufzubrechen und ihn unter dem Laub zu verscharren. Wir holen seine Leiche, wenn es ruhiger geworden ist.«

Sie arbeiteten schnell und vergaßen auch nicht, Maleskys Kopf vom Baum zu nehmen. Sie erschienen in dem Augenblick bei der Leiche des Moldawiers, als die Jäger zu ihnen stießen.

Gemeinsam verließen sie den Wald, um dem Marquis vor dem errichteten Jagdzelt von den ungeheuerlichen Vorfällen zu berichten. Neben dem Adligen stand der junge Comte de Morangiès, seine Muskete am Lauf haltend, den Kolben auf den Schuh gestellt. Bei seinem Anblick fielen Jean sofort die Andeutungen des Jesuiten ein.

»Wir haben einen großen grauen Wolf gestellt, der Monsieur Malesky tötete, als die unbekannten Männer auftauchten und uns nach einem kurzen Streit um die Prämie unter Beschuss nahmen, *mon seigneur«*, log Jean den beiden Adligen ins Gesicht. »Ich schwöre es bei der Heiligen Jungfrau Maria.«

Der Marquis d'Apcher glaubte ihm seine Geschichte. »Bedauerlich für Euren Freund, Monsieur Chastel, und unglaublich, mit welcher Dreistigkeit die Fremden auf dem Land meiner Familie vorgingen. Ich werde die Sache untersuchen lassen.«

»Ist Euch einer der Männer entkommen oder habt Ihr sie alle getötet?«, fragte der Comte unvermittelt.

»Ich denke, sie sind tot, *mon seigneur.«*

Der Comte machte ein missbilligendes Gesicht. »Sehr schade. Man hätte sie befragen können, wie sie auf den Gedanken gekommen sind, dass es die Belohnung noch immer gibt.« Er hob sein Gewehr. »Ich werde sie mir aus der Nähe betrachten. Vielleicht haben sie Dinge bei sich, aus denen wir mehr erfahren.«

Jean hätte sich unter normalen Umständen nichts bei dieser Bemerkung gedacht, aber die Worte Francescos hatten sein Misstrauen in unendliche Höhen geschraubt. Er wurde den Verdacht nicht los, dass der Comte mehr wusste. Mehr über Antoine und sein Geheimnis.

Der Marquis d'Apcher winkte einen Untergebenen herbei und ließ sich seine Waffe reichen. Er schaute zu den Bäumen. »Dann ist die Bestie immer noch im Wald. Gut. Wir ...«

Aufgeregtes Rufen erklang vom Waldrand. Zwei Musketen knallten, und sie erkannten einen großen grauen Wolf, der zwischen den Jägern hindurchsprang und geradewegs auf das Zelt zuhielt.

Heilige Maria, sendest du mir das passende Tier zu meiner Lüge? So nehme ich deinen Beistand an.

Jean nahm die Muskete von der Schulter. »Ave Maria, gegrüßet seist du, Maria, voll der Gnade, der Herr ist mit dir.«

Er zog die Hähne der Waffe nach hinten, während der Wolf immer näher kam, langsamer wurde und sich Jean in seiner ganzen Größe zeigte, als wollte er ihn zu einem Kampf herausfordern.

»Du bist gebenedeit unter den Frauen, und gebenedeit ist die Frucht deines Leibes, Jesus.«

Er hob die Muskete. Niemand wagte sich sonst zu bewegen.

»Heilige Maria, Mutter Gottes, bitte für uns Sünder, jetzt und in der Stunde unseres Todes. *Amen!*«

Mit dem letzten Wort krachten die Schüsse, und der Wolf brach tödlich getroffen vor den Augen der Adligen und der Jäger zusammen.

19. Juni 1767, in der Umgebung von Auvers, Kloster Saint-Grégoire

Gregoria war eben erst aus ihrem Schlummer erwacht, lag in ihrem Bett und lauschte auf Geräusche.

Etwas stimmte nicht.

Was sie störte, war der Umstand, dass sie nichts vernahm: Keine Stimmen, noch irgendeinen anderen Hinweis darauf, dass sich Leben in den Mauern von Saint-Grégoire befand.

Sie schaute auf die Uhr an der Wand und sah, dass es Zeit für die Mitternachtsmesse wurde. Warum hatte man sie nicht geweckt? Sie stand auf, zog sich die Tunika an und die Haube über die blonden Haare und bereitete sich vor, die Glocke selbst zu läuten, um die Nonnen in die Kirche zu rufen.

Während sie sich ankleidete, fragte sie sich, was der Legatus als Nächstes beabsichtigte. Jedenfalls hatte er sie nicht nochmals zu sich zitiert, um sie weiter über Jean zu befragen. Anscheinend hatte er andere Quellen aufgetan.

Er und ein Teil seiner Männer waren nach dem Abendbrot im Gästehaus verschwunden, wo er zusammen mit seiner kleinen Streitmacht lagerte. Seither hatte sie niemanden mehr gesehen.

Heilige Jungfrau Maria und heiliger Gregorius, gebt uns euren Beistand. Gregoria trat vor die Tür, rechnete damit, die Wächter zu sehen, und grüßte, ohne hinzuschauen.

Sie stutzte, als sie niemanden vorfand.

Gregoria verstand es als ein Zeichen. Es ersparte ihr, wieder einige ihrer Nonnen um eine Ablenkung zu bitten, damit sie Florence mit Essen versorgen konnte. Dieses Mal würde das gelingen, ohne eine der Schwestern bei dem Legatus in Verdacht zu bringen.

Eilig kehrte sie in ihre Stube zurück, raffte Äpfel, Brot und Käse an sich, die sie dort versteckt hatte, und lief die Treppen hinauf, um sie der jungen Frau zu bringen. Seit dem Frühstück hatte Florence nichts mehr bekommen und war sicher hungrig wie ein Wolf.

Gregoria stieg die letzte Stufe hinauf und bog in den Gang, auf dem sich die Tür zum Zimmer ihres Mündels befand, blieb dann aber unvermittelt stehen und ließ die Arme sinken.

Brot und Käse fielen ihr aus der Schürze, die Äpfel folgten und rollten über den Boden, während die Äbtissin entgeistert auf die zerschlagene Tür blickte, die mit unvorstellbar roher Gewalt zertrümmert worden war: Die Scharniere hingen, teils herausgebrochen, locker im Gestein.

Das musste einen höllischen Lärm veranstaltet haben! Wieso hatte sie nichts davon gehört?

Sie ging vorsichtig näher und schaute in das Zimmer, in dem ihr Mündel die meisten Tage der letzten Monate verbracht hatte, wenn es ihr nicht irgendwie gelungen war, die

Sicherungsmaßnahmen zu überlisten. Selbst Francesco hatte nichts davon bemerkt. Glaubte sie zumindest.

Der Mond schien durch die Scheiben in den vollkommen verwüsteten Raum, in dem nichts, aber auch gar nichts heil geblieben war. Selbst die Bettdecken waren aufgeschlitzt.

Gregoria entdeckte den Blutfleck, in dem sie stand und den sie im Schein des Nachtgestirns zunächst für Tinte gehalten hatte. *Die Bestie!*

Heilige Mutter, rette Florence vor den Mächten des Bösen und bewahre ihre Seele vor Schaden!

Sie wandte sich um, rannte die Treppe hinunter, um ins Dormitorium zu gelangen und die Nonnen vor der Kreatur zu warnen, die nun offensichtlich durch die Gänge und Säle Saint-Grégoires strich und nach Menschenfleisch gierte.

Sie fegte durch den Kreuzgang, legte die Hand auf die Klinke, welche die Tür zum Schlafsaal öffnete – und hielt inne. Ihr Blick wanderte nach unten auf die Blutlache, die sich vor dem Eingang gebildet hatte.

»Mein Gott, verlasse mich nicht«, wisperte sie, begann zu zittern und drückte die Klinke dennoch hinunter, um die Tür aufzustoßen.

Die Nonnen lagen im Schein zweier flackernder Nachtkerzen auf den ersten Blick friedlich in ihren Betten, doch um die Schlafstätten herum hatte sich der Boden in einen klebrigen roten Pfuhl verwandelt. Der Geruch des Blutes, das von den Matratzen tropfte oder die Holzgestelle hinablief, dabei gerann und erste zähe, schwarze Fäden bildete, hing Übelkeit erregend in der Luft und schlug Gregoria sofort auf den Magen.

Sie übergab sich mehrmals hintereinander; sie konnte ihr Grauen nicht einmal herausschreien, weil ihr unentwegt die saure Brühe durch die Kehle in den Mund und durch die Nase schoss.

Spuckend taumelte sie rückwärts – und wurde grob gepackt.

Jetzt endlich besaß sie genügend Luft, um einen durchdringenden Schrei auszustoßen.

»Ruhig, ehrwürdige Äbtissin!«, zischte jemand, und eine Hand legte sich über ihren Mund. Der Schein der Kerzen des Dormitoriums fiel auf Francescos strenges Gesicht. »Ihr lockt sie sonst zu früh an. Wir sind noch nicht so weit.«

Sie stieß ihn von sich, lehnte sich keuchend an die Wand, vernahm die Schritte von vielen Stiefeln und hörte ein Klacken, wie es die Spannhähne von Musketen von sich gaben. »Ihr wisst es also?«

»Ich ahnte es von Anfang an, ehrwürdige Äbtissin. Aber ich spielte Euer Spielchen mit, um Euch in Sicherheit zu wiegen. Antoine Chastel ist uns durch seinen Tod leider entkommen, daher habe ich Euer Mündel geprüft. Die Silbernadel brachte es ans Licht. Es schien mir fast, als wäre das Mädchen selbst überrascht ... kann es sein, dass Ihr sie im Unwissen gehalten habt? Nun, ich kann Euch versichern, sie gewöhnte sich schnell an den Gedanken. Als wir sie festnehmen wollten, entwischte sie uns.« Der blonde Legatus wirkte beinahe gleichgültig. »Es erstaunt mich, dass Ihr schon auf den Beinen seid. Das Schlafmittel in Eurem Wasser hätte Euch bis zum Brand ruhig stellen sollen.«

»Brand?« Gregoria wirbelte herum und schrak zurück, als sie die Schergen des Legaten sah, die im Halbdunkel ihre Vorbereitungen trafen. An den Bajonetten ihrer Musketen und an manchen ihrer Kleidungsstücke befand sich Blut, und sie verstand, wessen Blut es war. *»Ihr* ... Ihr habt die Schwestern ermordet?«, flüsterte sie entsetzt. »Nichts kann das rechtfertigen! Der Heilige Vater ...«

Francesco trat näher an sie heran. »Wundert Ihr Euch etwa? Sie haben – wie Ihr, *ehrwürdige* Äbtissin – dem Bösen Unterschlupf gewährt und es geduldet. An einer Stätte des Glaubens! Sie haben den Tod verdient.« Er blieb absolut kalt. »Die

Bestie kann dem Geruch des Blutes nicht widerstehen, sie wird kommen und sich laben wollen.«

»Florence ist nur ein Opfer des Bösen. Sie weiß nicht, dass sie die Bestie ist!« Ohne nachzudenken, versuchte Gregoria, den Gesandten von seinem Vorhaben abzubringen. »Ich flehe Euch an: Lasst ihr das junge Leben!«

»Oh, seid unbesorgt. Wir haben nicht vor, Florence zu töten, ehrwürdige Äbtissin. Sie ist uns viel zu wertvoll. Wir erwarten neue Erkenntnisse über sie und ihren Schöpfer.« Francesco wies seine Helfer an, das mit Eisendrähten verstärkte Netz über der Tür auf der Innenseite des Dormitoriums festzumachen; dicke Seile wurden gespannt.

Plötzlich erahnte Gregoria den Sinn der eisenbeschlagenen Kutsche. Sie war dazu bestimmt, Florence zu transportieren! »Was wollt Ihr von dem armen, verfluchten Kind? Bringt Ihr sie nach Rom? Was hat der Heilige Vater damit zu schaffen?«

Francesco lächelte mitleidig, doch die hellgrünen Augen überschütteten sie mit Hohn. »Ehrwürdige Äbtissin, Ihr werdet von mir nichts erfahren, auch wenn Euch der Tod gewiss ist.« Er hob die Arme. »Dennoch wird Eure Seele Frieden finden. Ich erteile Euch die Absolution postum, und Ihr brennt zusammen mit Euren Nonnen in einem heiligen Feuer. Die Stätte, an der das Übel hauste, darf nicht länger bestehen bleiben, so lautet meine Order. Der Ritus der Bestie hat ein Ende. Aber die Leute in der Umgebung werden Euch und das Kloster beweinen und immer in guter Erinnerung behalten. Wo Ihr so viel Gutes getan habt. So haben alle etwas davon.« Er lachte. »Vielleicht werdet Ihr sogar selig gesprochen, ehrwürdige Äbtissin. Und das trotz Eurer fleischlichen Sünde.«

»Zum Teufel mit Euch!«

»Nein, sicherlich nicht. Aber Ihr könnt Eurer Seele noch Erleichterung verschaffen. Seid mir behilflich, das Rätsel der im Morast versunkenen Kutsche zu lösen. Man sagte mir, dass sie zuvor vor dem Kloster gesehen worden sei. Eine edel gekleidete Frau habe sich mit Euch unterhalten. Ging es um Euer Mündel?«

Gregoria schwieg.

»Demnach lautet die Antwort ›Ja‹. War es vielleicht sogar die Mutter? Hat sie Euch gesagt, wer der Vater der Bestie ist?«

»Gott wird Euch richten, Jesuit!«

»Ich denke, er wird mit mir zufrieden sein. Was man von Euch nicht behaupten kann.« Sein Finger deutete auf das Dormitorium. »Schlitzt sie auf und legt sie zu den anderen.«

Gregoria langte ansatzlos nach dem hölzernen Kruzifix neben sich an der Wand und schlug nach dem Legatus. Sie traf ihn mit dem Heiland am Kopf, die Figur zersprang, augenblicklich floss Blut aus der Platzwunde. Francesco taumelte und klammerte sich an ihren Bewacher.

»Herr, vergib mir.«

Sie nutzte die Verwirrung und rannte aus dem Dormitorium. Unterwegs streifte sie sich den Schleier und die weiße Haube ab, um im Dunkeln nicht so leicht erkannt zu werden. Draußen verbarg sie sich im Schatten der Säulen des Kreuzgangs.

Gregorius und Maria, was soll ich tun?, betete sie und kämpfte gegen ihre Verzweiflung an. Wie konnte ein Mann des Glaubens, der Stellvertreter Gottes auf Erden, solche Untaten befehlen? Oder handelten die Jesuiten ohne den Auftrag des Heiligen Vaters? Das Wort Verschwörung spukte durch ihren Kopf.

Sie schloss die Augen, als drei Bewaffnete an ihrem Versteck vorbeiliefen, sie wurde aber nicht entdeckt.

Nur so kann es sein. Es ist eine Verschwörung! Der Heilige Vater weiß nichts davon, was sein Legatus treibt. Was hier geschieht, kann nicht in deinem Sinn sein, Herr im Himmel.

Sie wartete, bis sie keine Schritte mehr vernahm, dann huschte sie weiter, um zur Pforte zu gelangen.

Ihr war ein Einfall gekommen. Allein konnte sie keinen

Erfolg gegen die Vielzahl von schwer bewaffneten Männern haben, aber wenn sie bis nach Auvers gelangte, die Einwohner oder die Soldaten zu Hilfe rief, mussten Francesco und seine Leute das Nachsehen haben.

Der Hof, der sich vor ihr ausbreitete, war ihr noch niemals in ihrem Leben so riesig vorgekommen. Das Stück Weg bis zum Ausgang aus dem Kloster lag in schier unendlicher Entfernung; zudem befanden sich vier Männer bei der gepanzerten Kutsche, spannten die Pferde ein und bereiteten die Abfahrt vor.

Gregoria bemerkte den beißenden Geruch, der in der Luft hing, und als sie genauer durch die offene Tür ins Innere des Vehikels schaute, entdeckte sie darin noch zwei kleine Fässer mit der Aufschrift *Petroleum.* Ein fünfter Mann kam aus der Spinnerei, nahm sich das vorletzte Fass und ging damit in das Haus der Äbtissin. Man stellte sicher, dass die Feuersbrunst vor keinem Gebäude Halt machte.

Plötzlich hallten Schüsse durch die Nacht. In das Krachen der Musketen mengten sich das aufgeregte Rufen und Todesgeschrei von Männern – Gregoria hörte die Unterschiede ganz genau –, dann heulte die Bestie im Triumph, bellte und fauchte, ehe neuerliches Krachen ertönte.

Die vier Männer bei der Kutsche nahmen ihre Waffen hoch, blieben aber, wo sie waren. Der fünfte Mann kam aus dem Haus gelaufen und beruhigte die Pferde, die auf die Hinterläufe stiegen und lospreschen wollten, um dem Ort zu entfliehen, an dem es nach Raubtier stank.

Das Rufen und Schießen hörte nicht auf, zwischendurch schrie einer von Francescos Leuten um Hilfe, während das wütende Kreischen der Bestie laut und deutlich zu hören war.

Die Äbtissin sah erste Flammen im Dormitorium auflodern. Auch hinter den Scheiben ihres Arbeitszimmers flackerte es zuerst ein wenig, dann wurde der grelle Lichtschein immer intensiver.

Jetzt oder nie. Gregoria atmete tief ein und bekreuzigte sich, sprach zu ihrem Gott: *Beschütze mein Leben, und ich schwöre bei meiner unsterblichen Seele, dass ich nach Rom reise und dieser ungeheuerlichen Sache in deinem Namen auf den Grund gehe. Der Verantwortliche muss gestellt und bestraft werden.* Sie lief im Schatten der Kirche los. So leise es ihr möglich war, versuchte sie zur Pforte zu gelangen. Gott, Maria und Gregorius standen vorerst auf ihrer Seite.

Bis der Teufel seine Hand ins Spiel brachte.

Sie hatte die Hälfte der Distanz geschafft, als ihr Fuß an einem Pflasterstein hängen blieb; sie machte einen Ausfallschritt, um nicht zu stürzen, und das verursachte ein Geräusch, das den vier Männern nicht verborgen blieb.

»Die Bestie!«, rief einer. Die Häscher des Legaten schossen auf sie, den vermeintlichen Loup-Garou. Gregoria warf sich auf den Boden und legte die Hände schützend über den Kopf, während die Kugeln über sie hinwegsurrten und Löcher in die Kirchenmauer schlugen. Abgeplatzte Granitstückchen prasselten auf ihre Haut.

Ein lauter Schrei brachte sie dazu, den Kopf zu heben und nach den Schützen zu sehen.

Auf dem Wagen saß die Bestie. Offensichtlich hatte niemand sie auf ihrem Weg dorthin bemerkt. Sie kauerte sich zum Sprung zusammen und katapultierte sich gegen den hintersten der Männer, riss ihn zu Boden und biss ihm noch vor dem Aufprall den Kopf ab. Sie knurrte zufrieden.

Die anderen vier wichen zurück und luden hektisch ihre Musketen nach. Sie brüllten durcheinander, um die Verstärkung auf die Kreatur aufmerksam zu machen, die sich wider Erwarten bereits im Hof befand. Ihre Gegnerin erlaubte ihnen weder Flucht noch Gegenwehr. Die rechte Klaue packte die Muskete des Toten am Lauf und schlug sie dem am nächsten Stehenden wie eine Keule auf den Kopf. Knirschend zerbarst der Schädel, dem Mann schoss das Blut fontänenartig aus den Ohren und der Nase.

Die Bestie richtete sich vollends auf und attackierte weiter, zerfetzte einem im Vorbeigehen die Bauchdecke mit einem präzisen Hieb, ehe sie dem zweiten mitten ins Gesicht biss und die Muskete wegschleuderte, nur um sofort den letzten der Männer mit allen vieren anzuspringen und unter sich zu begraben. Die Zähne in der langen Schnauze gruben sich an den erhobenen Armen des Mannes vorbei in den Hals; schmatzend legte sie die Kehle frei und soff das sprudelnde Blut.

Gregoria bekreuzigte sich und konnte sich trotz aller Grausamkeit nicht abwenden.

Die Pferde vor der Kutsche wieherten in wilder Panik und stemmten ihre Hufe mit aller Kraft in den Boden. Sie sprengten die angezogenen Bremsen des Wagens und begannen einen aussichtslosen Fluchtversuch vor der Bestie und dem prasselnden Feuer. Die Flammen schlugen aus dem Schlafsaal, der Spinnerei und dem Äbtissinnenhaus und sandten Funken in den Himmel.

Die Bestie ließ von der Leiche ab und machte sich einen Spaß daraus, die Pferde zu hetzen. Sie rannte heulend und anstachelnd auf allen vieren hinter der Kutschte her, bis die Tiere in ihrer Not versuchten, durch die Pforte zu brechen. Und daran scheiterten.

Die Pferdeleiber prallten gegen das Tor, die schwere Kutsche rollte von hinten gegen sie und quetschte sie zu Tode.

Gregoria schaute entsetzt zu, dann besann sie sich und wollte davonrennen. Weg, nur weg von diesem Inferno. Klare Gedanken fasste sie nicht mehr, es war zu viel für sie.

Da schob sich die Bestie vor sie und umschloss ihren Hals mit der rechten, bluttriefenden Pfote. Die Krallen bohrten sich leicht in ihre Haut.

Gregoria versteinerte und starrte in die rot glühenden Augen, ihre Lippen bewegten sich lautlos und murmelten ein Ave-Maria nach dem anderen. Sie konnte es selbst nicht glauben, als das boshafte Funkeln vor ihr erlosch. Die Kreatur legte den Kopf schief und stellte die kleinen Ohren auf. Die ledrige schwarze Nase schnupperte laut.

»Florence? Florence, erkennst du mich?«, ächzte Gregoria hoffnungsvoll. »Bitte, Florence, kämpfe gegen den Dämonen, der dich beherrschen will! Lass mich gehen! Wir müssen von hier fort, bevor ...«

Im Rücken der Bestie krachte es mehrmals; die Kugeln durchschlugen sie, und das warme Blut der Kreatur sprühte gegen die Äbtissin. Die Bestie schrie voller Qual auf und schleuderte sie wie eine Puppe davon.

Gregoria prallte mit dem Kopf gegen die Wand und stürzte auf den Boden. Durch einen blutroten Schleier verfolgte sie, wie sich fünf Männer, die dicke Anzüge aus Leder und Kettenhemden trugen, todesmutig auf die verletzte Bestie warfen und sie zu Boden zwangen, dann mit silbernen Stiletten auf sie einstachen, bis die anfangs brachiale Gegenwehr erlahmte.

Aber die Kreatur gab nicht auf, heulte, befreite sich überraschend ein weiteres Mal und zertrümmerte einem ihrer Häscher mit einem gewaltigen Hieb die Brust. Röchelnd sank er zu Boden.

Unvermittelt tauchte der Legatus vor der Bestie auf, die knurrend nach ihm schnappte. Ihre Kiefer jagten auf ihn zu –

– doch er wich übermenschlich schnell den tödlichen Zahnreihen aus, die krachend ins Leere trafen, drosch ihr mit ungeheurer Kraft die Faust in den Unterleib, dass sie einen halben Schritt vom Boden abhob und in die Knie brach. Fauchend schlug sie nach seinem Oberschenkel. Die Klauen schnitten durch die Hose und hinterließen fünf lange Risse in der Haut, aus der Blut quoll.

Francesco schrie und drosch ihr von oben gegen den Hinterkopf. Sie knickte ein, dennoch war ihr Widerstand nicht gebrochen. Sie wälzte sich herum, biss nach ihm und erwischte seinen Knöchel, was der Gesandte mit einem harten Tritt quittierte, der die Bestie weit nach hinten schleuderte. Sofort rannten seine Leute hinzu und stachen wieder mit Silbermessern auf sie ein.

»Hört auf, sie ist genug geschwächt! Ihr tötet sie sonst!«, schrie Francesco aus dem Hintergrund. »Holt die Kutsche und spannt neue Pferde ein! Ihr anderen, bringt ein Netz und verschnürt sie. Wir müssen weg, die Flammen werden im Dorf schon zu sehen sein. *Beeilung!«*

Während seine Männer losliefen, nahm er eine Phiole aus dem Gürtel, tauchte die Kuppe seines Fingers hinein, benetzte sich damit die Lippen, leckte darüber und schloss die Augen, als betete er. Dann kam er langsam auf Gregoria zu. »Ich verlasse Euch nun, ehrwürdige Äbtissin.« Er zeigte auf das Feuer. *»Das* ist Eure Hölle, in der Euer sündiger Leib schmoren wird. Möchtet Ihr beichten und wenigstens Eure Seele retten?«

Sie lachte keuchend. »Ihr tragt den Keim des Bösen in Euch, Ihr solltet für Euch selbst beten.« Gregoria richtete sich halb auf, das Blut aus der Platzwunde auf ihrer Stirn raubte ihr die klare Sicht. »Ich wünsche Euch, Legatus, dass Ihr von allen Jägern der Welt gehetzt werdet.«

Francesco lächelte und wirkte dabei entrückt und berauscht. Er zeigte ihr die Wunde. »Meint Ihr den Biss der Bestie, ehrwürdige Äbtissin? Ich besitze ein wirkungsvolles Gegenmittel, das heiligste und reinste, das Ihr Euch vorstellen könnt. Ihr habt Euch zu früh über mein vermeintliches Elend gefreut.« Er schlug das Kreuz über ihr. *»Ego te absolvo.«* Francesco ging zum Tor, wo seine Leute die Kutsche in aller Eile vorbereiteten, die Pferdekadaver zur Seite zerrten und statt ihrer neue Pferde anspannten.

In Gregoria breitete sich ein äußerst irdischer Hass aus. Ächzend stemmte sie sich auf die Beine und sprang den Legatus von hinten an, tastete nach seinem Dolch, um ihn mit seiner eigenen Waffe zu erstechen. Sie gingen beide zu Boden, aber der Mann war viel zu stark für sie. Er trat ihr in den Bauch – und sie wurde durch die Wucht drei Schritte durch die Luft geschleudert! Hart landete sie auf dem Steinpflaster.

»Mutig wie eine Heilige«, neckte er sie und stand auf, dabei richtete er seine Kleidung. »Und fast hätte ich es vergessen – Ihr sollt auch brennen wie eine.«

Gregoria sah, dass die Phiole, aus der er die seltsame Substanz genommen hatte, neben seinem Stiefel lag. Francesco hatte sie bei ihrer ungestümen Attacke verloren. Wenn es tatsächlich ein mächtiges Heilmittel war, benötigte sie es dringender als der Legatus. Vielleicht half es Florence, den Fluch zu brechen! Sie kroch darauf zu.

»Was? Ihr wollt Gnade?« Francesco verstand ihre Bewegung falsch. Sie tat so, als würde sie mit der Rechten nach seinem Stiefel langen, und nahm heimlich das Röhrchen mit ihrer Linken. »Es gibt keine Gnade, ehrwürdige Äbtissin. Nicht für Euch.« Gleich darauf fassten kräftige Hände unter ihre Achseln, hoben sie an und schleppten sie zum lichterloh brennenden Dormitorium.

Ihr Widerstand brachte ihr nichts. Sie wurde von den Männern in die Flammen gestoßen.

XXXIV. KAPITEL

Kroatien, Plitvice, 22. November 2004, 23:59 Uhr

Sein Orientierungssinn führte Eric an die Stelle, wo er die Bestie das letzte Mal gesehen hatte. Danach ließ er sich von seinen Instinkten leiten und stapfte durch den Schnee einfach vorwärts. Es fiel ihm sehr schwer, nicht unentwegt an Lena zu denken. Wie es ihr ging, wer sie entführt hatte, was sie ihr gerade antaten ...

Er setzte die Brille ab, blähte die Nase immer wieder weit auf, um möglichst viele Gerüche wahrzunehmen, und lauschte nach katzenhaftem Maunzen oder hellem Bellen. Er hoffte, dass etliche Stunden seit der letzten Fütterung vergangen waren und die kleinen Bestien ordentlichen Hunger hatten.

Von Zeit zu Zeit benutzte er den Infrarotlichtmodus seines Fernglases, entdeckte jedoch lediglich ein Rudel Rehe, eine Rotte Wildschweine und zwei Luchse.

Er erreichte eine Stelle im Wald, die ohne Leben war. Es gab keine Wildspuren, keine Geräusche, wenn er von dem Knarren der Bäume absah. Erics Instinkte übernahmen die Kontrolle, Gefühle und Gedanken an andere verschwanden. Er zog seinen Dolch und pirschte weiter.

Dann entdeckte er sie, neben einem Baum nackt auf dem Bauch liegend. Der Frost hatte sie perfekt konserviert. Für unbedarfte Menschen war hier eine ganz normale Frau bestialisch abgeschlachtet worden. Eric aber entdeckte zwar Spuren von Füchsen und Krähen rund um die Leiche, doch die Aasfresser hatten diese leichte Beute nach einer kurzen Inspektion verschmäht.

Er ging näher heran. »Hab ich dich«, murmelte Eric und drehte die Tote langsam auf den Rücken. Er schätzte sie auf Mitte dreißig. Sie hatte einmal hübsch ausgesehen, die Figur war äußerst trainiert und glich der einer Hochleistungssportlerin.

Sein Dolch hatte ihr den Tod gebracht, ihr Fleisch war in der Höhe der linken Hüfte schwarz verfärbt. Dort, wo die Waffe sie getroffen und ein Teil im Knochen stecken geblieben war, klaffte ein zwei Finger breites, verbranntes Loch. Auch die Schnitte am Oberkörper und in ihrer Kehle hatten sich nicht mehr richtig geschlossen, die Werwölfin war zu geschwächt gewesen.

Eric betrachtete das von Schmerzen verzerrte Gesicht lange. Endlich hatte die verhasste Bestie ein menschliches Antlitz, die Suche ein Ende. Er dachte an seinen Vater und wie sehr er sich nach diesem Moment gesehnt hatte. Ihm war es vergönnt, eines der letzten Exemplare zu vernichten. Die gefährlichste Spezies der Wandelwesen stand kurz vor ihrer Auslöschung. Die Ahnen der Familie von Kastell konnten stolz auf ihn sein.

Eric begutachtete die Frau erneut. Das Gefühl des Triumphs schwand und machte einem anderen Platz. Eric hasste sie dafür, dass sie Lena infiziert hatte, und spürte den Wunsch, den Leichnam in Stücke zu schneiden, ihn so zu schänden und über den Tod hinaus für die Taten der Lebenden zu bestrafen.

Die dunklen Linien auf ihrer Bauchdecke ließen ihn genauer hinschauen. Mit der Klinge rieb er das gefrorene Blut weg und erkannte Schwangerschaftsstreifen in der Haut, die üppigen Brüste sprachen für viel Milch.

Er glaubte inzwischen, hinter den Plan der Bestie gekommen zu sein. Sie hatte Nadolny zum Werwolf gemacht, um sich von ihm decken zu lassen, und schickte ihn weg, damit er an einem anderen Ort Unruhe stiftete. Beinahe wäre ihr Vorhaben gelungen.

Nachdem die Mutter tot war, galt es nun, den Bau zu finden, ehe es einem seiner Gegner gelang. Die Welpen waren noch sehr jung, sie konnten weder ihm noch den anderen gefährlich werden.

Eric stand auf. Er musste sich beeilen, bevor der Hunger die Welpen aus der Höhle trieb und sie sich in der Umgebung verteilten. Er wollte sich nicht darauf verlassen, dass der harte Winter sie umbrachte. Diese besonderen Tiere waren widerstandsfähig. Womöglich schlossen sie sich einem Wolfsrudel an und wurden auf diese Weise großgezogen.

Die Nacht lag samtschwarz auf dem Horizont und zwischen den Bäumen. Eric eilte durch den Wald, als ihm der Geruch von Menschen in die Nase stieg, der ihm merkwürdig bekannt erschien. Er benötigte nicht länger als zwei Sekunden, um die zu dem Duft gespeicherte Erinnerung aus dem Gedächtnis abzurufen: Amulett, Sankt Petersburg. Das hieß, dass er sich auf dem richtigen Weg befand!

Nachdem ihm seine Nase einen ausgezeichneten Dienst erwiesen hatte, nahm er Brille und Fernglas zur Hand und entdeckte an einem der kleinen Bassins gleich fünf tiefrote menschliche Silhouetten, die sich um einen Schneehügel scharten und sich daran zu schaffen machten.

Sie hatten die Brut vor ihm entdeckt.

Dass er lediglich einen Silberdolch bei sich trug, störte Eric nicht. Die Männer bekämen wenig Gelegenheit zur Gegenwehr. Die Überraschung war dieses Mal auf seiner Seite.

Vorsichtig pirschte er sich näher, vorbei an den kleinen Kaskaden, in deren Becken sich das Wasser sammelte. Sie waren diamantenklar und sicher eisig kalt; die Sterne spiegelten sich darin, und am Grund sah er die Umrisse alter, halb versteinerter Bäume, die durch das Kräuseln der Wellen verfremdet wurden und wie die abgeschlagenen Finger eines Riesen wirkten. Dort, wo das Wasser flacher war, glitt ein Fischotter geräuschlos ins Wasser und fing sich sein Essen. Der Nationalpark stellte wirklich ein kleines Paradies dar. Bis auf das Böse, das darin lebte. Ein Paradies mit einem schwarzen Fleck.

Näher gekommen, beobachtete Eric, was die Leute an dem Hügel machten. Sie trugen die Anzüge der Parkaufsicht, um den Anschein der Legalität zu erwecken und damit sie niemand nach dem Waffenschein fragte, den sie ohne Zweifel für ihre Gewehre benötigt hätten. Seine ausgezeichneten Ohren trugen ihm die Worte der zwei Männer und drei Frauen zu, die sich auf Englisch unterhielten.

Es handelte sich tatsächlich um den Bau des Wandelwesens. Unter der weißen Kuppe befand sich offensichtlich der Eingang zu einer Höhle oder einem Stollen, einer der Männer lag zu zwei Drittel mit dem Kopf voran darin und fluchte dumpf; zwischendurch vernahm Eric das Kläffen und Heulen der Jungtiere.

»Wie viele sind es?«, fragte eine der Frauen aufgeregt.

»Fünf«, erhielt sie undeutlich zur Antwort. »Es waren mal sieben, aber sie haben schon angefangen, sich gegenseitig zu fressen.« Er fluchte wieder und kroch rückwärts aus dem Loch, die Linke hielt einen winselnden Welpen im Griff. »Scheiße, sind die schnell! Es wird dauern, bis ich sie alle erwischt habe.« Er setzte die Miniaturausgabe der Bestie in eine Box, an die eine Heizung angeschlossen war. Erfrieren würden sie schon mal nicht. Nachdem er den Sitz seiner dicken Lederhandschuhe überprüft hatte, robbte er wieder in den Bau hinein.

»Gut, dass wir die Göttlichen gefunden haben«, sagte die Frau erleichtert. »Wo nur die Mutter abgeblieben ist? Ich hätte sie zu gerne mitgenommen.«

»Ich schätze, sie ist tot«, gab einer der Männer zurück. »Ich habe von einem Zwischenfall im Hotel *Zur Erholung* gehört. Jemand erzählte etwas von einem Hund oder einem Wolf. Die Beschreibungen des Mannes und der Frau, die damit zu tun hatten, passen auf die Heruka und dieses Arschloch, das uns in Petersburg in die Quere kam.«

Damit hatte sich für Eric die Frage geklärt, mit wem er es zu tun hatte: der Orden des Lycáon.

Die Frau schwieg entsetzt. *»Er* ist hier? Das sagst du jetzt erst, Ischmalon?«

»Dann hat er die Fotos der Göttlichen gefunden«, fügte die zweite Frau hinzu und kreuzte die Arme vor der Brust. »Er hat sich entschlossen, gegen sie zu kämpfen. Für mich bedeutet das, dass er genau weiß, auf was er sich eingelassen hat.«

»Sicher weiß er das. Er hat den göttlichen Nadolny getötet. Mit *Silberkugeln!«,* spie die andere Frau aus. »Er ist einer von ihnen, einer von den Wissenden, die sich für die falsche Seite entschieden haben.«

»Vielleicht hat er auch die göttliche Upuaut in München vernichtet. Die Geschosse, die am Tatort gefunden wurden, waren die gleichen, wenn auch nicht aus der identischen Waffe. Glaser. Ich habe es überprüfen lassen.« Die zweite Frau nahm den nächsten Bestienwelpen in Empfang. »Wissen wir etwas über den Mörder?«

Einer der Männer schüttelte den Kopf. »Nichts über seine Identität. Nur, dass er schon dutzenden der Göttlichen den Tod gebracht hat.« Er nahm das dritte Jungtier entgegen. »Aber in München war im Zusammenhang mit dem Tod von

Upuaut von einer Entführung die Rede. Mein Informant erwähnte einen gewissen Johann von Kastell und seinen Sohn. Ihre Villa wurde gesprengt, niemand weiß bislang, wer hinter dem Anschlag steckt. Der Alte ist tot, sein Sohn ist in München.«

»Oder hier.« Die erste Frau lächelte. »Na, endlich! Damit ist uns doch schon geholfen. Wir nehmen uns den jungen Kastell vor und prüfen ihn.« Sie packte den vierten Welpen behutsam in die nächste beheizte Transportbox. Die Kleinen knurrten, fletschten die Zähne und belferten furchtlos. »Oh, das sind ja ganz außergewöhnliche Göttliche«, freute sie sich. »Es stimmt also, was man sich über sie erzählt.« Sie beugte sich vor. »Sie sind ...«

Es ging rasend schnell.

Wie aus dem Nichts flog ein vierbeiniger, kalbgroßer Schatten auf die Frau zu, es knirschte laut und ihr Schädel wurde von dem mächtigen Gebiss geknackt wie eine reife Nuss. Ihr Torso fiel zuckend in den Schnee, ihr Blut schoss hervor und tünchte die Umstehenden und die Transportboxen rot.

Ehe sich einer der anderen von dem Schreck zu erholen vermochte, schlug der Angreifer bereits wieder zu, warf sich auf einen Mann und riss ihm die Kehle mit einem einzigen Biss heraus; der vordere Teil des Halses flog davon, lediglich die Wirbelsäule blieb übrig.

Keiner, nicht einmal Eric, hatte mit so etwas gerechnet: eine zweite ausgewachsene Bestie! Der Rüde war von den klagenden Lauten seines Nachwuchses angelockt worden und verteidigte die Brut gnadenlos.

»Deacon!«, schrie eine der Frauen gellend und zog einen Taser, mit dem sie sich gegen die Bestie verteidigen wollte. Das Gerät, das kleine Nadeln mit Drähten verschoss und einen Getroffenen mit Stromstößen ausschaltete, wirkte reichlich harmlos angesichts des Ungeheuers, das dort stand.

Der Rüde war groß, verflucht groß, und stand gut im Futter; das wildreiche Gebiet des Nationalparks sorgte selbst im Winter für genügend Nahrung. Die roten Augen leuchteten wütend, Blut troff von der Schnauze, dem Hals und dem rötlich braunen Brustfell.

Der Mann, den sie warnen wollte, wurde das nächste Opfer. Da nur sein Unterleib aus dem Bau ragte, schlugen sich die Zähne in den Schritt. Die Bestie riss und zerrte, bis sie ein gewaltiges Stück Fleisch aus dem Hintern samt den Weichteilen gerissen hatte. Der Mann schrie und versuchte, nach dem Rüden zu treten, doch der Angreifer wich den Sohlen nicht einmal aus. Er fürchtete sie nicht und zerbiss stattdessen den Unterschenkel.

Die Frau feuerte ihren Taser ab, die andere hob das Gewehr eines Toten auf und legte auf die Bestie an. Die unter Hochspannung stehenden Nadeln bohrten sich durch das Fell und gaben die elektrische Ladung an die Bestie ab; gleichzeitig krachte das Gewehr und traf.

Eric sah die roten Fäden eines Betäubungspfeils aus der linken Flanke hervorstehen. Obwohl sich die Frauen in Lebensgefahr befanden, verzichteten sie darauf, die rasende Bestie zu töten.

Eric musste nun aktiv werden. Er pirschte über den Schnee auf den Bau zu. Die Frauen nahmen ihn nicht wahr, weil sie sich um die Bestie kümmerten. Sie hatte noch lange nicht aufgegeben und versuchte, die Nadeln aus dem Körper zu schütteln, während die Frau noch mehr Strom freisetzte. Die andere lud das Gewehr hektisch nach und schoss einen weiteren Pfeil in die Bestie. Endlich begann sie zu schwanken, die Kombination aus Volt und Betäubungsmittel wirkte.

Eric überraschte die abgelenkten Frauen vollends. Der einen schlug er die Faust in den Nacken, woraufhin sie ächzend zusammenbrach, die andere bekam den Griff des Dolchs genau zwischen die Augen; auch sie stürzte in den Schnee. Eric hielt sich nicht weiter mit ihnen auf, sondern sprang zur Bestie.

Der Rüde hatte die neue Bedrohung sehr wohl bemerkt und versuchte, Eric anzugreifen. Aber der Sprung fiel lahm und müde aus, es bereitete dem erfahrenen Kämpfer keine Mühe, ihm auszuweichen. Als er das Fell an sich vorbeifliegen sah, musste er nur die Hand mit dem Silberdolch heben und zustoßen. Die Bestie schlitzte sich durch ihren eigenen Schwung die Seite auf und fiel heulend in den Schnee.

Sofort war Eric über ihr, packte ihre Kehle mit eisernem Griff und starrte in die funkelnden Rubinaugen. »Du wirst niemanden mehr töten«, versprach er düster. »Und wenn ich deine Brut ebenso wie dich abgestochen habe, wird es keinen mehr von euch geben. Ihr habt schon viel zu lange existiert.«

Ein einziger Stich genügte, und das Herz des Rüden erstarb. Die Augen brachen, wurden blind und verloren ihr unheiliges Feuer; kurz danach setzte die Rückverwandlung ein, und aus der schrecklich anzuschauenden Kreatur wurde ein Mann um die fünfundzwanzig Jahre mit kurzen, braunen Haaren. Wie immer sahen die Menschen vollkommen harmlos, unschuldig und bemitleidenswert aus.

Eric ging hinüber zu den Transportboxen, in denen die kleinen Bestien tobten und sich in die Gitter verbissen, um aus ihren Gefängnissen auszubrechen.

Vor der ersten ging er in die Hocke und betrachtete das Fellbündel, das trotz des wilden Gebarens die Tapsigkeit und Drolligkeit von herkömmlichen Hundewelpen besaß, die Menschen liebten und zum Lachen brachten. Das Lachen würde ihnen vergehen, wenn das niedliche Tier ihnen erst mal die Finger abgebissen hatte.

Eric fürchtete sich nicht vor dem, was ihm bevorstand. Er hatte es nur noch niemals zuvor tun müssen und spürte eine unerwartete Beklemmung. Doch Barmherzigkeit würde er sich nicht erlauben; Werwesen kannten sie ebenso wenig.

Er öffnete die Box und packte die Bestie im Genick, drehte sie um und hielt sie mit dem Bauch nach oben fest. Der Welpe kläffte und jaulte, zappelte und wollte dem Mann entkommen.

Eric atmete tief ein, zerschnitt die Kehle mit dem Silberdolch und teilte das winzige Herz mit einem Stich; danach drehte er sich rasch um und warf den zuckenden Welpen weit von sich weg in den Tiefschnee. Er hatte Angst davor, ein totes Baby zu sehen. Der Anblick von toten Erwachsenen war schwierig genug zu ertragen.

Eric bildete sich ein, dass das warme Blut auf seinem Handschuh schwerer wog als sonst. Dennoch fuhr er fort, bis ihm nur noch ein Jungtier fehlte. Es befand sich in dem Loch, gefangen von der Leiche des Mannes, der wie ein Pfropfen im Ausgang steckte.

Eric ging zu dem Hügel und streckte die Hand nach dem Bein der Leiche aus, als er das Rascheln über sich auf der Erhebung hörte. Ohne zu zögern, sprang er seitwärts, und beinahe zeitgleich krachte es.

Der erste Schuss verfehlte ihn.

Doch man hatte nie mehr als einmal Glück.

Es ratterte, ein kurzer Feuerstoß folgte auf den nächsten. Eric wurde mehrmals in den Oberkörper getroffen, bekam einen Schlag in den rechten Oberarm, und ein unsichtbarer Hammer traf sein linkes Knie und knickte es einfach nach hinten durch. Schreiend fiel er rückwärts gegen einen Baum und sank daran nach unten. Rindenstückchen und Schnee regneten ihm in den Kragen.

Durch einen dunklen Schleier hindurch sah er, wie eine vermummte Gestalt in Schneetarnkleidung vom Hügel sprang und neben der Leiche des Mannes landete. Sie trug ein AK-47-

Sturmgewehr, mit dem sie ihn beschossen hatte. Ihre Hand hob ein Funkgerät vor den Schal, sie sagte etwas Unverständliches, und vier weitere bewaffnete Gegner erschienen aus verschiedenen Richtungen auf dem Platz vor dem Bassin.

Die Gestalt, die auf ihn geschossen hatte, trat an ihn heran, und Eric erkannte ein Paar graugrüne Augen, die ihn gleichgültig betrachteten.

»Bastard«, sagte eine Männerstimme, und die Mündung des AK-47 schwebte vor seinem Gesicht. Das Magazin wurde gewechselt. Er roch das verbrannte Pulver, spürte die Wärme, die von dem Lauf ausging; und schließlich hörte er das Klicken, mit dem die Zündnadel auf die Patrone traf und den Schuss auslöste. Es wurde gleißend hell, und die Welt verschwand in Feuer.

XXXV. KAPITEL

19. Juni 1767, in der Umgebung von Auvers, Kloster Saint-Grégoire

Vater, das Kloster brennt!« Pierre war auf der Anhöhe stehen geblieben und schaute zu Saint-Grégoire hinüber, von wo der Feuerschein himmelwärts stieg. Die Flammen waren enorm, als gäbe ihnen mehr als nur trockenes Holz Nahrung. »Ich muss zu Florence!«

Ohne eine Antwort abzuwarten, rannte er los, und Jean folgte ihm. Wie seinem Sohn verlieh auch ihm die Liebe Flügel: Sie flogen förmlich über die Wiesen, während ihnen alle möglichen Gedanken durch den Kopf schossen.

Jean gab Acht, dass er nicht im Dunkeln stürzte – ein gebrochenes Bein oder ein verstauchter Arm hätten ihm gerade noch gefehlt. Eigentlich hatten sie Antoines Leiche abholen wollen, heimlich im Schutze der Nacht, nun bahnte sich aber nach dem Tod Maleskys die nächste Katastrophe an. Sollte er seinen Glauben an Gott, den er um Beistand für die beiden Frauen anflehte, gleich wieder verlieren?

Als sie das Kloster atemlos erreichten, versuchten eine Hand voll Dorfbewohner bereits, die Flammen zu löschen, aber jeder Mensch mit einigermaßen Verstand erkannte, dass die Hilfe zu spät kam. Die tragenden Balken der Dächer waren schon lange eingestürzt, jede Überlebende war sicherlich von den Dachschindeln und den teilweise eingebrochenen Mauern erschlagen worden. Nach mehr als vierhundert Jahren bestand Saint-Grégoire nur noch aus schwarzen, verrußten Steinen sowie dem Glockenturm, der dem Inferno bislang trotzte.

»Florence!«, schrie Pierre wie von Sinnen und widerstand der Hitze, sprang durch die Pforte und verschwand im vom Feuerschein erhellten Hof. Jean konnte nicht anders, als bei ihm zu bleiben, in der Hoffnung, vielleicht doch Anzeichen von Überlebenden zu finden.

Das Haus der Äbtissin und alle Gebäude bis auf den Turm waren bereits Opfer der Feuersbrunst geworden. Pierre verharrte mit Tränen im Gesicht und geballten Fäusten auf dem Platz, dem einzigen Ort, an dem es nicht brannte, und schrie seinen Kummer laut heraus.

Da erklang die Kirchenglocke. Sie schlug ein einziges Mal.

Jean verstand das Signal. »Rasch, es hat sich jemand in den Turm retten können!« Er rief einige Bauern mit Wassereimern zu sich und goss das Nass über sich. Die getränkte Kleidung würde der Hitze besser standhalten. Pierre tat es ihm nach.

Nun kam es den beiden entgegen, dass sich Pierre des Öfteren auf dem Gelände aufgehalten hatte. Er führte sie auf dem kürzesten Weg zum Turm, doch bis zur Tür waren es viele Schritte durch eine brennende, in sich zusammenstürzende Kirche. Vater und Sohn zögerten nicht. Beide trugen in ihren Herzen die Zuversicht, dass Gregoria und Florence im Turm auf Beistand warteten. Auf *ihren* Beistand.

Hustend und keuchend liefen sie durch das zerstörte Gotteshaus, wichen Balken und herabfallenden Steinquadern aus, bis sie vor der Tür ankamen. Davor stapelte sich der Schutt, und das erklärte, weshalb die Eingeschlossenen nicht selbst versucht hatten, hier zu entkommen. Die Männer rissen Stoffstreifen aus ihren nassen Röcken und wickelten sie um die Hände, um sich vor Verbrennungen zu schützen, und räumten die Halde in rasendem Tempo zur Seite, immer darauf achtend, was die sterbende Kirche nach ihnen schleuderte.

Endlich hatten sie den Eingang so weit freigeräumt, wie es eben nötig war. Jean rammte die durch die Hitze verzogene Tür mit der Schulter auf und fiel ins Innere, Pierre sprang über ihn hinweg und schaute sich suchend um. »Florence, bist du hier?« Er entdeckte eine am Boden kauernde Gestalt in einer schwarzen Tunika und wusste, dass es nicht seine Geliebte war.

Jean stemmte sich in die Höhe, lief zu der Frau, drehte sie um und wischte ihr den Ruß vom Gesicht. »Gregoria«, rief er erleichtert. Sie hatte außer der Platzwunde schwere Verbrennungen im Gesicht und an den Armen, ihr Gewand war größtenteils verkohlt, ihre Haut hatte unter den Flammen schwer gelitten, war rot geworden und nässte. »Ist Florence bei dir? Im Stockwerk darüber?«

Sie schüttelte schwach ihren Kopf und klammerte sich an seinen Hals wie ein kleines Kind, die Stimme versagte ihr. Jean hob sie hoch, ging zum Ausgang und verharrte. Vor ihm wütete ein Flammenmeer in den Überresten der Kirche. »Das schaffen wir niemals.«

»Doch, Vater.« Pierre deutete mit Tränen im Gesicht auf das Glockenseil. »Wir steigen nach oben und seilen uns damit auf der Außenseite ab.« Er nahm sich das untere Ende, lief die Stufen hinauf und zog das Seil mit sich, Jean trug die Äbtissin hinterher, und bald gelangten sie auf die Spitze des Glockenturms. Funkenflug hatte das Gebälk in Brand gesetzt, das Holz knirschte bedenklich.

Pierre warf das Seil aus einem der schmalen Fenster. »Du zuerst«, sagte er zu seinem Vater, sein Gesicht war kaum mehr als eine ausdruckslose Maske. Die Gewissheit über Florences Tod raubte ihm jegliches Gefühl, Angst und Schmerzen gleichermaßen. »Ich binde ihr das Seil um den Leib und lasse sie langsam runter. Du sorgst dafür, dass sie weich unten ankommt.«

Der Ausdruck in den braunen Augen seines Sohnes verhinderte, dass Jean widersprach. Schnell kletterte er hinab bis auf den Erdboden, zerrte kurz an dem Seil, und Pierre zog es hinauf.

Lange Zeit tat sich nichts.

Der Wildhüter sah und hörte, wie die letzten Reste Saint-Grégoires in sich zusammenbrachen. Selbst aus den kleinen Treppenfenstern quoll dichter Rauch, das Feuer fraß sich von unten in die Höhe, um sich mit den Flammen unter dem Dach zu vereinigen.

»Achtung!«, rief es von oben. Jean sah, wie Gregoria vorsichtig durch das Fenster geschoben wurde. Langsam seilte Pierre sie nach unten ab.

Nachdem sie die Hälfte der Strecke absolviert hatte, rumpelte es, und der Dachstuhl sackte zur Hälfte ein. Eine riesige Lohe schnellte dunkel zischend in den Himmel, kleinere Flammen züngelten aus allen Öffnungen des Glockenturms. Jean vernahm den Schrei seines Sohnes, dessen Kleider unweigerlich Feuer gefangen hatten, doch er ließ das Seil, an dem Gregoria hing, nicht los.

»Pierre, lass sie!«, schrie Jean. »Ich fange sie. Klettere aus dem Turm, hörst du? Verschwinde von dort oben, bevor dich ...«

Das restliche Gebälk brach zusammen und schleuderte die roten und orangefarbenen Funken viele Schritte weit um sich herum. Das Seil schoss ruckelnd zwei Schritt abwärts, hielt einen Augenblick an, dann hatte es Pierre wohl losgelassen. Gregoria stürzte wie ein Stein in die Tiefe, Jean fing sie auf. Sie fielen beide ins Gras des Gartens.

»Pierre!«, brüllte er fassungslos, seine Stimme klang nicht mehr menschlich. *»PIERRE!«*

Jean kämpfte sich auf die Füße, langte nach dem Seil, schickte sich an, daran in die Höhe zu steigen und den Sohn eigenhändig zu retten.

Doch bevor er den Aufstieg beginnen konnte, riss das Seil.

Das glimmende Ende kam einer erschlagenen Schlange gleich heruntergefallen.

»Nein!«

Regungslos hielt Jean Chastel das andere, nutzlos gewordene Ende in den Händen. Dörfler sprangen herbei, packten die Äbtissin und ihn und zerrten sie beide weg von der Stelle, an der wenige Augenblicke später kokelnde Balken auftrafen und Löcher in die Erde schlugen. Der Wildhüter und die Äbtissin wurden vor die Mauern des Klosters gebracht und auf die Wiese gebettet. Mehr vermochte man vorerst nicht für sie zu tun.

Die letzten Helfer zogen sich aus der Anlage zurück; sie hatten eingesehen, dass es zwecklos war, gegen die Flammen anzukämpfen, in denen nun selbst der felsenfeste Glockenturm versank.

Aus dem Rauch, der vom Feuer beleuchtet wurde, formten sich in Jeans Vorstellungskraft die Gesichter von Pierre und Florence. Stöhnend barg er sein Gesicht zwischen den Händen. Er hatte einen weiteren Sohn verloren, und der Schmerz über den Verlust war so gewaltig, dass ihm die Tränen versiegten.

Mit versteinerter Miene wandte er sich an Gregoria. »Wie ist das Feuer ausgebrochen? Hat der Jesuit ...«

Sie suchte seine Hand. »Angriff«, stöhnte sie, schluckte und sammelte Kräfte für ein weiteres Wort, aber jemand kam ihr zuvor.

»Es war der Angriff des zweiten Loup-Garou, Monsieur

Chastel«, sagte einer der Dörfler, der in ihrer Nähe stand. »Der junge Truibas hat etwas vom Kloster wegschleichen sehen, das aussah wie eine Mischung aus Mensch und Tier. Es ist seine Rache, weil wir die andere Bestie endlich erlegt haben. Jetzt reicht es ihr nicht mehr, Menschen zu töten! Sie zündet unsere Häuser an und verhöhnt Gott den Allmächtigen.«

Jean erstarrte. Es blieb ihm nichts mehr von seinen Söhnen als die Erinnerung an bessere Tage. Die Wandelwesen trugen Schuld an allem, was geschehen war. Sie hatten ihm seine Söhne genommen. Beide Söhne.

»Bei Gott«, sprach er düster. »Ich schwöre, dass ich von heute an mein Leben einzig der Jagd auf diese Kreaturen widme. Nichts wird mich aufhalten, sie auszurotten!« Er unterdrückte das Verlangen, Gregoria vor aller Augen zu küssen, und beschränkte sich auf einen langen, tiefen Blick voller Liebe. »Verzeih mir, dass ich dich allein lasse, doch ich will der Spur der Bestie folgen, solange sie frisch ist. Wer auch immer sich hinter ihrer Maske verbirgt, er wird sterben.« Er nahm seine Muskete und verschwand.

»Nein! Jean! Es ...« Ihre vom Rauch angegriffene Stimme brach. Sie versuchte, ihn festzuhalten, aber ihre Finger glitten von seinem Hemd ab. Sie musste ihn ziehen lassen.

»Seid unbesorgt, ehrwürdige Äbtissin. Er ist ein Held.« Eine Frau kniete sich neben sie und begann, ihr Gesicht im Fackelschein mit einem nassen Tuch von Schmutz und verkrustetem Blut zu befreien. »Er hat die erste Bestie getötet, vor den Augen des Marquis und der anderen.«

Als sie Gregoria half, sich aufzurichten, um Wasser zu trinken, fiel die Phiole auf den Boden. »Ihr habt etwas verloren, ehrwürdige Äbtissin.« Die Frau reichte ihr das Fläschchen.

Die Schmerzen, welche sie verspürte, wuchsen mit jedem Lidschlag. Wenn der Inhalt Legatus Francesco seine enormen

Kräfte verlieh und ihn davor bewahrte, ein Loup-Garou zu werden, würde er sicherlich auch gegen ihre Qualen helfen.

Gregoria ließ sich den kleinen Behälter öffnen. Zitternd tunkte sie den Finger hinein und spürte etwas Feuchtes. Es war nicht mehr viel in der Phiole, es genügte gerade, um die Kuppe zu benetzen. Sie schmierte es auf die Lippen, wie es der Legatus getan hatte, und leckte es mit der Zunge ab.

Es schmeckte metallisch.

Blut! Heilige Maria Mutter Gottes, ich habe Blut gekostet!

Sie sammelte Speichel, um es auszuspucken, aber da geschah es schon. Um sie herum wurde es leuchtend hell.

Sie wurde in ein funkelndes Strahlen gehüllt, das direkt aus dem Himmel kam, ein überirdisches Leuchten, das nur von Gott dem Allmächtigen selbst gesandt sein konnte. An ihre Ohren drang fröhliches Gelächter von kleinen Kindern, sie hörte Harfen und roch den Duft süßer Blumen. »Ich ziehe ins Paradies ein«, murmelte sie.

»Gregoria!«, wurde sie von Engelszungen gerufen, und sie versuchte, etwas in der gleißenden Helligkeit zu erkennen. »Gregoria!«

Abrupt riss der Strahl ab, und es wurde stockfinster.

Im nächsten Moment stand sie in einem Dom, der ihr mit seiner Schönheit Schauer der Ehrfurcht durch den Leib jagte. Dann erschien wie aus dem Nichts ein Mann vor ihr, der das päpstliche Ornat trug, aber nicht Klemens XIII. war.

Zu seinen Füßen lag ein erstochener Jesuit, der die Züge von Francesco trug und seine gläsernen Augen auf sie gerichtet hielt. Seine Hand verwandelte sich in eine Klaue, mit der er lateinische Sprüche in den Marmor ritzte. Dann barst sein Körper unvermittelt und überschüttete sie mit Blut; an seiner Stelle stand ein zähnefletschender Garou.

Der unbekannte Papst blickte sie gütig an. »Töte die Kreatur«, bat er sie freundlich und reichte ihr ein zu einem

Schwert umgewandeltes Kruzifix. »Töte sie und alle anderen.« Er deutete auf etwas hinter ihrem Rücken, und Gregoria wandte sich auf den Fersen um.

Der gesamte Dom war angefüllt mit Bestien! Sie krochen an den Säulen empor, die Decke entlang, schändeten Bilder und zerstörten Fresken, die roten Augen leuchteten voller Hohn.

Der unbekannte Papst gab ihr einen Stoß ins Kreuz. »Gehe hin und bringe der Welt Frieden, meine Tochter. Befreie sie von dem Übel. Ich gebe dir meinen Segen.«

Das Kruzifix erstrahlte in silbernem Glanz, die Speerwunde des Heilands öffnete sich und flutete das Gebäude mit Blut. Die Bestien wurden davongespült, ersäuft, verbrannt, und diejenigen, die überlebten, tötete Gregoria wie im Rausch.

Als sie den Arm hob, um die letzte von ihnen zu vernichten, erkannte sie Florence vor sich. »Nein! Sie ...«

Es wurde wieder dunkel.

Durch die Schwärze fiel Fackelschein und beleuchtete das irritierte Gesicht der Frau, die ihr eben noch das Blut aus dem Gesicht gewischt hatte. »Ehrwürdige Äbtissin? Ihr habt plötzlich wirre Dinge gesprochen und ...« Sie hielt sich die Wange. »Ihr habt mich geschlagen.«

»Verzeiht mir, ich bin noch immer ...« Gregorias Verstand benötigte eine Weile, um sich von der Epiphanie zu erholen, denn nichts anderes konnte ihr soeben widerfahren sein. Sie horchte in sich hinein und fühlte keine Schmerzen mehr. Ihre Stimme war klar, als sie sagte: »Helft mir aufzustehen.«

Die Frau schaute sie misstrauisch an. »Ihr seid zu schwach, um ...«

Gregoria versuchte es daraufhin allein, und ihre Beine gehorchten. Sie biss fest die Zähne zusammen und rieb sich über die verbrannte Haut, die sich wie welkes Laub zusammenrollte und abblätterte.

Darunter kam frische, neue zum Vorschein.

»Ihr … Ihr seid *gesegnet!«*, rief die Frau außer sich vor Erstaunen und schlug das Kreuz. »Der Herrgott hat Besonderes mit Euch vor, dass er Euch das Feuer überstehen und von Euren Verletzungen genesen ließ, ehrwürdige Äbtissin!«

Gregoria bemerkte, dass ihr die Phiole entglitten war. Sie nahm sie aus dem Gras und hielt das unscheinbare Röhrchen nachdenklich in der Hand.

Wenn es Gottes Wille war, dass sie nach Rom ging und Besonderes vollbringen sollte, dann tat sie es mit Freuden. Sie verstaute die Phiole und richtete ihre graubraunen Augen auf das brennende Saint-Grégoire.

Wer auch immer hinter alldem steckt, er wird dafür zahlen, gelobte sie. *Aber nicht erst im Jenseits und im Angesicht des Herrn.*

XXXVI. KAPITEL

Kroatien, Plitvice, 23. November 2004, 03:59 Uhr

Eric öffnete langsam die Augen und sah – nichts. Nichts als Weiß. Er fror am ganzen Leib, seine Hände ließen sich nicht bewegen und machten den Eindruck, erfroren zu sein.

Es dauerte sehr, sehr lange, bis er überhaupt einen klaren Gedanken fassen konnte. In seinem Schädel schrie alles durcheinander, Bilder blitzten wie in einem schnell geschnittenen Musikvideo auf, Fratzen und Menschengesichter blendeten ineinander über, die Bestie schnappte nach ihm, und er glaubte, die Einschläge der Projektile wieder zu spüren.

Eric wollte aufstehen und vor den Bildern davonlaufen. Stattdessen verweigerte sich sein Körper, und er lag regungslos. Gelähmt. Also wartete er und starrte in das Weiß.

Etwas scharrte über ihm.

Das Weiß bröckelte auseinander, und eine Fuchsschnauze näherte sich schnuppernd seinem Gesicht. Der warme Atem umwehte ihn, die Zunge schnellte hervor und zwang Eric zu einer Bewegung. Seine Hände durchstachen die Schneedecke, unter der er lag. Wie ein Schwimmer durchbrach er die

Oberfläche und kehrte in die Welt zurück. Der Fuchs kläffte erschrocken und hopste davon.

Eric betastete seinen Schädel, spürte die Kruste zwischen den Augen und die sich schälende, vom Mündungsfeuer verbrannte Haut. »Ein Rohrkrepierer.« Er atmete erleichtert aus, schob sich am Baumstamm in die Höhe und sah sich um.

Es war viel Schnee gefallen. Die Leichen lagen unter einer zehn Zentimeter hohen Schicht und sahen aus wie von Puderzucker bedeckt. Der tote Mann war aus dem Bau gezogen worden, und Eric musste nicht nachschauen, um zu wissen, dass der letzte Welpe von den unbekannten Angreifern mitgenommen worden war.

Er hatte versagt.

Erics Niedergeschlagenheit währte nur kurz. Nein, er würde nicht aufgeben. Der Tod unzähliger von Kastells, die bei dem Versuch, diese Bestien auszurotten, ums Leben gekommen waren, durfte nicht umsonst gewesen sein. Er würde die Unbekannten finden und sie zur Strecke bringen, bevor sie mit dem Welpen außer Landes flüchteten.

Er setzte sich ächzend in Bewegung und forschte nach Spuren.

Es dauerte nicht lange, bis er fündig wurde. Die Unbekannten hatten sich keine Mühe gegeben, unauffällig zu sein. Sie waren als Sieger vom Platz gegangen und hinterließen ihrer Ansicht nach niemanden, der ihnen die Beute abnehmen konnte.

Eric vermutete, dass die zweite Gruppe eine Abteilung der Lycáoniten gewesen war. Grübelnd schlich er zwischen den Bäumen umher, die Augen auf die halb verschneiten Abdrücke gerichtet.

Und die nächste Überraschung ließ nicht lange auf sich warten. Er roch Blut, und in einiger Entfernung vom Schauplatz fand sich schon wieder eine Leiche, ein Mann in Schneetarnuniform. Das AK-47 lag neben ihm, er war von vier Kugeln getroffen worden und musste gleich tot gewesen sein.

»Was zur Hölle geht hier vor?«, sagte Eric halblaut und untersuchte den Mann. Er fand nichts außer einem Pass auf den Namen Tomas Ignasc, den er ebenso an sich nahm wie das Gewehr und die Magazine; dann schlich er weiter.

Von weitem erkannte er Feuerschein durch die dicht beieinander stehenden Stämme. Das Feuer knackte und zischte leise, und es stank nach Kerosin und verkohltem Plastik. Der Wind drehte nun, und in der Qualmwolke, die ihn einhüllte, befand sich ebenfalls eine Spur verbrannten Fleischs.

Eric kam unweit einer Lichtung vor den Trümmern eines Helikopters zum Stehen, der unmittelbar nach dem Start abgestürzt sein musste. Der Rotor hatte einige Wipfel abrasiert, ehe die Bäume zu dick geworden waren und die Rotorblätter verbogen oder abgerissen hatten. Im hinteren Teil des Wracks sah er Einschusslöcher. Das Vorhaben, den letzten Welpen auszufliegen, war gescheitert.

Im Cockpit verbrannten zwei Menschen, ihre Leichen hatten bereits die typische Fötushaltung von Feueropfern angenommen. Die Sehnen zogen sich durch die Hitze zusammen, Arme, Beine, Hände, Zehen krümmten sich. Die Luke zum Passagierbereich stand offen, daneben lag ein Erschossener in Schneetarnuniform. In einer Hand hielt er den abgerissenen Henkel einer Transportbox, in der anderen eine Pistole.

»Es wäre auch zu einfach gewesen.«

Mit seinem Fernglas bannte Eric Bilder des Infernos auf den Chip und eilte zur Lichtung, wo er drei weitere Leichen in Militärkleidung und mit AK-47-Sturmgewehren fand. Zwei Männer waren erschossen worden, einer präzise, den anderen hatte die Menge an Einschüssen erledigt, weniger die Akkuratheit. Den dritten hatte auf der Flucht eine vergessene Mine des Kroatienkriegs zerfetzt. *»Bad Karma.«* Weitere Spuren gab es keine.

In der Ferne hörte er das Knattern von Rotoren, er sah vielfachen Lichtschein von starken Taschenlampen durch die Bäume, der sich seiner Position näherte. Er zog sich zurück, weil er nicht von den Rettungsmannschaften entdeckt werden wollte.

Eric schaffte das Kunststück, in sein Hotel zurückzukehren, ohne dass man ihn anhielt und ihm Fragen zu den Löchern in seinem Anzug und dem Blut stellte. Das lag nicht zuletzt an dem Schneesturm, der unvermittelt begonnen hatte und der einen nicht mehr die Hand vor Augen erkennen ließ. Glück für ihn.

Erics Sorge um Lena stieg wieder empor. Er rang sie nieder, mehr als jemals zuvor brauchte er jetzt einen klaren Verstand. Er schlüpfte aus den dreckigen Kleidern und gab telefonisch bei Anatol Nachforschungen über Tomas Ignasc in Auftrag, dem Toten aus dem Wald. Er gönnte sich eine rasche Dusche. Als er unter dem heißen Strahl stand, sah er an sich hinunter; von den Wunden war kaum noch etwas zu erkennen.

Zurück im Schlafzimmer griff Eric zu Papier und Stift, schrieb sich die Namen seiner Gegenspieler auf und versuchte, etwas Ordnung in seine Gedanken zu bringen. Während er nachdachte, zeichnete der Stift wie von allein ein Auge, dann eine Nase, bis mehr und mehr das Gesicht von Lena daraus wurde.

»Scheiße!« Er schloss die Augen. Es gab zu wenig Ansatzpunkte, zu wenig Wissen über seine Gegner. So, wie es aussah, musste ihn sein Weg nun wirklich nach Rom führen. Er würde diese Schwesternschaft aufspüren. Absurderweise dachte er daran, dass er unbedingt seine Italienischkenntnisse auffrischen musste.

Eric dachte an Schwester Ignatia, deren Tod er nicht beabsichtigt hatte, und welch seltsame Auswirkungen ihr Blut auf ihn gehabt hatte. Es konnte nur ihr Blut gewesen sein, das ihm diesen wirren Tagtraum sandte. Er hatte in seinem ganzen Leben keine auch nur annähernd so starken Eindrücke wahrgenommen.

Lange durfte er nicht mehr in Plitvice bleiben. Die Polizei würde nach dem Tod der Nonne sicherlich nach José Devina aus Badajóz fahnden. Das war sein Name, unter dem er gereist war. Eric von Kastell war die ganze Zeit über in Petersburg, das konnten diverse Clubbesitzer bestätigen. Ausreisen würde er als Simon Smithmaster, sobald der Sturm nachgelassen hatte und der Flugbetrieb aufgenommen wurde.

Etwas brummte elektronisch und tief.

Eric hob die Lider und sah nach seinem Handy, das auf dem Tisch lag, sich vibrierend über das Holz schob und leuchtete; er hatte es auf stummen Alarm geschaltet. »Ja, Anat...?« Sein Blick fiel unvermittelt auf einen weißen Umschlag, der unter seinem Koffer lag. Von ihm stammte er nicht.

»Hallo, *mon frère«,* hörte er Justines Stimme. »Wie geht es dir?«

»Fick dich«, sagte er und legte auf. Er hatte keine Nerven, schon wieder über die Aufteilung des Erbes zu verhandeln. Er stand auf, zog den Umschlag vorsichtig hervor und wog ihn abschätzend in der Hand. Nicht schwer, und im Inneren befanden sich mehrere dünne Blätter. Bilder? Hastig riss er eine Seite auf und schüttelte den Inhalt auf die Bettdecke.

Es waren vier verschiedene Aufnahmen, die aus großer Entfernung mit einem Teleobjektiv geschossen worden waren. Sie zeigten ... ihn. Wie er in jenem Wäldchen in München auf der nackten, toten Tina saß, wie er Tina wegschleppte, wie er Tina in sein Auto lud, wie er davonfuhr. Dazwischen lag ein Zettel mit einer schwungvollen Handschrift: *Beste Grüße von Fauve.*

Eric wurde gleichzeitig heiß und kalt. Tina und ihr Freund

waren nichts anderes als Köder gewesen, und er war in die Falle getappt, die Fauve für ihn platziert hatte. Diese eindeutigen Bilder konnten ihn in unglaubliche Schwierigkeiten bringen. Dieser Fauve wollte ihn nicht einfach umbringen – er wollte ihn fertig machen.

Das Handy leuchtete wieder auf. Er hob ab. »Justine, nerv mich nicht!«, schrie er. »Du blockierst ...«

»Sie möchten mit dir reden, Eric«, erwiderte sie. »Obwohl du immer noch ein *cul gigantique* bist.«

»Wer möchte mit mir reden?«

»Les Sœurs ... Die Schwesternschaft. Du hast eine von ihnen erstochen, erinnerst du dich?« Ein scharfes Klicken, ein lautes Einatmen, ein leises Knistern. Sie zündete sich ganz offensichtlich eine Zigarette an. »In zwei Tagen auf dem Petersplatz, dreiundzwanzig Uhr. Sei dort, oder du wirst die kleine Loupette nicht mehr sehen. *Au revoir!«*

Sie legte auf.

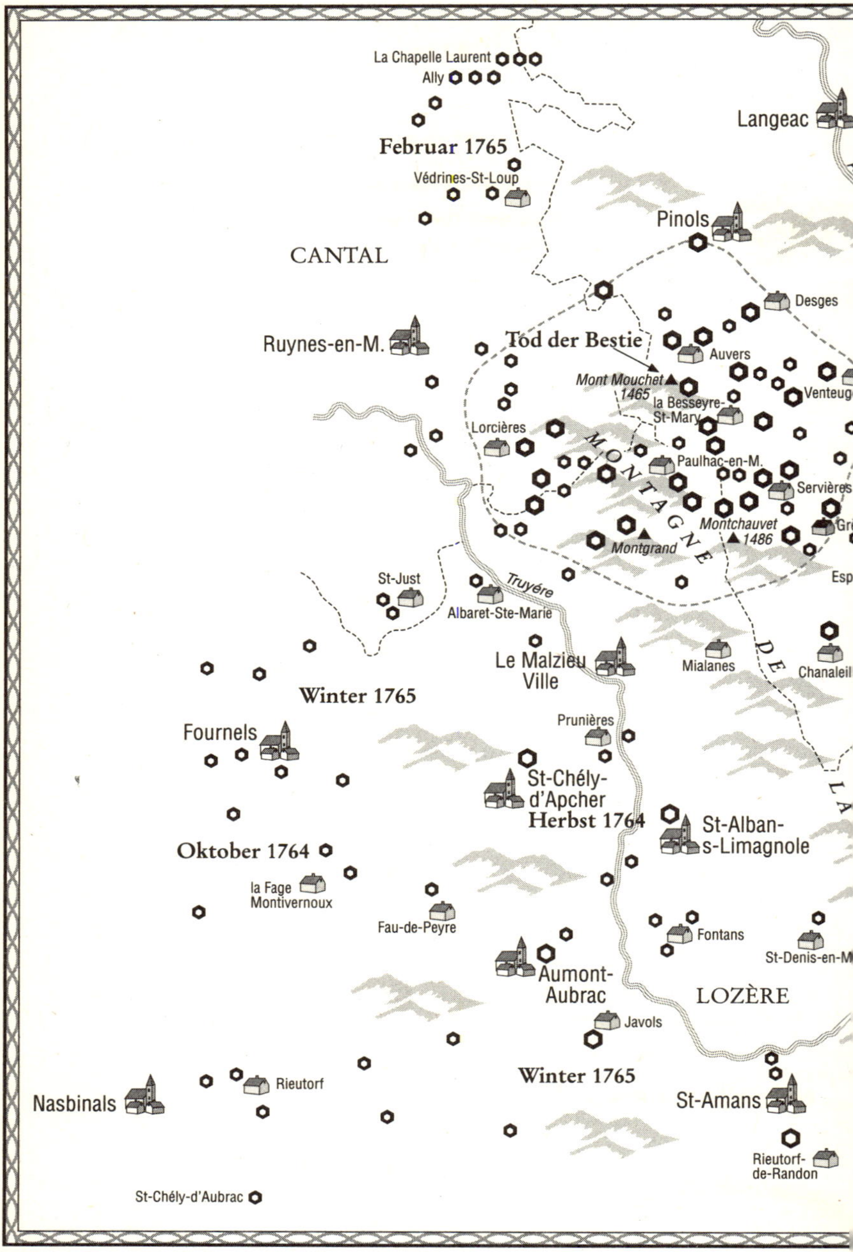
La Chapelle Laurent
Ally
Langeac
Februar 1765
Védrines-St-Loup
Pinols
CANTAL
Desges
Ruynes-en-M.
Tod der Bestie
Auvers
Mont Mouchet
1465
la Besseyre-
St-Mary
Lorcières
MONTAGNE
Paulhac-en-M.
Servières
Montchauvet
1486
Montgrand
St-Just
Truyère
Albaret-Ste-Marie
Le Malzieu
Ville
Mialanes
DE
Chanaleil
Winter 1765
Fournels
Prunières
St-Chély-
d'Apcher
Herbst 1764
St-Alban-
s-Limagnole
Oktober 1764
la Fage
Montivernoux
Fau-de-Peyre
Fontans
Aumont-
Aubrac
LOZÈRE
Javols
Winter 1765
Nasbinals
Rieutorf
St-Amans
Rieutorf-
de-Randon
St-Chély-d'Aubrac

Ein Angriff
Vier Angriffe in einer einzigen Pfarrei
Region der Drei Berge,
bevorzugtes Gebiet der Bestie
ab Mai 1765
N
W
O
S
0
10 km
MONTS DU VELAY
Monistrol
Allier
Pradelles
Langogne
St-Flour-
de-M.
Erste Angriffe
St-Étienne-de-Lugdarès
Chaudeyrac
Cheylard-
d'Evèque
de-Randon
von April bisSeptember 1764
St-Martin-du-Born
Masmejan d'Allier

NACHBEMERKUNG

Aus der Ablehnung entstand Faszination

Eigentlich wollte ich dieses Buch gar nicht schreiben. Mein Spezialgebiet sind die Vampire, nicht die Werwölfe, die ich bislang als recht langweilig, eintönig, farblos einstufte.

Eigentlich ...

Wie gut, dass ein Lektor namens Timothy Sonderhüsken nicht lockerließ. Irgendwann sagte ich mir: Schau sie dir eben mal an, die Werwölfe. Als Historiker stürzte ich mich auf alte Unterlagen und Aufzeichnungen rund um den Werwolf-Glauben, um Werwolf-Vorfälle und -Prozesse. Und siehe da: Ich fand interessant, was ich fand. *Äußerst* interessant!

Spätestens die Legende der Bestie vom Gévaudan, einer Gegend im schönen Südfrankreich – der man dort übrigens eine Statue und ein Museum gewidmet hat –, brachte mich dazu, den Stoff aus den 60er Jahren des 18. Jahrhunderts anzupacken, der bis heute Rätsel aufgibt. Mehr als Legenden und Forschermeinungen existieren dazu nicht, Beweise für die unterschiedlichen Theorien fehlen. Wie geschaffen also als Ausgangspunkt für einen zweiteiligen Roman.

Vieles von dem, was sich in dem ersten, an die Historie angelehnten Erzählstrang zuträgt, ist wahr: die Namen der Opfer, die meisten Handlungsorte, die Zeitangaben. Es hat sie wirklich gegeben, die Werwolfjäger Chastel, den Comte de Morangiès, den Marquis d'Apcher, die Dennevals, Duhamel und François Antoine de Beauterne sowie ihre Jagden. Natürlich musste ich auch einiges erfinden – zumal vieles in den alten Überlieferungen widersprüchlich ist. Aus Fiktion und Fakten entstand meine Version der Bestie vom Gévaudan.

Im zweiten Strang, der in der Gegenwart spielt, habe ich Unbekanntes über die große Familie der Wandelwesen eingebaut und biete hoffentlich neue Einblicke in die Seele eines Werwolfs. Denn wenn ich eines in den letzten Monaten gelernt habe, dann das: Ein Werwolf ist mehr als ein großes Gebiss, Fell, Muskeln und sinnlose Wut.

Mein Dank geht einmal mehr an Nicole Schuhmacher, Tanja Karmann und Sonja Rüther.

Erwähnt werden sollen auch mein Redakteur Ralf Reiter und Timothy Sonderhüsken vom Knaur Taschenbuch Verlag, der vorgeschlagen hat, die Vampire diesmal in der Gruft zu lassen und stattdessen mit den Wölfen zu heulen.

Markus Heitz